Von Robyn Lee Burrows sind bei Bastei Lübbe Taschenbücher lieferbar

14745 Weil die Hoffnung nie versiegt
14948 Weil nur die Liebe wirklich zählt
15404 Wind über dem Fluss

Über die Autorin:

Robyn Lee Burrows lebt mit ihrem Mann und drei Söhnen in der Stadt Gold Coast, Australien. Neben drei Sachbüchern hat sie in Australien schon mehrere historische Romane veröffentlicht.

ROBYN LEE BURROWS

WEIL DIE SEHNSUCHT EWIG LEBT

Ins Deutsche übertragen von
Ursula Walther

BASTEI
LÜBBE

BASTEI LÜBBE TASCHENBUCH
Band 15582

1. Auflage: November 2006

Vollständige Taschenbuchausgabe

Bastei Lübbe Taschenbücher in der Verlagsgruppe Lübbe

Titel der englischen Originalausgabe: »Where the River Ends«

Dieses Werk wurde vermittelt durch
die Literarische Agentur Thomas Schlück GmbH, 30827 Garbsen.
Published by Arrangement with Robyn Lee Burrows

Titelillustration: INDEX Stock/avenue images
und Sotheby's/akg-images
Einbandgestaltung: Gisela Kullowatz
Satz: hanseatenSatz-bremen, Bremen
Druck und Verarbeitung: Nørhaven Paperback
Printed in Denmark
ISBN-13: 978-3-404-15582-8 (ab 01.01.2007)
ISBN-10: 3-404-15582-3

Sie finden uns im Internet unter
www.luebbe.de

Der Preis dieses Bandes versteht sich einschließlich
der gesetzlichen Mehrwertsteuer.

Im Andenken an Moore McLaughlin,
den Bruder meines Urgroßvaters.
Als Neunzehnjähriger hütete er Schafe
am Ufer des Comet Creek (am Fuße der
Carnarvon Range in der Nähe von
Springsure), als er 1862 in der Folge
des Cullin-la-Ringo-Massakers getötet wurde.

SONG OF THE RIVER

Colleen McLaughlin

I am swinging to the northward, I am curving to the
  south
I am spreading, I am splitting, running free
I am creeping past the sandhills, going steady as the
  land fills
For all my channels lie ahead of me.

Through the grasslands and the mugla, past the rocks,
  erodes bare,
I will cover up the secrets buried deep.
For if man thinks he can beat me. I will tell him come
  an meet me,
But where and when and how my signs I'll keep.

Because I am Diamantina, and I rule the great outback,
I'm its heartbeat, I'm its keeper, it's my land.
With my channels full and flowing, and the grasses
  green an growing,
I'm the power that man must learn to understand.

I will take your heart and hold it, I will commandeer
  your soul,
If you listen to my voice and stand up tall.

If your ears can hear me singing, and your answer
comes back ringing,
Then I'll know that you have recognised my call.

For this is my direction, as the sovereign of this land,
I will whisper to you the secrets of its ways.
But for you to know and share it, do not take its
heart and tear it,
For I'll tell you now, the loser always pays.

For I am Diamantina, an the sandhills and the plains,
Need my water as their lifeblood – it's my land.
With my channels full and flowing, an the grasses
green and growing,
I'm the power that you must learn to understand.

INHALT

TEIL I

DAS LEBEN GEHT WEITER

KAPITEL 1

»Jess, ich bin zu Hause.«

Die Haustür schlägt zu, und Brads Stimme dringt durch den Flur bis zu mir herüber. Ich schüttle den Kopf und versuche, meine Gedanken von der Vergangenheit zu lösen – von all dem, was hätte sein können. Eine leichte Brise weht durch das offene Fenster, trägt Brads Stimme davon und bringt stattdessen den süßen Duft nach Rosen mit sich. Ich höre das spätnachmittägliche Keckern einer Elster am Haus.

Ich bin in der Küche im hinteren Teil des Gebäudes und starre in den Garten. Einen schrecklichen Augenblick lang kann ich mich nicht mehr daran erinnern, wie lange ich hier schon stehe oder weshalb ich überhaupt in die Küche gekommen bin. Wollte ich nur ein Glas Wasser trinken oder mit den ersten Vorbereitungen fürs Abendessen anfangen? Obwohl die Sonne, wie ich benommen feststelle, schon tief am Himmel steht, zeigt die Uhr jedoch noch nicht die Zeit an, zu der Brad normalerweise nach Hause kommt.

Brad – seit vier Jahren mein Ehemann und seit sehr viel längerer Zeit mein Geliebter – ist einunddreißig, zwei Jahre älter als ich. Er ist Biologe, Experte für Fauna und Flora im Wasser, und arbeitet für die EPA, die Environmental Protection Agency, in Brisbane. Er untersucht Gewässer. Creeks und Flüsse, Sümpfe und Lagunen, alles, wo Wasser zu finden ist und sich die verschiedensten Lebensformen gebildet haben.

Im Laufe der Jahre habe ich mich an die Tiere und Muster gewöhnt, die er mit nach Hause bringt, und das Fenstersims über der Küchenspüle steht gewöhnlich voll von Überbleibseln seiner Arbeit. Die Sauberkeitsfanatikerin in mir hat gelernt, das zu ignorieren und die Augen vor der Ansammlung von Gläsern und Flaschen, Pipetten und Etiketten zu verschließen. Außerdem ist es mir gelungen, den Inhalt der Gläser und Flaschen nicht genauer in Augenschein zu nehmen – meistens sind es in verdünntem Alkohol konservierte Schnecken, Krebse, Käfer oder winzige Fische. Wie aufs Stichwort taucht Brad plötzlich hinter mir auf und schlingt die Arme um mich. Für einen kurzen Augenblick werde ich steif und wehre mich gegen die Umarmung, dann lehne ich mich an ihn. Er riecht leicht nach Aftershave und Konservierungsmittel.

»Jess«, beginnt er vorsichtig.

Ich löse mich aus seinem Griff. Der Tonfall fordert meine ganze Aufmerksamkeit.

»Was ist los?«

»Nichts! Zur Abwechslung läuft alles mal ganz gut.«

Er breitet die Arme aus, als wolle er den ganzen Raum umfassen. Ein Haarbüschel fällt ihm in die Stirn, und ich bekämpfe den Drang, es zurückzustreichen. Die alte Jess hätte es unbewusst getan, aber ich bin nicht mehr dieselbe Frau wie vor einem Jahr.

»Erinnerst du dich noch an die Beihilfe für das Forschungsprojekt, die ich beantragt habe? Für die Erforschung des Diamantina Rivers?«

»Ja«, entgegne ich zögernd.

»Nun, wir bekommen Gelder für sechs Wochen.«

Sechs Wochen, denke ich benommen. Er wird sechs Wochen weg sein. Zweiundvierzig Tage ganz für mich, meine endlosen Gedanken und all die zerklüfteten Erinnerungen, die ich mittlerweile sicher schon glatt geschliffen habe. Zweiundvierzig schlaflose Nächte.

»Ab wann …?« Ich dränge meine Überlegungen zurück auf die Unterhaltung und versuche vergeblich, Enthusiasmus in meine Stimme zu legen, um seiner offensichtlichen Begeisterung gerecht zu werden. Aber die Frage steht unvollendet im Raum.

»Die Regenzeit rückt immer näher, in drei Monaten beginnt sie. Wenn ich das jetzt nicht in Angriff nehme, wird es Ewigkeiten dauern, bis ich wieder die Chance habe, da hinaufzufahren.«

Ich starre ihn fassungslos an und bemühe mich, seinen Worten einen Sinn zu geben, aber sie wirbeln völlig ungeordnet in meinem Kopf herum. Im Geiste zähle ich die Tage. *Jetzt.* Brad will *jetzt* weg. Der Gedanke, dass er vielleicht bald abwesend sein wird – insbesondere zu dieser Jahreszeit – ist grauenvoll. Das bedeutet, er ist nicht da, wenn …

»Komm doch mit!«

Ich sehe auf. Er meint es ernst, und mir kommt plötzlich in den Sinn, dass wir ein ganz normales Paar sein könnten, das über den nächsten Urlaub diskutiert. Er spricht die Einladung aus und beobachtet mich besorgt, aber mit einem stetigen Blick aus blauen Augen. Ich schüttle den Kopf, unfähig, eine Antwort zu formulieren.

»Jess!« Nackte Qual schwingt in seiner Stimme mit.

Sein Mund verzieht sich. Er neigt sich vor und nimmt meine Hand in seine. »Bitte!«

Ich bekämpfe das Bedürfnis, ihm meine Hand zu entziehen und hinauszulaufen. Die Vergangenheit springt fast auf mich, rüde und erschreckend, und für einen Augenblick fällt mir das Atmen schwer. Die Erinnerungen sind wie ein unendlicher böser Traum, ein Albtraum, aus dem ich bestimmt nie wieder erwachen werde. Die Bilder begleiten mich jede Stunde, jeden Tag. Wieder schüttle ich den Kopf.

»Ich kann doch nicht«, flüstere ich und schließe dabei die Augen, um die Enttäuschung in seinem Gesicht nicht wahrnehmen zu müssen. »Es ist viel zu früh.«

Brad senkt den Blick, als könne er es nicht mehr ertragen, mich anzusehen. Sein Adamsapfel bewegt sich auf und ab, als er heftig schluckt. Und als er schließlich das Wort ergreift, spricht er gemessen und beherrscht. »Ich muss die Forschungsgelder ja nicht annehmen. Du brauchst nur ein Wort zu sagen, Jess, und ich lehne ab. Es werden bestimmt noch andere Gelegenheiten kommen.«

Ich bemühe mich, die Enttäuschung in seinem Gesicht nicht wahrzunehmen. So ist Brad. Er denkt immer an die anderen und stellt die Bedürfnisse aller über seine eigenen. Das ist eine der Eigenschaften, deretwegen ich mich anfangs, vor all den Jahren zu ihm hingezogen gefühlt habe.

»Selbstverständlich musst du die Unterstützung annehmen!«

Diese Reaktion kam schnell und automatisch. Er muss an den Diamantina fahren, gar keine Frage. Brad hat sich das so sehr gewünscht. Wochenlang hat er die Grundlagen dieser Forschungen erarbeitet, und die Ergebnisse würden Teil seiner Dissertation sein, die er im nächsten Jahr abgeben muss. Ich zögere und denke, mit einem flüchtigen Blick zum Kühlschrank, an die Zubereitung einer weiteren Mahlzeit, auf die ich keinen Appetit habe. »Sechs Wochen«, sage ich matt.

Dieses Mal schüttelt Brad den Kopf. »Nein. Ich werde die ganze Idee verwerfen. Vielleicht fahre ich im nächsten Jahr hin, wenn sich die Dinge beruhigt haben. Außerdem will ich nicht, dass du hier allein …«

Er bricht ab. Ich ergänze den Satz im Stillen: dass du hier am Jahrestag allein bist.

»Wo genau ist der Diamantina River?«, frage ich. »Wohin würden wir fahren?«

Warum habe ich das gesagt? *Wir,* nicht *du.* Dadurch, dass ich mich mit einschließe, schüre ich eine Hoffnung, obschon ich im tiefsten Herzen fühle, dass es keine gibt.

»Der Teil, für den ich mich interessiere, ist im Central-Queensland. Bis vor ein paar Jahren wurde nur wenig in diesem Gebiet geforscht.«

»Und warum?«

Ich betreibe Smalltalk, um die unerträgliche Kluft zwischen uns zu füllen. Ich habe im vergangenen Jahr ein ganz gutes Geschick darin entwickelt, hier und da ein Wort oder einen Satz zu äußern, ohne der Antwort echte Beachtung zu schenken. Merkt Brad das?, überlege ich. Spürt er, dass ich Theater spiele und ihn dorthin führe, wohin er meiner Meinung nach will?

»Nun, zum einen ist die Region sehr abgelegen. Außerdem ist es schwer, die finanzielle Unterstützung mit der Regenzeit in Einklang zu bringen. Damit sind viele kleine Exkursionen verbunden, und du würdest trotz allem manchmal allein sein, wenn du mitkommst. Doch zumindest könnten wir uns öfter sehen.«

»Und wieso kann ich an diesen Exkursionen nicht teilnehmen?«

Die Frage scheint ihn zu überraschen. »Es spricht eigentlich nichts dagegen. Ich dachte nur, du interessierst dich nicht dafür – das ist alles.«

Innerhalb einer Minute hat der Tenor der Unterhaltung von »unmöglich« zu »wahrscheinlich« gewechselt. Plötzlich gebe ich ihm Grund zur Hoffnung.

»Wo würden wir wohnen?«

»Es gibt eine Unterkunft auf einem der Landbesitze. Sie ist ziemlich bescheiden, aber …«

Meine Gedanken driften davon, genau wie seine Worte, und das Gespräch bleibt offen. Ich beschäftige mich, indem ich die Spülmaschine ausräume und Kartoffeln fürs Abendessen schäle. Brad öffnet eine Flasche Rotwein – Cabernet Shiraz, unseren Lieblingswein – und schenkt zwei Gläser großzügig ein.

Im Geiste erforsche ich meine Gefühle. Warum genau will ich nicht weg? Die letzten zwölf Monate sind für mich und Brad schwierig gewesen, und zwar aus verschiedenen Gründen, über die ich im Augenblick nicht nachdenken kann – es wäre unerträglich. Es genügt, wenn ich sage, dass unsere Beziehung auf die Probe gestellt worden ist und sich als unzureichend erwiesen hat.

Ich trinke meinen Wein, koche und verfolge halbherzig einen Dokumentarfilm über afrikanische Löwen. Schneide Tomaten und Gurken und zerzupfe grüne Salatblätter. Meine Konzentration gerät ins Wanken. Im Laufe des Abends reden wir um den heißen Brei herum und weichen dem Thema Forschungsprojekt aus. *Komm doch mit,* hat er gesagt und mich damit in seine geheime Welt eingeladen. Er will, dass ich wieder ein Teil von ihm werde. Tief im Inneren, im Kern meines Selbst frage ich mich, ob die Dinge zwischen uns jemals wieder so sein können wie früher. Und sechs Wochen allein mit meinem Mann erscheint mir wie etwas, was ich erdulden muss, nicht genießen kann.

Später, als ich frisch geduscht und nackt durch den dunklen Flur zu unserem Schlafzimmer gehe, bleibe ich vor der geschlossenen gegenüberliegenden Tür stehen. Und obwohl ich es nicht fertig bringe, diese Tür zu öffnen und das Zimmer dahinter zu betreten, kann ich mich auch nicht einfach wegdrehen. Ich stehe dort wie angewurzelt und weiß nicht, was ich tun soll. Ich fühle mich auf einmal leer, wie eine Betrügerin, als ob ich andere Pflichten vernachlässigen würde, wenn ich mit Brad zu diesem fernen Ort gehe – *zum Diamantina.*

Meine Atemzüge sind unregelmäßig; die Brust wird eng. Ich schließe die Augen, schlucke die Tränen hinunter und zwinge mich zur Ruhe. Behutsam lege ich die Stirn an die Wand und spüre den kühlen Putz. Erinnerungen, kurz aufblitzende Bilder aus glücklicheren Zeiten jagen durch mein Bewusstsein. Ich verdränge sie – ich will mich nicht an sie erinnern. Sich erinnern bedeutet Schmerzen.

Hinter mir bewegt sich etwas. Ich vernehme Schritte auf den Holzdielen und spüre einen warmen Luftzug. Es ist Brad. Instinktiv drehe ich mich zu ihm und schmiege meine nasse Wange an sein Hemd.

»Nicht weinen, Jess«, sagt er und streicht mir liebevoll übers Haar. Seine Stimme klingt brüchig, erstickt. »Es wird wieder gut. Alles wird gut. Es braucht nur seine Zeit. Das ist alles.«

Ich strecke ihm auf der Suche nach Wärme und Geborgenheit meinen Mund entgegen. »Küss mich!«, sage ich heiser, dann lasse ich meine Zunge über seine Lippen gleiten.

»Jess.«

»Schsch! Nicht reden. Ich brauche dich. Jetzt.«

Brads Mund ist schmiegsam und weich. Er stöhnt leise und liebkost mit der Hand erst meine Schulter, dann eine Brust. Ich schiebe die Hand weiter nach unten zu dem dunklen, behaarten Dreieck. Seine Liebkosungen werden intensiver, ich zittere vor Ungeduld und umfasse sein hartes Glied.

»Jetzt«, wiederhole ich und erkenne meine eigene Stimme kaum wieder.

»Hier?«

Wir tun es auf dem Flur. Mein Rücken ist an die Wand gepresst, und ich nehme Brads Stöße wie aus großer Entfernung wahr. Selbst in diesem intimen Augenblick fühle ich mich isoliert, losgelöst von allem. Es scheint keine echte spirituelle Verbindung zwischen uns mehr zu geben, keinen besonderen Ort, an dem wir beide zur selben Zeit sind. Ich könnte auch mit einem Fremden Sex haben, denke ich.

Mein Bewusstsein gleitet ab. Was will ich? Was bedeutet dieser wilde, verzweifelte Sex? Bin ich auf der Suche nach den vertrauten Emotionen, weil ich möchte, dass alles wieder so wird wie irgendwann in vergangenen Zeiten? Trauer und Verlangen fließen ineinander über, bis sich beides nicht mehr voneinander unterscheidet. Ich höre von weit weg Brads Wonneschrei. Er klingt unharmonisch, entfernt wie ein Ächzen des Windes in den Pinienbäumen. Unbefriedigt sinke ich in mich zusammen.

Ich bin leer. Hohl. Ohne jedes Gefühl, irgendwie unvollständig.

Nie zuvor habe ich mich so allein gefühlt.

Seit Monaten habe ich einen Traum. Einmal in der Woche. Manchmal zweimal. Es ist nie exakt derselbe Traum, aber ein ähnlicher. Mit einem ähnlichen Thema. Einer ähnlichen lähmenden Angst und einem ähnlichen Ende. Nur der mittlere Teil variiert, verändert sich und führt mich über trügerische Pfade. Wenn Sie daran glauben, dass Träume eine Bedeutung haben oder einem subtilen Zweck dienen, wie beurteilen Sie dann meinen?

Es ist Nacht – immer Nacht – und ich laufe. Renne durch dunkle Straßen in einer Stadt, die mir bekannt und unbekannt zugleich ist. Es ist eine Kleinstadt, deren Straßen im rechten Winkel zueinander verlaufen. Die Landschaft ist flach. Alle Fenster sind unbeleuchtet. Kein Hund bellt. Alles ist still bis auf meine donnernden Schritte und mein Keuchen. Und die Schritte hinter mir …

Immer ist jemand hinter mir. *Die Jäger,* so nenne ich sie. Sie sind beinah lautlos, verstohlen und bedrohlich. Wie viele sind es? Das weiß ich nie. Im Traum habe ich zu große Angst, um den Kopf zu drehen und zu zählen.

Ich renne, von Panik ergriffen. Die Muskeln schmerzen höllisch. Die Schritte kommen immer näher. Ich bekomme Seitenstechen, zwinge mich jedoch, weiterzulaufen und die Beine noch schneller zu bewegen. Vielleicht – und das ist eine fast trügerische Hoffnung – kann ich sie abhängen, mit den langen Schatten, die die schwachen Straßenlaternen werfen. Doch ich spüre ihren Atem in meinem Nacken und den Luftzug, als ihre Arme nach mir greifen.

Erschöpft erreiche ich einen Fluss. Es gibt keine Brücke, keine Furt. Um den Fluss zu überqueren, muss ich schwimmen. Einen unsäglich langen Augenblick starre ich aufs Wasser. Es wirbelt dunkel und ölig an mir vorbei. Mir läuft ein Schauer über den Rücken. Dann hole ich tief Luft und wappne mich innerlich gegen die Kälte, bevor ich springe und in das Wasser eintauche.

An diesem Punkt wache ich auf. Mein Herz rast, und ich ringe um Atem. Die Angst ballt sich wie ein fester Knoten in meinem Bauch zusammen. Ich bin schweißgebadet. Dann setze ich mich auf, presse die Hände an die Schläfen und versuche, die Anspannung zu mindern, die sich dort angesammelt hat. Sobald ich wieder zu Atem komme, werfe ich einen Blick auf Brad.

Das Schlafzimmer wird von der Straßenlaterne draußen schwach erleuchtet. Er liegt neben mir; seine Brust hebt und senkt sich im Rhythmus des Schlafs. Sein Haar ist zerzaust, sein Gesicht entspannt.

Bestimmt habe ich im Schlaf mit mir selbst geredet, denke ich, oder sogar geschrien.

Wie kann er von all dem nichts bemerkt haben?

Ich habe dieses Haus von meinen Großeltern geerbt. Es ist ein »Arbeiter-Cottage« – der neueste Schrei bei den Stadt-Yuppies. Meistens sind diese Häuser heruntergekommen und winzig, dennoch bezahlen die Leute heutzutage horrende Preise dafür. Normalerweise haben diese Cottages einen langen Gang in der Mitte, von dem die anderen Räume abgehen: Wohnzimmer, zwei Schlafzimmer, Bad, Esszimmer.

Im Laufe der Jahre haben Brad und ich viel Zeit und

Geld investiert, um unser Zuhause zu renovieren. Jetzt ist es hell und praktisch, funktionell und ohne Schnickschnack eingerichtet, mit polierten Holzböden und Wänden in der Farbe von goldener Butter. Vor zwei Jahren haben wir an den rückwärtigen Teil angebaut, um eine anständige Küche und einen gemütlichen Wohnraum zu bekommen. Schiebetüren aus Glas führen auf eine sonnenbeschienene, mit Terrakottaplatten gepflasterte Terrasse. In Blumenkästen blühen üppige Geranien, und im Garten dahinter befinden sich ein kleiner Pool, eine winzige quadratische Rasenfläche und ein großer Maulbeerbaum, dessen Früchte schon mein Vater als Kind gepflückt haben muss. Mein Heim sieht wirklich so aus wie die Häuser in den Hochglanzmagazinen, überlege ich stolz.

Aber jetzt muss ich in diesem Haus zu viele leere Stunden verbringen. Zu viel Energie wird damit vergeudet, Ursachen und Gründe für das zu finden, was geschehen ist. Und ich verbringe zu viele Nächte mit Weinen, obwohl ich spüre, dass Tränen diesen tiefen Schmerz niemals auslöschen können.

Es wird Zeit, dass ich wieder arbeite. In meinem früheren Alltag habe ich Recherchen für den lokalen Fernsehsender gemacht. Ich habe meinen Job geliebt und Spaß dabei gehabt, Nachforschungen anzustellen und einzelne Informationen für die aktuelle Sendung zusammenzufügen, die allabendlich ausgestrahlt wird. Und ich war gut. Als ich ging, hat mir der Geschäftsführer des Senders ein exzellentes Zeugnis ausgestellt.

Arbeit!, denke ich mutlos und gefangen zwischen dem Bedürfnis, gebraucht zu werden, und dem Gefühl der Unzulänglichkeit. Die Vorstellung, am Morgen aufzustehen, mich ordentlich anzuziehen und Make-up aufzulegen, Emotionen vorzutäuschen, die ich nie wieder empfinden kann, deprimiert mich. Wie kann ich mich im Beisein anderer Menschen normal benehmen, wenn mein Herz entzweigebrochen ist? Wie kann ich weitermachen, als wäre alles in Ordnung, während mein Leben ein einziges Gefühlschaos ist?

Also stelle ich die Überlegung, wieder zu arbeiten, zurück.

Morgen, nehme ich mir vor. Morgen werde ich eine Entscheidung treffen, mein Leben ändern. Nach vorn schauen.

Immer wieder morgen …

Am folgenden Nachmittag komme ich vom Einkaufen nach Hause und schleppe lustlos die Plastiktüten mit den Lebensmitteln durch den Flur in die Küche. Brad ist schon daheim und hat ein Buch aufgeschlagen vor sich liegen. Das Buch – er zeigt es mir später – enthält hauptsächlich Fotografien, Luftaufnahmen von großen, schlammigen Wasserlöchern und ausgetrockneten, von Bäumen gesäumten Flussläufen, die sich teilen und wieder zusammenkommen und sich ziellos durch eine, wie es scheint, ebene Landschaft schlängeln.

»Der Diamantina River hat einen Hauptarm«, sagt Brad und fährt mit dem Finger über ein Foto, auf dem ein Wasserloch abgebildet ist. »Und wenn es regnet, teilt sich das Wasser in Dutzende, manchmal auch in Hunderte Kanäle, von denen manche Meilen breit sind.«

Ich schaue mir die Fotografie noch einmal an. Von meinem Blickwinkel aus erscheinen die Flussläufe wie ein filigranes Spitzengewebe, ein kompliziertes Muster aus Farben und Linien. »Und was geschieht bei Überschwemmungen?«, frage ich.

»Dann ist dort ein einziger großer See. Da die Landschaft ganz flach ist, dauert es dann Ewigkeiten, bis das Wasser wieder abfließt oder wenigstens versickert.«

Er breitet eine große Karte von Queensland auf dem Tisch aus und deutet auf die blauen Flusslinien, die sich weit verzweigen. »Sieh mal!«, fordert er mich eifrig auf; diese Begeisterung habe ich schon Monate nicht mehr bei ihm erlebt. »Es gibt drei Flusssysteme – den Georgina River, den Diamantina River und den Coppers Creek. Alle münden letztendlich in den Lake Eyre.«

»In Südaustralien?« Mein Geografie-Unterricht liegt schon eine Weile zurück, aber einiges vergisst man nie.

Ich betrachte sorgfältig die Karte und lasse den Blick über die Eintragungen schweifen. Ich suche nach der nächsten größeren Stadt in dem, wie mir scheint, ziemlich unwirtlichen Teil des Outbacks. »Das ist hübsch«, füge ich hinzu, trete zurück und ziehe meine High-Heels aus. Meine Füße schmerzen.

Brad ist immer noch über die Karte gebeugt. »Wenn wir diese Richtung einschlagen«, überlegt er laut und fährt mit dem Finger eine Linie, die wie ein größerer Highway aussieht, entlang, »hier abzweigen und diesen Weg weiterfahren. Das wäre die schnellste Route.«

Ich halte verständnislos inne, habe meine hochhackigen Schuhe in der einen Hand und stemme die andere in die Hüfte. »Die schnellste Route?«, wiederhole ich begriffsstutzig.

»Zum Diamantina. Du kommst doch mit, Jess?«

»Nein«, antworte ich entschieden. »Und dieser Weg, von

dem du sprichst, muss mehr als zweihundert Kilometer lang sein.«

»Dreihundertfünfzig«, entgegnet er grinsend und wirft mir einen Blick zu, der mich um Jahre zurückversetzt und mich denken lässt: Wenn ich nicht so verdammt müde wäre, könnte man mich überreden, auf das Dinner zu verzichten und es gegen hedonistischere Beschäftigungen einzutauschen.

»Hast du nicht manchmal das Gefühl, irgendwie festzustecken? Willst du denn niemals die Flucht ergreifen?«, fragt Brad unvermittelt und lehnt sich zurück.

»Die Flucht ergreifen? Wohin sollte ich fliehen?«

Brad zuckt mit den Schultern und reibt sich die Augen vor Müdigkeit. »Irgendwohin. Nur weg von all dem. Irgendwohin, wo das Leben einfacher, langsamer verläuft.«

»Weg von meinen Erinnerungen?«

Dieses Wort fällt ungebeten, aber ich muss diese Frage stellen. Ich muss wissen, was diesen Mann antreibt.

»Ja«, antwortet er schlicht.

»Ich könnte die Erinnerungen nie hinter mir lassen. Sie sind alles, was mir geblieben ist.«

Ich schüttle den Kopf. Eine Flucht habe ich nie in Erwägung gezogen, nicht einmal ernsthaft über mögliche Alternativen nachgedacht. Wohin sollten wir denn gehen? In irgendeine Vorstadt? In eine Kleinstadt? Zum Diamantina?

Das Buch liegt etliche Tage auf der Küchenbank. Von Zeit zu Zeit fällt mein Blick darauf, und ich habe mir vorgenommen, es durchzublättern und den Text zu lesen. Brad hat gesagt, dass in dem Buch eine Zusammenfassung der Geschichte dieser Region stehe. »Du weißt schon«, meinte er beiläufig, »da wird von den ersten Pionieren und Siedlern erzählt, von solchen Dingen.«

Er versucht, mein Interesse zu wecken, mich neugierig zu machen. Die alten Forscherinstinkte zu wecken, die in den letzten Jahren im Verborgenen geschlummert haben. Ich schlage zögerlich die erste Seite auf, dann schiebe ich das Buch weg. Nein, warnt mich eine innere Stimme. Sieh nicht hin! Lass dich nicht vereinnahmen!

Doch der Name – *Diamantina* – geht mir nicht mehr aus dem Kopf und blitzt in den seltsamsten Augenblicken auf.

Diamantina. Diamantina. Diamantina.

Ich spreche es leise aus, mehrmals, und mit einem Mal ist da eine Kadenz, ein Rhythmus. Es klingt fast melodisch und ist eine Wohltat für das Ohr. Weshalb, überlege ich, bleiben uns manche Namen sofort im Gedächtnis haften? Warum können sie nicht verblassen und in der Versenkung verschwinden?

Am Sonntagnachmittag nehme ich mir schließlich das Buch vor und setze mich in einen Liegestuhl unter dem Maulbeerbaum. Das Laub bewegt sich und wirft seltsame Muster auf den Rasen, meine Hände, das Buch. Für einen kurzen Augenblick schließe ich die Augen und fühle die Wärme auf meinem Gesicht. Dann atme ich tief durch, schlage das Buch auf und blättere, bis ich das entsprechende Kapitel finde.

»Das Gebiet des Diamantina rund um Winston«, lese ich laut, »wurde erst in den frühen siebziger Jahren des neunzehnten Jahrhunderts besiedelt. Einer der ersten Schafzüchter, Adam O'Loughlin, wurde in Newtownlimavady in Londonderry, Irland, geboren ...«

KAPITEL 2

Newtownlimavady, Irland
Juli 1867

Adam O'Loughlin saß auf den Stufen vor seinem Cottage; die heiße Sonne wärmte sein Gesicht, während er seinen Tee trank. Eine Brise raschelte in dem Kartoffelacker, dessen Kraut und Blüten sich über den Hang des Hügels erstreckten. Er sah aus wie ein grünes Meer mit violetten Tupfen. Adam war noch nie am Meer gewesen, hatte nur in Büchern darüber gelesen, stellte sich aber vor, wie es aussehen könnte. Einmal hatte ihn sein Vater mit nach Londonderry genommen, das achtzehn Meilen weit weg war; dort hatte er über den Fluss Foyle geblickt und sich gefragt, wie es wohl wäre, mit einem der Schiffe, die in den Docks lagen, davonzusegeln. Wie alt mochte er damals gewesen sein? Sechs? Sieben? Ein anderer Gedanke riss ihn jäh in die Gegenwart zurück: Sein Dad war vor vier Monaten am Fieber gestorben. Und als ältester Sohn war er, Adam, nun schon mit achtzehn Jahren das Familienoberhaupt.

Er sah verdrossen auf die O'Loughlin-Felder unterhalb des Cottages; die Verantwortung lastete schwer auf seinen jungen Schultern. Der Boden seiner Farm war schlecht; die Felder und Wiesen lagen tief, und in den regnerischen Monaten verwandelten sie sich in Morast, da sie nicht einmal zureichend entwässert werden konnten. Er besaß insgesamt zehn Acres, und mehr als die Hälfte des Landes war kaum besser als Torfmoor. Rinder und Schafe hatte er längst für einen Bruchteil ihres Wertes verkauft, um den ausstehenden Pachtzins bezahlen zu können. Jetzt hatte Adam nur noch ein einziges Schwein, ein kümmerliches Tier, und drei Acres Kartoffelfelder.

»Es ist eine Schande, an einem so schönen Tag trüben Gedanken nachzuhängen«, rief jemand plötzlich neben ihm.

Seine Mutter setzte sich zu ihm auf die Stufen und legte die Hände auf ihren Bauch und das ungeborene Kind. Adam warf ihr einen Blick zu, wandte sich dann aber verlegen wieder ab. Sie war bei ihrer Hochzeit mit Dad kaum älter gewesen als er jetzt. Und heute war sie noch nicht einmal vierzig und doch schon eine alte Frau mit fast weißem Haar und vielen kleinen Falten um die Augen und den Mund.

»Woher weißt du, was ich denke?«

»Eine Mutter spürt so etwas.«

Er presste die Lippen zusammen und schaute in die Ferne. Weiß getünchte Cottages mit Strohdächern, ganz ähnlich wie seines, von mit Steinmäuerchen abgegrenzten Feldern und Weiden umgeben, waren weit in der Landschaft verstreut. Auf dem Gipfel des Hügels zur Linken stand das Farmhaus des Großgrundbesitzers. Die Böden seiner höher gelegenen Felder waren dunkel und fruchtbar, und große Schafherden – helle Pünktchen inmitten des satten Grüns – grasten friedlich auf den Weiden. Das Haus des Großgrundbesitzers erstreckte sich über den gesamten Kamm des Hügels, und die Mauern hoben sich unnatürlich weiß von den frisch bestellten Äckern ab. Der Turm in der Mitte war um eine Spur dunkler. Rechts davon markierte eine Baumlinie den Verlauf des Rivers Roe.

»Die Kartoffeln«, sagte seine Mutter. »Was meinst du, wann wir mit dem Ausgraben anfangen?«

Adam blinzelte und richtete den Blick erneut auf das O'Loughlin-Land unterhalb des Cottages. Manchmal, wenn er die Zeit fand, um hier zu sitzen, bildete er sich ein, die neuen Blätter wachsen und die Blüten aufgehen zu sehen, so schnell entwickelten sich die Pflanzen. Gott sei Dank, dachte er. Mit dem Erlös für die Ernte konnte er die halbjährliche Pacht bezahlen, die seit dem »Gale Day« im Mai fällig war, und sie konnten die eigenen Vorratsfässer wieder füllen. Zurzeit hatten sie nur die knorrige Sorte im Haus, die weit weniger schmackhaft war als die festen Feldfrüchte, die augenblicklich in der feuchten Erde wuchsen.

»In ein paar Wochen«, antwortete er mit einem Stirnrunzeln. »Vielleicht in einem Monat, wenn wir noch so lange warten können.«

Er entdeckte plötzlich zwei Gestalten, die auf dem Weg, der vom Ort herausführte, in ihre Richtung kamen. Selbst aus dieser Entfernung erkannte er sie. Einer war der Constable, ein Nachbar, den Adam schon fast sein Leben lang kannte. Er war mit den Söhnen dieses Mannes in die Schule gegangen. Der andere, der Gerichtsvollzieher mit prächtig maßgeschneidertem Rock, glänzend gewienerten Schuhen und hohem Zylinder, hüpfte vorsichtig über die Pfützen, die der Regen der letzten Nacht zurückgelassen hatte, um sich die Schuhe nicht schmutzig zu machen. Adam musste sich das Lachen verbeißen, obwohl er keineswegs erfreut war, die beiden zu sehen.

»Was ist denn daran so lustig?«, fragte seine Mutter und sah in die gleiche Richtung wie er.

»Der Geldeintreiber tanzt um die Pfützen, damit kein Schlamm an seine feinen Schuhe kommt.«

»Ich weiß nicht, warum er sich solche Mühe macht. Der Schlamm ist noch das sauberste in dieser Gegend.«

Adam beobachtete, wie die zwei Männer keuchend den Hof erreichten. Der Gerichtsvollzieher hielt Adams Mutter ein Stück Papier vor die Nase. »Mrs. O'Loughlin, nehme ich an.«

»Was ist das?«, wollte Adam wissen.

»Eine Räumungsklage. Und sagen Sie bloß nicht, Sie hätten nicht damit gerechnet!«

Adam sah seine Mutter an. Ihr Gesicht wirkte plötzlich eingefallen und noch faltiger. Sie schloss die Augen, und eine Träne löste sich aus den Wimpern. Ihre Stimme klang matt: »Womit sollen wir Sie denn bezahlen? Unsere Kartoffeln sind noch nicht erntereif, und Geld haben wir keines.«

»Klage niemandem dein Leid, der kein Mitgefühl hat!«, höhnte Adam.

»Ihnen bleibt ein Monat Zeit, die Schulden zu begleichen, oder Sie müssen das Cottage räumen«, fuhr der Gerichtsvollzieher ungerührt fort und stemmte die Arme in die Hüften.

Adam legte die Hand auf den Arm seiner Mutter, um sie zu beruhigen. »Keine Sorgen, Mam! Ich regle das.«

»Adam! Nein!«

Sie streckte protestierend die Hände aus, doch Adam achtete nicht auf seine Mutter, sondern führte sie die Stufen hinauf und machte die Haustür zu, ehe er sich zu den Männern umdrehte. »Wie Sie sehen, geht es meiner Mutter nicht gut. Sie werden mit mir verhandeln müssen.«

»Und Sie sind?«, fragte der Schuldeneintreiber streitlustig.

Die Frage war eine reine Formalität, das wusste Adam.

Sie sollte ihn aus der Ruhe bringen. Im Dorf kannte jeder jeden, und der Constable hatte dem Gerichtsvollzieher ganz bestimmt auf dem langen Weg hierherauf alles Wissenswerte über die Familie O'Loughlin erzählt. Doch verdiente die Frage eine Antwort. »Adam O'Loughlin, Sohn des Hugh O'Loughlin«, erwiderte er geduldig.

»Wo ist Ihr Vater?«

»Er ist vor vier Monaten gestorben, wie Sie sicher bereits erfahren haben.«

»Unverschämt«, brummte der Gerichtsvollzieher, lauter setzte er hinzu: »Wo ist Ihr Bruder?«

»Conor?«, fragte Adam erstaunt. »Was wollen Sie von ihm?«

»Er hat sich auf den Feldern des Landbesitzers herumgetrieben. Falls irgendetwas vermisst werden sollte, wird er der Erste sein, den man verdächtigt.«

»Und was soll man da oben schon vermissen?«, spottete Adam mit einem Blick auf das riesige Haus.

»Vorräte zum Beispiel?«

»Bezichtigen Sie meinen Bruder des Diebstahls?«

»Ich habe nur Anweisung, die Räumungsklage zu überbringen. Sie ist vom Magistrat geprüft und unterzeichnet worden. Dem Landbesitzer ist es gleichgültig, ob Ihre Mutter auf dem Sterbebett liegt oder Ihre Kartoffeln die Fäule haben. Er will einfach nur sein Geld. Ihnen bleiben dreißig Tage, um den ausstehenden Pachtzins aufzubringen, sonst ...«

»Sonst was?«

Der Gerichtsvollzieher zuckte hochmütig mit den Achseln – dabei zog er die Schultern übertrieben hoch und ließ sie schnell wieder sinken – und machte sich davon.

Der Constable wandte sich jetzt Adam zu: »Tut mir

Leid, Junge«, sagte er. »Ich hab damit nichts zu tun.« Er nickte mitfühlend und trat unbehaglich von einem Fuß auf den anderen, ohne Adams Blick zu begegnen.

Adam sah ihn scharf an, dann drehte er sich weg und beobachtete, wie der Geldeintreiber in Richtung Dorf stapfte. »Sie sollten auch besser gehen«, sagte er zu dem Constable, ging ins Haus und machte die Tür zu. Die kühle Luft in dem kleinen Steincottage hüllte ihn ein, und er schauderte.

»Das war's also, wie? Das ist das Ende.«

Seine Mutter saß auf einem Stuhl neben dem Fenster. Adam konnte nur ihre Silhouette, nicht aber ihr Gesicht vor dem hellen blauen Himmel erkennen. Ihm fiel jedoch ihre stolze Kopfhaltung auf, das nach vorn gereckte Kinn und der gewölbte Bauch unter der Schürze.

»Sie haben nach Conor gefragt«, sagte er ausdruckslos.

»Conor?« Sie drehte ihm abrupt das Gesicht zu, und er sah, wie ihr Mund das O formte. »Was wollen sie von ihm?«

»Der Geldeintreiber meint, er hätte an Plätzen herumgelungert, an denen er nichts zu suchen hat.«

Sie verschränkte die Arme vor der Brust und senkte niedergeschlagen den Kopf. »Dieser Junge ist noch mal mein Tod.«

»Da wir gerade von Conor sprechen – weißt du, wo er ist? Ich habe ihn seit Tagen nicht zu Gesicht bekommen.«

Sie erhob sich schweigend und nahm den Besen, der an seinem Platz neben dem Herd stand. Mit kurzen, gleichmäßigen Strichen fegte sie das Stroh über den irdenen Boden und den unsichtbaren Staub in Richtung Tür, wie es der Aberglaube diktierte.

Adam spürte, wie Ärger in ihm aufstieg. Verdammter

Conor, dachte er, er macht Mutter Kummer, wenn sie es am wenigsten braucht. Hat sie nicht schon genug Sorgen wegen dieser Räumungsklage und der Aussicht, bald noch ein Maul mehr füttern zu müssen? Es ist bereits Juli, und das Kind soll schon Ende August auf die Welt kommen. Die Kartoffelernte steht bevor, und es wird nicht genügend Helfer geben, wenn sich Mutter um den Säugling kümmern muss und Conor wie üblich durch die Gegend streunt.

Adam dachte an das ungeborene Kind, Hugh O'Loughlins letztes Vermächtnis vor seinem vorzeitigen Tod. Es würde seinen Vater nie kennen lernen und hatte nicht darum gebeten, in diese Armut geboren zu werden. Es wäre besser für den armen Wurm, wenn er bei der Geburt stürbe, ging es Adam durch den Kopf, doch gleich darauf schämte er sich für diesen Gedanken.

»Verdammter Conor!«, explodierte er und richtete seine Wut auf den eigentlichen, wenn auch abwesenden Missetäter.«

»Adam!« Sichtlich erschrocken stützte sich die Mutter auf den Besen und sah ihren Erstgeborenen fassungslos an.

»Wann hörst du endlich auf, ihn in Schutz zu nehmen?«

Er starrte sie einen Augenblick lang an, und als ihm klar wurde, dass er keine Antwort erhalten würde, schnappte sich Adam seinen Hut, der am Haken an der Tür hing, setzte ihn auf und stürmte hinaus.

Adam lief bis zum oberen Ende der Dorfstraße. Es war später Nachmittag, und er begegnete keiner Menschenseele. Ein paar Kühe standen im Schatten des Kastanienbaumes auf dem Marktplatz. Sie drehten ihm die Köpfe zu, als er vorbeikam, und sahen ihm nach. Hinter den obersten Ästen des Baumes ragte in der Ferne der Benevenagh Mountain empor. Der Gipfel war wolkenverhangen.

Woher kam diese Wolke? Der Morgen war schön und ohne jeden Vorboten von Regen gewesen, und trotzdem konnte man wie gestern und vorgestern ein leises Donnergrollen aus Richtung der Berge vernehmen. Adam lauschte mit gerunzelter Stirn, dann verdrängte er den Gedanken an ein nahendes Gewitter und beschäftigte sich wieder mit dem Grund für seinen Besuch im Dorf.

Wo steckte Conor? Es stimmte, was Adam vorhin zu seiner Mutter gesagt hatte: Von dem Jungen war seit Tagen keine Spur zu sehen gewesen. Seit dem Tod des Vaters schien sein sechzehnjähriger Bruder nach eigenen Regeln zu leben und kam und ging, wie es ihm gefiel.

Die Szene vom Morgen im Cottage stand ihm wieder vor Augen. Sein Blick verdüsterte sich bei dem Gedanken an seine Mutter und daran, wie vehement, fast gewaltsam sie den Besen über den Boden geschwungen hatte, nachdem der Name ihres Sohnes gefallen war. War sie wütend auf Conor oder auf den Gerichtsvollzieher, der kurz zuvor auf ihrer Schwelle aufgetaucht war und Geld gefordert hatte? Vielleicht ärgerte sie sich auch darüber, dass ihr Kartoffelvorrat zur Neige ging und sie bald noch einen weiteren O'Loughlin-Sprössling zu versorgen hatte.

Adam seufzte – er konnte es nicht völlig nachvollziehen. Er bog nach rechts in die Catherine Street ein und lief in Richtung Fluss.

Am Ufer des Roe war es kühl. Gesprenkeltes Licht fiel auf das Gras. Das Wasser plätscherte braun und schäumend über die Steine. Adam glaubte einen schillernden

Lachs zu sehen, ein kurzes Aufblitzen von Schuppen und der Schwanzflosse.

Gedankenversunken schlenderte er über den Uferweg. Hier und da hingen Äste tief über dem Fluss; das Laub berührte fast die Wasseroberfläche. Hoch über Adams Kopf flogen blaue gefiederte Eisvögel. Die Brücke war halb im Schatten der Bäume verborgen. Adam lehnte sich über das Geländer und betrachtete versonnen das Wasser, das unter ihm floss.

In gewisser Hinsicht war er den Fischen im Wasser nicht unähnlich. Ein Strom riss ihn mit und führte ihn in eine Richtung, die er freiwillig nicht eingeschlagen hätte. Fast wäre er lieber einer der Fische gewesen, die stromabwärts zum Loch Foyle schwammen. Doch dann musste er an das weit entfernte Watt denken, das Lebensraum für viele Vogelarten war, und unterdrückte ein Lächeln.

Der Lachs, den er gerade beobachtet hatte, könnte durchaus, wenn es das Schicksal wollte, auf einer Platte für das Abendessen des Landbesitzers enden. Oder als Festschmaus für eine kräftige Möwe.

Er versuchte, seine Gedanken auf die Zukunft zu richten. Wo würde er in zehn Jahren sein? Wäre er dann verheiratet? Würde er noch eine Familie gründen, die in der Armut Irlands ihr Leben fristen müsste? Sich abmühen, um dem Land, das einst seinem Vater und davor seinem Großvater gehört hatte, einen kargen Lebensunterhalt abzutrotzen? Ganz bestimmt, dachte er, gibt es mehr im Leben, als Kartoffeln anzubauen und Torf zu stechen, in der Scheune zu lagern, bis er trocken genug war, um verheizt zu werden. Und wenn die Torfvorkommen versiegten, was dann? Blieb dann nur noch das Arbeitshaus?

Er hob den Kopf, als ein Blitz hinter den Bäumen aufflammte. Der Himmel hatte sich verdunkelt, die Luft war kälter geworden. Adam schauderte und zog den Rock fester um sich, als er die Brücke verließ.

Der Uferweg führte weiter nach Carrick. Auf der Wiese zu Adams Rechten blühten Glockenblumen, die einen leuchtenden Teppich bildeten. Zwischen all dem Blau wuchs da und dort ein Stechginsterbusch mit gelben Blüten. Ein Stück weiter direkt am Fluss stand die Mühle mit dem großen Kornspeicher. Eine Zeit lang sah Adam zu, wie das Wasser das Mühlrad antrieb.

Aus den Augenwinkeln nahm er eine Bewegung auf der Wiese wahr. »Conor?«, rief er und sah sich aufmerksam um. Eine dunkle Gestalt lief quer über die Wiese davon. Die Entfernung war so groß, dass er nicht erkennen konnte, wer es war, aber die Schuppen eines Lachses blitzten im Licht auf. Ein Wilderer, dachte er.

Wieder grollte ein Donner, und Adam sah zurück zum Benevenagh Mountain. Ganz langsam rollten Wolken die Hänge hinab und sammelten sich in den Tälern. Die Vögel in den Bäumen waren ungewöhnlich still. Kein Lüftchen regte sich.

Adam zog die Schultern hoch, um sich gegen die Kälte zu wappnen, und machte sich auf den Heimweg. Die Arbeit wartete auf ihn, und er hatte ohnehin schon zu viel Zeit mit der Suche nach seinem Bruder verschwendet. Irgendwann, wenn er Hunger hatte und sich nach einem weichen Bett sehnte, würde der Junge schon nach Hause kommen. Dann hatte Adam immer noch Gelegenheit, ihm die Leviten zu lesen, auch wenn Ermahnungen bei Conor überhaupt nichts fruchteten.

Wieder ging er am Fluss entlang, durchs Dorf an den

Kühen auf dem Marktplatz vorbei und den schlammigen Weg hinauf zum O'Loughlin-Cottage, und die ganze Zeit behielt er den Nebel im Auge, der sich über das Land wälzte und sich dick auf der feuchten Erde absetzte. Als er endlich seine eigenen Felder erreichte, sah Adam, dass sich etwas pudrig Weißes auch über die Kartoffelpflanzen gelegt hatte, hart und kalt wie Reif.

»Man erzählt sich im Dorf, dass in dieser Woche bei zwei Familien die Zwangsräumung vollstreckt worden sei«, berichtete seine Mutter später, als sie die Schalen mit Salz und Senf in die Mitte des Tisches und die Becher mit der Buttermilch neben die Teller stellte.

Wie immer zum Abendessen gab es Kartoffeln, von denen der Dampf aufstieg und von einem Luftzug nach oben gesogen wurde. Die dunkle Schale sah runzlig in dem trüben Licht aus. Adam dachte an seine Felder unterhalb des Cottages, an das grüne Kraut und die violetten Blüten. »Uns wird das nicht passieren«, sagte er. »Das Glück ist mit uns.«

Seine Mutter zündete die Kerzen an, stellte sie neben die Schüssel mit den Kartoffeln und bekreuzigte sich. Sie fuhr sich dabei mit ruckartigen Bewegungen über die Brust und den angeschwollenen Bauch. Der Kerzenschein vertrieb die Schatten in die Winkel des Raumes und tanzte an den Wänden. »Heute mag uns das Glück hold sein, doch schon morgen kann sich das Blatt wenden«, erklärte sie düster.

Der Tisch war auch für Conor – mit einem Teller und einem Becher Buttermilch – gedeckt, aber von dem Jungen war weit und breit nichts zu sehen. Adam nahm sich die oberste Kartoffel, pellte die Schale mit dem Daumennagel ab und tunkte die Knolle ins Salz. Plötzlich ging die Tür auf, und Adam zuckte erschrocken zusammen. Es war Conor.

»Wo warst du? Ich hätte heute deine Hilfe gut brauchen können, als ich das Wagenrad geflickt habe.«

Im Licht der Kerzen sah man nur Conors große, dunkle Augen und sein geheimnisvolles Lächeln. »Ich war unterwegs«, antwortete er knapp.

»Iss!«, befahl seine Mutter und schob ihrem jüngeren Sohn die Schüssel mit den Kartoffeln zu. Conor ließ sich auf den Stuhl fallen, nahm sich eine Kartoffel und ließ sie zwischen den Fingern Slalom tanzen. Vor und zurück – so schnell, dass die heiße Schale kaum seine Haut berührte. Adam war wie hypnotisiert von dieser Fingerfertigkeit.

»Der Schuldeneintreiber war heute hier«, sagte er schließlich.

Verachtung schwang in Conors Stimme mit, als er fragte: »Was wollte *der* denn?«

Adams Zorn loderte so sehr, dass es ihm für einen Moment die Sprache verschlug.

Ihre Mutter schob den Teller von sich und sah ihren jüngeren Sohn an. So leise, dass sie kaum das Zischen des Feuers übertönte, sagte sie: »Die Pacht und die Steuern sind zu zahlen, und wir haben kaum noch Kartoffeln im Fass. Gott der Allmächtige möge verhüten, dass wir verhungern müssen. Diese Farm ist alles, was uns noch geblieben ist. Wenn wir sie verlieren, können wir uns genauso gut hinlegen und sterben.«

Adam betrachtete ihr Gesicht, der Schein vom Feuer flackerte auf ihren Zügen. Erschöpft und matt, das war sie. Am liebsten hätte Adam seine Mutter in die Arme geschlossen und ihr versichert, dass alles wieder gut würde, dass sie es schon irgendwie schaffen würden. Doch ihre harte Miene und die verschränkten Arme wirkten wie eine Barriere auf ihn, und die Worte blieben unausgesprochen.

»Sag das nicht!«, sprudelte es aus ihm heraus. »Sag das *nie* wieder!« Conor lachte volltönend. Adam funkelte seinen Bruder an und rief: »Lieber Himmel, ich kann die Arbeit nicht ganz allein machen! Ich brauche deine Hilfe!«

»Ich bin kein Farmer.« Conor ließ die Kartoffel fallen, sprang auf und stützte die Handflächen auf den Tisch. »Und der Landbesitzer kann sehr gut eine Weile auf sein Geld warten. Was will er denn sonst mit diesem Land anfangen?«

»Er will uns von hier vertreiben, um aus unseren Feldern Weiden für seine Schafe zu machen.«

»Wolle für England!«, schnaubte Conor geringschätzig.

»Mag sein, aber wir können nichts dagegen unternehmen. Ich bitte dich lediglich um ein wenig Unterstützung. Wir erreichen überhaupt nichts, wenn wir streiten.«

»Da ist noch das Schwein«, schlug die Mutter zaghaft vor. »Vielleicht können wir auf dem Markt ein paar Schilling dafür bekommen.«

Adam schob seinen Teller beiseite und erhob sich. Ihm war der Hunger gründlich vergangen. Der Widerspruch stieg ihm wie Galle in die Kehle. »Es ist nicht fett genug! In ein oder zwei Monaten bringt es viel mehr Geld ein. Bis dahin können wir es gut noch behalten.«

Ein Lächeln spielte um Conors Lippen. »Es ist nicht nötig, das Schwein zu verkaufen. Es *gibt* andere Möglichkeiten.«

»Und welche?«

Conor zuckte mit den Schultern, setzte sich wieder hin

und nahm die Kartoffel in die Hand. Er konzentrierte sich voll und ganz darauf, die Schale abzuziehen, und schenkte Adam keinerlei Beachtung. Er biss in die dampfende Frucht, und erst dann antwortete er lässig: »Das kann ich nicht sagen. Je weniger ihr davon wisst, du und Mam, umso besser.«

Aufgebracht nahm Adam seinen Teller und brachte ihn zum Spülbecken – er hatte keine Lust mehr, sich noch länger im selben Raum mit seinem Bruder aufzuhalten. Plötzlich fiel ihm jedoch das Schillern von Schuppen auf, und er konnte es nicht fassen.

Zwei Lachse lagen auf einem Tablett; die dunklen, glasigen Augen starrten auf einen Punkt jenseits der Zimmerdecke.

KAPITEL 3

Nach dem Essen holte Adam ein Buch aus dem Schrank – er konnte unter sechs Büchern auswählen, die ihm der Dorfschullehrer vor Jahren geschenkt hatte. Er entschied sich für einen Band mit Gedichten, die er zum größten Teil schon auswendig konnte, und setzte sich neben das Feuer.

Bedächtig blätterte er in dem Buch, war jedoch in Gedanken nicht bei der Sache. Immer wieder ließ er die Ereignisse des Morgens und den Wortwechsel mit dem Gerichtsvollzieher Revue passieren und erinnerte sich daran, dass er anschließend in die Küche gegangen war, das Kartoffelfass geöffnet und gerechnet hatte, wie lange der Vorrat wohl noch reichen würde. Anderthalb Wochen, höchstens zwei, wenn sie sich einschränkten. Und dann? Das Schwein für ein paar lausige Schilling verkaufen, mit denen sie sich noch einige Wochen über Wasser halten und das Unausweichliche hinausschieben könnten?

Die Zukunft erstreckte sich vor ihm wie ein dunkler, endloser Tunnel. Adam wollte aber nicht darüber nachdenken. Er schlug das Buch zu und stützte das Kinn in die Hände – er wusste nicht mehr weiter. Als er am Nachmittag im Dorf gewesen war, hatte Adam etliche Geschichten von Leuten gehört, denen es genauso erging wie ihnen. »Den O'Malleys wurde die Pacht gekündigt«, hatte einer der Farmer erzählt. »Wenn das so weitergeht, ist das Dorf im kommenden Winter ausgestorben.«

Abgesehen von dem knisternden Feuer im Kamin und den Holzscheiten, die auf den Rost fielen, war alles still. Mam war nach dem Essen zu Bett gegangen, und Conor hatte sich auf und davon gemacht. Adam starrte betrübt in die Flammen. Müde lehnte er den Kopf an die Sessellehne und schloss die Augen. Er spürte, wie sich der Schlaf, eine dunkle, formlose und erstaunlich warme Masse, über ihn senkte. Er wehrte sich nicht dagegen und ließ sich bereitwillig von seinen Sorgen ablenken.

»Heilige Maria, Mutter Gottes!«

Der Schrei drang in sein Bewusstsein und verschmolz mit den Resten eines Traums. Worte verwoben sich mit Bildern, während Adam sich mühsam durch die verschiedenen Phasen des Schlafes kämpfte.

»Adam! Adam!«

Er blinzelte, wusste im ersten Moment nicht, wo er war, und drehte den Kopf in die Richtung, aus der die Geräusche kamen.

»Mam?« Das Wort kam ihm schwer über die Lippen. Sein Kopf war schwer und fühlte sich an, als wäre er mit Watte gefüllt. Adam machte kurz die Augen zu und öffnete sie wieder – vielleicht war das alles noch Teil seines Albtraumes.

»Adam!« Wieder dieser Schrei, schwach, aber eindringlich.

Das Feuer war längst erloschen; auf dem Rost lag nur noch glühende Asche, und die Kälte biss förmlich in Adams Füße, als er sie auf den Boden stellte. Mit klopfendem Herzen lief er zu dem Durchgang vor der Kammer seiner Mutter und schob den Vorhang beiseite.

Sie saß im Bett, mit zerzaustem Haar, und hatte die Arme um die unter der Decke angezogenen Knie geschlungen. Die trübe Öllampe beleuchtete ihr blasses, schmerzverzerrtes Gesicht. Schweißperlen glänzten auf ihrer Stirn.

»Was ist?«, fragte er benommen. »Ist es das Baby?«

»Ja.« Sie nickte und kniff für einen Moment die Augen zu. Adam sah, dass sich ihre Brust unter dem Nachthemd heftig hob und senkte, als hätte seine Mutter Mühe, Luft zu bekommen. »Hol Mrs. Mullins! Sag ihr, dass ich sie gleich jetzt brauche!«

Adam stolperte zum zweiten Mal an diesem Tag den Weg entlang zum Dorf. Am klaren Himmel funkelten Millionen Sterne. Irgendwoher war das Heulen eines Hundes zu hören, das vom Wind weitergetragen wurde und Adam quälte. Die Verzweiflung trieb ihn an, als er auf die Häuser mit den erleuchteten Fenstern zulief und seine Stiefel an die Steine stießen.

Einmal stolperte er und stürzte so schwer, dass er sich das Schienbein unter der Hose aufschürfte. Er scherte sich jedoch nicht um seine Verletzung. Seine einzige Sorge galt der Mutter, und er hoffte inständig, dass sie sich allein zurechtfand – verflucht sei Conor, weil er am Abend das Haus verlassen hatte – und das Kind gesund auf die Welt kam. Als er das Dorf endlich erreichte, hämmerte Adam an die Tür der Familie Mullins, bis der alte Mr. Mullins aufmachte und grummelte: »Schon gut, Junge! Du brauchst nicht gleich das ganze Haus einzureißen!«

Später saß Adam auf den Stufen vor seinem Cottage, während sich die Hebamme um seine Mutter kümmerte, und verschloss die Ohren gegen das Ächzen und Stöhnen, das aus dem Haus drang. So musste es vor achtzehn Jahren bei seiner eigenen Geburt gewesen sein; sein Vater hatte auf denselben Stufen gesessen oder war besorgt in der Küche auf und ab gegangen.

Adam musste an die Säuglinge denken, die nach Conor geboren wurden. Es waren fünf gewesen, und keines hatte länger als ein paar Monate gelebt. Liam und Michael. Patrick. Und die Zwillinge Grace und Mary. Er erinnerte sich an ihr jämmerliches Weinen und an die traurige Stille im Cottage, nachdem ihre kleinen leblosen Körper in ein namenloses Grab auf dem Friedhof hinter der Kirche gesenkt worden waren.

Adam hob den Kopf und überblickte das im Dunkel liegende O'Loughlin-Land und grübelte wieder über die Sinnlosigkeit seiner Mühen nach. Wenn die Mutter das Kindbett hinter sich hatte, sollten sie vielleicht von hier weggehen und sich einen Platz suchen, an dem sie besser leben konnten. Es *musste* etwas Besseres geben als dies. Wozu sollten sie sich sonst woanders ansiedeln?

Erschöpft drückte er die Stirn an seine Knie. Möglicherweise schlief er sogar ein – er wusste es selbst nicht; jedenfalls erhellte schon das erste Tageslicht den östlichen Himmel, als die Hebamme die Haustür öffnete und den Kopf ratlos schüttelte. »Ein Junge«, sagte sie kurz angebunden, »er hat nicht ein einziges Mal geatmet.«

»Wie geht es Mam?«

Mrs. Mullins schüttelte wieder den Kopf. »Sie braucht einen Doktor.«

Conor kam nach Hause, gerade als der Arzt das Zimmer ihrer Mutter verließ. »Da kann ich nur wenig tun«, sagte der Arzt beim Händewaschen. »Sie braucht gute Nahrung, insbesondere Fleisch, um wieder zu Kräften zu kommen, und eine Medizin, wenn sie eine Chance haben soll. Aber der einzige Apotheker in der Stadt hat seinen Laden geschlossen.«

»Wir haben kein Fleisch«, gab Adam zu bedenken. »Und auch kein Geld. Ich weiß nicht, wie wir Sie bezahlen sollen.«

Der Doktor zuckte mit den Achseln und nahm seinen Hut und die Tasche. Die Hälfte der Dorfbewohner schuldete dem Mann Geld für seine Dienste.

»Fleisch! In den Gewässern des Landbesitzers gibt es jede Menge Lachse und Forellen und mehr Wild in seinen Wäldern und auf seinen Wiesen, als er essen kann«, sagte Conor verbittert. »Aber nur die hohen Herren dürfen sich bedienen, während wir Hunger leiden müssen.«

»Lass das nicht die falschen Leute hören, mein Junge!«, warnte der Doktor.

Conor schlug sich mit der Faust in die Handfläche. »Das wäre mir gleichgültig!«, schrie er und machte einen Satz zur Tür. »Ich hasse die Engländer! Wir mästen Schweine für ihre Tische und haben selbst nur Kartoffeln zu essen. Ich hole Fleisch für Mam, selbst wenn es mich das Leben kostet!«

»Das darfst du nicht. Du wirst erwischt und ins Gefängnis geworfen. Ein Verbrecher. Was würde Mam ...«

Doch Conor war bereits weg und schlug die Tür hinter sich zu.

Nachdem der Arzt gegangen war, blieb Adam auf der Schwelle zur Kammer seiner Mutter stehen. Diese lag im Bett und hatte das Gesicht zur Wand gedreht. »Mam?«, begann er.

Sie gab keine Antwort.

Adam ging zum Fußende des Bettes, nahm das in Tücher gewickelte Bündel auf den Arm und zog den Stoff ein wenig zur Seite, um das tote Kind zu betrachten. Die winzige Stupsnase. Die weit geöffneten Augen. Die schlaffen Ärmchen.

Seine Mutter bewegte sich und sah ihn teilnahmslos aus dunklen, tief liegenden Augen an. »Tu, was du tun musst!«, flüsterte sie heiser.

Er wandte sich ab, weil er ihren Blick nicht ertragen konnte und nicht wusste, was er sagen sollte. Gab es überhaupt Worte, die ihren Schmerz lindern konnten? »Es tut mir Leid«, sagte er schließlich.

»Ja, es tut dir Leid.«

»Ich kann nichts ändern, obwohl ich alles dafür geben würde.«

»Ja.«

Ihre Stimme klang so hoffnungslos und verzweifelt, dass Adam kurz überlegte, ob sie Trost bei ihm suchte. Er drehte sich weg von ihr und zog das Tuch über den kleinen Leichnam. »Wir haben kein Geld für ein richtiges Begräbnis«, sagte er. »Ich hebe eine Grube am Rand des hinteren Feldes aus.«

Im Freien wischte er sich die Tränen der Wut aus den Augen, nahm den Spaten und stieß ihn tief in den Boden. Zornig schaufelte er die dunkle, torfige Erde zur Seite und hob eine tiefe Grube aus, weil er hoffte, dass, so Gott wollte, im nächsten Jahr genau an dieser Stelle wieder Kartoffelpflanzen wuchsen und alle Hinweise auf sein heutiges Werk überdeckten.

Er legte das tote Kind in die Grube und hielt einen Augenblick inne. Es fiel ihm schwer, den Rest seiner Pflicht zu erfüllen. Er richtet den Blick in den Himmel und dachte unglücklich: Dies ist mein Bruder, das letzte Kind meiner Eltern. Es kann nie wieder eines geben.

Die Verzweiflung gewann die Oberhand und erstickte alle Vernunft. Adam malte sich aus, was alles hätte sein können …

Wenn sein Vater noch am Leben wäre …

Wenn die Ernte schon eingebracht wäre …

Wenn er nur fruchtbares Land hätte statt der kargen Felder …

»Wenn, wenn, wenn!«, murrte er ärgerlich und warf eine Schaufel voll Erde in das Grab. Wenn es einen Gott gab, dann hatte er die O'Loughlins verlassen.

»Es ist nicht gerecht!«, schrie er und schaufelte verbissen. Er wollte nur noch schnell fertig werden und weg von diesem traurigen Ort.

Den Rest des Tages verbrachte er damit, seine Mutter, so gut er konnte, zu versorgen. Er brachte ihr Wasser und bot ihr ein paar Bissen Kartoffeln an, doch meistens lehnte sie ab. Er trug die blutigen Tücher aus dem Zimmer, warf sie ins Feuer und gab ihr frische. Die Blutungen machten ihm Angst, und sie schienen kein Ende zu nehmen. Im Gegenteil – sie wurden immer stärker. War das noch normal? Seine Mam mochte er nicht fragen, weil er sie nicht unnötig beunruhigen und seine männliche Unwissenheit nicht zeigen wollte.

Als die Nacht hereinbrach, setzte er sich wieder vors Feuer, lauschte dem röchelnden Atem seiner Mutter im angrenzenden Raum. Er zählte die Sekunden zwischen den Atemzügen. Was konnte er bloß tun? Wenn doch nur Conor nach Hause käme, dann hätte er wenigstens jemanden, mit dem er reden könnte.

Seine Gedanken schweiften in die Vergangenheit, in seine Kindheit. Ist jemals etwas wirklich Schönes geschehen?, fragte er sich und dachte an seinen Vater, an seinen von harter Arbeit und Nahrungsmangel ausgezehrten Körper –, an die toten Säuglinge und das armselige Land, das sie bestellten. Aber konnte er sich ernsthaft beklagen? In vielerlei Hinsicht war das Leben gar nicht so schlecht gewesen. Ja, in einigen Wintern hatte er keine Schuhe gehabt, aber richtig hungern musste er nie. Und die Liebe seiner Eltern war ihm immer sicher gewesen, er hatte ein trockenes Bett und ein Feuer wie dieses gehabt, an dem er sich wärmen konnte.

Gegen Mitternacht brachte er seiner Mutter noch einmal Wasser.

»Adam«, wisperte sie und schob das Glas von sich. Ihre Stimme war so schwach, dass sich Adam nah zu ihr beugen musste, um sie zu verstehen. Im Halbdunkel fasste er nach ihrer Hand und hielt sie fest. Ihre Haut war kalt und trocken.

»Ja, Mam.«

»Es geht zu Ende mit mir.«

»Nein!«

Das Wort brach aus ihm heraus. Er hörte, wie es in den schäbigen vier Wänden vibrierte, bis es zu einem ohrenbetäubenden Laut wurde.

»Wofür sollte ich am Leben bleiben?«, fragte seine Mutter matt. »Ich bin es leid, Sohn. Es muss einen schöneren Ort geben. Dein Dad ist nicht mehr da, und so viele Kinder sind gestorben. Nur noch du und Conor seid übrig.«

»Dann lebe für uns!«

»Ihr seid schon fast Männer. Ich wäre nur eine Last für euch.«

»Niemals!«

»Du musst mir versprechen«, fuhr sie im Flüsterton fort, als hätte sie seinen Protestschrei nicht gehört, »dass du dich um Conor kümmerst und ihr beide von hier fortgeht. Hier erwartet euch nur Leid und Kummer.«

Sie entzog ihm ihre Hand und drehte unbeholfen an ihrem Ehering.

»Nicht, Mam«, erwiderte Adam erschrocken.

Der Ring ließ sich leicht von dem dürren Finger abziehen, und die Mutter legte ihn in Adams Hand. Er starrte den im Schein der Öllampe matt glänzenden Ring an und wusste nicht, was er sagen sollte.

»Nimm ihn und verkauf ihn, wenn ich nicht mehr bin! Du wirst nicht viel dafür bekommen, aber es reicht sicher, um von hier wegzukommen.«

Wo war Conor? Diese Frage brannte ihm auf der Seele. Sein Bruder sollte hier sein, am Bett seiner Mutter, und diese Bürde gemeinsam mit Adam tragen. *Wenn ich nicht mehr bin* ... Mam fühlte, dass sie im Sterben lag, aber Adam konnte diesen Gedanken nicht ertragen. Er stand auf, schloss die Finger um den Ring und widerstand dem Drang, ihn ins Feuer zu werfen. Tränen brannten zum zweiten Mal an diesem Tag in seinen Augen, und er schluckte sie hinunter. »Ja, Mam«, sagte er, weil er wusste, dass sie es hören wollte.

Conor streifte bei Mondschein über Wiesen und Felder, schäumend vor Zorn. Er war wütend auf die englischen Landbesitzer, die sich verschworen hatten, den Iren alles zu nehmen, auf seinen Vater, der sich zur Unzeit einfach davongemacht hatte und gestorben war, und auf Adam und seine scheinheilige Art.

Er ging am Fluss entlang bis zur Brücke, lehnte sich über die Brüstung und beobachtete das strudelnde Wasser. Es wäre so leicht, mit dem Strom davonzuschwimmen und nicht mehr zurückzuschauen, dachte er, aber dann erinnerte er sich an seine Mutter und an das, was der Doktor gesagt hatte. Ihm wurde wieder bewusst, weshalb er aus dem Cottage gelaufen war.

Er schaute zu dem Uferweg, und ein Stück entfernt auf dem Gipfel des Hügels sah er das weitläufige Herrenhaus. Lichter blinkten in beinah allen Fenstern. Näher waren die von der Mondsichel schwach beleuchteten Wiesen und Weiden des Großgrundbesitzers: ebene, mit Gras bewachsene, süßlich riechende, fruchtbare Böden, auf denen Rinder und Schafe weideten. Am Ende der nächsten Lichtung erhoben sich einige Bäume wie schweigende Wächter in die Höhe und reckten die Äste gen Himmel, und das Mondlicht tauchte die Blätter in Silber.

Conor schwang die Beine mühelos über den Weidezaun und ging auf die Baumgruppe zu. Ihm war völlig klar, dass er den Grund und Boden des Landbesitzers widerrechtlich betrat, aber er scherte sich nicht darum. *Deren* Regeln hatte er nie akzeptiert. Und was sollten die Häscher des Großgrundbesitzers schon mit ihm machen, wenn sie ihn erwischten? Ihn durchprügeln? Ihn verjagen?

Er überquerte die Wiese, und die feuchte Nachtluft wärmte sein Gesicht. Jenseits der Bäume war eine kleine Höhle, vor deren Eingang sich etwa ein Dutzend Schafe zusammengedrängt hatten. Als Conor näher kam, stoben sie mit hastigen Sprüngen davon. Die Glöckchen, die an ihren Hälsen hingen, bimmelten heftig. Conor nahm sein Messer aus der Hosentasche und fing eines der kleinen Lämmer ein. Das Glöckchen hielt er, um es zum Schweigen zu bringen, mit einer Hand fest, mit der anderen schlitzte er dem Tier mit einer einzigen Bewegung die Kehle auf. Das Lamm zappelte, trat um sich, bis es reglos liegen blieb. Conor fühlte, wie ihm das warme Blut über die Hände lief, und beobachtete den dunklen Strom im Licht des Mondes.

In aller Eile hackte er mit dem Messer auf seine Beute ein. Das Glöckchen und den abgeschnittenen Kopf ließ er auf der Weide zurück, zum Zeichen, dass das Lamm nicht verloren gegangen, sondern getötet worden war. Den Rest schleppte er über die Wiese zurück in Richtung Dorf. Das nasse Gras strich um seine Hosenbeine. Ein Nachtvogel flog erschrocken auf, als er an der Baumgruppe vorbeikam. Der Mond verströmte sein silbernes Licht über die Landschaft und leuchtete ihm den Weg.

Auf dem Friedhof machte er Halt, hievte den Kadaver auf einen flachen Grabstein und häutete ihn. Blut sickerte über den Stein und hinterließ dunkle Flecken im Gras. Während er sich an dem Lamm zu schaffen machte, hörte Conor Geräusche. Er drehte sich unvermittelt um, einige Male, weil er hoffte, den Verursacher zu überraschen. Doch er sah nichts, hörte nichts, nur das Rascheln der Blätter in den Bäumen und das Wispern des Grases. Es muss der Wind sein, dachte er und schob das Fleisch in den Sack. Auf dem Heimweg vergrub er das Schaffell im Moor.

Das erste Morgenlicht zeigte sich rot am Horizont, als er das Lamm auf die Bank in der Küche legte.

»Du kannst das nicht hier drin zubereiten«, sagte Adam, der durch den Vorhang aus Mutters Kammer kam. »Allein der Geruch von gebratenem Fleisch würde den Constable vor unsere Tür locken.«

»Es ist für Mam«, gab Conor trotzig zurück. »Warum soll sie hungern, während die Engländer fett werden?«

Adam fuhr sich mit der Hand durchs Haar, und in diesem Augenblick fiel Conor auf, dass sein älterer Bruder blass und erschöpft wirkte. »Es ist zu spät für Mam«, erklärte Adam mit erstickter Stimme.

Ein eisiger Schauer überlief Conor, und für einen kurzen Moment befiel ihn panische Angst. »Was soll das heißen?«

Adam schüttelte den Kopf und sah seinen Bruder stumm an.

»Was *meinst* du damit?«, fragte Conor noch einmal verständnislos. Plötzlich überschlugen sich seine Gedanken, und eine ganze Reihe von Möglichkeiten ging ihm durch den Kopf. Vielleicht war Adam doch zu Geld gekommen und hatte die Mutter ins Hospital gebracht. Vielleicht hatte eine Nachbarin ihnen nahrhaftes Essen gegeben, und Mam konnte ihr Krankenlager schon verlassen. Oder …

»Sie ist tot«, flüsterte Adam.

Conor erstarrte wie betäubt: Er war zu spät gekommen. Die ganze Nacht hatte er sich nur auf eines konzentriert: Nahrung zu beschaffen und nach Hause zu bringen. Das Fleisch hätte seiner Mutter Kraft gegeben und das Frauenleiden, das an ihr zehrte, geheilt. Aber er hatte länger gebraucht als beabsichtigt. Vielleicht hatte er zu lange am Fluss herumgetrödelt oder zu viel Zeit verschwendet, als er das richtige Tier ausgesucht hatte, wenn es doch auch jedes andere Schaf getan hätte. Aber er wollte nur ein Lämmchen haben – zartes Fleisch. Er hatte nur das Beste für seine Mutter gewollt.

»Wann?«, fragte er benommen und starrte seinen Bruder an. »Wann ist sie …?« Das Wort blieb ihm im Halse stecken. Er konnte es nicht aussprechen: *gestorben.* Das *konnte* er einfach nicht sagen.

Adam schaute mit gerunzelter Stirn auf die Uhr. »Vor ungefähr einer Stunde.«

»Und ich war nicht bei ihr.«

»Ihre letzten Worte galten dir. Wo ist Conor?«, hat sie gefragt.

Der Gedanke, dass seine Mutter tot in der Kammer lag, bereitete Conor körperliches Unbehagen; er wandte sich voller Entsetzen ab und hatte plötzlich Mühe, Luft zu bekommen. Er ging zur Haustür, öffnete sie und atmete ein paar Mal ganz tief durch, um die Übelkeit zu bekämpfen. Es ist vergeblich gewesen, dachte er grimmig. *Alles* ist vergeblich gewesen. Gleichgültig, was geschehen ist, wie sehr ich mich auch angestrengt habe, irgendetwas macht mir immer einen Strich durch die Rechnung. Und jetzt ist Mam …

Adam folgte ihm vor die Tür. »Sie wollte, dass wir von

hier weggehen«, sagte er leise. »Ich musste ihr versprechen, dass wir alles hinter uns lassen und uns ein besseres Leben schaffen.«

»Und wo können wir das tun?«, wollte Conor wissen. Sein aufgebrachter Tonfall überraschte ihn selbst – er ließ sich von seinen Gefühlen hinreißen. Abrupt riss er sich von seinem Bruder los. »Wo sollten wir uns ein *besseres Leben* schaffen können?«

Mit einem Mal verspürte er das Bedürfnis, allem zu entfliehen – seinem Bruder, dem Cottage und den armseligen Feldern. Er wollte weg von den Trümmern seiner gescheiterten Existenz. Er sah Adam lange an, dann lief er die Stufen hinunter und machte sich davon.

KAPITEL 4

Adam bahrte seine Mutter auf, so gut er konnte. Er wusch sie und zog sie an, bürstete ihr Haar und stellte den traditionellen Becher Wasser neben das Bett.

Die Neuigkeit verbreitete sich schnell, und im Laufe des Vormittags kamen etliche Dorfbewohner den Hügel herauf und brachten die üblichen Tonpfeifen für die Seele der Dahingeschiedenen mit. Es war ein düsterer Tag mit grauem Himmel und tief hängenden Regenwolken. Der Tag passte zu Adams Stimmung. Und er wusste nicht, wie er die Besucher bewirten sollte, das machte alles nur noch schlimmer. Bei früheren Todesfällen waren Horden von Trauernden ins Haus gekommen und hatten Essen und Getränke angeschleppt. Aber in dieser schweren Zeit konnten die Dorfbewohner nichts erübrigen, und das einzige Getränk, das nichts kostete, war Wasser.

Die Leute waren alle ernst, und es wurde kaum ein Wort gesprochen. Niemand schien genügend Kraft für Mitgefühl oder Gebete zu haben. Stattdessen standen alle in der Küche herum und rauchten ihre Pfeifen.

»Vielleicht ist es besser so für sie«, sagte Mr. Mullins schließlich und trat unbehaglich von einem Fuß auf den anderen. Sein Blick wanderte zur offenen Tür und zu dem Dorf. »Es wird hier mit allem zu Ende gehen, wenn sich der Landbesitzer durchsetzt«, fügte er mutlos hinzu. »Wie sollen wir überleben, wenn wir unser Land verlieren? Das ist die Frage.«

»Was habt ihr, du und Conor, jetzt vor?«, wollte einer der Männer von Adam wissen.

Adam zuckte mit den Schultern. Ihm wurde schwer ums Herz.

»Bestimmt überlegt ihr, ob ihr von hier weggeht, oder?«, meinte ein anderer.

Dachte er ernsthaft daran? Adam wusste es selbst nicht. Er kannte ja nur diesen Ort; seine Eltern und die Großeltern zuvor hatten hier Land bewirtschaftet und den schlechten Böden einen bescheidenen Lebensunterhalt abgerungen.

»Amerika«, sagte jemand. »Dort liegt unsere Zukunft. Man hört, dass dort unendlich viel Land zu vergeben sei.«

»*Wer* sagt das?«

»Keine Ahnung«, antwortete der Mann achselzuckend. »Ich hab's nur gehört. Vielleicht packe ich meine Siebensachen zusammen und wandere selbst dahin aus, wenn's hart auf hart kommt.«

Mr. Mullins ließ seinen Hut herumgehen und sammelte die paar Shilling ein, die Adam für einen Platz auf dem Friedhof bezahlen musste. Der Himmel öffnete die Schleusen, als sie Adams und Conors Mutter später zu Grabe trugen, und der Regen durchnässte alle, die dem Wetter tapfer standhielten.

Plötzlich entdeckte Adam seinen Bruder, der mit tief in den Taschen vergrabenen Händen am Rand der Trauergemeinde stand, und wäre am liebsten zu ihm gegangen, um den Arm um ihn zu legen und Trost von einem Familienmitglied zu bekommen. Aber die Leute drängten sich so dicht an ihn, dass er sich kaum rühren konnte. Und als er nach der Trauerfeier wieder nach dem Bruder Ausschau hielt, war dieser inzwischen verschwunden.

Adam wartete die ganze Nacht auf Conor und spitzte die Ohren – aber er hörte weder Schritte draußen auf dem Weg noch die knarrende Haustür. Das Cottage kam ihm kalt und einsam vor. Er brachte es nicht über sich, ein Feuer im Kamin anzufachen, und hatte nicht einmal Hunger. Den Gedanken, dass Mams Kammer hinter dem Vorhang leer war, konnte er kaum ertragen.

Er saß in der Küche und hatte den Kopf auf den rohen Holztisch gelegt. Mams letzte Worte kamen ihm immer wieder in den Sinn und forderten, obwohl Adam erschöpft und müde war, seine ganze Aufmerksamkeit.

Du musst mir versprechen, dass du mit Conor von hier weggehst, wenn ich nicht mehr bin.

Und dann die Worte der Nachbarn. *Bestimmt überlegst du, von hier wegzugehen. Amerika. Dort gibt es unendlich viel Land.*

Amerika! Das erschien ihm so weit weg. Es *war* weit

weg. Er holte den alten Atlas seines Vaters aus dem Bücherschrank, schlug ihn auf und fuhr mit dem Finger über den großen, grauen Atlantischen Ozean. Auf dem Papier waren es nur ein paar Zentimeter, aber in Wahrheit brauchte man Wochen, um ihn zu überqueren. Wie sollte er eine Überfahrt bezahlen, falls er sich für eine Auswanderung entscheiden sollte? Würde er es überhaupt fertig bringen, einfach fortzugehen? Und was wollte Conor?

Er steckte die Hand in die Tasche und kam zufällig mit Mams Ring in Berührung. Über all den Ereignissen des Tages hatte er den Ring ganz vergessen. Jetzt nahm er ihn in die Hand und betrachtete ihn genauer. Er drehte ihn hin und her und sah, dass das Gold matt im Licht schimmerte. Im besten Fall würde er ein paar Pfund dafür bekommen, wahrscheinlich nicht einmal genug für eine einzelne Schiffspassage. Vielleicht sollte er Conor den Vortritt lassen. Dafür sorgen, dass sein Bruder von hier verschwand und eine echte Chance bekam.

Conor! Adam ging zu der Kammer, die er mit dem Jungen teilte. Sie war aufgeräumt und sauber. Nichts lag herum. Jetzt, im kalten Licht eines neuen Tages kam ihm das gemachte Bett seines Bruders wie ein Vorwurf vor.

Ein Polizist klopfte am Vormittag an die Tür. »Ich bin auf der Suche nach Conor O'Loughlin«, erklärte er Adam.

»Er ist nicht hier.«

»Das glaube, wer mag!«

Adam deutete ins Haus. »Bitte, sehen Sie selbst nach, wenn Sie mich für einen Lügner halten! Aber Sie werden keine Spur von ihm finden.«

»Wo steckt er dann?«

Adam zuckte mit den Schultern. »Das weiß ich nicht.«

Der Polizist kratzte sich nachdenklich am Kinn. »Wie alt ist der Junge?«

»Sechzehn.«

»Und er streunt durch die Gegend?«

»Conor lebt nach eigenen Regeln.«

»Das habe ich auch schon gehört.«

»Was soll das heißen?«

»Er hat eines der Schafe, die dem Großgrundbesitzer gehören, getötet.«

»Wer behauptet das?«

Der Polizist wandte sich ab. »Das spielt keine Rolle«, rief er noch über die Schulter. »Wenn ihn der Großgrundbesitzer erwischt, zieht er ihm das Fell über die Ohren.«

Conor ging auf den Berg zum Haus des Landbesitzers. Im hellen Tageslicht marschierte er über den weißen Kiesweg an der Baumgruppe und an der Höhle vorbei, wo er das Lamm getötet hatte. Der abgeschnittene Kopf war nicht mehr da; offenbar hatte ihn jemand an sich genommen.

Tollkühn – so hätte Mam sein Vorhaben genannt. Schon allein der Gedanke an einen solchen Besuch wäre in ihren Augen unverschämt und dreist, und ganz bestimmt würde sie sich um ihn ängstigen. Aber Mam lag in der lehmigen Erde begraben, und er musste dies tun – um seinet- und um Adams willen.

Er hatte über das nachgedacht, was Adam gesagt hatte. Anfangs hatte ihn die Idee, Newtownlimavady für immer zu verlassen, erschreckt, und er war wütend gewesen, weil Adam einen solchen Schritt überhaupt in Erwägung zog. Doch mit der Zeit war ihm der Vorschlag immer reizvoller erschienen, und er hatte eine eigenartige Abenteuerlust in ihm geweckt.

Hier hatte er keine Möglichkeiten, irgendwann zu Wohlstand zu kommen, das musste sich Conor eingestehen. Er durfte nicht einmal auf ein bescheidenes Einkommen hoffen. Adam und ihn erwartete nichts als bittere Armut und die Aussicht, das O'Loughlin-Land für immer zu verlieren.

Und wenn sie weggingen?

Er ließ die Gedanken schweifen und malte sich aus, welche Chancen sie in einem anderen Land haben würden. Sie könnten sich überallhin orientieren, er und Adam. An Bord eines Schiffes gehen und sehen, wohin es sie brachte. An exotische, weit entfernte Orte oder auf vom azurblauen Meer umspülte Inseln. Er sah sich selbst an einem Strand liegen, umringt von hübschen Mädchen. Dann lachte er über seine ungeheuerlichen Fantasien.

Das Lachen brachte ihn den Tränen gefährlich nahe. Er dachte an das Begräbnis und erinnerte sich daran, wie der schlichte Sarg seiner Mutter in die Erde gesenkt worden war, und an das schreckliche Poltern der feuchten Erdklumpen, mit denen man den Sarg bedeckt hatte. Er konnte sich einfach nicht vorstellen, dass seine Mutter jetzt in dieser Holzkiste unter der Erde lag. Ohne Luft. Ohne Licht. Ohne Leben.

Ihm brannten die Augen, und er sah den Berg, das Dickicht und das grelle Sonnenlicht auf dem weißen Kies nur noch verschwommen. Er verfluchte seine eigenen Empfindungen. Bei der Beerdigung hatte er sie im Zaum gehalten, weil er nicht wollte, dass jemand seinen Schmerz sah. Und jetzt sollte er dasselbe tun. Selbstbeherrschung –

das war das Wichtigste. Man durfte nicht zeigen, was in einem vorging, musste all die Gefühle im tiefsten Herzen verschließen. Es würde noch die Zeit für Tränen geben – später, wenn er sein Vorhaben hinter sich gebracht hatte. Mit einem tiefen Seufzer zwang er sich in die Gegenwart und legte das letzte Stück des Weges zurück.

Er klopfte heftig an die Haustür des Landbesitzers und wurde von einer Magd mit weißer Schürze begrüßt. Sie war jung – etwa in Adams Alter, schätzte Conor. Er zwinkerte ihr verschmitzt zu, als er verlangte, ihren Herrn zu sprechen. Sie lächelte scheu und errötete.

Der Großgrundbesitzer ließ ihn eine halbe Stunde warten. Um seinem Ärger Luft zu machen, lief Conor in dem Zimmer auf und ab, in das man ihn geführt hatte. Er inspizierte die Porträts, die an den Wänden hingen, und die kunstvollen Möbel, die vor dem Kamin angeordnet waren. Für den Preis eines dieser Sessel, dachte er bitter, könnte sich eine Familie einen Kartoffelvorrat für ein ganzes Jahr kaufen.

Endlich ertönte eine Stimme hinter ihm, und er drehte sich um. »Wie ich sehe, bewunderst du mein Haus.«

»*Bewundern?* Das glaube ich kaum.«

»Was dann?«

Conor sehnte sich danach, dem Mann das belustigt-nachsichtige Lächeln vom Gesicht vertreiben zu können. Vorsichtshalber verschränkte er die Hände hinter dem Rücken, um nicht in Versuchung zu geraten. »Ich dachte gerade, dass das alles ziemlich pompös ist für ein Farmhaus.«

»*Ein Farmhaus?* Du bist ...«

Der Mann packte Conors Handgelenk und verdrehte es schmerzhaft. Conor schnitt eine Grimasse, fuhr jedoch ungerührt fort: »Nun, eigentlich ein vorgebliches Farmhaus, denn Sie lassen Ihr Land ja von uns bestellen. Sie sind nicht einmal ein richtiger Farmer!«

Der Hausherr ließ ihn los und schubste ihn von sich. Conor taumelte zurück. »Ich bin der Besitzer des Landes, vergiss das nicht! Wie ist dein Name?«

Conor richtete sich zur vollen Größe auf und straffte die Schultern, wie Mam es ihm beigebracht hatte. »Conor O'Loughlin.«

»Nun, Conor O'Loughlin, ich denke, du solltest dein Anliegen vorbringen und von hier verschwinden, bevor ich dich wegen deiner Unverschämtheiten aus dem Haus werfen lasse.«

»Neuigkeiten verbreiten sich rasch«, sagte Conor, ohne auf die Drohungen zu achten, »und ich nehme an, Sie haben gehört, dass meine Mutter gestorben ist. Jetzt sind mein Bruder und ich verantwortlich für die Felder.«

»Ist das so?« Der Hausherr formte mit den Händen ein Dach und drückte die Spitzen der Zeigefinger an sein Kinn. »Dann vermute ich, du bist gekommen, um mir zu sagen, dass ihr die Farm verlassen wollt, ehe ich meine Männer bitte, euch dabei zu helfen. Es ist wirklich viel besser, wenn ihr freiwillig geht.«

»Besser für wen?«, fragte Conor sarkastisch.

»Für euch natürlich. Es würde euch die Peinlichkeit einer Zwangsräumung ersparen.«

Conor verschränkte die Arme vor der Brust und sah den Mann unverwandt an. Auch er konnte dieses Spiel von Angreifen und Parieren spielen, und jetzt plante er seine erste Attacke. »Im Gegenteil«, entgegnete er liebenswürdig. »Ich bin gekommen, um meine Schulden zu bezahlen. Ich weiß, die Zahlung kommt spät, aber Sie werden sehen, dass ich Sie für die Wartezeit angemessen entschädige.«

Die selbstsichere Fassade des Großgrundbesitzers geriet ins Wanken, genau wie Conor es beabsichtigt hatte. »Deine Schulden!«, platzte er heraus und wich einen Schritt zurück.

»Ja«, erwiderte Conor leichthin und steckte die Hand in die Tasche, als wolle er das Geld herausnehmen. »Es ist mir inzwischen gelungen, den Betrag zusammenzukratzen. Ich habe Freunde.«

»Freunde!« Das Gesicht des Hausherrn war puterrot, und er schien um Atem zu ringen.

Conor gestattete sich ein Lächeln. »Ich bitte Sie. Sie hatten doch nicht angenommen, dass Sie mich und meinen Bruder so leicht von unserem Land vertreiben können.« Er ließ die Hand in der Tasche und beobachtete, wie der Mann dorthin schielte. »Aber ehe ich Ihnen das Geld gebe, sollte ich vielleicht klarstellen, dass es auch noch eine andere Möglichkeit gäbe.«

»Und die wäre?«, fragte der Landbesitzer mit Bedacht und machte eine bedeutungsschwere Pause, bevor er hinzusetzte: »Wie könnte diese Möglichkeit wohl aussehen?«

»Sie wollen unsere Felder, so schlecht sie auch sind, um mehr Weidegrund zu haben, damit Sie die Lämmer für England mästen können. Dabei ist Ihnen gleichgültig, dass die Iren hungern.«

»Deine Frechheiten führen dich nicht weiter.«

»Wir könnten auch einen Handel abschließen«, sagte Conor, ohne den Tadel zu beachten.

»Dein Land ist wertlos«, erwiderte der Mann höhnisch.

»Für mich vielleicht, aber nicht für Sie.«

Der Hausherr steckte die Hände in die Hosentaschen und wippte auf den Fersen. »Du bist ein unverschämter Kerl, O'Loughlin. Verrat mir, wie viel dein Land deiner Meinung nach wert ist!«

»Die Kosten für eine Schiffspassage für meinen Bruder und mich.«

»Wie viel?«

»Zehn Pfund für jeden.«

»Zehn Pfund?«

Ich könnte eigentlich noch ein bisschen mehr verlangen, dachte Conor, dem dieser Wortwechsel großen Spaß machte. »Plus fünf Pfund für Reiseproviant.«

Der Mann musterte ihn mit gerunzelter Stirn. »Angenommen, ich gebe dir das Geld, habe ich dann dein Wort, dass ihr geht?«, fragte er schließlich.

»Ja.«

Der Hausherr ging zum Schreibtisch, nahm eine kleine Dose aus der Schublade und zählte fünfundzwanzig Pfund ab. Conor sah zu, wie sich ein Schein auf dem anderen häufte. Noch nie hatte er so viel Geld auf einmal gesehen, aber den Hausherrn schien die Summe überhaupt nicht zu beeindrucken. Er nahm die Banknoten und hielt sie, gerade außerhalb Conors Reichweite, hoch. »Ich will, dass ihr bis morgen Mittag das Cottage räumt.«

»Das kann ich einrichten«, entgegnete Conor unbekümmert.

Plötzlich hielt er das Geld in der Hand, und der Großgrundbesitzer grinste verschlagen, als hätte er ein gutes Geschäft gemacht. »Du hast das Geld, und jetzt sieh zu, dass du verschwindest!«

»Danke!«

Conor grinste den Mann frech an und ging voraus zur

Tür. Jetzt, da der Handel abgeschlossen war, konnte er nicht schnell genug wegkommen.

»Übrigens«, sagte der Landbesitzer, als Conor aus der Haustür war, »auf meiner Westweide wurde ein Schaf getötet. Du weißt nicht zufällig etwas über den Vorfall?«

Doch Conor war schon weg, lief die Stufen hinunter und verstaute die Geldscheine sicher in seiner Tasche. Erst bei den Ulmen, die in einem Meer von nickenden Glockenblumen standen, machte er Halt. Ein Gefühl des Triumphes überflutete ihn, und er lachte laut auf. Seine Stimme wurde vom Wind davongetragen und vermengte sich mit dem Vogelgezwitscher.

Sein Täuschungsmanöver hatte gut funktioniert. Der Landbesitzer hatte ihm tatsächlich abgenommen, dass er Geld genug hätte, um den Pachtzins zu bezahlen! Das zeigte mal wieder, wie viel man mit ein bisschen Schauspielerei erreichen konnte. Und jetzt besaß er mehr Geld, als er jemals für möglich gehalten hätte. Er holte die Scheine aus der Hosentasche und betrachtete sie. Das sind nichts als windige Papierfetzen, ging es ihm durch den Kopf, und mit einem Mal machte sich Unmut in ihm breit. Vielleicht war er zu leicht an dieses Geld gekommen.

Er überlegte, was wohl geschehen würde, wenn er die Scheine in die Luft würfe und der Wind sie dem zuwehte, der sie haben wollte. Er stellte sich vor, wie sie über die Bäume flattern würden und er sie nicht mehr einfangen könnte. Er verstärkte den Griff um das Bündel und musste wieder an seine Mutter denken. Langsam ließ er sich auf den Boden nieder und schlang die Arme um die angezogenen Knie.

Dort, auf der Glockenblumenwiese ließ er endlich seinen Tränen freien Lauf und schluchzte, bis er sich erschöpft und ausgelaugt fühlte. Er weinte um seine Mutter und um der Kinder willen, die er eines Tages zeugen mochte und die nie das Gesicht ihrer Großmutter sehen würden. Er weinte wegen all der Ungerechtigkeiten, die er in den letzten Tagen miterlebt hatte. Und vor allem weinte er um all jene, die aus dem Leben gerissen worden waren: um die Mutter und den winzigen, namenlosen Bruder, seinen Vater und all die anderen Geschwister. Gleichgültig, ob das Schicksal Gutes oder Schlechtes für ihn und Adam parat hatte, mit dem Geld, das er dem Großgrundbesitzer abgeluchst hatte, hielt er die Macht in den Händen, ihr Leben unwiderruflich zu verändern. Nichts würde mehr so sein wie bisher.

Als Adam aufwachte, stand sein Bruder vor seinem Bett. Es wurde schon fast hell, und das erste Licht des Tages färbte den Himmel leicht violett. Er konnte nur Conors Silhouette vor dem Fenster sehen.

»Wir müssen weg von hier«, sagte Adam, der sofort hellwach war. »Sie wissen, dass du das Schaf getötet hast. Die Polizei war hier.«

Conor verschränkte die Arme. »Kein Mensch hat mich dabei gesehen. Sie *glauben,* es zu wissen – das ist alles.«

»Sie werden dich ins Gefängnis stecken.«

»Erst einmal müssen sie mich erwischen.«

Adam fiel selbst auf, dass er scharf die Luft einsog. Er verspürte große Lust, den Jungen zu schütteln, bis dieser wieder zur Vernunft käme. »Conor, bleib auf dem Teppich!«

»Das tue ich, und genau deshalb stimme ich dir zu.«

»Worin?«

»Wir müssen wirklich weg. Wir gehen nach Londonderry und auf ein Schiff, das uns fortbringt.«

Adam schwang die Beine aus dem Bett. »Das können wir uns nicht leisten.«

Conor kicherte. »Selbstverständlich können wir. Vertrau mir! Pack deine Sachen, wir treffen uns dann oben im Wald. Am Mittag.«

Adam wusste, dass Conor von dem kleinen Wäldchen hinter dem Haus sprach. Hinter den Bäumen führte ein zweiter Weg zum Dorf, über den man die Hauptstraße in die Stadt erreichte.

»Am Mittag«, bestätigte er, als Conor die Kammer verließ. »Ich werde da sein.« Sie hatten keine andere Wahl.

Die Stunden erschienen ihm unendlich lang. Während die Minuten verstrichen, wuchs Adams Unruhe. Wie wollte Conor die Seereise bezahlen? Woher hatte er auf einmal so viel Geld?

Vertrau mir, hatte Conor gesagt. Das fiel Adam schwer, weil er fürchtete, dass sich sein jüngerer Bruder mit unlauteren Methoden Geld verschafft hatte. Vielleicht hat er ja auch überhaupt kein Geld, ging es Adam durch den Kopf. Conor könnte irgendwelche verrückte Ideen haben, wie sie heimlich an Bord eines Schiffes kommen könnten.

Adam verdrängte die düsteren Gedanken und sah sich im Cottage um: alte, wackelige Möbel, ein paar ärmliche Habseligkeiten – nichts, was es wert wäre, unbedingt erhalten zu werden. Er holte den verbeulten Koffer aus der Kammer der Mutter und packte seine Kleider und ein paar Bücher ein. Dann prüfte er das Gewicht und nahm den Koffer von einer Hand in die andere.

Er nahm seine letzte Mahlzeit im Cottage zu sich. Die letzten Kartoffeln im Fass hatten schon ausgetrieben und waren schwammig. Sie schmecken nach nichts, dachte Adam und schob die Schale mit dem Senf beiseite. Als die vereinbarte Zeit für das Treffen mit Conor unmittelbar bevorstand, schob Adam den Vorhang am Küchenfenster ein Stück beiseite und entdeckte den Geldeintreiber mit einigen Gefolgsmännern auf dem Weg, der zum Cottage führte. Sie hatten Brechstangen und Seile bei sich, und da war Adam plötzlich klar, dass das O'Loughlin-Cottage niedergerissen werden würde wie so viele andere im Dorf, deren Bewohner die Pacht nicht mehr bezahlen konnten. Es wurde dem Erdboden gleichgemacht oder abgebrannt, und bald wäre keine Spur mehr von Adam und seiner Familie übrig, die über so viele Jahrzehnte hier gelebt hatten.

Hier hielt ihn nichts mehr, dessen wurde sich Adam bewusst. Ihm blieb gar nichts anderes übrig, als zum vereinbarten Treffpunkt zu gehen und zusammen mit Conor die Flucht zu ergreifen. Resigniert ließ er den Vorhang fallen und nahm seinen Koffer vom Küchentisch. Dann ging er durch die Hintertür ins Freie und lief auf das kleine Wäldchen zu.

Es fühlte sich eigenartig an, alles hinter sich zu lassen und sich auf den Weg zu einem unbekannten Ziel zu machen. Vielleicht, dachte er, werfe ich nur eine Hülle ab, und der Kern, mein wahres Ich, wird immer hier in meinem Geburtshaus bleiben. Er nahm den Koffer in die andere Hand und setzte tapfer einen Fuß vor den anderen. Es drängte ihn, einen Blick zurückzuwerfen, aber andererseits fürchtete er sich davor.

Als er das Wäldchen erreichte, kam ihm Conor ein

paar Schritte entgegen. »Adam«, sagte er, »du bist gekommen.«

»Dachtest du, ich würde es nicht tun?«

Conor zuckte mit den Achseln. »Vielleicht, vielleicht auch nicht.«

Adam war nicht in der Stimmung, sich auf Conors Wortspiele einzulassen. »Komm!«, sagte er und ging weiter in den Wald. In dem von Laub und Zweigen gefilterten Licht machte er den Weg aus, der sie von hier fortbringen sollte. Und jetzt wollte er mehr denn je fort von hier.

»*Nein!* Warte noch einen Augenblick!«, wehrte Conor so vehement ab, dass sich Adam abrupt zu seinem Bruder umdrehte und ihn verwirrt ansah. Aber Conor deutete hinunter auf die Männer. »Sieh dir das an!«

Widerstrebend folgte Adam der Aufforderung. Der Gerichtsvollzieher und seine Gefolgsmänner hatten die Hälfte des Weges zum Cottage bereits zurückgelegt. Adam sah, wie sie sich abmühten, um die Gerätschaften für die Zerstörung bergauf zu schleppen.

»Ist das zu fassen?«, fragte Conor ärgerlich.

Die Männer versuchten, die Schritte zu beschleunigen. Sie liefen auf das Cottage zu und warfen plötzlich die Schaufeln und Seile auf den Boden. Da stimmt irgendwas nicht, dachte Adam alarmiert und ließ den Blick schweifen. Er erstarrte. Aus dem mit Stroh gedeckten Dach des Cottages stieg eine dünne, dunkle, kaum sichtbare Rauchwolke auf. Ein Funke stob auf, dann noch einer. Im nächsten Moment loderte eine Flamme aus dem Stroh, und im Nu brannte das ganze Dach lichterloh.

Conor lachte aus vollem Herzen. Adam sah ungläubig von dem Feuer zu seinem Bruder, und dann dämmerte es ihm. »Wie hast du das gemacht?«

»Ist nicht wichtig«, gab Conor gelassen zurück und hob Adams Koffer auf. »Sie wollten das Haus sowieso niederreißen. Ich bin ihnen nur zuvorgekommen. Also, lass uns jetzt gehen! Wir haben noch einen weiten Weg vor uns, bevor die Nacht einbricht, und wir gewinnen nichts, wenn wir hier noch länger wie heimwehkranke Memmen herumstehen.«

Bedrücktes Schweigen schien sich über das Dorf gesenkt zu haben, als Adam und Conor über den Marktplatz gingen. Sonst spielten immer Kinder auf den Straßen, und Frauen standen beisammen und tratschten, aber heute ließ sich kein Mensch blicken. Nur hinter manchen Fenstern bewegten sich die Vorhänge, was verriet, dass das Dorf nicht ausgestorben war. Als die beiden Brüder sich der Kirche näherten, blieb der Pfarrer auf den Außenstufen stehen und hob die Hand zu einem stummen Abschiedsgruß.

Adam nickte. »Wir gehen fort«, sagte er, da er das Gefühl hatte, eine Erklärung wäre angebracht. Mit einem Blick über die niedrige Friedhofsmauer zu dem Grab, in das sie vor wenigen Tagen die Mutter gebettet hatten, überließ er sich seinen Erinnerungen, die ihn, wie er spürte, in der kommenden Zeit aufrechterhalten würden. Außer dem Pfarrer winkt mir niemand nach, dachte er betrübt. Kein Mensch ist traurig, dass ich gehe.

Am Dorfrand wandte er sich Conor zu: »Das Geld reicht nicht für eine Passage, schon gar nicht für zwei.«

Conor grinste. »Ich hab genügend Geld.«

»Woher?«, fragte Adam argwöhnisch.

Conor blieb stehen. Seine Miene verfinsterte sich augenblicklich. »Denkst du etwa, ich hätte es gestohlen?«

Adam stellte den Koffer an den Straßenrand und rieb sich müde über die Augen. »Ehrlich gesagt, ich weiß nicht mehr, was ich denken soll.«

»Ich habe es nicht gestohlen, sondern rechtmäßig bekommen. Der Landbesitzer hat uns dafür bezahlt, dass wir weggehen, wenn du es unbedingt wissen willst.«

»Er hat dir Geld dafür gegeben! Wie viel?«

»Genug für zwei Schiffspassagen. Wohin sollen wir segeln? Nach Amerika? Alle sagen, das sei das Land der goldenen Möglichkeiten.«

»Mir ist es egal«, antwortete Adam mutlos. Er schüttelte den Kopf, nahm seinen Koffer wieder in die Hand und ging weiter.

Die meiste Zeit marschierten sie schweigend nebeneinander durch die karge, steinige Landschaft. Gelegentlich kamen sie durch ein Dorf. Frauen standen vor den Häusern und bedachten sie mit herausfordernden Blicken. Kinder klammerten sich an ihre Rockzipfel. Wir haben nichts, drückten ihre Gesichter aus, also bittet uns nicht um milde Gaben! Von den Männern war nichts zu sehen.

Adams Schuhe rieben an der Ferse, und bald hatte er sich hässliche rote Blasen gelaufen. Sein Koffer, der ihm ursprünglich so leicht erschienen war, wurde allmählich bleischwer. Und dann fing es auch noch an zu regnen, und dicke Tropfen gingen nieder. Essen wurde zur Besessenheit. Adam dachte unaufhörlich daran und zählte die Stunden zwischen einem kümmerlichen Bissen bis zum nächsten. Er beobachtete Kinder, die den Pflügen auf den Feldern folgten und in den Furchen nach Rübenstücken, die bei der Ernte übersehen worden waren, suchten oder Vogelmiere und Sauerampfer pflückten.

Sie überquerten Wasserläufe, die sich durch grüne Wiesen schlängelten, und machten gelegentlich Rast, um das klare, kalte Wasser zu trinken. Vor ihnen fuhr ein Karren im dunstigen Abendlicht, und jenseits des Karrens waren die Umrisse der Berge zu sehen. Adam machte Halt und drehte sich um. Ihre Schatten fielen lang und seltsam verzerrt auf den unebenen Grund.

Er fühlte sich eigenartig, als wäre er in einem Albtraum gefangen, aus dem er bald erwachen würde. Aber dies war kein Traum. Es war die bittere Realität. Er hatte kein Zuhause mehr, und seine Eltern waren tot. Ihm war nur noch Conor geblieben, und er hatte keine andere Wahl, als weiterzuziehen.

In dieser ersten Nacht rösteten sie ein paar Rüben von einem Feld über dem Feuer und verbrannten sich die Finger und Zungen, weil sie es kaum abwarten konnten, endlich etwas in den Magen zu bekommen. Dann rollten sie sich unter dichten Büschen zusammen, um zu schlafen. Am Morgen waren ihre Kleider feucht vom Tau. Sie fanden Wasserkresse und Pilze im Wald und pflückten Beeren von den Sträuchern. Die Beeren waren noch grün, und Adam bekam Bauchschmerzen und musste nach ein paar Stunden im Dickicht verschwinden, um sich zu erleichtern.

Schließlich kamen die beiden Brüder müde und hungrig in Londonderry an und wanderten an der alten Stadtmauer mit den aus den Schießscharten ragenden Kanonen entlang. Sie gerieten in eine Menschenmenge und gingen mit dem Strom durch die engen Gassen und die steile Shipquay Street hinunter. Ganze Familien waren auf den Beinen. Kleine Kinder saßen auf den Schultern ihrer Väter. Hoch beladene Karren rumpelten über das Kopfsteinpflaster. Adam erschien das Treiben zu geschäftig, zu hektisch. Er warf einen Blick auf seinen kleinen Koffer und die einzigen Überreste des Lebens, das er hinter sich gelassen hatte. Wie war er nur auf den Gedanken gekommen, dass die wenigen Habseligkeiten genügten, um sich eine neue Existenz aufzubauen? Benommen ließ er sich von anderen hin und her schubsen und zu den Docks hinter dem Zunfthaus drängen.

An den Kais waren große Plakate angeschlagen, auf denen die Vorzüge der Schiffe, die im Hafen vor Anker lagen, angepriesen wurden. »Luxuriöse Kabinen« oder »erstklassige Unterkünfte« war dort zu lesen. Zudem waren Ablege-Daten und die Zielorte angegeben. Etliche Schiffe fuhren nach Amerika, aber alle legten erst in der nächsten Woche ab.

Adam sah sich mürrisch zwischen all den Lagerhäusern, Kontoren und Tavernen um. In seinen Ohren dröhnte der höllische Lärm der Menschen. Ein Schiffsagent ging herum und sprach die Leute an, um ihnen Passagen zu verkaufen, und Händler boten Käse, Tee und Zucker feil und versorgten die Abreisenden mit Proviant. Adam bekam ein paar Fetzen einer Unterhaltung mit.

»Am besten nimmt man eigene Verpflegung mit.«

»Das Angebot an Bord ist spärlich ...«

Ein Straßenhändler hielt einen Nachttopf in die Höhe, sodass alle ihn sehen konnten. »Ladys, verehrte Ladys!«, brüllte er, als einige Frauen errötend den Kopf senkten. »Sie werden mir jeden Tag auf Ihrer Reise dankbar sein, wenn Sie meinen Rat annehmen und einen Nachttopf kaufen.«

»Verdammt!«, sagte Conor grinsend. »Ich glaube nicht, dass unsere Finanzen dafür noch reichen.«

Sie fanden ein Quartier und bezahlten einen, wie Adam fand, exorbitanten Preis für die Übernachtung. Das Zimmer war winzig, und es roch nach Tang und Salzluft. Schaben liefen über die Wände. Nach wenigen Minuten erklärte Conor, dass er die Gegend auskundschaften wolle, und verschwand.

Adam legte sich aufs Bett, verschränkte die Hände hinter dem Kopf und überlegte, ob die Decke mit Läusen verseucht war. Er widerstand dem Drang, sich zu kratzen, und starrte nachdenklich an die Decke. Welcher Wahnsinn hatte ihn dazu gebracht, hierher zu kommen? Warum nur hatte er alles, was ihm vertraut war, verlassen?

In dieser fremden Stadt und in dem schäbigen Zimmer machte ihm der Gedanke, Irland für immer den Rücken zu kehren, große Angst. Er ließ die letzten Tage noch einmal im Geiste Revue passieren. Wie schnell sich unser Schicksal gewendet hat, überlegte er. Er schloss die Augen und versuchte, ein Bild von seiner Mutter heraufzubeschwören. Schon jetzt verblasste sie in seinen Gedanken, ihre Züge waren verschwommen.

Er nahm ihren Ehering aus der Tasche und hielt ihn ins Licht. Vermutlich könnte er ihn verkaufen oder zu einem Pfandleiher bringen und ein paar armselige Shilling dafür bekommen. Es widerstrebte ihm jedoch, sich von dem letzten greifbaren Bindeglied zu seiner Mutter zu trennen, und Conor hatte ihm glaubhaft versichert, dass sein Geld für die Reise reichen werde. Ich behalte ihn lieber, dachte er. Vielleicht brauchen wir im neuen Land Geld, dann kann ich ihn immer noch versilbern.

Conor kam etwa eine halbe Stunde später mit einer Flasche Rum unter dem Arm zurück. »Das wird uns vor der Seekrankheit schützen«, erklärte er Adam augenzwinkernd.

Adam zog die Augenbrauen zusammen. »Du verschwendest das wertvolle Geld an Fusel?«, schimpfte er. »Um Himmels willen, Conor! Wir werden jeden Penny brauchen, wenn wir im neuen Land ankommen.«

»Ruhig Blut, lieber Bruder!« Conor warf die Flasche aufs Bett. »Ich habe nichts dafür bezahlt.«

»Du hast den Rum gestohlen?«

Conor grinste. »Das sind aber harte Worte. Obwohl dir die anderen Kartenspieler vermutlich zustimmen würden.« Er schlenderte zur Tür, beförderte eine Tüte zutage und legte jede Menge Lebensmittel neben Adam aufs Bett. »Hier, ich hab ein paar Sachen besorgt. Dörrfisch. In Salz eingelegte Eier. Karotten und Rüben, Zwiebeln und Essig. Damit dürften wir eine Weile über die Runden kommen.«

»Conor, die Schiffe …«

Conor schnitt ihm mit einer Handbewegung das Wort ab. »Darüber wollte ich gerade mit dir sprechen. Die Kähne, die nach Amerika fahren, legen frühestens in einer Woche ab, also müssten wir bis dahin das Quartier und Verpflegung bezahlen. Warum sollten wir so viel Geld vergeuden, wenn wir auch früher von hier weg können? Eines der Schiffe steuert Australien an, und es läuft schon morgen aus.«

»Australien?«, wiederholte Adam kraftlos.

»Und, was hältst du davon?«, wollte Conor ungeduldig wissen. »Ich habe ehrlich keine Lust, noch tagelang hier herumzulungern.«

»Es ist mir gleichgültig.« Adam zuckte mit den Schultern, und es war ihm tatsächlich egal, wo sie schließlich landen würden. Amerika oder Australien – für ihn war alles dasselbe.

»Ich weiß, was wir machen. Wir werfen eine Münze.«

Conor nahm eine Münze aus der Kommodenschublade und warf sie von einer Hand in die andere. »Kopf oder Zahl?«, fragte er. »Wenn das kommt, was du gesagt hast, warten wir ab und reisen nach Amerika. Ansonsten gehen wir morgen an Bord.«

»Kopf.«

Adam beobachtete, wie Conor die Münze hoch in die Luft warf und sie auf dem Boden landete. Es war verrückt, eine Münze über ihr Schicksal entscheiden zu lassen. Ein abgegriffenes Sixpencestück schickte sie in die eine oder andere Richtung.

Conor bückte sich und grinste. »Zahl! Sieht fast so aus, als würden wir morgen nach Sydney aufbrechen, mein lieber Bruder. Australien! Englands Abladeplatz für Diebe und Schurken.«

Jetzt war es entschieden. Einfach so. Die Münze trieb sie in ein Land, das sich Adam nicht ausgesucht hatte. Und er musste sein Unbehagen unterdrücken, als er sich seinem Bruder zuwandte. »Diebe und Schurken! Vielleicht ist Australien genau die richtige Wahl, Conor. Du wirst dich dort gleich wie zu Hause fühlen.«

KAPITEL 5

Central-Queensland, Australien
Juli 1868

»Jenna! Bist du da, Jenna?«

Die Stimme war kaum zu hören, weil der Regen auf das Blechdach trommelte. Jenna McCabe stellte einen leeren Eimer auf die Ladentheke – an die Stelle, wo es am meisten hereinregnete. Lustlos ließ sie den Blick zu dem Durchgang mit dem Vorhang wandern, der den Laden von den Wohnräumen dahinter abtrennte.

»Ja, Mary«, murmelte sie resigniert.

So war ihre Mutter immer; sie schrie aus Leibeskräften, wenn ein schlichtes Rufen genügen würde. Jenna, tu dies! Jenna, mach das! Da ist ein Kunde im Laden, Jenna! Oder: Lauf in den Pub und hol mir ein Pint, Jenna! Zudem bestand ihre Mutter darauf, dass Jenna sie mit Mary ansprach. »Sag nicht Mutter zu mir! Die Männer sagen alle, dass ich viel zu jung sei, um eine Tochter in deinem Alter zu haben«, erklärte sie immer wieder.

Mary schlurfte herbei und drückte die Hände auf ihren Bauch. Ihr Mund war verkniffen, die Stirn gefurcht.

Jenna beschlich ein ungutes Gefühl. »Was ist mit dir?«

Der erste Tropfen fiel in den Blecheimer. *Plopp.* Das Geräusch erschien Jenna unendlich laut, viel durchdringender als der Regen selbst. Mary McCabe trat von einem Fuß auf den anderen und lehnte sich schwer an den Türrahmen. Jenna fiel plötzlich auf, dass ihre Mutter ungewöhnlich blass war und schwankte.

»Was mit mir ist?«, äffte Mary sie nach einem langen

Moment des Schweigens nach. Sie deutete auf den Boden, wo sich eine Pfütze ausbreitete, und Jenna nahm sich vor, nach einem weiteren Eimer zu suchen. »Das Haus ist schlimmer als ein leckes Boot, diese Stadt ist um keinen Deut besser als die letzte, und das Baby kommt – das ist mit mir! Schließ den Laden ab und hol Mrs. Porter! Und mach schnell, bevor ich das verflixte Balg gleich an Ort und Stelle verliere!«

Die Stimme der Mutter klang ungewöhnlich eindringlich – so hatte ihre Tochter sie noch nie erlebt. Jenna schloss sorgsam die Ladentür ab, steckte den Schlüssel in die Schürzentasche und sprang über die Pfützen auf der Straße, als sie zum Haus der Porters lief. Der Wind trieb ihr den kalten Regen ins Gesicht. Braunes, durchweichtes Laub sammelte sich in der Gosse. Jenna schauderte und klappte ihren Kragen hoch, um sich vor der Kälte und dem Regen zu schützen. Trotzdem klebten die Haare nass an ihrem Kopf, als sie heftig an Mrs. Porters Tür klopfte. Mrs. Porter öffnete ihr und sah sie verdrießlich an. »Ist was passiert, Mädchen?«, fragte sie und wischte sich die mehlbestäubten Hände an der Schürze ab.

»Es geht um meine Mutter«, keuchte Jenna. »Mary McCabe vom Laden. Das Baby kommt, und sie hat mich gebeten, Sie zu holen.«

»Und da braucht sie Hilfe, ja?«, rief Mrs. Porter aufgebracht. »Ein Jammer, dass sie nicht daran dachte, als sie mich letzte Woche nicht anschreiben ließ.«

»Aber Sie werden doch kommen, oder?«, flehte Jenna verzweifelt. Sie spürte, wie ihr die Tränen in die Augen schossen. »Sie sagte, ich muss sie mitbringen, und wenn nicht, dann …«

Sie ließ den Rest des Satzes unausgesprochen und

kniff kurz die Augen zu bei dem Gedanken daran, was ihr dann blühte. Wenn sie Mrs. Porter nicht mitbrachte, wie es ihr die Mutter aufgetragen hatte, würde sie ihr die Hölle heiß machen. Instinktiv fasste sie sich an die Wange und legte die Hand auf die bläulich verfärbte Schwellung.

»Und wenn nicht«, ergänzte Mrs. Porter, während sie Jenna eine feuchte Strähne aus dem Gesicht strich, »verprügelt sie dich zweifellos mit einem Gürtel.«

War das so offensichtlich? Jenna nickte verlegen und blinzelte die Tränen weg. Doch dann hob sie trotzig den Kopf und sah Mrs. Porter an. Die Frau hatte freundliche Augen und wirkte gütig und warmherzig. Unwillkürlich fragte sich Jenna, wie es wohl sein mochte, von Mrs. Porter in die Arme genommen und an den üppigen Busen gedrückt zu werden. Es war lange her, seit ihre eigene Mutter sie zum letzten Mal umarmt hatte.

»Komm schon, Mädchen, nicht weinen! Geh nach Hause und richte deiner Mutter aus, dass ich gleich nachkomme!« Die Hebamme versuchte, Jenna zu beruhigen.

Plötzlich fiel ihr wieder ein, wie kraftlos die kreidebleiche Mary am Türrahmen gelehnt und gesagt hatte: *Mach schnell, bevor ich das verflixte Balg gleich an Ort und Stelle verliere!* Schuldbewusst rannte Jenna zurück zum Laden, ohne auf den Schlamm, der auf ihre Stiefel spritzte, oder den Regen, der ihre Kleider durchweichte, zu achten.

Mrs. Porter kam ein paar Minuten nach Jenna und war ganz außer Atem. Jenna, die sich an der Tür zum Zimmer ihrer Mutter herumdrückte und sich nicht über die Schwelle traute, beobachtete mit großen Augen, wie die Hebamme ihre große schwarze Tasche mit Schwung auf dem Fußende des Bettes abstellte und verschiedene

Furcht einflößende Instrumente herausholte. »Steh nicht so rum, Mädchen!«, herrschte sie Jenna an. »Es gibt jede Menge zu tun.«

»J-ja«, stammelte Jenna verängstigt.

»Wie alt bist du?«

»D-dreizehn.«

»Gott sei Dank alt genug, um dich nützlich zu machen!«, brummte die Hebamme. »Also, Jenna, es ist keine Hilfe, wenn du hier an der Tür herumlungerst. Füll Wasser in den größten Topf und bring es zum Kochen! Dann holst du mir alle Leintücher und Handtücher, die ihr erübrigen könnt.«

Jenna sollte mithelfen!

Allein die Idee erschreckte sie bis ins Mark. Sie holte tief Luft und wünschte, sie könnte das Entsetzen einfach abschütteln. Sie hatte keine Ahnung, wie Babys auf die Welt kamen, wusste nicht einmal, wie dieses in den Bauch ihrer Mutter gekommen war. Und wie konnte Mrs. Porter es da herausbekommen? Aber Jenna wollte es lieber nicht so genau wissen, denn ihre Mutter stöhnte qualvoll – offenbar hatte sie Schmerzen –, und diese Instrumente auf dem Bett verhießen nichts Gutes.

»Lauf los!«, forderte Mrs. Porter. »Und beeil dich, sonst entsteht hier eine richtige Schweinerei, wenn sich das Baby entschließt, ganz schnell zu kommen!«

Jenna rannte, froh über die Unterbrechung, in die Küche und holte den großen Topf aus dem Schrank, füllte ihn mit Wasser und stellte ihn auf den Herd. Dann kramte sie im Wäscheschrank und suchte die Laken und Handtücher, die Mrs. Porter verlangt hatte, heraus. Sie hatten nicht viele, und Jenna brachte alle ins Zimmer ihrer Mutter.

Mrs. Porter riss die Laken in kleinere Stücke. Eine reine Verschwendung, dachte Jenna betrübt – woher sollten sie das Geld nehmen, um neue zu kaufen? Sie zuckte jedes Mal zusammen, wenn sie das Reißen von Leinen hörte, schielte verstohlen zu ihrer Mutter und wartete auf eine Reaktion. Doch Mary lag mit geschlossenen Augen da.

Die Stunden schleppten sich quälend langsam dahin, während Jenna all die Aufgaben erfüllte, die ihr die Hebamme auftrug – sie sollte dafür sorgen, dass das Wasser heiß blieb, und aufräumen, wenn die Hebamme Unordnung machte. Gelegentlich schellte die Ladenglocke, und Jenna musste die Kunden bedienen.

»Bekommt Mary ihr Baby?«, erkundigte sich eine der Frauen und schaute unbehaglich zum Durchgang, als sie einen schrillen Schrei hörte. Offenbar verbreitete sich die Neuigkeit wie ein Lauffeuer im Ort. Und die Anwesenheit der Hebamme sorgt sicher für heftigen Klatsch über die Gartenzäune hinweg, vermutete Jenna.

Die neugierige Kundin war die Frau des Polizisten. »Eingebildete Zicke«, nannte Mary sie hinter ihrem Rücken. Sie war eine zimperliche, tugendhafte Person, die die Nase immer hoch trug und selbstgefällig grinste. Jenna behandelte sie wie jemanden, den man notgedrungen erdulden musste.

»Das arme kleine Würmchen«, fuhr die Frau fort und meinte offenbar das Baby. Dann schnalzte sie mit der Zunge und schüttelte den Kopf, als sie die Lebensmittel bezahlte, die sie in ihre Tasche gepackt hatte. »Es ist schlimm, eine Hure zur Mutter zu haben und nie zu wissen, wer der Vater ist. Aber *das* ist vielleicht am besten so«, setzte sie düster hinzu.

Jenna hätte gern gefragt, was sie damit meine. Sie selbst hatte ihren Vater auch nie kennen gelernt. Und obschon sie nicht wusste, was »Hure« bedeutete, hatte die Frau dieses Wort mit so viel Gift in der Stimme ausgesprochen, dass Jenna unwillkürlich zurückgewichen war, um mehr Abstand zwischen sich und diese Person zu bringen. Endlich schlug die Frau des Polizisten die Ladentür hinter sich zu.

Um sechs Uhr schloss Jenna den Laden ab und löschte die Lichter, ehe sie in die Wohnung zurückging und durch den Vorhang spähte. Mary lag auf der Seite, hatte die Arme fest um den Bauch geschlungen und wimmerte vor sich hin. Ihre Augen waren geschlossen, die Wangen nass. Von Tränen?, fragte sich Jenna. Sie hatte ihre Mutter noch nie weinen sehen.

Jenna brühte eine Kanne Tee auf und machte Sandwiches, die hauptsächlich Mrs. Porter vertilgte. Jenna hatte keinen Appetit. Sie knabberte nur an einem der Brote und trank eine Tasse Tee. Da sie nicht wusste, was sie tun sollte, rückte sie einen Stuhl zum Bett ihrer Mutter, setzte sich und wartete.

Aus Sekunden wurden Minuten und Stunden. Mary McCabe warf sich herum und wälzte sich hin und her, stöhnte oder schrie laut auf und verfluchte das Los der Frauen. Von Zeit zu Zeit tastete und drückte die Hebamme unter der Decke. Jenna schaute nicht hin und starrte lieber die schmuddelige Wand an – ihr machten sowohl Angst als auch Verlegenheit zu schaffen. Obwohl sie nicht sah, was genau Mrs. Porter unter der Decke machte, ahnte Jenna, welches Ziel die Hebamme verfolgte. Es erschien ihr wie eine schlimme Verletzung der Intimsphäre, wenn man dort berührt wurde.

»Hab keine Angst, Liebes!«, sagte die Hebamme zu ihr, als sie sich die Hände in dem Eimer wusch, den Jenna bereitgestellt hatte.

Jenna hob trotzig den Kopf. »Wer sagt, dass ich Angst habe?«

Die Frau lachte. »Es steht dir ins Gesicht geschrieben. Du solltest dich lieber an so was gewöhnen, möchte ich meinen. Eines Tages wirst du dasselbe durchmachen. Heiraten, Kinder kriegen und jede Menge Schmerzen.«

Plötzlich konnte Jenna die Qualen der Mutter nicht mehr ertragen; sie schluckte heftig und bekämpfte das Bedürfnis, den Raum sofort zu verlassen. Stattdessen überlegte sie, wie sie die Pein der Mutter lindern könnte. Am liebsten hätte sie die Hand auf Marys Mund gedrückt und die schrecklichen Laute erstickt. Sie wollte ihre Wange streicheln und ihr sagen … Was?, fragte sich Jenna. Was werde ich nur meiner Mutter sagen? Dass sie mich auf eigenartige Weise lieb hat? Dass meine Mutter trotz ihrer Trunksucht und der Schläge so gut für mich sorgt, wie sie kann, und dass ich ihr dafür dankbar bin?

Zaghaft nahm sie die Hand der Mutter in ihre. Sie war rau und schwielig von der vielen Arbeit. »Es wird alles gut, Mary«, flüsterte sie.

»Nicht!«

Die Mutter zog ihre Hand weg, entriss sie ihr, als könnte sie die Berührung der Tochter nicht ertragen. Jenna schob ihren Stuhl zurück, sprang auf und lief in die Küche. Dort lehnte sie sich mit verschränkten Armen an die Wand und starrte durchs Fenster in die Nacht und auf die erleuchteten Fenster der anderen Häuser. Sie stellte sich vor, wie die Familien gemütlich beim Feuer zusammensaßen, Toast zubereiteten. Bestimmt gab es Butter und Marmelade dazu. Tee mit Milch. Mütter nahmen ihre Kinder in die Arme, steckten sie ins Bett. Gaben ihnen einen liebevollen Gutenachtkuss. Eine einzelne Träne rollte über ihre Wange. Verdammt! Ihre Mutter konnte es nicht einmal ertragen, wenn sie ihre Hand hielt.

Sie versuchte, sich in ihrer Fantasie von all dem Schrecklichen zu lösen – von dem Stöhnen ihrer Mutter, der schroffen Zurückweisung und der energischen Hebamme, die sich mit dem Ritual der Niederkunft, das Jenna so sehr erschreckte, bestens auskannte. Jenna dachte an ihre eigene Kindheit und suchte nach schönen Erinnerungen. Ihre Großmutter, so viel wusste sie, war ein Sträfling gewesen und wurde, als sie achtzehn Jahre alt war, wegen eines geringen Vergehens von Schottland nach Australien gebracht. Und obwohl sie schon seit dreißig Jahren auf freiem Fuß war, hatte Mary niemals verwunden, was ihre Mutter in dieses Land geführt hatte.

Genauso wenig konnte sie sich mit der Rolle ihres Vaters abfinden: Er war Matrose auf dem lecken, mit Läusen verseuchten Schiff, das die Sträflinge nach Australien brachte. Marys Mutter hatte ihre Gunst in mehr als einer Hinsicht für einen vollen Bauch und ein warmes Bett verschenkt. Und er hatte sie prompt verlassen, als das Schiff in Sydney vor Anker ging. Dort, im Elendsviertel, hatte Marys Mutter sieben Monate später ihr Kind geboren.

Auch Jenna hatte ihren Vater nie gekannt, obwohl Mary manchmal von ihm sprach, wenn sie einen über den Durst getrunken hatte. Er war Garnisonssoldat – so viel wusste Jenna – und verheiratet. »Er hat sich aus dem Staub gemacht, als er erfuhr, dass ich mit dir schwanger war«, erzählte Mary oft, weinerlich und wehmütig vom Alkohol. »Ist mit seiner Familie weggezogen und hat nicht einmal Lebewohl gesagt. Ich habe ihn geliebt und vermisse den Bastard«, fügte sie jedes Mal hinzu, »sogar jetzt noch.«

Das hielt Mary jedoch nicht davon ab, sich ständig mit anderen Kerlen einzulassen. Im Laufe der Jahre waren es Dutzende gewesen – gefühllose Raubeine, die nach Einbruch der Dunkelheit an ihre Tür klopften. Die Mutter nahm die Besucher mit in ihr Schlafzimmer und scheuchte Jenna mit der strikten Anweisung, sich bis zum Morgen nicht von der Stelle zu rühren, in ihr eigenes Zimmer.

Wenn Jenna dann im Bett lag und auf den Schlaf wartete, hörte sie das Stimmengemurmel von nebenan. Klatschende Geräusche. Gelegentlich ein Lachen oder ein Grunzen, das sie an die Schweine im Pferch des Nachbarn erinnerte, wenn sie in ihrem Trog wühlten.

Das Quietschen der Bettfedern tönte durch die Nacht.

Jenna hielt sich dann immer die Ohren zu und versuchte, das verhasste Geräusch auszublenden.

Sie bekam nie mit, wenn die Männer wieder gingen; dafür sorgte Mary. Sie verschwanden im Morgengrauen und hinterließen ein paar Münzen auf dem Küchentisch.

»Ich tue das nicht gern«, erklärte Mary eines Morgens, als sie in die Küche kam und Jenna mit den Münzen in der Hand vorfand. »Aber mit dem Geld kann ich die Rechnungen bezahlen, und du musst nie Hunger leiden. Ich kann nichts anderes.«

Aber was genau tut sie?, überlegte sich Jenna damals, stellte ihr aber diese Frage nicht. Stattdessen wandte sie sich ab und beobachtete eine Fliege, die an der Fensterscheibe summte. Die blauen Flecken auf den Armen der Mutter versuchte sie zu übersehen.

Mary zog den Morgenrock fester um sich und hob hilflos die Arme. »Ich sorge doch anständig für dich, oder nicht?«

In den ersten Jahren zogen sie oft um – von einer Bruchbude in die andere, und schließlich waren sie hier gestrandet, im Central-Queensland. Mary hatte genügend gespart, um den Gemischtwarenladen kaufen zu können, und er lief ganz gut, auch wenn Jenna in letzter Zeit die meiste Arbeit machte, weil Mary ständig im Pub hockte. »Ich kurble das Geschäft an«, behauptete sie. Jenna wusste allerdings nicht, welches »Geschäft« Mary meinte. Den Laden oder …

Im Grunde war es Jenna egal. Die Mutter ließ sie meistens in Ruhe. Wenn Mary jeden Abend sinnlos betrunken nach Hause kam, schlief Jenna meist schon längst.

»Männer können in der einen Minute so liebevoll sein, und in der nächsten benehmen sie sich wie Scheißkerle«, erklärte sie ihrer Tochter eines Nachts, als sie an ihrem Bettrand saß. »Unzuverlässig, das sind sie, und sie hauen ab, sobald man ihnen sagt, dass sie einen geschwängert hätten.«

Mary hatte die Lampe mit ins Zimmer gebracht, und das Licht warf lange, schwankende Schatten, die bis in die dunklen Winkel reichten. Jenna musste blinzeln, um sich an die Helligkeit zu gewöhnen. Marys Gesicht wirkte alt, bleich und verweint. Ihre Mundwinkel hingen nach unten.

»Geschwängert haben«, wiederholte sie und lallte so sehr dabei, dass Jenna sie kaum verstand. »Weißt du, was das heißt?«

Jenna schüttelte den Kopf; sie wünschte, ihre Mutter würde die Lampe wegbringen und in ihr eigenes Bett gehen. »Nein, Mary.«

»Gut. Du bist ein braves Mädchen, Jenna. Du wirst mir nie Schande machen.« Sie fuhr ihrer Tochter durchs Haar und zog die Decke über Jennas Schultern. »Und jetzt schlaf weiter! Kümmere dich nicht um mein verrücktes Geschwätz!«

Monate vergingen, und Jenna beobachtete, wie der Bauch ihrer Mutter immer dicker wurde, bis sie ihn kaum mehr unter weiten Kleidern verstecken konnte. In der Stadt wurde geredet; Frauen standen an den Straßenecken beisammen und tuschelten, verstummten jedoch, sobald Jenna in ihre Nähe kam. Sie deuteten mit den Fingern auf Mary. Die anderen Schulkinder kicherten hinter vorgehaltener Hand. »Deine Mutter ist eine Hure«, spottete einer der älteren Jungen, als Jenna auf dem Schulhof an ihm vorbeiging.

»Wer sagt das?«

»Mein Vater.«

»Dein Vater hat keine Ahnung.«

»Er sagt, ein Kerl habe deiner Mutter einen dicken Bauch gemacht.«

Was meinte dieser Rotzlöffel damit? Erst in der letzten Woche hatte Jenna ihn dabei erwischt, wie er eine Hand voll Biskuits aus dem Fass unter der Ladentheke geklaut hatte, während sie seine Mutter bedient hatte. Offenbar spürte er ihre Verwirrung, denn er fuhr fort: »Sie kriegt ein Kind. Ein Baby. Einen *Bastard*.«

Ein Baby? Wer war der Vater? Bestimmt war er nicht derselbe wie der von Jenna. Laut Mary war er längst weg. Jenna hatte keine Ahnung, und Mary McCabe verlor kein Wort darüber. Jenna getraute sich auch nicht, sie danach zu fragen.

Ihre Mutter gewöhnte sich an, nachmittags zu schlafen, und öffnete dann den Laden gar nicht erst. Außerdem wurde sie schlampig und achtete weder auf ihre Kleidung noch auf ihre sonstige Erscheinung. »Was spielt das für eine Rolle?«, fragte sie und sah ihre Tochter niedergeschlagen an. »Wer will mich denn überhaupt noch?«

Ja, wer? Wenn Jenna sah, wie sie durch den Laden schlurfte mit aufgedunsenem Gesicht, strähnigen Haaren und schmuddeligem Kleid, glaubte sie, eine Karikatur ihrer Mutter vor sich zu haben. Mary schwankte beim Gehen und stützte immer die Hände ins Kreuz. Sie versetzte Jenna Ohrfeigen, wenn sie sich im Laden verrechnete, und beschimpfte sie mit hässlichen, hasserfüllten Worten.

Irgendwann ging Jenna nicht mehr in die Schule. »Ich gehe nicht mehr hin«, erklärte sie ihrer Mutter.

»Und warum?«

»Dann kann ich dir hier helfen.«

Mary tätschelte ihren Kopf – eine seltene Geste der Zuneigung. »Du bist ein braves Mädchen, Jenna.«

Und so war es. Mit dreizehn Jahren führte sie einen Laden und stand von Sonnenaufgang bis abends hinter der Theke. Anschließend musste sie für ihre Mutter und sich kochen und die Wohnung und den Laden sauber machen. Und dann würde das Baby bald kommen: noch eine Verantwortung. Mary würde sich, so wie es aussah, wahrscheinlich auch weiterhin um gar nichts kümmern.

Jenna seufzte, als ihr all das durch den Kopf ging, und wandte sich vom Fenster und den verlockenden Lichtern ab, die ein harmonisches Familienleben vermuten ließen, und ging zurück ins Zimmer ihrer Mutter. Mary krümmte sich im Bett, ihr Gesicht war schmerzverzerrt, und ein dunkler Blutfleck hatte sich auf dem Laken ausgebreitet. Schweiß rann ihr über die Wangen und sammelte sich in der Mulde am Hals.

Wortlos nahm Jenna ein feuchtes Tuch und tupfte ihrer Mutter das Gesicht ab. Mary biss sich auf die Lippen und wölbte den Rücken nach oben; die Anwesenheit ihrer Tochter schien sie überhaupt nicht wahrzunehmen. Nach einer Weile fing sie an zu schreien – ein halb animalischer, halb menschlicher Laut.

Mechanisch wischte Jenna mit dem Tuch hin und her und bemühte sich, den Lärm auszublenden. Ihr Leben fand hier statt, in diesem Haus; ihre Pflichten waren klar umrissen. Alles um sie herum verschwamm, und die Zukunft breitete sich vor ihrem geistigen Auge aus, formlos und grau. Die Bürde dieser Zukunft lastete schwer auf ihren jungen Schultern.

Erst als die Sonne am nächsten Morgen aufging, presste die erschöpfte Mary McCabe ein letztes Mal. Jenna sah sprachlos zu, wie das Baby zwischen den Beinen ihrer Mutter zum Vorschein kam und in Mrs. Porters breite Hände glitt. Die Hebamme packte das Neugeborene an den Knöcheln und gab ihm einen kräftigen Klaps aufs Hinterteil. Das Baby stieß einen entrüsteten Schrei aus. »Es ist ein Junge«, vermeldete die Hebamme nüchtern.

Mary sank in die Kissen zurück. Ihre Gesichtshaut schimmerte fast durchsichtig, so müde und abgekämpft war sie. »Gott sei Dank, das hab ich hinter mir!«, sagte sie und schenkte dem Kind nicht einen Blick.

Während Jenna die blutigen Tücher wegbrachte, badete Mrs. Porter das Neugeborene in der Zinkwanne in warmem Wasser. Nachdem sie es abgetrocknet und in einen von Marys Schals gewickelt hatte, drückte sie es Jenna in die Arme.

Jenna hielt ihren winzigen Bruder ganz behutsam und betrachtete ehrfürchtig das rote, verschrumpelte Gesichtchen. Er hatte die Augen geschlossen und die kleinen Hände zu Fäusten geballt. Dunkler Flaum lockte sich an den Schläfen. Jenna holte tief Luft und sog den frischen sauberen Geruch des Babys ein. »Können wir ihn Michael nennen?«, fragte sie.

»Nenn ihn, wie du willst!«, erwiderte Mary und drehte das Gesicht zur Wand. »Mit so was kann ich mich jetzt nicht abgeben.«

»Dann heißt du Michael«, flüsterte Jenna und strich ihm liebevoll über die weiche Babywange. »Michael McCabe.«

Das Kind bewegte und streckte sich, öffnete die Augen und sah sie an. Jenna neigte den Kopf und berührte mit dem Mund seine Stirn. Eine Woge an Gefühlen überflutete sie beinahe, eine schmerzhafte Liebe, die fast ihr Herz für einen Augenblick zum Stillstand brachte. *Armes kleines Würmchen,* hatte die Frau des Polizisten gesagt. Aber sie hatte nicht mit Jennas Liebe und Fürsorge für den Bruder gerechnet und ahnte nicht, dass sie ihn später kleiden, füttern und alles, was sie wusste, lehren würde.

Wieder atmete sie tief durch und drückte ihn fest an ihre Brust.

Endlich, dachte sie voller Freude, habe ich jemanden, den ich lieb haben kann.

Später, als ihre Mutter und das Baby schliefen, holte Jenna ihr Tagebuch aus ihrem Nachtkästchen und schrieb:

1. Juli 1867. Heute hat es geregnet, und das Wasser tropft wieder durchs Dach. Das Baby sollte kommen, und ich musste die Hebamme holen. Sie hat mich gebeten, ihr zu helfen. Mary schrie viel, und da war eine Menge Blut. Ich hatte Angst. Ich werde nie ein Baby bekommen, wenn ich erwachsen bin. Niemals!

TEIL II

NEUANFÄNGE

KAPITEL 6

Brad stellt den Landcruiser vor dem Rasthaus im Schatten eines riesigen Pfefferbaums ab und sieht mich mit einem verschmitzten Lächeln an. »Ich weiß nicht, wie's dir geht, Jess, aber ich habe einen Bärenhunger. Alles okay?«

»Ich denke schon.«

»Es sind nur noch dreihundertfünfzig Kilometer«, fügt er hinzu und steigt aus.

»Nur?«, wiederhole ich, als er sich durchs offene Fenster hereinbeugt. Ich sage das leichthin, scherzhaft, und zwinge mich dabei zu einem Lächeln, während ich den Sicherheitsgurt löse. Was mache ich hier eigentlich?, frage ich mich zum hundertsten Mal an diesem Tag. Welcher Wahnsinn hat mich dazu gebracht, Brad ins Outback, an einen Ort, den ich nie zuvor gesehen habe, zu begleiten? Ich muss den Verstand verloren haben, als ich lauter praktische Klamotten und Wanderschuhe, Insektenspray und Sonnenlotion mit Schutzfaktor 30 in einen Koffer gepackt habe. Wie konnte ich unser Heim, die vertrauten Räume, in denen die Zeit stillzustehen scheint und ich manchmal die Vergangenheit heraufbeschwören kann, verlassen und an einen unbekannten Ort abseits jedweder Zivilisation fahren? Warum habe ich es zugelassen, dass man mich aus meinem Kokon, aus meinem Alltag reißt?

Brad, mein Mann, ahnt nichts von meinem Dilemma; ich habe inzwischen gelernt, meine Gefühle zu verbergen. Deshalb nicke ich und lächle, dann strecke ich versuchsweise meine Beine und warte auf den Schmerz, den lange Fahrten mit dem Auto mit sich bringen. Brads Kelpie hechelt neben mir, weil es so heiß ist.

»Komm, Harry!«, ruft Brad, holt eine Schüssel aus dem Kofferraum und füllt sie am Wasserhahn neben der mit Dreck bespritzten Zapfsäule mit Wasser. Der Hund springt auf den Vordersitz und aus dem Wagen, um sich durstig über das Wasser herzumachen.

Obwohl es erst Ende September ist, bläst mir heiße Luft ins Gesicht, als ich aussteige und die Füße auf den von der Sonne hart gebackenen, roten Erdboden setze. Harry wirft Brad einen flüchtigen Blick zu und verkriecht sich in den Schatten unter dem Wagen. Dort bleibt er hechelnd liegen und beobachtet uns mit seinen gelben Augen. Einige Trucks, die den strengen Geruch von Kuhmist verströmen, stehen kreuz und quer auf dem Platz neben dem Rasthaus. Ich gehe an ihnen vorbei, halte dabei die Luft an, um den Gestank nicht einzuatmen, und verdränge den Gedanken an die Kühe, die in der Hitze stehen und auf dem Weg zu einem Schlachthof in einer größeren Stadt sind. Und ich versuche, auch nicht an die T-Bone-Steaks zu denken, die Brad und ich am Abend zuvor in einem Motel-Restaurant verschlungen haben.

Wir bestellen Lunch an der Theke. »Ich mache mich mal auf die Suche nach dem Lokus«, sagt Brad.

Ich setze mich an einen der drei Tische. Schon jetzt fühle ich mich einsam und vermisse Carys und meine Eltern.

Carys ist meine Schwester. Sie ist fünfundzwanzig – vier Jahre jünger als ich –, geistreich und intelligent. Sie hat dunkle Haare, zu einem kurzen Pferdeschwanz geflochten, und grüne Augen wie ich. Sie ist eine kleinere, zartere Version von mir. Manchmal halten uns die Leute sogar für Zwillinge. Sie arbeitet tagsüber in einem Anwaltsbüro und studiert in ihrer Freizeit Jura.

Unsere Großmutter hat uns das Haus hinterlassen, das jetzt Brad und mir gehört; wir haben Carys ausbezahlt, weil sie nicht in dem Haus leben will. Mit dem Geld hat sie sich eine Hochhaus-Wohnung in der Stadtmitte mit Blick auf den Fluss gekauft. Das Apartment ist praktisch eingerichtet und modern, und damals fanden wir alle die Idee verrückt. Doch inzwischen sind die Immobilienpreise in der Stadt derart gestiegen, dass Carys' Wohnung mittlerweile wahrscheinlich dreimal so viel wert ist.

Manchmal übernachte ich zusammen mit ein paar Freundinnen bei ihr; wir machen uns einen Mädchenabend mit Schokolade, Pizza und Rotwein und verbringen den Tag darauf damit, unsere Sünden zu bereuen. Wenn ich bei Carys bin, stehe ich gern früh auf und setze mich auf den Balkon. Ich beobachte, wie der erste Morgenverkehr auf den Freeways anläuft, und sehe mir die Schiffe auf dem Fluss an: die Stadtfähren, die schnittigen Yachten und die Ruderer, die ihre Muskeln anspannen und gleichzeitig die Ruderblätter durchs Wasser ziehen, um ihren Sport zu treiben.

Ich frage mich, was meine Schwester jetzt macht. Es ist Sonntagmittag, also sitzt sie wahrscheinlich mit Freunden in einem der kleinen Straßencafés am Wasser – bei Wein und viel Gelächter –, und nach dem Essen gehen sie ins Kino oder zu einem Spiel.

Und meine Eltern? Nun, am Sonntag gibt es bei ihnen immer den traditionellen Braten; eine Vase mit frischen Schnittblumen und ein Krug mit Bratensauce stehen auf dem Tisch. Es gibt Rinder- oder Lammbraten mit Röstkartoffeln, Bohnen und Karotten aus Dads Gemüsegarten. Und zum Nachtisch Apfelkuchen oder Pudding mit Vanillesauce. Und später, wenn Mam den Abwasch macht, setzt sich Dad in seinen Lieblingssessel und liest die Sonntagszeitung. Und wie immer schläft er darüber ein, während die Sonne und der Geruch nach frisch gemähtem Gras durchs offene Fenster strömen.

Ein lautes Scheppern kommt aus der Rasthausküche – Porzellan zerbricht – und reißt mich in die Wirklichkeit zurück. Ich schaue mich um. Die Wände sind fleckig von den vielen Fliegen. Rot-weiß karierte Plastiktücher bedecken die Tische. Und unseren ziert ein großer Ketchup-Fleck – macht sich denn niemand die Mühe, die Tische abzuwischen, wenn ein Gast gegangen ist? Neben dem Eingang stehen etliche Kisten mit leeren Limo-Flaschen und den üblichen klebrigen Plastikstreifen, die die Fliegen verscheuchen sollen, sie jedoch anscheinend eher ins Haus leiten.

An den anderen beiden Tischen sitzt je ein Mann, beide lesen Zeitung, während sie auf ihre Bestellung warten. Einer trägt einen blauen Overall, der andere ein Flanellhemd. Dieses Rasthaus strahlt verblasste Nonchalance aus. Ich nehme eine Zeitschrift von dem Stuhl neben mir. Die Ecken sind zerfleddert, und jemand hat der Politikerin auf dem Titelblatt einen Schnurrbart gemalt. Die Ausgabe stammt vom Oktober 2000, ist also Jahre alt. Alte Neuigkeiten. Ich blättere die Zeitschrift durch.

Unvermittelt weckt das Foto einer Frau meine Aufmerksamkeit; sie hat scheußliche Narben im Gesicht. Ein kleines Foto daneben zeigt, wie sie früher ausgesehen hat. Dunkelhaarig und hübsch. Ihr Lächeln wirkt ansteckend. Jetzt sind ihre Züge entstellt, ihr Blick ist finster.

Was für ein Ereignis hat das verursacht? Die Frau fasziniert mich auf makabre Weise. In welchem Augenblick genau hat ihr Gesicht aufgehört, hübsch zu sein? Wann hat sich Schönheit in Hässlichkeit verwandelt? Und, was mir noch wichtiger erscheint, was würde die Frau dafür geben, um diesen Moment rückgängig zu machen, um dem Verlauf des Schicksals rechtzeitig die entscheidende Wende zu geben?

Ich starre auf die Worte unter der Abbildung, will die Details lesen, aber die Buchstaben verschwimmen vor meinen Augen. Zornig wische ich die Tränen weg und hoffe, dass mich niemand derart schwach gesehen hat. Die Tränen machen mich seltsamerweise verlegen. Und es verwirrt mich, dass sie mir hier, in diesem schäbigen Lokal, in die Augen schießen. Was bringt mich eigentlich so durcheinander?, frage ich mich besorgt. Ich kenne diese Frau nicht einmal. Es ist nur ein Gesicht in einer Illustrierten, eine weitere unglückliche Geschichte, die sich zufällig mit meiner vergleichen lässt.

Meine Gedanken gleiten in die bekannten Bahnen und kommen abrupt zum Stillstand. Jetzt denke ich, ich würde alles geben, wenn ich diesen Sekundenbruchteil, der unser Leben – meines und Brads – aus dem Gleichgewicht gebracht hat, verändern könnte, aber es geht nicht. Die Zeit kann man nicht zurückspulen. Sie läuft einfach weiter und nimmt nichts als Erinnerungen mit. Deshalb bin ich mit meinem Mann hergekommen – ich versuche,

Distanz zwischen der Person, die ich war, und der Person, die ich jetzt bin, zu bringen und eine klare Perspektive in meinem Leben zu gewinnen.

Brad kommt zurück, und wir sehen uns über den Tisch hinweg an. Plötzlich bin ich unsicher und weiß nicht, was ich ihm sagen soll. Ich bringe kein Wort heraus, wende den Blick ab und betrachte die Getränkekisten neben der Tür.

»Sprich mit mir, Jess!«

Es ist zwar nicht fair, dass er mein Schweigen ertragen muss, aber hin und wieder traue ich mir selbst nicht und kann deshalb nicht reden. »Ich kann nicht.«

»Hör mal, wegen ...«

Nicht, flehe ich im Stillen. Sprich nicht ihren Namen aus!

»Wegen all dem, was passiert ist«, fährt er fort. »Es tut mir Leid, aber ich kann es nicht ändern. Ich würde alles geben, wenn ich es könnte.«

»Nicht hier. Nicht jetzt«, flüstere ich.

»Wann dann? Wann ist der geeignete Zeitpunkt, Jess?«

Seine Stimme klingt eindringlich, und mir ist bewusst, dass ich etwas sagen müsste – irgendetwas, um ihn zu beruhigen. Doch die Worte, die mir über die Lippen kommen, sind armselig.

»Ich weiß es nicht.«

»Wir müssen nach vorn schauen und den Dingen ihren Lauf lassen. Wir dürfen nicht in der Vergangenheit leben. Unsere Zukunft könnte so schön sein.«

»Tatsächlich?«

Es gibt düstere Tage, an denen mir alles unbedeutend, sinnlos und schrecklich erscheint; dann kann ich mir überhaupt keine gemeinsame Zukunft mit Brad vorstellen. Zu viele Barrieren und Erinnerungen stehen heute zwischen uns. Wir, er und ich, sind nicht mehr dieselben wie früher. Brad ist härter, nüchterner geworden, während ich …

Ich suche nach der richtigen Beschreibung für die Frau, die aus mir geworden ist. Ich bin emotionaler, denke ich. Introvertierter und wehmütig. Misstrauischer.

Jemand hat Salz auf dem Tisch verschüttet, ich fühle die feinen Körner unter den Fingern. Zielstrebig schiebe ich sie zu einem grauen Häufchen zusammen. Ich kann Brad nicht anschauen, kann den Anblick seines gequälten Gesichtes nicht aushalten. Plötzlich beugt er sich vor und legt seine Hand auf meine. »Nicht«, sagt er mit gepresster Stimme. »Tu das nicht!«

Ich starre ihn an. Seine Finger sind warm, meine trotz der Hitze kalt. Immer noch fehlt mir die Sprache. Was kann ich zu diesem Mann – meinem Mann –, der mir manchmal wie ein Fremder vorkommt, sagen? Ihm habe ich über Jahre hinweg meine geheimsten Gedanken anvertraut. Er kennt mich gut. Und dennoch glaube ich manchmal, dass ich ihn – oder mich – kaum kenne.

»Ich bin froh, dass du dich entschieden hast mitzukommen.«

Sein Tonfall ist sanft. Mir ist klar, dass meine Antwort lauten müsste: Ich bin auch froh. Zustimmen und dabei lächeln. Den Frieden aufrechterhalten. Aber die Worte bleiben mir im Hals stecken. Bin ich wirklich froh? Ich weiß es selbst nicht. Es würde mir zumindest nicht sofort einfallen, wenn ich meine Empfindungen benennen sollte.

Ich denke an die bevorstehenden sechs Wochen – Brad und ich allein – und bekomme Angst. Wie wollen wir die Minuten, Stunden, Tage füllen? Was werden wir zueinander sagen? Und wie werden wir miteinander sprechen?

Voller Groll und Bitterkeit oder verständnisvoll und einfühlsam?

In meiner Vorstellung sehe ich uns am Lagerfeuer sitzen, während wir die Vergangenheit zerpflücken und eifrig über das Warum und Wozu diskutieren. Und darüber, wie alles sein könnte. Was wir anders gemacht hätten, wenn wir die göttliche Gabe gehabt hätten, in die Zukunft zu sehen.

»Hier, bitte sehr! Zwei Hamburger mit allem und Kaffee.«

Ich bin dankbar für die Ablenkung, als die Serviererin die Teller vor uns auf den Tisch knallt. Ich widme erneut meine Aufmerksamkeit der Umgebung, und in meinem Gehirn spult sich die übliche Gedankenfolge ab. Wenn dies mein Lokal wäre, denke ich, würde ich gestärkte Tischdecken auflegen und Vasen mit Blumen auf die Tische stellen. Ich würde eine saubere Schürze tragen, die Getränkekisten und die alten Zeitungen wegschaffen, alles renovieren und gemütlicher machen. Gleichzeitig überlege ich mit einem Blick auf die beiden anderen Gäste, ob sich überhaupt jemand darum scheren würde.

Ich esse fast automatisch. Der Hamburger schmeckt nach nichts, aber Brad scheint ihn zu genießen. Er wischt sich einen Tropfen Sauce vom Mund und schenkt mir ein zaghaftes Lächeln. »Gut, was?«, sagt er und beißt noch einmal ab.

»Ausgezeichnet«, stimme ich ihm zu und bemühe mich, begeistert zu klingen.

Wir beenden die Mahlzeit schweigend. Es gibt nichts zu sagen, was nicht längst ausgesprochen wurde. Außerdem wären die Worte bedeutungslos. Sie ändern nichts an den Tatsachen und unserem Verhältnis zueinander.

Als wir hinaus zu unserem Wagen gehen, entdecke ich das Schild im Fenster des Rasthauses: ZU VERKAUFEN. EINZELHEITEN IM LOKAL ZU ERFRAGEN.

Die Straße ist mehr ein Feldweg. Der Landcruiser holpert mit Angst einflößender Geschwindigkeit über Schlaglöcher und Furchen. Wir ziehen eine rote Staubwolke hinter uns her. Stunden vergehen. Gelegentlich begegnen wir einem anderen Fahrzeug – einem Viehtransporter oder einem verdreckten Geländewagen –, aber meistens haben wir die Fahrbahn für uns allein. Harry legt den Kopf zwischen unsere Sitze und döst.

Ich starre lustlos auf das Armaturenbrett. Staub hat sich darauf angesammelt. Zum tausendsten Mal wünschte ich, ich hätte den Namen Diamantina nie gehört. Ich werfe einen flüchtigen Blick auf Brad. Er konzentriert sich aufs Fahren. Die Straße, falls man sie überhaupt so nennen kann, sieht aus, als gehöre sie in die Zeit von Pferden und Kutschen.

Die Landschaft verändert sich stetig. In einer Minute fahren wir durch welliges, mit Mitchell-Gras und Bäumen bewachsenes Land. An manchen Stellen bedeckt ein Teppich aus Wildblumen in leuchtenden Farben – pink und gelb, blau und weiß – die Erde und bildet einen erstaunlichen Kontrast zu dem Braun und Graugrün. In der nächsten Minute befinden wir uns auf einer weiten Ebene, aus der ganz verstreut abgeflachte Berge herausragen. »Man nennt sie Inselberge«, sagt Brad und deutet auf die entfernten Felserhebungen.

Ich betrachte ihn verstohlen und versuche, mir seine guten Eigenschaften ins Gedächtnis zu rufen. Wissbegier.

Ein untrüglicher Sinn für Humor. Seine Objektivität, die ihn dazu bringt, immer beide Seiten einer Geschichte zu betrachten. Mittlerweile finde ich das alles eher ärgerlich als anziehend.

»Hey, Jess!« Brad belohnt mich mit einem flüchtigen Grinsen, nimmt die Hand vom Steuerrad und legt sie auf mein Knie. »Alles okay?«

Früher, in einem anderen Leben, mochte ich diese Geste der Zuneigung. Sie weist auf die Intimität hin, die uns einst verbunden hat, das Zugehörigkeitsgefühl und die Überzeugung, dass es uns nichts ausmachen würde, wenn wir die letzten Menschen auf Erden wären, weil wir immer noch uns hätten. Aber heute stört mich der Druck seiner Finger und die Hitze, die seine Haut ausstrahlt, und ich muss gegen den Drang ankämpfen, seine Hand wegzuschieben. Ich möchte nur noch in die Badewanne oder lange unter einer Dusche stehen.

»Klar«, sage ich stattdessen und setze ein künstliches Lächeln auf.

KAPITEL 7

Central-Queensland, Australien
Dezember 1867

Die Monate verstrichen, ein Tag floss in den nächsten mit einer unregelmäßigen Abfolge von Schule, Arbeit und wenigen Stunden kostbaren Schlafs. Michael war kein winziges, hilfloses Baby mehr, das mit Armen und Beinen fuchtelte und weinte wie die kleinen Zicklein auf den Weiden am Rande der Stadt. Jetzt lachte er und streckte die Ärmchen nach Jenna aus, wenn sie von der Schule nach Hause kam, oder kroch auf dem Boden herum, während Mary den endlosen Strom von Kunden bediente.

Nach Michaels Geburt war die Lehrerin in den Laden gekommen und hatte Mary erklärt, dass Jennas Fernbleiben vom Unterricht gesetzwidrig sei. Seither ging das Mädchen wieder regelmäßig zur Schule, und Mary fand sich widerwillig damit ab. Dennoch erklärte sie ihrer Tochter täglich, dass sie ständig im Laden gebraucht wurde, insbesondere, seit das einzige andere Lebensmittelgeschäft im Ort geschlossen hatte. Der Besitzer hatte sich zu den Goldfeldern im Norden aufgemacht, weil er sich dort mehr und rascheren Profit erhoffte.

Inzwischen war Jenna vierzehn. Mary schien den Geburtstag ihrer Tochter entweder vergessen zu haben, oder sie hielt es für angebracht, ohne Glückwunsch oder ein Geschenk darüber hinwegzugehen. Jenna wollte sie aber nicht daran erinnern, weil es ihr lieber war, nicht im Mittelpunkt der Aufmerksamkeit zu stehen, denn Mary war in letzter Zeit noch aufbrausender als früher.

Ihr Geburtstag verlief also wie jeder andere Tag, und statt eines Festessens oder einer hübsch glasierten Torte – Annie Rawlins hatte in der Woche davor damit geprahlt, eine solche Torte zu ihrem Geburtstag bekommen zu haben –, verbrachte Jenna den Abend allein mit Michael, während ihre Mutter wie immer in den Pub ging.

»Du weißt es, oder?«, flüsterte sie ihrem Bruder ins Ohr, als sie sich nach dem Abendessen im Bett aneinander kuschelten. »Du weißt, dass heute ein besonderer Tag für mich ist.«

Michael gluckste und fasste mit seinen Händen in ihr Haar und zog daran. Sie tat so, als würde sie ihn in den Arm beißen, lachte und nahm ihn liebevoll in die Arme. Er fühlte sich fest und warm an und erwiderte ihre Zuneigung. In den wenigen Monaten war dieses Kind zu ihrem Lebensinhalt geworden; der einzige Grund für ihre Existenz bestand darin, Michael eine Ersatzmutter zu sein. Und je mehr Zeit verstrich, umso weniger konnte sie sich an die Zeit entsinnen, in der es ihn noch nicht gegeben hatte.

Jenna kam der ganze Klatsch zu Ohren, wenn sie nach der Schule ihre Mutter hinter der Ladentheke ablöste. Deftiger, skandalträchtiger Klatsch. Gerüchte und bloßes Gerede mündeten in erschreckende Entrüstung, sogar in richtigen Hass. Die Frau des Polizisten war das schlimmste Tratschweib, und sie ließ boshafte Bemerkungen über jeden fallen, der ihr nicht passte. Letzte Woche war es die Tochter des Schmieds gewesen, die mit dem Bäcker durchgebrannt war. Diese Woche regte sich die Frau über Tanzvergnügungen und Ausschweifungen in dem alten Melville-Haus (sie hatte von Hetty O'Brien und die wiederum vom Hufschmied einige skandalöse Einzelheiten erfahren) und die neue Lehrerin auf.

»Diese Person ist meiner Meinung nach zu jung und zu hübsch. Trotzdem hat ihr Bräutigam sie letztes Jahr sitzen lassen. Sie wartete in der Kirche, und der Kerl hat sich auf sein Pferd geschwungen und ist in wildem Galopp getürmt …«

Mehr von der endlosen Tirade nahm Jenna nicht mehr wahr. Sie bemühte sich, nicht zuzuhören, weil sie keinen Anteil an all dem haben wollte. Der Gedanke hinterließ eine Leere in ihrem Inneren. Sie wurde sich immer bewusster, dass ihre Familie den Klatschmäulern zu viel

Futter gab: Michaels Geburt, Marys Saufgelage, der fehlende Vater von Jenna und Spekulationen über Michaels Erzeuger.

Eines Nachmittags, als sie außer Atem vom Rennen nach der Schule zu Hause ankam, war der Laden verschlossen, und eine wütende Menge stand davor.

»Eine Schande!«, murrten die Kunden und drängten sich an Jenna vorbei, nachdem sie die Tür geöffnet hatte. Sie nahmen Waren aus den Regalen und warfen sie regelrecht auf die Theke, damit Jenna die Rechnung fertig machen konnte. Jenna war hin und her gerissen – einerseits musste sie die Leute bedienen, andererseits weinte Michael in seinem Bettchen. Mary, das wusste sie aus leidvoller Erfahrung, lag sicher schon sinnlos betrunken auf dem Sofa im Pub.

Es gab auch Tage, an denen ihre Mutter die Stellung im Laden hielt, bis Jenna heimkam. Michael war schmutzig von oben bis unten, weil er den ganzen Tag über auf dem Boden herumgekrochen war. Sobald der starke Kundenandrang vorbei war, nahm Mary unweigerlich ihre Schürze ab, selbst wenn es noch ein paar Stunden bis zum Ladenschluss dauerte.

»Jetzt kommst du doch allein zurecht, Schätzchen?«, fragte sie, schaute in den Spiegel hinter der Theke und zwickte sich in die Wangen, um ein bisschen Farbe zu bekommen. Sie zog ihr Mieder weiter herunter, damit man die Formen ihrer Brüste besser sah, und steckte die Strähnen fest, die sich aus ihrer Frisur gelöst hatten. Kein einziges Mal sah sie in Jennas Richtung; sie interessierte sich nur für ihr eigenes Spiegelbild.

Jenna nickte stumm und wandte sich ab. Sie brachte kein Wort heraus.

»Ich brauche ein bisschen Gesellschaft und Entspannung«, erklärte Mary. »Den ganzen Nachmittag hatte ich alle Hände voll zu tun.«

Keine der alltäglichen Arbeiten war getan, und Jenna fragte sich unwillkürlich, was ihre Mutter den lieben langen Tag überhaupt gemacht hatte. Heute standen Kisten mit unausgepackten Waren auf der Bank. Andere Sachen, die in die Regale geräumt werden mussten, lagen herum. Der Boden war auch nicht gefegt. Seufzend nahm Jenna den Besen in die Hand.

»Es macht dir doch nichts aus, oder?« Die Frage an sich erschien umsichtig, aber Marys Ton war so hart, dass Jenna es gar nicht wagte, sich zu verweigern.

Jenna schüttelte den Kopf. »Nein, geh nur! Ich komme schon zurecht.«

Was sollte sie sonst sagen? *Ja, es macht mir was aus! Michael ist dein Kind, nicht meines, und er braucht dich. Ich bin ein miserabler Ersatz.*

Aber das alles blieb unausgesprochen.

»Du bist ein Schatz«, sagte ihre Mutter und fuhr ihr durchs Haar. Dann setzte sie ihren Hut auf und ging zur Tür. »Ich weiß nicht, was ich ohne dich tun würde. Sorg dafür, dass Michael etwas zum Abendessen bekommt, und bade ihn!«

Die Tür fiel hinter Mary ins Schloss. Jenna nahm Michael auf den Arm und drückte ihn an ihre Brust. Er war schmutzig, und dem Geruch nach zu schließen, brauchte er schon seit Stunden eine frische Windel. »Mam, mum, mum«, plapperte er und legte das Händchen an ihre Wange. Spielerisch biss Jenna ihm in den Finger, und er zog kichernd die Hand weg.

Um sechs Uhr schloss sie die Ladentür ab und löschte

die Lampe an der Theke. Sie badete Michael in der Zinkwanne in der Küche, fütterte ihn, dann hielt sie ihn im Arm und wiegte ihn, bis seine Augenlider flatterten und schließlich ganz zufielen.

Sie blieb noch lange so sitzen, wollte den kleinen Bruder nicht in sein Bettchen legen, weil ihr seine Wärme und der saubere Geruch so gut taten. Mary tut mir nur einen Gefallen, wenn sie mich mit ihm allein lässt, redete sie sich ein. Ein paar Stunden am Tag hatte sie Michael ganz für sich. Während sie seine dunklen Wimpern betrachtete, fragte sie sich, wie es wohl sein mochte, wenn ein Baby in einem wuchs. Sie stellte sich vor, wie sich ihr Bauch nach außen wölben, wie sie mit schmerzverzerrtem Gesicht im Bett liegen und das Baby aus ihrem Körper pressen würde. Und wie fühlte es sich an, wenn man ein Baby stillte?

Aber Michael ist nicht mein Kind, rief sie sich ins Gedächtnis, als sie ihn behutsam in sein Bettchen legte. Sie hatte keinen Anspruch auf ihn, und das machte sie unendlich traurig. Sie sah auf ihn hinunter; er seufzte leise und rollte sich ein wenig unter der Decke zusammen. Ihre Brust, an die sie das Kind gedrückt hatte, war plötzlich eng und kalt.

Sie schauderte trotz der Dezemberhitze. In der Küche machte sie sich ein Sandwich und aß ein paar Bissen, bevor sie zurück in den Laden ging. Sie stemmte die Arme in die Hüften und versuchte mutlos, das Chaos zu überblicken. Überall gab es unausgepackte Kisten, Biskuits, einen Mehlsack. Zucker, Tee. Sardinenbüchsen und Marmelade – all das stand auf der Theke herum.

Jenna studierte die handgeschriebenen Kundenbestellungen, suchte die Waren zusammen und packte sie in leere Kartons. Sie würde morgen früh aufstehen und die

Sachen noch vor der Schule ausliefern. Dann wischte sie den allgegenwärtigen Staub aus den Regalfächern, schob die Waren wieder an ihren Platz, stellte die neu angelieferten dazu und machte sich anschließend daran, Mehl und Zucker in Tüten zu füllen und abzuwiegen, damit am nächsten Tag weniger zu tun war. Sie erleichterte ihrer Mutter das Leben, auch wenn sie selbst nicht wusste, warum. Mary bei Laune zu halten, das schien ihre Hauptaufgabe zu sein.

Es war schon nach Mitternacht, als sie müde in ihr Bett sank.

Ein paar Minuten später kam ihre Mutter nach Hause. Jenna hielt den Atem an, als sie hörte, wie Mary an der Tür herumhantierte und versuchte, den Schlüssel ins Schloss zu stecken. Kurz darauf stolperte die Mutter durch die dunklen Räume und fluchte laut, als sie sich das Schienbein an einem Stuhl anstieß. Jenna spürte, wie sich die Matratze senkte, als Mary neben ihr ins Bett kroch. »Halt mich!«, sagte sie. Ihr Atem roch nach Bier, als sie die Arme um ihre Tochter schlang. Jenna sehnte sich danach, dem Gestank von Schweiß und Alkohol entfliehen zu können, aber ihre Mutter klammerte sich fest an sie.

»Jenna?«

»Ja«, murmelte sie verschlafen und traute sich kaum, Atem zu holen.

»Es tut mir Leid.«

»Was?«

»Ich bin eine miserable Mutter.«

»Nein, das bist du nicht.«

Wen versuchte sie zu überzeugen? Sich selbst oder Mary?

»Doch!«, schrie Mary in gespielter Verzweiflung. Jenna

stellte sich vor, dass heiße Tränen über das Gesicht ihrer Mutter liefen. »Ich bin eine Hure, eine Schlampe – das sagen alle.«

»Wer behauptet das?«

Jenna musste wissen, welche Person Mary so etwas ins Gesicht sagte. Sie wollte gegen die gemeinen Attacken der Polizistenfrau oder die grausamen Hänseleien der anderen Kinder gewappnet sein und sich und Michael verteidigen können, falls es notwendig werden sollte.

»Aber sie verstehen nichts, diese selbstgerechten Bastarde«, fuhr Mary fort, als hätte Jenna nichts gesagt. »Sie haben nicht das Leben, das ich führen muss. Ganz allein für zwei Kinder sorgen. *Hure!* Das ist wirklich dreist. Eine Frau braucht hin und wieder ein bisschen Liebe, das ist alles. Sie muss das Gefühl haben, begehrt und gebraucht zu werden.«

Die Antwort blieb Jenna in der Kehle stecken. Michael und ich brauchen dich, hätte sie am liebsten geschrien. Wir sind deine Familie. Du hast uns auf die Welt gebracht. Du brauchst keinen Pub und keinen Fusel, um das Gefühl zu bekommen, dass dich jemand gern hat.

Aber das alles wollte ihre Mutter nicht hören, so viel wusste Jenna.

Sie lag stocksteif in Marys Armen da und wünschte, der Schlaf würde sie erlösen. Und als sie am Morgen aufwachte, war die Mutter nicht mehr da.

In der grauen Phase zwischen Schlaf und Wachen schob Adam die Decke zum Fußende des Bettes. Die Luft war stickig, und der neue Tag versprach mörderische Hitze.

Er hörte Vogelgezwitscher und ein seltsames, tiefes

Glucksen. Dieses Geräusch war ihm fremd und riss ihn endgültig aus dem Schlaf. Irgendwas stimmt nicht, dachte er. Er spürte nicht mehr das Rollen und Wanken des Schiffes.

Er öffnete die Augen und blinzelte ins Morgenlicht. Eine Brise wehte durchs offene Fenster, blähte die Vorhänge auf und brachte den Geruch von Tang und Salz mit sich. Ein Pferd wieherte. Adam setzte sich benommen auf. Wo war er? Und was war mit Conor?

Dann fiel es ihm wieder ein.

Sie waren gestern in Sydney angekommen. Im heißen Dezemberwind waren er und Conor von Bord gewankt und wären auf dem festen Boden beinahe gefallen, weil sie sich mittlerweile so sehr an das Schwanken des Schiffes gewöhnt hatten. Sie hatten dieses Quartier gefunden und sich vorgenommen, heute Morgen nach Arbeit zu suchen. Und das Glucksen musste wohl der Schrei eines Esels oder eines Rieseneisvogels gewesen sein, von denen ihnen ein anderer Passagier auf dem Schiff erzählt hatte.

Australien: seine neue Heimat.

Es gab so viel zu sehen und zu lernen.

Adam dachte an den gestrigen Tag und erinnerte sich an den Augenblick, in dem er zum ersten Mal Land gesehen hatte – einen fernen Fleck am Horizont. Alle hatten sich auf dem Deck versammelt, um sich Australien anzusehen, und die Männer stießen Jubelschreie aus. Die Tage auf wankenden Schiffsplanken waren endlich vorbei. Als die beiden Brüder näher kamen, konnten sie Einzelheiten ausmachen. Mit Bäumen bewachsene Hügel und zerklüftete Klippen. Landzungen zu beiden Seiten ihres Kurses. Dann lag der Hafen vor ihnen. Häuser säumten die Küstenlinie, und bunte Schiffe lagen vor Anker.

Etliche große Schiffe mit hohen Masten waren am Kai vertäut. Die meisten waren Frachtschiffe und wurden mit in Sackleinen eingenähten Wollballen beladen.

»Wolle für die englischen Spinnereien!« Conor schnaubte verächtlich, dann drehte er sich zu dem Gewirr von Lagerhäusern, Läden und Pubs im Hafenviertel um. »Komm! Lass uns mit einem Ale unsere Ankunft feiern!«

Während er jetzt noch im Bett lag, hörte Adam Karren und Kutschen über die Straße rattern. Er erhob sich, ging zum Fenster und zog den Vorhang beiseite. Von hier aus hatte er Ausblick auf den Hafen und das Wasser, auf dem sich bereits das Sonnenlicht spiegelte. In der Nacht hatte es geregnet, und alles sah sauber und frisch gewaschen aus. Unter dem Fenster wartete ein Milchkarren, während die Ladenbesitzer das Laub aus der Gosse fegten. Ein paar Frühaufsteher, die etwas einkaufen wollten, eilten über die nasse Straße.

Conor lag zusammengerollt in dem Bett an der Wand und schlief tief und fest. Adam blieb einen Moment vor dem Bett stehen und betrachtete seinen Bruder. Er hatte helles Haar, war schlank und sehnig, während Adam dunkel, kleiner und kräftiger war. Fremde würden sie wahrscheinlich nicht für Brüder halten, so unähnlich waren sie sich. Er beugte sich vor und rüttelte Conor wach.

»Was ist?« Conor öffnete ein Auge und funkelte seinen Bruder an. »Komm schon, Adam! Sei vernünftig, es ist noch nicht einmal sechs Uhr, oder?«

»Es ist schon nach sieben, und wir haben eine Abmachung. Frühstück und dann auf zur Arbeitssuche.«

Murrend zog sich Conor Hose und Hemd an – die Sachen, die er gestern schon getragen hatte, dann polterte er vor Adam die Treppe hinunter. Der Geruch von gebratenem Fleisch stieg ihnen in die Nase, als ihnen ein Mädchen mit schwarzem Kleid und weißer Schürze die Tür zum Speiseraum aufhielt. »Guten Morgen, Gentlemen!«

Conor zwinkerte ihr zu und grinste breit. »Guten Morgen, Ma'am!«

Das Mädchen lächelte und wurde ein wenig rot. Conor hat trotz seiner Jugend Schlag bei den Frauen, ging es Adam durch den Kopf. Die Mädchen flogen auf ihn, während Adam in Gegenwart von Frauen meistens anfing zu stottern und zu stammeln, weil ihm die Worte fehlten. Ein wenig wie ihre Mutter, die auch immer relativ wortkarg gewesen war. Manche hatten sie als zu zurückhaltend oder gar als barsch angesehen. Aber Adam wusste, dass sie lediglich schüchtern gewesen war und nicht gern viele Worte gemacht hatte. Und Conor ähnelte eher dem Vater, der auch gern geplaudert hatte und zu jedermann freundlich gewesen war.

Sie nahmen ein herzhaftes Frühstück mit Koteletts, Eiern und etlichen dicken Scheiben Brot ein. Conor und Adam waren fast fertig, als eine Stimme sie aufhorchen ließ. Ein älterer Herr mit einer Zigarre zwischen Daumen und Zeigefinger kam an ihren Tisch. Er war gut angezogen mit Weste und Krawatte, wenn auch ziemlich übergewichtig.

»Was dagegen, wenn ich mich zu euch setze, Jungs?«

»Bitte, nehmen Sie Platz!«, erwiderte Adam und stand auf, um seinen Respekt zu bezeugen.

Der Mann zog ausgiebig an seiner Zigarre und stieß eine Rauchwolke aus, die Conor direkt ins Gesicht wehte. Conor rümpfte die Nase und bedachte den Fremden mit einem bösen Blick.

»Ich möchte mich vorstellen«, sagte der Mann. »George Eldred Owen McKenzie. Ihr dürft mich George nennen.«

Ein netter Kerl, dachte Adam und nannte seinen und Conors Namen.

»Ihr Burschen seid neu in der Stadt?«, fragte George und musterte beide eingehend.

»Möglich«, meinte Conor und steckte die letzte Gabel mit Ei in den Mund.

»Seid ihr nicht gestern mit dem Schiff angekommen?«

Conor legte die Gabel geräuschvoll auf den Tisch. »Warum? Was geht Sie das an?«

George zog eine Augenbraue hoch und reckte das Kinn nach vorn. Adam sah ihm an, dass ihn Conors Tonfall und Verhalten verärgert hatten. »Ich dachte, dass ihr vielleicht Arbeit sucht, und ich könnte zwei kräftige Jungs gebrauchen.« George machte Anstalten aufzustehen. »Wie ich sehe, seid ihr nicht interessiert. Schade, aber es gibt genügend andere, die dringend Arbeit brauchen.«

»Ach, ja?«, fragte Adam. Vielleicht war es naiv gewesen anzunehmen, dass es in diesem neuen Land jede Menge Möglichkeiten zum Geldverdienen für sie gab. »Was ist das für eine Arbeit?«

George ließ sich wieder auf den Stuhl fallen. Er musterte die beiden Brüder und zögerte die Antwort absichtlich hinaus. Er wollte sie aus der Reserve locken, weil er ihrer Aufmerksamkeit sicher war. »Dann seid ihr also doch interessiert?«

»Vielleicht«, antwortete Adam vorsichtig.

George zog wieder an seiner Zigarre. »Es ist hauptsächlich Farmarbeit. Habt ihr beide schon mal so was gemacht?«

Conor lachte verächtlich. »Wir sind auf einer Farm geboren und aufgewachsen.«

»Ach, was? Und wo war das?«

»In Irland, wie Sie sicher an unserem Akzent merken. Im County Derry.«

»Nun, die Jobs sind zu vergeben, wenn ihr arbeiten wollt. Meine Farm ist ungefähr einen Tagesritt von hier entfernt.«

»Und wie ist die Bezahlung?«, wollte Adam wissen.

»Fünfzehn Shilling pro Woche. Monatliche Auszahlung, und Kost und Logis sind frei.«

Für Adam, der bisher für kaum mehr als eine tägliche Ration Kartoffeln und ein warmes Bett gearbeitet hatte, war dieses Angebot großzügig. *Fünfzehn Shilling!* Und das doppelt, denn Conor würde ebenso viel verdienen. Wenn sie ein, zwei Jahre hart arbeiteten und eisern sparten, hätten sie vielleicht genug Geld, um sich etwas Eigenes aufzubauen. Er sah Conor fragend an, und sein Bruder zuckte mit den Achseln.

»Abgemacht«, sagte Adam und hielt George die Hand hin. Sie besiegelten den Handel mit einem feierlichen Handschlag.

»Wartet morgen früh um neun draußen auf der Straße! Um diese Zeit fährt die Kutsche ab.«

George Eldred Owen McKenzie tippte sich an die Krempe seines Hutes und ging davon.

Später, als sie auf den Flur vor ihrem Zimmer kamen, sagte Adam: »Musstest du so rüde sein?«

»Ich war nicht rüde. Ich traue dem Kerl nur nicht über den Weg.«

»Warum nicht?«

»Ich weiß nicht – es ist so ein Bauchgefühl.«

»*Ein Bauchgefühl!* Um Himmels willen, Conor!«

»Entschuldigen Sie!«

Die beiden Brüder schauten auf und sahen den Mann, der in einer offenen Tür stand. »Ich will meine Nase nicht in fremde Angelegenheiten stecken«, sagte er, »aber ich habe Sie vorhin im Speisesaal an einem Tisch mit George McKenzie gesehen.«

»Und?«, gab Conor sichtlich aufgebracht zurück.

»Er wollte Ihnen nicht zufällig Arbeit geben, oder?«, erkundigte sich der Mann trotz Conors Feindseligkeit in freundlichem Ton.

»Schon möglich«, erwiderte Conor vorsichtig.

»Und wie viel Lohn hat er Ihnen angeboten?«

»Hören Sie, das geht Sie nun wirklich nichts ...«

»Fünfzehn Shilling in der Woche«, fiel Adam seinem Bruder ins Wort. »Und freie Kost und Logis.«

Der Mann nickte. »Der übliche Lohn ist achtzehn Shilling, insbesondere bei der Arbeit, die Sie bei ihm machen sollen.«

»Achtzehn? Das sind drei Shilling mehr!«

Der Mann drehte sich um, als wolle er in sein Zimmer zurückgehen. »Lassen Sie sich nicht übers Ohr hauen! George McKenzie ist ein Halunke, wie er im Buch steht. Er nutzt alle Jungs, die neu in die Stadt kommen, nach Strich und Faden aus. Ich möchte Sie nur warnen.«

In ihrem Zimmer berieten sich die Brüder, und Conor war dafür, McKenzies Angebot zu vergessen. »Wir finden etwas anderes«, sagte er. »Schließlich sind wir jung und kräftig. Es wird uns nicht schwer fallen, uns irgendwo zu verdingen.«

Aber George McKenzies Worte ließen Adam keine Ruhe. »Und wenn er Recht hat und es doch nicht viele freie Stellen, dafür aber jede Menge Leute gibt, die eine suchen?«, fragte er. »Vielleicht verzichten wir leichtfertig auf eine Chance.«

Nach einer längeren Diskussion kamen sie überein, sich den Rest des Tages nach einer Anstellung in der Stadt umzusehen. Wenn sie keinen Erfolg hätten, würden sie George McKenzies Angebot annehmen.

»Ich denke, das ist fair«, räumte Conor ein. »Auf diese Weise können wir herausfinden, welche Möglichkeiten wir haben.«

Sie versuchten es in Lagerhäusern, Pubs und den Läden im Hafen und fragten in den Docks und Fabriken nach. Sie fuhren sogar mit dem Zug die zwölf Meilen nach Parramatta. Überall wies man sie ab. »Tut mir Leid, Jungs. Hier gibt's nichts für euch. Ihr müsst schon großes Glück haben, um in dieser Gegend was zu finden«, bekamen sie zur Antwort.

»Damit ist es besiegelt«, sagte Adam, als sie schließlich erhitzt, müde und hungrig in Sydney aus dem Zug stiegen. »Wie's aussieht, arbeiten wir bei McKenzie.« Er warf Conor einen fragenden Blick zu. »Es macht dir doch nichts aus?«

Conor zuckte mit den Schultern. »So haben wir's abgemacht. Hier gibt's nichts für uns, also können wir genauso gut in den Norden fahren. Zumindest haben wir dort ein Dach über dem Kopf und einen vollen Magen.«

Um neun Uhr am folgenden Morgen warteten sie auf der Straße vor ihrer Herberge. Weihnachten stand kurz bevor, und in der Stadt herrschte Festtagsstimmung. Die Auslagen in den sorgfältig dekorierten Fenstern der

Geschäfte waren bunt und lockten die Käufer an. Ungeachtet der Hitze hatten die Menschen auf den Straßen einen federnden Gang und ein Lächeln der Vorfreude auf dem Gesicht. Conor versetzte das fröhliche Treiben einen Stich ins Herz. Im letzten Jahr zu Weihnachten waren sie noch zu viert gewesen: Mam und Dad, er selbst und Adam – eine richtige Familie, die Weihnachten und den Beginn des neuen Jahres feierte. Und jetzt, zwölf Monate später, fragte er sich, ob er jemals wieder so unbeschwert und idealistisch sein können würde. In dem vergangenen Jahr war so vieles passiert, und das Elend und die Trauer drückten ihm aufs Gemüt. Dieses Jahr gab es wenig zu feiern. Und bisher schien ihnen dieses neue Land keine besseren Perspektiven zu bieten als die alte Heimat.

Die Kutsche traf eine Stunde zu spät ein. Der Mann auf dem Bock machte sich nicht einmal die Mühe, sich für die Verzögerung zu entschuldigen, und ließ ihnen nur ein paar Sekunden Zeit, ihre Koffer hinten aufzuladen und selbst in die Kutsche zu springen. Es war ein altes Vehikel, und die Pferde waren in einem miserablen Zustand. Der Kutscher hatte sich tagelang nicht rasiert und stank nach Fusel.

Für einen kleinen Moment zögerte Conor, als hätte er ein ungutes Gefühl. Vielleicht sollten sie lieber ihre Siebensachen nehmen und abspringen, solange sie noch in der Stadt waren. Bestimmt gab es noch andere Möglichkeiten, sie müssten sich nur gründlicher umsehen. Aber wie lange würde ihr Geld noch reichen? Conor hatte nur noch ein paar Shilling in der Tasche, und Quartier und Essen waren hier relativ teuer.

Er sah seinen Bruder an, und Adam lächelte ihm aufmunternd zu, als die Kutsche schwankend vorwärts rollte. Conor schloss die Augen und versuchte, seine Gedanken auf die Zukunft zu richten. Möglicherweise hatte Adam Recht und es war besser, wenn sie die Stadt verließen. Schließlich waren sie auf dem Land groß geworden und nicht an die vielen Menschen und die hektische Geschäftigkeit gewöhnt. Farmarbeit – genau das hatten sie sich gewünscht. Gute, ehrliche Arbeit auf dem offenen Land, wo man den Horizont sehen konnte.

Er ließ den vergangenen Tag noch einmal Revue passieren. Adam hatte ihn nach ihrer Unterhaltung mit George McKenzie rüde genannt. Dabei wollte er das gar nicht sein. Hatte selbst nicht gedacht, dass er unfreundlich gewesen war – nur argwöhnisch, vorsichtig, misstrauisch. Die letzten Monate hatten ihn gelehrt, dass man immer auf der Hut sein musste.

Um auf dieser Welt vorwärts zu kommen, musste man einen kühlen Kopf bewahren. Wie es schien, hatten es alle anderen auf einen abgesehen und wollten einen auf die eine oder andere Art übervorteilen, ob es der Landbesitzer zu Hause, ein Herbergswirt oder ein zukünftiger Arbeitgeber war. *Trau niemandem,* warnte ihn eine innere Stimme. *Nimm nichts als selbstverständlich hin!* Wie er es in seinem früheren Leben getan hatte. Mam. Dad. Er hatte gedacht, sie wären immer für ihn da und würden sich um ihn sorgen. Aber sie waren nicht mehr, und jetzt mussten sie, er und Adam, sich allein durchschlagen. Zwei Brüder, die sich nach oben kämpfen und die Widrigkeiten des Lebens bezwingen wollten.

Es war fast Mitternacht, als sie an ihrem Zielort ankamen. Zu essen gab es nichts mehr, und sie wurden zu einem Schuppen hinter dem Stall geführt. Conor sank dankbar auf eine Strohmatratze – jeder Knochen und jeder Muskel in seinem Körper schrien nach Entspannung.

Morgen, dachte er optimistisch, ist ein neuer Tag.

George McKenzie besaß einen Pub – das Rose & Thistle – und die angrenzende kleine Farm. Das Land lag an einem breiten Fluss mit Namen Hawkesbury nördlich von Sydney. Die grünen Hügel und üppigen Täler erinnerten Adam an Irland, obschon das Klima anders war und er sich nach kühlerem Wetter sehnte.

McKenzie beschäftigte insgesamt sechs Arbeiter für die Farm und den Pub, und sie alle hausten in einer Wellblechhütte neben dem Stall. Die Unterkunft war erbärmlich. Statt Betten gab es nur Pritschen mit Strohmatratzen; und das Blechdach und die Blechwände stauten die Hitze auch in der Nacht. Die Verpflegung spottete jeder Beschreibung – »so einen Fraß hätten wir zu Hause nicht einmal den Schweinen vorgesetzt«, murrte Conor –, die Arbeitszeiten waren mörderisch. Die Männer wurden bei Sonnenaufgang aus den Betten gejagt und durften erst bei Einbruch der Nacht die Arbeit niederlegen. Und das sechs Tage die Woche.

Am Morgen seines ersten freien Tages wollte Adam nur noch Abstand zwischen sich und die Farm bringen. Die anderen Männer waren alle in den Pub gegangen, und Conor schlief noch. Der Junge war vollkommen erschöpft, das hatte Adam gespürt. Deshalb stieg er allein auf einen Hügel und setzte sich an den Stamm eines Eukalyptusbaums gelehnt hin und überblickte die Farm.

Aus der Ferne sah sie richtig hübsch und malerisch aus, er durfte nur nicht an die Schinderei und die schäbigen Verhältnisse denken. Das grüne Gras leuchtete so sehr, dass man fast davon geblendet wurde. Sonnenlicht glitzerte auf dem Fluss. Getreide wuchs in ordentlichen Reihen. Ein Vogelschwarm flog hoch mit dem Wind – dunkle Pünktchen in einem unendlich weiten Blau. Adam hörte die schrillen Schreie und fragte sich nicht zum ersten Mal, wie es wohl sein mochte, frei fliegen zu können.

Irland, dachte er und bekam plötzlich Heimweh. In diesem neuen Land, tausende von Meilen entfernt von seiner Heimat, hatte sich für ihn nichts geändert. Wenn das Leben eine Leiter war, dann stand er nach wie vor auf der untersten Stufe. Conor hatte Recht: Sie lebten immer noch wie Schweine. Vielleicht war es sein Los, seine Bestimmung, arm zu sein. Dann konnte er schuften und sich noch so sehr wünschen, seine Lebensbedingungen zu verbessern, er würde nie etwas erreichen. Wenn das so ist, überlegte er, was mache ich dann hier, an diesem gottverlassenen Ort? Wir hätten doch besser auf den Rat des Fremden im Hotel hören sollen.

Ein Schatten fiel auf das Gras, und Conor ließ sich neben seinen Bruder fallen. »Ich hab eine Unterhaltung von den anderen Jungs mit angehört«, sagte er betrübt. »Sie sind einen Monat länger hier als wir, und sie haben noch nie auch nur einen Penny gesehen. Wir sollten unsere Verluste gering halten und von hier verschwinden.«

Adam schaute hinunter auf die Farm. »Lass uns noch ein paar Wochen warten! Vielleicht wird alles besser. Wenn wir hart arbeiten und sparen, werden wir uns eines Tages etwas Eigenes leisten können. Und zwar nicht nur eine kümmerliche kleine Farm mit kargen Feldern.

Wir werden Acres um Acres besitzen, so weit das Auge reicht, mit schwarzem, sattem Boden und Kühen, Schafen und Pferden.«

»Vergiss die Schweine nicht!«, unterbrach ihn Conor grinsend. »Und ein paar Acres Kartoffeläcker. Dann ist es wie zu Hause.«

Adam drehte sich langsam seinem Bruder zu. »Zu Hause«, wiederholte er bedächtig. »Irland ist nicht mehr unser Zuhause. Hier ist unsere neue Heimat.«

Als ihnen am Ende des Monats kein Lohn ausbezahlt wurde, gingen Adam und Conor zu George McKenzie. »Mal sehen«, sagte der, »wie lange seid ihr schon hier?«

»Gute vier Wochen.«

»Und ihr kriegt zwölf Shilling pro Woche.«

»Sie haben uns fünfzehn versprochen!«, platzte Conor heraus.

»Tatsächlich?«, fragte George überrascht.

»Wir haben das mit einem Handschlag besiegelt«, fügte Adam ruhig hinzu.

»Also schön!« Der Mann grinste höhnisch. »Fünfzehn Shilling, wie abgemacht, multipliziert mit vier Wochen. So viel Kredit habt ihr an der Bar.«

»An der Bar?«

»Die Geschäfte gehen derzeit nicht gut, und ich habe nicht so viel Geld flüssig. Erst muss die Ernte verkauft sein. Aber ihr Jungs könnt euch eine schöne Zeit im Pub machen und euren Lohn vertrinken.«

KAPITEL 8

Central-Queensland
Juli 1871

Der Winter ’71 war kälter als jeder andere, an den sich Jenna noch erinnern konnte. Eisige Winde kamen aus dem Landesinneren. Auch im Laden war es kalt, und Jenna zog den vier Jahre alten Michael dick an und hoffte, dass er nicht fror. Nachts lagen sie zusammen unter mehreren Decken, und Michael kuschelte sich an seine große Schwester.

Sie fand Trost in seiner Körperwärme und Nähe. Er achtete kaum auf seine Umgebung und bemerkte die eigenartigen Blicke der Kunden nicht einmal. Jenna hingegen hörte die Leute hin und wieder *Bastard* murmeln, wenn sie sich an ihm vorbeidrängten und gar nicht zur Kenntnis nahmen, dass sie ihm auf die Zehen traten oder ihn gegen die Wand schubsten. Er weinte nie. Nicht ein einziges Mal. Stattdessen sah er die Menschen verwirrt an, als würde er überlegen, warum sie es so eilig hatten, sich gegenseitig anrempelten und einander so wenig Beachtung schenkten.

Jenna war in diesem Jahr siebzehn geworden. Sie steckte ihr Haar hoch, und die Schneiderin hatte ihr ein paar neue Kleider genäht – ihre Mutter hatte bestimmt, dass die Mieder tief ausgeschnitten sein sollten, damit ihre Tochter erwachsener aussah, als sie war. Manchmal erhaschte Jenna einen Blick in den Spiegel, der an Marys Schlafzimmertür hing, und für einen kurzen Moment glaubte sie, eine Fremde würde sie anstarren. Sie war größer geworden, hatte Brüste und runde Hüften bekommen; auch ihr Mund war voller geworden. Wo war das schlaksige Schulmädchen geblieben?

Sie könnte Lehrerin werden, zumindest hatte das die Rektorin der Schule gesagt. Ihre Zensuren seien gut, ihre Rechtschreibung und Rechenkenntnisse ausgezeichnet. Aber ihre Mutter hatte es ihr verboten und blieb eisern: Jenna musste im Laden helfen, und außerdem war da noch Michael, an den sie denken musste. Deshalb hatte Jenna die Schule verlassen und arbeitete jetzt den ganzen Tag im Geschäft.

Ohne jede Ablenkung, wie sie der Geografie- oder Mathematikunterricht geboten hatten, verging ein Tag wie der andere. Von morgens bis abends bediente Jenna Kunden, räumte Regale ein, machte sauber, wog die Waren ab und stahl sich ab und zu ein paar kostbare Minuten mit Michael. Ihre Mutter bekam sie nur noch selten zu Gesicht. Mary hatte sich mit einem Kerl zusammengetan, der in der Nähe des Pubs wohnte, und ließ sich nur gelegentlich blicken, um sich Geld aus der Kasse »zu borgen«.

»Nur bis Ende der Woche«, behauptete sie immer und nahm sich eine Hand voll Scheine. »Dann zahle ich das zurück.«

Jenna war klar, dass sie das Geld nie wiedersehen würde.

Einige der Männer aus dem Ort warteten, bis keine anderen Kunden im Laden waren, ehe sie hereinkamen. Sie lächelten Jenna verschwörerisch an. Dann beugten sie sich über die Ladentheke, kamen Jenna unangenehm nahe und musterten sie lüstern. Sie zogen sie regelrecht mit Blicken aus, bis sie rot vor Verlegenheit wurde. »Es würde mir nichts ausmachen, für Extra-Dienste zu bezahlen«, so lautete das Standardangebot.

»Ich weiß nicht, was Sie meinen.«

Sie lernte, den Kopf hochzuhalten, diese Männer eisig anzustarren und Unwissenheit vorzutäuschen, während sie den Drang unterdrückte, ihnen eine deftige Ohrfeige zu versetzen. Wie konnten sie es wagen? Männer, die jeden Abend nach Hause zu ihren Frauen und Kindern gingen, kamen hierher und behandelten sie wie eine ...

Sie behandelten sie, wie sie ihre Mutter behandelten.

Einer kam in den Laden und schloss die Tür von innen ab, dann steckte er den Schlüssel in seine Tasche. Er drängte Jenna gegen die Theke und rieb seine Hüften an ihrem Körper, während er versuchte, seine nassen Lippen auf ihren Mund zu pressen. Sie spürte seine Hände plötzlich überall. »Komm schon, Liebling, nur eine kleine Nummer! Es tut nicht weh, und ich lasse ein paar Pfund springen.«

Sie wollte schreien, aber Michael schlief im Wohnbereich. »Seien Sie nicht albern!«, fauchte sie stattdessen. »Ihre Frau kommt fast jeden Nachmittag her. Sie wäre zweifellos erstaunt, Sie hier anzutreffen.«

»Sie wird nichts davon erfahren, wenn du es ihr nicht sagst.«

Jenna war entrüstet. Sie wandte sich abrupt ab, und sein Kuss landete in der Nähe ihres Ohrs. »Verschwinden Sie! Lassen Sie mich in Ruhe!«

Sie stieß ihn fest von sich, und er taumelte zurück, stieß gegen ein Regal und warf einige Konserven auf den Boden. Sein Gesicht war hochrot vor Zorn, als er ihr mit dem Finger drohte. »Deine Mutter ist nicht besser als eine Hure, also sei nicht so eingebildet!«

Sobald er gegangen war, kroch Jenna auf allen vieren herum, um die Dosen einzusammeln. Einige waren verbeult – wer wollte die jetzt noch haben? Sie stellte sie verärgert auf die Theke. Tränen schossen ihr in die Augen. Ihre Hände zitterten, und ihr Herz schlug so schnell, dass sie fürchtete, ihr Brustkorb würde zerspringen. Als sie die letzte Konserve aufgehoben hatte, blieb sie auf dem Boden hocken, schlang die Arme um die angezogenen Beine und legte das Kinn auf die Knie. »O verdammt, verdammt, verdammt!«

Hinter ihr bewegte sich etwas: Michael. Er war noch ganz verschlafen und hatte gerötete Wangen. Offensichtlich war er wach geworden, als die Dosen auf den Boden gepoltert waren, oder die lauten Stimmen hatten ihn geweckt.

»Was ist?«, fragte er, schlang die Arme um ihren Hals und drückte seine Wange an ihr Gesicht.

»Nichts.«

Jetzt konnte sie die Tränen aber nicht mehr zurückhalten. »Ich hab dich sehr lieb, Michael«, schluchzte sie. »Vergiss das nie!«

Behutsam zog sie ihn auf ihren Schoß. Er sah erstaunt zu ihr auf. »Nicht weinen, Jenna!«, flüsterte er. »Ich mag nicht, wenn du weinst.«

Michael: ihr Bruder. Der einzige Mensch, der ihr wirklich etwas bedeutete und sie bedingungslos liebte. Ich sollte von hier weggehen, dachte sie, und Michael mitnehmen. Dies ist kein Leben für ein Kind. Aber Zweifel nagten an ihr. Wohin sollte sie gehen? Könnte sie für ihren kleinen Bruder sorgen? Jenna hatte nichts gelernt, außer wie man ein Geschäft führte. Womöglich würde sie in der Fremde enden wie Mary und Männer mit in ihr Bett nehmen, nur um die Rechnungen bezahlen zu können. Angewidert dachte sie an den Kerl, der gerade gegangen war, und daran, wie er an ihr herumgegrapscht und versucht hatte, die Hand in ihr Mieder zu schieben.

O Gott! Diese Alternative war schlimmer, als hier zu bleiben und unliebsame Annäherungen abzuwehren. Michael wand sich auf ihrem Schoß und forderte ihre Aufmerksamkeit. Sie schloss ihn fest in die Arme, spürte das Gewicht seines Körpers und die Wärme, bis sie glaubte, ihr würde das Herz brechen.

Es war später Nachmittag, und wie immer um diese Zeit herrschte Hochbetrieb im Geschäft. Michael saß an der Tür und spielte mit seinem Ball. Es war ein leuchtend roter Ball, und er machte so lustige Geräusche, wenn er auf dem Boden aufprallte. Jenna hatte vorhin mit ihrem Bruder gespielt und den Ball immer zu Michael rollen lassen. Jetzt beobachtete sie, wie der kleine Kerl ihn über die Stufe draußen vor der Tür stieß.

»Michael«, rief sie und schaute an den Kunden vorbei, die vor der Theke Schlange standen. Michael sollte wirklich ins Haus kommen, dachte sie. Bald wird es dunkel, und die Luft ist schon recht kühl.

»Ist die Marmelade aus?«, fragte die alte Mrs. Jessop.

»Nein«, antwortete Jenna, »da müsste noch welche im Regal stehen. Gleich dort – rechts.«

Jenna schaute wieder zur Tür, aber die schräg stehende Sonne blendete sie. »He«, rief ein anderer Kunde und knallte seine Einkäufe verärgert auf die Theke. »Bedienen Sie uns jetzt, oder immer noch nicht?«

Jenna verstaute die Lebensmittel in einem Karton, als

sie ein Pferd wiehern hörte und einen Ruf, gefolgt von einem fast unmenschlichen Schrei, der von überall widerzuhallen schien. Die Kunden drehten sich um. Jenna hielt mitten in der Bewegung inne. »Was war das?«

Der Mann zuckte mit den Schultern. »Woher soll ich das wissen. Jetzt machen Sie schon! Ich hab nicht den ganzen Tag Zeit.«

Ein Geräusch summte in ihrem Kopf wie eine Fliege an der Fensterscheibe. »Nein! Da ist etwas passiert!«

Dann dämmerte es ihr. *Michael!* Es war Michael – plötzlich wusste sie es mit fürchterlicher Gewissheit.

Ein verblassender Sonnenstrahl fiel auf die Theke. Staubkörnchen tanzten in seinem Licht. Die Kunden rührten sich – eine Hintergrundbewegung. Langsam umrundete Jenna die Ladentheke. Ihre Füße waren schwer wie Blei, aber sie zwang sich weiterzugehen – zur Tür.

Über den Hausdächern war der Himmel scharlachrot, und die eisige Luft schlug Jenna ins Gesicht. Eine kleine Menschenmenge hatte sich auf der Straße angesammelt und nahm ihr die Sicht. Nachbarn. Andere Ladenbesitzer. Michaels roter Ball lag in der Gosse. Jenna schwankte die Stufen hinunter und dachte unaufhörlich: *Das darf nicht sein!* Vielleicht hat der Wind den Ball ein Stück weggetragen.

»Da ist Jenna«, sagte jemand.

Die Menge teilte sich, und sie ging durch das Spalier. Plötzlich wurde ihr übel.

Michael lag im Dreck. Er sah komisch aus – Arme und Beine standen in unnatürlichen Winkeln von seinem kleinen Körper ab. Jenna sank neben ihm auf die Straße und hob ihn vorsichtig auf ihren Schoß. Sein Körper war schlaff, und er atmete nur flach. Blut strömte aus einer großen Wunde an seiner Schläfe.

»Was ist passiert?«

Ihre Stimme klang hölzern und schien von weit weg zu kommen. Die Szene hatte etwas Albtraumhaftes an sich. Alles schien nur verzögert und ganz langsam abzulaufen. Ihr ganzes Leben war auf diesen einen Augenblick reduziert, konzentrierte sich auf diesen Zeitpunkt und diesen Ort. Sie nahm die Bilder auf und war überrascht, dass sie sie nicht einzeln untersuchen konnte: die drängelnden Schaulustigen, Michaels bleiches Gesicht, das dunkle Blut auf der Erde.

»Der Ball«, sagte jemand. »Er ist dem Ball nachgelaufen und direkt unter die Kutsche geraten. Der Kutscher konnte nichts mehr tun. Michael war plötzlich unter dem Rad.«

»Der Kutscher ist losgelaufen, um den Doktor zu holen«, fügte ein anderer hinzu.

Jenna starrte auf das Blut, war unfähig, sich zu rühren und einen klaren Gedanken zu fassen. Jemand – der Doktor?, fragte sie sich später – nahm ihr irgendwann Michael ab und trug ihn weg. Benommen folgte sie dem Mann. Jemand führte sie durch die Menge. »Im Hospital flicken sie ihn wieder zusammen, Liebes. In ein paar Tagen ist er wieder ganz der Alte.«

Jemand fasste sie sanft am Arm. »Mach dir keine Sorgen! Er ist jetzt in guten Händen.«

Was reden sie da?, dachte sie wütend. Diese Heuchler! Sie tun besorgt, und dabei weiß ich ganz genau, wie sie über uns denken. *Hure. Bastard.* Diese Worte hatte sie nur zu oft gehört. Bildeten sich diese Leute tatsächlich ein, Michaels Unfall könnte sie das vergessen lassen?

Im Hospital setzte sie sich auf einen Stuhl im Korridor und wartete eine Ewigkeit, wie es ihr erschien; in Wahrheit waren es nur ein paar Minuten. Schwestern liefen an ihr vorbei. Besucher kamen und gingen. Endlich eilte der Doktor auf sie zu. Sein Gesicht war ernst und machte ihr keine Hoffnung. Jenna stand auf und streckte stumm die Hände aus. Sie brachte kein Wort über die Lippen.

»Es tut mir Leid«, sagte der Arzt und legte die Hand auf ihren Arm. »Wir konnten nichts mehr für ihn tun.«

Starke Arme führten sie zu einem Stuhl. Sie spürte, wie sie sie stützten, als ihre Beine nachgaben. Die Worte des Doktors überschlugen sich in ihrem Gehirn, ihr wurde schwindelig. Innere Verletzungen und Hirnblutung. Es ist besser, dass er den Unfall nicht überlebt hat. Er hätte geistige Schäden davongetragen. Eine große Belastung …

»Ich möchte zu ihm«, sagte sie mit erstickter Stimme.

Sie wollte noch einmal sein Gesicht sehen, eine letzte Erinnerung haben, die ihr über die nächsten Tage und Monate hinweghelfen konnte. Und sie wollte sich davon überzeugen, ob er wirklich tot war, den Beweis haben, dass der Doktor – obwohl sie keinen Grund hatte, an ihm zu zweifeln – die Wahrheit gesagt hatte.

»Das sollten Sie sich nicht antun.«

Der Arzt führte sie den Korridor hinunter und ins Freie. Sie setzte mechanisch einen Fuß vor den anderen, und jeder Schritt brachte sie ein Stück weiter von Michael weg und in eine ungewisse Zukunft. Sie ging an ordentlichen Gärten und erleuchteten Fenstern vorbei, hörte Stimmen und Gelächter. Schmerz ballte sich in ihrer Brust zusammen. Nie hatte sie sich so allein gefühlt wie jetzt.

Der Laden war dunkel, als sie zurückkam. Jemand, wahrscheinlich einer der Kunden, hatte die Lampe gelöscht und die Tür geschlossen. Sie ging hinein und sah die Regale und die Theke im schwachen Schein der Straßenlaterne. Unheimlich, dachte sie und meinte, eine Kinderstimme zu hören.

Jenna. Jenna.

Die Laute – hoch und kindlich – stürmten durch Türen und Fenster auf sie ein. Sie kamen von draußen und dröhnten im Haus. Sie wirbelte verwirrt herum und blinzelte.

Jenna, schau her! Sieh dir meinen Ball an!

»Michael, du bist nicht wirklich hier.«

Sie vergrub das Gesicht in den Händen und versuchte, die Stimme zu ignorieren.

Komm, spiel mit mir!

Langsam ließ sie die Hände sinken und schaute sich um. In ihrer Fantasie sah sie Schatten und Michael, der auf dem Boden saß und spielte. Ein kalter Wind fegte durch die geöffneten Fenster und blähte die Vorhänge auf, und plötzlich sah sie eine Gestalt. Michael war überall und dennoch nirgends.

Ein Geist. Unwirklich.

Es war, als hätte er nie existiert.

Abgesehen vom Pfarrer, war Jenna die Einzige bei dem Begräbnis. Und obwohl sie ihre Mutter vom Tod des kleinen Michael benachrichtigt hatte, war keine Spur von ihr zu sehen. In der Nacht hatte es geregnet, und noch immer tropfte Wasser von den Blättern der Bäume. Ein schneidender Wind wehte von den Bergen. Aber, sagte sich Jenna und rieb sich die Hände, um sie zu wärmen, für Michael ist es noch kälter.

Jenna sah zu, wie der kleine Sarg in das Grab gesenkt wurde. Zwei Totengräber, die man speziell für diese Aufgabe angeheuert hatte, kamen und schaufelten Erde auf den Sarg. Die Erde war feucht und dunkel, fast lehmig, und polterte auf das Holz. Armer kleiner Michael: Er hatte nie wirklich eine Chance.

Jenna dachte an die Nacht zurück, in der er geboren wurde, und erinnerte sich, wie Mary ihrem kleinen Sohn aus dem Weg gegangen war und sogar schon die ungewollte Schwangerschaft verflucht hatte. Jenna war diejenige gewesen, die ihn als Erste in den Armen gehalten, gebadet und sich um ihn gekümmert hatte.

»Jenna!«

Sie sah auf. Durch einen Tränenschleier sah sie ihre Mutter auf sich zukommen; sie wankte und rutschte im Schlamm aus. Ihre Kleider waren schmutzig und verknittert. In der einen Hand hielt sie eine Flasche. »Mein Baby«, kreischte sie und streckte die freie Hand aus, als wolle sie die Totengräber an ihrer Arbeit hindern.

Mary stolperte auf dem unebenen Boden, und Jenna hielt sie automatisch fest. »Du bist also doch noch gekommen«, sagte sie schroffer als beabsichtigt.

Mary starrte auf den halb verdeckten Sarg. Ihr Haar war strähnig, und Jenna entdeckte blaue Flecken an ihrer Wange. »Sei nicht so hart zu mir, Jenna! Ich habe diesen kleinen Kerl geliebt, ehrlich«, flüsterte Mary weinerlich.

»Natürlich hast du ihn geliebt«, beschwichtigte Jenna, weil sie wusste, dass ihre Mutter das hören wollte.

Mary begann zu schluchzen und heulte so laut, dass Jenna verlegen und ärgerlich wurde. Der Pfarrer schaute unbehaglich von Mary zu Jenna. »Vielleicht sollten wir besser …«, begann er unsicher. *Was für ein schreckliches Benehmen,* schien er im Stillen zu tadeln.

Ja, dachte Jenna, meine Mutter führt sich entsetzlich auf. Sie krümmte sich schier vor Scham. Wer war denn die ganze Nacht aufgeblieben, als Michael seine Zähne bekam oder Fieber hatte? Zu wem war er gelaufen, wenn er Trost brauchte? Nicht zu Mary! Sie hatte sich keinen Deut um ihren Sohn geschert. Die ganze Stadt wusste, dass ihm Jenna mehr eine Mutter gewesen war als Mary.

Jenna versuchte, Mary ihren Arm zu entziehen, doch diese klammerte sich nur noch fester an sie. »Nein, Jenna, lass mich nicht los! Ich falle«, wimmerte Mary.

Plötzlich kam Jenna die bittere Erkenntnis, dass es immer so sein würde. Sie musste ihre Mutter stützen – physisch, finanziell und emotionell. Sie musste mit allem fertig werden, während ihre Mutter auf ganzer Linie versagte. Verständnis vortäuschen, obwohl sie nichts als Abscheu empfand.

»Nein«, sagte sie wütend und ließ Mary los. »Ich muss zurück in den Laden. Dort wartet jede Menge Arbeit auf mich. Du könntest mitkommen und mir helfen.«

Damit ging sie weg und wusste, dass ihr Mary nicht folgen würde. Sie kehrte in den Laden, in ihr einsames Leben zurück, in dem jetzt eine große Leere herrschte. Sie nahm ihr Tagebuch aus dem Nachtkästchen und schlug es auf. *Eben war er noch da,* schrieb sie. *So erschien es mir wenigstens. Wie soll ich mir das jemals verzeihen? Ich bin überzeugt, dass alle mir die Schuld geben, sogar Mary, obwohl sie selbst wahrscheinlich zu der Zeit betrunken war …*

In diesem Moment wurde sie sich bewusst, dass sie an

einem Punkt angelangt war, an dem sie nie zuvor gewesen war. Sie war jetzt allein, wirklich allein. Auf Mary konnte sie sich nicht verlassen und weder Beistand noch Verständnis von ihr erhoffen. Ihre Mutter hatte zu sehr mit sich und ihren eigenen Problemen zu tun. Jenna war auf sich allein angewiesen.

Und blitzartig wurde ihr klar, dass sie nahe daran war, Mary McCabe zu hassen.

KAPITEL 9

Brad sieht müde aus, denke ich auf der Fahrt. Die Vorbereitungen für diese Reise sind anstrengend gewesen, und das meiste hat er selbst erledigen müssen. »Man kann nicht ohne die passende Ausrüstung ins Outback gehen«, hat er bereits vor Wochen gesagt. »Der Ort, zu dem wir fahren, ist sehr abgelegen. Wenn man dort eine Autopanne oder einen Unfall hat, muss man unter Umständen tagelang warten, bis ein anderes Fahrzeug vorbeikommt.«

Jetzt ist unser Wagen mit einem Navigationssystem und einem Satellitentelefon, Dual-Batterien und einem kleinen Kühlschrank ausgestattet. Ich nehme an, wir sehen wie Outback-Touristen aus.

Brads Dissertation hat den Titel »Die Ökologie von Flüssen in Trockenzonen – Der Mittellauf des Diamantina«, und die Grundlage für seine Arbeit ist das, was er eine »Boom- oder Pleite-Ökologie« nennt. Der Ort, an dem wir die nächsten sechs Wochen verbringen, ist entweder staubtrocken oder sehr nass, und das Klima beeinflusst das ganze Leben in der Gegend – im Fluss und an Land.

Am späten Nachmittag sehen wir das Schild an dem Tor Diamantina Downs.

»Das ist es! Wir sind da!«, verkündet Brad, als der Geländewagen über ein Rindergitter rumpelt. Obwohl ich hundemüde bin, muss ich über seine Begeisterung lächeln. Harry bellt freudig.

Da sind etliche Farmgebäude, unter anderem eine riesige Maschinenhalle, in der ich einen Traktor und andere landwirtschaftliche Geräte erkenne, und einige hohe Tanks. Das Wohnhaus steht im Schatten von Pfefferbäumen an der Westseite. Im Hof befinden sich zahlreiche Antennen und Solarkollektoren. Es ist trocken und staubig. Selbst die Pflanzen, die im Garten wachsen, machen einen müden Eindruck.

Wir finden uns, wie man Brad angewiesen hat, vor der Tür des Wohnhauses ein. Eine grauhaarige Frau – sie stellt sich als Betty vor – deutet über die Weide zu einem anderen ziemlich weit entfernt stehenden Gebäude.

»Dort drüben werden Sie wohnen. Kommen Sie, ich bringe Sie hin und zeige Ihnen alles!« Sie beäugt mich mit einem leichten Stirnrunzeln und wischt sich die mehligen Hände an der Schürze ab. »Sie sehen erschöpft aus.«

»So könnte man es nennen.« Ich setze ein Lächeln auf.

Betty ist stattlich und, wie sie uns erklärt, die Frau des Farmverwalters. »Die Farm gehört einer großen Gesellschaft. Wahrscheinlich brauchen sie sie als Steuerabschreibungsprojekt, aber wir sorgen dafür, dass der Betrieb abläuft wie ein Uhrwerk. Mein Jack ist gut in seinem Job. Früher, vor dreißig Jahren, hatten wir eine eigene Farm, aber eine Dürreperiode hat uns den Garaus gemacht. Seither kümmern wir uns um die Farmen anderer Leute. Wenigstens ist da die Bezahlung sicher.«

Sie ist energisch, geschäftsmäßig und direkt. Was sie wohl von uns hält?, frage ich mich, als wir ihr auf die Einfahrt folgen. Ich fühle mich schmutzig, als ob sich mehrere Staubschichten während der Fahrt auf meiner Haut abgesetzt hätten. Sogar noch zu dieser späten Stunde spüren wir die Hitze, und ich sehne mich nach einem Bad.

Betty lehnt das Angebot, mit uns im Auto zu fahren, ab und hievt sich in den Sattel eines alten Fahrrades, das am Tor lehnt. »Ich brauche Bewegung«, behauptet sie. »Außerdem müssen Sie mich so nicht wieder zurückbringen.«

Sie radelt mit erschreckender Geschwindigkeit vor uns die Straße hinunter, zwei kläffende Hunde im Schlepptau. Harry winselt aufgeregt, springt auf meinen Schoß und hält den Kopf aus dem Fenster, um zu sehen, was draußen los ist. Brad grinst verschwörerisch und nimmt meine Hand in seine. Dieses Grinsen macht uns zu Verbündeten, denke ich. Und unsere ineinander verschränkten Finger versprechen etwas, was ich nicht genau definieren kann.

Die Straße führt zu einem fremden Haus, nicht zu meinem eigenen. Wachsam unterdrücke ich die aufkommende Panik. *Halt an! Bring mich nach Hause!*, möchte ich schreien. *Ich bin nicht bereit für so was. Ich brauche Vertrautheit, keine Veränderung.* Andererseits empfinde ich fast so etwas wie Vorfreude, habe das Gefühl, in eine andere Richtung zu steuern und einen Neuanfang in fremder Umgebung zu wagen. Ich drücke Brads Hand.

Es ist ein einstöckiges, quadratisches Haus mit rostigem Blechdach. Es dürfte fünfzig oder sechzig Jahre alt sein, und der Anstrich blättert bereits ab. Der Wassertank steht halb versteckt inmitten einer Gruppe von Pfefferbäumen. Selbst von weitem höre ich Bienen, die um bunte Blüten herumsummen.

Betty lehnt ihr Rad ans Tor und läuft über den mit Unkraut überwucherten Pfad. Brad und ich folgen ihr fast zögerlich. Schwungvoll öffnet sie die Haustür und führt uns in unser neues Heim.

»Es ist nicht luxuriös, aber doch einigermaßen bequem. Während der Schurzeit wohnen die Arbeiter hier.« Sie sieht sich um, als wäre sie zum ersten Mal in diesen Räumen. »Ich denke oft, dass dem Haus ein bisschen frische Farbe nicht schaden könnte, aber irgendwie fehlt immer die Zeit dafür.«

»Nein«, beteuere ich und betrachte die feine rote Staubschicht, die auf allem liegt. »Es ist prima – wirklich.«

Wen will ich damit überzeugen? Sie oder mich?

Ich wandere durch die Räume, während Brad unsere Sachen aus dem Wagen holt. Betty begleitet mich und zeigt mir dies und das. Es scheint kein richtiges Schlafzimmer zu geben, nur eine Reihe von Schlafstellen auf der mit Fliegengittern und Glas umgebenen Veranda, die um drei Seiten des Hauses führt. »Da drüben ist ein Doppelbett«, sagt sie und zeigt zum Ende der Veranda, wo ein altes Laken einen Bereich vom Rest abteilt.

Da ist ein Wohnzimmer mit zwei alten Sesseln und einem abgewetzten Brokatsofa. Fernseher gibt es keinen, dafür ein Radio in der großen Wohnküche. Ein mit einem Küchentuch abgedeckter Eimer mit Wasser steht neben der Spüle. »Regenwasser«, erklärt Betty sachlich. »Den Eimer können Sie am Tank nachfüllen. Wir trinken nicht das Zeug aus der Leitung – es ist Bohrwasser.«

Nachdem sich Betty verabschiedet hat, packen wir unsere Sachen aus. Ich hänge die Kleider in den Schrank neben dem Doppelbett; die Lebensmittel, Getränke und den Inhalt des Autokühlschranks verstaue ich in der Küche. Brad arrangiert seine wissenschaftlichen Gerätschaften auf einem Tisch am anderen Ende der Veranda und reiht die Gläser und Flaschen auf dem Fenstersims auf. »So«, sagt er, »fast wie zu Hause.«

Ich sehe mich um und schüttle den Kopf. »Wohl kaum.«

»Oh, ich weiß nicht! Ein Bett und eine Küche – was will man mehr?«

Er küsst mich auf den Mund und schiebt mich auf das nächste Bett. Ich liege da und sehe in das vertraute Gesicht.

»Carys. Mam und Dad. Eine Stereoanlage und meine Lieblings-CDs zum Beispiel. Ein Kino an der Straßenecke. Ein Schnellimbiss.« Ich beiße mir auf die Lippen und denke an all die Annehmlichkeiten des modernen Lebens, die wir zurückgelassen haben, und daran, dass ich zu wenig Wein besorgt habe. »Was, wenn uns der Wein ausgeht?«

Zu spät erkenne ich meinen Fehler. Brad löst sich von mir, verschränkt die Hände hinter dem Kopf und starrt an die Decke. Ich habe ihn verärgert. Ich quäle mich mit Selbstvorwürfen. Warum hab ich das gesagt? Es war meine Entscheidung, hierher zu kommen. Niemand hat mich dazu gezwungen, und es ist ja nicht für immer. Wir bleiben nur sechs Wochen!

»Tut mir Leid. Ich muss mich wohl erst an all das gewöhnen, das ist alles. Aber das kommt sicher noch, und dann ist es, als würden wir hier Ferien machen. Außerdem werden wir viel Zeit zusammen verbringen. Das tut uns sicher gut, nicht?«

Ich rede weiter, um ihn zu besänftigen. Vorsichtig streiche ich mit einem Finger über seinen Hals. Ich fühle das leichte Pochen seines Pulses, das seinen steten Herzschlag widerspiegelt. Er dreht das Gesicht zu mir und sieht mich lange unverwandt an. Seine Stimme ist leise, fast unhörbar, als er endlich etwas sagt.

»So kann es nicht weitergehen.«

Eine Krähe krächzt im Hintergrund, die heisere Stimme vermischt sich mit dem Zirpen der Zikaden, die in den Pfefferbäumen sitzen. Irgendwo bellt ein Hund. Ich schlucke heftig; plötzlich fängt mein Herz an zu rasen.

»Was kann nicht so weitergehen?«

Er schwingt die Beine vom Bett, steht auf und vergräbt die Hände in den Jeanstaschen. Mit einem Mal wirkt er verletzlich wie ein Kind. Auch er leidet, rufe ich mir beschämt ins Gedächtnis. Ich habe nicht das Monopol auf den Schmerz.

»Mit dir und mir. Wir schleichen um die Vergangenheit herum wie die Katze um den heißen Brei. Wir müssen irgendwann über alles reden, Jess. Ich kann dieses Schweigen nicht länger ertragen. Ich liebe dich, um Himmels willen!«

Er geht weg. Die Fliegengittertür schlägt zu, und ich stelle mich ans Küchenfenster und beobachte, wie er die Weide überquert. Er hat die Schultern hochgezogen und kickt etwas über den Boden – wahrscheinlich einen Stein. Harry trottet in gebührendem Abstand hinter ihm her; vermutlich spürt er den Ärger seines Herrchens. Die Sonne steht tief. Bald sind Brad und der Hund nur noch dunkle Flecken vor dem hellen Licht.

Automatisch suche ich die Zutaten fürs Dinner zusammen – das erste in unserem neuen Heim. Ich hatte ein spezielles Menü geplant. Filetsteak mit jungen Kartoffeln, Bohnen und Babykarotten. Dazu eine Flasche Wein. Aber jetzt erscheint mir das unsinnig. Ich kämpfe zum zweiten Mal an diesem Tag gegen die Tränen an.

Brad kommt zurück, als ich den Wein entkorke. Mein Mann scheint entspannter zu sein als vorhin und bringt einen Strauß Wildblumen mit. Die Blüten sind klein, rosaviolett und duften.

»Was ist das?«, frage ich und suche im Schrank nach einer Vase oder einem Glas.

»Zerreib nur ein Blatt!«

Ich pflücke eines ab und zerreibe es zwischen Daumen und Zeigefinger. »Es riecht wie Basilikum«, sage ich.

»Einheimisches Basilikum«, stimmt mir Brad zu. »Oder *Ocimum tenuiflorum,* um genau zu sein. Es handelt sich um eine Gewürzpflanze, die in letzter Zeit wieder in Mode gekommen ist und in der typischen Aussie-Küche oft verwendet wird. In der Nähe des Damms wächst sie in Massen.«

Das Dinner verläuft ziemlich still. Danach setzen wir uns auf die Veranda. Aus der Küche kommt leise Radiomusik. Ein Song aus den Achtzigern; er handelt von einer zerbrochenen Liebe. Auf der nächsten Anhöhe blinken die Lichter von Bettys und Jacks Haus in der stockfinsteren Nacht. Die Sterne funkeln am mondlosen Himmel. Eine warme Brise bringt einen beißenden Geruch mit sich.

»Gidgee (Akazienduft)«, sagt Brad. »Es kommt Regen.«

Wir schweigen, weil wir nicht wissen, was wir sagen sollen. Die Vergangenheit steht zwischen uns wie eine unüberwindliche Barriere. Nach einer Weile betreiben wir Smalltalk und sprechen über bedeutungslose Details des Tages. Schließlich erhebt sich Brad, gähnt und streckt sich. »Ich weiß nicht, wie's dir geht, aber ich bin erledigt. Ich gehe ins Bett. Kommst du auch?«

Die Andeutung ist da, eine Nuance in seinem Tonfall. Sex, Intimität, Zweisamkeit – in dieser fremden Umgebung kann ich nicht einmal daran denken.

»Nein«, antworte ich leichthin. »Ich denke, ich bleibe noch eine Weile hier sitzen.«

Ich gehe ihm aus dem Weg, dessen bin ich mir bewusst. Ich vermeide es, mit ihm zu sprechen und mich auf ihn einzulassen. In Wahrheit weiche ich der Realität aus. Als ich dann schließlich eine Stunde später ins Bett krieche, streckt sich Brad und rollt sich neben mich, wacht aber nicht auf.

Irgendwann in dieser Nacht träume ich.

Der Traum beginnt ähnlich wie die anderen. Dunkle Straßen. Ich fliehe vor meinen gesichtslosen Verfolgern. Doch dann gibt es Abweichungen. Die Männer, die mich hetzten, bleiben plötzlich zurück, und ich fühle mich frei. Bis ich zum Fluss komme.

Ich starre hinunter in das dunkle, wirbelnde Wasser und entdecke das Heck eines Autos. Es ist zum Teil unter Wasser, und ich erkenne im bleichen Mondlicht eine Bewegung am Rückfenster. Winzige Fäuste pochen an die Scheibe. Ein geisterhaft weißes Gesicht presst sich ans Glas. Nase und Mund sind platt gedrückt. Dann öffnet sich der Mund zu einem lautlosen Schrei.

Der Wagen sinkt – silbriges, mit Schwarz durchsetztes Wasser umflutet ihn – und er verschwindet langsam in den dunklen Tiefen. Das Bild verschwimmt und gerät ins Wanken. Dunkelheit verschmilzt mit Dunkelheit, wird eins. Ich will ins Wasser eintauchen, die Wagentür aufreißen, die Hände und das Gesicht befreien. Aber ich bewege mich viel zu langsam, als müsste ich durch zähen Sirup waten.

Dann gleitet das Auto lautlos und ohne Vorwarnung ganz unter die Wasseroberfläche und verschwindet.

Ich wache schreiend auf. Brad hält mich, streicht mir die Haare aus der feuchten Stirn. Ich spüre die Kraft seiner Arme. Mein Herz hämmert wild, als wolle es aus meiner Brust springen. Ich schnappe nach Luft und versuche, mich zu beruhigen. Mein Kopf, in dem noch die einzelnen Fetzen des Traums herumspuken, scheint kurz vor dem Zerplatzen zu sein.

»Es ist gut«, besänftigt mich Brad mit den üblichen Worten. »Was immer es war, es war nicht die Wirklichkeit. Es war nur ein Traum.«

Ein Traum? Das Auto, das Wasser. Ich hätte danach greifen können, davon bin ich überzeugt. »Nein!«, weine ich und versuche mich von Brad zu lösen. »Das kann nicht sein.«

Brad hält mich jedoch ganz fest, erlaubt kein Entkommen. »Es war ein Traum, Jess«, wiederholt er eindringlich. »Nichts weiter.«

Die Bilder zersplittern. Mein Herzschlag vermischt sich mit dem fernen Donnergrollen, und ein Blitz flammt auf. In dem kurzen Licht sehe ich die Konturen der Veranda. Es ist heiß, und ein Luftzug weht durch die Vorhänge.

»Halt mich!«, flüstere ich.

Während der Nacht regnet es. Ich höre, wie die Tropfen aufs Blechdach trommeln und in den Regenrinnen zusammenfließen. Ich rieche feuchte Erde. Neben mir schläft

Brad; er hat einen Arm über meinen Bauch gelegt. Es fühlt sich eigenartig an. Und mein Schlaf, in den ich endlich abdrifte, ist nicht mehr mit grauenvollen Bildern belastet. Stattdessen sehe ich ein einstöckiges Haus im Schatten von Pfefferbäumen und höre das Summen von Bienen.

KAPITEL 10

Northern New South Wales
Januar 1868

Dass Conor ihren Arbeitgeber George McKenzie geschlagen hatte, war nicht so schlimm wie die Tatsache, dass er es im Beisein der anderen Arbeiter getan hatte, das wurde Adam später klar. Nicht nur McKenzies Nase war gebrochen und blutete, er hatte sich auch in seinem Stolz gekränkt gefühlt. Die Polizisten aus der nächsten Stadt wurden gerufen, und sie nahmen Conor mit und steckten ihn in eine Zelle. Adam schlug eine ganze Woche lang die Zeit tot, während er auf die Freilassung seines Bruders wartete. Er schlief in einem Kuhstall und bekam von dem barmherzigen Farmer, der ihn aufgenommen hatte, ein paar Bissen zu essen. Denn McKenzie hatte den Aufruhr genutzt, um ihnen den Lohn für ihre wochenlange Arbeit zu verweigern.

Adam wartete bereits auf der Straße, als Conor endlich, blinzelnd wegen der grellen Sonne, aus dem Gefängnis trat.

»Macht keinen Ärger mehr, sonst landet ihr wieder

hier!«, rief ihnen der Polizist nach, als sich die Brüder davonmachten.

Sie wanderten nach Norden, verdingten sich hier und da als Tagelöhner und übernachteten in Scheunen. Einen Monat nach ihrem Aufbruch fanden sie eine dauerhafte Arbeit auf einer Farm. Ihr neuer Dienstherr war ein gerechter, aber strenger Mann.

Die Landschaft war hier ganz anders, karg und trocken. Auf den Hügeln wuchsen hohe, gerade Bäume, die ihre Äste in den Himmel reckten. Ihre Blätter waren auf der Oberseite dunkelgrün und hell auf der Unterseite, die Stämme hatten Löcher, in denen kleine Tiere lebten – Beutelflughörnchen oder Opossums und gelegentlich Bienenschwärme. Die Rinde dieser Bäume war am unteren Stamm graubraun und schälte sich während des Jahres in langen Streifen ab, darunter wurde dann eine blaugraue Oberfläche sichtbar.

»Blue Gums – eine Eukalyptusart«, hatte man Adam erklärt.

Nach knappen zwei Jahren harter Arbeit hatten er und Conor genügend Geld zusammengespart, um eine Farm zu kaufen. Sie schauten sich um und suchten nach einem kleinen, gut laufenden landwirtschaftlichen Betrieb. Einige der größeren Besitze wurden aufgeteilt, und da und dort wurden ein paar Acres zum Verkauf angeboten.

Es gelang ihnen, einhundert Acres zu erwerben – ein kleiner Besitz nach den hiesigen Maßstäben. Und bald hatten sie ein Schwein, ein paar Ziegen und eine Milchkuh. Hennen scharrten und pickten in der Erde. Getreide wiegte sich im Wind.

Die beiden Männer bauten ein Haus. Es war einfach, aber zweckmäßig mit einer Küche und einem Esszimmer, zwei Schlafzimmern und irdenem Boden. Adam erinnerte diese Hütte an sein früheres Zuhause. Aber Newtownlimavady lag jetzt schon vier Jahre und die Hälfte des Erdballs zurück.

Er konnte sich vorstellen, hier zu bleiben und ein anständiges Leben zu führen, irgendwann ein Mädchen aus der Gegend zur Frau zu nehmen und eine Familie zu gründen – die O'Loughlin-Linie sollte über die Jahre fortbestehen. Er dachte an seine zukünftigen Kinder. An die Söhne, die ihm auf den Feldern und Weiden helfen, und an die Töchter, die ihn abends zu Hause willkommen heißen würden.

Trotzdem ahnte er, dass sein Bruder vor ihm eine Frau finden würde. Conor hatte schon seit einigen Jahren kleinere Geschichten mit Mädchen und machte kein Geheimnis daraus – im Gegenteil, er schien sogar damit zu prahlen. Er redete immer über dies und das, deutete Adam gegenüber an, dass er im Bordell an der Hauptstraße gewesen war.

Conor war extrovertiert und ein Charmeur im Umgang mit dem anderen Geschlecht.

Wie kam es, dass sein Bruder so aus sich herausgehen konnte, während Adam in Gegenwart von Frauen immer gehemmt und linkisch auftrat und kaum ein Wort herausbrachte? Bei den Tanzabenden drückte er sich immer in der Nähe der Tür herum und ging nie auf eines der Mädchen zu, die an der gegenüberliegenden Wand saßen und darauf warteten, zum Tanz aufgefordert zu werden. Er wusste nie, was er ihnen sagen sollte, fand nicht so geistreiche Worte wie Conor, und für Charme und Verführung hatte er ohnehin kein Gefühl. Sein Bruder schien nie ohne Tanzpartnerin zu sein, und immer war er von Mädchen umringt.

Conor wurde im Sommer einundzwanzig, und zu dieser Zeit sprach ihr Nachbar sie an, weil er ihre Farm aufkaufen wollte. Dieser war klein und untersetzt und Adam auf Anhieb unsympathisch, weil er ihn und seinen Bruder von oben herab behandelte. »Ihr habt nur hundert Acres«, sagte der Mann und machte eine abwertende Handbewegung. »Davon kann man nicht leben. Aber wenn ich sie zu den vierhundert Acres dazukaufe, die ich bereits besitze, dann käme ich einigermaßen zurecht.«

»Unser Land ist nicht zu verkaufen«, erwiderte Conor sichtlich verärgert.

»Ich biete euch einen anständigen Preis.« Der Mann nannte einen Betrag.

»Wir haben mehr für das Land bezahlt«, rief Conor gereizt. »Ganz zu schweigen von der Ernte, die wir schon eingebracht haben.«

Der Nachbar zuckte mit den Schultern. »Wie ihr wollt. Aber eines Tages werdet ihr mich anflehen, euren Betrieb zu übernehmen.«

»Was wollen Sie damit sagen?«, erkundigte sich Adam gelassen.

Doch der Mann war schon weg.

Kurz darauf ereigneten sich seltsame Dinge rund um die Farm. Ein Wagenrad ging entzwei. Ein Feuer brach im Busch hinter dem Kuhstall aus. Zwei Ziegen wurden tot auf der hinteren Weide gefunden, und eine Henne verschwand.

Im Juli, als die kalten Winde durchs Tal fegten, klopfte ein Polizist an ihre Tür. »Ihrem Nachbarn sind in der letzten Woche etliche Schafe auf der Weide gestorben. Sie wissen nicht zufällig etwas darüber?«

»Weiß er denn etwas über unser totes Vieh?«, gab Conor sarkastisch zurück.

»Also was ist jetzt?«

»Wir können Ihnen nicht helfen. Aber auch hier gibt es eigenartige Vorkommnisse.«

»Woran sind diese Schafe denn gestorben?«, wollte Adam wissen.

»Man hat ihnen die Kehle durchgeschnitten.«

»Und Sie beschuldigen uns?«

»So kann man sagen.«

»Jede Menge Leute können sie getötet haben. Unser Nachbar ist nicht sehr beliebt in der Gegend.«

»Können wir die Schafe sehen?«, fragte Conor.

»Ich glaube, er hat die Kadaver schon beseitigt.«

»Wie praktisch!«

»*Was* soll das heißen?«

Adam merkte, dass der Polizist wütend wurde. »Haben Sie sie denn gesehen?«, erkundigte er sich ruhig, um die Situation zu entschärfen.

»Nein.«

»Dann haben Sie also keinen Beweis, dass das Verbrechen überhaupt verübt wurde. Was ist, wenn der Mann lügt?«

»Warum sollte er das tun?«

»Nun, warum sollten *wir* lügen?« Adam kratzte sich am Kopf. »Woher wollen Sie wissen, ob er die Wahrheit sagt?«

Der Polizist zuckte mit den Achseln. »Ich gehe lediglich einer Beschwerde nach.«

»Und was bringt Sie auf die Idee, dass mein Bruder der Übeltäter ist?«

»Ihr Nachbar hat mir diesen Hinweis gegeben. Man erzählt sich, dass Conor O'Loughlin schon einmal im Gefängnis gesessen habe.«

»Und deshalb wird er nun wieder für schuldig gehalten, bis er seine Unschuld beweisen kann? Er wurde für ein paar Tage eingesperrt, weil er einen Mann vermöbelt hatte. Es ging aber nicht um die Abschlachtung von Vieh.«

Als der Polizist weg war, stieg Adam auf den Hügel und blieb im Schatten der Eukalyptusbäume stehen. Es war kalt hier oben, und plötzlich sah alles düster aus, als wären Sonne und Wärme verschwunden. Er sah hinunter auf ihre kleine Farm – die ordentlichen Gebäude, die Zäune, die Maispflanzen, die in geraden Reihen standen. Ein Schauer überlief ihn, und eine böse Vorahnung brach sich Bahn. Irgendetwas, was er nicht kontrollieren konnte, ging hier vor sich. Etwas Ungutes. Es sei denn …

Er erinnerte sich an Newtownlimavady und an den Besuch des Geldeintreibers. *Conor hat sich auf den Feldern des Landbesitzers herumgetrieben. Falls irgendetwas vermisst werden sollte, wird er der Erste sein, den man verdächtigt.*

Adam dachte an die Lachse, die in der Küche gelegen hatten, und daran, wie Conor, als ihre Mutter nach der Niederkunft krank daniederlag, gesagt hatte: *Ich hole Fleisch für Mam, selbst wenn es mich das Leben kostet!*

Und in der darauf folgenden Nacht war er mit dem toten Lamm nach Hause gekommen. Wenn sein Bruder so was schon einmal getan hatte, dann …

»Ich habe es nicht getan«, vernahm er plötzlich eine Stimme hinter sich. Adam drehte sich um und erblickte seinen Bruder. Conors Gesicht war blass, und er hatte die Arme vor der Brust verschränkt. »Ich schwöre beim Grab unserer Mutter, dass ich es nicht war.«

Conor war so ernst und sein Wunsch, dass man ihm glaubte, so offensichtlich, dass sich Adam schämte, ihn verdächtigt zu haben. Natürlich hatte Conor die Schafe des Nachbarn nicht getötet. Es war sogar fraglich, ob sie überhaupt abgeschlachtet worden waren. Vermutlich hatte der Mann die Geschichte nur erfunden, um die O'Loughlin-Brüder so weit zu treiben, ihm die Farm zu überlassen und weiterzuziehen. Der Nachbar wollte ihr Land unbedingt haben, und Adams Verweigerung ärgerte ihn so sehr, dass er vor nichts mehr Halt machte.

Adam schloss die Augen, blendete den Anblick von Conor und den Bäumen aus und lauschte den Vögeln in den Zweigen. Vor seinem geistigen Auge lösten sich die Jahre auf, und er sah wieder den Gerichtsvollzieher und seine Männer vor sich, wie sie mit Seilen, Äxten und Brecheisen das O'Loughlin-Cottage ansteuerten. Diese Männer waren mit der Absicht gekommen, das zu zerstören, was ihm und Conor gehört hatte, und sie von ihrem Land zu vertreiben.

War das sein unausweichliches Schicksal? Hatte ein höheres Wesen an irgendeinem Punkt beschlossen, dass er nie lange an einem Ort glücklich sein durfte, immer weglaufen und nach etwas suchen musste? Nach einer neuen Heimat, nach Stabilität, nach einer Zukunft. Oder würde er das alles nie kennen lernen? Was, wenn er auf dieser Farm einen Traum erlebte und im Grunde nie Teil dieses Traumes sein sollte? Er schlug die Augen auf und sah seinen Bruder an. Es gab nur noch sie beide, und seine Zukunft war auch die von Conor. Und wenn er ihm nicht vertrauen konnte, dann …

»Ich glaube dir«, sagte er und fasste nach der Hand des Bruders. »Gleichgültig, was sie sagen oder tun, dieses

Land gehört uns. Wir haben mit unserem Schweiß dafür bezahlt, und niemand kann es uns wegnehmen.«

Die Tage verstrichen, und Adams Vorahnung wurde immer stärker. Warum, wusste er selbst nicht. Er hatte einfach das Gefühl, dass noch etwas geschehen, dass ein Drama bevorstehen würde. *Das Glück hat euch verlassen,* würde Mam sagen, ein Hufeisen über der Haustür aufhängen – mit der Öffnung nach oben, damit das Glück nicht herausfallen konnte – oder auf den Weiden nach einem vierblättrigen Kleeblatt suchen, das das Pech abwehrte. Doch Mam war schon so lange tot, und er und Conor waren keine Iren mehr. Hier wuchsen keine Kleeblätter auf den Weiden.

Auch wenn er gern etwas anderes glauben wollte, spürte er, dass seine Tage auf der Farm gezählt waren. Deshalb war er auch nicht überrascht, als der Polizist wieder an ihre Tür klopfte.

»Wo ist Ihr Bruder?«

»Er ist in die Stadt geritten und kommt frühestens in einer Stunde nach Hause.«

»Er hat wieder zugeschlagen.«

Geduldig: »Wie?«

»Er hat Zäune niedergerissen.«

»Zeigen Sie mir doch die Stellen!«

»Das kann ich nicht. Sie sind bereits repariert worden.«

»Was für ein Zufall!«

Adam drehte sich um, um ins Haus zu gehen, doch der Polizist hielt ihn zurück.

»Da ist noch mehr. Es wurde Geld gestohlen. Und auch ein Schmuckstück.«

»Nun, wenn das so ist, dann verschwenden Sie hier nur Ihre Zeit. Sie sollten lieber den Dieb suchen.«

»Was dagegen, wenn ich mich in Ihrem Haus ein wenig umsehe?«

Adam hatte nichts zu verbergen. Wenn der Polizist das einsähe, würde er sie vielleicht in Ruhe lassen. »Bitte!«

Er beobachtete nicht direkt, wie der Polizist die Brosche auf dem Bord über dem Kamin fand. Er sah nur, dass der Mann die Hand öffnete und das Schmuckstück dort lag. Diamanten funkelten im Schein des Feuers. »Und wie können Sie mir das erklären?«

»Ich habe das noch nie zuvor gesehen.«

»Das glaube, wer mag!«

»Es ist wahr.«

»Ich habe es hier auf dem Bord gefunden. Ihr Bruder wird uns einiges zu erklären haben.«

»Mein Bruder hat nichts gestohlen.«

»Wenn es nicht Ihr Bruder war, dann müssen Sie's gewesen sein.«

»Das ist Unsinn, und Sie wissen es.«

»In dem Fall wäre ich nicht hier, oder? Außerdem wurden Sie gesehen.«

»Von wem?«

»Von Ihrem Nachbarn. Dem Besitzer dieser Brosche.«

»Ich war nie auch nur in der Nähe seines Hauses.«

»Wie Sie wünschen. Sie können ein Geständnis ablegen oder aussagen, dass Ihr Bruder den Schmuck gestohlen habe. Wie auch immer, einen von Ihnen werde ich festnehmen.«

Und so kam Adam ins örtliche Gefängnis – oh, diese Schande! Es war peinlich und beschämend, hinter Schloss und Riegel zu sitzen, und dazu noch eine himmelschreiende Ungerechtigkeit. Am schlimmsten war, dass sich Adam weder wehren noch seine Unschuld beweisen konnte. Er hatte nichts verbrochen, und doch wurde er bestraft wie ein gemeiner Dieb.

Das alles erinnerte ihn an die düsteren Tage vor Mams Tod. Wieder musste er sich den Autoritäten beugen. Vor ihnen kriechen und schweigen, um seine Farm behalten zu können. Und wofür das alles? Für ein paar jämmerliche Acres. War ihm das Land so wichtig, dass er sich deswegen derart erniedrigen ließ?

Er teilte seine Zelle mit einem alten Mann namens Dougal, der wegen Trunkenheit eingesperrt worden war – zumindest behauptete er das.

»Dougal aus Donegal«, stellte er sich mit einem zahnlosen Grinsen vor. Er hatte einen leichten irischen Akzent. »Man kommt nicht gegen sie an, weißt du«, sagte er später, nachdem Adam ihm seine Geschichte erzählt hatte.

»Gegen wen?«

»Gegen *sie.* Das Establishment. Die Leute, die die Macht haben.«

»Ich versuche gar nicht, jemanden zu bekämpfen. Ich will nur in Frieden leben und nicht irgendwelcher Vergehen beschuldigt werden, die ich nicht begangen habe.«

»Vielleicht ist es besser für dich, wenn du von hier weggehst.«

»Warum sollte ich? Dies ist genauso gut mein Platz wie ihrer.«

Dougal lachte bitter. »Kapierst du denn nicht? Du bist ihnen im Weg. Der Polizist – wusstest du, dass er der Cousin des Kerls ist, der es auf dein Land abgesehen hat?«

Das war Adam neu. »Nein.«

»Du kannst nicht gewinnen. Sie zermalmen dich unter ihren Stiefeln, bis nichts mehr von dir übrig ist. Wenn er dir einen ordentlichen Preis für deine Farm anbietet, schnapp dir das Geld und verschwinde!«

»Wohin?«

Der skrupellose Nachbar, der Polizist und sogar dieser Mann, Dougal aus Donegal, schienen sich gegen ihn verschworen und es darauf angelegt zu haben, ihm seinen Traum zu nehmen. Er und Conor waren in dieses Land gekommen, weil sie gedacht hatten, sie könnten hier ein besseres Leben führen. In Wirklichkeit jedoch hatte sich nichts geändert.

»Weißt du, du könntest Schlimmeres tun, als weiter nach Norden zu ziehen. Offenbar erschließen sie dort ganz neue Gebiete, mehr Land, als jemals jemand gesehen hat. Es erstreckt sich von Horizont zu Horizont, so weit das Auge reicht, und noch weiter.«

Obwohl er schon viele Geschichten über das Landesinnere und die unendlichen Weiten flachen Landes gehört hatte, konnte Adam es sich nicht vorstellen. »Wo ist das genau?«

»In Central-Queensland. Allerdings ist es im Vergleich zu hier ein karges Land. Man braucht schon riesige Flächen, um genug Futter für das Vieh zu haben.«

Stunden vergingen, und kein Mensch brachte Essen oder Wasser. Das Tageslicht schwand. Der alte Mann rollte sich auf seiner Pritsche zusammen und schlief. In der Nacht schrie er etliche Male auf. Adam schreckte aus dem Schlaf, lag in der Finsternis und wusste im ersten Augenblick nicht, wo er war.

Am Morgen rührte sich der Mann nicht mehr. Adam ging zu seiner Pritsche und versuchte ihn wachzurütteln –

ohne Erfolg. Dougal aus Donegal war irgendwann im Laufe der Nacht gestorben.

Der Polizist ließ Adam laufen – ohne Entschuldigung und ohne seine Maßnahmen zu rechtfertigen, schubste er ihn mit einer strengen Warnung auf die Straße.

Conor wartete in der Nähe im Schatten eines Baumes. Sein Gesicht war blass, die Stirn tief gefurcht. Er sah aus, als hätte er seit Tagen nicht geschlafen. »Es ist alles weg«, sagte er verbittert.

»Wovon redest du? Was ist weg?«, schrie Adam und packte Conor an den Schultern. »Sag es endlich!«

»Das Cottage.«

Adam starrte seinen Bruder verständnislos an. Plötzlich dämmerte es ihm, und die Erinnerung war so klar, als hätte sich das alles erst gestern ereignet: Er ging zu dem Wäldchen oberhalb des O'Loughlin-Cottages und warf einen letzten Blick zurück. Fast sah er den Geldeintreiber mit seinen Männern wieder vor sich, wie sie den Hügel hinaufstiegen. Und dann die Rauchfahne, die sich aus dem Strohdach kräuselte. Eine helle Flamme züngelte empor, dann brannte das ganze Dach. Aber *dieses* Feuer hier hatte Conor nicht angezündet, das war Adam klar.

Bei Sonnenuntergang saß er mit Conor auf dem Hügel und überblickte das, was von ihrem Heim noch übrig war. Conor hatte stockend und tief betrübt erzählt, dass die Küche in Flammen gestanden habe, als er von der unteren Weide zurückgekommen sei. Er hatte noch versucht, den Brand mit Wassereimern zu löschen, aber die Flammen waren schon zu groß gewesen, und die Hitze hatte das Wasser verdampfen lassen, noch ehe es überhaupt in die Nähe des Feuers gekommen war. Er konnte nichts retten, und beide besaßen nur noch das, was sie am Leibe trugen. Sogar Mams Ehering war dem Feuer zum Opfer gefallen. Adam würde ihn in den verkohlten Überresten nie finden.

Der Wind rauschte in den Bäumen. Es war ein klagendes, melancholisches Seufzen, eine Melodie der unsäglichen Trauer. Selbst noch hier oben roch Adam den beißenden Brandgeruch. Lange Zeit brachte er kein Wort heraus.

»Wir gehen weg«, verkündete er schließlich.

Conor rieb sich müde über die Augen, als wolle er den Anblick der Zerstörung wegwischen. »Wohin?«

»Nach Nordwesten«, antwortete Adam mit erstickter Stimme.

In der Spätnachmittagssonne leuchtete die Rinde der Bäume golden – lange Streifen schälten sich ab und enthüllten den fleckig blauen Stamm. Geistesabwesend zupfte Adam daran. Die Rinde fühlte sich zerbrechlich, vergänglich an – fast so erging es Conor und ihm. Sie waren voller Hoffnungen hierher gekommen, hatten hart gearbeitet, und jetzt? Was würde bleiben und davon erzählen, dass sie jemals hier gewesen seien?

Alles war so sinnlos und unbedeutend.

Adam stattete dem Nachbarn noch einen Besuch ab. Der Mann stand in der Haustür, lud Adam weder ein, noch kam er die Stufen herunter, um ihn zu begrüßen. Durch seine erhöhte Position wollte er seine Überlegenheit zeigen.

»Sie haben gewonnen«, sagte Adam so emotionslos, wie

es ihm möglich war. »Das Land gehört Ihnen. Wir sind leider machtlos gegen Sie und Ihresgleichen.«

»Was soll das heißen?«, fragte der Mann streitlustig. Er hatte etwas von einem Kampfhund, der auf seine Chance wartete, an sich, wie er mit verschränkten Armen am Türrahmen lehnte.

Adam zuckte mit den Schultern. »Das wissen Sie selbst am besten.«

»Wie viel wollt ihr für euer Land?«

»Was ist es Ihnen wert?«

»Offenbar ist es euch nicht viel wert, sonst würdet ihr es nicht verlassen.«

Er nannte eine Summe, einen lächerlichen Betrag, aber Adam musste das Angebot akzeptieren, denn hier war er den Leuten hoffnungslos unterlegen. Die Jahre schwerer Arbeit waren buchstäblich in Rauch aufgegangen. Er und Conor waren übereingekommen, nach Norden zu ziehen, wie es der alte Mann im Gefängnis empfohlen hatte. Mit dem Geld konnten sie neues Land erwerben. Schließlich waren sie jung genug, um noch einmal von vorn anzufangen, und sicherlich würden sie nicht überall auf derart missgünstige Nachbarn stoßen. Auch in Australien musste es anständige Menschen geben.

Sie sagten den Eukalyptusbäumen Lebewohl, standen ein letztes Mal in ihrem Schatten, als sie das Land, das einmal ihres gewesen war, traurig noch einmal überblickten.

Vielleicht, dachte Adam, sind wir doch zu voreilig gewesen und hätten standhaft den Verkauf verweigern sollen. Wir hätten ein neues Haus bauen können. Andererseits war er sich dessen bewusst, dass ihm der Mut fehlte, gegen unerbittliche Widerstände anzukämpfen. Nein, sagte er sich, wir tun das Richtige. Es ist besser, irgendwo anders einen Neuanfang zu machen – an einem Ort ohne schlechte Erinnerungen. Beim nächsten Mal bin ich vorsichtiger und wachsamer, nahm er sich vor. Ich bin zu naiv, zu vertrauensselig gewesen, aber das wird mir nicht noch einmal passieren.

KAPITEL 11

Central-Queensland
April 1873

Es war später Nachmittag, als Adam und Conor den Rand des Ortes erreichten, der nahezu mit dem Busch verschmolzen war. In einer Minute sahen sie weit und breit nur Eukalyptusbäume und den Weg, in der nächsten entdeckte Adam in der Sonne blitzende Blechdächer und hörte das Kläffen von Hunden. Er stieg von seinem Pferd, steif von den vielen Stunden im Sattel, und bückte sich, um einen Mischlingshund mit gelben Augen zu kraulen, der vor einer Hütte lag.

»Wo können wir hier Vorräte kaufen?«, fragte er den Mann, der aus der Hütte kam.

Der Mann deutete die Straße hinunter, wo Adam noch weitere Häuser und an einem Geländer festgebundene Pferde sah. »Ein Stück weiter ist ein Gemischtwarenladen. Fragen Sie einfach nach Jenner!«

In dem Geschäft waren keine anderen Kunden. Eine junge Frau fegte den Boden vor einem Vorhang, der offenbar den Laden vom Wohnbereich trennte. Sie hatte ihnen den Rücken zugekehrt und war offenbar in ihre Arbeit vertieft, Staub flog vom Besen auf. Adam klopfte auf die Ladentheke, und das Mädchen zuckte heftig zusammen. »Oh, hallo! Ich habe nicht gehört, wie Sie hereingekommen sind.«

»Wir suchen nach Jenner«, sagte Adam.

»Dann sind Sie hier richtig«, erwiderte sie und stützte sich auf den Besenstiel.

Sie trug eine weiße Schürze über einem Kleid und hatte die üppigen dunklen Locken am Hinterkopf zusammengebunden, doch einige Strähnen hatten sich selbständig gemacht und fielen ihr ins Gesicht. Die Andeutung eines Lächelns spielte um ihre Lippen und zeigte sich auch in den blitzenden Augen. Sie war jung, vielleicht um die Zwanzig, schätzte Adam. Trotzdem machte sie einen energischen, tüchtigen Eindruck.

Sie musterte die beiden Fremden, und der stete Blick aus den graublauen Augen machte Adam nervös. Er spürte, wie ihm die Röte ins Gesicht stieg.

»Also«, sagte er fast schroff, »wo ist er?«

»Wer?«

»Jenner. Der Besitzer dieses Geschäftes.«

»Wo ist *sie?*«, korrigierte Jenna und fügte, als sie Adams Verwirrung bemerkte, hinzu: »Ich bin Jenna.«

Adam wich einen Schritt zurück. »M-miss Jenner«, stammelte er.

»Nein, ich heiße Jenna. J-E-N-N-A«, buchstabierte sie. »Jenna McCabe. Von den Coldstream Berwickshire McCabes, obwohl sie schon lange nichts mehr mit uns zu tun haben.«

Adam fehlten die Worte. Er überlegte fieberhaft, was

er sagen könnte, um seine Unsicherheit zu überspielen. Doch dann trat Conor vor, als Jenna den Besen an die Wand lehnte und sich hinter die Theke stellte. Er tippte mit dem Finger an die Hutkrempe. »Freut mich, Sie kennen zu lernen, Miss McCabe.«

»Jenna«, sagte sie strahlend. »Alle nennen mich Jenna. Hier in der Gegend ist man nicht so förmlich. Kann ich Ihnen irgendwie helfen?«

Conor grinste schelmisch. Adam funkelte ihn böse an und dachte: Das habe ich schon längst kommen sehen. Conor wird immer schwach, wenn ihm eine hübsche Frau über den Weg läuft. Und er macht nicht einmal einen Hehl daraus!

Adam reichte Jenna eine Liste der Artikel, die sie brauchten. Dann schlenderten die beiden Brüder herum und prüften die Waren in den Regalen. »Sie ist ausgesprochen hübsch, findest du nicht?«, flüsterte Conor seinem Bruder zu. Er hatte eine Konserve in der Hand und tat so, als würde er studieren, was auf dem Etikett stand. Adam sah jedoch, dass er verstohlen zu der jungen Frau schielte.

»Na ja, einigermaßen«, wiegelte Adam mürrisch ab.

»Sieh doch hin!«, beharrte Conor. »Diese Augen! Sie sind nicht blau und auch nicht richtig grau. Sie haben die Farbe von blank poliertem Stahl. Und der Mund – er ist wie gemacht fürs Küssen.«

»Und du willst derjenige sein, der das übernimmt?«

»Ja. Wenn sie mich lässt.«

Adam kehrte seinem Bruder den Rücken zu und gab vor, sich die Sachen in den Regalfächern genauer anzusehen. Er wählte noch ein paar Sachen aus – Sardinenbüchsen und Marmelade – und stellte sie auf die Theke. Jenna musterte die beiden Männer mit einem langen, abschätzenden Blick. »Ich habe Sie noch nie hier gesehen. Sind Sie neu in der Gegend?«

»Wir befinden uns nur auf der Durchreise auf dem Weg in den Norden.«

»Wohin genau wollen Sie?«

Conor beugte sich vor, stützte die Ellbogen auf die Theke und lächelte entwaffnend. »Irgendwohin, wo wir Land bekommen können. Man hat uns gesagt, dass es im Nordwesten in jeder Menge preiswert zu haben sei. Wir wollen uns sesshaft machen.«

»Sie sind Farmer?«

»So könnte man sagen.«

»In diesem Fall sollten Sie mit dem Grundstücksmakler sprechen. Sie finden ihn im Haus neben dem Pub. Er regelt die Verkäufe in den Gebieten westlich von hier. Und im Pub können Sie zu einem anständigen Preis übernachten und Ihre Pferde unterbringen.«

Adam vereinbarte mit Jenna, dass sie die Vorräte am nächsten Morgen abholen würden, und Conor zwinkerte ihr zu. »Vielleicht sehen wir uns später noch«, sagte er.

»Vielleicht.« Sie stemmte die Arme in die Hüften und legte den Kopf ein wenig zur Seite. »Vielleicht auch nicht.«

Ein ferner Donner war zu hören, und es war merklich dunkler geworden. Als er den Laden verließ, sah Adam eine bedrohliche Wolkenbank am Horizont. Der Wind brachte einen beißenden Geruch mit sich. »Gidgee«, sagte er und holte tief Luft, als sie den Weg zum Pub einschlugen. »Das bedeutet schlechtes Wetter. Ich hoffe nur, dass es nicht zu viel regnet, sonst sitzen wir hier fest.«

Conor warf einen Blick zurück zu dem Laden. Miss

McCabe stand in der Tür, und er verbeugte sich übertrieben, ehe er sich seinem Bruder zuwandte. »Ich kann mir Schlimmeres vorstellen«, sagte er grinsend.

Jenna sah den beiden Männern nach. Der jüngere – wie war noch mal sein Name? Sie hatte ihn gar nicht danach gefragt, weil sie viel zu durcheinander gewesen war – drehte sich zu ihr um und machte einen Diener. Sie musste unwillkürlich lachen. Sie warf den Kopf zurück und verschränkte die Arme. Ein frecher Kerl, dachte sie. Gleichzeitig benimmt er sich jedoch respektvoll und höflich – ganz anders als die Männer, die sonst in meinen Laden kommen.

Plötzlich verspürte sie ein eigenartiges Gefühl – ihr war, als würde etwas Zartes, Flatterndes ihr Herz berühren. Warum hatte sie sich mit diesen Fremden unterhalten, wenn sie doch normalerweise männlichen Kunden zurückhaltend gegenübertrat? Wieso hatte sie Fragen gestellt, wo sie sonst geschwiegen hätte? Es war gar nicht ihre Art, sich für andere zu interessieren. Aber diese Männer schienen anders zu sein als die, die sie kannte.

Rollender Donner ertönte im Westen, und die Luft roch beißend-süß nach Regen. Jenna seufzte leise und ging zurück in den Laden. Es war kurz vor sechs: Geschäftsschluss. Sie schloss die Tür ab und ging in die Küche. Offensichtlich hatte Mary heute nicht vor, sich hier blicken zu lassen. Wahrscheinlich war sie zu beschäftigt mit ihrem »Freund« – »er ist nur ein Freund, Jenna, mehr nicht!« Jenna stocherte in den glühenden Kohlen im Herd, legte noch ein Holzscheit nach und sah zu, wie die Flammen daran leckten, ehe sie das Türchen zumachte.

Während sie eine Mahlzeit für sich ganz allein zubereitete, fielen die ersten dicken Regentropfen auf das Blechdach.

Am nächsten Morgen regnete es immer noch. Ein grauer Dunstschleier hing über dem Ort, auf der Hauptstraße waren Pfützen, und in den Rinnsteinen lief das Wasser zusammen, als Adam und Conor zum Grundstücksmakler gingen. Sie erfuhren, dass die verfügbaren Landstücke etliche Tagesritte von hier entfernt waren. Der Makler blätterte in seinen Unterlagen und erklärte, dass es gefährlich sei, die Reise bei diesem Regen anzutreten. Die Creeks könnten über Nacht voll laufen und die Straßen überschwemmen. »Sie wollen doch nicht irgendwo da draußen festsitzen, oder?«

»Wie lange dauert der Regen voraussichtlich an?«

Der Mann zuckte mit den Achseln. »Vielleicht ein paar Tage. Wer weiß? Es ist eigentlich ein bisschen früh im Jahr für die eigentliche Regenzeit.«

Conor fragte, was für Land zum Verkauf stehe.

»In den letzten zwei Monaten haben wir hier oben einen richtigen Ansturm erlebt, deshalb ist nicht mehr viel übrig. Nichts Anständiges zumindest.« Er rieb sich nachdenklich das Kinn, als suche er nach Möglichkeiten. »Aber da ist ein Farmer, der seine Farm wieder loswerden will. Seine Frau kränkelt, und er hat drei Kinder, das vierte ist unterwegs.«

»Wie groß ist das Land?«

»Es sind sechs Einheiten, jede hat hundert Quadratmeilen, auf einer Länge von sieben Meilen grenzt es an den Fluss.«

Adams Aufmerksamkeit war sofort geweckt. Ein Fluss bedeutete Wasser, und Wasser bedeutete Futter für Vieh und Schafe. »Ein Fluss? Was ist das für ein Fluss?«

»Der Diamantina.«

Diamantina. Diamantina. Diamantina …?

Der Name rann durch sein Bewusstsein wie ein kalter irischer Bach und spülte Erinnerungen an vergangene Zeiten wieder frei. Ein seltsamer Name, unbekannt und doch gespenstisch vertraut. Vielleicht ist das mein Schicksal, dachte er. Eine Farm mit Namen Diamantina.

Der Makler redete immer noch, und ganz allmählich kehrten Adams Gedanken zur Gegenwart zurück. »Es gibt eine Art Cottage, aber ich kann nicht für seine Qualität garantieren. Und zusätzlich steht der gesamte Viehbestand zum Verkauf – etwa zehntausend Schafe und fünfhundert Rinder.«

»Wie viel verlangt er?«

Der Makler nannte eine Summe, die das Budget der beiden Brüder weit überschritt.

»Und nur das Land ohne die Tiere?«

Der Makler schüttelte den Kopf. »Nun, das ist der Haken an der Sache. Die Bedingung ist, dass der Käufer auch den Viehbestand übernimmt. Ansonsten müsste man die Tiere zu irgendeiner anderen Farm transportieren, und das kostet Zeit und Geld.«

Verdammt! Damit hatte Adam nicht gerechnet. Im Grunde hatte er überhaupt keine Pläne gemacht und sich einfach von der Aussicht auf billiges Land hierher locken lassen. Und der Makler hatte natürlich Recht. Was sollten sie mit Land ohne Vieh anfangen?

Der Mann gab ihnen ein Formular mit, das sie ausfüllen sollten, und verabschiedete sie.

»Und was machen wir jetzt?«, fragte Adam, als sie auf der Straße waren. »Wir haben zwar genug Geld für das Land, aber nicht für das Vieh. Und wenn wir die Tiere nicht übernehmen, bekommen wir das Land nicht.«

»Vielleicht sollten wir eine Weile hier bleiben und uns eine Arbeit suchen?«

»Dann kauft uns jemand die Farm vor der Nase weg, wenn das Land auch nur einigermaßen annehmbar ist.«

Den Rest des Tages verbrachten sie damit, sich in der Stadt umzusehen. Conor hatte sich freiwillig angeboten, die Vorräte vom Laden abzuholen, und brauchte dafür ziemlich lange. Der Regen war heftiger geworden, und große Pfützen standen auf den Straßen und Gehwegen.

Nach dem Abendessen saßen sie in der Bar und studierten das Formular vom Grundstücksmakler. Es erschien Adam alles so sinnlos, und am liebsten hätte er das Papier zusammengeknüllt und ins Feuer geworfen. Nach all den Jahren in Australien und der Plackerei hatten sie immer noch nicht genügend Geld, um ihren Traum zu verwirklichen.

Es war nicht viel los im Pub – selbst die meisten Einheimischen wagten sich bei dem Wetter nicht hierher –, also zog Conor Mantel und Stiefel an.

»Wohin willst du?«, fragte Adam überrascht.

»Raus.«

Adam war sofort klar, was sein Bruder vorhatte: Er wollte in den Laden zu der Frau mit den dunklen Locken, den stahlblauen Augen und dem strahlenden Lächeln. Adam verspürte Unmut. Hätte er mehr Selbstbewusstsein, wäre vielleicht er derjenige, der ihr einen Besuch abstattete. Typisch Conor, dass er ihm zuvorkam. »Um Miss McCabe zu sehen?«, hakte er barsch nach.

»Jenna«, antwortete Conor knapp. »Ihr Name ist Jenna.«

»Conor!«

»Was ist so schlimm daran? Soll ich mein Leben lang ein einsamer Junggeselle bleiben?«

Wut stieg in Adam auf – oder war es Eifersucht? »Wir haben keine Zeit, einer Frau den Hof zu machen. Wir sind hier, um Land zu kaufen, nicht um Frauen zu verführen.«

»Es gibt mehr im Leben als Land und Arbeit.«

»Du hast später noch jede Menge Zeit für Frauen.«

»Ich bezweifle, dass es dort, wo wir hingehen, viele gibt.«

Verärgert schob Adam das Formular von sich. Conor blieb noch einen Moment stehen, betrachtete es und steckte es schließlich in die Tasche.

»Was hast du damit vor?«, wollte Adam wissen.

»Nichts. Ich möchte es nur noch einmal durchlesen.«

Adam sah seinen Bruder ungläubig an. Conor hatte in seiner Kindheit öfter die Schule geschwänzt als am Unterricht teilgenommen, und seine Lesekünste ließen zu wünschen übrig. »Das wird aber eine ganze Weile dauern, bis du damit fertig bist.«

Conor grinste. »Möglicherweise bitte ich Jenna McCabe, es mir vorzulesen.«

»Ich will nicht, dass irgendjemand im Ort von unseren Geschäften erfährt.«

»Ruhig Blut, Bruder! Ich werde sehr diskret vorgehen.«

Adam stand an der Tür und sah seinem Bruder nach. Conor hatte die Schultern gegen den Regen hochgezogen, als er in der Dunkelheit verschwand. Adams starker Unmut wuchs wieder; er setzte sich an die Bar und bestellte sich noch ein Bier. Von Herzen wünschte er, dass er jetzt auf dem Weg in Jenna McCabes Küche wäre. Sie schien sehr nett zu sein, nicht schüchtern oder so zurückhaltend wie manche andere. Sie war direkt und selbstbewusst – Eigenschaften, die sie sich, wie er annahm, durch die Verantwortung, einen Laden in dieser Stadt im Busch zu führen, angeeignet hatte.

Wieder haderte er mit sich. Warum konnte er nicht so umgänglich wie sein Bruder sein? Weshalb gelang es ihm nicht, geistreiche Worte von sich zu geben und das zarte Geschlecht mit Mund und Zunge zu verführen? Sollte er immer nur der Zweitbeste sein, wenn es um Frauen ging? Womöglich verpasste er die besten Gelegenheiten, weil er sich unschlüssig war und erst Mut aufbringen musste, um eine Frau anzusprechen.

Ärgerlich trank er sein Bier aus und ging ins Bett.

Conor klopfte an die Ladentür. Es brannte kein Licht mehr, aber er sah einen Schimmer durch den Vorhang am Durchgang zu den Räumen, die, wie er vermutete, Jenna bewohnte. Er zog den Kopf wegen des Regens ein und wartete.

Nach einer Ewigkeit ging die Tür auf. »Oh, Sie sind's!«, sagte Jenna. »Ich dachte, es wäre einer der Nachbarn, der noch etwas aus dem Laden braucht. Ich hätte fast nicht aufgemacht.«

»Darf ich reinkommen?«

Sie zögerte kurz. »Ich denke schon.«

Sie trat zur Seite, um Conor hereinzulassen. Dann schloss sie die Tür wieder ab und führte ihn durch den dunklen Laden in den hell erleuchteten Raum dahinter.

Es war eine Küche. Ein Feuer prasselte im Herd. Die Reste einer Mahlzeit standen daneben. Jenna hatte offenbar gelesen, denn ein aufgeschlagenes Buch lag auf dem Tisch. Jetzt stand sie mit verschränkten Armen da und musterte Conor. »Und«, begann sie, »was verschafft mir das Vergnügen?«

Vergnügen? Sie klang kein bisschen erfreut – eher wachsam und abwehrend wie ein gefangenes Tier. Jedenfalls musterte sie Conor eingehend, als wisse sie längst nicht mehr, wem sie trauen könne und wem nicht. Plötzlich kam ihm ein Gedanke: Vielleicht war es ein Fehler gewesen herzukommen. Er war blindlings drauflos gegangen und hatte vorausgesetzt, dass sie ihn sehen wollte – war er wirklich so kühn anzunehmen, dass er unwiderstehlich war? Im Nachhinein musste er sich eingestehen, dass sie ihn nicht im Geringsten ermutigt oder auch nur angedeutet hatte, dass sie an ihm interessiert wäre. Vielleicht hatte sie schon einen Freund.

»Also?«, riss sie ihn aus seinen Gedanken, ließ die Arme sinken und setzte sich auf einen Stuhl.

Conor steckte die Hand in die Tasche und holte das Formular hervor. »Ich hatte gehofft, Sie könnten mir helfen, das hier auszufüllen.«

»Warum füllen Sie es nicht allein aus?«

Er zuckte mit den Schultern. »Weil ich nicht lesen und schreiben kann, deshalb.«

»Sind Sie nicht zur Schule gegangen?«

Er lachte verlegen. »Oh, die Schule! Ja, ich war ein paar Mal dort, aber meistens gab es Wichtigeres zu tun. Heute bedauere ich das natürlich.«

»Und was ist mit Ihrem Bruder? Kann der auch nicht lesen und schreiben?«

»Doch, einigermaßen.«

»Wieso bitten Sie dann nicht ihn um Hilfe?«

Conor lächelte breit. »Weil ich mir dann einen anderen Vorwand suchen müsste, um herzukommen und Sie zu sehen.«

»Oh!« Jenna wandte das Gesicht ab. Trotzdem sah Conor, dass ihr die Röte in die Wangen stieg.

»Es tut mir Leid. Ich habe Sie in Verlegenheit gebracht.«

»Nein!« Sie drehte sich ihm wieder zu. »Es ist nur ... Sie scheinen nicht so zu sein wie andere Männer.«

Andere Männer – er hatte keine Ahnung, was sie damit meinte, doch ihr Tonfall lud nicht zu weiteren Fragen zu diesem Thema ein. »Wie alt sind Sie?«, erkundigte er sich stattdessen.

»Neunzehn.«

»Und Sie führen dieses Geschäft ganz allein?«

»Eigentlich gehört der Laden meiner Mutter, aber sie lässt sich kaum hier blicken.«

»Ich weiß. Ich habe sie gesehen ...«

»Im Pub«, fiel ihm Jenna ins Wort und warnte ihn mit einem strengen Blick, keine Bemerkung über Mary zu machen. Anscheinend stellte sie ihn auf die Probe und war neugierig auf seine Reaktion. »Sie ist *immer* im Pub.«

»Haben Sie Geschwister?«

Jenna schloss für einen Moment die Augen. Als sie sie dann wieder öffnete, waren sie voller Tränen. »Warum stellen Sie mir all diese Fragen?«

»Ich möchte alles über Sie wissen.«

Sie schluckte und lächelte zaghaft. »Ich hatte einen Bruder, aber das ist schon lange her.« Mit einem Mal erschien ihr Lächeln künstlich, als versuche sie ihre wahren Gefühle zu verbergen. »Demnach gibt es hier nur mich. Die Geschäfte gehen gut. Dies ist der einzige Laden im Umkreis von Meilen, und ich habe eine große Stammkundschaft.«

Sie brühte eine Kanne Tee auf und stellte einen Becher vor Conor auf den Tisch. Schwarz, genau wie er ihn mochte. Woher wusste sie das? Er nippte an dem heißen Tee und beobachtete Jenna über den Becherrand hinweg, als sie sich am Herd zu schaffen machte. Als er ausgetrunken hatte, nahm sie seinen Becher und spülte ihn. Gleich darauf begleitete sie Conor zur Tür. »Wann verlassen Sie die Stadt?«

»Ich weiß nicht. Der Regen ...«

Seine Stimme versagte, und er wusste nicht mehr, was er sagen sollte. Ihm ging durch den Kopf, dass er sie nie wiedersehen könnte – eine unerträgliche Vorstellung, die einen brennenden Schmerz in seiner Brust verursachte.

Jenna öffnete die Tür, und Conor sah den Regenschleier im Schein der Straßenlaterne. Am liebsten würde er noch eine Weile bei Jenna in der warmen Küche bleiben.

»Darf ich noch einmal herkommen und Sie besuchen, bevor wir weiterziehen?«, fragte er schließlich mit belegter Stimme.

KAPITEL 12

Der Regen ließ nicht nach und verwandelte die Landschaft in eine graue Masse. Bäume und Häuser verschwammen mit dem wässerigen Himmel. Sogar die Vögel, die auf dem Verandageländer des Pubs saßen, wirkten zerrupft und durchnässt. Es konnte keine Rede von Aufbruch sein. Der Postmann hatte berichtet, dass die Creeks über die Ufer getreten und die meisten Wege unpassierbar seien. Adam und Conor konnten jeden Tag ein paar Stunden im Pub mitarbeiten, rollten die Fässer in den Keller, spülten Gläser und machten hinter der Bar sauber. Sie bekamen keinen Lohn, dafür verzichtete der Wirt auf eine Bezahlung für das Zimmer und das Essen.

Conor machte die Erfahrung, dass Mary McCabe, Jennas Mutter, eifrigste Stammkundin hier war. Mary und Jenna – Conor fragte sich, wie Mutter und Tochter so gegensätzlich sein konnten. Mary war eine Hure – obschon er das Jenna gegenüber natürlich nie äußerte –, während ihre Tochter zuverlässig, gewissenhaft und eher seriös wirkte.

An den meisten Abenden besuchte er Jenna, unter dem Vorwand, von ihr schreiben und lesen lernen zu wollen. Sie hatte ihm, wohl aus Mitleid, angeboten, ihn zu unterrichten. Allerdings ging es mit den Lektionen nur langsam voran, da Conor meistens aus seinem Leben erzählte und Jenna Tee kochte. Sie schien sich immer noch vor ihm in Acht zu nehmen und aufzupassen, was sie sagte. Sogar noch nach zwei Wochen glaubte er, kaum mehr über sie zu wissen als das, was sie ihm am ersten Tag offenbart hatte.

Tagsüber musste er unaufhörlich an sie denken. Hin und wieder ging er einfach so an ihrem Laden vorbei, ohne auf den Schlamm und den stetigen Regen zu achten. Er blieb vor dem Fenster stehen und hoffte, einen Blick auf sie zu erhaschen. Sein Herz tanzte vor Freude, wenn sie aufschaute und ihn anlächelte. Und, oh, was war das für ein Lächeln! Ihm wurde warm ums Herz, und er fühlte sich glücklich.

Der Regen hatte viele Männer aus dem Outback in die Stadt getrieben. Conor sah sie im Laden und beobachtete, wie sie sich über die Theke lehnten. Er stellte sich vor, dass sie mit Jenna flirteten, und Conor wurde von einer nie gekannten Eifersucht gequält.

Mary McCabe kam am späten Nachmittag, gerade als Jenna den Laden schließen wollte. »Jemand meinte, hier hänge abends immer ein Mann herum«, sagte sie zu ihrer Tochter ohne jede Vorrede.

»Wie geht's dir, Mary?«, erkundigte sich Jenna freundlich und versuchte damit, ihrer Mutter den Wind aus den Segeln zu nehmen. Aber Mary ließ sich nicht so leicht ablenken. Sie stemmte die Arme in die Hüften und verlangte eine Antwort.

»Also, ist das wahr?«

»Was?«, fragte Jenna geduldig.

»Dass der junge Mann – Conor Sonstnochwie –, der im Pub wohnt, nach Ladenschluss herkommt?«

»Sein Name ist Conor O'Loughlin.«

»Demnach *kennst* du ihn?«

»Wir sind Freunde.«

»Freunde!«, rief Mary ungehalten. »Männer sind nie *Freunde!* Sie sind in erster Linie Mistkerle. Sie nehmen und nehmen, mehr tun sie nicht. Dann verlassen sie dich.«

»Conor ist nicht so.«

War er wirklich anders als die anderen? Ganz sicher

war sich Jenna dessen nicht, aber sie fühlte sich verpflichtet, ihn zu verteidigen.

»Tatsächlich?«, höhnte Mary. »Werden wir ja sehen!« Sie ging zur Kasse, nahm sich eine Hand voll Scheine und stopfte sie in ihre Tasche. In ihrer Hast verlor sie ein paar, achtete jedoch nicht darauf. »Der Laden läuft gut, wie ich sehe.«

»Ganz passabel, trotz des Regens.«

»Schön«, schniefte Mary. »Wenigstens etwas in meinem Leben, was nicht schief geht.«

»In deinem Leben? Was hast du mit dem Laden zu tun? Du bist nie hier, außer wenn du Geld brauchst.«

Die Worte waren ausgesprochen, bevor Jenna Zeit zum Nachdenken hatte, und sie bedauerte sie sofort. Sie sah, wie ihre Mutter mit der Hand ausholte, und spürte die brennende Ohrfeige auf ihrer Wange. Ihr wurde beinah schwindelig.

Marys Augen glitzerten, ihre Lippen waren wutverzerrt. Ohne ein weiteres Wort ging sie davon. Jenna sah ihr nach. Die Straßenlaternen brannten schon, und die letzten Vögel flogen am feuchten, indigoblauen Himmel zu ihren Nachtplätzen.

»Du enttäuschst mich, Jenna«, schrie Mary noch, als sie vom Gehweg auf die Straße trat. »Ich dachte, ich hätte dich besser erzogen. Den einen Rat gebe ich dir: Lass dich nicht mit diesem irischen Abschaum ein! Glaub mir, er wird dir nur das Herz brechen!«

Jenna hielt die Hand an die schmerzende Wange und blinzelte die Tränen weg. Nein, sie würde nicht weinen, sie würde ihre Emotionen nicht preisgeben. Das Leben war eben so, und es wäre besser, wenn sie sich daran gewöhnte. Mary würde wiederkommen in ein paar Tagen oder Wochen, wenn ihr das Geld ausging und sie Nachschub brauchte, um sich Fusel zu kaufen. Dann würde sie so tun, als wäre es nie zu dieser Ohrfeige gekommen. Es hatte gar keinen Sinn, sich deswegen aufzuregen. Grinsen und erdulden, dachte sie.

»Meine Mutter bedeutet mir nichts«, flüsterte sie, während Mary in Richtung Pub trottete. »Nichts, rein gar nichts.«

Conor kam später am Abend vorbei. Er hatte sein Heft unter dem Arm und einen gespitzten Bleistift in der Hosentasche. Das rechtfertigte seine Besuche, und Jenna fühlte sich besser, wenn er einen Vorwand hatte. Dieses Mal klopfte er an die Hintertür.

»Wer ist da?«, rief sie.

»Ich bin's – Conor.« Jenna öffnete die Tür nur einen Spalt. »Lässt du mich nicht rein?«, fragte er.

»I-ich habe nicht mit dir gerechnet …« Die Worte erstarben in ihrer Kehle.

»Dann gehe ich wieder«, bot er an, obwohl er das keineswegs wollte.

Sie hatte ihr Haar gelöst – es flutete ihr über den Rücken – und trug ein weißes Nachthemd mit Rüschen am Hals. Es kostete Conor große Mühe, sich zurückzuhalten und sie nicht auf die cremeweiße Haut zu küssen. Er schluckte heftig und schloss die Augen. Ihre Nähe war schier unerträglich für ihn. Doch plötzlich zerrte sie ihn ins Haus und spähte dabei die Straße hinauf und hinunter.

»Was ist los?«

»Nichts.«

Ihre Stimme klang flach und nicht so warmherzig wie sonst. Ihre Wangen waren gerötet, die Augen glänzten. Sie funkeln zu sehr, dachte Conor und fragte sich, ob Jenna geweint hatte. Außerdem erkannte er an ihren ruckartigen Bewegungen, dass sie sich über etwas aufgeregt haben musste.

»Ich *kann* gehen«, wiederholte er, weil ihm sonst nichts einfiel.

»NEIN!«

Ihr heftiger Tonfall versetzte ihn in Erstaunen. »Jenna ...«, begann er.

Aber sie ging auf und ab und hielt die Hand an die Wange. »Ich lasse mir von niemandem vorschreiben, wie ich mein Leben zu führen habe.«

»Wer versucht das?«

Sie breitete die Arme aus. »Die Klatschmäuler. Die Schnüffler. Meine Mutter. Wahrscheinlich alle, die in den Laden kommen. Das ist das Schlimme in einer Kleinstadt. Jeder weiß über den anderen Bescheid.«

»Was ist passiert? Du sprichst in Rätseln.«

»Es macht mich krank«, fuhr sie unbeirrt fort und wanderte auf und ab. »Manchmal hätte ich gute Lust, meine Sachen zu packen und zu verschwinden. Ich sollte einfach weggehen. In die Großstadt. Dort kennt mich keiner mehr.«

»Hör auf!« Er nahm sie in die Arme und zwang sie, still zu stehen. »Sag mir, was geschehen ist!«

Plötzlich erzählte sie ihm von einem kleinen Jungen namens Michael. Sie weinte. Tränen rollten ihr über die Wangen. Die Worte sprudelten nur so aus ihr heraus. Es war Mary McCabes traurige Geschichte, die ihr ungewolltes Baby buchstäblich im Stich gelassen hatte. Und

Jenna, die selbst noch ein Kind gewesen war, hatte ihr Leben so organisieren müssen, dass Schule, ihr kleiner Bruder und die Arbeit in ihrem Leben Platz hatten.

»Ich beklage mich nicht«, schluchzte sie und vergrub ihr Gesicht an seiner Schulter. »Du sollst nur wissen, wie es war und was ich fühlte, als er starb. Nach dem Unfall mit der Kutsche habe ich mir die größten Vorwürfe gemacht. Wenn ich doch nur besser aufgepasst hätte!«

Conor brach fast das Herz. »Es war ein Unfall, nur ein verhängnisvoller Unfall«, besänftigte er sie und strich ihr das Haar aus dem feuchten Gesicht. »Du kannst dir dein Leben lang die Schuld geben, aber das ändert nichts an dem, was passiert ist.«

»Manchmal denke ich, er ist noch da. Ich höre Geräusche. Ein Lachen oder das Aufprallen des Balls. Aber wenn ich hinsehe, ist nichts da.« Sie stieß ein freudloses Lachen aus und löste sich aus Conors Umarmung. »Oh, ich weiß nicht, warum ich dir das alles erzähle! Ich habe noch nie mit jemandem darüber gesprochen.«

»Wirklich nicht?« Dieses Geständnis bedeutete ihm viel und schürte seine Hoffnungen.

»Das alles ist Vergangenheit. Ich weiß nicht, was in mich gefahren ist und was mich auf die Idee gebracht hat, du könntest dich dafür interessieren.«

Sie stand an der Spüle und schaute aus dem Fenster in die Dunkelheit. Conor sah ihr Spiegelbild in der Scheibe und beobachtete, wie sich ihre Schultern und die Brust hoben und senkten. Er näherte sich ihr vorsichtig und legte die Hand auf ihren Arm. »Aber es interessiert mich wirklich«, versicherte er. »Ich will alles über dich wissen.«

Bei seiner Berührung zuckte sie zurück und lief in die andere Ecke. »Bitte!«, sagte sie und biss sich auf die Lippen. »Ich möchte kein Mitleid von dir – das könnte ich nicht ertragen. Eigentlich ist mein Leben ganz gut; es gibt viele, die wesentlich schlechter dran sind als ich. Eines Tages werde ich heiraten und eigene Kinder haben, dann ist dieser Schmerz nur noch eine Erinnerung. Man sagt doch, dass die Zeit alle Wunden heile.«

»Nicht«, flehte er. Allein der Gedanke, dass Jenna heiraten und Michael durch andere Kinder ersetzen könnte, war grauenvoll. Er würde seine eigenen toten Geschwister oder Mam und Dad nie vergessen. »Sag das nie wieder!«

Sie stand nur da und sah ihn verwirrt an. Ihre Hände zitterten. »Du solltest jetzt gehen«, sagte sie mit brüchiger Stimme.

»Warum? Willst du nicht mit mir zuammen sein?«

Sie streckte die Hand nach ihm aus, versuchte ihn zu berühren, gleichzeitig erschien sie so verletzlich und allein. Er kam ein, zwei Schritte auf sie zu, schloss die Finger um ihre Hand und zog sie an sich. »Wieso fliehst du vor mir?«

»D-das tue ich nicht.«

»Dann küss mich!«

Er rechnete fast damit, dass sie sich ihm wieder entziehen würde, aber diesmal hob sie ihm scheu ihr Gesicht entgegen. Er spürte den Druck ihrer Lippen und sog tief den süßen Duft ihres Haars und ihrer Haut ein. Sie legte die Hand in seinen Nacken und drückte ihn fester an sich. Ihr Mund war fordernd und entführte ihn in Gefilde, in denen er lange nicht gewesen war.

»Das wollte ich vom ersten Augenblick an tun«, sagte er schließlich.

»Wirklich? Warum?«

»Wie kannst du das fragen?« Er liebkoste ihren Hals und jagte ihr damit Schauer über den Rücken, ehe er sie erneut küsste.

Irgendwie – später konnte er sich nicht mehr entsinnen, wie es gekommen war – standen sie plötzlich im Schlafzimmer neben dem großen Messingbett. Jenna hatte ihr Nachthemd aufgeknöpft und trug nur noch Unterwäsche. Conor wagte kaum zu atmen, als er ihre milchweiße Haut und die sanften Schwellungen ihrer Brüste betrachtete. Er legte die Hände darum und fühlte, dass ihre Brutwarzen hart wie kleine Steine waren. »O Gott!«, stöhnte er und vergrub das Gesicht in ihren Haaren. Der Schmerz in den Lenden war kaum noch auszuhalten.

Er zog sie aufs Bett und beseitigte sämtliche Barrieren, die sie noch voneinander trennten. Dann legte er sich über sie und teilte sanft ihre Beine mit dem Knie. Er spürte einen Widerstand, und Jenna zuckte mit einem leisen Stöhnen zurück. Schmerz spiegelte sich in ihren Augen. »Ich hab dir weh getan!«, rief Conor entsetzt.

»Nein. Hör nicht auf!«, flehte sie und brachte ihn mit einem Kuss zum Schweigen.

Er ging bedächtig und zärtlich vor, um ihrer Unerfahrenheit Rechnung zu tragen, und führte ihre Hände an seine Lippen. Dann nahm er sich zurück, reizte sie. Spielte mit ihrem Verlangen, bis sie ausrief: »Du lieber Himmel!« Erst dann gönnte er sich selbst die süße Erlösung. Er stöhnte heiser und gab ihr all seine Liebe und verzweifelte Begierde. Doch im tiefsten Herzen empfand er unendliche Trauer, die er sich selbst nicht erklären konnte.

»Ich liebe dich, Jenna«, sagte er später, als er mit den

Fingerspitzen über ihren Bauch strich. »Das musst du mir glauben.«

»Warst du schon einmal verliebt?«

»Nein. Nie so. Und du?«

»Wie? In einen der lüsternen Kerle, die in meinen Laden kommen?«

»Glaubst du, du könntest mich lieben?«

Sie betrachtete lange sein Gesicht. Ein Lächeln spielte um ihre Lippen. »Möglich«, erwiderte sie schelmisch. »Was, wenn wir ein Kind gezeugt haben?«

»Dann würde ich dich heiraten.«

»Ehrlich? Einfach so?«

»Warum nicht?«

»Und wenn wir einen Jungen hätten, würdest du ihn auch lieben?«

»Wer sagt, dass es ein Junge wird? Vielleicht ist es ein kleines Mädchen mit demselben dunklen Haar und denselben strahlenden Augen wie seine Mutter.«

»Oh, du bist albern!«

Sie schubste ihn sanft, und er schloss sie in die Arme und streichelte ihren Rücken. »Ich liebe dich«, sagte er noch einmal. »Heirate mich!«

»Ich kenne dich ja kaum.«

»Mir kommt es vor, als würde ich dich schon mein ganzes Leben lang kennen.«

»Und was, wenn wir uns nach einer Weile nicht mehr leiden können?«

»Ich werde dich *immer* lieben«, protestierte Conor heftig. »Das musst du mir einfach glauben.«

Sie wurde nachdenklich. »Ich kann dich nicht heiraten. Du gehst bald weg, und ich muss hier bleiben.«

»Warum?«

»Wegen des Ladens. Hier verdiene ich meinen Lebensunterhalt, und ich kann das Geschäft nicht verkaufen, weil es nicht mir gehört. Und Mary ist unfähig, sich um alles zu kümmern. Ich kann nicht einfach alles stehen und liegen lassen.«

»Na ja, es besteht die Möglichkeit, dass wir doch nicht weggehen«, gab Conor zu bedenken.

Sie sah ihn erstaunt an, und Conor küsste sie liebevoll auf die Stirn. »Wieso nicht?«

»Weil wir nicht genug Geld haben, um das Land zu kaufen. Oder eher«, fuhr er fort und schnitt eine Grimasse, »wir könnten uns das Land leisten, aber dann wäre nicht mehr genügend übrig für den Viehbestand. Und der Kauf kommt nicht zustande, wenn wir die Tiere nicht übernehmen – das ist die Bedingung. Also wirst du mich wahrscheinlich nicht so schnell los.«

Es wurde zu einer Art Verschwörung: Conor klopfte jeden Abend an die Hintertür. Und Jenna bat ihn herein, zerrte ihn ungeduldig in ihr Schlafzimmer und auf das Messingbett. Die Vorhänge waren gegen neugierige Blicke verschlossen. »Ich will nicht, dass uns jemand zusammen sieht. Ich hab keine Lust, den Klatschmäulern Nahrung zu geben«, sagte Jenna.

Sie erlebten Momente unendlicher Zärtlichkeit, intime Stunden, in denen sie die Welt ausschlossen und einen Kokon um sich spannen. Diese Liebe war für beide eine wunderbare Erfahrung, und tagsüber schwebte Conor wie auf Wolken. Gleichgültig, wie lange sie zusammen waren und wie oft Jenna sein Verlangen stillte und er ihres, er konnte nicht genug von ihr bekommen. Und obschon er wusste, dass sie sich gern hingab und oft die Intimität selbst forderte, spürte Conor, dass sie es auf zögerliche, fast trotzige Art tat, als stünde ihre Moral im Gegensatz zu ihren Bedürfnissen.

Er liebte ihr dunkles, lockiges Haar, das bis zur Taille reichte. Am Tag trug sie es hochgesteckt, damit es ihr bei der Arbeit nicht ins Gesicht fiel. Abends nahm Conor die Nadeln und Spangen heraus und sah zu, wie es über ihre Schultern und den Rücken fiel. Er griff in die Lockenflut, hielt sie an sein Gesicht und atmete tief den Duft ein. Manchmal, wenn er keinen Schlaf fand, beobachtete er ihr entspanntes Gesicht im Schein der Lampe. Noch immer prasselte Regen auf das Dach.

Eines Morgens beim Frühstück bot Jenna Conor an, ihm und Adam das Geld zu borgen, das ihnen noch fehlte, um das Land mit dem Viehbestand zu kaufen. »Ich habe meinen Lohn seit Jahren beiseite gelegt. Hier draußen kann man nicht viel Geld ausgeben, deshalb hab ich eine ganz ordentliche Summe gespart.«

Conors erste Reaktion war Ablehnung. »Nein, ich könnte nie … Adam und ich würden nicht …«

»Warum nicht?«, fiel sie ihm ins Wort. »Eines Tages könnt ihr es mir zurückzahlen.«

»Adam würde dem niemals zustimmen. Er will, dass wir es allein schaffen.«

»Es ist ein Darlehen, kein Geschenk. Eine geschäftliche Vereinbarung. Ihr würdet doch auch einen Kredit bei einer Bank aufnehmen, oder?«

»Eine Bank leiht uns bestimmt kein Geld.«

»Na, also – dann bleibt euch anscheinend nichts anderes übrig, als mein Angebot anzunehmen.«

Jenna dachte praktisch und wie eine Geschäftsfrau.

Conor sah sie verblüfft an. Dass sie ihm anbot, ihre Farm mitzufinanzieren, obwohl sie ihn eigentlich hier behalten wollte, kam ihm vor wie ein ungeheuerliches Opfer. Er lächelte sie an und ergriff ihre Hand. »Dann wünschst du dir also, dass ich fortgehe?«

Ihr Blick wurde wehmütig. »Bestimmt nicht. Ich kann mir ein Leben ohne dich gar nicht mehr vorstellen. Aber ihr beide seid wegen des Landes hergekommen. Und vielleicht kommst du ja ab und zu mal her und besuchst mich.«

»Selbstverständlich komme ich wieder. Davon kann mich keiner abhalten.«

Nach sechs Wochen ununterbrochenen Regens kam endlich die Sonne für ein paar Tage heraus. Die Luft war feucht, und Schwärme von Buschfliegen hatten es darauf abgesehen, einem in Augen und Nasenlöcher zu kriechen. Der Postmann berichtete, dass die Creeks in der Gegend, die durch das Regenwasser voll gelaufen waren, allmählich wieder zu einem Rinnsal austrockneten. Adam war sich im Klaren, dass es Zeit wurde, eine Entscheidung zu fällen. Sollten sie hier bleiben oder weiterziehen? Das war die Frage. Die Farm, auf die sie es abgesehen hatten, war unerschwinglich für sie. Wenn sie doch nur mehr Geld hätten! Zum ersten Mal seit der Ankunft in Australien hatte er das Gefühl, in der Luft zu hängen und keine Ziele zu haben.

Seinen Bruder hatte er in letzter Zeit kaum zu Gesicht bekommen und nur wenig mit ihm gesprochen. Seit Wochen verbrachte Conor jeden Abend bei Jenna McCabe und kam erst am Morgen pfeifend und mit einem geheimnisvollen Lächeln zurück. Adam konnte nur ahnen, was da vor sich ging.

Jenna McCabe. Seit Adam sie zum ersten Mal gesehen hatte, war sie ein Rätsel für ihn. Sie war freundlich und herzlich, trotzdem reduzierte ihre Gegenwart ihn zu einem eifersüchtigen, sprachlosen Tropf. Wieso? Es stimmte – er fühlte sich zu ihr hingezogen, aber ihm fehlte der Mut, ihr das zu zeigen, denn sie hatte offensichtlich eine Schwäche für Conor.

Er war überrascht, beide, Conor und Jenna, in der Schankstube vorzufinden, als er zur Mittagszeit aus dem Keller kam. Sie führten ihn ins Freie zu einem Tisch unter einem Pfefferbaum. »Was ist los?«, fragte er erstaunt.

»Es geht um das Land.«

»Wir können es nicht bezahlen, Conor. Das weißt du doch«, erwiderte Adam tonlos.

»Jenna hat eine Lösung für das Problem.«

Adams Blick ging zwischen Conor und Jenna hin und her. »Tatsächlich?«, fragte er ungläubig.

Jenna holte tief Luft. »Ich leihe euch das Geld.«

»Nein!«, wehrte Adam instinktiv ab. Eine Frau sollte ihre Farm finanzieren? Allein die Idee war unannehmbar.

Conor hielt die Hand hoch, um ihn zum Schweigen zu bringen. »Nicht so voreilig, Adam! Hör dir doch erst einmal an, was sie zu sagen hat!«

Jenna sah zu Conor, als brauche sie seinen Beistand, und der nahm ihre Hand in seine. Adam starrte unwillkürlich auf die ineinander verschlungenen Finger, und sofort rumorte Eifersucht in ihm. »Es wäre eine Partnerschaft«, erklärte Jenna und zwang Adam dadurch, seine Gedanken auf das eigentliche Thema zu lenken. »Ich steuere ein Drittel des Kapitals bei. Und zusammen mit euren Ersparnissen müsstet ihr dann genügend Geld haben, um sowohl das Land als auch das Vieh zu kaufen und die ersten zwölf Monate über die Runden zu kommen. Später, wenn die Farm Profit abwirft, könnt ihr mir meinen Anteil zurückzahlen. Dann habe ich nichts mehr mit der Farm zu tun.«

»Was wissen Sie über die Farmarbeit?«

Jenna lächelte. »Absolut nichts. Ich verlasse mich darauf, dass Sie und Conor meine Investition ordentlich verwalten.«

Adam sah sie unverwandt an – den sanft geschwungenen Mund, die dunklen Wimpern und die makellose, helle Haut – und musste gegen den starken Drang ankämpfen, sie zu küssen und seine Lippen auf die kleine Kuhle am Halsansatz zu drücken. »Sie kennen uns kaum. Wieso sollten Sie uns Geld borgen? Und woher wollen Sie wissen, dass wir es Ihnen wirklich zurückzahlen?«

Jenna und Conor tauschten ein verschwörerisches Lächeln. »Ich vertraue euch«, erwiderte sie schlicht und sah Conor tief in die Augen.

Conor fuhr sich mit der Hand durchs Haar. »Wie ich sehe, bist du nicht einverstanden mit unserem Vorschlag, lieber Bruder.«

»Weshalb nicht?«, fragte Jenna. »In meinen Augen ist das die perfekte Lösung. Ich habe Geld übrig, und ihr beide braucht es. Es ist lediglich eine Investition, eine geschäftliche Vereinbarung.«

Conor lachte. »Adam hasst es, einer Frau zu Dank verpflichtet zu sein – deshalb.«

Adam rutschte unbehaglich auf seinem Stuhl hin und her. »Das stimmt überhaupt nicht«, stammelte er. »Es ist nur … Conor und ich hatten geplant, es ganz allein zu schaffen.«

»Dann würden Sie also lieber auf das Land verzichten, als meine Hilfe anzunehmen?«

»Nein.«

Er zog das eine Wort nachdenklich in die Länge. Plötzlich bot sich ihm ein Ausweg aus dem Dilemma. Jenna wollte keine aktive Geschäftspartnerin sein und kein Mitspracherecht bei der Bewirtschaftung des Landes haben. Sie hatte bereits zugegeben, dass sie nichts davon verstand. Das Geld war eine Anleihe, nichts weiter. Ohne Verpflichtungen.

Er richtete sich auf und straffte die Schultern. »Schön, Miss McCabe! Ihr Angebot ist sehr großzügig, und wir sollten es annehmen. Sie werden Ihr Geld mit Zinsen zurückbekommen. Nein –«, er schüttelte den Kopf, um ihrem Protest zuvorzukommen. »Ich bestehe darauf, dass Ihr Kapital verzinst wird.«

»Ich wollte keinen dritten Partner mit einbeziehen«, sagte er später zu Conor, als sie in ihrem Zimmer waren.

»Jenna ist wohl kaum ›ein dritter Partner‹. Ich liebe sie. Eines Tages wird sie, so Gott will, meine Frau.«

So weit war es also schon! »Conor! Was wird aus unseren Plänen? Das Land …«

Conor seufzte tief und ließ sich in den Sessel fallen. »Es waren immer deine Pläne. Adam. Aber ich habe versprochen, mit dir zu gehen, und ich werde mein Wort halten. Ich bleibe sechs Monate an diesem Ort mit Namen Diamantina und helfe dir beim Neuanfang. Dann komme ich wieder her zu Jenna.«

»Du willst sie mit auf die Farm nehmen? Das da draußen ist kein Platz für eine Frau.«

»Nur die Ruhe, Bruder! So wird es nicht kommen.«

»Was soll das heißen?«

»Sie hat den Laden. Was sollte sie damit machen? Er gehört ihrer Mutter, deshalb kann sie ihn nicht verkaufen. Wir werden hier leben und unseren eigenen Weg machen. Und du hast ja gehört, was sie gesagt hat – sie hat kein Interesse an der Farm.«

»Wie kannst du dir deiner Sache nur so sicher sein?«

Conor lachte. »Sicher? Das steht auf einem anderen Blatt. Bei einer Frau kann man sich niemals *sicher* sein.«

Obwohl Jenna klar war, dass Conors Abreise unmittelbar bevorstand, hegte sie dennoch eine kleine Hoffnung. Doch dieser Funke verlosch, als Conor ihr am Abend von seinem Vorhaben erzählte. »Hey!«, sagte er und umfasste ihr Kinn. »Warum so traurig, hübsche Lady? Ich bin bald wieder bei dir.«

Sie sah ihn erwartungsvoll an. »Wirklich? Wann?«

»So bald wie möglich. Ich habe Adam gesagt, dass ich nicht auf der Farm bleibe. Aber ich habe ihm versprochen, ihm über alle Anfangsschwierigkeiten hinwegzuhelfen. In sechs Monaten bin ich zurück, vielleicht sogar schon früher. Und dann werden wir heiraten.«

»Was hat Adam dazu gesagt?«

Das war ihr wichtig: Adams Zustimmung. Außer Mary, die sie in letzter Zeit so gut wie gar nicht mehr zu Gesicht bekam, hatte sie keine Familie, und Conor hatte nur noch seinen Bruder. Obwohl es ihr ein Rätsel war, wie zwei Brüder so verschieden sein konnten. Der eine hell, der andere dunkel. Sie waren wie Sonne und Mond, Wasser und Feuer, Schwarz und Weiß.

Manchmal wusste sie nicht, wie sie Adam O'Loughlin einordnen sollte. Während Conor umgänglich und offen war, erschien ihr Adam eher griesgrämig, zurückhaltend und reserviert. Sie hatte den Verdacht, dass er ihre Beziehung zu Conor nicht guthieß. Im Laden zeigte er sich oft ungeduldig, fast schroff bis zur Unhöflichkeit. Er weiß es, dachte sie und spürte, wie ihr die Hitze in die Wangen stieg. Er weiß, was Conor und ich in dem großen Messingbett tun, wenn wir allein sind.

»Adam war natürlich enttäuscht.« Conor machte die ersten Knöpfe ihrer Bluse auf. Sie waren winzig und erforderten seine ganze Aufmerksamkeit.

»Vielleicht wird er dich zum Bleiben überreden.«

Er drückte Jenna fest an seine Brust. »Das soll er mal versuchen.«

»Was ist mit der Farm? Du hast dir doch auch eine eigene Farm gewünscht.«

»Ohne dich bedeutet mir das Land überhaupt nichts. Wenn ich zurückkomme, führen wir gemeinsam den Laden.«

Jenna konnte den Gedanken, auch nur einen einzigen Tag ohne Conor verbringen zu müssen, kaum ertragen, und jetzt standen ihr sogar einsame Monate bevor. Sie dachte an die vielen Stunden, die sie allein in ihrer Küche sitzen würde. »Sechs Monate«, flüsterte sie niedergeschlagen. »Es wird mir vorkommen wie Jahre.«

»Versprich mir, dass du auf mich warten wirst, dass du nicht mit dem Schmied durchbrennst!«

Jenna musste lachen. »Das verspreche ich.«

Sie lagen zum letzten Mal in dem Bett. Conor hatte

die Arme um sie geschlungen und hielt sie ganz fest. Sie hatten sich ein letztes Mal leidenschaftlich geliebt, und Jenna spürte, dass sie Wochen und Monate von der Erinnerung daran zehren musste. Jetzt lauschte sie dem Rhythmus seiner Atemzüge und wusste, dass er eingeschlafen war. Sie hingegen fand keine Ruhe. Sie lag neben ihm, ihre Gedanken in Aufruhr, und beobachtete durchs Fenster, wie der Himmel langsam heller wurde.

Fröhliches Gezwitscher weckte Conor bei Tagesanbruch. Er drehte sich Jenna zu und strich mit einem Finger ganz leicht über ihre Brüste. »Ich muss gehen.«

»Ich weiß.«

Sie sah zu, wie er sich anzog, hörte das Rascheln von Stoff und das Klirren der Gürtelschnalle. Die Minuten verflogen viel zu schnell. Mach langsam, hätte Jenna am liebsten geschrien.

Als Conor mit dem Frühstück fertig war, wartete Adam bereits mit den Pferden auf der Straße. Jenna ging im strahlenden Sonnenschein die Stufen vor dem Laden hinunter. Plötzlich war sie scheu und verschüchtert. Conor beugte sich vom Pferd und küsste sie ein letztes Mal. »Leben Sie wohl, Adam!«, sagte sie zu Conors Bruder, weil sie das Gefühl hatte, ihn in die Abschiedsszene mit einbeziehen zu müssen.

Sie blieb vor dem Laden stehen und sah den beiden Brüdern nach. Im letzten Augenblick, ehe sie außer Sicht waren, drehte sich Conor noch einmal im Sattel um und tippte mit dem Finger an die Hutkrempe. Jenna musste sich sehr beherrschen, um nicht zu ihm zu laufen und sich von ihm auf den Pferderücken heben zu lassen. Dann verschwanden die beiden Brüder für immer im Busch. Jenna blinzelte die Tränen weg, die ihr in die Augen schossen, und verfluchte sich selbst, weil sie sich so wenig in der Gewalt hatte. Sei stark, ermahnte sie sich. Die Zeit wird schnell vergehen. Ehe du's so richtig begreifst, ist Conor wieder da, und dann wird es dir vorkommen, als wäre er nie weg gewesen.

Als sie wieder einen klaren Blick hatte, war die Straße menschenleer.

Sie ging in den Laden und verschloss die Tür. Sie hatte noch eine Stunde Zeit für sich. Im Schlafzimmer starrte sie das zerwühlte Bett an, in dem sie sich so leidenschaftlich geliebt hatten. Etwas Blaues lag auf dem Boden – das Hemd, das Conor am gestrigen Tag getragen und in der Eile vergessen hatte. Jenna hob es auf, drückte es ans Gesicht und sog tief den männlichen Duft ein.

Der Verlust bereitete ihr körperlichen Schmerz. Obschon sie Conor noch nicht lange kannte, verstand Jenna ihn besser als irgendjemanden sonst. Sie kannte seine Bedürfnisse, wusste um die Einsamkeit, die er hinter seiner Unverfrorenheit verbarg. Und sie hatte selbst erlebt, zu welchen Gefühlen er fähig war.

Schon jetzt, nachdem sie ihn erst vor wenigen Minuten noch geküsst hatte, fehlte er ihr schrecklich, und sie wünschte sich verzweifelt, er würde wie so oft hinter ihr stehen und seine Hände auf ihre Brüste legen, sie necken und reizen, bis sie von der Küche zu dem breiten Himmelbett gelangten, das sie beide willkommen geheißen hatte. Die Art, wie er sie verführte, und die Leidenschaft, die sie nie zuvor gekannt hatte, würde sie schmerzlich vermissen.

Die Worte ihrer Mutter gingen ihr in diesem Augenblick durch den Kopf: *Eine Frau braucht hin und wieder ein bisschen Liebe.*

Endlich hatte sie, Jenna McCabe, jemanden gefunden, der sie liebte. Wie konnte sie die Wochen erdulden, bis sie ihn wiedersah?

Ein paar Minuten später riss sie ein heftiges Klopfen an der Ladentür aus ihren Träumereien. »Schon gut, ich komme ja«, rief sie verärgert und warf Conors Hemd auf das Bett.

Der Polizist stand mit ernster Miene vor der Tür. Jennas erster Gedanke galt Conor. War ihm etwas passiert?

Aber der Polizist war nicht wegen ihres Geliebten gekommen.

»Miss McCabe«, sagte er und zwinkerte nervös. »Es tut mir Leid, Ihnen sagen zu müssen, dass Ihre Mutter am Damm hinter dem Pub tot aufgefunden wurde. Sie müssen mich zum Leichenschauhaus begleiten und die Leiche offiziell identifizieren …«

TEIL III

DIAMANTINA

KAPITEL 13

Brad sagt, ich gehöre zu den Menschen, die bei einem Strandspaziergang nicht nach vorn, sondern lieber zurückschauen. Er sagt das so, als wäre es einer meiner Fehler. »Was ist der Zweck, Jess?«, fragt er und betont das Wort »Zweck«. »Alles, was hinter uns liegt, ist Vergangenheit. Du kannst nichts mehr daran ändern.«

Er schaut immer nach vorn, mein Mann – er ist ein Draufgänger. Vorwärts und aufwärts – das ist seine Devise. Er begreift nicht, dass ich gern zurückschaue. Ich mag es, meine Fußabdrücke im Sand zu sehen; es macht mir Spaß, über einen Zickzackkurs nachzugrübeln, den ich eingeschlagen habe, vielleicht um eine Muschel aufzuheben oder eine gestrandete Qualle zu betrachten, obwohl ich eigentlich dachte, ich wäre geradeaus gegangen.

Zwar sagt mir der gesunde Menschenverstand, dass es pessimistisch und selbstzerstörerisch sei, nach hinten und nicht nach vorn zu schauen. Dennoch musste ich im vergangenen Jahr akzeptieren, dass mein Leben wie eine Zeitschleife verläuft, in der sich nichts verändert und es keinen Fortschritt gibt. Es ist mir zur Gewohnheit geworden, mich in Emotionen zu verlieren, Fragen nach dem Warum und Wozu zu stellen und mir auszudenken, was hätte sein können. Manche Menschen glauben an die

These, dass Tragödien Lektionen sind, dass man dadurch seine Fähigkeiten weiterentwickelt oder die Prioritäten anders setzt. Doch in meinem Fall bringt mich das tragische Ereignis nur zu einem emotionalen Stillstand.

Ich kämpfe und hadere mit der Ungerechtigkeit. Ohne Nutzen. Es gibt Tage, an denen ich mir wünsche, ich könnte mein Leben zurückspulen wie einen Film – Bild für Bild. Und wenn ich dann zu der ganz speziellen Szene käme, die sich in meine Seele gebrannt hat, könnte ich vielleicht die Handlung ändern oder zumindest ein klein wenig abwandeln. Zu einem besseren Ende führen.

An diesem Ort namens Diamantina wache ich jeden Morgen früh auf, etwa zu der Zeit, in der die Nacht der Dämmerung weicht und der Himmel leicht rötlich wird. Heute hängen violette Wolken am Horizont – ich sehe sie über der entfernten Baumreihe –, weiß aber, dass sie sich später bei der Tageshitze verflüchtigen werden.

Ich bin mir nicht sicher, was mich weckt. Die kreischenden Vögel oder die trügerisch kühle Brise, die ihren Weg in die verglaste Veranda findet. Vielleicht ist es auch das entfernte Kläffen der Farmhunde oder die ausgefransten Reste eines Traums. Was auch immer die Ursache sein mag, mein Biorhythmus hat sich verändert, und Ausschlafen gehört der Vergangenheit an. Ich krieche aus dem Bett, vorsichtig, um Brad nicht zu wecken, schlüpfe in Shorts und T-Shirt und gehe mit Harry im Schlepptau ein Stück vom Cottage weg.

Hier draußen auf den Weiden empfindet man ein Gefühl von Frieden und Abgeschiedenheit. Hitze wabert bereits am Horizont, als ich in Richtung Damm gehe. Warum, überlege ich, gehen wir, wenn wir die Wahl haben, immer in Richtung Wasser? An den Strand. Zum

Flussufer oder zu einem Bach. Mir ergeht es im Traum so, Brad mit seiner Arbeit. Was zieht uns an?

Mitchell-Gras ist über den Boden verstreut, und ich weiche sorgsam den dicken Büscheln aus, um keine Schlangen aufzuscheuchen. Harry erschnüffelt sich seinen Weg, bleibt ab und zu mal stehen und schnuppert an einem Haufen Tierdung. Plötzlich reißt er den Kopf in die Höhe, spitzt die Ohren, als er einen schrillen Laut hört. Es ist ein Schwarm Corellas. Ich sehe sie, eine weiße, flatternde Masse, die von den Bäumen auffliegt und sich wieder niederlässt.

Als ich nach einer halben Stunde zurückkomme, sitzt Brad auf den Außenstufen und hält eine Teetasse in den Händen. Er lächelt freundlich und wirft dem Hund lässig ein paar Krümel von einem Biskuit zu. Warum ist er so früh am Morgen immer so verdammt gut gelaunt?

»Du bist früh auf. Konntest du nicht schlafen?«

Ich nicke und hauche ihm im Vorbeigehen einen Kuss auf die Wange, steuere die Küche und meine erste Tasse Kaffee des Tages an.

Nach nur wenigen Tagen ist Brad schon in seine Forschungsarbeit und seine Feldstudien vertieft, und ich weiß, dass ich in spätestens einer Stunde allein im Haus sein werde. Bisher ist die Zeit schnell vergangen. Ich habe gelesen und arbeite mich durch den Bücherstapel, den ich mitgebracht habe, und suhle mich in maßloser Trägheit. Aber heute, denke ich, werde ich eine neue Beschäftigung finden.

Nachdem Brad das Haus verlassen hat, räume ich auf. Das kostet nicht viel Zeit – wir zwei machen nicht viel Unordnung. Wenn ich jetzt zu Hause wäre, würde ich ein paar Stunden im Garten verbringen, schneiden und stutzen, Unkraut jäten und die verblühten einjährigen Pflanzen herausnehmen. Aber hier gibt es keinen nennenswerten Garten, nur ein paar dürre Pflanzen und struppige Geranien neben dem Eingang.

Stattdessen erledige ich die Wäsche, schrubbe die Kleider in der alten Zementwanne im Anbau auf der Rückseite des Hauses. Als ich die Wäsche auf die Leine hänge, sind die Haare in meinem Nacken nass vor Schweiß. Nachdem alles getan ist, mache ich mir noch eine Tasse Kaffee.

Was würde ich zu Hause machen? Ins Kino gehen oder Carys zum Lunch treffen? Vielleicht meine Mutter anrufen oder einen Spaziergang durch den Park machen? Nein, das nicht, denke ich, weil ich mich an den Spielplatz, an die Schaukeln und Rutschen erinnere. Möglicherweise würde ich zum Metzger oder Supermarkt gehen. Ein schönes Abendessen für mich und Brad planen.

»Kochen«, sage ich laut – die Idee nimmt Gestalt an.

Ich schlage das einzige Kochbuch, das ich mitgebracht habe, auf und stelle die Zutaten bereit: Mehl, Wasser, Hefe, eine Prise Salz. Ich messe die erforderlichen Mengen ab, gebe sie in eine Schüssel und rühre. Dann stelle ich die Schüssel auf das Fenstersims, dorthin, wo keine Sonne ist. Es ist aber warm, und laut Kochbuch soll der Teig zur doppelten Größe aufgehen. Doch als ich eine halbe Stunde später nachsehe, erscheint mir der Klumpen so flach und leblos wie zuvor. Lustlos forme ich ihn zu etwas, was an einen Brotlaib erinnert. Nach der im Buch angegebenen Zeit nehme ich ihn aus dem Ofen und merke, dass er zu einem steinharten kleinen Ball gebacken ist – ungenießbar.

»Du hast den Teig nicht genug geknetet«, sagt Brad,

als er nach Hause kommt, und wirft mein Machwerk in den Abfalleimer.

Geduldig misst er noch einmal die Zutaten ab und vermischt sie in der Schüssel, dann wirft er den Teig auf ein mit Mehl bestreutes Backbrett. Ich stehe wie hypnotisiert daneben und sehe zu, wie er die Mixtur mit den Händen bearbeitet, wie er sie durch die Finger quetscht. Er knetet und faltet den Teig zusammen. Rhythmisch rollt er ihn über das Brett, stößt hinein und rollt wieder. Bei ihm sieht das ganz leicht aus, aber ich weiß aus jüngster Erfahrung, dass es das nicht ist. Seine Finger vollführen einen Tanz, flink und geschickt. Warum ist mir plötzlich nach Weinen zumute? Lächerlich!

»Ich wusste gar nicht, dass du Brot backen kannst«, sage ich und kämpfe mit den Tränen. Dann kommt mir der Gedanke, dass es nach all den Jahren noch andere Dinge geben könnte, die ich nicht von meinem Mann weiß.

»Ich kann es gar nicht. Zumindest hab ich es noch nie gemacht. Aber ich habe als Junge meiner Großmutter oft dabei zugesehen. Sie hat den Teig so gerollt und gefaltet, damit Luft hineinkommt.«

Er dreht den Klumpen behände um und knetet ihn mit den Handballen, zieht ihn auseinander und formt ihn wieder zu einem Ball, dann wiederholt er die Prozedur noch mehrfach.

»Willst du es versuchen?«

Ich nicke. Ich bestäube meine Hände sorgsam mit Mehl, dann übernehme ich den Teigklumpen. Er fühlt sich fest an.

»So«, sagt Brad. Er steht hinter mir und führt meine Hände. Dann hält er inne und liebkost mit der Zunge meinen Hals. Ich bekomme eine Gänsehaut.

»Nicht«, lache ich und weiche ihm ein wenig aus. »Du wolltest mir doch beibringen, wie man Brot backt, schon vergessen?«

Es macht Spaß, den Teig zu bearbeiten und die Bewegung aus dem Handgelenk zu üben. Und ich habe das Gefühl, etwas vollbracht zu haben, als der Teig, abgedeckt mit einem Küchentuch, langsam aufgeht.

Nach einer Weile erfüllt der Duft von frisch gebackenem Brot die Küche. Ich stehe an der Spüle und sehe aus dem Fenster. Die Landschaft erscheint mir fremd im Licht des späten Nachmittags, und ich komme mir fehl am Platz vor – so als wäre ich losgelöst von dieser Szenerie, eine bloße Beobachterin, und eine unwillige dazu. Die staubig braunen Weiden erstrecken sich weit vor mir, und ich sehe eine Reihe von grüngrauen Coolibah-Bäumen, die den entfernten Damm säumen. Brad berührt meinen Rücken und legt die Arme um mich. Ich lehne mich an ihn und schmiege den Kopf an seine Brust.

Es ist ein Augenblick der Zweisamkeit, in dem die Vergangenheit zur Bedeutungslosigkeit verblasst. Es fühlt sich richtig an – mein Körper umschlungen von seinen starken Armen: So sollte es zwischen Mann und Frau sein. Außerdem fühle ich mich einsam, vernachlässigt. Ich habe genügend Tage allein in einem Cottage zugebracht, das nicht mein Zuhause ist.

»Morgen«, sage ich später, als wir die Überwurfdecke des Bettes zurückschlagen, »begleite ich dich.«

Brad zieht die Augenbrauen hoch. »Ich breche aber schon um sieben Uhr auf.«

»Kein Problem. Ich denke, das schaffe ich. Wer ist in der letzten Zeit immer früh aufgestanden?«, frage ich mit einem verschmitzten Lächeln.

»Okay! Eins zu null für dich.« Er grinst und hebt geschlagen die Hände. »Dann verlasse ich mich darauf, dass du mich rechtzeitig weckst.«

Er umrundet das Bett, umfasst zärtlich mein Kinn und hebt mein Gesicht an. Unendlich lange, wie es mir scheint, sieht er mir in die Augen. Ich fühle mich entblößt, ungeschützt. Als könne er mir direkt in die Seele schauen. Weiß er, was ich denke?

»Ich liebe dich, Jess«, sagt er schließlich. »Du hast mir gefehlt.«

Ich blinzle und schlage die Augen nieder – ich kann seinem Blick nicht standhalten. Ich nehme seine Hände und presse sie an meinen Mund.

»Beweis es mir, Cowboy!«, fordere ich ihn heraus und lenke so seine Aufmerksamkeit ab.

Ich trage einen seidenen Kimono, ein Souvenir von unserer Bali-Reise, die schon lange zurückliegt. Er ist schwarz mit knallroten Hibiskusblüten, und der Stoff raschelt, wenn ich gehe. Der Gürtel ist lose und ich ziehe ihn ganz auf. Fordernd umschließt Brad meine Brust. Dabei spüre ich meine Erregung.

Mit einem Seufzer schmiege ich mich an ihn. Er übersät meinen Hals mit Küssen. Ich vergrabe meine Finger in seinem Haar und ziehe seinen Kopf zu mir. Dann koste ich ihn ausgiebig, und der Kuss weckt Sehnsucht nach mehr. Was auch immer aus uns als Paar geworden ist und trotz meiner ständigen Befürchtung, dass die Erinnerungen niemals vergehen und unsere Ehe nie wieder die ursprüngliche Leichtigkeit und Normalität erreicht, haben wir immer Lust auf Sex.

Brad liebkost meine Brüste, streicht über meinen Bauch, dann zwischen den Schenkeln. Und ich umschließe seine Härte. »O Gott, Jess!«, stöhnt er und zieht mich aufs Bett. Wir werden eins: der intimste Akt. Wir wiegen uns vor und zurück, vor und zurück. Es ist wie ein Tanz, ein schwankender Rhythmus. Sinnliche, erotische Bewegungen, die mich an den Rand des Wahnsinns bringen. Dann halte ich inne, warte, bis das Herz ruhiger schlägt, und beginne das Ritual von neuem.

Brads Kuss ist fordernd. Mit seiner Zunge erforscht er gierig meinen Mund. Ich kann nicht genug von ihm bekommen: Lippen, Zähne, Atem. Er streichelt meine Brüste, knetet sie, und plötzlich habe ich den Teigklumpen und das mehlige Backbrett vor Augen, und Brad arbeitet und arbeitet. Meine Haare hängen über uns wie ein Schleier. Wir schwitzen die Feuchtigkeit wieder aus. Plötzlich verändert sich der Rhythmus. Brad bewegt sich schneller – eine Bewegung, die unaufhaltsam zu sein scheint. Und ich lasse mich mitreißen und gebe jede Zurückhaltung auf. Für einen kurzen Augenblick bin ich ein Vogel und erhebe mich über die Erinnerungen und all den Kummer. Ich bin unsterblich und fliege.

»Jetzt!«, keucht Brad heiser.

Ich schwebe, dann falle ich. Brad ergießt sich mit einem verhaltenen Stöhnen in mich.

»Oh, mein Gott! Oh, mein Gott! Oh, mein Gott!«

Habe ich diese Worte wirklich ausgestoßen, oder dröhnen sie nur in meinem Kopf? Hitze lodert auf und verschlingt mich. Bebende Wonne, vermischt mit köstlichem Schmerz, durchläuft mich in Wellen und lässt mich atemlos zurück. Ich sinke befriedigt in mich zusammen, lasse mich auf meinen Mann fallen.

»Ich liebe dich auch«, flüstere ich beschwichtigend in diesen ersten Augenblicken des Rausches.

Großmut beseelt mich, ich fühle mich vollkommen. Unglaublich weiblich. Ich liege nackt im Bett, als Brad mit dem Finger langsam meine Brust umkreist, und denke: Das fühlt sich so richtig an …

Dann fängt Brad an zu reden und zerstört alles.

»Jess«, beginnt er zaghaft, und ich schrecke zurück.

»Mmmm …« Täusche Schlaf vor.

»Meinst du nicht, es ist an der Zeit, an ein Baby zu denken?«

Mir fehlen die Worte. Vielmehr: Ich bin außerstande, sie auszusprechen. Für eine Weile liege ich da, sammle meine Gedanken und versuche, eine passende Antwort zu formulieren. Mit bebender, unsicherer Stimme sage ich: »Nein.«

»Jess, bitte! Wir können nicht einfach aufhören zu leben.«

Die Luft stockt in meiner Lunge; es fällt mir schwer, Atem zu holen. Mein Herz hämmert wild. Weiß Brad, wie sehr ich mich gerade vor diesem Gespräch gefürchtet habe, wie oft ich im Geiste versucht habe, es zu umgehen? Dutzende und aberdutzende Male in den vergangenen Monaten.

»Ich möchte nicht darüber reden«, sage ich jetzt und rücke von ihm ab. Das Bett quietscht, die Matratze sinkt erschreckend tief ein aus Protest gegen die Gewichtsverlagerung.

»Aber ich möchte darüber reden.«

Brads Tonfall fordert Aufmerksamkeit – er ist knallhart und leicht verärgert. Warum kann er es nicht dabei belassen? Weshalb fängt er gerade jetzt davon an und verdirbt damit die Stimmung, den ganzen Abend? Ich bin müde, sehne mich nach Schlaf, nicht nach einer Auseinandersetzung, die kein befriedigendes Ende haben kann. Ich hole tief Luft.

»Man kann ein Kind nicht durch ein anderes ersetzen.«

»Ich versuche nicht, Kadie zu ersetzen.«

»Nicht!«, schreie ich. »Sprich ihren Namen nicht aus!«

Die Wohligkeit, die mich vor wenigen Minuten noch durchdrungen hat, ist verflogen und brennendem Schmerz gewichen. Dieser Abend verläuft ganz anders, als ich es mir vorgestellt habe.

»Es war ein Unfall, Jess. Nur ein verdammter Unfall. Wir müssen irgendwann nach vorn schauen und können uns nicht in der Vergangenheit vergraben.«

»Ein Unfall?« Ich stoße ein zittriges Lachen aus, das eher einem Schluchzen gleicht. »Wie kannst du von einem Unfall sprechen? Ein betrunkener Autofahrer und ein regnerischer Nachmittag – das klingt eher nach Zutaten für eine Katastrophe. Der Tod meiner Tochter war kein *Unfall!*«

»Kadie war auch meine Tochter. Du hast kein Monopol auf Trauer, Jess.«

Ich kann die Tränen nicht mehr zurückhalten, rolle ganz auf meine Seite des Bettes und kehre Brad den Rücken zu. Eine absichtliche Zurückweisung, mit der ich meine Verachtung für seine Worte zur Schau stelle. Wie kann er das, was passiert ist, einfach so abtun? Es ist ja nicht so, dass es ihm nichts ausmacht – ich weiß, dass auch er leidet –, aber dass er den Kummer abschütteln kann, verwirrt und empört mich. Ich will – nein, ich *muss* – jemanden für mein Unglück verantwortlich machen. Ich möchte in diesem Unglück verweilen und alle Einzelheiten immer wieder aufrühren.

Ich will nicht vergessen.

In dieser Nacht träume ich wieder.

Wie gewöhnlich kommen die finsteren Straßen und die Verfolger vor, die lähmende Angst und der keuchende Atem. Aber als ich den Fluss erreiche, sehe ich keinen Wagen, kein weißes Gesicht, das sich an die Heckscheibe drückt. Aber ich tauche in das tintenschwarze, wirbelnde Wasser und kämpfe, um auf die andere Seite zu kommen.

Nass und erschöpft klettere ich die Uferböschung hinauf und lasse mich neben einem Coolibah-Baum auf die Erde fallen. Erstaunlicherweise scheint hier die Sonne. Es ist windig, und die leicht rötlich gefärbten Wolken ziehen über mich hinweg. Weiden erstrecken sich bis zum Horizont, durchsetzt mit Büscheln von Mitchell-Gras. Es ist Diamantina-Land, und niemand jagt mich. Ich setze mich auf und halte die Luft an – zu meiner Rechten bewegt sich etwas.

Ein kleines Mädchen rennt auf mich zu.

Kadie, denke ich. *Es ist Kadie!*

Aber etwas stimmt nicht. Das Kind hat dunkles Haar, Kadie war blond. Das Haar dieses Kindes ist lang und lockig, aber Kadie hatte einen kurzen Pagenschnitt. Und das kleine Mädchen ist eigenartig gekleidet – es trägt ein altmodisches Kleidchen. Die Kleine läuft in den Busch, die festen Stiefel fliegen geradezu über die rissige Erde, und der Saum des Kleides schwingt um die Knöchel, verfängt sich im Gestrüpp. Als sie in meine Nähe kommt, sieht sie mich an. Ich strecke die Arme aus, versuche, das Kind aufzuhalten, aber es rennt an mir vorbei und rennt und rennt. Und es gibt kein Erkennen – für keinen von uns.

Ich blinzle und strenge meine Augen an.

Nach dem einen flüchtigen Blick ist mir klar, dass das kleine Mädchen nicht Kadie ist.

KAPITEL 14

Am nächsten Morgen fahren wir etwa zwanzig Minuten über einen Feldweg, der an den von Coolibah-Bäumen gesäumten, sich schlängelnden Kanälen des Diamantina River entlangführt. Der Jeep wirbelt Staub auf. Harry sitzt hinten und bellt jeden Baum an. Die Sonne blendet und spiegelt sich auf dem Armaturenbrett. Vögel schrecken auf. Ein Emu läuft eine Weile auf seinen langen, spindeldürren Beinen neben unserem Auto her, dann dreht er unvermittelt ins Gestrüpp ab. Die Hitze flimmert am Horizont.

Abseits der Farm verändert sich die Landschaft. Aus dem Busch werden weite, in der Hitze festgebackene Ebenen. Über die Wipfel der Bäume in der Ferne erhebt sich ein kegelförmiger Berg. Wir durchqueren ausgetrocknete Wasserläufe. Der Himmel über uns ist blau und wolkenlos.

Brad hält unter einem Coolibah-Baum am Rand eines großen Wasserlochs an. Er lädt etliche große Kisten ab und packt seine Gerätschaften aus. Ich stelle einen Klappstuhl für mich in den Schatten und schlage meinen Roman auf. Harry sitzt hechelnd neben mir.

Ich vertiefe mich in mein Buch. Worte und Geschichten, Handlungsstränge und Charaktere haben mich schon immer fasziniert, und mein Job als Rechercheurin hat mich mit einem guten Allgemeinwissen ausgestattet. Ich liebe den Rhythmus von Sätzen, genieße es, wenn sie dahinfließen, Bilder heraufbeschwören und alle anderen Gedanken ausblenden, vor allem die düsteren.

Nach einiger Zeit schaue ich auf. Brad steht knietief

im Wasser und schwingt ein Netz mit langem Stiel. Er tritt ein Stück zurück und schleudert das Wasser aus dem Netz. Seine Arme sind braun gebrannt, und die Muskeln sind deutlich zu sehen. Das blonde Haar fällt ihm in die Stirn. Sein Gesicht wirkt konzentriert. Ich betrachte ihn, und es ist, als würde ich einen Fremden sehen.

»Was machst du?«, frage ich neugierig. Ein Schweißtropfen läuft mein Rückgrat entlang, und ich drehe mich der Brise zu, die vom Wasser zu mir weht.

Er hält inne. Ein Lächeln huscht über sein Gesicht, und ich kann seine Zähne sehen, die in einem reizvollen weißen Kontrast zu seinem gebräunten Gesicht stehen.

»Ich entnehme Proben.«

»Wovon?«

Er watet durchs Wasser ans Ufer und leert den Inhalt des feinmaschigen Netzes auf ein Plastiktablett. Ich stelle mir nach Luft schnappende, zappelnde Wassertiere vor. Brad wählt eine Glaspipette aus einer ganzen Reihe aus und steckt das eine Ende in den Mund. Wasser steigt in dem Röhrchen auf, als er daran saugt. Dann nimmt er die Pipette aus dem Mund und hält sie mir hin, als sollte ich den Inhalt inspizieren.

»Willst du es sehen?«

»Gruselige Kriechtiere.« Ich schüttle lächelnd den Kopf.

Brad lässt das Wasser aus der Pipette in ein Glas mit der üblichen Alkohollösung laufen, dann beschriftet er das wasserfeste Etikett mit einem Grafitstift, verschließt das Glas und wirft es mir zu. Ich fange es auf und betrachte die trübe Flüssigkeit, in der winzige, mit bloßem Auge kaum zu sehende Schnecken liegen. Sie sind bereits tot.

In den folgenden Stunden widme ich mich abwechselnd meinem Buch und Brad. Verstohlen beobachte ich, wie er im Wasser planscht, das Netz hält, und plötzlich erschüttert mich eine Erkenntnis. Nach all den Jahren entdecke ich erst jetzt, wie Brad arbeitet, und sehe die feineren Aspekte seines Jobs. War ich die ganze Zeit so sehr mit meinem eigenen Leben beschäftigt, dass ich es versäumt habe, ihn nach seinem zu fragen? Brad hat sich immer für meinen Beruf interessiert, und bisher habe ich nur die Resultate seiner Arbeit gesehen – die Gläser mit den konservierten Spezies an meinem Küchenfenster, und Brad, der am Küchentisch sitzt und seine Berichte schreibt: Reihen von fein säuberlichen Buchstaben und detaillierte Angaben über seine Funde. Ich habe nie daran gedacht, ihn zu fragen, wie er diese Proben ziehe und wie die Tiere in diese gläsernen Röhrchen kämen.

Ich betrachte das Glas, die Stelle, die Brad gerade noch angefasst hat. Ich widerstehe dem Drang, es an meine Wange zu drücken. Es ist, als wolle ich die Wärme seiner Berührung spüren und so etwas wie Vertrautheit herstellen, aber das Röhrchen fühlt sich kalt in meiner Hand an. Jede Spur von Körperwärme ist längst verschwunden.

Ich stelle das Glas auf den Boden. Etwas beißt mich am Bein, lenkt mich ab. Es ist ein Gefühl zwischen Schmerz und Jucken. Ich schlage auf die Stelle und vermeide es, mich zu kratzen.

»Sandfliegen«, sagt Brad, den das Geräusch aufschauen lässt. »Nach einem Regen sind sie am schlimmsten. Offenbar hat es vor unsrer Ankunft ein bisschen geregnet. Im Handschuhfach ist ein Insektenmittel. Du solltest dir besser nicht das Ross-River-Fieber holen!«

Ich krame im Auto herum, finde die Tube und reibe mir Arme und Beine ein. Im Handschuhfach ist auch eine Karte von dieser Gegend. Ich breite sie auf dem Sitz aus, studiere die gewundenen Linien der Straßen und Creeks. Und da steht auch der Name des Landbesitzes, auf dessen Grund wir wohnen. Und man erkennt die blauen Linien, die den Lauf des Diamantina markieren. Und da sind auch die Kreise, die die Inselberge kennzeichnen, die so unerwartet aus dem flachen Land aufragen.

»Siehst du den Berg da drüben?«, rufe ich Brad zu und deute auf eine zerklüftete Erhebung hinter den Bäumen auf der anderen Seite des Wasserlochs. »Laut Karte ist das der Mount Misery. Und der Wasserlauf, der daran vorbeiführt, ist der Murdering Creek. Komische Namen, findest du nicht?«

Brad lehnt das Netz auf die Uferböschung und legt die Hand auf die Hüfte. Mit der anderen schirmt er seine Augen ab und blinzelt. In dem grellen Licht ist sein Haar fast silbern.

»Der alte Jack, Bettys Mann, hat erzählt, dass es dort vor mehr als hundert Jahren ein Massaker an Aborigines gegeben habe«, sagt er leichthin. Diese kleine Information überbrückt die Kluft zwischen uns. Ein Schauer läuft mir über den Rücken, und ich widerstehe dem Wunsch, noch einmal zu dem Berg zu schauen. Obwohl mir klar ist, dass ich nichts anderes sehen würde als die Bäume und den roten, kahlen Felsen.

Ich habe Bettys Mann Jack noch nicht kennen gelernt, doch Brad war zu dem Farmgebäude gefahren, um den Wagen aufzutanken und ein wenig mehr über die Gegend zu erfahren. Ein Massaker?, denke ich verwundert. In dem Reiseführer habe ich nichts darüber gelesen.

»Was ist mit dem Lunch? Ich habe einen Bärenhunger«, ruft Brad und unterbricht meine Gedankengänge.

Ich habe Sandwiches aus dem Brot gemacht, das Brad gestern gebacken hat, und wir haben eine Thermoskanne mit Kaffee dabei – eine willkommene Abwechslung zu dem Wasser, das ich den ganzen Vormittag über getrunken habe. Als wir mit dem Essen fertig sind, fummelt Brad an dem Funkgerät im Wagen herum. Er soll sich täglich bei der Environmental Protection Agency melden und seinen Vorgesetzten Bericht erstatten. So wissen sie, dass mit uns alles in Ordnung ist.

»VKC289.«

Er spricht die Kennung in das Mikrofon und hält es dicht vor seinen Mund. Ich sehe, wie sich seine Lippen bewegen, Worte formen. Eine Krähe krächzt in einem Baum in der Nähe. Dann höre ich eine von statischen Geräuschen begleitete Stimme im Funk.

»Empfangen Sie! Wie ist Ihre Position? Ende.«

Brad gibt die Koordinaten nach dem Navigationssystem durch. »Irgendwelche Nachrichten?«, fragt er.

Die Antwort geht im Rauschen unter. Ich höre nur das, was Brad sagt.

»Ich werde Benzin nachtanken. Ende.«

»Heiß und trocken. Sandstürme? Ende.«

»Wasserspiegel niedrig. Ein bisschen schlammig. Ende.«

»Ausgezeichnet. Ich habe bereits einige Proben. Ende.«

»Ja. Wir gehen's gemütlich an. Ende.«

»Bleibe auf Stand-by. Ende.«

Brad betätigt ein paar Schalter und hängt das Mikrofon in die Halterung. Zum zweiten Mal an diesem Tag lerne ich eine Seite an meinem Mann kennen, die mir in den letzten elf Jahren verborgen geblieben war. Ein erfahrener Funker mit dem richtigen Jargon? Brot backen? Wo war ich nur, als er all das gelernt hat?

Ich mustere ihn verstohlen und versuche ihn so zu sehen, wie andere ihn wahrnehmen mögen. Er sieht gut aus, räume ich ein, mit dem blonden Haar, das ihm in die gebräunte Stirn fällt. Seine Hände sind ausdrucksstark.

Brad war schon immer auf entspannte Weise freundlich und zugänglich; er fühlt sich nicht von der Meinung anderer bedroht. Wir haben uns an einem Winternachmittag in der Universitätsbibliothek kennen gelernt. Ich erinnere mich daran, wie er damals war. Er lehnte lässig an meinem Pult, blies in seine Hände, um sie zu wärmen, und studierte die Bücherliste.

Für seinen Kurs brauchte er ein ganz spezielles Buch, aber für diesen Titel gab es schon etliche Voranmeldungen.

»Egal«, sagte er, vergrub die Hände tief in den Jeanstaschen und wippte auf den Fersen. »Dann muss ich eben warten.«

Er stand da und starrte mich an, als wisse er etwas, was mir unbekannt war. »Was ist los?«, fragte ich unsicher. »Hab ich Spinat zwischen den Zähnen?«

Er lächelte plötzlich und ohne jede Vorwarnung – dieses entwaffnende Grinsen, bei dem sich seine Augenwinkel kräuselten. »Um wie viel Uhr hast du hier Schluss?«

Irgendwas in meinem Inneren geriet ins Taumeln, aber dann fing ich mich wieder. Ich hatte das Gefühl, am Rand eines Abgrunds zu balancieren und entscheiden zu müssen, ob ich mich absichtlich zur Seite neigen sollte, nur um die Erfahrung eines freien Falls zu machen. Selbst heute noch habe ich eine klare Erinnerung an diesen Augenblick – an die Hitze, die mir langsam über den Hals ins Gesicht stieg, obwohl ich mir Mühe gab, unter seinem forschenden Blick nicht rot zu werden. Ebenso erinnere ich mich an das Gefühl, dass ich ihn schon kennen würde, obschon wir uns noch nie begegnet waren. Empfand er es genauso?

»In einer halben Stunde.« Ich zuckte mit den Schultern, weil ich einen möglichst unbeteiligten Eindruck machen wollte. Mit einem Mal verspürte ich den drängenden Wunsch, mit diesem Mann zusammen zu sein, ihn besser kennen zu lernen. All die alten Klischees fielen mir ein, verhöhnten mich: Seelenverwandtschaft. Liebe auf den ersten Blick. Gab es so etwas wie Liebe in einem Raum voller Menschen?

»Dann lass uns einen Kaffee zusammen trinken!«, schlug er vor.

»Okay!«

Das war der Anfang unserer Beziehung – so einfach.

Wir saßen in einem kleinen Café in der Innenstadt und redeten bis Mitternacht. Die Unterhaltung floss nur so dahin, sprang von einem Thema zum anderen und wurde nur unterbrochen, wenn wir uns mehr von dem erstaunlich guten Kaffee bestellten. Wir sprachen über mein und sein Studium, meine Leidenschaft für Recherchen, seine Leidenschaft für den Umweltschutz. Über das Lesen, Rad fahren, italienisches Essen.

»*Pollo sulla griglia?* Du magst *Pollo sulla griglia?*«

»Und dazu einen guten Shiraz.«

Die Stunden vergingen wie Minuten, die Themen und die Szenerie verwoben sich in meinem Gehirn, bis sie zu einem Kaleidoskop von Vorstellungen und Eindrücken wurden: Brads Hände, die die Kaffeetasse umschlossen;

das gedämpfte Licht, das Schatten unter seinem Kinn erzeugte; die Spiegelfliesen an der Wand, in denen wir uns sehen konnten. Wir hatten viele gemeinsame Interessen und, wie wir bald entdeckten, einige gemeinsame Freunde.

»Wenn du all diese Leute auch kennst, warum haben wir uns dann noch nie getroffen?«

»Schicksal. Es sollte eben nicht sein – bis heute.«

Ich sah ihn verwundert an. Er wirkte ernst, kein bisschen anmaßend, und das fand ich großartig. Ich wollte, dass diese Nacht niemals endete, und hatte keine Lust, mich jemals wieder von diesem Mann verabschieden zu müssen.

»Glaubst du das wirklich?«

»Dass alle Dinge zu einem bestimmten Zweck und in einer bestimmten Zeit geschehen? Klar.«

Ich spielte mit den Zuckerkörnern, die auf dem Tisch lagen, und schob sie zu einem ordentlichen Häufchen zusammen. Brad legte seine Hand auf meine. Seine Haut fühlte sich warm an, und mein Arm kribbelte, während ich gegen den Drang ankämpfte, mit der Fingerspitze seinen Haaransatz an den Schläfen nachzuzeichnen.

»Wie Aischylos sagte«, fuhr er fort – offenbar blieben ihm meine chaotischen Gedanken verborgen, »die Dinge sind, wie sie sind, und das Schicksal wird sich erfüllen.«

»Und wie Elizabeth Bowen sagte«, erwiderte ich und sah ihm dabei beherzt in die Augen, um seine Reaktion abzuschätzen, »das Schicksal ist kein Adler, es kriecht wie eine Ratte.«

Am liebsten hätte ich mich auf die Zunge gebissen. Warum hatte ich das gesagt? Jungs hatten kein Interesse an intelligenten Frauen, und ich hatte schon öfter gehört, dass sich die Männer von mir eingeschüchtert fühlten.

Brad lachte – es war ein tiefes, voll tönendes Lachen, und die anderen Gäste in dem Café drehten sich nach ihm um. »Ich habe mich noch nie als Ratte angesehen.«

Die Serviererin brachte uns frischen Kaffee. »In zehn Minuten schließen wir«, erklärte sie.

Der Gedanke an meine leere Wohnung war niederschmetternd.

»Nach so viel Koffein«, bemerkte Brad und sah mir tief in die Augen, »kann ich niemals schlafen.«

Und ich sagte: »Dann komm noch mit zu mir!«

Einfach so. Eine beiläufig ausgesprochene Einladung. Ich, die konservative Jess, die kaum zu atmen wagte, wartete auf seine Antwort. Bitte sag ja!

»Okay!«, meinte er mit einem Achselzucken. »Warum nicht?«

Wir standen auf, holten unsere Mäntel und eilten aus dem Café. Brad legte besitzergreifend den Arm um meine Schultern. Der Wind war eisig. Ich schauderte, und Brad, der offenbar spürte, wie ich zitterte, blieb stehen, drehte mich zu sich und legte die Hände an meine Wangen.

»O Jess!«, sagte er gedehnt, und es klang wie ein langer Seufzer. »Ich habe jahrelang nach dir gesucht.«

Dann küsste er mich, und es fühlte sich richtig an. Unsere Lippen und Hände verschmolzen, wurden eins. Etwas in meinem Inneren fing an zu lodern, und Hitze stieg in mir auf, verschlang mich.

Die Dinge sind, wie sie sind, hatte er gesagt. Schicksal. Bestimmung. Man kann es nennen, wie man will, aber in dieser Nacht vor vielen Jahren schien es, als könnte uns keine Macht der Welt voneinander trennen. Wir hätten genauso gut schon seit Ewigkeiten ein Pärchen sein können, so vertraut fühlte ich mich mit ihm. Gleich von Anfang an war unsere Beziehung angenehm und harmonisch.

Bis jetzt.

»Jess?«, ruft Brad, und meine Gedanken schwanken zwischen Vergangenheit und Gegenwart hin und her. In letzter Zeit erscheint mir die Vergangenheit um vieles reizvoller.

»Hast du geschlafen?«

»Nein.« Ich rolle mich auf den Rücken und sehe in den strahlenden Diamantina-Himmel. »Nur nachgedacht.«

Kein einziges Wölkchen trübt das unendliche Blau. Nur ein paar dunkle Vögel unterbrechen die strahlende Weite.

»Es wird Zeit, dass wir zusammenpacken. Ich möchte noch zu einer anderen Stelle.«

Wir fahren noch ein Stück weiter am Fluss entlang. Brad erzählt von der Nahrungskette im Wasser. Wirbellose Makroorganismen sind Futterquellen für Vögel und Fische. Phytoplankton und Zooplankton – mikroskopisch kleine Pflanzen und Tiere, die in der Nahrungskette ganz unten stehen –, sind lebenswichtige Bestandteile in einem gesunden Ökosystem.

Ich höre die Worte, nehme sie jedoch nicht auf. Der hechelnde Hund neben mir und das Holpern des Wagens sind mir viel präsenter. Etwas nagt an mir und drängt danach, wahrgenommen zu werden. Zwischen uns herrscht eine gewisse Spannung – spürt Brad das auch? –, etwas Unterschwelliges, was im Laufe des Tages immer stärker wird.

Wir halten an einem kleineren Wasserloch. Dort steht das Wasser, und der Geruch nach Moder liegt in der Luft.

Brad lehnt sich aus dem Wagenfenster und schirmt die Augen vor der Sonne ab.

»Sieh dir das an!«, sagt er und deutet auf den schmutzigen Tümpel. Einige Fische liegen reglos an der Oberfläche, die Schuppen glitzern silbern. »Da war ein Fischsterben.«

Na, toll, denke ich und suche nach einem Taschentuch, das ich mir an die Nase halten kann.

»Ein Fischsterben«, informiert mich Brad, als müsse ich unbedingt über dieses Thema Bescheid wissen, »wird gewöhnlich von Sauerstoffmangel im Wasser verursacht.«

Ich bemühe mich, interessiert zu klingen, aber der Gestank bereitet mir Übelkeit. »Und woher kommt das?«

Brad zuckt mit den Achseln. Schweißperlen stehen auf seinen Schläfen, und er wischt sie mit dem Oberarm weg. »Bei einer Überschwemmung wird jede Menge verweste, faulende Materie angespült, das könnte die Ursache sein. Es kann auch sein, dass das Loch einfach nur austrocknet und das Restwasser abgestanden ist.«

Er macht eine Standortbestimmung im Navigationssystem und führt einen Wasserqualitätstest durch. Dann holt er die Kamera aus der Tasche, fotografiert das Wasserloch und den Zu- und Abfluss und macht sich Notizen. Er misst die Wassertemperatur und überprüft den Säuregehalt. Zum guten Schluss holt er den größten toten Fisch aus dem Wasser und legt ihn auf ein Brett neben einem langen Messer.

Panik keimt in mir auf. »Du willst diesen Fisch doch nicht ernsthaft aufschneiden?«, frage ich.

»Doch.« Er macht einen Schnitt seitlich des Kopfes und entfernt ein Stück Fleisch. »Das ist das Ohr«, erklärt er sachlich. Er hält es mir hin, aber ich wende mich angewidert ab und kämpfe gegen die Übelkeit an. Ich werde nie verstehen, wie er so was tun kann, ein Tier aufschneiden. Auch wenn es nur ein toter Fisch ist.

»Ich habe nicht gewusst, dass Fische überhaupt Ohren haben.«

»Sie bestehen aus den Gehörsteinen aus Kalziumkarbonat, man nennt sie Otolithen, und sie dienen dem Fisch als Orientierungshilfe und zur Tonwahrnehmung. In gewisser Weise ähneln sie Baumstämmen. Sie entwickeln jedes Jahr einen Wachstumsring, an denen man das Alter des Fisches ablesen kann. Dieser Grünling ist etwa vier Jahre alt.«

Er schneidet wieder in den Fisch und legt die Streifen nebeneinander auf das Brett. Ich schließe kurz die Augen, um den Anblick und den gemusterten Schatten, der auf den Boden fällt, auszublenden. Ich höre nichts als das aufgeregte Geplapper der Vögel in den Bäumen und das Geräusch des Messers, das durch den Fisch gleitet.

Brad redet immer noch, ohne zu bemerken, dass ich ihm nicht zuhöre. »… wie bei Bäumen können wir an den Ringen auch die Witterung der einzelnen Jahre ablesen. Breite Ringe deuten auf günstiges Wetter hin, schmale auf schlechte Jahre.«

Ich habe das Gefühl, etwas sagen und zur Konversation beitragen zu müssen. »Auf Dürreperioden?«

»Möglich. Oder auf schlechte Wasserqualität – was auch immer die verursacht hat.«

Ich bringe es immer noch nicht über mich, den Fisch und seinen aufgeschnittenen Kopf anzusehen. »Was ist das hier?«, frage ich etwas provozierend, um von dem Thema abzulenken. »Eine Lektion in Naturwissenschaft?«

Brad sieht mich verletzt an, und ich erkenne seine Enttäuschung an den leicht nach unten gebogenen Mundwinkeln. Er zuckt mit den Achseln und beugt sich so über das Schneidebrett, dass ich fast nur noch seinen Rücken sehe. »Ich dachte, es würde dich interessieren. Es war deine Idee, heute mitzukommen.«

Er steckt den Fisch und die Einzelteile in Plastiktüten und legt ihn in seine Plastikkiste. »Kein Problem«, fährt er fort, noch immer ohne mich anzusehen. »Ich nehme den Fisch mit nach Hause und lege ihn ins Gefrierfach, dann kann ich ihn später genauer untersuchen. Offensichtlich hast du genug für heute.«

»Brad, ich …«

»Vergiss es, Jess!«, unterbricht er mich knapp.

Wir packen schweigend seine Ausrüstung in den Wagen. Selbst Harry scheint die angespannte Stimmung zu bemerken, als Brad ihn neben der Kiste auf der Ladefläche anleint. Ich bin wütend, hauptsächlich auf mich selbst, weil ich Brads Arbeit herabgewürdigt habe. Immerhin ist das der Grund für unser Hiersein, und er wünscht sich schon seit Ewigkeiten, seine Dissertation endlich fertig stellen zu können. Ich zermartere mir das Gehirn und suche nach versöhnlichen Worten, aber mir fallen keine ein. Ich habe ihn mit meiner scherzhaften Bemerkung verärgert, und während der Fahrt am Flussufer herrscht ein bedrückendes Schweigen zwischen uns.

Brad scheint jedes Schlagloch und alle Furchen anzusteuern. An den Bäumen, die den Weg säumen, scheinen wir nur knapp vorbeizuschrammen. Versucht er, mir Angst einzujagen? Der Sicherheitsgurt drückt sich in meine Brust, und ich bekomme nur noch schwer Luft. Mein Blick schweift nach unten. Brads Notizen mit dem Klemmbrett liegen zwischen uns auf dem Sitz. Als ich das Datum ganz oben auf dem Blatt sehe, erschrecke ich bis ins Mark.

Ich schließe die Augen, um es nicht mehr zu sehen. Die Ziffern schwarz auf weiß tanzen hinter meinen Lidern. Das ist es, woran ich den ganzen Tag nicht denken wollte. An morgen – an den Todestag.

Die Angst hat sich in mir aufgebaut wie ein lebendes Wesen. Ich will mich nicht erinnern, ich will diese letzten Bilder aus meinem Gedächtnis tilgen. Aber meine Gedanken gleiten ab, sie sind unkontrollierbar. Sie beschäftigen sich nicht mehr mit dem Fisch oder dem Streit oder damit, dass mir die Luft aus den Lungenflügeln gepresst wird. Plötzlich umgeben mich die Bäume wie Gitterstäbe eines Käfigs, und ich unterdrücke das Bedürfnis, die Wagentür aufzustoßen und mich hinauszustürzen. Mir brennen die Augen. Für einen Augenblick verschwimmen die Bäume mit dem Blau des Himmels. Seltsam, geht es mir durch den Kopf, dass mein Körper überhaupt noch Tränen produzieren kann, während ich das Gefühl habe, innerlich versteinert und ausgetrocknet zu sein.

Ist Brad bewusst, was morgen für ein Tag ist?, frage ich mich.

Mit einem Mal erscheint mir dieser Gedanke lächerlich. Wie könnte er es vergessen?

Die Szene steht mir wieder vor Augen. Brad schnallt Kadie in ihrem Kindersitz an. Die ersten Regentropfen fallen auf die Einfahrt. Kadie lächelt, und ich winke zum Abschied.

»Blas Mummy ein Küsschen zu!«

Brad sieht mich über das Wagendach hinweg an und sagt: »Bist du dir sicher, dass du nicht mitkommen willst?«

»Du weißt doch, dass ich meine Themenvorschläge bis morgen fertig haben muss.«

Seine Miene verdüstert sich. »Arbeit! Arbeit! Arbeit! Es ist Sonntag, um Himmels willen! Wir verbringen kaum noch Zeit miteinander. Kadie bekommt dich so gut wie nie mehr zu Gesicht. Sie wird noch vergessen, wer ihre Mutter ist.«

Kadie, unsere Tochter, ist fast drei Jahre alt. Sie ist ein aufgewecktes Kind mit blondem Pagenkopf und einem allzeit bereiten Lächeln. Sie liebt knallbunte Klamotten, was meine Schwester Carys tatkräftig unterstützt – dunkelrot und pink, vorzugsweise kombiniert mit hellgrün –, und ihr Lieblingsessen ist Sushi. Meine Mutter, die empfänglich für derartige Theorien ist, glaubt, dass sie eine »alte Seele« hat.

Ich bücke mich, lächle meine kleine Tochter durch die geschlossene Scheibe an und wiederhole. »Blas Mummy ein Küsschen zu!« Sie kommt meiner Bitte nach und grinst.

»Hey, Baby!« Ich richte mich auf und schaue an Brad vorbei zum Himmel, an dem sich dunkle Wolken zusammenballen. Ein Regentropfen landet auf meinem Gesicht. »Nächstes Wochenende nehme ich mir frei, versprochen. Sieht aus, als ob es heute noch ordentlich schüttet.«

Brad zuckt mit den Schultern, aber ich sehe seinen leicht zusammengepressten Lippen an, dass er sich ärgert. Er steigt ein und schlägt die Tür heftig zu, ohne mich einer Antwort zu würdigen. Ich stehe auf der Einfahrt, zwinge mich eher um Kadies als um Brads willen zu einem Lächeln und sehe dem Auto nach. Kadie winkt, bis sie außer Sicht sind.

»Nächstes Wochenende, Baby«, sage ich laut. »Dann mache ich alles wieder gut.«

Ich weiß noch nicht, dass es kein Wochenende für uns drei mehr geben wird.

Der Regen wird stärker – dicke Tropfen fallen auf den Beton und den Asphalt. Ich gehe ins Haus und bin in Gedanken mehr bei Brads Anklage als bei meiner Arbeit. Es stimmt: Wir verbringen kaum noch Zeit zu dritt. Da ist Brads Arbeit und meine, und Kadie ist an den Wochentagen im Hort – all das hat sich verschworen, uns zu trennen. Schon vor Wochen haben wir das Picknick für heute geplant, und jetzt bin ich ausgeschert und habe es allen verdorben.

»Du musst lernen, nein zu sagen«, hatte Brad am Abend zuvor gesagt. »Abschalten. Prioritäten setzen. Kadie kommt bald in die Vorschule. Vielleicht ist es an der Zeit, an ein Geschwisterchen für sie zu denken.«

»He, Cowboy, ich habe gerade erst wieder in meinem Beruf Fuß gefasst! Du willst doch sicher nicht, dass ich jetzt aufhöre zu arbeiten.«

»Und was ist mit uns, mit unserer Familie? Bedeutet dir das nichts?«

Kleine Streitereien und Sticheleien, Worte, die wie Pfeile trafen, und Schweigen, das Tage anzudauern schien. Was geschah mit uns? Ich konnte es schaffen, Familie und Beruf unter einen Hut zu bringen, oder nicht? Andere Frauen werden auch mit beidem fertig. Aber unterschwellig quälte ich mich, stahl kostbare Augenblicke von Brads und Kadies Leben, um meine Vorgesetzten im Büro zu beschwichtigen. Eine Beförderung stand aus, und ich war mir sicher, dass es diesmal mich treffen würde.

Natürlich hätte ich alles anders gemacht, wenn ich damals schon gewusst hätte, was auf mich zukommen würde. Im Nachhinein betrachtet, hätte ich auf die Themenvorschläge pfeifen und an diesem Sonntag eine andere Route vorschlagen sollen, nicht die über den Feldweg und über die einspurige Holzbrücke. Vielleicht hätte ich den betrunkenen Fahrer rechtzeitig gesehen, der im Zickzackkurs bei strömendem Regen auf Brads Wagen zukam und ihn seitlich rammte. Oder ich hätte nach dem Zusammenprall, als das Auto durch das Brückengeländer katapultiert wurde, irgendwie auf den Rücksitz klettern und meine kleine Tochter aus dem Kindersitz befreien können, bevor der Wagen im Wasser versank.

Vielleicht, vielleicht, vielleicht … Von den folgenden Tagen sind mir nur bruchstückhafte Bilder in Erinnerung geblieben. Kurze Momentaufnahmen: Der Polizist an der Tür, mit ernster Miene und der Kappe in der Hand. Ein tiefer, animalischer Laut kommt aus meiner Kehle. Dann Leere, Benommenheit. Verwandte und Freunde in unserem Haus, Stimmen, die ich im durch Schlaftabletten verursachten Nebel höre. Carys weint. Meine Mutter kocht unaufhörlich Tee. Dad redet leise am Telefon und trifft Abmachungen. »Schsch!«, höre ich jemanden zischen. »Jess schläft.« Brads Arm in Gips. Sein Brustkorb ist bandagiert.

Ich erinnere mich, dass ich mit trockenen Augen bei der Trauerfeier sitze und den winzigen Sarg anschaue. Eine unbändige Wut tobt in meiner Brust. Wie hat es jemand wagen können, das Leben meiner Tochter zu zerstören?

Jetzt werfe ich Brad einen Blick aus den Augenwinkeln zu. Sein Mund ist eine dünne Linie, und er konzentriert sich auf die Fahrt. Ich strecke die Hand aus und streiche ihm über den Arm. Er ignoriert mich. Was soll nur aus uns werden?, frage ich mich verzweifelt.

An manchen Tagen denke ich, dass es besser für uns wäre, wenn wir uns trennten und mit neuen Partnern noch einmal von vorn anfingen, statt mit dem Riesengepäck, das wir uns im vergangenen Jahr angehäuft haben, über Berge zu klettern. An anderen Tagen wie heute erscheint es mir zu schwierig, mental viel zu anstrengend, weiterzumachen. Ab und zu sind die Erinnerungen an Kadie so eng mit Brad verknüpft, dass es mich schmerzt, ihn auch nur anzusehen. Dasselbe Lächeln, dieselbe Haarfarbe. Dieselben blauen Augen und das trotzig vorgereckte Kinn. Jedes Mal, wenn ich Brad anschaue, sehe ich meine Tochter, und mein Herz zerspringt von neuem in tausend Stücke.

Ich lehne den Kopf an die Nackenstütze und sehe zu, wie die Bäume vorbeihuschen. Ich darf nicht mehr an diese Bilder denken und mich schon gar nicht an diesen schrecklichen, grauenvollen Tag erinnern, auch wenn ich ihn nicht vergessen kann.

In der Haustür steckt eine Nachricht, als wir heimkommen. *Kommen Sie zum Dinner zu uns,* steht auf dem Papier. *Acht Uhr. Betty.*

Er regnet leicht, während wir den Wagen entladen und duschen, und der Wind ist ziemlich frisch nach dem heißen Tag. Aber die Wolken verziehen sich rasch, und die Sterne funkeln am Himmel, als wir über die Weide auf die Lichter von Bettys und Jacks Haus zugehen. Brad hat eine Taschenlampe mitgenommen, und der wankende Strahl leuchtet den Boden vor uns nach Unebenheiten ab.

Brad und ich sind nicht die einzigen Gäste. Ein verbeulter Toyota Geländewagen steht unter einem Pfefferbaum vor dem Haus, und schon vor der Veranda höre ich Stimmen und Gelächter. Musik spielt im Hintergrund, und Motten umschwirren das Licht neben der Haustür. Ein köstlicher Duft. Wir klopfen, und Betty ruft: »Herein! Wir sind auf der hinteren Veranda.«

Allgemeines Händeschütteln, und Brad macht mich mit Bettys Mann Jack bekannt. Dann stellt uns Jack die anderen Gäste, Stan und Ella, vor. Sie sind Aborigines und etwa im selben Alter wie Betty und Jack: Mitte sechzig.

»Stan hilft mir mit den Schafen und bei der Reparatur der Zäune«, erklärt Jack. »Die beiden wohnen etwa zwei Meilen von hier am Fluss.«

Wir unterhalten uns über das Übliche, wenn man sich gerade kennen lernt. Über das Wetter und Brads Forschungsarbeit.

»In letzter Zeit sind viele Typen wie Sie hier gewesen«, erzählt Stan, »haben wissenschaftliche Messungen gemacht und geforscht.«

Ella wendet sich an mich: »Typen wie Sie!«, wiederholt sie lachend. »Nehmen Sie Stan so was nicht übel! Er denkt, dass alle, die nicht hier draußen leben, in dieselbe Kategorie gehören.«

Ich erwidere ihr Lächeln; ihre Warmherzigkeit gefällt mir. »Das ist schon okay.«

»Mal sehen«, sagt Stan und zählt an den Fingern ab. »Im letzten halben Jahr hatten wir hier einen Archäologen, zwei Wasserspezialisten und sogar einen, der sich mit Staub und Wind beschäftigte. Wie nennt man diese Leute noch mal, Ella?«

»Ich weiß es nicht, Lieber.« Sie zwinkert mir zu. »Irgendein ›-ologe‹. Wir haben ihn ›Staubwedel‹ genannt. Auf der hinteren Weide hat er überall diese kleinen Windmühlen-Dinger aufgestellt.«

»Und was für ein ›-ologe‹ sind Sie, Brad?«, erkundigt sich Stan.

»Ich bin Wasserbiologe.«

»Was Sie nicht sagen.« Stan reibt sich die Nase. »Dann studieren Sie das Wasser, richtig?«

»Das stimmt. Das tierische und pflanzliche Leben im Wasser und die Wasserqualität.«

»Ist ja toll.« Stan scheint ziemlich beeindruckt zu sein. »Die Wasserqualität? Ich hab nie gedacht, dass man das studieren kann.«

»Nun, die Qualität des Wassers ist entscheidend für das tierische und pflanzliche Leben. Faktoren wie Dichte, Salzgehalt und pH-Wert sind wichtig. Und wenn der Sauerstoffgehalt unter einen bestimmten Wert sinkt, können die Fische nicht überleben. Da wir gerade davon sprechen, wir haben heute in einem kleinen Wasserloch etwa fünf Kilometer flussaufwärts ein Fischsterben festgestellt …«

Jack und Stan sprechen mit Brad über Nährstoffe. Meine Aufmerksamkeit schweift ab, und ich bekomme nur am Rande Schlagworte wie »Phosphor« und »Stickstoff« mit. Ich denke an den Morgen zurück und sehe Brad vor mir, wie er knietief im Wasser steht und das Netz schwingt.

Ich schlucke heftig, als ich mich an die Szene mit der Pipette erinnere, wie er das Wasser ansaugt, das Glasröhrchen mit dem Finger oben zuhält und dann in das Glas laufen lässt. Seine Hände sind kräftig und geschickt.

»Und, Jess, was machen Sie?«

Als mein Name fällt, komme ich in die Wirklichkeit zurück. Ella sieht mich an – sie möchte Konversation mit mir treiben. Sie ist wirklich sehr nett und möchte mich mit einbeziehen. Zudem meint sie es gut, ist vielleicht auch ein bisschen neugierig. Obwohl ich heute am liebsten meine Ruhe hätte, kann ich mich ihren Fragen nicht entziehen.

Ich zucke hilflos mit den Schultern. »Früher habe ich Recherchen für einen Fernsehsender betrieben.«

Wieder einmal definiere ich mich über meinen ehemaligen Beruf, als würde mich der Job als Mensch aufwerten. Ich frage mich flüchtig, warum ich nicht hinzufüge, dass ich früher auch Mutter und Hausfrau war und nicht vollkommen übergehe, was ich jetzt bin. Dann bekomme ich Panik. Vielleicht durchschaut diese Frau die Mauer, die ich um mich errichtet habe, und erhascht einen Blick auf mein wirkliches Ich statt auf die Fälschung, die ich aller Welt zeige.

Doch Ella lächelt, umfasst meinen Ellbogen und führt mich in die Küche, wo ich das Klappern von Besteck höre. »Wir sollten Betty beim Tischdecken helfen«, sagt sie. »Sie waren also beim Fernsehen! Man stelle sich das vor! Stan und ich sind einmal gefilmt worden, als ein Team hier war und eine Art Dokumentarfilm gedreht hat …«

Nach dem Essen gehen wir hinaus auf den Rasen. Jack hat in einem alten Vierundvierzig-Gallonen-Fass ein Feuer entfacht, und ein paar Stühle stehen darum herum.

»Eigentlich ist es ja nicht so kalt, aber ein Feuer ist immer was Schönes, findet ihr nicht auch?«

Die Gespräche driften an mir vorbei. Ich fühle mich schläfrig nach dem guten Essen und lege den Kopf an die hohe Stuhllehne.

»Die Min-Min-Lichter«, sagt Stan. »Mittlerweile ist das fast zur Touristenattraktion geworden, insbesondere in der Gegend von Boulia. Aber hier gibt es sie auch.«

»Sie haben sie früher Dämonenlichter genannt«, fügt Ella hinzu.

»Dämonenlichter«, murmle ich fasziniert und öffne die Augen. »Haben Sie jemals eines gesehen?«

Jack schüttelt den Kopf. »Nein, und ich lebe schon dreißig Jahre hier. Ich persönlich halte das Ganze ohnehin für Quatsch.«

»Ah, du bist ein furchtbarer Zweifler, Jack!«, schimpft Ella liebevoll.

»Trink ein paar Gläser zu viel, Ella, und du siehst auch seltsame Lichter!«

Betty nimmt einen Schluck aus ihrem Glas und meint nachdenklich: »Die Legende sagt, dass jeder, der dem Licht nachjagt und es fängt, nie wieder zurückkehrt, um den anderen davon zu erzählen.« Sie tut so, als würde ihr ein Schauer über den Rücken laufen. »Unheimlich, nicht?«

Plötzlich ist mir kalt, und ich bekomme eine Gänsehaut.

»Brad und Jess sind an der Geschichte dieser Gegend interessiert«, sagt Jack, um die Stimmung aufzuhellen. »Sie haben ein Exemplar der Broschüre, die die historische Gesellschaft der Stadt vor einer Weile herausgebracht hat. Du könntest ihnen ein wenig mehr erzählen, Stan. Sachen zum Beispiel, die nicht in dem Buch stehen.«

Plötzlich sagt keiner mehr etwas, und es ist unheimlich still. Aus unerfindlichen Gründen fallen mir die Namen Mount Misery und Murdering Creek wieder ein. »Ihre Familie stammt von hier, Stan?«, frage ich, um das bedrückende Schweigen zu brechen.

»Ursprünglich nicht. Meine Urgroßmutter Ngayla kam von einem Stamm, der ein Stück weiter flussaufwärts lebte.«

Alle lauschen Stans Worten – Jack und Betty, Ella und Brad, ich. Der Schein des Feuers tanzt auf dem Gesicht des alten Mannes. Und die Dunkelheit jenseits der Flammen erscheint unendlich wie das All, auch wenn ich das Konzept der Unendlichkeit nie ganz verstanden habe. Alles muss doch irgendwann enden. Dieser Abend. Unser Aufenthalt in Diamantina. Meine selbst auferlegte Berufspause. Die ungeheure Trauer um Kadie, der Schmerz, der mich immer wieder trifft, sogar jetzt.

Dennoch ist an diesem Abend meine Welt auf den Kreis des Feuers und die Gesellschaft dieser Leute beschränkt. Ich bin ruhig, wenn auch losgelöst, als stünde ich allein am Rand von irgendetwas. Wie an dem regnerischen Nachmittag vor vielen Jahren, als Brad sagte: *»Die Dinge sind, wie sie sind«*, und ich mich bereitwillig in eine ungewisse Zukunft fallen ließ. Stan hebt die Hände und dreht die Handflächen den Sternen zu, dann beginnt er seine Geschichte. »Es war in den siebziger Jahren des neunzehnten Jahrhunderts«, erzählt er, »so steht es in dem Buch, das Jess gelesen hat.«

Mir ist plötzlich eigenartig zumute, ich habe das Gefühl, etwas schon mal erlebt zu haben. Als wisse ich genau, was Stan sagt, noch ehe er es ausspricht.

KAPITEL 15

Diamantina
September 1873

Nach nur wenigen Monaten hatte Adam das Gefühl, schon ewig in diesem Land namens Diamantina zu leben. Er spürte, dass er endlich nach Hause gekommen war, zu einem Ort, an dem er sich wohl fühlte, an dem die Schwierigkeiten, mit denen er zu kämpfen gehabt hatte, verblassten und schließlich ganz der Vergangenheit angehörten. Vielleicht hatte er hier, inmitten der Flussläufe und des Busches, Glück und konnte sich seinen Traum erfüllen. Auf jeden Fall war er bereit, alles dafür zu tun, und er hatte, weiß Gott, lange genug darauf gewartet. Mittlerweile war er fünfundzwanzig, und sechs Jahre waren vergangen, seit er die alte Heimat verlassen hatte.

Inzwischen hatte er den Tod seiner Eltern und seiner kleinen Geschwister auch in seinem Bewusstsein verarbeitet. Er hatte seinem früheren Nachbarn, der sie von ihrer Farm vertrieben hatte, verziehen und glaubte fast, dass er ihnen mit seinem Fortgang einen Gefallen getan hatte. Die Gegend mit den blauen Eukalyptusbäumen erschien ihm jetzt weit weg, als gehörte sie zu einem anderen Leben.

Auch Conor konnte er vergeben, dass dieser vorhatte, ihn zu verlassen. Adam war davon ausgegangen, dass sein Bruder genau wie er von einer eigenen Farm und eigenem Land träumte. Aber diese Frau namens Jenna hatte den Bruder verändert. Conor war dreiundzwanzig

Jahre alt und konnte seine eigenen Entscheidungen treffen – das musste sich Adam immer wieder ins Gedächtnis rufen. Mam und Dad waren in diesem Alter längst verheiratet gewesen. Und Conor hatte wenigstens versprochen, sechs Monate zu bleiben und ihm über die Anfangsschwierigkeiten hinwegzuhelfen – dafür war ihm Adam dankbar.

Er und Conor waren mit einem Brief vom Grundstücksmakler, einer Bestätigung, dass das Geld für das Land hinterlegt und der Besitz auf Adam und Conor überschrieben worden sei, auf der Farm angekommen. Der frühere Besitzer hatte freudig das Geld für die Hütte und den Viehbestand angenommen. Er und seine Familie hatten im Nu ihre spärlichen Habseligkeiten auf einen Wagen geladen und waren noch am selben Nachmittag nach einigen Instruktionen, wie die Tiere zu versorgen seien, aufgebrochen. Die Abschiedsworte des Mannes lauteten: »Traut den Schwarzen nicht!«

Adam staunte, als er die Hütte von innen sah. Wie eine sechsköpfige Familie in dieser Enge hatte wohnen, essen und schlafen können, war ihm ein Rätsel.

»Es geht doch nichts über enge Familienbande.« Conor grinste, als er sich das Haus ansah.

Die Wände waren aus roh behauenen Balken, und es gab keinen richtigen Boden – nur die blanke Erde. Der Kamin war so schlecht konstruiert, dass der Qualm ins Zimmer gedrückt wurde, wenn man ein Feuer anzündete. Das Dach war aus Ästen gefertigt und hielt, wie die Brüder bald feststellen mussten, dem Regen nicht stand. Die Hütte erinnerte Adam an Irland, aber das war ihm gleichgültig. Dies war sein Haus – na ja, seines und vorübergehend auch Conors und Jennas, weil sie ihnen das

Geld geliehen hatte. Mit der Zeit würde Adam das Haus verschönern.

Adam taufte seine Farm auf den Namen »Diamantina Downs«, zu Ehren des Flusses, obwohl die Bezeichnung »Fluss« als zu hoch gegriffen für eine Reihe von schlammigen Wasserlöchern erschien. Adam reparierte das Dach und den Kamin. Dann erkundeten er und Conor das Land, gingen die Grenzen ab und sahen sich die Berge und Wasserläufe an. Jeden Tag brachen sie im Morgengrauen auf und kehrten erst zurück, wenn es schon dunkel war. Schon jetzt bei Frühlingsanfang brannte die Sonne ungewohnt heiß auf die festgebackene Erde nieder. Die Regenzeit sollte in wenigen Monaten anfangen, und es war klug, die Lage des Landes vorher in Augenschein zu nehmen.

Ein paar Meilen nördlich des Hauses stieg die Landschaft zu beiden Seiten des Flusses in einer langen, gebogenen Linie an. Adam und Conor ließen die Pferde im Tal und stiegen auf die Anhöhe. Der Ausblick von dort war atemberaubend. Das wellige Land fiel zu einer mit grünem Gras und ein paar Bäumen bewachsenen Ebene hin ab. Die Berge in der Ferne flimmerten in der Hitze. Schlangenlinien von Coolibah-Bäumen markierten die vielen Kanäle des Flusses. Aus dieser Höhe sahen die Kanäle eher aus wie tiefe, trockene Furchen, doch der Mann, der ihnen die Farm verkauft hatte, meinte, dass sie bei Regenzeit genug Wasser führen würden, um das ganze Land zu bewässern.

Grund und Boden, Wasser und Luft. Überall, wo Adam hinschaute, waren Vögel. Die Wasserlöcher bevölkerten schwarze Schwäne und Enten, Gänse und Pelikane. Schnepfen und Regenpfeifer flogen um die Sandhügel mit dem dürren Gestrüpp und dem Mitchell-Gras. Am späten Nachmittag pickten ganze Schwärme von rosa und grauen Galahs in der Erde nach Grassamen. Bunte Paradiesvögel und Sittiche saßen in den Bäumen. Kakadus und Corellas hielten auf den Ästen Wache, kreischten und flogen wie eine Wolke auf, sobald jemand in ihre Nähe kam. Und über allem kreisten Habichte, die von hier unten wie schwarze Flecken am blauen Himmel aussahen.

Adam entschied sich, die Warnung des ehemaligen Farmbesitzers zu ignorieren, und näherte sich vorsichtig den Aborigines. Eine kleine Gruppe hatte ihr Lager an einem Wasserloch in der Nähe. Adam brachte einen Sack Mehl und Tabak mit. Im Ganzen wohnten ein halbes Dutzend Männer und zwei Frauen dort, und alle konnten ein paar Brocken Englisch. Er bot ihnen allen Arbeit an.

Zwei der Männer – Yapunya und Pigeon – sollten für anfallende Arbeiten wie Zäune flicken und Holz hacken verantwortlich sein. Wongaree, der älteste, wurde Viehhüter. Wandi, der jüngste des Stammes, kümmerte sich um die Pferde.

Adam bat Aleyne, die ältere der beiden Frauen, für ihn und Conor zu kochen und die Hütte sauber zu halten. Lalla, Aleynes fünfzehnjährige Tochter und Wongarees Frau, sollte jeden zweiten Tag kommen und die Wäsche waschen.

Aleynes Name bedeutete so viel wie »Zunge«, und Adam hoffte sehr, ihrem Mundwerk nicht zum Opfer zu fallen. Sie war um die Vierzig, schätzte er, und sah Furcht erregend aus mit den vielen Narben im Gesicht und den fehlenden Vorderzähnen. »Ah, ihr Männer!«, sagte sie mit einem zahnlosen Lächeln, als sie zum ersten Mal in die Hütte kam. »Ohne Frau kommt ihr nicht zurecht. Ihr braucht eine Frau, wie?«

Im Laufe der Wochen entwickelten sie eine gewisse Routine. Aleyne hantierte in der dürftigen Küche herum. Lalla sorgte dafür, dass Adam und Conor immer saubere Kleidung hatten, Feuerholz rund um die Hütte aufgeschichtet war und ein Gemüsegarten entstand. Es wurde heißer, und das Futter in der Nähe der Hütte wurde knapp. Deshalb schlug Adam vor, die Schafe etwas weiter weg in die Ebene zu treiben.

Es wurde beschlossen, dass Conor das übernehmen sollte. »Es hat keinen Sinn, dass wir beide dort herumlaufen«, meinte er. »Jemand muss ohnehin hier bleiben und ein Auge auf alles haben.«

»Nimm Pigeon mit!«, schlug Adam vor. »Es gefällt mir nicht, wenn du ganz allein da draußen bist.«

»Was soll mir schon passieren, wenn ich fragen darf?«

Adam zuckte mit den Achseln. »Es erscheint mir einfach sicherer.«

»Ah, manchmal bin ich gern für mich allein! Dann widerspricht mir wenigstens niemand …«

Und so war es beschlossene Sache. Adam winkte seinem Bruder nach, als der am folgenden Morgen losritt. Der Kelpie trieb die Schafe vor sich her. Conor hatte Proviant für zwei Wochen bei sich.

»Ich bleibe eine Weile draußen und stecke die Stellen ab, an denen wir Zäune errichten müssen. Wir brauchen Zäune«, fuhr er ernst fort, während er zusah, wie die Schafe liefen und hüpften, »sonst brennt uns dieser Haufen durch.«

Adam hatte sich so sehr an die Gesellschaft seines Bruders gewöhnt, dass er sich ohne ihn seltsam einsam fühlte. Er wanderte eine Weile umher, ohne zu wissen, was er als Nächstes tun sollte. Schließlich reparierte er ein kaputtes Tor auf der nächstgelegenen Weide.

Er war so in seine Arbeit vertieft, dass er das Mittagessen verpasste. Erst am Nachmittag, als einer der Hunde wütend bellte, schaute er auf. An der Uniform des Mannes, der auf ihn zukam, sah er, dass sein Besucher Commander der örtlichen Polizei war. Er wurde von acht schwarzen Spurenlesern zu Pferde und vier Packpferden begleitet.

Der Commander zügelte sein Pferd und sah auf Adam nieder.

»Wer ist der Besitzer dieser Farm?«

Er wirkte streitlustig, und Adam konnte ihn auf Anhieb nicht leiden. »Der bin ich«, antwortete er und runzelte die Stirn.

Der Commander musterte ihn von oben bis unten und grinste. »Was Sie nicht sagen!«

»Ich hab's gerade gesagt, oder?«

Das Grinsen verschwand. Aleyne und Lalla standen kichernd in der Tür und deuteten auf die Männer. »Sind Sie hier der einzige Weiße?«, wollte der Commander wissen und beäugte dabei die Frauen.

»Ich und mein Bruder. Er bringt die Schafe auf eine bessere Weide. Ist das ein Problem?«

»An Ihrer Stelle würde ich ihn zurückholen. Er ist da draußen nicht sicher.«

»Warum nicht?«

»Eine Gruppe Aborigines zieht am Fluss entlang. Uns wurde von getöteten Schafen berichtet, und wir haben Spuren und Reste von Feuern rund um die Wasserlöcher entdeckt. Die Leute sagen, diese Schwarzen seien nicht von hier. Und wir glauben, dass sie zu denen gehören, die eine Farmersfrau im Norden ermordet haben.«

»Ermordet?« Adam schaute zu den Spurensuchern. Sie saßen auf ihren Pferden und mieden Adams Blick. Sie machten alle einen ergebenen, niedergeschlagenen Eindruck.

Der Commander belohnte seine Männer mit einem verächtlichen Schnauben. »Offenbar ein Racheakt«, fuhr er fort. »Wie es scheint, hat einer der weißen Schafhüter … äh … die Gunst einer der schwarzen Frauen verlangt. Er versprach ihr Geld. Als er aber bezahlen sollte, hat er sie erschossen. Sie hatte ein kleines Baby. Auch das Kind kam ums Leben.«

Adam dachte an Conor, der mutterseelenallein unterwegs war. Angst stieg in ihm auf. »Und sie kommen in diese Richtung?«

»Keine Sorge. Wir werden uns um sie kümmern. Deshalb sind wir hier.«

Der Mann war wichtigtuerisch und arrogant. Er trug einen ordentlichen Rock und ein Seidenhemd – ziemlich unpassend für einen Ritt durch den Busch. Wen wollte er beeindrucken?

»Was meinen Sie mit ›wir kümmern uns um sie‹?«

»Wir eliminieren sie.«

»Sie wollen sie *töten*?«

»Wie auch immer.« Der Mann zuckte gleichgültig mit den Schultern, dann wendete er sein Pferd. »Sie können sicher sein, dass sie Sie nicht mehr belästigen, wenn wir mit ihnen fertig sind.«

Adam packte den Zügel des Pferdes. »Eines will ich klarstellen«, sagte er so nachdrücklich, wie es ihm irgend möglich war. »Auf Diamantina Downs wird niemand getötet. Es reicht, wenn Sie sich diesen Leuten zeigen. Sie werden dann in ein, zwei Tagen von hier verschwinden. Bis dahin können Sie ein Lager am Fluss aufschlagen, und Sie sind zum Abendessen hier eingeladen.«

Der Commander kam bei der Abenddämmerung in die Hütte und überließ »seine Jungs« sich selbst im Lager. Er hatte eine Flasche Schnaps und sein Gewehr dabei.

»Ohne Knarre mach ich keinen Schritt«, erklärte er großspurig. »Man weiß nie, wann man sie braucht.«

»Ich bezweifle, dass Sie sie heute Abend brauchen«, erwiderte Adam trocken.

Aleyne hatte schon am Nachmittag einen Eintopf zubereitet, und die beiden Männer setzten sich an den Küchentisch. Sie unterhielten sich über dies und das, doch Adams Gedanken wanderten immer wieder zu Conor, der nur in Begleitung eines Hundes allein da draußen war. Gab es eine echte Bedrohung? Der Mann, der ihm gegenübersaß, schien davon überzeugt zu sein, aber das könnte auch schlichte Panikmache sein, mit der der Commander seine Maßnahmen rechtfertigte.

Obschon er keine eigenen Erfahrungen mit der örtlichen Polizei hatte, war Adam bei seinen Besuchen in der Stadt in den letzten Monaten einiges zu Ohren gekommen. Die Farmbesitzer aus der Gegend hielten mit ihrer geringschätzigen Meinung nicht hinter dem Berg, wenn im Pub von der Polizei die Rede war. Und während des Essens kam die Sprache auch irgendwann auf den Ruf der Truppe.

»Allgemein«, sagte Adam, »finden die Siedler, dass Sie und Ihre Männer mehr Schaden als Nutzen anrichten.

Wir kommen allein ganz gut zurecht. Aber sobald ihr Jungs da seid, reißen die Schwierigkeiten nicht mehr ab, wo vorher gar keine waren. Ihr zieht durch die Gegend und provoziert die Aborigines. Dann macht ihr euch wieder aus dem Staub und überlasst uns das Chaos.«

Der Commander schob den leeren Teller von sich und lachte. »Das ist der Busch, und man muss mit dem Ungeziefer wie den Schwarzen kurzen Prozess machen. Behandle sie grob, und sie haben Respekt vor dir. Ist man zu nachgiebig, machen sie, was sie wollen.«

Adam schob auch seinen Teller weg. Ihm war der Appetit gründlich vergangen, obschon er noch nicht einmal zur Hälfte aufgegessen hatte. »Es ist schön und gut, dass Sie hier herauskommen, sich wichtig machen und mit den Gewehren herumfuchteln. Ihre schwarzen Spurensucher haben Sie schon ordentlich eingeschüchtert. Sie gehorchen, weil ihnen sonst eine fürchterliche Strafe blüht. Ich hätte auch keine Lust, an einen Baum gebunden und ausgepeitscht zu werden. Sie metzeln aus reiner Angst ihre eigenen Leute nieder, nur weil sie ein Schaf gestohlen und über dem Lagerfeuer geröstet haben. Sie müssen die Lebensweise der Aborigines verstehen.«

Der Mann presste die Lippen zusammen. »Ich muss gar nichts verstehen! Sie sind Diebe und Halunken, nichts anderes! Und wenn Sie erst mal eine Weile hier leben, kommen Sie auch noch dahinter.«

»Unsinn!« Adam wurde wütend. »Wir sind hergekommen und haben ihnen ihr Land weggenommen, macht uns das nicht auch zu Dieben und Halunken?«

»Leute wie Sie brauchen mich und meine Jungs – wir sorgen für Ihre Sicherheit. Nehmen Sie zum Beispiel Ihr Vieh. Die Schwarzen sehen alles, was sich bewegt, als ihre Beute an. Vielleicht ändern Sie Ihre Meinung, wenn Sie merken, dass Ihnen Lämmer fehlen.«

Adam holte tief Luft. »Kängurus, Emus, Schafe: das alles ist Nahrung für sie. Wir vernichten *ihre* Nahrungsquellen, also bedienen sie sich an unseren. Mir erscheint das als fairer Tausch. Und Leute wie Sie! Ihr bildet euch ein, ihr könntet nach eigenen Gesetzen handeln! Euch ist es gleichgültig, was ihr den hiesigen Stämmen antut und wer davon weiß. Ich gebe euch die Erlaubnis, auf meinem Land zu campieren – was, wenn Sie die Aborigines auf meinem Grund und Boden auslöschen? Sie gehen dahin zurück, wo Sie hergekommen sind, aber ich muss weiterhin hier leben und die Konsequenzen Ihrer Taten tragen. Die Schwarzen müssen doch denken, dass ich irgendwie mit Ihnen unter einer Decke stecke oder zumindest mit Ihrer Vorgehensweise einverstanden war. Ich habe verdammt hart gearbeitet, um mit den Leuten, die hier wohnen, ein ordentliches Verhältnis aufzubauen. Ich möchte keinen Speer in den Rücken bekommen, nachdem Sie weitergezogen sind.«

Der Commander musterte Adam nachdenklich. »Hatten Sie jemals eine schwarze Frau?«, fragte er schließlich.

Adam war schockiert. »Nein!«

Der Mann lachte, nahm die Schnapsflasche in die Hand und hielt sie Adam hin. »Dann wissen Sie auch nicht, was Sie verpasst haben. Die verdammt beste Nummer, die Sie jemals haben können.«

Er schenkte Schnaps in ein Glas, und Adam nahm es an.

»Ah, lassen Sie uns nicht streiten!«, fuhr der Commander fort. »Sie und ich, wir sind die einzigen Weißen weit und breit. Es wäre eine Schande, einen angenehmen Abend zu verderben.«

Adam nippte an seinem Glas und spürte, wie sich die Wärme in seiner Brust ausbreitete. Allmählich verflog sein Zorn. Es hat keinen Zweck, sich mit dem Kerl anzulegen, warnte ihn eine innere Stimme. Du kannst sowieso nichts ändern.

Die beiden Männer plauderten über neutrale Themen. Adam wollte alle Neuigkeiten aus den Städten im Norden hören. Der Commander erkundigte sich, was Adam mit dem Land vorhatte, und dieser gab bereitwillig Auskunft. Von Zeit zu Zeit dachte er an Conor und wünschte, er wäre hier. Sein Bruder hätte diesem Kerl mit seiner Wortgewandtheit schnell den Kopf zurechtsetzen und bessere Argumente anbringen können.

Gegen Mitternacht unterdrückte der Commander ein Gähnen, und beide Männer meinten, dass es Zeit zum Schlafen sei. »Wir brechen morgen in aller Herrgottsfrühe auf«, sagte der Commander. »Wir haben einige Meilen vor uns.«

Adam brachte seinen Gast zur Tür, dann blieb er auf der Veranda stehen und sah in den Himmel. Die schmale Mondsichel stand über dem Horizont. Die Sterne sahen aus wie blitzende Stecknadelköpfe am weiten, dunklen Firmament. Der Commander stand im Schein des Lichtes, das aus dem Haus drang. »Was ich vorhin gesagt habe, meine ich ernst«, warnte Adam und verschränkte die Arme vor der Brust. »Auf Diamantina Downs darf es kein Blutvergießen geben.«

Dann ging er ins Haus und räumte den Tisch ab, legte sich auf sein Bett, machte die Augen zu und wartete auf den Schlaf. Doch er fand keine Ruhe, obwohl es schon so spät war. Er hörte das Quieken der Fledermäuse und das Heulen eines Dingos in der Ferne. Etwas raschelte in der Nähe durchs Gras – eine große Echse vielleicht oder ein Nachtvogel auf Nahrungssuche.

Irgendwann in der Nacht kam eine kühle Brise auf. Der Wind rauschte in den Bäumen und brachte den süßen Geruch nach Regen mit. Adam nahm sich seine Decke und hörte die Tropfen niederprasseln. Dann versank er ins Reich der Träume.

Er träumte, dass sein Vater und seine Mutter, Conor und all die kleinen Geschwister um sein Bett versammelt waren. Er sah einem nach dem anderen ins Gesicht. Dad und Mam wirkten verschwommen, und er konnte ihre Züge kaum erkennen. Die Kinder waren gesichtslos, und dort, wo die Augen und Münder sein müssten, sah er nur schwarze Löcher. Nur Conor erschien ihm real.

Sie hatten alle Gartengeräte bei sich – Harken und Hacken, Äxte und Schaufeln.

»Komm!«, schrie Dad und deutete auf die Tür ins Freie. Seine Stimme war rau und heiser. »Raus aus dem Bett! Es gibt jede Menge Arbeit, und wir sind hier, um dir zu helfen. Wir haben keine Zeit zu verschwenden.«

»Du bist tot«, erwiderte Adam. »Du kannst mir nicht helfen.«

Dad hielt inne und starrte seinen Sohn eine halbe Ewigkeit an. »Nun«, erklärte er zögerlich und nahm Mams Hand, »wenn das so ist, dann gehen wir besser.«

Er winkte die Kinder zu sich, und alle schlurften zur Tür, Conor in ihrer Mitte. Mit jedem Schritt wurden sie kleiner und noch verschwommener, bis sie mit der Dunkelheit verschmolzen.

»Nein!«, schrie Adam. »Geht nicht weg!«

Hauptsächlich wollte er Conor zurückrufen. Die anderen waren längst tot, aber sein Bruder lebte, war aus Fleisch und Blut und sein Gefährte in diesem rauen Land. Aber es war zu spät. Conor war verschwunden und hatte Adam in seinem Traum allein gelassen.

Zu früh ließ der Regen nach, und zurück blieb nur der säuerliche Geruch nach Gidgee und feuchter Erde. Ein Chor an Vogelstimmen weckte Adam im Morgengrauen. Er wankte in die Küche – die Nachwirkungen des Alkohols benebelten seine Sinne. Hatte der Besuch des Commanders nur in seiner Fantasie stattgefunden? Nein, da standen zwei benutzte Teller neben der Spüle, und durchs Fenster entdeckte er eine dünne Rauchsäule über den Baumwipfeln am Wasserloch, wo der Commander und seine Männer ihr Lager aufgeschlagen hatten.

Sie wollten heute Morgen weiterziehen, und Adam hatte vor, zu ihnen zu gehen, um sich zu verabschieden und noch einmal zu betonen, dass er auf seinem Grund und Boden kein Blutvergießen dulden würde. Doch dann sah er Wongaree, der vom Stall in Richtung Haus lief. Er machte einen sehr besorgten Eindruck.

»Die Pferde sind weg, Boss«, sagte er, als er Adam erreichte.

»Beide?«

Wongaree nickte, und Adam kam der Gedanke, dass sie jemand gestohlen haben könnte. Vielleicht der Commander und seine Männer? Adam selbst hatte gestern Nachmittag nach den Pferden gesehen und sich vergewissert, dass die Gatter der Koppel zu waren.

»Wie sind sie herausgekommen?«

»Das Gatter ist kaputt. Sehen Sie!«

Er hielt Adam den zerbrochenen Metallriegel hin.

Die beiden Männer gingen zur Koppel, und Wongaree untersuchte den Erdboden sorgfältig nach Spuren. Er bückte sich immer wieder, dann richtete er sich auf und betrachtete die Abdrücke, strich mit den Händen über die Erde und trat ein, zwei Schritte zurück, stemmte die Arme in die Hüften und sah sich um.

»Also?«, fragte Adam. »In welche Richtung sind sie gegangen?«

Wongaree deutete flussaufwärts. »Dorthin. Zum Wasser.«

Adam wog nachdenklich den kaputten Riegel in der Hand. Der Verdacht, der ihm im Kopf herumspukte, gefiel ihm gar nicht. Er warf einen Blick zu der Stelle, an der der Commander mit seiner Truppe das Nachtlager aufgeschlagen hatte. Die Männer sattelten gerade ihre Pferde – Adam sah die Gestalten, die umhergingen – und waren offenbar bereit zum Aufbruch. Er zählte die Pferde. Insgesamt waren es dreizehn. Eine Unglückszahl für die Abergläubischen.

»Wongaree, glaubst du, da hat jemand an dem Riegel herumhantiert?«

Der Viehhüter zuckte mit den Achseln und nahm noch einmal den Erdboden in Augenschein. »Weiß nicht, Boss. Möglich. Ich kann's nicht mit Sicherheit sagen.«

»Sind das keine Fußspuren?«

»Die Pferde sind hier ziemlich herumgetrampelt. Es ist nichts mehr zu erkennen.«

Der Commander und seine Männer führten ihre Pferde in einer Reihe und gingen in die Richtung, in der Wongaree Adams Tiere vermutete. Sie waren bereits zu weit weg und hätten es nicht gehört, wenn Adam sie gerufen hätte, um zu fragen, ob er auf einem der Ersatzpferde ein Stück mitreiten könne.

Adam nahm die zwei Zaumzeuge vom Haken in der Futterscheune und machte sich schlecht gelaunt zusammen mit Wongaree zu Fuß auf den Weg. Gott allein wusste, wie weit die Tiere gekommen waren! Seine Stiefel rieben an den Fersen, bestimmt würde er bald große Blasen haben.

Der Tag fing wirklich nicht gut an.

KAPITEL 16

Die Zeit schien nur langsam zu verstreichen, während Adam und Wongaree durch das Gestrüpp streiften. Sie folgten den Spuren der Pferde zum Hauptarm des Diamantina. Das Zaumzeug lag schwer auf Adams Schultern.

Die Wolken hatten sich zerstreut, und der Himmel war strahlend blau; die sengende Sonne brannte auf sie nieder. Der Regen der vergangenen Nacht war nur noch eine Erinnerung, kein bisschen Feuchtigkeit war auf der harten Erde zurückgeblieben. Der Commander und seine Männer waren längst außer Sichtweite. Hin und wieder hatte Adam einen Schrei oder ein Wiehern gehört, aber jetzt war alles still.

Adams Gedanken kehrten immer wieder zu Conor zurück, der ganz allein die Schafe durch den Busch trieb und nichts von angeblich raubenden und mordenden Aborigines wusste. Sobald die Pferde gefunden wären – falls ihnen das überhaupt glückte –, würde sich Adam auf den Weg zu Conor machen, um ihn auf die Gefahr aufmerksam zu machen. Vielleicht konnte er ihn ja auch dazu überreden, mit ihm zurückzureiten und abzuwarten, bis sich die Lage beruhigt hatte.

Die Landschaft, die er sonst immer nur hoch zu Ross durchquerte, sah anders aus als sonst. Einige Male scheuchten sie Eidechsen auf, die sich wachsam auf die Hinterbeine stellten und dann durchs Gras huschten. Adam wusste, dass die Echsen ein Festmahl im Lager der Aborigines wären – sie rösteten das Fleisch auf heißen Steinen. Doch weder er noch Wongaree dachten daran, auf die Jagd zu gehen – für beide war es jetzt das Wichtigste, die Pferde wieder einzufangen. Adam nahm sich vor, Aleyne einen zusätzlichen Sack Mehl mitzugeben, um Wongaree und die anderen dafür zu entschädigen, dass er heute keine Nahrung beschaffen konnte.

Wongaree lief voraus und suchte den Boden nach Pferdespuren ab. Sein Rücken war gebeugt, der Kopf gesenkt. Ein Kaleidoskop von verschiedenen Farben bot sich dem aufmerksamen Auge: das Violett des Candytufts, die gelben Knospen der wilden Boronias, die zarten weißen Blüten des einheimischen Heliotrops, rote Salzbusch-Beeren. Eine Schlange glitt langsam von einem Stein unter einem Mitchell-Gras-Busch und beobachtete die beiden Störenfriede mit verächtlichem Blick. Dürre Spinifex-Sträucher und Pockholz sowie Nardoo-Gras wuchsen auf den Sandhügeln, die sich rot und bröckelig aus der Ebene erhoben.

Adam kletterte auf einen dieser Hügel und suchte mit Blicken die Umgegend nach seinen Pferden ab. Unwillkürlich sah er zum Horizont, wo eine Kette zerklüfteter Sandsteinfelsen wie aus dem Nichts aufragte. Sie hatten eine bläuliche Färbung gehabt, als Adam aufgebrochen war. Jetzt, wenige Stunden später, leuchteten sie orangerot.

Gelegentlich blieben die beiden Männer stehen und nahmen einen Schluck aus ihren Wasserflaschen. Schweiß tropfte von Adams Stirn und brannte ihm in den Augen. Gerade, als er glaubte, sie würden die Pferde niemals finden, schwenkte Wongaree nach links ab, klatschte in die Hände und deutete auf die zwei dunklen Tiere, die in einem trockenen Creek standen und friedlich grasten. »Wir haben sie, Boss«, jubilierte er laut. »Wongaree hat sehr gut die Spuren gelesen.«

Die Pferde blieben erwartungsvoll stehen, während sich die beiden Männer näherten. Als Adam einem der Tiere das Zaumzeug überwarf, flog ein grüngelber Papagei aus dem dichten Unterholz auf – die Flügel streiften fast sein Gesicht –, setzte sich auf einen Ast in der Nähe und funkelte die beiden Männer hasserfüllt an.

Wongaree erstarrte vor Entsetzen und deutete wortlos auf den Vogel.

»Was ist?«, wollte Adam wissen.

Der Viehhüter kauerte sich hin, um mit dem Vogel auf gleicher Höhe zu sein. »Er spricht von Gefahr. Er ist Wächter auf dem heiligen Grund«, flüsterte Wongaree ergriffen.

»Was für einem heiligen Grund?«

»*Diesem* heiligen Grund. Der Geistvogel sagt, wir dürfen hier nicht sein.«

»Nun, dafür ist es ein bisschen zu spät«, erwiderte Adam mit einem Lachen, das eher nervös als selbstbewusst klang.

Das Lachen schien den Vogel zu erschrecken. Er plusterte sein Gefieder auf, stieß ein paar schrille Schreie aus, bevor er wieder im Gestrüpp Zuflucht suchte. Wongarees Augen wurden groß. Er warf das Zaumzeug über den Kopf des Pferdes und zerrte es zu sich. »Schnell! Schnell! Wir müssen weg, Boss. Große Gefahr, ja? Wir alle stürzen und sterben.«

»He, nur mit der Ruhe!« Adam legte die Hand auf den Arm seines Arbeiters und versuchte, ihn zu beschwichtigen.

Wongaree wandte ihm das Gesicht zu, und Adam erkannte, dass der schwarze Mann Todesangst hatte. Schweißperlen glänzten auf seiner Stirn. Er atmete heftig. Es hatte keinen Sinn, ihn zu etwas zu zwingen. Sonst würde er nur die Flucht ergreifen und es seinem Herrn überlassen, allein mit den zwei Pferden zum Farmhaus zurückzukommen. Sie hatten gefunden, was sie gesucht hatten, und es blieb noch genügend Zeit, nach Hause zu reiten, die Pferde ordentlich zu satteln und dann loszureiten, um nach Conor zu sehen.

In diesem Augenblick der Stille zerrissen die ersten Schüsse die Luft. Das Geräusch schien aus allen Richtungen zu kommen und hallte über die Ebene.

»Verdammte Hölle!«, flüsterte Adam, als das Echo schließlich verstummte.

Für einen Moment herrschte Totenstille. Kein Vogel sang. Die Zikaden in den Bäumen waren verstummt. Sogar der Wind hatte aufgehört zu wehen. Adam und Wongaree sahen sich an. »Wir müssen gehen«, sagte Adam und deutete mit dem Kinn in die Richtung, in der seiner Meinung nach die Schüsse abgefeuert worden waren, »und nachsehen, was diese Bastarde im Schilde führen.«

Wongaree blieb, noch immer vollkommen verängstigt, zurück. »Nein, Boss. Schlechte – *jung-ga* – Geister da drüben.«

»Wir *müssen*.«

»Wongaree will nicht, Boss. Wongaree bleibt hier.«

»Das kannst du nicht. Du kommst mit. Diese Männer tun dir nichts. Nicht, wenn ich bei dir bin.«

Widerstrebend stieg Wongaree auf den Pferderücken. Er wirkte unbeholfen und unsicher, während er darauf wartete, dass Adam vorausritt.

»Ja, Boss«, flüsterte er ganz leise.

Ngayla lehnte sich an den Baumstamm und ließ den Blick über das Lager schweifen. Sie waren in der letzten Nacht hier angekommen. Heute Morgen wollten sie weiterziehen. Sie könnten nicht bleiben, hatten die Stammesältesten gesagt. Eine Meute Männer auf Pferden seien ihnen auf den Fersen – der Boss sei ein Weißer, die anderen seien Verräter ihrer eigenen Art: Aborigine-Spurenleser im Dienste der Polizei.

Warum sie gejagt wurden, wusste niemand. Die Leute erzählten sich, dass im Norden Weiße getötet worden seien. Aber damit hatten sie nichts zu tun, und trotzdem wurden sie von der Polizei gehetzt. Ngayla und ihr Stamm hatten den Rauch von ihren Feuern gesehen und das Wiehern ihrer Pferde von weit her gehört, doch seit ein paar Tagen schienen sie wie vom Erdboden verschluckt zu sein.

Waren sie jetzt in Sicherheit? Vielleicht hatten die Verfolger ihren Irrtum erkannt und ließen endlich von ihnen ab.

Gestern Abend hatte einer der alten Männer mit einem Stock eine Linie um ihr Lager gezogen, einen Kreis, um die bösen »Debil-Debil«-Geister zu verbannen. Und der Bann hatte sie in den dunklen Stunden geschützt. Jetzt, beim ersten Tageslicht, übertraten einige Stammesmitglieder die Grenze und gingen zum Creek und zum frischen Wasser.

Ngayla schloss die Augen. Sie hörte Stimmen und roch den Feuerrauch. Der Wind rauschte im Laub der Bäume und brachte sie zum Rascheln. Am deutlichsten erkennbar war die Stimme ihrer Mutter, die eines der jüngeren Kinder ausschalt.

Ngayla dachte an all die Veränderungen in den letzten Wochen, seit der Stamm beschlossen hatte, zu einem Walkabout aufzubrechen. Als Erstes war das neue Baby gekommen. Ihre ältere, verheiratete Schwester Mingul, die einen dicken, gewölbten Bauch hatte, ging zusammen mit ihrer Mutter in den Busch. Als sie dann zurückkamen, hatte Mingul ein Baby, einen kleinen Jungen, im Arm; er war mit Tierfett und Asche eingeschmiert. Er kam Ngayla ziemlich lang und dünn vor, schrie viel und saugte eifrig an der Brust seiner Mutter.

Ngaylas Körper schien sich auch mit jedem Tag zu verändern. Mit dreizehn war sie die jüngste in der Familie und klein für ihr Alter, aber ihre knospenden Brüste und ihre Hüften wurden allmählich runder. Vor wenigen Wochen hatte sie zum ersten Mal zwischen ihren Beinen geblutet. Anfangs hatte sie Angst davor gehabt und gedacht, sich eine schreckliche Krankheit von den Weißen eingefangen zu haben. Doch ihre Mutter hatte sie beruhigt und ihr gezeigt, wie sie die Grasbündel, die das Blut auffingen, dort befestigen musste. In der Zeit, in der sie blutete, musste sie abseits von den anderen schlafen und durfte nicht auf demselben Weg gehen wie die Männer.

»Warum ist das so?«, fragte sie ihre Mutter.

»Weil es bei uns immer schon so war«, lautete die strenge Antwort.

Ngayla war schon jetzt Yanda versprochen, einem schüchternen, fünfzehn Jahre alten Jungen. Sie fragte sich, wie es wohl sein würde, eine verheiratete Frau zu sein, nicht mehr bei der Mutter zu schlafen und ein Baby in sich wachsen zu spüren. Sie hatte einmal die Hand auf Minguls Bauch gelegt und die Bewegungen gespürt.

»Bis dahin hast du noch viel Zeit«, sagte ihre Mutter, als Ngayla sie fragte, wann Yanda ihr Mann werden würde. Du bist noch – *mi-ri* – zu jung und musst noch etwas wachsen.« Dabei strich sie mit den Händen über ihren eigenen Körper und betonte die Kurven an der Brust und den Hüften. »Du musst älter – *ka-na-ri* – sein, bevor du heiratest und Kinder kriegst.«

»Wie kriegt man ein Baby?«

Ihre Mutter bedachte sie mit einem hochnäsigen Blick. »Ah, Kind! So viele Fragen.«

»Aber wie?«, beharrte Ngayla.

»Nun«, begann ihre Mutter. »Wenn ein Mann ein Mädchen zu seiner *gundi* macht und sie ein gemeinsames Lager aufschlagen, kommen die Geister nieder, dann entsteht ein Baby.«

»Geister? Im Bauch?«, fragte Ngayla und machte große Augen.

»Wie ich sagte, du hast noch viel Zeit.«

An all das musste Ngayla jetzt denken. Sie öffnete die Augen und sah, dass ein paar Stammesmitglieder vom Creek ins Lager kamen. Das Schaf, das einer der Männer jämmerlich blökend ganz allein im Busch gefunden hatte, war fertig geröstet, und eine der Frauen hatte es vom Feuer genommen und verteilte die Fleischstücke. Ihre Mutter legte eines der Stücke auf eine Rinde und brachte es ihr. Ngayla nahm einen Bissen, aber das Fleisch war noch heiß, und sie verbrannte sich die Lippen. Sie verzog das Gesicht.

»Blas darauf!«, riet ihr die Mutter. »So.«

Ihre Mutter spitzte den Mund und hauchte in kurzen Atemstößen auf das Fleisch. Es sah komisch aus. Ngayla lachte. Ihre Mutter lächelte.

Am Rand des Lagers sang jemand. Die Kinder zankten sich um den besten Leckerbissen. Ein Baby weinte. War es Minguls? Ngayla nahm all das nur am Rande wahr – der Lärm war nur ein Hintergrundgeräusch, während sie sich mit dem Fleisch beschäftigte.

Plötzlich zuckte sie zusammen, ihre Sinne waren geschärft. Etwas stimmte nicht. Männer ritten ins Lager und schrien; die Kinder stoben auseinander. Ngaylas Mutter, die gerade einen Bissen zum Mund führen wollte, hielt mitten in der Bewegung inne und starrte die Meute verwundert an. Einer der Ältesten lief zu den Speeren, die auf einem Haufen neben dem Feuer lagen. Irgendetwas knallte ohrenbetäubend, und der alte Mann fiel nach vorn auf die Erde: Ein dunkelroter Fleck breitete sich auf seinem Rücken aus.

Ngayla presste die Hände auf die Ohren und kniff die Augen zu. Jemand – ihre Mutter? – hob sie hoch und fing an zu laufen. Sie merkte an der Erschütterung und an den Ästen, die ihr ins Gesicht schlugen, dass sie rasch vorwärts kamen. Dann ertönte wieder ein lauter Knall, gefolgt von zahlreichen weiteren Schüssen. Der Lärm hörte gar nicht mehr auf, bis Ngayla glaubte, ihre Ohren würden platzen, obwohl sie sie zuhielt. Dann hatte sie das Gefühl zu fallen.

Wer immer das Mädchen trug, stürzte und landete auf ihm. Ngayla war, als würde die Luft aus ihrer Lunge gepresst, und sie versuchte sich unter dem Gewicht herauszuwinden, um zu Atem zu kommen. Endlich konnte sie sich befreien und blieb keuchend neben der Leiche liegen. Als sie sah, dass es ihre Mutter war, unterdrückte sie einen Entsetzensschrei. Die Mutter hatte den Hals eigenartig verdreht, und ein Blutrinnsal lief aus einem Mundwinkel. Ihre Augen waren offen und starrten Ngayla blicklos an.

Ngaylas erster Impuls war, sich irgendwo zu verstecken: Sie musste weg von diesen grölenden Männern und den Schüssen. Sie sah sich hektisch um. Sie war nicht mehr im Lager, und diese Stelle am Flussufer kannte sie nicht. Sie kroch auf allen vieren zu dem dichten Gestrüpp in der Nähe, ohne zu bemerken, dass die spitzen Steine ihre Knie aufschürften.

Ihr Herz klopfte so schnell, dass sie fürchtete, es könnte ihr aus der Brust springen. Die Blätter der Büsche waren scharf und stachlig. Trotzdem robbte sie weiter und versteckte sich darin. Als sie glaubte, nicht mehr zu sehen zu sein, blieb sie mit angezogenen, geschundenen Knien sitzen und schlang die Arme um die Beine.

Sie wartete und wagte kaum zu atmen und schon gar nicht um Hilfe zu schreien. Sekunden, Minuten verstrichen. Anscheinend hatte sie niemand bemerkt.

Das laute Knallen verstummte plötzlich, und Ngayla spähte durch das dichte Laub. Überall lagen seltsam verkrümmte Leichen. Hauptsächlich Frauen und Kinder. Der

Boss der Weißen, der ins Lager geritten war, marschierte herum und trat mit dem Stiefel gegen alles, was sich noch bewegte. Einer der schwarzen Spurenleser hob ein Baby an den Beinen hoch und schleuderte es gegen einen Baumstamm. Es war Minguls Kind, Ngayla erkannte es mit absoluter Sicherheit. Der kleine Körper war schlaff, die Ärmchen hingen herum. Kein Laut kam ihm über die Lippen. Ngayla stieg ein bitterer Geschmack in den Mund, als sie beobachtete, wie der kleine Junge gegen die Rinde prallte. Dann fiel er auf einen Haufen Erde am Fuße des Stammes.

Ngayla spuckte die Galle aus und wischte sich mit dem Arm über den Mund. Die angespannten Beine fingen an zu schmerzen. Ihre Stirn war ungewöhnlich heiß und mit Schweißperlen bedeckt. Für einen Moment schloss sie die Augen und dachte, dass das alles vergehen würde, wenn sie nur ein bisschen schliefe. Später, wenn sie aufwachte, würde sie begreifen, dass alles nur ein böser Traum gewesen war.

Ein Schrei gellte durch die Luft. Ngayla hob den Kopf und nahm eine schnelle Bewegung wahr. Es war Mingul – sie lebte noch und versuchte, an den Spurenlesern vorbei zu ihrem Kind zu robben. Die Männer sprangen ihr in den Weg. Einer lachte heiser und stieß sie mit dem Fuß, bis sie auf dem Rücken lag.

Mingul starrte die Männer voller Entsetzen an. Einer holte wieder mit dem Stiefel aus. Sie versuchte, sich gegen den Tritt abzuschirmen, rollte auf die Seite und krümmte sich zusammen, um ihren Bauch zu schützen. Der Mann machte seinen Gürtel auf und ließ die Hose herunter; die anderen stachelten ihn an. »Mach schnell!«, rief einer. »Wir wollen auch noch drankommen.«

Obwohl Mingul versuchte zu entkommen, schrie und um sich trat, war Ngayla klar, dass sie gegen diesen Kerl nichts ausrichten konnte. Er holte aus und schlug mit der Faust auf ihr Kinn. Mingul sank zurück, und der Mann nutzte die Gelegenheit und legte sich auf sie.

Mingul hörte auf sich zu wehren und blieb still liegen. Sie hatte das Gesicht von ihrem Peiniger abgewandt und sah zu dem Busch, in dem sich Ngayla versteckte. Tränen liefen ihr übers Gesicht und hinterließen dunkle Spuren. Ngayla sah, wie sich das nackte Hinterteil des Mannes auf und ab bewegte. Minguls Körper wurde mit jedem Stoß erschüttert. Schließlich stand der Rohling auf und knöpfte sich die Hose wieder zu. Dann kam der Nächste dran. Einer nach dem anderen legte sich auf Mingul.

Ewigkeiten schienen zu vergehen, bis der Letzte seine Hose zumachte. Mingul lag reglos im Dreck; ihre Augen waren jetzt geschlossen.

»Schau mich an, Miststück!«, brüllte der Mann und stieß Mingul mit der Stiefelspitze in die Seite.

Mingul rührte sich nicht.

Der Mann trat fester zu und schrie lauter: »Sieh mich an, hab ich gesagt!«

Minguls Lippen spannten sich an und formten ein lautloses »Nein«.

Der Mann hob den Fuß und zielte auf Minguls Kopf. Ngayla hörte den dumpfen Aufprall, als der Absatz die Schläfe ihrer Schwester traf. Minguls Kopf fiel zur Seite, die Arme, die sie an die Seiten gedrückt hatte, wurden schlaff und glitten auf die Erde.

»Aufhören!«, wollte Ngayla schreien. »Das könnt ihr meinem Volk nicht antun!«

Doch die Worte waren nur in ihrem Kopf. Diese Kerle

waren groß und stark, und zudem waren es so viele. Wenn sie sich bemerkbar machte, würde sie dasselbe Schicksal ereilen wie Mingul.

Einer der Männer kam in ihre Richtung, bückte sich nur etwa einen Meter vor ihr und hob etwas auf. Es war ein Stück Fleisch. Eine der Frauen musste es dabeigehabt haben, als sie aus dem Lager geflohen war. Er hielt es an die Nase und schnupperte. »Lamm«, rief er seinen Kumpanen zu. »Geschieht ihnen verdammt recht. Sie haben ein Schaf getötet.«

All das Gemetzel nur wegen eines Tieres?

Ein Wimmern drang aus Ngaylas Kehle, und sie drückte hastig die Hand auf den Mund. Sie zitterte am ganzen Leib. Tränen schossen ihr in die Augen, und sie kniff die Lider zu, um die Schreckensbilder auszublenden.

Die Zeit schleppte sich dahin, die Sonne wanderte weiter, und Licht sickerte durch das dichte Laub. Von all dem bekam Ngayla kaum etwas mit, nur die Geräusche brannten sich tief in ihr Gedächtnis. Gelächter. Ein brechender Zweig. Eine Peitsche knallte. Einige Schüsse fielen. Worte in der Sprache der Weißen flossen ineinander und machten überhaupt keinen Sinn. Wie lange kauerte sie schon in diesem Busch? Sie wusste es selbst nicht mehr. Ihre Beine schmerzten höllisch; sie müsste dringend ihre Blase entleeren, und während die Minuten vergingen, wurde der Drang so stark, dass ihr der Bauch wehtat.

Endlich brachen die Männer auf. Ngayla hörte, wie ihr Lachen immer leiser wurde und sich die Hufschläge auf dem Uferweg entfernten. In ihrer Verzweiflung kratzte sie mit der Hand ein kleines Loch in die Erde und erleichterte sich. Sie fühlte, wie Urin an ihr Bein spritzte. Aus reiner Gewohnheit scharrte sie die trockene Erde wieder über den feuchten Fleck unter ihr. Dann teilte sie vorsichtig die Zweige des Busches ein wenig und spähte hinaus.

Es rührte sich nichts mehr. Nicht einmal die Eidechsen flitzten wie sonst über die sonnenbeschienenen Steine. Und die Vögel waren verstummt. Keine der Frauen schöpfte Wasser, um es ins Lager zu bringen, kein Kind planschte am Ufer.

Ngayla sah nur Leichen, die in ihrem geronnenen Blut kreuz und quer auf der Erde lagen. Die Äste der Bäume hingen tief über das rötlich gefärbte Wasser.

KAPITEL 17

Adam und Wongaree galoppierten am Fluss entlang in die Richtung, in der sie die Schüsse gehört hatten. Das Unterholz war dicht, und die beiden Männer rutschten hilflos auf den ungesattelten Pferden herum. Einige Male wäre Adam fast gestürzt, nur sein fester Griff in die Zügel rettete ihn. Hin und wieder musste er absteigen und die Pferde führen, während Wongaree nach Spuren suchte. Adam fluchte leise, weil ihn diese Mission so viel Zeit kostete. Als die Schüsse gefallen waren, hatten die Geräusche trügerisch nah geklungen. Sie legten Meilen zurück, doch von dem Commander und seiner Truppe war nichts zu sehen, und Adam fragte sich schon, ob sie sie verpasst hatten. In diesem dichten Buschland konnte man leicht an jemandem, der nur zwanzig Meter weit weg war, vorbeireiten, ohne ihn zu sehen.

»Was meinst du, wie weit wir noch reiten müssen?«, wollte er von Wongaree wissen.

Der Aborigine zuckte mit den Achseln. »Bis zum nächsten Hügel, Boss, vielleicht weiter. Schwer zu sagen. Die bösen Geister spielen Streiche, erzählen Lügen. Kann sein, dass sie uns in die falsche Richtung gelockt haben.«

Ein unerträglicher Gedanke. Sie hätten dann wertvolle Zeit und Energie verschwendet. Wenn sie so schnell wie möglich zu der Stelle kommen könnten, wären sie vielleicht in der Lage, ein sinnloses Gemetzel zu verhindern. »Wir *können* nicht in die falsche Richtung gegangen sein«, erklärte Adam. »Du hast die Spuren verfolgt. Wir haben den richtigen Weg eingeschlagen.«

»Ja, Boss, aber diese Spuren kommen und gehen.«

Führte ihn Wongaree absichtlich auf Irrwege, weil er sich vor den bösen *jung-ga* Geistern und dem fürchtete, was sie vorfinden mochten? Adam dachte über diese Möglichkeit nach, als sie durch ein fast ausgetrocknetes Wasserloch ritten, doch dann verwarf er den Gedanken.

Sie folgten einem ausgetrockneten Wasserlauf und kamen nach einer Stunde endlich zu einer Lichtung am Fluss. In der Mitte stand ein großer Wilga-Baum, und eine leblose Gestalt hing an einem Ast. Etliche andere lagen in einer blutigen Masse auf dem Boden. Die Erde war aufgewühlt. Überall war in der heißen Sonne getrocknetes Blut, auf dem dicke Fliegenschwärme saßen. Ein heißer, metallischer Gestank lag in der Luft.

Die zwei Männer stiegen ab. Wongaree blieb zurück und sah aus riesengroßen Augen zu, wie Adam auf den Gehängten zuging. Es war ein dunkelhäutiger, junger Mann von etwa zwanzig Jahren. Er war nackt bis auf eine Halskette aus Gras und einen Gürtel, der aus Menschenhaar geflochten zu sein schien. Ein langes Seil war um seinen Hals geschlungen.

Was sollte Adam tun? Er konnte den Leichnam nicht dort hängen lassen. Wongaree kauerte mittlerweile auf dem Boden, wiegte sich vor und zurück und winselte leise.

Adam ging zu seinem Viehhüter, packte ihn an den Schultern und schüttelte ihn. »Hör auf damit!«, befahl er streng und hoffte, Wongaree so aus seiner Erstarrung reißen zu können.

»Böse Geister sind hier«, flüsterte der schwarze Mann, als er aufstand und sich vorsichtig auf der Lichtung umsah. »Sie sagen, wir sollen weggehen.«

Adam nahm das Messer aus der Scheide an seinem Gürtel und ging auf den Baum zu. »Wir können nicht weg. Noch nicht. Erst musst du mir helfen.«

Wongaree wich erschrocken zurück. »Nein, Boss.«

»*Ja,* Boss«, korrigierte Adam entschieden.

Wongaree rührte sich nicht vom Fleck. Adam seufzte leise. Allein war das nicht zu schaffen – er brauchte die Hilfe seines Viehhüters.

»Die Männer, die das getan haben«, begann Adam und hasste sich selbst für diese Worte, »werden sagen, dass Wongaree ein Faulpelz sei. Vielleicht machen sie mit Wongaree dann dasselbe.«

Wongarees Augen wurden noch größer. »Sie sagen es ihnen, Boss?«

»Vielleicht, wenn du mir nicht hilfst.«

»Diese Leute sind nicht aus der Gegend«, sagte Wongaree und deutete mit dem Finger nach Norden zu einer entfernten Bergkette, als er Adam half, den Gehängten vom Baum zu schneiden. »Sie kommen von da drüben.«

Nach und nach entdeckten sie andere Opfer im hohen Gras. Alle waren von hinten erschossen worden, weil sie offenbar versucht hatten zu fliehen. Keiner hatte eine Waffe bei sich. Die Speere lagen neben einer glimmenden Feuerstelle auf einem Haufen.

Adam hatte schon Tote gesehen, aber nie so viele auf einmal und ganz bestimmt nicht solche Opfer, die sinnlos abgeschlachtet worden waren. Es stand zu vermuten, dass diese Männer nie jemandem etwas zu Leide getan hatten, gleichgültig, was dieser Commander behauptete.

»Sieht aus, als hätten sie gerade gegessen, als sie angegriffen wurden. Sie waren absolut unvorbereitet und hatten überhaupt keine Chance, sich zu wehren.«

Adam sah seinen Viehhüter an. »Wongaree«, sagte er ernst und packte seinen Arm. »Du weißt, dass ich damit nichts zu tun habe. Ich würde nie ...« Seine Stimme versagte, und er brachte kein Wort mehr heraus.

Wongaree wandte den Blick ab und schaute zu dem Lager des ausgerotteten Stammes. »Nicht Sie, Boss. Sie sind ein guter Mensch, Sie und Mista Conor. Diese anderen Kerle – die haben das gemacht.«

Conor. In den letzten Minuten hatte Adam seinen Bruder ganz vergessen. Es würde nicht lange dauern, bis sich die Nachricht von dem Massenmord nach Art der Schwarzen verbreitet hatte. Was, wenn es zu Rachefeldzügen käme? Conor war meilenweit weg mit den Schafen allein – ein leichtes Ziel. Adam wurde plötzlich so übel, dass er fürchtete, sein Frühstück nicht mehr bei sich behalten zu können. Er ging ein paar Schritte weg und würgte – ein Strom von Abscheu und Verachtung ergoss sich auf die staubige Erde.

Adam und Wongaree trugen die Toten zur Feuerstelle

und legten sie nebeneinander in eine Reihe. »Kaltblütige Mörder!«, explodierte Adam, als sie die Leichen zählten. Es waren zwölf.

»Was ist mit den Frauen?«, fragte Wongaree. »Es müssen auch Frauen da gewesen sein.«

»Vielleicht waren sie ohne Frauen unterwegs«, meinte Adam hoffnungsvoll.

Wongaree schüttelte den Kopf. »Alle sind bei einem Walkabout dabei. Auch Kinder.«

Kinder. Daran hatte Adam nicht gedacht.

Wongaree deutete auf das niedergetrampelte Gras; die Spur führte zum Fluss. »Vielleicht da drüben, Boss.«

Adam ging los – Entsetzen drohte ihn zu überwältigen.

Nach etwa hundert Metern fand er sie. Die Leichen lagen auf dem Trampelpfad. Alte Aborigines. Etliche Kinder. Eine junge Frau, die offensichtlich vergewaltigt worden war. Ein nackter Säugling lag neben einem Baumstamm, sein Schädel war zertrümmert. Adam hob ihn vorsichtig hoch und stolperte zur Lichtung zurück.

»Was wollen Sie tun?«, rief ihm Wongaree nach. »Was wollen Sie mit all den toten Menschen machen?«

Tränen nahmen Adam die Sicht. Er fand keine Worte. Ja, *was* sollte er tun? Er warf einen Blick zurück. »Ich lege das Baby zu den anderen«, antwortete er Wongaree. Seine Stimme klang selbst in den eigenen Ohren fremd. »Dann reiten wir zurück und holen Schaufeln und die anderen Männer. Sie sollen uns helfen, die Toten zu begraben.«

»Yapunya und Pigeon, ja, aber nicht Wandi. Wandi soll das nicht sehen; er ist noch ein Junge.«

»Gut, Wandi nicht.«

Wongaree zeigte zum Himmel. Die Sonne hatte den Zenit bereits überschritten, und die Bäume warfen Schatten. »Heute ist keine Zeit mehr, Boss. Morgen vielleicht.«

Adam legte den Säugling zu den Männern, ging zurück zum Fluss und hielt den Blick auf einen dichten Busch geheftet. Er glaubte, eine Bewegung wahrgenommen zu haben, und sah genauer hin. »Wer ist das?«, rief er.

Die Sonne schien durch die überhängenden Äste der Bäume und warf ein Muster von Schatten auf die Erde. Ein Vogel kreischte. Zögerlich machte Adam einen Schritt auf den Busch zu. »Ist da jemand?«

Laub raschelte, dann hörte er Schritte. Ein kleiner dunkler Schatten brach aus dem Versteck und rannte zum Fluss. »Warte!«, schrie Adam und lief der Gestalt nach.

Keuchend bahnte er sich einen Weg durch die stacheligen Büsche. Dornen und die scharfen Blätter schnitten ihm ins Fleisch, Äste schlugen ihm ins Gesicht. Er achtete jedoch nicht darauf und schrie: »Bleib stehen! Ich tue dir nichts. Ich bin ein Freund.«

Das junge Mädchen rannte auf seinen dünnen, braunen Beinen weiter. Es hatte keine Kleider an. Die Fußsohlen blitzten weiß auf, während sie behände wie eine Ziege um die Bäume herumlief. Aus den Augenwinkeln sah Adam, wie Wongaree zu seiner Linken an ihm vorbeirannte und versuchte, das Mädchen einzufangen. Das Kind war so auf seine Flucht konzentriert, dass es den schwarzen Viehhüter erst bemerkte, als er ihm in den Weg trat. Blindlings wirbelte die Kleine herum und lief in Adams Richtung. Er fing sie in seinen Armen auf, als sie versuchte, an ihm vorbeizukommen, und drückte sie an sich, bis sie aufhörte, sich zu wehren.

»Es ist gut«, beschwichtigte er sie mit sanfter Stimme.

Adam schätzte sie auf zwölf Jahre. Ihr Gesicht war blutverschmiert, und sie atmete schwer – vermutlich ebenso sehr aus Angst wie vor Anstrengung nach dem Laufen. Adam fühlte das wild pochende Herz durch den Stoff seines Hemdes, während das Mädchen sich in seinen Armen wand, zappelte und nach ihm trat. Aber er hielt es fest.

Wongaree kam auf sie zu, sagte etwas in der Sprache der Aborigines, was Adam nicht verstand. Das Mädchen gab den Kampf auf. Seine großen braunen Augen füllten sich mit Tränen, und sie liefen ihm in Strömen über die Wangen. Die Kleine machte keine Anstalten, sie wegzuwischen, als Wongaree die Arme nach ihr ausstreckte und sie aus Adams Griff befreite. Wongaree trug sie wie ein Baby und drückte ihr Gesicht an seine breite Brust, damit sie die niedergemetzelten Leichen nicht sah. Schweigend gingen sie zu den Pferden.

»Wir nehmen sie mit zur Farm«, sagte Adam schließlich. »Der Rest –«, er deutete auf die Toten –, »muss bis morgen warten.«

Sie ritten langsam nach Hause.

Aleyne kam ihnen bis zum Gatter entgegen und machte große Augen, als sie das Mädchen sah. Wongaree übergab die Kleine in ihre Obhut.

»Kümmere dich um sie!«, wies Adam Aleyne an. »Die Mitglieder ihres Stammes wurden ermordet. Sie hat Glück, dass sie mit dem Leben davongekommen ist.«

An diesem Nachmittag lud er Schaufeln und andere Geräte auf den Wagen, sodass er und die anderen Männer gleich am nächsten Morgen aufbrechen und die Toten begraben konnten. Danach würde er zu Conor reiten und ihn überreden, mit nach Hause zu kommen, bis sich die Lage beruhigt hatte.

Nach Einbruch der Nacht kamen der Commander und seine Männer zurück. Adam stürmte wutentbrannt in ihr Lager. »Ich weiß, was Sie getan haben«, schrie er und warf dem Anführer einen hasserfüllten Blick zu.

Der Kerl grinste verächtlich und zuckte mit den Schultern. »Keine Ahnung, wovon Sie reden.«

»Das war ein gemeiner, hinterhältiger Massenmord«, rief Adam voller Wut. »Und machen Sie sich nur nicht die Mühe, die Tat abzustreiten! Ich habe die Leichen gesehen! Was haben Ihnen diese Menschen getan?«

»Mir persönlich? Nichts. Aber lassen Sie es mich so ausdrücken: Der Mord an der weißen Frau, von dem ich Ihnen erzählt habe, ist gerächt.«

»Welche Beweise haben Sie dafür, dass gerade dieser Stamm etwas damit zu tun hat?«

»Beweise?«, lachte der Mann und reizte Adam damit nur noch mehr. »Ich brauche keine Beweise.«

»Und *warum* wurde diese weiße Frau getötet? Als Vergeltung, weil weiße Viehhüter Aborigine-Frauen vergewaltigt haben oder weil das Mehl, das ›großzügige‹ Landbesitzer an die Schwarzen verteilten, mit Arsen versetzt war?«

Der Commander tat die Frage mit einem Achselzucken ab. »Die gleiche Hautfarbe. Dasselbe Gesindel. Sie sind alle gleich. Es spielt keine Rolle, wer für den Mord bezahlt, solange es überhaupt jemand tut.«

Adam war sprachlos. Er starrte den Mann voller Verachtung an. Am liebsten hätte er ihm ins Gesicht geschlagen und diese Überheblichkeit aus ihm herausgeprügelt.

Er musste kurz die Augen schließen, um seine Wut unter Kontrolle zu bekommen, und schluckte. »Ich habe Ihnen gesagt, dass ich auf Diamantina Downs kein Gemetzel dulde«, sagte er schließlich.

»Sie können mich nicht aufhalten. Ich vertrete das Gesetz.«

»Es gibt eine Bezeichnung für das, was Sie getan haben.«

»Und wie sollte die lauten?«

Der Mann reizte ihn immer mehr. Adam war sich darüber im Klaren, dass er sich auf dem Absatz umdrehen und gehen müsste – dieser Rohling hatte bereits gewonnen.

»Kaltblütiger Mord! Ich werde Sie anzeigen.«

»Das wäre reine Zeitverschwendung. Damit erreichen Sie nichts. Wir sind hier, um Sie und die Menschen, die bedroht sind, zu schützen.«

»Bedroht? Von Frauen und kleinen Kindern? Sie bilden sich ein, dass Ihre Uniform Ihnen das Recht zum Morden und Vergewaltigen gibt?«

»Diese Kinder wachsen auf und werden Jäger, die den Weißen das Vieh stehlen. Und wenn wir die Frauen töten, wird es keine Kinder mehr geben. So einfach ist das. Sie müssen lernen, unsere Regeln zu akzeptieren, Kumpel.«

Adam hob geschlagen die Hände. »Sie wissen selbst, dass dieses Morden aufhören muss.«

»Es wird aufhören, wenn der letzte Schwarze tot ist.«

»Sie hundsgemeiner Bastard! Verschwinden Sie mit Ihren Männern von meinem Land! Sofort! Ich beherberge keine Mörder.«

Damit machte Adam kehrt und ging zurück zu seiner Hütte.

Nach dem Abendessen setzte sich Adam mit Stift und Papier an den Tisch und schrieb im trüben Schein der Öllampe einen Brief an den Gouverneur. Er schilderte gewissenhaft die Ereignisse des vergangenen Tages und ließ keine der grausigen Einzelheiten aus. Er selbst litt Höllenqualen, während er all das niederschrieb.

Als er zum Ende gekommen war, las er den Brief noch einmal durch. Die Worte schwirrten ihm durch den Kopf und ihm war, als läse er ein grausames Buch oder hätte einen bösen Traum.

Aleyne hatte die Kleine am Abend mit ins Lager genommen und versprochen, sich um sie zu kümmern. Der Bericht erschien ihm selbst unfassbar – weit hergeholt und unwahrscheinlich –, obwohl er das Ergebnis des Gemetzels mit eigenen Augen gesehen hatte. Wie sollte der Gouverneur, der in seinem feinen Büro in Brisbane saß, glauben, was er, Adam, ihm schrieb?

Sie müssen lernen, unsere Regeln zu akzeptieren.

Die Worte des Commanders fielen ihm wieder ein und nahmen ihm den Mut. Was könnte ein Brief an den Gouverneur schon bewirken? Nichts würde sich ändern. Ein Bericht konnte die Tat nicht ungeschehen machen, und ganz gewiss würden die Missetäter nicht zur Verantwortung gezogen.

Es spielt keine Rolle, wer bezahlt, solange es überhaupt jemand tut.

Das war die traurige Realität: Diejenigen, die die Gesetze machten, duldeten ein solches Verhalten, und Adam war nur ein einsamer Rufer in der Wüste. Mit einem unmutigen Seufzer knüllte er den Brief zusammen und warf ihn ins Feuer. Dann holte er das Farm-Journal aus der Schublade und hielt die Ereignisse dort fest. Irgendwann in der Zukunft würde jemand die Wahrheit erfahren.

Munwaal und Wadjeri kletterten mühselig auf den Felsen, der das Lager des weißen Mannes am Fluss überragte. Vögel flogen kreischend zu den nächstgelegenen Wasserlöchern. Die Sonne war ein roter Feuerball am westlichen Horizont. Von hier oben aus sahen die beiden Männer eine Schafherde und einen Hund, der sie bewachte.

Der Weiße schürte sein Feuer und stand mit dem Rücken zu ihnen. Auf einem Stein in seiner Nähe lag eine der Waffen, die auch die angeblich marodierende Bande bei sich gehabt hatte. Mit diesen Donnerbüchsen hatte die Truppe mit dem weißen Anführer ihre Stammesgenossen niedergemäht.

Erschöpft sanken die zwei Männer ins Gras, lehnten sich an einen Baumstamm und warteten. Der Himmel verdunkelte sich, Zikaden zirpten und Frösche quakten. Die Flammen des Lagerfeuers am Fuß des Felsen warfen flackernde Schatten. Der Duft von gebratenem Fleisch wehte mit dem Wind zu ihnen herüber. Es war schon zwei Tage her, seit sie etwas gegessen hatten. Nur die Frauen und Kinder hatten ihr Fleisch bekommen, als die Truppe am Morgen ins Lager geritten war.

Die beiden waren dem Schicksal der anderen entgangen, indem sie sich tot gestellt hatten. Sie hatten neben den niedergeschossenen Stammesgenossen gelegen und versucht, den Gestank nach Blut, Urin und Fäkalien nicht einzuatmen. Jetzt war für sie Vergeltung das einzige Mittel, die Gemüter zu beruhigen. Doch wie sollten sie gegen einen Feind kämpfen, der den ganzen Stamm so leicht überwältigt hatte? Auf der Flucht waren sie übereingekommen, dass sie die Mörder überrumpeln mussten. Genau wie es diese Bande getan hatte, als sie ohne jede Vorwarnung ins Lager geritten war. Einen Hinterhalt legen und sie überfallen, das war die einzige Möglichkeit; sie durften ihnen keine Gelegenheit geben, sich zu wehren oder zu ihren donnernden Waffen zu greifen.

Wadjeris Bein war unterhalb des Knies zertrümmert, und schon den ganzen Tag lief Blut über seine Wade. Er hatte versucht, den steten Strom mit einer Paste aus zerstoßenem Gras und Schlamm einzudämmen, das hatte jedoch nichts genützt. Jeder Schritt bereitete ihm Höllenqualen, aber ihm war klar, dass er sich so weit wie möglich von dem Lager der letzten Nacht und den Angreifern entfernen musste. Dass er bis hierher gekommen war, hatte er ganz allein seiner Willenskraft zu verdanken. Jetzt, viele Stunden nachdem ihn dieser Schuss verletzt hatte, trieb ihn der Schmerz an den Rand des Wahnsinns.

Munwaal war an der Schulter verletzt. Dort klaffte eine große Wunde, und das rohe Fleisch war zu sehen. Er konnte den Arm nicht mehr heben. Rachegelüste verdüsterten sein Herz. Und trotz der Verwundung war sein Bauch hungrig. Er warf Wadjeri einen Blick zu und nickte. Es war an der Zeit, etwas zu unternehmen.

Wadjeri schüttelte den Kopf. Das Blut sickerte aus seinem Körper, und er fühlte sich eigenartig, als würde sich alles um ihn herum drehen. Er fragte sich, ob er überhaupt noch aufrecht stehen konnte. Wie sollte er da den Berg hinunter ins Lager des Weißen kommen?

Munwaal schnalzte missbilligend mit der Zunge. Wadjeri kämpfte sich auf die Füße und stützte sich dabei gegen den Baumstamm. Lautlos schlichen sie im Schutz der weit herunterhängenden Äste weiter und achteten darauf, keine Steine loszutreten. Sie bewegten sich zentimeterweise vorwärts den Hang hinunter, machten zwischen den kleinen Schritten Pause, um sich zu vergewissern, dass sie weder gesehen noch gehört wurden. Und bei jedem Schritt glaubte Wadjeri, dass ihm der Schmerz das Bewusstsein rauben würde.

Die Flammen des Feuers tanzten und flackerten im Wind und warfen unstete Schatten auf das Lager. Dort, wo Munwaal und Wadjeri standen, war es finster; die samtene Schwärze hüllte sie ein wie ein Mantel. Als sie näher kamen, fing der Hund an zu knurren, drehte den Kopf in ihre Richtung und stellte die Nackenhaare auf.

Wadjeri sah, wie der Schein des Feuers auf dem weißen Gesicht des Mannes flackerte, als dieser die Hand auf den Rücken des Hundes legte, um ihn zu beruhigen.

»Ist schon gut, mein Freund«, besänftigte er ihn.

Er sah einen kurzen Augenblick in ihre Richtung, bemerkte sie offensichtlich nicht, denn er wandte sich gleich wieder dem Feuer zu.

Der Mann sang eine leise, sanfte Melodie. Es war keines der Lieder, die Munwaal und Wadjeri kannten, und sie hörten nur ein paar Wortfetzen; den Rest trug der Wind davon. Es ging um »wahre Liebe« und »Versprechen«, was immer das auch heißen mochte.

Wadjeri wagte sich ein paar Schritte weiter und bedeutete Munwaal, ihm zu folgen. Der Schmerz stach durch Wadjeris Bein, und er schnappte nach Luft. Ein leises Stöhnen kam ihm über die Lippen. Wenn er sich nur nicht mehr auf den Beinen halten, nicht mehr gehen müsste!

Sie waren ihrem Ziel schon ganz nahe, fast am Rand des

Lagers. Munwaal trat noch einen Schritt weiter, und ein Ast knackte unter seinem Fuß. Das Geräusch erschien in der stillen Nacht unnatürlich laut, fast ohrenbetäubend. Er riss aufgebracht den Kopf in die Höhe. Der Schmerz in der Schulter machte ihn unvorsichtig. Wadjeri sah ihn ängstlich an, und er blieb reglos stehen.

Plötzlich sprang der Hund auf und stürmte auf sie zu, fletschte die Zähne und knurrte. Wadjeri beobachtete, wie der weiße Mann aufhorchte und zu der Donnerbüchse lief, die auf dem Felsen lag. Trotz des Schmerzes und der Schwäche, die ihn niederzustrecken drohte, trat Wadjeri mit dem Speer in der Hand in den Feuerschein.

Munwaal hingegen rannte auch zu dem Felsen und schrie, während der Hund nach seinen Fersen schnappte. Der weiße Mann zögerte; augenscheinlich war er verwirrt, und Munwaal nützte die Gelegenheit und riss die Donnerbüchse an sich. Mit dem unverletzten Arm schleuderte er sie so weit, wie er nur konnte, in die Büsche. Der Weiße blieb stocksteif stehen und sah ihn wie erstarrt an. Angst spiegelte sich in seinem Gesicht wider.

Wadjeri erinnerte sich daran, wie die Angreifer am Morgen in das Lager geritten und über seine Stammesgenossen hergefallen waren, und an die Entsetzensschreie der Frauen. Der Schmerz in seinem Bein verriet ihm, dass der Tod für ihn wahrscheinlich auch nicht mehr fern war. Er hatte nichts mehr zu verlieren, und jemand musste für das Massaker bezahlen. Er sammelte all seine Kräfte, zielte auf die Brust des Weißen und warf den Speer.

Der Speer surrte in der Luft, traf auf Knochen und blieb zitternd stecken. Der Mann presste die Hände auf die getroffene Stelle. Man sah ihm die Überraschung und den Schock an. Wadjeri hinkte zu ihm und zog den Speer aus seiner Brust, dann hob er ihn wieder an.

»Halt!«, schrie der weiße Mann und hob die Hände, als wolle er sich ergeben, ehe er sich umdrehte und davontaumelte.

Der Hund hatte es auf Wadjeris Bein abgesehen, kläffte wütend und biss zu. Wadjeri warf den Speer noch einmal, diesmal traf er den Mann in den Rücken. Der Weiße stolperte und fiel mit dem Gesicht nach vorn. Er zuckte noch ein paar Mal, dann rührte er sich nicht mehr.

Die beiden Schwarzen wechselten einen Blick und nickten sich zu. »Es ist vollbracht«, flüsterte Munwaal erschöpft. Schweiß glänzte im Licht des Feuers auf seiner Haut.

Sie gingen zu der Feuerstelle und nahmen sich reichlich von dem Essen des Weißen, dann humpelten sie in die Dunkelheit und traten nach dem Hund, um ihn loszuwerden.

Es war fast schon Mittag, als sie die letzten Leichen begraben hatten. Adam war übel vor Sorge und Müdigkeit. In der letzten Nacht hatte er kaum ein Auge zugetan, und wenn doch, dann sah er die grausigen Bilder vor sich, die sich ihm am Tage geboten hatten. Jetzt winkte er Wongaree zu sich und schickte die anderen Männer zurück zur Farm. Er musste unbedingt nach Conor sehen und ihn nach Hause holen, bis die Feindseligkeiten beigelegt waren.

Während sie über die Ebene ritten, behielt Adam die Augen offen und suchte den Busch nach Ungewöhnlichem ab. Doch da war nichts. Vögel sangen. Zikaden zirpten. Eine leichte Brise rauschte in den Bäumen. Im Vergleich zum Tag zuvor erschien ihm alles ganz normal.

»Conor?«, rief er, als sie sich dem Lager des Bruders näherten. Er ließ die Zügel los, legte die Hände um den Mund und rief noch einmal. Ein paar Schafe hatten sich von der Herde gelöst und grasten am Flussufer. Die Tiere schauten auf, senkten jedoch gleich wieder die Köpfe.

Adam erhielt keine Antwort – kein Pfiff, kein Ruf war zu hören, nur die normalen Laute des Busches.

Mit einem Mal wurde Adams Kehle eng vor Angst, doch er verdrängte die böse Vorahnung. Es gibt eine plausible Erklärung, redete er sich ein. Vielleicht ist Conor losgeritten, um die Markierungen für die neuen Zäune zu setzen. Oder er hat die Schreie nicht gehört.

»Conor?«

Ein Hund bellte ein Stück entfernt. Das Kläffen hallte aus verschiedenen Richtungen wider, und Adam schaute zu dem schroffen Felsen neben dem Lager auf. Rührte sich dort etwas? Er war sich nicht sicher. Die grelle Sonne brannte hernieder, und das Licht unter den Bäumen war so diffus, dass man kaum etwas erkennen konnte. Er blinzelte ein paar Mal und schaute genauer hin. Nichts. Wongaree war ungeduldig und ritt voraus.

Sie fanden Conor am Flussufer. Er lag mit einem Speer im Rücken auf der Erde. Der Kelpie bellte sie einige Male an, als wolle er sie willkommen heißen, dann machte er sich wieder daran, die Schafe zu bewachen.

Adam war wie gelähmt und konnte kaum atmen. Er fühlte nichts, als wäre er in einer Zeitspanne gefangen, in der nichts von Bedeutung war. Aber das hier … nein, das konnte, *durfte* nicht geschehen sein. Das hatte Conor nicht verdient.

Wongaree kniete sich neben den Leichnam und tastete nach dem Herzschlag. Er schüttelte den Kopf. Nichts. Ratlos drehte er sich zu Adam um. »Die bösen Geister waren hier, Boss«, flüsterte er; die Worte klangen wie ein Donnergrollen in Adams Ohren.

»Das waren keine bösen Geister, sondern böse Menschen.«

Wongaree nickte. »Zwei. Sehen Sie die Fußabdrücke? Vielleicht sind sie verwundet, Boss. Da ist Blut.«

Sie suchten die Umgegend ab. Wongaree folgte der Blutspur ein Stück am Ufer entlang, bis er die Stelle fand, an der die beiden Männer durchs Wasser gewatet waren. Der Grund auf der anderen Flussseite war zu felsig für weitere Spuren. »Sie sind weg.« Wongaree zuckte mit den Schultern. »Längst weg. Vielleicht schon gestorben.«

Sie gingen zurück. Adam konnte den Blick nicht von dem Speer losreißen, der aus Conors Rücken und dem blutigen Hemd wie etwas Obszönes ragte. Ein fein geschnitzter Stab – Beweis dafür, dass etwas außer Kontrolle Geratenes sein Schicksal ebenso wie das von Conor besiegelt hatte.

»Warum? Verdammte Hölle, *warum*?«

Adam merkte, dass sich sein Mund verzog, und konnte nichts dagegen tun. Plötzlich verschwamm die Szene vor seinen Augen. Er kniff die Lider zu. Als er sie dann wieder öffnete, sah er, wie sein schwarzer Begleiter versuchte, den Speer aus der Wunde zu ziehen.

Adam trat näher, als sich die Speerspitze mit einem schmatzenden Geräusch aus dem Fleisch löste. Wongaree blieb stehen und hielt unbeholfen die Waffe in der Hand, als wüsste er nicht, was er damit anfangen sollte.

»Wirf ihn in die Büsche!«, befahl Adam und deutete auf das Gestrüpp. »Ich will ihn nicht mehr sehen.«

Dann sank er neben seinem Bruder nieder und wiegte ihn in seinen Armen. Conors Körper war schlaff, das Gesicht bereits aufgedunsen. »Hol die Schaufel!«, instruierte er Wongaree. »Ich habe sie an meinen Sattel gebunden.«

Als Wongaree zurückkam, hob Adam eine Grube auf einer kleinen Anhöhe im Schatten eines Baumes aus. Er arbeitete verbissen und wies Wongarees Angebot, ihm zu helfen, schroff zurück. Schweiß rann ihm in die Augen und über die Schläfen, und bald klebte sein Haar nass am Schädel. Er erinnerte sich an den Tag im alten Land, als er das kleine, in Lumpen gewickelte Bündel vom Bett seiner Mutter genommen und es am Rand des Ackers vergraben hatte. Wie lange war das bloß schon her? Sechs Jahre? Er schüttelte den Kopf, um die Erinnerung daran loszuwerden.

Als die Grube tief genug war, senkte er mit Wongarees Hilfe Conors Leichnam in sein Grab. Wie betäubt schaufelte er die Erde zurück. Sie fiel auf seinen Bruder, bedeckte sein Gesicht, seine Brust, die Beine. Wongaree trat zu ihm und wollte ihm die Schaufel abnehmen, aber Adam winkte ab. Als das Werk getan war, brach er einen Ast von einem Baum und stieß ihn in die Erde, um das Grab zu markieren.

Benommen vor Trauer und Erschöpfung kauerte sich Adam hin und verabschiedete sich von seinem Bruder. Er hörte die Gebete, die mechanisch aus seinem Mund wie trockener Staub rieselten, und vergrub das Gesicht in den zitternden Händen. Er verlor die Beherrschung, spürte, wie ihm alles entglitt und er an die Grenzen seiner Zurechnungsfähigkeit kam. Alle, die ihm lieb und teuer waren, hatte man ihm genommen. Mam und Dad. All die kleinen Geschwister. Und nun auch noch Conor. Jetzt war er ganz allein auf dieser Welt; er hatte keinen Blutsverwandten mehr. Verzweifelt drückte er die Fäuste an seine Stirn.

Neben ihm bewegte sich etwas – Wongaree sah ihn besorgt an. »Sind Sie in Ordnung, Boss?«

Adam kämpfte sich auf die Füße und packte die Schaufel. Was sollte er darauf antworten? Nichts war *in Ordnung*. Er fühlte sich einsam ohne seinen Bruder und fürchtete sich vor der Zukunft. Wann hörte das Morden auf? Wer würde den letzten Schuss abfeuern und den Frieden ausrufen?

Dies ist ein einsamer, gottverlassener Fleck, dachte er, als er losritt. Meilen weit weg von der Hütte. Ein finsterer, vom Wind gepeitschter Platz. Irgendwann würde er zurückkommen und einen Zaun um das Grab spannen, um einen richtigen Friedhof daraus zu machen. Aber Gott wusste, wie sehr er hoffte, dass Conor der Einzige blieb, den er dort zur letzten Ruhe betten musste.

Jemand erwartete ihn in der Hütte, als er und Wongaree zurückkamen. Eine Frau, stellte Adam erstaunt fest – eine Frau mit Haube und weitem, raschelndem Rock. Als er näher kam, erkannte er Jenna.

Warum war sie hier?

Wie war sie hergekommen?

O Gott! Er musste ihr von Conor erzählen …

Er war nicht in der Stimmung zu reden oder die Ereignisse der letzten beiden Tage zu schildern. Auf dem Ritt nach Hause hatte er an nichts anderes gedacht als an sein Bett und an die Erlösung, die er im Schlaf finden würde.

Sie sah Adam erwartungsvoll von der Veranda aus entgegen, als er abstieg und auf sie zuging. »Wie sind Sie hierher gekommen?«, fragte er barscher als beabsichtigt.

»Der Postmann hat mich dankenswerterweise in seiner Kutsche mitgenommen.«

»Und warum sind Sie gekommen?«

»Nun, das ist nicht gerade der Empfang, den ich mir gewünscht habe.«

Sie lächelte. Und Adam war sich ihrer Schönheit sofort bewusst. Die Abendsonne brachte ihr Haar und die Haut zum Leuchten. Sie streckte die Hand aus, um ihn zu begrüßen, doch Adam ignorierte die Geste.

»*Was* haben Sie sich denn gewünscht?«

Sie sah ihn verwirrt an und runzelte leicht die Stirn. »Eigentlich hatte ich Conor erwartet«, sagte sie leise. »Wo ist er?«

Adam kam die Stufen herauf und nahm ihren Arm, führte sie ins Haus und deutete auf einen Stuhl. »Vielleicht möchten Sie lieber Platz nehmen.«

»Ich bleibe lieber stehen, wenn es Ihnen nichts ausmacht.«

Seine Zunge schien am Gaumen zu kleben, während ihm ein Dutzend verschiedene Gedanken durch den Kopf rasten. Es gab keine schonende Art, Jenna die Nachricht von Conors Tod zu überbringen. »Conor«, sagte er und machte eine Pause – er verabscheute es, die Worte aussprechen zu müssen. »Conor ist …«

»Ja?«, drängte sie.

»Conor ist tot.«

Sie starrte ihn an. Ihre Augen wirkten mit einem

Mal riesengroß und dunkel in dem blassen Gesicht. Sie schluckte. »Das, das kann nicht sein«, stammelte sie. »Wir wollen doch heiraten.«

Tränen schossen ihr in die Augen, und sie ließ ihnen freien Lauf, ohne sie sich vom Gesicht zu wischen.

Adam nahm ihre Hand und zwang sie, sich zu setzen. Dann erzählte er ihr, was sich in den letzten beiden Tagen zugetragen hatte. Und er versuchte dabei, ihr begreiflich zu machen, dass sie unmöglich auf Diamantina Downs bleiben könne.

»Hier ist es zu gefährlich – dies ist kein Ort für eine Frau. Die Hütte könnte überfallen werden. Natürlich können Sie hier bleiben, bis ich einen geeigneten Transport für Sie organisiert ...«

»Ich *kann nicht* zurück.«

»Warum nicht?«

»Meine Mutter ist gestorben, und ich habe den Laden verkauft. Ich habe nichts und niemanden mehr, zu dem ich gehen könnte.«

Adam suchte irgendetwas fürs Abendessen zusammen, und sie aßen schweigend. Jenna wusch anschließend das Geschirr ab, und Adam brachte eine Pritsche in den Schuppen. »Sie können in der Hütte übernachten«, sagte er, »ich schlafe im Schuppen. Wir reden morgen weiter.«

Sie ging mit ihm zur Tür und wartete, bis er den Hof überquert hatte und im Schuppen verschwunden war. Er war sich bewusst, dass sie im Eingang stand, sah es an dem langen Schatten, den sie auf die Erde warf. An dem Tor zum Schuppen warf er einen Blick zurück und betrachtete ihre Silhouette vor dem Licht der Lampe.

»Es gibt noch einen Grund, warum ich nicht zurück

kann«, rief sie unsicher. Ihre Stimme klang dünn und verloren.

Adam wartete. Sie schwankte leicht.

»Und der wäre?«, fragte er.

»Ich bin schwanger. Ich trage Conors Kind unter dem Herzen.«

TEIL IV

LIEBENDE UND LÜGNER

KAPITEL 18

Die Vergangenheit macht mich vollkommen.

Es ist seltsam, dass einem manche Worte und Sätze im Gedächtnis haften bleiben, selbst wenn die Erinnerung an die Zeit und den Ort, an dem sie ausgesprochen worden sind, längst verblasst ist. Und dies ist einer der Sätze, von denen ich weiß, sie definieren mich: Jess.

Ich entsinne mich nicht, woher ich ihn habe – vielleicht aus einem Buch oder einem Film. Kann sein, dass er in einem der Frauenfilme gefallen ist, bei denen man zwei Minuten vor Schluss zum Taschentuch greift und sich scheut, hinterher ins Kinofoyer zu gehen, weil man wie alle anderen Frauen verweinte Augen hat. Oder ich habe ihn in einem der aufschlussreichen Romane gelesen, die einen mit Worten und Bildern fesseln, bis man das Gefühl hat, selbst Teil der Handlung zu sein.

Wie auch immer – Buch oder Film –, damals haben sich die Worte richtig angefühlt und sich in mein Bewusstsein gebrannt. Gelegentlich nehme ich sie mir wieder vor und überprüfe sie. Und es stimmt. Nur in der Vergangenheit habe ich mich vollkommen gefühlt, als ganzer Mensch.

In der Gegenwart komme ich mir vor, als wäre ich aus den Fugen geraten. Ich fühle mich so, als wäre ein großer Teil von mir weggebrochen. Ich bin keine Mutter mehr, nur noch eine Ehefrau. Meine Karriere ist dahin. Die Trauer übermannt mich. Ich taumle von einem Tag in den nächsten, desorientiert, als ob nur mein Körper, nicht aber mein Geist im Leben stünde. Nichts interessiert oder begeistert mich. Ich existiere in einem Vakuum und funktioniere wie eine Marionette. Manchmal glaube ich, nicht weitermachen zu können.

»Die Vergangenheit macht mich vollkommen«, sage ich zu Brad, als ich an einem Tiefpunkt angelangt und sehr verletzlich bin. Ich schleudere meinem Mann die Worte entgegen und beobachte, wie sie ihn treffen.

»Du kannst nicht in der Vergangenheit leben.«

»Aber ich möchte dort sein. Da gibt es keinen Schmerz.«

Er nimmt meine Hände und legt sie an seine Wangen. Sein Gesicht drückt Traurigkeit und Bedauern aus. Bedauern über all das, was wir verloren haben, und Traurigkeit, weil der Schmerz noch in mir ist. »Sag nicht so was! Ich liebe dich. Wir haben immer noch uns. Zählt das denn gar nichts?«

Meine Augen füllen sich mit Tränen. »Ich vermisse meine Tochter«, sage ich. »Mir fehlt Kadie so sehr, dass es wehtut.«

»Mir tut es auch weh.«

Ich schüttle den Kopf, nicht um seine Empfindungen infrage zu stellen, sondern um meine eigenen hervorzuheben. Mir erscheint meine Trauer umso vieles größer als seine – die Pein einer Mutter –, und er kann das unmöglich verstehen. Mein Körper hat sie neun Monate lang getragen, ich habe die ersten bebenden Bewegungen wie das Flattern von Schmetterlingsflügeln gespürt. Ich hatte die Wehen, und an meiner Brust hat das Baby nach der Geburt gesaugt. Wie kann Brad auch nur ahnen, was ich fühle?

Er legt die Arme um mich und schmiegt sein Gesicht an meinen Hals. Er atmet schwer wie nach einem Dauerlauf. Ich warte, weiß nicht, was ich tun soll, bis er sich schließlich zurückzieht und mich auf Armeslänge von sich hält.

»Ich möchte, dass wir wieder eine Familie werden.«

Lange Zeit bringe ich kein Wort heraus – allein das Wort ist unerträglich: Familie. Es ruft die Assoziation mit Weihnachten und Geschenke öffnen rund um den Christbaum hervor. An Kadies ersten Geburtstag. An einen Wintermorgen von vielen, an denen sie in unser Schlafzimmer gerannt kam und sich zwischen uns unter die Decke gekuschelt hat. An Sommernachmittage am Strand.

Ich sehe sie jetzt vor mir, wie sie lachend in die Wellen läuft, Brad dicht hinter ihr. Ich halte die Kamera. Klick. Das Foto steckt in meiner Brieftasche, und ich sehe es jedes Mal, wenn ich sie aufklappe. Kadie in der Zeit erstarrt, die Farbe ihres Gesichts und der Kleidung bereits verblichen. Kadie unwiderruflich Teil der Vergangenheit.

Eine meiner Tanten deutet kurz nach Kadies Tod an, dass es vielleicht so hatte kommen müssen. »Nichts auf dieser Welt ist von Dauer«, macht sie mir klar. »Unsere Kinder sind lediglich so etwas wie eine Leihgabe, und wir müssen dankbar für die Zeit sein, die wir mit ihnen haben.«

Diese Aussage, die mich durch einen Nebel aus Trauer und Antidepressiva erreicht, bringt mich zum Weinen. Sie klingt wie eine Kapitulation. »Aber, aber, Liebes«, fügt die Tante hinzu. »Du wirst sehen, mit der Zeit wird es leichter.«

Aber ich spüre von Anfang an, dass es niemals leichter sein wird. Kadies Tod ist etwas Ungeheuerliches, Unbegreifliches. Vielleicht lerne ich »mit der Zeit«, besser damit zu leben, aber jetzt, ein Jahr später, ist das Ereignis noch immer so schmerzhaft und grauenvoll wie während der ersten Monate.

Warum will mich niemand trauern sehen? Sollte ich meinen Schmerz verbergen und nur ans Licht bringen, wenn ich allein bin? Bereitet er meinen Mitmenschen Unbehagen? Erinnern meine Qualen die Verwandten und Bekannten daran, dass ihnen jederzeit dasselbe passieren kann? Vielleicht sollte ich um der anderen willen ein fröhliches Gesicht aufsetzen und meine Traurigkeit tief in mir vergraben ... In den Tagen und Monaten nach dem Unfall wächst mir die Trauer um Kadie buchstäblich über den Kopf. Sie umhüllt mich wie ein dunkler Mantel. Spült mich mit. Verschlingt mich. Und plötzlich bin ich nicht mehr die Jess, die ich einmal war. Kadies Tod macht mich kleiner, selbstkritischer. Was habe ich bei meiner Tochter falsch gemacht? Habe ich als Mutter versagt? Ich hätte sie beschützen müssen. Selbstzweifel keimen auf. Wenn ich eine bessere Mutter gewesen wäre, würde sie möglicherweise noch leben.

In dieser Zeit versteht mich Carys am besten, was mir jetzt sonderbar erscheint, weil meine Schwester nie Mutter war. Sie taucht immer wieder unverhofft bei uns zu Hause auf, um nach mir zu sehen, und lockt mich aus der Stimmung heraus, in der ich mich befinde.

An einem speziellen Tag sitze ich im Schlafanzug herum. Es ist Mittag. Weder das Bett ist gemacht noch das

Frühstücksgeschirr abgespült. Die Behälter vom chinesischen Schnellimbiss mit den Resten vom Abend zuvor und der erstarrten Satay-Sauce stehen noch in der Küche. Müde schleppe ich mich zur Haustür, um auf das Klopfen zu antworten.

Carys steht vor mir. Sie trägt ein gelbes Kostüm und High-Heels. Sie ist schick und attraktiv.

»Hi!«, begrüßt sie mich.

Ich fahre mit den Fingern durch mein strähniges Haar. Ich weiß nicht einmal mehr, ob ich es am Morgen gebürstet habe. Ich muss grauenvoll aussehen, denke ich, aber Carys verliert kein Wort darüber.

»Hi!«, erwidere ich, meiner Stimme fehlt jedoch jeglicher Enthusiasmus.

Ich trete beiseite, und sie kommt ins Haus. Ich schließe die Tür wieder.

Sie umarmt mich. Ihr Arm bleibt um eine Spur länger auf meinem Rücken als normalerweise, der Druck ist ein wenig fester. Durch diese Berührung zeigt sie mir, dass ich ihr am Herzen liege. Dann überreicht sie mir ein kleines Päckchen. »Ich habe Mittagspause und ein wenig Zeit zwischen zwei Terminen. Deshalb hab ich uns Sandwiches mitgebracht.«

Hühnchen mit Salat – mein Lieblingssandwich. Tränen treten mir in die Augen, und ich umarme sie meinerseits. Sie setzt sich zu mir aufs Sofa. Wir packen die Sandwiches aus und knabbern daran. Ich merke, dass Carys auch keinen großen Appetit hat, aber wir geben uns beide Mühe und betreiben Smalltalk.

Eine gerahmte Fotografie steht auf dem Couchtisch: Carys und Kadie. Es wurde vor sechs Monaten bei einem Ausflug in den Zoo aufgenommen. Ich sehe, dass Carys einen verstohlenen Blick auf das Foto wirft und wieder wegschaut. Ihr Mund spannt sich an, und sie beißt entschlossen von ihrem Sandwich ab.

»Wohin geht die Liebe, wenn jemand stirbt?«, frage ich, als Carys sich zum Gehen bereitmacht. »Die Liebe kann doch nicht auf einmal verschwinden. Es ist unmöglich, sie auf jemand anderen zu übertragen.«

»Nein, das ist nicht möglich«, stimmt sie mir zu. »Sie ist einfach da und verzehrt einen.«

Warum muss ich gerade jetzt an diesen Besuch denken? Wieso kommen bruchstückhafte Szenen- und Gesprächsfetzen plötzlich an die Oberfläche und überlagern die Gegenwart?

»Hey!«, Brad drückt meinen Kopf ein kleines Stück nach hinten und lächelt zaghaft. Er weiß nicht, was in meinem Kopf vorgeht. »Das Leben gibt uns keine Garantien, Jess. Liebe und Schmerz sind oft Seiten ein und derselben Medaille. Manchmal kann man das eine nicht ohne das andere haben.«

»Dann will ich lieber keines von beidem.«

Das erscheint so einfach, so wahr. Der Musterplan des Lebens. Ein Rezept fürs Überleben. Man nehme eine Prise Glück und erhitze es zusammen mit einem Spritzer Herzleid. Gründlich umrühren.

Seltsame Vergleiche sickern in mein Bewusstsein. Zwischen jetzt und damals. Vergangenheit und Gegenwart. Zwischen dem, was war, und dem, was ist.

»Warum geht der Teig nicht auf?«

»Du knetest nicht richtig, Jess.«

»Ach, ja?«

»So. Du musst dich mehr anstrengen.«

»Ich strenge mich an. Sehr.«

»Mehr.«

Brads Worte führen uns zusammen und trennen uns gleichermaßen.

Zwei Tage nach dem Dinner im Farmhaus hält ein kleiner Lieferwagen vor unserem Cottage. Betty steigt aus. Sie ist in der Begleitung von Ellas Mann Stan. Ich erkenne ihn und besonders seine dunklen Arme unter den aufgekrempelten Hemdsärmeln. Er dreht sich nach hinten und nimmt eine große Holzkiste von der Ladefläche.

»Hallo!«, ruft Betty und geht auf den Pfad zu, der zu unserer Haustür führt. Stan folgt ihr. »Sind Sie da, Jess?«

»Hi, Betty, Stan!«

Ich halte ihnen die Fliegengittertür auf, und sie kommen ins Haus. Stan nickt mir zur Begrüßung zu. Er trägt die Kiste und kann mir nicht die Hand geben. Betty sieht sich ausgiebig um. Stehe ich auf dem Prüfstand?, überlege ich und bin froh, dass das Bett gemacht und die Küche aufgeräumt ist.

Stan stellt die Kiste auf den Küchentisch.

»Das ist für Sie«, erklärt Betty und tippt auf den Deckel der Kiste. »Wir dachten, dass Sie die Sachen vielleicht gern durchsehen würden.«

»Wir?«

Ich starre die Kiste an. Auf dem nicht ganz passenden Deckel liegt eine dicke Staubschicht. Zwei langbeinige Weberknechte, die offenbar durch die holprige Fahrt über die Weide wachgerüttelt wurden, kriechen aus einer Ecke und huschen über den Plastiktisch.

»Was ist da drin?«, frage ich.

Bin ich die Einzige, die nicht weiß, was vor sich geht?

Betty zuckt mit den Achseln. »Keine Ahnung, ehrlich. Altes Zeug. Es war Jacks Idee, Ihnen die Sachen zu zeigen. Ella sagte, Sie hätten früher Recherchen betrieben, und neulich meinten Sie, dass Sie Interesse für die Geschichte dieser Region haben.«

Also haben sie sich über mich unterhalten.

Ich hebe den Deckel an und spähe in die Kiste. Ganz oben liegen lauter lose Papiere, die an den Rändern angeknabbert zu sein scheinen. »Mäuse«, sage ich, als ich ein paar schwarze Kotkugeln auf den Tisch fallen sehe.

»Oder Kakerlaken«, ergänzt Stan sachlich. »Die großen.«

Betty berührt die obersten Blätter. »Jack hat diese Sachen vor zwei Jahren in einer der alten Scheunen gefunden. Er wollte, dass ich sie wegwerfe, aber das hab ich nicht übers Herz gebracht. Sie könnten historisch wichtig sein, wissen Sie. Ich dachte daran, sie das nächste Mal in die Stadt mitzunehmen und dem Museum zur Verfügung zu stellen. Sie würden sich freuen.«

Will ich mich wirklich durch den angenagten Inhalt dieser Kiste wühlen? Allein bei dem Gedanken an Mäusekot bekomme ich eine Gänsehaut. »Ganz bestimmt«, bekräftige ich und hoffe im Stillen, dass sich Betty eines anderen besinnt und die Kiste gleich wieder mitnimmt.

Aber sie macht keine Anstalten. »Bis dahin möchten Sie sich diese Papiere vielleicht mal anschauen. Bringen Sie die Kiste einfach zurück, wenn Sie fertig sind! Sehen Sie sich das an …«

Wie aufs Stichwort nimmt Stan einen Stapel Papiere aus der Kiste und zieht ein ledergebundenes Buch heraus. Er reicht es ehrfürchtig an Betty weiter, die mit der

Hand über den Einband streicht und eine Spur im Staub hinterlässt. In das Leder ist die Jahreszahl 1873 geprägt. »Jack sagt, dies sei ein Farmjournal. Sehen Sie das Datum? Es ist sehr alt.«

»Hundertdreißig Jahre.«

Meine Neugier ist geweckt, aber ich unterdrücke sie. Brad und ich sind nur noch wenige Wochen hier, und es wäre töricht, etwas anzufangen, was ich nicht beenden kann.

»Genau in dem Jahr«, wirft Stan ein, »ist meine Urgroßmutter Ngayla nach Diamantina Downs gekommen. Erinnern Sie sich? Ich hab Ihnen neulich von ihr erzählt.«

Betty nimmt den Rest aus der Kiste und legt alles auf den Tisch. Es wird von mir offensichtlich erwartet, wie mir klar wird, dass ich mich für die Sachen interessiere.

»Jack und ich dachten, damit hätten Sie eine schöne Beschäftigung«, fährt Betty fort, ohne mein Zögern zu bemerken. »Das hilft, die Zeit zu vertreiben.«

Ich könnte ihr vermutlich erklären, dass ich nichts brauche, um mir »die Zeit zu vertreiben«. Meine Zeit ist ausgefüllt mit Gedanken, und meine Gedanken beschäftigen sich hauptsächlich mit Kadie. Wenn ich wach bin, denke ich fast immer an sie und daran, was sein könnte und nicht ist.

Widerstrebend richte ich meine Aufmerksamkeit auf die Gegenwart und den Papierkram, der jetzt auf dem Küchentisch verstreut ist.

Da sind noch mehr Tagebücher – insgesamt fünf. In einer Papiertüte stecken einzelne Kochrezepte. Einige uralte Scheckbuch-Aufstellungen. Zwei kleinere ledergebundene Bücher. Ich nehme eines davon in die Hand. Es ist ein Tagebuch, das sehe ich sofort, als ich die erste

Seite aufschlage. »Jenna McCabe«, steht dort. Ich schlage das Buch wieder zu.

»Was ist das?«, will Betty wissen.

»Ein Tagebuch.«

»Wollen Sie es nicht lesen?«

Ich verbeiße mir ein Lächeln. Will sie, dass ich mich sofort hinsetze, während sie mir über die Schultern späht? »Später vielleicht.«

»Vielleicht?«, wiederholt sie unzufrieden.

Ich überlege, ob ich sie mit irgendetwas verärgert habe. Müsste ich mehr Freude, mehr Begeisterung zeigen? »Vielen Dank, dass Sie an mich gedacht haben! Das war sehr nett. Aber die Schrift ist ziemlich blass, und ich brauche zum Lesen gutes Licht. Und am besten nehme ich mir dazu Papier und einen Stift zur Hand, um mir Notizen zu machen.«

Es fällt mir schwer zu erklären, warum es mir in Wahrheit widerstrebt, die Seiten aufzuschlagen und die Einträge zu lesen. Ich käme mir vor, als würde ich in den Privatangelegenheiten von Fremden herumschnüffeln.

Betty und Stan stehen in meiner Küche und warten. Das Schweigen reißt eine Kluft zwischen uns auf. »Wie wär's jetzt erst mal mit einer Tasse Tee für uns alle?«, frage ich vergnügt – ich weiß, dass Betty Tee und ein Plauderstündchen liebt.

Betty strahlt. »Das wäre wunderbar, meine Liebe. Nicht wahr, Stan?«

Eines der Dinge, die ich am meisten hasse, sind diese wohlmeinenden Kennenlern-Fragen. Sie kennen das Szenario: Dinnerparty. Neue Bekannte. Die Unterhaltung ist abgeflaut. Und in diesem Augenblick wendet sich unweigerlich die Frau, die neben mir sitzt, an mich und versucht, ein Gespräch in Gang zu bringen.

»Und, Jess ...« Sie verstummt für einen Augenblick, runzelt die Stirn. »Jess stimmt doch, oder?«

Bin ich so unbedeutend, dass man meinen Namen so schnell vergisst? Ich nicke und warte.

»Cynthia«, stellt sie sich vor.

»Ich weiß«, rufe ich ihr ins Gedächtnis. »Wir wurden vorhin miteinander bekannt gemacht.«

Sie kichert albern. »Oh, natürlich! Ich bin manchmal so geistesabwesend.«

Dann verbringt sie die nächsten zehn Minuten damit, über den Hautausschlag ihres Sohnes, die exorbitanten Zahnarzthonorare und die Tatsache, dass der Supermarkt in ihrer Nähe ihre bevorzugte Räucherlachssorte nicht mehr führt, zu jammern.

Ich nicke, zeige Mitgefühl und bin mir bewusst, dass ich sie damit nur ermutige. Aber ich schaffe es nicht, mich der Konversation zu entziehen. Ich sollte mich entschuldigen und zur Toilette gehen, aber nein – ich bleibe wie eine Masochistin sitzen und warte darauf, dass sie sich schließlich für mich interessiert.

Es ist fast eine Erleichterung, als wir mit der Fragenlitanei beginnen. Ich muss nicht mehr warten. Wir kommen der Wahrheit und dem unausweichlichen Austausch von Informationen näher. Was machen Sie beruflich? Wo leben Sie und Ihr Mann? Wie haben Sie die Gastgeber kennen gelernt?

Dann das Unabwendbare: »Haben Sie Kinder?«

Was soll ich darauf sagen? Ja, ich hatte eine Tochter, sie ist aber gestorben? Oder soll ich die einfachere Variante wählen und nein sagen? Aber damit würde ich Kadie verleugnen, so tun, als hätte sie nie existiert. Aber sie war real, aufgeweckt und fröhlich, und ein Teil von mir.

Die Wahrheit wird die Frau in Verlegenheit bringen, das weiß ich. Ich kenne sogar schon im Voraus ihre Reaktion. Sie wird nervös und knallrot und weiß nicht mehr, wo sie hinschauen soll. Dann sagt sie etwas Bedeutungsloses wie: »Oh, das wusste ich nicht! Es tut mir Leid.«

Warum sollte ihr etwas Leid tun? Sie kennt uns nicht, ist Kadie nie begegnet. Sie hat nie das Lächeln meiner Tochter gesehen oder den konzentrierten Gesichtsausdruck, wenn sie versuchte, sich die Schuhe zuzubinden. Sie hat nie Kadies Stimme, ihr Lachen oder das Aufheulen, wenn sie ins Bett musste, gehört. Nein, denke ich – sie hat Kadie überhaupt nicht gekannt.

Mir bereitet die Verlegenheit der Frau Unbehagen, deshalb gebe ich mir alle Mühe, sie zu besänftigen und ihr klar zu machen, dass alles okay sei – auch wenn es eine reine Lüge ist. Warum mache ich das? Ich verleugne meine Empfindungen. Unterdrücke meinen eigenen Schmerz, um die Gefühle anderer nicht zu verletzen. Im Nachhinein macht es keinen Sinn.

Gleichgültig, wie sehr ich mich wappne, die Frage schockiert mich jedes Mal. Meine umsichtigen Freunde warnen die anderen Gäste im Voraus. Einmal habe ich zufällig mit angehört, wie eine Gastgeberin, eine enge Freundin, einen Dinnergast bat: »Frag Jess nicht nach Kindern!«

Und jetzt stellt Betty keine der üblichen Fragen. Hat Brad sie vorgewarnt?

Stattdessen plaudert sie über ein Outback-Festival, das

in der Stadt organisiert wird und viele Touristen anlockt. Sie redet von all den geplanten Attraktionen. »Natürlich wird es unsere Beverley wahrscheinlich nicht schaffen«, sagt sie.

»Beverley?« Habe ich etwas verpasst?

»Unsere Tochter. Sie und ihr Mann leben auf einer Farm auf der anderen Seite der Stadt. Ihr erstes Baby kommt bald auf die Welt.«

»Ihr erstes Enkelkind?«

Betty strahlt. »Ganz recht. Stimmt's, Stan?«

Sie wirft Stan einen Blick zu, als ob sie seine Bestätigung brauche. Stan nickt.

»Sie freuen sich bestimmt schon sehr.«

»Na ja, Jack und ich haben seit der Hochzeit auf ein Baby gehofft. Darum geht's doch im Leben, oder nicht? Kinder bekommen, und die Kinder bekommen wieder Kinder. Auf diese Weise lebt ein Teil von einem immer weiter, lange nachdem man selbst unter der Erde liegt.«

Und da sticht die Erinnerung wieder zu und trifft mich unvorbereitet.

Ich bin im sechsten Monat schwanger, stehe nackt vor dem Spiegel im Badezimmer. Brad stellt sich hinter mich und umfasst mit den Händen meine Brüste, dann streicht er mir über den Bauch und unsere ungeborene Tochter. Jetzt sage ich »Tochter«, aber ich hatte schon damals eine Ahnung, dass es ein Mädchen werden würde. Beim letzten Ultraschall ein paar Wochen zuvor sprach der Arzt von einer »sie«.

»Was ist?«, fragt Brad.

»Nichts.«

»Etwas stimmt doch nicht«, beharrt er. »Ich seh's dir an.«

»Bin ich so leicht zu durchschauen?« Ich lache, will die Antwort gar nicht hören, obwohl es wichtig für mich ist. Brad findet das vermutlich albern und inkonsequent.

»Ja.«

»Nun«, beginne ich zaghaft, »ich habe fast den ganzen Tag damit zugebracht, mir Hochzeitskleider anzusehen.«

»Und ...«, hakt er nach.

»Und nichts.«

Seine Zuversicht ist erstaunlich. »Du wirst etwas finden.«

»Ich hab nur noch eine Woche Zeit.«

Er senkt den Kopf und liebkost meinen Nacken. »Meine zukünftige Frau, die Einkaufssüchtige. Ich habe absolutes Vertrauen zu dir.«

»Brad! Darüber macht man sich nicht lustig.«

Tränen schießen mir in die Augen. Ich löse mich aus seiner Umarmung, und seine Worte verhallen. So habe ich mir meine Hochzeit nicht vorgestellt.

»Es geht nicht um das Kleid«, sage ich und wische ärgerlich die Tränen weg. »Es geht um mich – darum, wie ich bin. Sieh dir meinen Bauch an! In allen Kleidern, die ich anprobiert habe, habe ich ausgesehen wie ein gestrandeter Wal.«

»Ein gestrandeter Wal? Wann hast du zuletzt einen gestrandeten Wal gesehen?«

»Na ja ...«

»Wann?«, beharrt er. Ein verschmitztes Lächeln spielt um seine Lippen.

»Ehrlich gesagt, nie. Es ist eine Metapher.«

Wir sehen uns via Spiegel lange an. Dann fährt Brad mit der Fingerspitze über meine Wange. »Sieh dich an!«

»Da ist viel von mir, was ich ansehen kann.«

»Ja, und? Das bedeutet auch, dass es zweimal so viel gibt, was man lieben kann.«

Ich spüre, wie mein Unmut schwindet. Brad übt immer diese Wirkung auf mich aus und bringt mich dazu, etwas aus einem anderen Blickwinkel zu betrachten. »Zieh mich nicht auf!«

»Das tue ich nicht. Es ist mein Ernst.«

Er dreht mich langsam zu sich um. Mein Bauch drückt sich an seinen, und das Baby strampelt wild, als würde es meine Erregung spüren. Brad legt behutsam die Hand auf die Stelle, dann nimmt er mein Gesicht zwischen die Hände. »Es ist mir egal, ob du wie ein so genannter gestrandeter Wal aussiehst. Die Hochzeit – das ist das, was wirklich zählt. Du und ich, wir bekennen uns zueinander und zu unserem Kind. Es geht doch nicht um das Kleid, um Himmels willen! Wer erinnert sich in zehn Jahren noch an das Kleid?«

Ein Stuhl schabt über den Boden, und plötzlich bin ich wieder im Hier und Jetzt, in einer Küche irgendwo am Diamantina. Das Kleid, das ordnungsgemäß gekauft und getragen wurde, hat fast vier Jahre ganz hinten in meinem Schrank gehangen. Betty räumt die Tassen und Untertassen ab und bringt sie zur Spüle. »Also, wir machen uns besser wieder auf den Weg«, sagt sie. »Auf uns wartet Arbeit.«

»Übrigens«, meint Stan noch, »Ella hat mich gebeten, Sie zu fragen, ob Sie nicht mal bei uns vorbeischauen möchten. Egal, an welchem Tag, aber möglichst zum Morgentee.«

»In der hinteren Scheune steht ein altes Fahrrad.« Betty nickt anerkennend und deutet in Richtung Fluss. »Folgen Sie einfach dem Weg, der da drüben entlangführt! Es ist nicht weit. Ungefähr zwei Meilen. Sie können das Haus gar nicht verfehlen.«

Als Betty und Stan weg sind, sitze ich am Küchentisch und starre trübsinnig auf den Inhalt der Holzkiste. Die fünf Farmjournale erzählen vermutlich nichts Spannenderes als Wetterberichte und Aufstellungen über Ausgaben und Einnahmen, überlege ich. Ich bringe sie in die chronologische Ordnung, beginnend mit dem Jahr 1873, und staple sie aufeinander. Dann stecke ich die Scheckbuchlisten zu den Kochrezepten in die Tüte.

Da ist noch etwas, was mir bisher nicht aufgefallen ist. Ein großer Bogen, beinahe so fest wie ein Karton und einige Male gefaltet. Ganz oben steht: »Bignall & Sons, Architekten, Brisbane«, darunter in ausgeblichener Tinte das Datum 1874. Vorsichtig falte ich den Bogen auseinander und lege ihn auf den Tisch.

Es ist ein Plan von einem Haus, auch wenn die Bezeichnung »Haus« fast zu schlicht für einen solchen Grundriss ist. Da sind ein großer Eingang und eine breite Treppe eingezeichnet. Wohin führt diese Treppe?, frage ich mich. Vom Obergeschoss gibt es keinen Plan. Von der Halle aus führen Türen zur Linken in etliche große Räume – alle sind säuberlich beschriftet: Salon, Bibliothek, Arbeitszimmer, Musikzimmer, Esszimmer. Die Küche und Speisekammer – beide etwa gleich groß – befinden sich im rückwärtigen Teil des Gebäudes. Auf der rechten Seite ist ein Flur, von dem aus man in die Schlafzimmer und Bäder gelangt. Ich zähle die Schlafzimmer – es sind insgesamt acht.

Komisch, dass dieser Plan bei den anderen Sachen

liegt. Ein solches Haus passt nicht ins Outback – es ist ein Herrenhaus, eine Stadtvilla. Verwundert falte ich den Plan wieder zusammen und lege ihn in die Tüte.

Dann betaste ich zum zweiten Mal an diesem Tag die abgegriffenen Ledereinbände der Tagebücher. Jenna McCabe – dieser Name steht auf der ersten Seite, doch von McCabes war nie die Rede. Wer war sie? Eine Bedienstete? Die Gouvernante der O'Loughlin-Kinder? Da fällt mir ein, dass niemand jemals eine Frau von Adam O'Loughlin, dem ersten Siedler in dieser Gegend, erwähnt hat.

Stan hat mir die Geschichte von Adam und Conor und dem Massaker erzählt. Wie seine Urgroßmutter Ngayla nach Diamantina gekommen und Conor ermordet worden sei. Hatte Adam danach seine Zelte hier abgebrochen, um wieder in die Stadt zurückzugehen? Die kleine Broschüre, die ich mitgebracht habe, enthält keine näheren Angaben über diesen Mann. Da steht nur, dass er einer der ersten Landbesitzer im Diamantina-Land war.

Mir kommt in den Sinn, dass mir die Tagebücher Antworten auf einige Fragen geben könnten. Dennoch bringe ich es aus unerfindlichen Gründen nicht über mich, sie zu lesen. Vielleicht später, rede ich mir ein. In ein, zwei Tagen, wenn ich mich an den Gedanken gewöhnt habe, mich mit den intimen Bekenntnissen einer anderen Person zu befassen.

»Was ist so schlimm daran, sie zu lesen?«, fragt Brad später. »Hast du gedacht, dass diese Frau …«

»Jenna!«, falle ich ihm ins Wort. Ich kann es nicht ertragen, dass er ihren Namen nicht ausspricht. »Sie hieß Jenna.«

Brad bedenkt mich mit einem verwunderten Blick.

»Okay!«, beschwichtigt er. »Vielleicht wollte diese Jenna, dass sie jemand liest und ihre Geschichte kennt – hast du schon mal daran gedacht? Möglicherweise wurden diese Aufzeichnungen an einem sicheren Ort deponiert, damit sie der Nachwelt nicht verloren gehen.«

Ich schüttle den Kopf. »Und wenn sie das gar nicht selbst so entschieden hat?«, kontere ich. »Vielleicht hat sie einfach jemand an sich genommen und in diese Kiste gelegt, und Jenna wäre es lieber gewesen, man hätte sie vernichtet. Würdest du wollen, dass jemand deine ganz persönlichen Notizen liest?«

Brad zuckt mit den Schultern. »Mehr als hundert Jahre, nachdem ich sie niedergeschrieben habe? Ich glaube kaum, dass es mich stören würde.«

KAPITEL 19

Diamantina Downs

September 1873

In dieser Nacht lag Adam lange wach und betrachtete das Stück Himmel, das durch das offene Scheunentor zu sehen war. Von Zeit zu Zeit hörte er die klagenden Rufe eines Nachtvogels oder das Heulen eines Dingos. Er dachte an die Schafe, die unbewacht meilenweit weg grasten. Irgendwann in den nächsten Tagen musste er entscheiden, was mit ihnen geschehen sollte. War es besser, sie da draußen zu lassen oder sie zurück auf die magere Weide in der Nähe zu bringen?

Kein Wunder, dass er nicht schlafen konnte – die Qualen der letzten Tage hatten ihn mitgenommen und bis ins Mark erschüttert. Das Massaker und das Beerdigen der ermordeten Aborigines. Conors Tod. Jenna McCabes unerwartete Ankunft. Sein Schädel pochte, ihm brannten die Augen. Die Trauer hatte sich in ihm angestaut, und bisher hatte er nicht um Conor geweint. Es war ihm nicht möglich. Sein Innerstes war wie ausgedörrt, ohne Tränen. Er glaubte, dass ihn jetzt überhaupt nichts mehr schockieren konnte. Das, was er sich in den vergangenen zwei Tagen hatte ansehen müssen, war mehr, als einem Menschen in seinem ganzen Leben zugemutet werden sollte.

Tausend Gedanken bestürmten seinen müden Verstand wie hässliche Traumbilder, die ineinander verschwammen, bis sie zu einem einzigen wurden.

Und zu all dem ließ ihn Jennas Geständnis, mit dem er sich bald eingehend befassen musste, nicht mehr los. *Ich bin schwanger. Ich trage Conors Kind unter dem Herzen.*

Irrt sie sich vielleicht?, überlegte er. Jetzt, da Conor tot ist, könnte dies doch so etwas wie Wunschdenken sein. Woher will sie eigentlich wissen, ob es wirklich so ist? Adam hatte keine Ahnung, was Jenna die Gewissheit gab, nahm jedoch an, dass man eine Schwangerschaft irgendwie feststellen konnte. Es war schließlich ihr Körper.

Diese Situation überforderte ihn, und sein gesunder Menschenverstand sagte ihm, dass sie nicht bei ihm bleiben dürfe – es schicke sich nicht. Eine unverheiratete, schwangere weiße Frau mit dem Bruder ihres Geliebten unter einem Dach? Allein darüber würden sich die Leute die Mäuler zerreißen, und Adam war überzeugt, dass es auch hier draußen genügend Klatschweiber gab.

Dann war da noch der Aspekt der Sicherheit. Was, wenn die Hütte überfallen würde? Adam war erst vor drei Monaten zum Diamantina gekommen, und es gab noch so vieles zu tun. Roden. Zäune errichten. Manchmal würde er mehrere Tage wegbleiben und auf den Weiden übernachten. Es war unmöglich, Jenna ständig Schutz zu bieten. Und wenn es bei der Geburt zu Komplikationen käme? Im Umkreis von hundert Meilen schien es keinen Arzt zu geben.

Wieder dachte er an seine Mutter und die Kinder, die sie verloren hatte.

Jenna war daran gewöhnt, in einer Stadt im Busch zu leben, aber nicht in einer Einöde im Busch. Hatte sie überhaupt eine Ahnung, wie einsam und isoliert man hier draußen war? Sie war gekommen, um Conor zu sehen – schön und gut, aber sein Bruder war tot, und Adam konnte die Verantwortung für eine Frau nicht übernehmen.

Er erinnerte sich, wie Jenna vorhin beim Essen im Lampenschein ausgesehen hatte. Ihre Augen waren wie dunkle Höhlen in dem zarten Gesicht, die Haut bleich vor Müdigkeit gewesen. Trotzdem hatte sie etwas an sich, eine unbewusste Würde, die es ihm schwer machte, den Blick von ihr zu wenden.

Ihre Stimme war leise und bebend. Die Hand, mit der sie die Gabel zum Mund führte, zitterte leicht. Am liebsten hätte Adam ihre Finger berührt und Jenna beruhigt. »Ist schon gut«, wollte er sagen. »Wir überstehen das irgendwie.«

Aber er schwieg. Und als ihm bewusst wurde, dass er sie unverhohlen anstarrte, sprang er auf, stieß in seiner Hast fast die Lampe um und entschuldigte sich damit, dass er Schlaf brauche und am nächsten Tag früh raus müsse.

»Ich *kann nicht* zurück«, beteuerte sie noch einmal, als er die Pritsche zur Tür trug und verkündete, in der Scheune übernachten zu wollen. »Es ist mein Ernst, Adam.«

In diesem Moment begriff er, dass hinter der zerbrechlichen Schönheit ein eiserner Wille steckte. Was, wenn all seine Argumente nichts fruchteten und sie darauf bestünde, hier zu bleiben? Wie konnte er sie zwingen? Würde er sie packen und von hier wegtragen? Wohl kaum. Er stellte sich vor, wie Jenna zappelte und schrie, wie das Aborigine-Mädchen Ngayla, als er es gestern am Fluss gerettet hatte. Bestimmt war Jenna genauso temperamentvoll, zielstrebig und angriffslustig. Doch das war wohl das Einzige, was die beiden Mädchen gemein hatten.

Plötzlich kam Adam, während er auf seiner Pritsche lag und den Nachthimmel betrachtete, eine Erkenntnis. Er hatte überhaupt keine Handhabe, Jenna den Aufenthalt auf Diamantina Downs zu verwehren. Dem Gesetz nach war sie ebenso wie er berechtigt, hier zu leben. Die Farm gehörte zu gleichen Teilen ihm, Conor und Jenna.

Warum nur hatte er Conors Drängen, das Geld anzunehmen, nachgegeben? Im Grunde hatte Adam das gar nicht gewollt, und sein erster Gedanke war gewesen, das Angebot abzulehnen. Conor hatte ihn dann doch überredet und ihm die Idee, sich Jennas hart verdientes Geld zu borgen, schmackhaft gemacht.

Dann würden Sie also lieber auf das Land verzichten, als meine Hilfe anzunehmen?

In Wahrheit hatte er gar keine andere Wahl gehabt.

Wie sah die Rechtslage jetzt, nach Conors Tod, aus? Es gab kein Testament, dessen war sich Adam sicher. Hieß das, Jenna und er waren jetzt gleichberechtigte Besitzer der Farm? Oder hatte das Kind – Conors Sohn oder Tochter und demnach auch Adams Fleisch und Blut – Anspruch auf Conors Anteil, sobald es auf der Welt war?

Verdammt! Was für ein Wirrwarr – rechtlich und emotional.

Adam fühlte sich ausgelaugt. Im Geiste spielte er, wie es ihm schien, hundert verschiedene Möglichkeiten durch, verwarf sie dann jedoch alle wieder. Und irgendwann war er schließlich so erschöpft, dass er überhaupt keinen klaren Gedanken mehr fassen konnte. Den Sinn für die Realität hatte er ohnehin schon verloren.

Erst als das erste Licht des Tages den Himmel färbte, fand Adam endlich Schlaf. Sanfte, tröstliche Dunkelheit senkte sich über ihn, und er war machtlos dagegen.

Das laute Gezwitscher der Vögel weckte Jenna. Mühsam kämpfte sie sich in den Wachzustand und geriet in Panik, weil sie im ersten Augenblick nicht wusste, wo sie war. Die Schlafzimmerwände bestanden aus rohen Balken, der Boden aus hart gestampfter Erde. Die Fensteröffnung war weder verglast, noch hingen Vorhänge davor. Draußen dämmerte graues Licht heran, und sie sah, wie sich die Bäume in der Brise wiegten.

Jenna holte tief Luft, dann kam die Erinnerung. Conor war tot.

Diese Erkenntnis setzte sich wie Gift in ihrem Kopf fest, und dort, wo ihr Herz sein müsste, klaffte in ihrer Vorstellung ein großes Loch. In den vergangenen drei

Monaten hatte sie Conor schmerzlich vermisst. Seit dem Abschied hatte sie jede Stunde gezählt, in dem Bewusstsein, dass das Wiedersehen mit jedem Tag näher rückte. Und als sie gestern Nachmittag mit der Postkutsche auf Diamantina Downs angekommen war, hatten sie die Aufregung und Vorfreude überwältigt.

Sie hatte sich ausgemalt, dass Conor am Tor stand, wenn die Kutsche vorfuhr, dass sie herausspringen und sich ihm an die Brust werfen würde. Und später im Bett hätte sie ihm von dem Baby erzählt. Natürlich wäre er überglücklich gewesen und hätte auf einer sofortigen Heirat bestanden. Auf der langen Kutschfahrt hatte sie von dem Kleid, das sie bei der Hochzeit tragen würde, und den Versprechen, die sie sich geben würden, geträumt.

Doch Conor war nicht da gewesen.

Niemand erwartete sie am Tor oder in der Hütte. Eine schwarze Frau öffnete ihr die Tür, stellte sich in holprigem Englisch als Aleyne vor und erklärte, dass Mista Conor »weit weg« sei und Adam erst bei Einbruch der Nacht zurückerwartet würde. Jenna hatte sich auf die Veranda gesetzt, das umliegende Land mit Blicken abgesucht und sich gewünscht, dass endlich jemand auftauchte.

Erst am späten Nachmittag entdeckte sie in der Ferne eine Gestalt auf dem Weg. Conor, dachte sie, und ihr Herz schlug schneller. Doch nach einiger Zeit stellte sie enttäuscht fest, dass der Reiter Adam war. Der dunkelhaarige, stämmige Adam, nicht ihr goldhaariger Märchenprinz Conor.

Und dann sprach Adam die schrecklichen Worte aus.

Ihr war, als würde sich die Sonne schlagartig verdüstern, und die Vögel schienen zu verstummen. Adams Stimme dröhnte ihr in den Ohren und schürte ihre Verzweiflung. Das kann nicht sein, flehte sie im Stillen. *Unmöglich.* Was sollte nun aus ihnen, aus ihr und dem Baby, werden? Später war sie gezwungen, Adam von dem Kind zu erzählen, obwohl sie keine Ahnung hatte, wie er reagieren würde. Zum Glück war es so dunkel, dass sie sein Gesicht nicht sehen konnte.

Jetzt, da der neue Tag anbrach, machte sich Jenna klar, dass nichts wie geplant verlaufen war. Niedergeschlagen stand sie auf und schlüpfte in einen Morgenrock, trat in die Morgendämmerung und ging los. An der Scheune, in der Adam schlief, an den Koppeln und Pferchen vorbei durchs Tor in Richtung Fluss.

Sie kam zu einem großen Wasserloch. Zwischen den Bäumen entdeckte sie ein Aborigine-Lager und die Rauchsäule, die gen Himmel stieg. Ein Schwarm Corellas flog schreiend auf. Ein einsamer Pelikan glitt mühelos übers Wasser.

Jenna ließ sich auf einem Felsen nieder, schlang die Arme um sich und wiegte sich vor und zurück. Vor ihr hing ein hauchdünnes Spinnennetz zwischen zwei Bäumen. Einige Tautropfen hatten sich in dem Gespinst verfangen. Jenna schmerzten die Augen, und die Tropfen verschwammen und wurden wieder klar.

Nein, sie durfte sich nicht gehen lassen. Entschlossen schaute sie sich um. In der Ferne sah sie die geschwungenen grünen Linien, die die Flusskanäle kennzeichneten, und die roten Sandsteinberge, die die ersten Strahlen der Sonne auffingen. Da und dort waren Blumenteppiche – Flecken mit rosa, gelben und mauvefarbenen Frühlingsblumen.

Wo ist Conor nur?, fragte sich Jenna. An welchem gottverlassenen Ort war er gestorben und begraben? Sie hätte ihn gern noch einmal gesehen, um ihm die letzte Ehre zu erweisen. Sie fürchtete sich nicht vor dem Tod. Sie war ihm weiß Gott schon oft in ihrem Leben begegnet. Vielleicht würde sie Adam bitten, sie zu seinem Grab zu führen. Bestimmt war es nicht allzu weit weg. Sie konnte einen Wildblumenstrauß auf die Stelle legen.

Jetzt flossen die Tränen. Sie vergrub das Gesicht in den Händen und schluchzte hemmungslos. Sie weinte um ihre verlorenen Träume und Hoffnungen und um Conor, der sein Kind nie kennen lernen würde. Und ihre Tränen galten auch dem unbekannten Land mit den Inselbergen, dem Busch und den ausgetrockneten Flussläufen.

Sie weinte und weinte, bis sie glaubte, nie wieder aufhören zu können. Doch als die Tränen schließlich doch versiegten, hörte Jenna ein leises Hüsteln und schaute auf. Eine junge schwarze Frau stand unter einem Baum in der Nähe. Sie war nur spärlich bekleidet und hatte den Arm voller trockener Zweige. Für das Feuer?, überlegte Jenna.

»Warum weinen Sie, Missy?«, fragte sie mit leiser, melodiöser Stimme.

Jenna rieb sich die Augen – es war ihr peinlich, dass sie jemand in diesem Zustand sah. Bestimmt bot sie einen fürchterlichen Anblick mit roten Augen und Tränenspuren auf den Wangen. »Liebe Güte, ich habe gar nicht bemerkt, dass mich jemand beobachtet!«

Die junge Frau lächelte. »Macht nichts. Lalla erzählt nichts weiter.«

»Lalla. Ist das dein Name?«

Lalla nickte scheu. »Meine Mutter ist Aleyne.«

»Ah, ja. Sie war gestern im Haus. Ich habe sie kennen gelernt.«

»Sie sagt, Sie sind wegen Mista Conor hier. Aber Mista Conor …«

Sie brach ab und deutete mit der Hand in Richtung Sandberge. Dann senkte sie den Blick.

»Lalla?«

»Ja, Missy?«

»Ich heiße Jenna.«

»Missy Jenna.«

»Weißt du, wo Mista Conor begraben ist?«

Lalla schüttelte den Kopf. »Wongaree weiß es.«

»Wongaree?«

»Mein Mann, Wongaree. Er ist mit Mista Adam gegangen, um das Grab auszuheben.«

»Meinst du, Wongaree kann mich hinbringen?«

Lalla zuckte mit den Achseln. »Vielleicht. Ich muss ihn fragen.«

Jenna schloss die Augen und fühlte die Sonnenstrahlen auf ihrem Gesicht. Plötzlich war sie entsetzlich müde. »Wie alt bist du, Lalla?«

»Meine Mutter sagt – fünfzehn.«

»So jung. Und Wongaree ist dein Mann?«

Lalla nickte.

»Wie lange lebst du schon hier?«

»Schon immer. Ich bin hier geboren.«

»Du hast großes Glück, weißt du das? Weil du ein Zuhause und eine Familie hast.«

Lalla schnalzte mit der Zunge, und Jenna öffnete die Augen. »Ihr Weißen habt Glück. Euch gehört jetzt unser Land. Wir haben gar nichts.«

»Dies ist nicht mein Land. Nicht wirklich.«

»Sie sind hergekommen. Aber niemand hat Sie dazu gezwungen. Ich denke, das Land gehört jetzt Ihnen.«

»Vielleicht.«

Das Mädchen hatte Recht. Jenna war freiwillig hergekommen. Kein Mensch hatte sie gezwungen, den Laden zu verkaufen und nach Westen zu reisen. Conor und der Gedanke an ein gemeinsames Leben hatten sie hergelockt. Aber niemand hatte es von ihr verlangt. Und jetzt war Conor gestorben und mit ihm ihr Traum.

Lalla sah sie mit gerunzelter Stirn an. »Vielleicht lernen Sie, es zu mögen.«

Jenna ließ den Blick schweifen. Mittlerweile war die Sonne ganz aufgegangen, und die leuchtenden Farben schmerzten sie in den Augen. Das strahlende Blau des Himmels. Die zinnoberroten Berge. Die dunkelgrünen Bäume. Sie hätte dieses Land geliebt, wenn Conor noch hier wäre. Jetzt jedoch erschien es ihr düster und verlassen.

Aber da war immer noch das Kind.

Unbewusst legte sie die Hand auf ihren Bauch. Conors Baby. Ein lebendiges Wesen wuchs in ihr heran. Ein Teil von Conor, ein Teil von ihnen beiden. Sie musste weitermachen, sich ein neues Leben aufbauen. Wenn nicht für sie selbst, dann wenigstens für das Kind.

Lalla deutete auf eine weiße Felsgruppe am Wasser. »Sehen Sie die Steine?«, fragte sie. »Das sind Geist-Steine. Sprechen Sie mit ihnen! Vielleicht erzählen sie Ihnen von diesem Ort. Dann lernen Sie, ihn zu mögen.«

»Geist-Steine?«

»Ja. Wir haben Geister, die über das Land wachen. Vor langer, langer Zeit kamen ein Mann und eine Frau von einem weit entfernten Stamm hierher. Sie haben in den Sandbergen an einem anderen Wasserloch ein Lager aufgeschlagen. Nach und nach sind dann die Geister gekommen, haben Babys für die Frau gemacht und dem Paar ein Lied geschenkt, das eine Geschichte erzählt. Wir haben unsere eigenen Lieder, unsere eigene Geschichte, wissen Sie.«

»Und die Geister?«

Lalla grinste. »Die Geister bringen uns Sonne, Regen und Nahrung. Aber jetzt brauchen wir nicht mehr so viel Nahrung. Der weiße Mann sorgt dafür.«

»Adam gibt euch zu essen?«

»Ja. Aleyne und ich arbeiten im Haus. Und die Männer helfen mit den Schafen und den Zäunen, machen Holz. Mista Adam gibt uns Sachen dafür.«

Jenna überlegte, wie es wohl sein mochte, alles zu verlieren und von jemandem abhängig zu sein. Von diesem Standpunkt aus gesehen war ihr eigenes Leben gar nicht so schrecklich. Gewiss, sie hatte Conor nicht mehr, aber das Kind entschädigte sie für den Verlust.

Sie schätzte, dass sie schon den vierten Schwangerschaftsmonat hinter sich hatte. Vielleicht würde es ein Junge mit dem hellen Haar und dem frechen Lächeln seines Vaters werden. Ein Kind, das sie an die wenigen kostbaren Monate der Liebe erinnerte. Sie war an Adams Farm beteiligt und hatte zudem das Geld vom Verkauf des Ladens. Sie war keineswegs mittellos. Sie könnte auf Diamantina Downs überleben und wäre in keiner Weise auf Adam O'Loughlin angewiesen.

Jenna warf trotzig den Kopf nach hinten. Sie war hier und würde das Beste daraus machen. Zunächst einmal würde sie zurück zur Hütte gehen. Bestimmt war Adam inzwischen auch schon auf. Sie mussten sich bei einer Tasse Tee am Küchentisch zusammensetzen und vernünftig miteinander reden, Pläne machen.

Nachdem sie das entschieden hatte, stand Jenna entschlossen auf und winkte Lalla zum Abschied.

Aleyne wartete mit griesgrämiger Miene vor der Haustür, als Jenna zurückkam. »Wo ist Adam?«, wollte Jenna wissen.

Aleyne schüttelte den Kopf und zeigte zur Scheune. »Immer noch da drin«, sagte sie.

Jenna ging an ihr vorbei in die Küche. Was sollte sie tun? Adam schlief offenbar noch, und sie war es nicht gewöhnt, den ganzen Tag nur herumzusitzen. Sie schaute sich in der Hütte um. Jetzt, im hellen Tageslicht stellte sie fest, dass hier eine heillose Unordnung herrschte. Überall lag Staub, und Spinnweben hingen an den Wänden.

Was dieses Haus braucht, dachte sie, ist eine gründliche Reinigung. Sie öffnete das Ofentürchen, aber dort war nur kalte Asche. »Komm!«, sagte sie energisch zu der älteren Frau. »Du kannst mir helfen, Feuer zu machen. Wir brauchen heißes Wasser – es gibt eine Menge zu tun.«

»Aber Mista Adam ...«

»Mista Adam ist noch im Bett und verschläft den Tag.«

Aleyne beäugte Jenna argwöhnisch. »Wie lange bleiben Sie hier, Missy?«

»Lange.«

»Und wie lange genau?«

»Ich gehe nicht weg von hier; du solltest dich besser an mich gewöhnen.«

Es war schon spät, und die Sonne stand hoch am Himmel, als Adam aufwachte. Vorsichtig fuhr er sich mit der Zunge über die Zähne. Himmel! Er hatte einen scheußlichen Geschmack im Mund. Er bewegte den Kopf, und mit einem Mal drehte sich alles um ihn. Der Schmerz begann in der Schläfe, und ihm war zumute, als hätte er in der letzten Nacht eine Flasche Whisky allein geleert, obschon er in Wirklichkeit keinen Tropfen getrunken hatte.

Er setzte sich vorsichtig auf und wartete, bis seine Umgebung aufhörte zu schwanken. Dann zog er Hemd und Hose an und machte sich auf den Weg zur Hütte. Schon auf den Verandastufen empfing ihn der Duft von Frischgebackenem – Brot oder was?, fragte er sich benommen und bekam plötzlich einen Bärenhunger.

Jenna hantierte am Herd herum und drehte sich um, als sie Schritte hörte. »Ah, da sind Sie ja!«, sagte sie. »Ich hab mich schon gefragt, wann Sie endlich aus den Federn kommen.«

War das eine Kritik oder lediglich eine belanglose Bemerkung? Adam wusste es nicht. Er stand verlegen wie ein ertappter Schuljunge vor ihr und suchte nach den richtigen Worten für eine Entschuldigung. »Normalerweise stehe ich nicht so spät auf«, verteidigte er sich. »Aber ich habe heute Nacht nicht viel geschlafen.«

»Mir erging es ähnlich.«

Sie nahm ein Backblech aus dem Ofen und ließ kleine Kuchen auf die Arbeitsfläche gleiten. Ihre Bewegungen wirkten ruckartig und nervös. Die Lippen waren fest zusammengepresst. Womit habe ich sie nur so aufgebracht?, überlegte Adam. Schlafen ist wohl kaum ein so großes Vergehen.

»Das, was passiert ist, tut mir Leid«, begann er, ohne so richtig zu wissen, wie es weitergehen sollte. Am liebsten hätte er erst einmal eine Tasse Tee und etwas zu essen, um seinen knurrenden Magen zu beruhigen. Vielleicht einen dieser kleinen Kuchen – oder zwei.

Als könne sie seine Gedanken lesen, holte Jenna die Teekanne aus dem Regal und löffelte Teeblätter hinein. Dann nahm sie den Kessel vom Herd und schüttete kochendes Wasser in die Kanne. Adam hörte das Brodeln und Zischen.

»Sie müssen sich nicht bei mir entschuldigen. Es war nicht Ihre Schuld, dass Conor ums Leben kam.«

Wirklich nicht? Trotz seiner Bedenken hatte er zugelassen, dass sein Bruder allein mit der Schafherde losgezogen war. Er hätte darauf bestehen müssen, dass ihn einer der Männer begleitete. Zu zweit hätten sie sich gegen Angriffe wehren können. Andererseits, wenn der Commander nicht den Stamm aus dem Norden fast ausgemerzt hätte …

»Nein«, erwiderte er mutlos. »Vermutlich nicht.«

»Er war Ihr Bruder, und ich weiß, dass Sie sein Tod auch tief getroffen hat.«

»Er war der letzte Blutsverwandte, den ich noch hatte.«

Ein Gefühl der Leere erfasste ihn, und Erinnerungen wurden wach: Conor mit dem toten Lamm für Mam; Conor, der lächelnd zusah, wie das Cottage in Newtownlimavady im Flammen aufging; Conor in der Herberge in Londonderry, als er Adam bedrängte, eine Münze entscheiden zu lassen, in welches Land sie auswandern sollten.

Eines der Schiffe steuert Australien an, und es läuft schon morgen aus.

Conor nahm die Münze aus der Schublade und warf sie von einer Hand in die andere.

Kopf oder Zahl? Wenn das kommt, was du gesagt hast, warten wir ab und reisen nach Amerika. Ansonsten gehen wir morgen an Bord.

Adam hatte diese Szene im Gedächtnis, als wäre es erst gestern gewesen. Er entschied sich für Kopf, und Conor warf die Münze hoch in die Luft.

Zahl! Sieht fast so aus, als würden wir morgen nach Sydney aufbrechen, mein lieber Bruder.

Diese Münze hatte sie um den halben Erdball geschickt und Conors und sein Schicksal besiegelt. Ein Zufall? Was, wenn die Münze auf die andere Seite gefallen wäre? Was hätte sie in Amerika erwartet? Würde Conor jetzt noch leben, oder war es vorherbestimmt, dass er so jung sterben musste?

Dieser Gedanke ließ ihn nicht los: Vielleicht war das Leben schon vom Augenblick der Geburt an für jeden einzelnen Menschen festgelegt. Wenn das so war, dann war es für Mam und Dad, für Conor und all die kleinen Geschwister niemals vorgesehen, alt zu werden. Und was war mit ihm selbst? Wie sah seine Zukunft aus? Konnte er den Rest seines Lebens in Tagen, Wochen oder Monaten messen?

»Keiner von uns hat noch jemanden«, sagte Jenna und holte ihn in die Wirklichkeit zurück. Sie drehte sich abrupt zu Aleyne um, die, wie Adam aus Erfahrung wusste, der Unterhaltung gelauscht hatte. »Aleyne«, sagte sie, nahm den Arm der Frau und manövrierte sie zur Tür. »Ich werde heute hier Hilfe brauchen. Ich möchte, dass du ins Lager gehst und Lalla und Ngayla herholst.«

»Aber dies ist nicht Lallas Arbeitstag«, protestierte Aleyne und stemmte die Arme in die Hüften. Sie warf einen Blick auf Adam, als erhoffe sie sich Unterstützung von ihm, aber dieser schüttelte nur den Kopf. Gott allein wusste, warum Jenna die anderen Frauen hier haben wollte, aber Aleynes Abwesenheit würde ihm wenigstens die Gelegenheit geben, unter vier Augen mit Jenna zu sprechen.

»Tu, was Missy McCabe sagt!«, forderte er.

Aleyne stürmte hinaus. Adam sah, dass sie über die Weide zum Lager eilte. »Aleyne ist die älteste Frau in ihrem Stamm. Sie ist es nicht gewöhnt, von einer anderen Frau Befehle entgegenzunehmen.«

»Ich habe ihr keinen Befehl gegeben, sondern nur eine Bitte geäußert.« Jenna legte zwei Kuchen auf einen Teller und schob ihn Adam hin. »Warum setzen Sie sich nicht?«

Auch das schien eher eine Zurechtweisung als eine Einladung zu sein. Adam zog einen Stuhl heran und ließ sich nieder; ihm war irgendwie unbehaglich zumute. Seit dem Tode seiner Mutter hatte ihn nie wieder eine Frau bedient, und schon gar keine so junge und hübsche wie Jenna McCabe. Er kannte sie kaum, und dennoch waren sie jetzt gemeinsam hier – mutterseelenallein und meilenweit entfernt vom nächsten Ort.

Die Trauer, die an sich schon seltsam war, hatte sie zusammengeschweißt. Conor war Adam ein Bruder, ein Freund gewesen. Dennoch hatte Jenna ihn, wenn diese Geschichte mit dem Kind wirklich stimmte, auf die intimste Art kennen gelernt. Adam versuchte, sich die beiden als Liebende vorzustellen – was ihm aber nicht gelang. Er wusste nur wenig über diese Dinge. Doch wenn alles anders gekommen und Conor noch am Leben wäre, würde Jenna ein Mitglied der Familie O'Loughlin und das Baby Adams Nichte oder Neffe werden.

Jenna stellte zwei Becher auf die Arbeitsfläche, schenkte Tee ein und reichte einen an Adam weiter. Sein Blick wanderte zu ihrer schmalen Taille, um die sie die Schürze gebunden hatte. »Sie sehen nicht schwanger aus«, bemerkte er, ohne vorher nachzudenken.

Sie stand neben dem Tisch und musterte ihn über den Becherrand hinweg. Sie war immer noch blass wie am Abend zuvor und hatte dunkle Ringe unter den Augen – ein deutliches Zeichen für Schlafmangel. Eine ganze Weile sagte sie nichts, stand einfach nur da und betrachtete ihn, als würde sie über eine passende Antwort nachdenken.

»Dann sind Sie also Experte in Sachen Schwangerschaft, ja?«, fragte sie schließlich.

»Nicht unbedingt.«

»Wie sollte ich denn aussehen?«

Er zuckte mit den Achseln. »Woher wissen Sie, dass Sie schwanger sind?«

»Glauben Sie, dass ich lüge?«

Warum beantwortete sie seine Fragen immer mit Gegenfragen? »Nein. Aber vielleicht irren Sie sich.«

»Ich irre mich nicht.«

»Haben Sie sich von einem Arzt untersuchen lassen?«

Sie lachte freudlos. »Nein. Das hätte sich wie ein Lauffeuer in der Stadt herumgesprochen.«

»Also, woher wissen Sie es dann?«, beharrte Adam.

»Eine Frau weiß so etwas.« Sie runzelte die Stirn und sah ihn nachdenklich an. »Es ist Conors Kind, falls Ihnen das Kopfzerbrechen bereitet.«

Adam, der gerade ein Stück Kuchen zum Mund führen wollte, hielt mitten in der Bewegung inne. »Ich habe nie gesagt, dass es anders sein könnte.«

»Ich bin kein Flittchen.«

Adam sank entsetzt zurück. »Jenna ...«

Sie richtete sich zur vollen Größe auf, und plötzlich fühlte sich Adam ganz klein. Er wäre gern aufgestanden, um mit ihr auf gleicher Augenhöhe zu sein; andererseits wäre er am liebsten im Erdboden versunken.

Jenna setzte sich unvermittelt auf den Stuhl, der einmal Conors gewesen war. Der Tee schwappte aus ihrem Becher auf den Tisch, aber sie machte keine Anstalten, die Flüssigkeit wegzuwischen. Ihre Augen füllten sich mit Tränen, und sie sank niedergeschlagen in sich zusammen. In diesem Augenblick erinnerte sie Adam an seine Mutter, wenn sie sich weigerte, sich etwas Schlechtes über Conor anzuhören.

»Ich habe Conors Tod nicht gewollt, Adam.«

»Natürlich nicht«, erwiderte er hitzig.

»Und ich habe es mir auch nicht ausgesucht, ein vaterloses Kind auf die Welt zu bringen. Aber ich habe Ihren Bruder geliebt, und eigentlich freue ich mich, sein Baby unter dem Herzen zu tragen – es ist mir eine Ehre.«

»Jenna«, begann Adam zögerlich. »Dies hier ist kein Platz für eine Frau oder ein Kind. Ich habe miterlebt, wie meine Mutter an den Komplikationen einer Geburt starb. Hier gibt es im Umkreis von etwa hundert Meilen keinen Arzt. Was ist, wenn irgendetwas nicht so vonstatten geht, wie es sollte?«

»Ich bin jung, stark und gesund. Es wird keine Komplikationen geben.«

»Das können Sie nicht wissen! Es ist zu riskant. Warum wagen Sie nicht einen Neuanfang an einem Ort, an dem Sie niemand kennt?«

»Hier kennt mich niemand – außer Ihnen.«

»Bei Ihnen klingt alles so, so ...« Er suchte nach dem

richtigen Wort, in dem drängenden Bedürfnis, ihr seine Argumente klar zu machen. »So einfach. Möchten Sie auf Diamantina Downs bleiben und hier Ihr Baby bekommen? Was ist mit Anstand und Sitte? Was werden die Leute sagen?«

»Über mein Kind?«

»Ja. Nein. Über uns. Wenn Sie und ich unverheiratet hier zusammenleben.«

»Aber wir leben nicht zusammen. Nicht auf diese Weise.«

Sie sagte das, als wäre es undenkbar, etwas, was keine Frau wollen würde.

»Aber das wissen die Leute doch nicht«, entgegnete er und versuchte, möglichst ruhig zu bleiben.

»Ah, die mysteriösen ›Leute‹. Sie entscheiden, wie wir leben müssen, wenn wir es zulassen.«

In dem, was sie von sich gibt, muss eine seltsame weibliche Logik liegen, dachte er, obwohl sie sich ihm nicht erschloss. »Das ist wirklich gut. Sie sind doch wegen des Klatsches nicht einmal zum Arzt gegangen.«

»Das ist was anderes. Die Leute in der Stadt kannten mich und meine Familie. Wissen Sie, wie sie meine Mutter genannt haben?«

»Nein. Und ich denke nicht …«

Sie hob eine Hand, um ihn zum Schweigen zu bringen. »Es wird nicht leicht, dessen bin ich mir bewusst, aber ich habe meine Entscheidung gefällt. Ich gehe nicht weg, und Sie können mich nicht dazu zwingen. Diese Farm gehört mir genauso gut wie Ihnen. Keine Sorge. Ich werde Ihnen nicht zur Last fallen oder mich in die Leitung von Diamantina Downs einmischen. Vielleicht finden Sie es ja eines Tages ganz praktisch, eine Frau hier zu haben.«

»Ich habe Lalla und Aleyne«, gab er eigensinnig zurück.

»Und die können das Haus nicht sauber halten!«

»Wir sind hier im Busch, Jenna, nicht in einem vornehmen Stadthaus. Hier wird es im Sommer verdammt heiß, und in der Regenzeit können wir buchstäblich Monate nicht von hier weg. Wenn die Fliegen Sie nicht am Tage stechen, dann tun das die Moskitos in der Nacht. Dann sind da noch die Sandstürme, wenn der Himmel rot ist und man kaum die Hand vor Augen sehen kann. Der Haushalt macht mir am wenigsten Sorgen.«

Adam hatte nicht beabsichtigt, so harsch zu sein, aber er merkte selbst, dass sein Ton immer strenger wurde. Er schob entschlossen den Stuhl zurück und stand auf. Bevor Jenna das Gesicht abwandte, entdeckte Adam Tränen auf ihren Wangen. »Tut mir Leid«, schluchzte sie. »Ich habe mir vorgenommen, nicht …«

»Nicht was?«

»Zu weinen. Es ist so sinnlos und unproduktiv. Es ändert nichts, und es bringt mir auch Conor nicht zurück.«

Adam war selbst zum Heulen zumute, auch wenn er das Jenna McCabe gegenüber niemals zugegeben hätte. Er stand da und kramte in seiner Hemdtasche nach einem sauberen Taschentuch und lenkte sich so von Jennas Kummer ab. Er hielt es ihr hin, und sie starrte es lange an. »Nur zu!«, drängte er. »Nehmen Sie es!«

Es schien, als könnte sie sich nicht mehr rühren. Adam trat näher und tupfte ihr die Tränen von den Wangen. Er rechnete jeden Augenblick damit, dass sie zurückzuckte, aber sie blieb still stehen wie ein artiges Kind und sah ihn an. Dann lehnte sie sich plötzlich an ihn, und er hielt sie ungeschickt in den Armen. Er spürte, wie sie zitterte und die Tränen sein Hemd benetzten. Sie legte den Kopf an seinen breiten Oberkörper. Die Hände hatte sie an seinen Schultern, und sie zog ihn mit aller Kraft an sich. Ein Gefühl der Zärtlichkeit keimte in ihm auf, das Bedürfnis, sie zu beschützen – sie und das Kind – und vor weiterem Kummer zu bewahren.

Ihm war, als würden sie lange regungslos dastehen. Doch in Wahrheit verging nicht einmal eine Minute. Dann zog sich Jenna mit einem verlegenen Hüsteln zurück. Aleyne, Lalla und Ngayla standen mit verschränkten Armen in der Tür.

»Ah, da seid ihr ja!«, rief Jenna aus und wich von Adam zurück. Seine Haut fühlte sich dort, wo sie ihn berührt hatte, plötzlich ganz kalt an, und er sah Jenna mit Bedauern nach. Beim Gedanken, dass sie sich so an ihn geklammert und seinen Schutz gesucht hatte, wurde Adam nachträglich warm ums Herz.

»Sie wollen uns sprechen, Missy?«, fragte Lalla.

»Ja«, sagte Jenna und blickte zu Adam. Dann reckte sie das Kinn trotzig nach vorn. Die Tränen waren versiegt, und sie gab sich mit einem Mal sehr energisch und pflichtbewusst. »Da ich vorhabe, hier zu bleiben, sind einige Veränderungen notwendig.«

»Was für Veränderungen?«

»Wenn die Frauen hier im Haus arbeiten, müssen sie anständig gekleidet sein. Ich dulde nicht, dass sie halb nackt herumlaufen.«

Aleyne hob protestierend die Hände. »Aber, Missy …«

Jenna zeigte mit dem Finger auf einen der großen Koffer, die mit ihr auf der Postkutsche angekommen waren. »Kein Aber, Aleyne. Da drinnen findet ihr Kleider und Unterröcke, die mir nicht mehr lange passen werden.«

Sie öffnete den großen Koffer, zog etliche Kleidungsstücke heraus und warf sie den schwarzen Frauen zu. »Ihr könnt sie dort anprobieren«, fügte sie hinzu und deutete auf die Tür zum Schlafzimmer.

Die Frauen hielten die Kleider in den Armen und sahen Adam fragend an. »Tut besser, was Missy euch sagt!«, meinte er und musste sich ein Lächeln verkneifen.

Aus dem Schlafzimmer drang Stimmengemurmel und Kichern. Nach ein paar Minuten kam Lalla in einem Leinenkleid heraus – es war ihr viel zu groß. Die Knöpfe vorn waren falsch zugeknöpft, und Jenna half ihr, es richtig zu machen. Aleyne und Ngayla folgten ihr und schauten betreten zu Boden.

»Gut!« Jenna nickte. »Dann ist das schon mal geklärt.«

»Es gibt noch mehr?«, erkundigte sich Adam unschuldig.

»Wenn ich bleibe, muss ich mir meinen Lebensunterhalt verdienen«, erklärte Jenna. »Dieses Haus ist in einem fürchterlichen Zustand. Bei Sonnenuntergang werden Sie es nicht mehr wiedererkennen.«

Damit scheuchte sie Adam ins Freie und schwenkte den Besen.

KAPITEL 20

Die täglichen Aktivitäten wurden zu Ritualen. Waschen, kochen, putzen – Jenna hatte das Gefühl, dass ihre Stunden mehr als ausgefüllt waren und für all die Arbeit nicht ausreichten.

Mit großer Geduld hatte sie sich daran gemacht, den Frauen zu zeigen, wie man die Hütte sauber machte und in Ordnung hielt. Sie brachte ihnen das Kochen bei. Trotz der Unzuverlässigkeit des Herdes bereiteten sie bald köstliche Aufläufe zu und backten Brötchen. Aleyne hatte sich anfangs stur gestellt und folgte nur widerstrebend Jennas Anweisungen. Doch diese blieb beharrlich, und schließlich fügten sich die Frauen und brachten Jenna sogar kleine Geschenke mit – einen gestreiften Kieselstein oder eine Vogelfeder – und boten freiwillig an, irgendwelche Aufgaben zu übernehmen.

Montags war Waschtag. Die Betten wurden abgezogen, und Aleyne und ihre Tochter Lalla bearbeiteten die Laken in einem Waschtrog, den Adam aufgestellt hatte. Dann wrangen sie die Wäsche aus und hängten sie scherzend und kichernd auf die Leine im Hof. Jenna bemerkte, dass Ngayla in der Tür stand und den beiden wehmütig zusah. Sie hatte etwas Trauriges, Lethargisches an sich, was schwer zu definieren war.

Adam erzählte Jenna von dem Massaker und wie er Ngayla gefunden habe. Sie war das einzige weibliche Mitglied des Stammes, das überlebt hatte. Aber sie war noch jung und schien sich rasch an die neue Umgebung zu gewöhnen. Jenna beobachtete das Mädchen und dachte: Wir beide sind verlorene Seelen, die ohne einen geliebten Menschen auf dieser Welt zurückgeblieben sind und an einem fremden Ort noch einmal ganz von vorn anfangen. Nach wenigen Wochen stellte Jenna ein schmales Bett in einem Winkel in der Küche auf und bot Ngayla an, bei ihnen im Haus zu leben.

Jennas Geburtstag – ihr zwanzigster – verging unbemerkt. Und das Wetter, das schon bei ihrer Ankunft auf Diamantina Downs warm gewesen war, wurde richtig heiß. Sie lag nachts im Bett, nachdem Adam sich in die Scheune zurückgezogen hatte, und hatte ein schlechtes Gewissen, weil sie ihn aus seinem Heim vertrieben hatte. Vielleicht könnten sie anbauen. Sie brauchte ohnehin mehr Platz, wenn das Baby erst einmal da war. Adam hatte ihr erzählt, dass früher eine sechsköpfige Familie in der Hütte gehaust habe, und Jenna fragte sich belustigt, wie alle an den Esstisch gepasst haben mochten.

Bald spürte sie die ersten Bewegungen des Kindes – ein ganz zartes bebendes Flattern wie von Schmetterlingsflügeln, und im ersten Moment glaubte sie sogar, sie hätte es sich nur eingebildet. Sie ließ alles stehen und liegen und wartete verwundert und voller Freude mit der Hand auf dem Bauch auf das nächste Lebenszeichen.

Ihre Taille wurde allmählich voller, und die meisten ihrer Kleider passten nicht mehr. So nähte sie sich weite Kittel, die sie unter der Schürze trug. Als ihre Schwangerschaft nicht mehr zu verbergen war, wurde sie immer öfter gewahr, dass Aleyne und Lalla sie anstarrten, miteinander tuschelten und schnell wegsahen, wenn sie ertappt wurden. Schließlich nahm sich Jenna die beiden vor.

»Ich bekomme ein Baby«, erklärte sie schlicht.

Aleyne nickte. »Das haben wir uns schon gedacht, Missy.«

»Conor ist der Vater meines Kindes.«

»Das wissen wir, Missy. Wir sehen es in Ihrem Gesicht. Sie sind manchmal traurig, denken die ganze Zeit an ihn, stimmt's?«

»Ja.«

»Aber jetzt kommt ein Baby. Das macht Sie glücklich?«

»Glücklich, ja. Trotzdem bin ich traurig wegen Conor.«

»Wongaree und ich möchten auch ein Baby haben«, sagte Lalla wehmütig.

»Ihr müsst Geduld haben«, beschwichtigte ihre Mutter. »Die Geister kommen bald und geben euch viele Babys.«

Adam bekam sie nur selten zu Gesicht. Zwar kam er jeden Tag zum Abendessen ins Haus, aber dann saßen sie schweigend am Tisch, und sobald er fertig war, stand er auf, holte die Axt, die hinter der Küchentür stand, und ging in den Hof. Holz hacken war eigentlich Pigeons Aufgabe, aber Adam beschäftigte sich trotzdem jeden Abend damit und vergrößerte stetig den ohnehin schon riesigen Berg Feuerholz. Und Jenna hatte ständig das dumpfe Geräusch der Axthiebe im Ohr. Es schien, als wäre Adam lieber draußen als im Haus bei ihr. Störte ihn ihre Anwesenheit so sehr?

Ngayla und sie machten den Abwasch und räumten das saubere Geschirr und die Töpfe weg. Dann ging das schwarze Mädchen ins Bett, und Jenna las im Schein der Lampe, weil sie nicht wusste, was sie sonst tun sollte. Doch sie war mit den Gedanken nur selten bei ihrem Buch. Sollte sie aus Höflichkeit auf ihn warten? Oder wäre es besser, ihn nicht zu beachten und ins Bett zu gehen?

Das Licht aus der Hütte fiel in den Hof und beleuchtete den unebenen Boden. Manchmal stand Jenna am Fenster und sah zu, wie Adam die Axt über den Kopf schwang und auf den Hackstock sausen ließ. Vom Wasserloch drang das Quaken der Frösche herüber, und die Zikaden in den Bäumen zirpten. Manchmal hörte sie auch das feine Schlagen von Fledermausflügeln, das Heulen eines Dingos und die Antwort eines Artgenossen.

Jenna erschien es, als ob die ganze Welt voller Paare oder Gruppen wäre. Frösche, Zikaden, Dingos. Nur sie war fast immer allein, sehnte sich nach einer männlichen Stimme, nach einer Unterhaltung. In der Hütte war es bis auf das stete Ticken der Uhr und das Rascheln, wenn sie eine Seite umblätterte, ganz still. Sie hatte das Buch vor sich, aber wenn man sie nach der Geschichte gefragt hätte, die sie gerade las, wäre es ihr kaum möglich gewesen, den Inhalt wiederzugeben.

Die unterschiedlichsten Gedanken gingen ihr durch den Kopf: Wie anders alles sein würde, wenn Conor noch am Leben wäre. Sie malte sich aus, wie er jeden Abend zu ihr nach Hause gekommen wäre, wie sie ihm ihre Liebe in dem Bett gezeigt hätte, in dem sie jetzt allein schlief. Und jeden Morgen hätte sie ihn mit Küssen geweckt.

Ihr Seufzer hallte in der Stille wider. Da war etwas an der Tür. Jenna schaute auf und erblickte Adam mit nass geschwitztem Hemd. »Gute Nacht!«, sagte er.

»Sie gehen schlafen?«

»Morgen ist ein neuer Tag.«

Das wusste sie nur zu gut. »Ja. Na, dann gute Nacht!«

Er verschwand, und Jenna war wieder mit den Motten allein, die um das Lampenlicht schwirrten.

Anfang November brauten sich eines Nachmittags rote Wolken zusammen, und der Himmel verdunkelte sich, als wäre die Nacht bereits eingebrochen. Frischer Wind kam auf, peitschte die Äste der Bäume und wirbelte den Staub auf. Ein greller Blitz tauchte die Landschaft kurz in grelles Licht, und gleich darauf wurde tosender Donner laut. Ngayla erschrak und lief zum Herd.

»Ein großes Unwetter zieht auf«, stellte Aleyne fest, die an der Tür stand und ins Freie schaute. Jenna stellte sich hinter sie und beobachtete, wie ein weißer Schleier über das Land fegte.

Es regnete zwei ganze Wochen.

»Der Fluss ist über die Ufer gestiegen«, sagte Adam, als er ein paar Tage später die Stufen zur Veranda heraufkam und eine nasse Spur hinterließ.

»Sind wir hier sicher? Das Wasser kommt doch nicht bis hier herauf, oder?«

Adam zuckte mit den Schultern, wirkte aber besorgt. »Ehrlich gesagt, ich weiß es nicht. Wir müssen es abwarten.«

Das Wasser stieg und umspülte schon die Zaunpfosten des Farmgartens. Die Frauen im Haus waren damit beschäftigt, die Eimer auszuleeren, die dort standen, wo es am meisten durchs Dach regnete. Als der Regen einmal kurz nachließ, borgte sich Jenna ein Paar Stiefel von Adam aus und watete durch den Schlamm zu einem erhöhten Aussichtspunkt. Sie sah die Flussläufe, die sich in reißende Ströme verwandelt hatten und sich zwischen den Sandbergen hindurchschlängelten.

Ein Gefühl des Friedens überkam Jenna, als sie auf das Netzwerk der verschlungenen Kanäle niederblickte. Tausende von Vögeln – Pelikane und Gänse, schwarze Schwäne und Enten – hatten sich auf dem Wasser versammelt und tauchten nach Nahrung. Baumwipfel ragten wie grüne Gespenster aus der wirbelnden Strömung.

Irgendwann kam dann aber doch die Sonne wieder zum Vorschein, und mit jedem Tag wurde es heißer. Die Luft war schwül und feucht, und die winzigen Buschfliegen krochen einem in die Nase und in den Mund. Sie waren überall. Jenna rief alle Schwarzen – Männer und Frauen – zu sich ins Haus und gab ihnen eine große Flasche Kastoröl, das sie vor den Mücken schützen sollte.

Einige der Männer waren ihr gegenüber immer noch argwöhnisch. Und Jenna empfand sie zwar nicht als Bedrohung, dennoch hatte sie das Gefühl, als würden sie ihr Dasein wie Wesen aus einer anderen Welt überschatten. Sie spürte, dass diese Leute eine Bedeutung für sie hatten, wusste jedoch nicht, welche. Sie fing ihre Schwingungen auf, das stete Trommeln an der Peripherie ihres eigenen Lebens. Irgendwie war sie mit diesen Menschen verbunden, wenn auch einiges sie von ihnen trennte. Sie konnte das Band jedoch weder jetzt noch in Zukunft zerreißen.

Trotz der Differenzen in der Vergangenheit vermisste Adam seinen Bruder schmerzlich. Oft, wenn er Zäune aufstellte oder sah, dass viele Schafe schon gelammt hatten, dachte er: »Das muss ich Conor unbedingt erzählen«, oder er wollte sich umdrehen und sagen: »Weißt du noch, wie ...« Doch dann fiel ihm alles wieder ein, und die Worte blieben ihm im Halse stecken.

Conor war nicht mehr da. Es gab kein Verbindungsglied mehr zur Vergangenheit.

Adam hielt sich von der Hütte fern, so gut es ging, und ritt oft in Wongarees Begleitung zu den Grenzen seines Landes. Sie nahmen Proviant mit und blieben oft tagelang weg. Im Laufe der Wochen lernte Adam seine Weidegründe – jede Senke, jede Erhöhung, alle Ebenen – ganz genau kennen. Das Land wurde zu einem Teil von ihm, und es wurde ihm niemals zuviel, die Grenzen abzureiten. Diese Ausflüge weckten seine Lebensgeister, wenn er niedergeschlagen war.

Es erschien ihm eigenartig, dass Jenna da war, wenn er nach Hause zurückkehrte. Zu Beginn konnte er ihre Nähe kaum ertragen und fand nie die richtigen Worte. Ihre Anwesenheit erinnerte ihn an Conor und daran, was er verloren hatte. Doch sie war fest entschlossen zu bleiben, und es gab nichts, womit Adam sie von ihrem Entschluss hätte abbringen können.

Trotz seiner anfänglichen Befürchtungen hatte sich Jenna reibungslos in das Leben auf Diamantina Downs eingefügt. Sie war ausgeglichen und hatte, das musste er zugeben, immer ein Lächeln und ein freundliches Wort für jedermann parat. Oft hörte er sie summen oder singen, wenn sie in der Küche die köstlichen Mahlzeiten für ihn zubereitete. Adam bewunderte auch die energische, nüchterne Art, die sie im Umgang mit den Schwarzen an den Tag legte.

»Sie müssen sich die Zuwendungen, die sie erhalten, verdienen«, sagte sie, wenn die Männer ins Haus kamen, um ihre Arbeitskraft gegen Mehl und Tabak einzutauschen, auch wenn Adams Vorräte knapp waren. Sie war bestimmt, behandelte die Leute jedoch mit Respekt. »Ich lasse nicht zu, dass sie faulenzen.«

»Ich beabsichtige, sie gerecht zu entlohnen«, meinte Adam. »Wenn ich es mir leisten kann, bekommen sie auch ein paar Schilling.«

»Hier draußen gibt es nichts, wofür sie Geld ausgeben könnten«, erwiderte Jenna. »Man hilft ihnen mehr, wenn man ihnen Decken, die sie warm halten, und Kleider gibt.«

Frauen waren für Adam ein Rätsel. In einer Minute dachten sie praktisch, in der nächsten hatten sie nur romantischen Unsinn im Kopf und brachen in Tränen aus. Ihre Gedanken und Handlungen unterschieden sich sehr von denen der Männer. Adam kam sich in ihrer Gegenwart immer unbeholfen und linkisch vor; er brachte kaum einen Ton heraus und war furchtbar nervös – ganz anders als Conor, der immer unbekümmert und charmant Konversation treiben konnte.

Trotz seines Unbehagens war sich Adam Jennas Weiblichkeit nur zu bewusst. Im Laufe der Wochen und Monate bemerkte er verschiedene Kleinigkeiten an ihr: die Art, wie sie sich am Ende eines Tages am Herd bewegte, in einem Topf rührte oder einen Braten aus dem Ofen nahm; die geschwungene Linie ihrer Wangen, ihre melodische Stimme. Er beobachtete fasziniert, wie das Kind in ihr wuchs und sich der Bauch sanft wölbte, bis ihn nicht einmal mehr die Schürze verbergen konnte.

Conors Kind.

Gefühle wallten in ihm auf – schmerzhafte und zugleich besänftigende Empfindungen, und manchmal spürte er sogar ein Flattern in seiner Brust, als würde sein Herz zu heftig schlagen.

In solchen Situationen nahm er die Axt, ging ins Freie und hackte Holz, obwohl Pigeon bereits für ausreichend Feuerholz gesorgt hatte. In dem Licht, das durch die Fenster auf den Hof schien, hieb er die Axt in die gesägten Stämme und empfand sogar so etwas wie Freude, wenn die Schneide das Holz spaltete. Er arbeitete hart, um die Erinnerungen auszulöschen und sich die Gedanken an Jenna aus dem Kopf zu schlagen.

Ihm war klar, dass sie ihn nie begehren würde. Sie

liebte Conor noch immer und trug sein Kind unter dem Herzen. Und auch nur daran zu denken, dass es anders wäre, kam einem Betrug gleich.

Wenn Adam sich richtig einsam fühlte, ritt er über die Weiden zum Grab seines Bruders und setzte sich neben den Hügel. Tiere hatten das Grab verunreinigt, und es war von Gras überwuchert. Aber Adam säuberte es und riss das Unkraut heraus. Im Nachhinein dachte er, es wäre besser gewesen, Conors Leichnam zur Farm zu bringen und ihn dort zu begraben. Aber wenn er die zerklüftete Schönheit der Landschaft rund um das Grab betrachtete, wusste er, dass diese letzte Ruhestätte passend für seinen Bruder war.

Eines Morgens fragte Jenna, ob Adam sie zu dem Grab bringen könne. Adam erschrak und spürte, wie heftig sein Herz klopfte. Er bekam sich aber überraschend schnell wieder in die Gewalt. Der Platz am Fluss war ein Ort, an dem er Frieden fand und sich seinem Bruder nahe fühlte. Wenn er Jenna mit dorthin nähme, würde Adam den letzten seelischen Halt aufgeben, der ihm noch geblieben war.

»Es ist ein anstrengender Halbtagesritt bis dorthin«, antwortete er knapp, »und ich glaube nicht, dass Sie in Ihrem Zustand solche Strapazen auf sich nehmen sollten.«

»*Zustand!* Ich bin nicht krank. Ich bekomme nur ein Kind.«

»Das ist mir gleichgültig«, gab er eigensinnig zurück. »Wenn Ihnen etwas zustößt, können wir hier draußen nicht einfach einen Arzt rufen. Diese Verantwortung möchte ich nicht tragen.«

»Dann übernehme ich diese Verantwortung.«

»Damit ich Sie auch noch begraben muss? Nein!«

»Hören Sie!«, sagte er später. »Es tut mir Leid, wenn ich zu schroff war. Es ist nur ... wenn Ihnen etwas passiert ...«

Der Rest blieb unausgesprochen. Es war eine schreckliche Vorstellung, dass Jenna zu Schaden kommen könnte. Wie sollte er mit einer solchen Schuld weiterleben? Er musste Jennas Kind um jeden Preis beschützen.

»Also schön!«, gab sie nach. »Aber könnten Sie vielleicht einen Zaun um die Grabstelle errichten und ein Kreuz aufstellen? Conors letzte Ruhestätte sollte gekennzeichnet werden, damit die Leute auch in späteren Jahren wissen, dass dort jemand begraben ist.«

»Wir wissen, dass er dort liegt«, entgegnete Adam hitzig.

»Aber wir werden nicht für immer hier sein.«

Adam starrte sie stumm an – was redete sie da? Er sollte sein Land verlassen, das war unvorstellbar. Dachte sie an eine solche Möglichkeit? Er hatte hart auf dieser Farm gearbeitet und war nicht bereit, sie aufzugeben.

Als er wieder das Wort ergriff, war seine Stimme rau. »Ich gehe nicht von hier weg. Und in den nächsten Jahren sorge ich dafür, dass alle Welt erfährt, was mit Conor passiert ist. Die Menschen werden seine Geschichte *kennen.*«

Trotzdem nahm er eines Tages Pflöcke und Draht sowie ein Holzkreuz mit der eingeschnitzten Inschrift *Conor O'Loughlin 1851–1873* mit zu der Stelle am Fluss. Behutsam entfernte er den losen Sand vom Grab, schlug die Pflöcke in die Erde und spannte den Draht. Dann trat er zurück und betrachtete sein Werk. Das würde selbst Jenna zufrieden stellen, dachte er.

Der Regen kam wieder: Weiße Schleier legten sich aufs Land. Adam blieb nach dem Abendessen im Haus – den Regen nutzte er als Vorwand – und half Jenna, den Tisch abzuräumen und das Geschirr zu spülen. Beim ersten Mal sah sie ihn überrascht an, sagte jedoch nichts. Umspielte der Hauch eines Lächelns ihre Mundwinkel?

Als die Küche aufgeräumt war, setzte sich Adam an den Tisch und schlug das Farmjournal auf. Gelegentlich warf er einen verstohlenen Blick zu Jenna, während er seine Einträge machte. Wie so oft in letzter Zeit war sie mit dem Nähen von winzig kleinen Babysachen beschäftigt und hielt den Kopf gesenkt, sodass sie seine Blicke nicht bemerkte. Sie führte auch ein Tagebuch, das wusste Adam. An manchen Abenden schrieb sie lange, und Adam mochte das Geräusch, wenn ihre Feder über das Papier glitt – es war eigenartig tröstlich.

Als der Regen endlich nachließ und der Himmel aufklarte, schlug Adam ihr vor, sich auf die Veranda zu setzen, wo eine leichte Brise die Hitze erträglicher machte. Sie unterhielten sich über dies und das, und Adam erzählte ein paar Neuigkeiten von der Farm: Sie hatten ein paar Schafe in der Regenzeit verloren, aber mittlerweile herrschte am großen Wasserloch keine Überschwemmung mehr. Er hatte keine Ahnung, ob sich Jenna wirklich für diese Dinge interessierte. Sie hörte ihm jedoch höflich zu, und diese Gespräche füllten die abendlichen Stunden zwischen Sonnenuntergang und Schlafenszeit.

Im Nachhinein konnte er nicht mehr sagen, ab welchem Tag sie einen vertraulicheren Umgangston pflegten und wann genau er begonnen hatte, ihr von seinem eigenen Leben in Irland zu erzählen, oder was Jenna dazu gebracht hatte, anfangs nur sehr zögerlich, Stück für Stück von ihrer Vergangenheit preiszugeben. Sie sprach von Michaels Geburt und Tod und von ihrer Mutter.

»Sie nannten sie eine Hure«, sagte sie. »Deshalb konnte ich nicht in der Stadt bleiben, als mir klar wurde, dass ich ein Kind von Conor erwarte. Sie hätten gesagt: Jenna ist genau wie ihre Mutter.«

»Aber das bist du nicht!«, rief Adam aus. Und im nächsten Augenblick wurde er sich bewusst, dass er sie verteidigte und sich über die Klatschmäuler regelrecht empörte.

»Nein, ich habe Conor geliebt. Es ist einfach so gekommen, und es hat sich richtig angefühlt.«

Richtig angefühlt. Mit einem Mal wusste Adam, was sie meinte. Er staunte selbst, wie sehr er sich an Jennas Gesellschaft gewöhnt hatte, und dachte daran, wie einsam er wäre, sollte sie sich je entschließen, von hier wegzugehen. Etwas in seinem Inneren hatte sich verändert.

Jenna saß auf den Verandastufen, hatte die Arme um ihren Bauch geschlungen und wiegte sich vor und zurück. Sie schien tief in Gedanken versunken zu sein und sah in die Ferne, und doch umgab sie an diesem Abend eine Traurigkeit und Hilflosigkeit, die Adam nicht einordnen konnte. In diesem Augenblick empfand er unendliche Zärtlichkeit und Ehrfurcht. Es erschien ihm wie ein Wunder, dass ein Teil von Conor in dem ungeborenen Kind weiterleben würde. In letzter Zeit hatte Adam öfter an die Geburt gedacht und sich vorgenommen, Jenna ein paar Wochen vorher in die Stadt zu bringen. Er fragte sie, wann das Baby kommen würde.

»Ich weiß es nicht genau«, gestand sie. »In zwei Monaten, vielleicht auch etwas später.«

Und plötzlich wusste er mit absoluter Gewissheit, was er tun musste.

»Ich reite morgen in die Stadt«, sagte er. »Weihnachten steht bevor, und wir brauchen frische Vorräte.«

»Es gibt etliche Dinge, die ich für das Baby kaufen möchte. Würdest du sie mir besorgen, wenn ich dir eine Liste mitgebe?«

»Natürlich.« Er holte tief Luft und stählte sich innerlich. »Da ist noch etwas, was ich dich fragen möchte, bevor ich mich auf den Weg mache.«

»Ja?« Sie drehte ihm ihr Gesicht zu.«

»Willst du mich heiraten?«

Sie riss die Augen auf und starrte ihn wortlos an.

Adam deutete ihr Schweigen als Unschlüssigkeit und redete einfach weiter: »Ich weiß, dass du Conor geliebt hast, aber du musst an das Kind denken. Ich werde ihm den Namen O'Loughlin geben.«

Jenna musterte ihn ernst. »Das wäre dir gegenüber nicht fair, Adam. Vielleicht begegnest du eines Tages einer Frau …«

»Was? Hier draußen?« Er stieß ein freudloses Lachen aus. »Ich bin nicht Conor und kann seinen Platz nicht einnehmen. Genau genommen bin ich ein verdammt schlechter Ersatz. Aber ich werde immer aufrichtig und ehrlich zu dir und deinem Kind ein guter Vater sein. Mit der Zeit lernst du vielleicht, mich ein wenig gern zu haben.« Er zwang sich zu einem Lächeln. »Ich bin im Grunde gar kein solches Scheusal.«

»Natürlich bist du das nicht. Du bist ein guter, warmherziger Mensch, und ich verdiene es wirklich nicht …«

»Du verdienst etwas Besseres«, fiel er ihr ins Wort. »Du verdienst *Conor,* und ich würde alles tun, wenn ich ihn nur zurückholen könnte.«

Langsam streckte Jenna die Hand aus und legte sie auf Adams. Adam war erstaunt, als er die Tränen in ihren Augen sah. »Ja«, sagte sie leise.

»Ja?«, wiederholte er verwirrt.

»Ja, ich weiß, dass du alles tun würdest, und ja, ich will dich heiraten.«

»Nun«, sagte er perplex, »dann wäre das geregelt. Ich denke, ich schicke lieber nach einem Pfarrer.«

Er war ratlos. Was sollte er jetzt tun? Sie hatte eingewilligt, seine Frau zu werden, und er glaubte, dieses Versprechen irgendwie besiegeln zu müssen. Vielleicht, überlegte er, sollte ich sie jetzt küssen. Doch ihr Gesicht war leicht zur Seite geneigt, deshalb beugte er sich vor und strich unbeholfen mit den Lippen über ihre Stirn. Dann zog er sich zurück und ließ ihre Hand los.

»Zeit zum Schlafengehen«, sagte er und fuhr sich mit der Hand durch das dunkle Haar. »Gute Nacht, Jenna, bis morgen!«

Und ehe sie antworten konnte, war Adam schon auf dem Weg in die Scheune.

Reverend Carlyle traf eine Woche vor Weihnachten ein. Auf Adams Bitte hin brachte er einen Fotografen mit. »Das ist doch viel zu kostspielig«, tadelte Jenna, als sie zusah, wie die beiden Männer von ihren Pferden abstiegen.

Adam zuckte mit den Schultern. »Dann habe ich eben kein Geld mehr, aber wenigstens bleibt uns eine Erinnerung an den Tag.«

Wongaree und Lalla hatten sich bereit erklärt, als Trauzeugen zu fungieren. Lalla trug eines von Jennas ausrangierten Kleidern; ihre Aufgabe schien sie einzuschüchtern. Wongaree hatte einen verbeulten Zylinder auf dem Kopf. Adam erklärte Jenna grinsend, dass Wongaree den Hut vor Jahren von einem Landvermesser geschenkt bekommen habe.

Die Zeremonie fand unten am Wasserloch im Schatten eines Coolibah-Baumes statt. Und alle anderen waren auch da – Aleyne und Yapunya, Pigeon, Wandi und Ngayla. Sie standen im Halbkreis um Adam und Jenna herum und sahen die beiden erwartungsvoll an. Jenna fühlte sich eigenartig losgelöst, als wäre die Zeit ins Taumeln geraten. Die Worte des Pfarrers gingen an ihr vorbei und vermischten sich mit dem heißen Wind. »Wir haben uns heute hier versammelt, um diesen Mann und diese Frau zu vereinen …«

Sie schloss die Augen und kämpfte gegen die aufkommende Panik an. War es richtig, Adam O'Loughlin zu heiraten?

Diese Frage nagte an ihr, seit sie seinen Antrag angenommen hatte. Sie hatte aus einem Impuls heraus zugestimmt. Einen plausiblen Grund für diese Entscheidung hätte sie jedoch nicht nennen können. Adam war ein freundlicher, anständiger Mann und Conors Bruder. Und es war gut, dass ihr Kind von dem Onkel großgezogen wurde. Andererseits war Jenna nicht mittellos. Sie besaß Geld, hätte in eine Stadt ziehen und behaupten können, verwitwet zu sein. Sie hätte sich lediglich einen billigen Ring kaufen müssen, um die Lüge glaubhaft zu machen. Kein Mensch würde eine solche Geschichte anzweifeln.

Warum also Diamantina Downs und Adam – ein Mann,

den sie nicht liebte? Fühlte sie sich wegen Conor mit ihm verbunden? War es ihre Bestimmung, auf Diamantina Downs zu leben? Vielleicht hatte eine höhere Macht sie dazu getrieben, diesen Ort zu ihrem Zuhause zu machen.

So viele Fragen, auf die sie keine Antwort wusste. Sie atmete tief durch, um die Angst, die Besitz von ihr ergriffen hatte, zu unterdrücken, und sah den Pfarrer an. Er musterte sie argwöhnisch und schielte immer wieder zu ihrem Bauch. Das ist mir egal, dachte sie, hob trotzig den Kopf und erwiderte herausfordernd seinen Blick.

»Wollen Sie, Jenna McCabe, diesen Mann …«

Sie beantwortete automatisch die entscheidende Frage mit ja.

Nach der Trauung gab es Tee und Sandwiches im Haus. Adam bestand darauf, dass der Fotograf alle Anwesenden aufnahm. Die Prozedur erschien Jenna unendlich lang. Der Mann verschwand unter dem schwarzen Tuch an seiner Kamera und hielt das große Blitzlicht in die Höhe. Jenna stand hinter Adam, der auf einem Stuhl saß und tapfer lächelte. Jenna war erschöpft, und das Baby strampelte seit einer Stunde gnadenlos. Sie hatte das Gefühl, dass der Tag nicht enden wollte.

Am Nachmittag wollten sich der Pfarrer und der Fotograf verabschieden. Jenna lief in ihr Zimmer und kritzelte hastig einen kurzen Brief. Als sie ihn in einen Umschlag steckte, kam Adam herein. »Geht es dir nicht gut?«, erkundigte er sich besorgt.

»Alles in Ordnung, ich bin nur müde.«

»Dann leg dich hin und ruh dich aus! Ich entschuldige dich beim Pfarrer. Er wird sicher Verständnis haben.«

»Bestimmt.« Sie bedachte Adam mit einem nervösen

Lächeln und reichte ihm den Brief. »Würdest du das bitte Reverend Carlyle mitgeben?«

»Was ist das?«

»Eine Nachricht an den Bankier in der Stadt. Ich bitte ihn in diesem Brief, einen Bauunternehmer für uns anzuheuern und das nötige Geld von meinem Konto zu nehmen.«

»Einen Bauunternehmer?«

»Adam«, erwiderte Jenna geduldig, »wir können nicht weiterhin in dieser Hütte leben. Im Sommer ist es stickig und heiß, und das Dach ist undicht. Ich kann mein Kind nicht in einem solchen Haus großziehen.«

»Kommt nicht infrage«, widersprach Adam eigensinnig. »Ich werde derjenige sein, der meiner Familie ein anständiges Zuhause aufbaut.«

»Adam, wir sind jetzt Mann und Frau. Was mir gehört, gehört auch dir. Ich habe das Geld vom Verkauf des Ladens – das reicht für ein schönes Haus und Möbel. Das ist meine Mitgift.«

Er sah sie eine ganze Weile unverwandt an.

Sie legte die Hand auf seinen Arm – eine Geste des Friedens. »Wenn du dich meinetwillen nicht damit einverstanden erklären kannst, dann tu es für das Kind!«, sagte sie ruhig, »Kannst du nicht wenigstens dieses eine Mal deinen verdammten männlichen Stolz vergessen?«

Er zuckte mit den Achseln und ging zur Tür. »Also schön, ich gebe nach. Aber nur, weil du in einem Punkt Recht hast – dies ist kein Haus, in dem sich ein Kind wohlfühlen kann.«

Es war bereits dunkel, als die Frauen die Küche aufgeräumt hatten.

»Wongaree meint, die Weißen machen viel Wirbel um so eine Sache«, vertraute Lalla Jenna und Adam grinsend an. »Er sagt, es reicht, wenn man einfach so wie wir zusammenlebt. So eine *Hochzeit* ist gar nicht nötig.«

»Ah, aber so ist es bei *uns* Tradition!«, erwiderte Adam.

»Trotzdem macht es viel Arbeit. All das Kochen und Saubermachen.«

»Jetzt ist es ja vorbei, Lalla.«

Während Lalla und Adam miteinander redeten, winkte Jenna Aleyne zu sich. »Würde es dir etwas ausmachen, Ngayla heute mit in euer Lager zu nehmen?«

»Warum soll sie mit zu uns gehen?«

»*Ich* will, dass sie dort schläft. Nur heute Nacht.«

»Na, schön, Missy!« Aleyne bedachte Jenna mit einem wissenden Lächeln. »Sie kommt mit mir. Keine Sorge.«

Jenna und Adam saßen schweigend auf der Veranda, als sich die Frauen auf den Weg machten. Ein eigenartiges Gefühl, dachte Jenna. Adam ist jetzt mein Mann, und vor wenigen Stunden habe ich versprochen, ihn zu ehren und ihm zu gehorchen. Aber er kam ihr vor wie ein Fremder. Sie hatten sich noch nie geküsst, sich nie an den Händen gehalten. Wenn Conor jetzt zu ihr kommen würde …

Sie verbot sich, den Gedanken weiterzuspinnen. Conor lebte nicht mehr, Adam hingegen war da. Sie musste das Beste daraus machen und ihr Leben in die Hand nehmen. Es hatte keinen Sinn, sich den Mond zu wünschen, wie ihre Mutter immer zu sagen pflegte.

»Können wir reden?«, flüsterte sie.

Adam stand abrupt auf, ging zum Ende der Veranda und stützte sich auf das Geländer. In dem Licht, das aus dem Fenster drang, sah Jenna seine Hände. Sie sind schön, dachte sie. Kräftig und stark. Sie stellte sich vor, wie er ihr Kind wiegte.

»O Jenna!«, sagte er betrübt. Dann drehte er sich um, polterte die Stufen hinunter und lief zur Scheune und zu seinem Bett.

Jenna ließ ihn gehen, sagte nichts. Sie hätte ihn zurückrufen und darauf bestehen können, dass er bei ihr blieb. Stattdessen ging sie in ihr Zimmer und zog sich aus.

Am frühen Morgen hatte sie Wildblumen gepflückt und die Sträuße in alten Flaschen und Gläsern auf die Kommode und in die Ecken gestellt. Jetzt, Stunden später, lag der süße Duft in der Luft. Sie zündete all die Kerzen an, die sie im ganzen Zimmer verteilt hatte, bis der Raum in ein goldenes Licht getaucht war. Dann schüttete sie Wasser vom Krug in die Waschschüssel und fügte ein paar Tropfen von ihrem süßen Parfüm hinzu.

Sie nahm sich Zeit und wusch sich ausgiebig. Es bestand kein Grund, sich zu beeilen – sie hatte noch die ganze Nacht vor sich. Was waren ein paar Minuten im Vergleich zum Rest ihres Lebens? Jenna trocknete sich ab und sah auf die Uhr – sie hatte eine halbe Stunde für ihre Toilette gebraucht. Sie schlüpfte in einen Morgenrock, holte tief Luft und nahm die Öllampe in die Hand. Dann ging sie zu Adam in die Scheune.

Das Tor war nur angelehnt. Jenna schlüpfte durch den Spalt und hielt die Lampe hoch. Adam lag angezogen auf der Pritsche und schlief. Sein Haar war zerzaust. Sie stellte die Lampe auf den Stuhl neben dem Bett und betrachtete Adams Züge. Wieder kam ihr das in den Sinn, was sie schon so oft gedacht hatte: Wie können zwei Brüder so unterschiedlich sein? Der eine dunkel, der andere blond. Der eine fröhlich und stets zum Lachen bereit, der andere ernst und gesetzt. Wenn Conor die Sonne gewesen ist, dann ist Adam vielleicht der Mond, überlegte sie.

Sie atmete tief durch und legte die Hand auf Adams Arm. »Adam«, sagte sie mit sanfter Stimme.

Er bewegte und streckte sich im Schlaf.

»Adam«, sagte sie ein wenig lauter.

Er wurde sofort wach, setzte sich auf und sah Jenna verwirrt an. »Was ist? Kommt das Baby?«

»Nein.«

Eine Motte schlug mit den Flügeln gegen den Glaszylinder der Lampe.

»Was ist los?«

»Wir sind jetzt verheiratet«, erklärte Jenna und hatte Mühe, ganz ruhig zu sprechen. »Und wir sollten anfangen, uns wie ein Ehepaar zu benehmen. Du hast keinen Grund mehr, in der Scheune zu schlafen.«

Sie kniete sich neben ihn, beugte sich vor und drückte ihre Lippen auf seine. Sie kostete ihn und ließ ihre Zunge spielen. Adam stöhnte leise.

»Komm!«, sagte sie. »Komm ins Haus!«

Sie nahm seine Hand und führte ihn über den Hof. Der Mond war gerade aufgegangen und hing blutrot über dem Horizont. »Sieh mal!«, sagte Jenna erregt. »Das ist ein Omen.«

»Ein gutes oder ein schlechtes?«

»Ein gutes, du Dummer!«

Sie schlichen durch die Hütte wie unartige Kinder. Jenna lachte. »Wir müssen nicht leise sein. Ngayla übernachtet heute bei Aleyne im Lager.«

Sie zog Adam ins Schlafzimmer. Er sah sich verwundert um – betrachtete all die Kerzen, die schon ein gutes Stück heruntergebrannt waren, und sog den Duft der Blumen ein. Dann nahm er Jenna in die Arme. »Du kleines Biest!«, flüsterte er heiser. »Du hast das alles genau geplant.«

Sie nickte.

»Ich wollte … du weißt schon … vorhin. Ich wollte dich umarmen und küssen.«

»Ich weiß«, sagte sie schlicht.

»Aber ich wusste nicht, wie ich es anfangen soll. Mir fallen nie die richtigen Worte ein. Ich bin nicht so gewandt wie …«

Jenna legte den Finger auf seine Lippen, um ihn zum Schweigen zu bringen. »Schsch! Nicht reden.« Dann fasste sie sich ein Herz und streifte den Morgenmantel über ihre Schultern und ließ ihn zu Boden fallen.

Adam schnappte nach Luft. Langsam knöpfte sie ihm das Hemd, dann die Hose auf. Er stand vor ihr und ließ ihre Haare durch seine Finger gleiten. Von Zeit zu Zeit hielt sie inne, stellte sich auf die Zehenspitzen und küsste ihn. Als sie ihm die Kleider ausgezogen hatte, streichelte sie seine nackte Haut und schloss die Finger um seine Männlichkeit. »O Gott! Jenna«, stöhnte er und zog sie zum Bett.

Sie küssten sich lange, und Adam liebkoste ihren Hals, dann die Brüste. Seine Haut rieb sich an ihrer, feucht und heiß, und sein hartes Glied drückte sich an ihre Hüfte. Eine Kerze nach der anderen flackerte und verlöschte.

Der Mond schien ins Zimmer und tauchte es in fahles Licht. Behutsam führte Jenna Adams Hand zwischen ihre Beine. Die Stelle war feucht wie die Erde nach einem Sommerregen. »Komm!«, flüsterte sie, setzte sich rittlings auf ihn und wies ihm den Weg.

»Lieber Himmel!«

Adam streichelte sie ehrfürchtig – ihr Gesicht, die Brüste und den gewölbten Bauch –, während sie sich in stetem Rhythmus auf und ab bewegte.

»Küss mich!«, rief sie und beugte sich zu ihm vor.

Ihre Körper schimmerten im Mondschein. Eine sanfte Brise wehte durchs Fenster. Jenna spürte, wie sie in eine Traumwelt abtauchte. Adams Stöße führten sie in andere Sphären, während sie wie heidnische Geister im Mondschein tanzten.

KAPITEL 21

Am nächsten Morgen gehe ich in den Schuppen und sehe mir das Fahrrad an. Es hängt an einem Haken an der Wand, und ich komme nicht dran. Die Speichen sind voller Spinnweben, auf den Reifen liegt eine dicke Staubschicht. Unter dem Sattel kriechen einige Spinnen hervor, als wollten sie sich dagegen wehren, dass ich sie störe.

Ich höre etwas hinter mir. Brad steht in der Tür – ich sehe in dem frühen Morgenlicht nur seine Silhouette.

»Hier bist du. Ich hab dich gesucht. Möchtest du heute wieder mitfahren?«

Diese Frage stellt er mir seit unserem Ausflug neulich jeden Tag. Aber ich lehne immer ab. Irgendwie ist es einfacher für mich, wenn ich hier bleibe. Ich schlage sein Angebot mit einem Lächeln aus.

»Nein, ich bin eingeladen. Stan hat mir ausgerichtet,

dass Ella mich zum Morgentee erwartet. Ich dachte, ich sollte mit dem Rad zu ihr fahren. Meinst du, du könntest mir helfen, es herunterzuheben?«

Als das Rad auf dem Boden steht, betrachtet Brad es zweifelnd und stößt den Hinterreifen versuchsweise an. »Es ist ziemlich rostig, und die Reifen sind platt.«

Meine gute Laune verfliegt schlagartig. Bis zu diesem Moment war mir gar nicht bewusst, wie sehr ich mich gefreut hatte, aus dem Haus zu kommen und etwas auf eigene Faust zu unternehmen – etwas, denke ich schuldbewusst, woran Brad keinen Anteil hat.

»Macht nichts«, entgegne ich mutlos. »Vielleicht gehe ich zu Fuß.«

»Warte mal!«

Er kramt in dem Gerümpel herum und befördert ein Ölkännchen und eine Luftpumpe zutage. Er schmiert die Kette mit ein paar Tropfen Öl, dreht wieder das Hinterrad und pumpt die Reifen auf. Dann stehen wir neben dem Rad und warten darauf, dass die Reifen wieder platt werden. Wir rechnen fest damit, dass dieses Rad zu der unzuverlässigen Sorte gehört, aber wir irren uns. Die Luft bleibt in den Reifen.

Nach ein paar Minuten wischt Brad den Staub vom Sattel und steigt auf. Er fährt einmal um den Hof, tritt fest in die Pedale, hält den Kopf gesenkt, weicht der Wäscheleine und den Bäumen aus. Er benimmt sich albern, und ich muss lachen.

»Bitte sehr, Madam!«, sagt er schließlich, als er vor mir abbremst und auf den Gartenschlauch deutet. »Dein roter Sportwagen steht bereit. Allerdings würde ich ihn erst einmal durch die Waschanlage jagen. Du willst doch sicher nicht irgendwelche Kriechtiere spazieren fahren.«

Brad fährt los, und ich erledige methodisch meine Arbeiten: abspülen, Bett machen, den allgegenwärtigen Staub von den Möbeln wischen und den Boden fegen. Ich betrachte den Inhalt von Bettys Kiste auf dem Küchentisch. Die Tagebücher sehen armselig und verloren aus. Der Einband des einen ist zerrissen, und ich würde am liebsten Leim suchen, um ihn in den ursprünglichen Zustand zu versetzen. Ich unterdrücke dieses Bedürfnis. Die Sonne scheint – ich muss hinaus an die frische Luft.

Normalerweise bin ich ein geselliges Wesen, und das Exil, das ich mir seit Kadies Tod selbst auferlegt habe, ist uncharakteristisch für mich. Viele meiner Freunde habe ich lange nicht gesehen und alle improvisierten Treffen und Dinnerpartys ausgelassen. Es war mir immer zu viel; ich hatte weder die Energie, mich aufzuraffen, noch konnte ich mich für irgendetwas begeistern. Ich brauche Struktur in meinem Leben und eine straffe Planung, um dem Chaos in meinem Kopf entgegenzuwirken – zumindest rede ich mir das ein. Möglicherweise bestrafe ich mich auch nur dafür, dass ich noch am Leben bin, während Kadie …

»Nein«, sage ich laut. »Denk nicht dran!«

Stattdessen erinnere ich mich an den Jahrestag – an den Tag nach meiner Exkursion mit Brad, an den Tag, bevor Betty und Stan die Stippvisite bei mir machten. An den verlorenen Tag, den ich damit verbrachte, auf dem Bett zu liegen, an die Decke zu starren und mir zu wünschen, dass ich die Vergangenheit neu schreiben könnte.

Ich durchlebte noch einmal die ganze schreckliche Zeitspanne. Brad schnallt Kadie in ihrem Sitz auf der Rückbank im Auto an. Ich strecke die Hand aus und fange die ersten Regentropfen auf. Winke Kadie zum Abschied.

Blas Mummy ein Küsschen zu!

Werden mich diese Worte niemals mehr verlassen?

Kadie führt die kleine Hand an den Mund, spitzt die Lippen und wirft den imaginären Kuss in meine Richtung. Sie trägt rosa Kleidung in verschiedenen Schattierungen – Mädchenfarben –, und ihr blondes Haar umrahmt ihr Gesicht. Sie sieht aus wie ein kleiner, pummeliger Cherub. Ein Cherub mit einem fröhlichen Lächeln.

Brads Miene ist düster. *Arbeit! Arbeit! Arbeit! Es ist Sonntag, um Himmels willen! Wir verbringen kaum noch Zeit miteinander. Kadie bekommt dich so gut wie nie mehr zu Gesicht. Sie wird noch vergessen, wer ihre Mutter ist.*

Die anklagenden Worte verlaufen ineinander, wirbeln mir durch den Kopf.

Blas Mummy ein Küsschen zu!

Die Wagentür schlägt zu. Kadie winkt. Der Regen wird heftiger.

Es scheint ein Tag wie jeder andere zu sein – nichts ist außergewöhnlich. Warum habe ich nur keine Vorahnung, kein Gefühl, das mir verrät, dass irgendwas nicht stimmt? Ich war ihre Mutter, verdammt! Ich hätte es wissen müssen!

»Sprich mit mir, Jess! Sag ihren Namen!«, forderte Brad am Jahrestag, als er mittags von seiner Arbeit zurück ins Haus kam. Ich öffnete die Augen. Er stand neben dem Bett und betrachtete mich besorgt. Warum war er so früh zu Hause? Wollte er nach mir sehen?

Ich schüttelte den Kopf und drehte mich weg, zeigte ihm den Rücken. »Ich kann nicht.«

»Um Himmels willen! Du kannst nicht so tun, als hätte sie nie existiert!«

Ungläubig wandte ich mich ihm zu. »Du glaubst, dass ich das versuchen sollte?«

Er fuhr sich mit der Hand durchs Haar. »Ich möchte über sie reden und sie nicht verstecken wie ein schändliches Geheimnis. Wir sind nicht die ersten Eltern, die ein Kind verloren haben. Ich will anderen erzählen, dass ich eine Tochter hatte und ihr Name Kadie war, dass sie das hübscheste und liebste kleine Mädchen war …«

Seine Stimme wurde brüchig, und ich fühlte, wie er sich wieder in sich zurückzog, wie die Kluft zwischen uns wieder breiter wurde. Ich wusste jedoch nicht, wie ich den Schaden wieder gutmachen konnte.

Für den Rest des Tages bemühte sich Brad sehr um mich; er war so verdammt umsichtig und liebevoll, dass ich mich hinterher für mein Benehmen hasste. Geh weg, hätte ich am liebsten geschrien. Dies ist mein Unglück. Überlass mich meinem Selbstmitleid! Natürlich habe ich das nicht laut ausgesprochen – es hätte viel zu pathetisch geklungen. Und es war auch Brads Unglück.

Und trotz allem war der Tag nicht so schlimm, wie ich erwartet hatte. Der Aufenthalt hier am Diamantina – weit weg von zu Hause – verändert mich in gewisser Weise. Hier erinnert mich nicht so viel an meine Tochter. In diesem Haus hatte Kadie nie ein Zimmer gehabt. Sie ist hier nie durch die Räume gelaufen, hat nie im Hof gespielt. Ihre Spielsachen waren hier nie auf dem Boden verstreut gewesen. Möglicherweise haben andere Kinder hier gelebt, aber nicht Kadie. Es gibt keine Erinnerungen, die mit der Vergangenheit verknüpft sind, keine emotionale Bindung.

Es ist schon einige Nächte her, seit ich den Traum hatte. Komisch, denke ich, dass ich hierher kommen, mich so weit von daheim entfernen musste, um die Erfahrung zu machen, dass sich mein Leben wieder in einigermaßen normalen Bahnen einpendelt. Und allmählich bin ich es leid, nur mich selbst zur Gesellschaft zu haben. Deshalb kommt mir Ellas Einladung jetzt sehr entgegen.

Nachdem ich das Rad mit dem Schlauch abgespritzt und gesäubert habe, werfe ich mir einen Rucksack über die Schulter und fahre schwankend den Weg entlang. Ich habe zwar Jahre nicht mehr auf einem Rad gesessen, aber das Sprichwort trifft zu: Man verlernt es nie. Bald habe ich den Dreh wieder raus, weiß, wie stark ich treten muss und dass der Lenker nicht ganz gerade ist.

Ich probiere die Klingel aus, aber die gibt nur einen rasselnden Ton von sich und scheucht die Wildtauben aus dem Gras auf. Der Schwarm fliegt wie eine Wolke auf, das Nackengefieder aufgeplustert vor Empörung.

Nach etwa einem Kilometer mache ich an einem trüben Wasserloch Halt. Einige Pelikane faulenzen auf dem Wasser und gönnen mir keinen Blick, als ich die Wasserflasche aus dem Rucksack hole und einen Schluck trinke. Es ist friedlich hier, ganz still. Ich stelle mir vor, dass es auch vor über hundert Jahren so gewesen sein muss. Ist die mysteriöse Jenna McCabe jemals an dieser Stelle gewesen?, frage ich mich. Hat sie irgendwann in längst vergangenen Zeiten genau wie ich heute die Vögel beobachtet? Ich sehe die Wirbel im Wasser, die Kreise, die sich von den Vögeln ausbreiten. Ein eigenartiger Gedanke, dass dieses Land an einem Tag ausgedörrt und kahl sein kann und am nächsten voller Wasser und Leben. Unverwüstlich, denke ich – immer von einem Extrem ins andere. Heiß oder kalt. Nass oder trocken. Die Natur lebt auf und zerfällt, bildlich gesprochen, zu Staub.

Stans und Ellas Haus ist ein Abziehbild von dem, in dem Brad und ich untergekommen sind: eine quadratische Schachtel mit breiter, einladender Veranda. Ein paar dürre Bäume werfen Schatten auf den Boden. Ich klopfe an die Haustür.

Da ich keine Antwort bekomme, gehe ich zur Rückseite und rufe Ellas Namen.

»Ich bin hier draußen«, antwortet sie. Die Stimme kommt aus einer Scheune am Zaun.

Ella braut Ingwerbier. Sie richtet sich auf, als ich an die Tür komme, und winkt mich herein. »Kommen Sie! Ich bin gleich hier fertig. Sie könnten die Deckel auf die Flaschen setzen.«

Auf dem Tisch stehen Dutzende braune Flaschen in einer Reihe und warten darauf, verschlossen zu werden. Das Aroma von Ingwer ist überwältigend, aber angenehm. Ella arbeitet effizient. Auf ihrem dunklen Gesicht glänzt ein Schweißfilm.

»Hier. Sie können mir helfen«, sagt sie und betätigt den Hebel des Gerätes, mit dem die Deckel auf die Flaschenhälse gedrückt werden. »Dann geht es doppelt so schnell.« Sie wischt sich mit dem Handrücken über die Stirn und streicht eine Haarsträhne weg. »Mann, ich könnte jetzt eine gute Tasse Tee gebrauchen!«

Wir arbeiten schweigend. Ella drückt die Verschlüsse auf, und ich verstaue die fertigen Flaschen in Kartons, die wir unter den Tisch schieben. »Da drunter ist es kühler«, sagt sie mit einem Grinsen, als wir die letzte Kiste wegräumen. »Ich will nicht, dass die Flaschen explodieren. Beim letzten Mal sind sechs kaputtgegangen. Das war eine ziemliche Schweinerei – überall Scherben und Ingwerbier. Die Ameisen haben sich königlich amüsiert.«

In der Küche waschen wir uns die Hände, und Ella füllt den Kessel. Bis das Wasser kocht, legt sie einige Biskuits auf einen Teller und löffelt Teeblätter in die Kanne. Ich kann durch die Tür das Ess- und das Wohnzimmer sehen. Dort stehen einige erstaunlich schöne Möbelstücke – ein langes Sofa und etliche Sessel, eine Chiffonniere, ein Piano. Über dem Kamin hängt ein kunstvoll gerahmter Spiegel. Im Essbereich stehen ein großer Holztisch mit acht hochlehnigen Stühlen und eine Anrichte, auf der die Überbleibsel eines Speiseservices aufgestellt sind – Doulton and Co., so viel erkenne ich, und sehr alt. Es hat ein hübsches Blumenmuster.

Ich trete näher und streiche mit der Hand über den Tisch. »Massives Walnussholz aus England«, erklärt Ella. »Hübsch, nicht?«

Ich nicke, schlendere weiter ins Wohnzimmer und sehe mir das Piano an. Das Klanggehäuse besteht aus auf Hochglanz poliertem Holz und kommt ohne jede Verzierung aus. Ich hebe den Deckel hoch: Die Elfenbeintasten sind intakt, aber gelblich verfärbt. Vorsichtig drücke ich auf eine, und ein leicht disharmonischer Ton erklingt.

»Spielen Sie?«, fragt Ella.

Ich schüttle den Kopf. »Nein. Ich bin absolut unmusikalisch.«

»Es ist ein Broadwood-Klavier aus London. Es wurde um 1870 gebaut. Es müsste gestimmt werden, aber Stan und ich haben uns nie darum bemüht. Wir spielen auch nicht.«

»Es muss ein kleines Vermögen wert sein.«

Der Wasserkessel pfeift schrill. Ella zuckt mit den Schultern. »Das hängt davon ab, wie viel einem die Dinge bedeuten, denke ich.«

»Das stimmt. Es ist alles relativ. Aber ein paar dieser Stücke sind sehr alt. Wie sind sie hergekommen?«

»Sie meinen, wie sie ins Haus eines Aborigines gelangt sind?« Sie mildert ihre Worte mit einem Lächeln.

Ich bin entsetzt. Denkt Ella wirklich, dass ich so etwas im Sinn habe? »O nein, ganz und gar nicht!«, beteuere ich unsicher. »Das Diamantina-Land ist nur so abgelegen, und ich frage mich, wie diese Möbel, die sicher schon damals sehr kostspielig waren, in diese Gegend gekommen sind.«

Ella lacht und wehrt meine Verlegenheit mit einer schnellen Handbewegung ab, dann geht sie in die Küche und brüht den Tee auf. »Ist schon okay, Jess. Ich habe nur einen Scherz gemacht. Stan sagt immer, ich hätte einen seltsamen Humor. Aber ich finde, wenn man sich nicht über sich selbst lustig machen kann, dann sieht die Welt ziemlich trübe aus. Meinen Sie nicht auch?«

Ich zögere. »Doch.«

Bei Tee und Biskuits erzählt mir Ella die Geschichte der Möbel. »Sie haben ursprünglich den O'Loughlins gehört, und all die Sachen blieben in dem alten Haus, als sie von hier weggingen. Stan und ich waren vor Jahren dort und haben die Sachen hergeholt – zumindest das, was noch zu retten war. In einige Zimmer hat es reingeregnet, und die Hitze da draußen bekommt manchen Holzarten gar nicht gut.«

»Von welchem alten Haus sprechen Sie? Das, in dem Betty und Jack wohnen?«

Ella schüttelt den Kopf und beißt von einem Biskuit ab. Ein paar Krümel rieseln auf den Tisch, und Ella schiebt sie gedankenversunken zusammen. »Nein. Ich meine das ursprüngliche O'Loughlin-Haus. Sie waren noch nicht oben und haben es sich angesehen?«

»Bis jetzt wusste ich nicht einmal etwas von seiner Existenz. Wo ist es genau?«

Ella deutet auf eine nahe gelegene Anhöhe. »Man muss ein Stück am Fluss entlanggehen und dann in die Sandhügel. Es gibt eine Straße. Mit dem Auto sind es nur fünf Minuten.«

»Und mit dem Rad?«

Plötzlich verspüre ich den Wunsch, das Haus zu sehen, in dem diese Möbel gestanden haben. Aber Brad hat an den meisten Tagen zu tun, und ich würde ohnehin lieber allein hingehen.

»Vielleicht zwanzig Minuten.«

»Ist es leicht zu finden?«

»Hier.« Ella holt ein Stück Papier und einen Stift aus einer Schublade und zeichnet eine grobe Karte. »Sie können es von der Hauptstraße aus sehen, aber wenn Sie diesem Weg an der Lehmsenke vorbei folgen, können Sie es gar nicht verfehlen.«

Ich nehme die Zeichnung, falte sie und stecke sie in meine Brieftasche. Da ist das Foto von Kadie hinter dem durchsichtigen Plastik. Ella bemerkt es auch. »Was für ein hübsches Kind!«, ruft sie aus. »Wie heißt es?«

»Kadie.«

Das Wort knallt durch die Luft wie ein Peitschenhieb. Ich klappe hastig die Brieftasche zu und verdecke das Gesicht meiner Tochter. Ich drehe mich weg und stecke die Brieftasche in den Rucksack. Als ich mich wieder aufrichte, starrt Ella mich verwundert an.

»Jess, es tut mir Leid. Ich wollte nicht …«

»Nun«, falle ich ihr ins Wort, um das Thema zu wechseln. »Sie haben mir von dem Haus erzählt. Ist noch viel davon übrig?«

»Das Haus, ja, hmm! Sie sollten vorsichtig sein, wenn Sie sich dort umsehen. Das Gebäude könnte ein bisschen baufällig sein, und Sie wollen sicher nicht durch den Bretterboden fallen, oder? Außerdem könnten sich dort um diese Jahreszeit Spinnen und Schlangen herumtreiben.«

»Oh!« Versucht Ella, mich von dem Vorhaben abzubringen, nachdem sie erst meine Neugier geweckt hat?

»Aber es ist einen Blick wert, falls Sie sich dafür interessieren.«

»Oh, das tu ich!«

»Nun, dann möchten Sie sich vielleicht auch das ansehen.«

Ella zeigt mir eine alte Sepia-Fotografie: Ein Mann sitzt auf einem Stuhl, eine Frau steht hinter ihm. Es ist auf Pappe aufgezogen. »Stan hat doch neulich von den O'Loughlin-Brüdern erzählt, die sich als Erste am Diamantina angesiedelt haben, erinnern Sie sich? Das hier sind Adam und Jenna an ihrem Hochzeitstag.«

»Jenna McCabe war Adam O'Loughlins Frau?«

Ella zuckt mit den Achseln. »Ich kenne ihren Mädchennamen nicht. Aber der Name Jenna kommt nicht oft vor, also vermute ich, dass es ein und dieselbe Person ist. Warum?«

»Ich habe ihre Tagebücher zu Hause.«

»Ich wusste gar nicht, dass sie welche hinterlassen hat.«

»Betty hat mir gestern eine Kiste mit alten Papieren gebracht, und die Tagebücher waren darunter.«

»Und was steht in diesen Tagebüchern?«

»Das weiß ich nicht«, gestehe ich betreten. »Ich habe noch nicht hineingesehen.«

Allmählich werde ich richtig neugierig. Mit wem auch

immer ich spreche, alle scheinen versessen darauf zu sein, mir von den O'Loughlins zu erzählen. Und die Kiste mit den Unterlagen – jetzt kommt es mir fast so vor, als wäre sie nicht durch Zufall auf meinem Küchentisch gelandet. In diesem Augenblick wird mir klar, dass ich mich mit Stift und Papier hinsetzen werde, sobald ich wieder zu Hause bin, und eine Abschrift von den Tagebüchern mache.

»Ich wüsste gern, ob in diesen Büchern auch die Rede von Stans Urgroßmutter ist«, sagt Ella.

»Ngayla?« Na, bitte, ich habe mir sogar ihren Namen gemerkt!

»Ja, Ngayla. Manches wissen wir aus den Geschichten, die man sich von Generation zu Generation erzählt, aber ein Tagebuch, das zur selben Zeit verfasst wurde, in der Ngayla nach Diamantina Downs kam – das wäre schon etwas ganz anderes, nicht?«

Als ich mich verabschiede, drückt mir Ella das Foto von Jenna und Adam in die Hand und gibt mir zwei Flaschen Ingwerbier mit. »Legen Sie die Fotografie zu den Tagebüchern!«, sagt sie. »Die Sachen gehören zusammen.« Die Flaschen steckt sie in eine Plastiktüte, die ich an die Lenkstange des Fahrrads hänge. »Seien Sie vorsichtig, Jess!«, sagt sie mit einem sanften, fast mitfühlenden Unterton.

»Danke, Sie auch!«

Ich stehe vor ihr und weiß nicht, was ich sonst noch sagen soll. Fast wünschte ich, ich könnte mir alles von der Seele reden. Von Kadie. Dem Unfall. Der Tatsache, dass ich nicht akzeptieren kann, was geschehen ist. Und davon, wie das alles Brad und mich auseinander treibt.

Ein Teil von mir möchte die Brieftasche aufschlagen und Ella Kadies Foto zeigen. Das ist meine Tochter, will ich sagen. Sie war aufgeweckt und fröhlich, und ich würde alles darum geben, wenn ich sie zurückhaben könnte. Aber ich weiß, dass etwas in mir bersten würde, sobald ich Kadies Namen ausspräche. Ich bin wie ein Deichwall, denke ich, und das Wasser schwappt schon über die Krone.

»Sie sind jederzeit herzlich eingeladen, wenn Ihnen nach ein bisschen Gesellschaft zumute ist. Und lassen Sie es mich wissen, wenn Sie etwas Interessantes in den Tagebüchern finden!«

Ich drehe mich um. Für einen Moment habe ich das Bedürfnis, Ella zu umarmen und zu spüren, wie sie mich drückt. Ich sehne mich nach Nähe, nach der Nähe zu irgendjemandem außer Brad. Ich brauche kein Mitleid. Und noch weniger brauche ich jemanden, der mir sagt, dass das Leben weitergehe und dass ich über Kadie sprechen solle, als ob man dadurch alles rückgängig machen könnte.

Aber der Zeitpunkt erscheint unpassend. Ich kenne Ella kaum. Und was würde sie von mir halten, wenn ich ihr mein Herz ausschüttete? Brad rät mir ständig, mir nicht den Kopf darüber zu zerbrechen, was andere Leute denken könnten, aber ich mache das ganz automatisch.

Mit einem letzten Winken fahre ich über den Weg zurück nach Hause. Ellas Haus verschwindet allmählich im Busch, und außer dem Zwitschern der Vögel und dem Quietschen der Fahrradreifen ist nur das Klimpern zu hören, wenn die beiden Ingwerbier-Flaschen zusammenstoßen.

Und auf der ganzen Heimfahrt knallen sie gegen mein Knie.

Brad ist nicht da, als ich ins Haus komme. Ich lege mir sofort einen Schreibblock und einen Stift zurecht und schlage das erste der Tagebücher auf. »Tagebuch von Jenna McCabe«, steht in großen, kindlichen Buchstaben auf der Innenseite des Buchdeckels. Das Papier ist fleckig vom Alter und scheint auch an manchen Stellen mit Wasser in Berührung gekommen zu sein, aber das Buch ist in einem einigermaßen anständigen Zustand, und die Schrift ist gut lesbar.

Jenna war, wie ich bald feststelle, überraschend wortgewandt für ihr Alter, und ihre Geschichte versetzt mich in die Zeit vor mehr als hundert Jahren. Ich erlebe mit ihr Michaels Geburt und teile ihre Angst. Ich leide wie sie unter Marys Gefühlskälte und den Bosheiten der Stadtbewohner. Ich vergieße sogar eine Träne, als sie die Schreie, das Wiehern der Pferde und den Anblick von Michaels kleinem, verkrümmtem Körper auf der Straße beschreibt.

Wir haben eine ganz ähnliche Pein erlitten.

Dieser Gedanke schießt mir so unvermittelt durch den Kopf, dass er beinahe körperlichen Schmerz verursacht. Das Buch, der Tisch, sogar meine Hand – alles verschwimmt vor meinen Augen. Ich schiebe das Tagebuch weg. Im Moment kann ich nicht weiterlesen. Ich atme tief ein, halte die Luft an und stoße sie nach einiger Zeit wieder aus, dann stütze ich die Ellbogen auf den Tisch und drücke die Fingerspitzen an meine Schläfen, als könnte ich so die Trauer, die in mir aufwallt, eindämmen.

Ich empfinde eine tiefe emotionale Verwandtschaft zu dieser Frau. Jenna hat den Tod eines Kindes erlebt. Gut, sie hat Michael nicht selbst auf die Welt gebracht, aber in seinem kurzen Leben war er so etwas wie ein Sohn für sie geworden, und sie hatte mit Empfindungen zu kämpfen, die mit meinen vergleichbar sind. Resolut nehme ich mir das Tagebuch wieder vor und schreibe mit – ich will mehr über Jenna McCabe erfahren.

Es ist schon fast dunkel, als Brad heimkommt. Er hat wieder Proben mitgebracht und deponiert die Gläser und Teströhrchen auf dem Tisch. Ich schreibe wie besessen und schaue nur flüchtig in seine Richtung. »Hi!«, murmle ich, während ich ein Wort zu entziffern versuche.

»Selber hi!« Er beugt sich zu mir und liebkost meinen Hals. »Was gibt's zum Essen?«

»Was? Oh, ist es schon so spät?«

Widerstrebend reiße ich mich von Jennas Geschichte los. Es ist schon nach sechs, und ich habe noch nicht einmal mit den Vorbereitungen fürs Dinner angefangen. Und jetzt fällt es mir schwer, die Energie dafür aufzubringen.

»Wie wär's mit getoasteten Sandwiches? Ich übernehme das«, bietet Brad an – offenbar spürt er meinen Widerwillen. Er fährt mit der Fingerspitze über meine Wange. »Ich habe dich heute vermisst.«

»Tatsächlich?« Ich würdige ihn nicht einmal eines Blickes. Meine Aufmerksamkeit gilt ganz allein den Tagebuchseiten.

»Und du – hast du mich auch vermisst?«

Warum braucht er eine Bestätigung meiner Gefühle für ihn, diese ständige Versicherung? »Natürlich«, sage ich teilnahmslos, schiebe meinen Stuhl zurück und gehe zur Küchenzeile.

»Natürlich? Was ist das denn für eine Antwort?«

Ich kann Brad doch nicht gut sagen, dass ich den ganzen Tag fast gar nicht an ihn gedacht habe, oder? Wie kann ich ihm klar machen, dass mich eine Frau, die vor mehr als hundert Jahren gelebt hat, derart fesselt, dass ich nichts anderes im Sinn hatte? Früher hätten wir uns endlos auf diese Weise geneckt: Bestätige dies, beweise mir das – Worte und Berührungen, die unsere Liebe zueinander zeigten. Aber jetzt fehlt mir die Geduld für so etwas.

Also sage ich ihm, was er hören will, nehme zu Täuschungen und Halbwahrheiten Zuflucht.

Kurz gesagt – ich bin zur Lügnerin geworden.

KAPITEL 22

Weihnachten verging ohne großes Trara. Adam und Jenna waren übereingekommen, sich keine Geschenke zu machen; Adams finanzielle Lage war schlecht, und er wusste, dass Jenna ihn nicht in Verlegenheit bringen wollte. Ihre Entschlossenheit, ein neues Haus zu bezahlen, war schon schlimm genug.

Er dachte lange und gründlich über das Haus nach. Irgendwie kam er sich nutzlos vor – ihr Vorschlag und seine zögerliche Einwilligung verletzten seinen männlichen Stolz. Als Ehemann müsste er derjenige sein, der seiner Familie etwas bot. Welcher Mann ließ es zu, dass seine Frau ein Haus für die Familie baute? Er hatte seine Pläne. Zwei Jahre harte Arbeit, um die Schafherde zu vergrößern, Zäune aufzustellen, den Betrieb anlaufen zu lassen und Geld zu sparen. Dann, wenn Diamantina Downs blühte und gedieh und er genügend Kapital angesammelt hatte, wäre er bereit, ein so großes und schönes Haus zu bauen, wie es im Umkreis von vielen Meilen kein zweites gäbe. Ein vornehmes Haus. Ein Herrenhaus. Etwas, worauf er stolz sein konnte.

Aber Jenna wollte nicht warten.

»Es ist doch nicht wichtig, wer was bezahlt«, sagte sie, als er das Thema ein paar Tage nach der Hochzeit wieder zur Sprache brachte.

»Für mich ist es schon wichtig.«

»O Adam!«

Sie seufzte, rückte näher zu ihm und schlang die Arme um seinen Nacken. Sie drückte ihn kurz, dann ließ sie ihn wieder los. Und noch lange erinnerte er sich an den frischen Duft ihres Haares.

»Es ist doch nur Geld«, fuhr sie ruhig fort. »Damit können wir uns das Glück nicht kaufen, aber es verhilft uns zu einem gewissen Maß an Zufriedenheit. Hier draußen gibt es nichts, wofür wir es sonst ausgeben könnten. Warum sollten wir uns das Leben nicht bequemer machen?«

Ja, warum eigentlich nicht? Nach dem Wenigen, was Jenna ihm erzählt hatte, war Adam klar, was für ein elendes Leben sie bisher geführt hatte. Das Zusammentreffen mit Conor war der einzige Lichtblick in einer ganzen Reihe von düsteren Jahren gewesen. Und jetzt hatte sie auch Conor verloren – wie konnte er, Adam, ihr da etwas abschlagen? Was sie am Tag ihrer Hochzeit gesagt hatte, entsprach der Wahrheit. Im Sommer war es unerträglich heiß in der Hütte, im Winter eiskalt. Und man konnte ein Kind nicht auf dem blanken Erdboden spielen lassen. Zudem gab es viel zu wenig Platz. Conors Sohn oder Tochter verdiente etwas Besseres als eine Behausung, die der ähnelte, in der er und Adam in Irland aufgewachsen waren.

»Hier«, sagte Jenna, als sie ein großes Papier auf den Tisch legte und sich neben Adam setzte. »Lass uns ein paar Skizzen machen, nach denen wir die Pläne ausarbeiten lassen können!«

Ein paar Abende vergnügten sie sich damit, die Grundrisse des neuen Hauses zu entwerfen. Adam hatte eigentlich an etwas Bescheidenes mit zwei, drei Schlafzimmern, einem Salon und einer großen Küche gedacht. Doch Jenna hatte andere Ideen. Sie wollte ein Arbeits- und ein Musikzimmer haben, ein großes Speisezimmer, in dem sie zwanzig Personen verköstigen konnte. Sie bestand auf einer Küche, einer Speisekammer und einer Spülküche. Und das Haus sollte mindestens ein Dutzend Schlafzimmer haben. »Für Gäste«, erklärte sie entschieden. »Und wir werden noch mehr Kinder haben.«

Sie hatte Pläne für einen Tennisplatz, ein Kricket-Feld und eine kleine Pferderennbahn. »Ich sehe es schon vor mir«, rief sie und klatschte aufgeregt in die Hände. Adam hatte sie noch nie so voller Begeisterung erlebt. »Wir werden leben wie die englischen Landbesitzer. Werden jagen und fischen, Pferderennen veranstalten und Spiele auf dem Rasen machen. Was ist mit Krocket? Wenn dieser Landstrich weiter besiedelt wird, werden die Menschen von weither kommen, um uns zu besuchen. Wir werden uns nie einsam fühlen.«

»Tust du das jetzt?«, fragte Adam.

»Was?«

»Fühlst du dich einsam?«

Sie schwieg und dachte über diese Frage nach. Dann lächelte sie, stand auf und nahm ihre Schürze, die auf dem Arbeitstisch lag. »Einsam? Lieber Gott, nein. Ich habe gar keine Zeit, mich einsam zu fühlen.«

Adam beobachtete, wie sie die Schürze umband und der Stoff über ihrem Bauch spannte. Sie hatte das Gesicht abgewandt, und er sah nur ihr Profil und die dunkle Lockenflut.

Wieder fühlte er sich an seine Mutter erinnert und dachte daran, wie diese nach dem ersten Besuch des Geldeintreibers in der Küche in dem irischen Cottage gesessen hatte. Auch damals konnte Adam die Gesichtszüge nicht sehen, nur die Silhouette. Mam und Jenna – die beiden trennten Jahre und Welten, trotzdem hatten beide dieselbe Haltung, dasselbe nach vorn gereckte Kinn und denselben runden Bauch.

»Jenna?«, wagte er noch einen Vorstoß.

Sie drehte sich zu ihm und sah ihn an. Ihr Mund wirkte energisch, fast trotzig. »Es geht mir gut, Adam«, sagte sie bestimmt. »Mach dir keine Sorgen! Wirklich, es geht mir gut.«

Wen will sie nur damit überzeugen?, überlegte er, ehe er sich wieder den Bauplänen widmete. Sich selbst oder mich?

Sein Beitrag zu den Plänen war ein kleiner zweistöckiger Turm und eine Treppe, über die man das obere Turmzimmer erreichte. Er erklärte Jenna, dass er, wenn ihm danach zumute sei, da oben sitzen und sein Land überblicken wolle. »Es wird sein wie ein Leuchtturm ohne Meer«, sagte er. »Ein Aussichtspunkt.«

Als schließlich beiden keine neuen Vorschläge mehr einfielen, ließ Adam die Pläne auf Anraten des Bankiers in der Stadt einer Architektenfirma in Brisbane zukommen: Bignall & Sons.

Ein neues Jahr brach an – 1874. Jenna und Adam blieben bis Mitternacht auf, um es willkommen zu heißen. Adam trank Whisky, der noch von der Hochzeit übrig geblieben war, und schenkte Jenna auch einen kleinen Schluck ein. »Zur Feier des Tages«, sagte er und hob sein Glas. »Auf dich und mich. Auf unsere Ehe und das neue Jahr. Und auf eine sichere Geburt für Conors Baby.«

Sie saßen sich auf der Veranda gegenüber. Die Nacht war dunkel und mondlos. Das Licht der Lampe schien durchs Fenster, und Adam sah den traurigen Ausdruck auf Jennas Gesicht.

»Wieder ist ein Jahr vergangen und so vieles passiert«, sagte sie nachdenklich und stützte das Kinn in die Hand.

»Vielleicht wird uns das nächste Jahr zur Abwechslung nur Gutes bringen«, meinte Adam.

»Das wage ich nicht zu hoffen, denn hoffen bringt Unglück.«

»Meine Mutter pflegte zu sagen: ›Das Unglück ist heute nicht bei uns, vielleicht kommt es morgen.‹ Meinst du das auch?«

»Etwas in der Art.«

»Und wenn es kein Unglück mehr gibt?«, beharrte Adam. »Was, wenn jeder Mensch nur eine bestimmte Menge Pech im Leben hat und wir – du und ich – unsere Ration bereits bekommen haben?«

Jenna atmete tief durch. »Ich versuche, optimistisch zu sein, wirklich«, versicherte sie. »Aber manchmal fällt es mir schwer.« Sie stand auf und stützte sich mit einer Hand aufs Verandageländer. Sie war müde, und Mitternacht war schon vorbei. »Wenn es dir nichts ausmacht, würde ich jetzt gern ins Bett gehen.«

Er sah ihr nach, als sie in die Hütte ging. Sie wirkte

schwerfällig, dennoch beugte sie sich im Vorbeigehen zu ihm und strich mit den Lippen über seine Stirn.

»Gute Nacht, Jenna!«

»Gute Nacht, Adam!«

Manchmal dachte Adam, dass ihre Beziehung zueinander verdammt förmlich und zivilisiert war. Gewiss, Jenna hatte ihn in der Hochzeitsnacht mit in ihr Bett genommen, und dafür, so wie für die folgenden Nächte, die sie das Bett miteinander geteilt hatten, war er ihr dankbar. Aber im Laufe der Wochen wurde er sich bewusst, dass irgendetwas fehlte. In ihren Liebesnächten gab es keine Spontaneität. Sie glichen eher einem Ritual, einer Pflicht, die Jenna erfüllte. Als würde sie ihm etwas schulden, auch wenn er nicht wusste, was das sein könnte.

Sie liebte ihn nicht, so viel fühlte er. Zwar hatte sie das nicht explizit ausgesprochen, aber Adam spürte es. Ihre Fröhlichkeit wirkte oft gezwungen. Manchmal wenn er mitten am Tage unerwartet nach Hause kam, fand er sie weinend vor. Dann wandte sie sich ab und tupfte hastig die Tränen aus den Augen. »Sieh nur, wie spät es schon ist!«, sagte sie leise. »Fast Mittag, und die Wäsche ist noch nicht fertig.«

Sie versteckte ihre Gefühle, schloss Adam aus und überraschte ihn mit ihren plötzlichen Kehrtwendungen – so hatte sich Adam die Ehe nicht vorgestellt. Zu Zeiten wie dieser wünschte er sich verzweifelt, er könnte sie in die Arme schließen und ihre Tränen trocknen, aber sie richtete mit ein paar Worten eine Barriere zwischen ihnen auf.

Einmal glaubte Adam sogar, beim Liebesakt den Namen seines Bruders aus ihrem Mund gehört zu haben. Er drang wie das Flüstern des Windes, ein Seufzen im

Rausch der Gefühle an sein Ohr. *Conor* – er bildete sich ein, dass sie den Namen ausgesprochen hatte. Später fragte er sich, ob er das nicht nur geträumt hatte.

Sie ermüdete in letzter Zeit ziemlich schnell und verließ sich immer mehr auf Ngaylas Hilfe. Manchmal waren die Nächte schlimmer als die Tage, und Adam wusste, dass sie schlecht schlief. Im Dunkeln, lange nachdem die Lampe gelöscht war, staute sich die Hitze in der Hütte mit den dicken Wänden aus Balken und dem aus Ästen geflochtenen Dach. Moskitos schwirrten herum und raubten ihnen den Schlaf, und ihre Haut war feucht vom Schweiß. Oft wachte Adam auf, und Jenna saß mit angezogenen Beinen im Bett. Manchmal hatte sie sich auch an den Tisch gesetzt, starrte mit großen Augen ins Leere und trank eine Tasse Tee. Die Erschöpfung zeichnete sich auf ihrem Gesicht ab.

»Kannst du nicht schlafen?«, fragte er dann leichthin und ließ sich neben ihr nieder.

»Nein.«

Da ihm nichts einfiel, was er sonst noch sagen könnte – »Das tut mir Leid«, erschien ihm so nichtssagend –, beugte er sich zu ihr und drückte den Mund an ihr Haar.

»Komm wieder ins Bett! Du fehlst mir.«

»Gleich.«

Hin und wieder fand er sie auch im Hof; sie hielt die Arme um sich geschlungen und ging im Mondlicht auf und ab. »Komm ins Haus!«, schlug er vor. Er machte sich ernsthaft Sorgen.

»Es ist zu heiß«, antwortete sie, und Adam blieb bei ihr, redete über belanglose Dinge, beruhigte sie und führte sie schließlich doch zurück ins Bett.

Am Morgen wusste sie selten noch etwas von ihren nächtlichen Eskapaden.

Der Gedanke an Conor war allgegenwärtig. Jenna vermisste ihn unsäglich und hasste die Tage, Wochen und Monate, die ohne ihn vergingen. Doch in ihrer Trauer fand sie Trost in ihrer Schwangerschaft. Das Kind strampelte in ihrem Bauch und drehte sich hin und her. Jenna hielt jedes Mal verwundert die Luft an – es war Conors Baby. Ein Sohn, der den Namen O'Loughlin tragen würde – ein blonder Junge mit blauen Augen. Sie konnte es kaum erwarten, ihn endlich in den Armen zu halten.

Jenna zählte die Tage bis zu dem Datum, an dem ihrer Rechnung nach die Geburt sein sollte, und markierte sie in ihrem Tagebuch. Noch dreißig Tage. Dann zwanzig. *Ständig gehen Menschen in der Hütte ein und aus,* schrieb sie abends nach der Tagesarbeit im Schein der Lampe. *Viehhüter und die Frauen aus dem Lager, die kommen, um mir zu helfen. Jetzt brauche ich diese Hilfe mehr denn je. An manchen Tagen bin ich entsetzlich müde …*

Ihr Gemütszustand wechselte von Verzweiflung zu Euphorie, oft verharrte sie in einem Zwischenstadium. Bei Tag zehrte Rastlosigkeit an ihr, und Jenna musste sich ständig beschäftigen – kochen, sauber machen, nähen –, um die Zeit zu füllen. Sie hatte Angst, dass die Erinnerungen über sie hereinbrechen würden, wenn sie auch nur für einen Moment innehielte. Conor, Michael und ihre Mutter – der Kummer von früher lauerte immer noch im Hintergrund. Die Gesichter verschwammen ineinander, doch gerade wenn sie am wenigsten damit rechnete, wurden sie wieder klar und raubten ihr die Kraft. Deshalb bemühte sich Jenna, ihr Bewusstsein gegen alles zu verschließen, was nicht ihre unmittelbare Aufmerksamkeit verlangte, und so vergingen die Stunden, bis es Abend wurde und sie wieder einen Tag hinter sich gebracht hatte.

Die nächtlichen Stunden vergingen langsamer. Wenn der Schlaf nicht kommen wollte, schlüpfte sie aus dem Bett, das sie mit Adam teilte, und ging in die Küche, um sich einen Tee aufzubrühen. Manchmal kam ihr Adam nach, blinzelte, bis sich seine Augen an das Licht gewöhnt hatten, und musterte sie sorgenvoll. »Es ist nichts«, sagte sie dann. »Geh wieder ins Bett! Mir fehlt nichts – wirklich.«

Bei diesen Gelegenheiten brauchte sie seine Gesellschaft nicht; sie wollte nicht reden und ihre Gefühle offenbaren. Denn genau das erwartete Adam – er wollte alles sezieren und frühere Verletzungen aufarbeiten. Er schien davon überzeugt zu sein, dass der Kummer durch Reden leichter werde. Doch Jenna wollte nur allein sein und die Einsamkeit auskosten. Es war ihre Trauer, und sie wollte sie in sich verschließen.

In anderen Nächten ging sie die Verandastufen hinunter in die Dunkelheit. Im Hof und unter den Bäumen war es etwas kühler, und eine leichte Brise rauschte in den Blättern. Sie hörte die Grillen und Zikaden und gelegentlich das Flügelschlagen der Nachtvögel.

Jenna ging rastlos auf und ab und bekämpfte mühsam die Trauer, die sie zu übermannen drohte. Sie wirbelte kleine Staubwölkchen auf, wenn sie sich umdrehte, und ihre Schritte hinterließen eine wankende Spur. Ab und zu blieb sie stehen, atmete tief durch, um die aufkommende Panik in Schach zu halten. Und sie legte die Arme um ihren Bauch. »Du bist mein Ein und Alles«, sagte sie laut und strich sanft über die Wölbung. »Du wirst meine Wunden heilen.«

Mein Kind, dachte sie wehmütig. Es ist in Liebe gezeugt worden. Ein Wunder, gerade weil Conor nicht mehr am Leben war. Die meiste Zeit war dieses Kind für sie der einzige Grund weiterzuleben.

Manchmal bemerkte Jenna aus den Augenwinkeln eine Bewegung und schaute zur Hütte. Noch ehe sie ihn sah, wusste sie, dass Adam dort stehen und sie beobachten würde. Dann kam er die Stufen herunter und stellte sich vor sie.

In solchen Momenten fühlte sie sich gefangen, in die Ecke getrieben. Warum war sie nur auf Diamantina Downs geblieben? Das fragte sie sich oft. Hatte sie gedacht, dass Adam eines Tages Conors Platz in ihrem Herzen einnehmen und sie ihn irgendwann lieben könnte? Oder hatte sie gedacht, dass sie Conor nahe sein würde, wenn sie an dem Ort bliebe, an dem er einen gewaltsamen Tod erlitten hatte?

Aber es war Adam, der ihr die Hand hinhielt, sie zurück in die Hütte und zu dem gemeinsamen Bett führte ... Adam strich ihr das Haar aus dem Gesicht, wenn er sie an sich drückte und ihr wild klopfendes Herz spürte. Adams Körper, nicht Conors, vereinigte sich mit dem ihren auf dem feuchten Laken.

Jenna versuchte nach Kräften, keine Vergleiche anzustellen und sich vorzumachen, dass Conor sie liebkoste als ihr Mann. Verzweifelt bemühte sie sich, das Wissen um Conors Tod auszublenden und sich einzureden, dass sie zusammen wie vor Monaten in dem großen weichen Bett hinter dem Laden liegen würden.

Conor, dachte sie ein ums andere Mal und betrog so sich selbst und Adam. Sie beschwor sein Gesicht vor ihrem geistigen Auge herauf, sein Lächeln, die blitzenden Augen.

Conor. Conor. Conor.

Adam war zärtlich und behutsam, um ihr und dem Baby nicht zu schaden. Er nahm sich Zeit, um ihr Wonne zu bereiten, erregte sie mit langen Küssen, die ihr den Atem raubten, und liebkoste sie. Schließlich drängte sich Jenna ihm entgegen, machtlos gegen die eigenen Empfindungen, und er vereinigte sich mit ihr, bis sie ihre Schreie wie von weither hörte und ihre Stimme nicht wiedererkannte.

Und am Morgen erschienen ihr die nächtlichen Ereignisse – das Umherlaufen, die Zärtlichkeiten, die Küsse und das Liebesspiel – unwirklich, und sie fragte sich, ob sie das nicht alles nur geträumt hatte, so undeutlich und vage waren ihre Erinnerungen daran.

In der Hütte und im Lager der Schwarzen herrschte helle Aufregung. Aleyne und Lalla schwatzten und kicherten bei der Arbeit und waren überhaupt nicht bei der Sache. Schließlich fühlte sich Jenna gezwungen, sie zurechtzuweisen. »Mädchen! Mädchen!«, rief sie. »Geht an eure Arbeit!« Dabei drohte sie ihnen mit dem Finger, was die Frauen nur noch mehr zum Lachen brachte. Nichts schien sie zu beeindrucken.

Die Fröhlichkeit war ansteckend. »Was ist eigentlich los?«, wollte Jenna von Aleyne wissen, als sie merkte, dass die Frauen immer wieder aus dem Südfenster spähten.

»Wir halten nach Rauchzeichen Ausschau, Missy. Oder nach dem Boten von einem anderen Stamm, der uns sagt, dass es Zeit zum Aufbruch sei.«

»Wohin wollt ihr gehen?«

Aleyne deutete auf eine ferne blaugraue Erhebung. »Es ist Vollmond – *jiba*. Wir müssen gehen, solange viel Licht ist.«

»Wie lange werdet ihr weg sein?«

»Weiß nicht, Missy.« Aleyne zuckte mit den Achseln und schüttelte den Kopf.

»Wongaree meint, es wird ein *Corroboree* geben«, erklärte Adam später. »Das dauert einige Tage. Sie wollen bald aufbrechen.«

»Zu einem Walkabout?«

»Es ist wohl etwas Ähnliches.«

Ngayla ging als jüngste Frau und Mitglied eines anderen Stammes nicht mit. Adam bestand darauf, dass sie Jenna und ihn in ein paar Tagen in die Stadt begleiten sollte, wo sie auf die Geburt des Babys warten wollten. In der Stadt gab es einen Arzt, ein behelfsmäßiges Hospital und ein Zimmer über dem Pub, das sie mieten konnten.

Schließlich traf der Bote des anderen Stammes ein. Zuerst war er nur ein winziger Punkt auf der Ebene, der langsam näher kam. Der Himmel war strahlend blau, und am Horizont flimmerte die Hitze. Das grelle Licht tat Jenna in den Augen weh. Aleyne und Lalla liefen abwechselnd zum Fenster und kommentierten den Fortschritt des ersehnten Mannes.

Am späten Nachmittag traf dieser im Lager ein. Adam und Jenna standen ein Stück abseits und beobachteten, wie sich der Bote unter einem Baum niederkauerte und wartete, bis ihn die Stammesmitglieder mit einem glühenden Feuerstock willkommen hießen. Dann wurde er in die Hütte gebracht, die Wongaree und Lalla bewohnten.

In dieser Nacht kam das Lager nicht zur Ruhe. Jenna

lag auf dem schweißdurchtränkten Laken und lauschte den Geräuschen, die der Wind herüberbrachte: das Schlagen der Steine und den Gesang. Die Feuer tauchten die Umgegend in einen glühenden Schein.

Jenna glaubte, keinen Schlaf mehr zu finden. In ihren Gedanken beschäftigte sie sich mit der Reise in die Stadt und der bevorstehenden Geburt ihres Kindes. Sie hatte keine Angst. Hatte sie nicht miterlebt, wie ihre Mutter Michael auf die Welt gebracht hatte? Sie würde Schmerzen haben, gewiss, aber das war ein kleiner Preis dafür, dass sie bald ihr Baby in den Armen halten würde.

Conors Baby.

Immer wieder ging ihr das durch den Kopf. Adam schlief neben ihr. Er war ein guter, freundlicher Mann, und er hatte versprochen, das Kind wie sein eigenes zu behandeln. Jenna legte die Hand auf ihren Bauch und fühlte die Bewegung.

Sie lächelte. »Bald«, flüsterte sie. »Bald.«

Am Morgen war das Lager am Wasserloch verlassen. Jenna ging in Ngaylas Begleitung an den Hütten und noch glimmenden Feuern vorbei. *Es kommt mir eigenartig vor,* schrieb sie später in ihr Tagebuch, *dass sie alle weg sind. Ich bin auf die Hilfe der Frauen angewiesen und froh, wenn sie mir tagsüber Gesellschaft leisten. Jetzt sind nur noch Adam, Ngayla und ich hier, und alles ist furchtbar still. Morgen treten wir die Reise in die Stadt an.*

Jenna machte in der Hütte Ordnung und packte Kleider in einen Koffer. Gelegentlich legte sie eine kleine Pause ein, um sich auszuruhen. Die Hitze war unerträglich; Schweißtropfen standen ihr auf der Stirn und liefen ihren Rücken hinunter. Am späten Nachmittag gingen sie zu dritt zum Wasserloch. Adam half ihr die Uferböschung hinunter, und sie setzte sich in den Schatten eines Eukalyptusbaums und ließ die Füße ins Wasser hängen. Sie schmerzten, und das kühle Wasser fühlte sich gut an.

Auf dem Weg zurück zur Hütte setzte die erste Wehe ein.

»Was ist?«, fragte Adam erschrocken.

»Oh, nichts!«, wehrte sie rasch ab – das Baby konnte noch nicht kommen, es war vierzehn Tage zu früh. »Es hat nur ein wenig gezwickt. Seit ein paar Tagen spüre ich das hin und wieder.«

Dass der Schmerz noch nie so schlimm gewesen war wie eben jetzt, fügte sie nicht hinzu.

Es dauerte eine Stunde bis zur nächsten starken Wehe. Jenna stand in der Küche und schälte Kartoffeln. Als der Krampf kam, tastete sie nach der Stuhllehne und ließ sich dankbar nieder.

»Es ist doch etwas mit dir«, sagte Adam und sah von der mehrere Monate alten Zeitung auf, die er gerade las.

»Ja«, gestand sie, drückte die Hände ans Gesicht und holte tief Luft.

Adam brachte sie zum Bett. »Ruh dich aus!«, ordnete er an. »Heute war ein heißer Tag, und du bist erschöpft. Morgen fahren wir in die Stadt.«

Sie nahm seine Hand und drückte sie. »Vergiss die Fahrt in die Stadt!«, sagte sie. »Ich glaube, das Baby wartet nicht mehr bis morgen.«

Die Stunden verstrichen quälend langsam. Die Nacht brach herein. Mitternacht kam. Es wurde ein Uhr, zwei Uhr. Adam erhitzte Wasser, wie Jenna ihn angewiesen hatte, und riss alte Laken in handliche Stücke. Von Zeit zu Zeit hielt er ihr ein Glas mit Wasser an die Lippen und drängte Jenna, einen Schluck zu trinken. Manchmal tat sie es, manchmal drehte sie einfach den Kopf weg. Ihre Augen lagen tief in den Höhlen und sahen aus wie dunkle Löcher in dem bleichen Gesicht. Adam sah ihr an, dass sie starke Schmerzen hatte.

Um Mitternacht schickte er Ngayla in ihr Bett in der Küche. »Ich rufe dich, wenn ich dich brauche«, beteuerte er. »Bis dahin sollte sich wenigstens einer von uns ein wenig Schlaf gönnen.«

Im Stillen machte er sich die größten Vorwürfe. Warum war er nicht früher mit Jenna in die Stadt gefahren? Nur ein einziger Tag hätte genügt, um Jenna in die Obhut eines Arztes zu bringen. Aber hier draußen …?

Er wusste nicht, was zu tun war. Verbittert dachte er an die letzte Niederkunft seiner Mutter, daran, wie er vor dem Cottage gesessen, gewartet, die Schmerzensschreie gehört und welche Angst er ausgestanden hatte. Aber Jenna schrie nicht. Sie bäumte sich nur auf und schloss die Augen, wenn der Schmerz in regelmäßigen Abständen einsetzte. Sie biss sich auf die Lippen, bis das Blut kam. Adam tupfte ihr mit feuchten Tüchern die Stirn ab, dann stellte er sich ans Fenster und schaute hinaus. Er kam sich so nutzlos vor. Dann ging er wieder auf und ab, wartete und wartete.

Nichts tat sich.

Bei Tageslicht wusch er Jenna mit Ngaylas Unterstützung und zog ihr ein frisches Nachthemd an. Schon am frühen Morgen war es furchtbar heiß und schwül. Regen drohte. Adam wünschte sich von Herzen, dass der Himmel seine Schleusen öffnete und kühlendes Wasser auf die Erde schüttete. Ab und zu grollte ein Donner in der Ferne, und die Wolken hingen tief über den Bergen.

Aber es kam kein Regen.

Die Hütte war wie ein Backofen. Adam bot Jenna an, sie nach draußen zu tragen, weil es zwischen den Bäumen kühler war. Doch als er versuchte, sie hochzuheben, schrie sie laut auf, sodass er sie wieder aufs Bett legte.

Als sich die Sonne dem Horizont zuneigte und die Schatten länger wurden, kam endlich ein wenig Wind auf. Die Zikaden zirpten ohrenbetäubend schrill. Jenna war lethargisch, kreidebleich, und ihre Atemzüge waren lang und bebend.

Adam nahm Ngayla beiseite. »Das dauert zu lange. Ich muss etwas tun.«

»Vielleicht steckt das Baby fest. Das passiert manchmal.«

Er ging zur Waschschüssel und wusch sich die Hände gründlich mit Seife. Dann trocknete er sie ab und trat ans Bett. »Es tut mir Leid«, sagte er. »Vermutlich wird es wehtun, aber ich muss nach dem Kopf des Babys tasten.«

Jenna nickte und schloss die Augen. »Tu, was du tun musst! Ich kann nicht …«

Sie brach unvermittelt ab, und plötzlich verdichtete sich ein Gedanke in Adams Bewusstsein: *Wir werden sie verlieren.*

Voller Entsetzen ließ er die Hände unter das Laken gleiten. Jenna spreizte die Beine und zog sie an, damit es Adam leichter hatte. »Fühlst du etwas?«, fragte sie und schnappte nach Luft.

Er tastete sich weiter und stieß auf etwas Hartes: auf den Kopf des Kindes.

»Er ist gleich da«, sagte er.

Als er die Hand hervorzog, war sie ganz blutig.

»Sie müssen sich aufsetzen, Missy«, sagte Ngayla und kauerte sich mitten im Zimmer auf die Fersen. »So. Das machen die schwarzen Frauen. Da geht es viel leichter.«

Trotz ihrer Proteste half Adam Jenna auf, bis sie in der von Ngayla demonstrierten Position auf dem Bett hockte. Ngayla und Adam stützten sie von beiden Seiten. Er hatte keine Ahnung, ob dies die richtige Methode war, ein Baby auf die Welt zu bringen, spürte jedoch, dass Jenna kaum eine andere Wahl hatte. Sie war schwach und sank kraftlos gegen ihn. »Bitte, lass mich liegen!«

»Du schaffst es, Jenna. Komm, denk an das Baby!«

Blut tropfte aufs Bett, und der dunkle Fleck breitete sich immer mehr aus. Würde sie verbluten? Adam spürte, dass sich ihr Körper bei der nächsten Wehe anspannte. »Du musst pressen, Jenna!«, schrie er.

Sie brachte nur noch ein Flüstern zustande: »Ich kann nicht.«

»Du musst das Baby herauspressen. Es kann das nicht allein.«

Jenna presste halbherzig.

»Nein! Fester! Du musst stärker pressen.« In seiner Stimme schwang Verzweiflung mit. Sie hob den Kopf und sah ihn aus glasigen Augen an. »Wenn du nicht presst, stirbt das Baby«, setzte er barsch nach. »Willst du das?«

Sie schüttelte den Kopf; Tränen verschleierten ihre Augen.

»Um Himmels willen, dann press, Jenna! Tu es für das Kind! Tu es für Conor!« Sie klammerte sich an seinen

Arm. Die Finger bohrten sich in sein Fleisch. *Bitte, lieber Gott, gib ihr die Kraft,* betete er stumm. *Lass dieses Kind leben; es sind schon so viele andere gestorben.*

Jenna strengte sich an.

Ihre Wangen blähten sich auf, tiefe Furchen bildeten sich auf ihrer Stirn, und Adam spürte, dass sie die letzten Kräfte aufbot. Wenn das Kind nicht bald käme, dann würde er beide verlieren, und diesen Gedanken konnte er nicht ertragen.

Jenna stieß den Atem aus und holte wieder Luft, dann presste sie wieder. Eine dunkle Masse erschien zwischen ihren Beinen und wich wieder zurück.

»Da ist es!«, schrie Adam. »Es kommt. Press weiter!«

Keuchend fasste sie nach unten und berührte den Kopf ihres Kindes. »O mein Gott!«, stöhnte sie ehrfürchtig.

»Siehst du«, ermutigte er sie, »es ist fast schon da!«

Die kurze Berührung schien Jenna neue Kräfte zu verleihen. Sie sank nach vorn auf die Knie, und mühsam, Stück für Stück kam der Kopf zum Vorschein. Und gerade als Adam glaubte, dass sie die letzte Energie verließ, glitt das Baby in seine wartenden Hände.

Vollkommen erschöpft fiel Jenna aufs Bett und vergrub das Gesicht in den Händen, als das Baby den ersten lauten Schrei ausstieß. Adam sah die Tränen, die zwischen ihren Fingern hervorquollen.

»Ist es gesund? Was ist es?«, schluchzte sie. »Sag es mir! Ist alles in Ordnung?«

Vorsichtig wischte Adam das Baby sauber, und Ngayla schnitt die Nabelschnur durch. »Es ist ein Mädchen«, sagte er, wickelte das Kind in einen sauberen Schal und legte es Jenna auf den Arm.

»Ich habe eine Tochter?«

Sie zog den Schal auseinander, zählte die Fingerchen und die Zehen, bewunderte die kleinen Hände und Füße. Dann vergoss sie noch ein paar Tränen, und auch Adams Augen wurden feucht. Wenn doch nur Conor hier sein und das Wunder der Geburt miterleben könnte, dachte er.

»Danke, Adam!«, sagte Jenna später. »Ich hätte das nicht ohne dich geschafft.«

»Unsinn! Du hättest es allein gekonnt.«

Sie gab ein nervöses Lachen von sich. »Das bezweifle ich.« Dann fragte sie: »Was hältst du von dem Baby?«

»Sie ist vollkommen und das hübscheste kleine Mädchen weit und breit. Außer dir«, versicherte er hastig. »Sie müsste sich schon sehr anstrengen, um noch hübscher als ihre Mutter zu werden.«

»O Adam, du sagst so alberne Sachen!«

»Ich meine es ernst. Ich finde dich wunderschön, Jenna, und als ich dich zum ersten Mal mit dem Baby gesehen habe … Ich wünschte, Conor …« Seine Stimme wurde so brüchig, dass er nicht fortfahren konnte.

Jenna ergriff seine Hand. Ihre Finger fühlten sich auf seiner schwieligen Handfläche samtweich an. »Es hat keinen Sinn zurückzuschauen, Adam. Was geschehen ist, ist geschehen – wir können nichts daran ändern. Wir sind jetzt eine Familie, daran müssen wir denken. Wir werden Conor nie vergessen, und wir wissen, dass er in unserer kleinen Tochter weiterlebt.«

Sie schwiegen eine ganze Weile, und nur das Ticken der Uhr war in der Hütte zu hören. »Was meinst du, welchen Namen sollen wir ihr geben?«, fragte Adam schließlich.

Jenna sah ihn nachdenklich an. »Ich fand Kathryn immer ganz hübsch.«

»Dann wird sie Katie gerufen.«

»Katie«, wiederholte Jenna. »Das gefällt mir.«

»Mir auch.«

Also war es entschieden. Adam stand am Bett und schaute immer noch auf das Baby, als Jenna schon längst eingeschlafen war. Ein winziges Wunder, dachte er. Katie hatte einen dunklen Haarflaum, milchweiße Haut und einen rosigen Mund. Die Finger krümmten und streckten sich, als wollten sie sich in der Luft festkrallen. Er streckte ihr einen Finger hin und spürte, wie die winzige Hand sich darum schloss.

Kathryn O'Loughlin. Katie.

Liebe wallte in ihm auf – so stark, so rein, dass er am liebsten losgeheult hätte. Er liebte dieses Kind, das Kind seines Bruders. Katie war seine Zukunft, seine und Jennas und ein Grund weiterzuleben. Irgendwie würden sie ihre Ehe trotz des unglücklichen Anfangs festigen. Und sie würden Diamantina Downs zum schönsten Besitz in der Gegend machen, zu einem Vermächtnis für das neugeborene Kind, das schlafend vor ihm lag.

KAPITEL 23

Seit einigen Tagen ist der Himmel trüb, und hin und wieder geht ein weißer Regenschleier nieder. Brad zieht seine Gummistiefel an und geht jeden Tag zum nächsten Wasserloch. Es ist nur etwa einen Kilometer weit weg. Er versucht, mit dem Allrad zu fahren, aber die Reifen drehen in dem Schlamm durch. Deshalb nimmt er

Harry mit und läuft mit gesenktem Kopf und hochgezogenen Schultern durch den Regen.

Im Norden hat es heftige Unwetter gegeben. Brad informiert mich, dass der Wasserstand des Flusses ziemlich hoch sei, und bei leichten Überflutungen laichen die Fische. Brad ist dabei, seinen Bericht über die Vögel in der Gegend abzuschließen, und muss nur noch die Brutstätten an bestimmten Flussbiegungen, wo die Tiere in großen Kolonien nisten, inspizieren. Er hofft, wir sind noch hier, wenn die Küken schlüpfen.

Erst gestern hat er ein großes geflecktes Ei mitgebracht, das aus dem Nest gefallen und ausgekühlt war. Nachdenklich wog ich es in meiner Hand – es war schwer. Ich frage mich, welcher Muttervogel so roh sein kann, um seinen ungeschlüpften Nachwuchs aus dem Nest zu werfen. Die Natur kann grausam sein, und hier am Diamantina hängen Geburt und Tod von Zufall und Glück ab. Überleben ist ein Lotteriespiel. Ich nehme an, das trifft auch auf die Vögel zu.

Zwei Briefe kommen an: einer von meinen Eltern und einer von Carys. Ich lese sie durch einen Schleier von Heimweh. Wie geht es dir, Jess?, schreiben sie. Wie ist das Leben im Busch? Ich erinnere mich, wie sie sich nach Kadies Tod vor zwölf Monaten verhielten. Natürlich waren sie am Boden zerstört, benommen vor Schmerz; sie redeten nur wenig, umarmten sich ständig. Das ist ein Markenzeichen meiner Familie: Wir umarmen uns oft.

Mit Brads Familie haben wir nicht viel zu tun. Meinen Schwiegervater kenne ich überhaupt nicht – er starb, bevor ich Brad kennen gelernt habe. Es gibt einen Bruder, der in Übersee lebt, und Brads Mutter. »Sie ist nicht gerade ein netter Mensch«, erzählte mir Brad am Anfang unserer Beziehung. »Sie ist gefühlskalt und berechnend. Nach dem Tod meines Vaters zog sie ans andere Ende des Landes. Nach Westaustralien. Ich halte Abstand von ihr.«

Ich habe sie in all den Jahren nur zweimal getroffen. Das erste Mal bei unsrer Hochzeit. Sie ist groß und kantig, so dünn, dass man sie schon hager nennen könnte, und makellos gepflegt. Aber sie stellt immer eine sauertöpfische Miene zur Schau. Sie hat uns eine sündhaft teure (und abgrundtief hässliche) Vase zur Hochzeit geschenkt. Ich habe sie in einem Schrank versteckt und nie wieder herausgenommen. Zum zweiten Mal tauchte sie unangekündigt und unerwartet bei Kadies Beerdigung auf.

Sie zieht ständig um, von einem Haus ins andere, von einer Stadt in die nächste. Brad hat kaum Kontakt zu ihr, aber gelegentlich bekommt er eine Karte mit ihrer neuen Adresse. »Sie ist unglücklich«, meint Brad. »Und sie glaubt, dass sie nur den perfekten Ort zum Leben brauche, um sich wie durch ein Wunder zu ändern. Sie begreift nicht, dass man das Glück nicht in vier Wänden findet, sondern in sich selbst.«

Er erwähnt sie nur selten, scheint nicht gern über sie zu sprechen. Kadie und ich sind zu seiner Familie geworden – ein Ersatz für Menschen, die für ihn da sein müssten, es aber nie waren.

Mittlerweile fühle ich mich in Diamantina ganz wohl, freue mich, wenn ich es mir in einem der Sessel auf der verglasten Veranda gemütlich machen, dem trommelnden Regen lauschen und mich durch die Tagebücher und Journale arbeiten kann. Es ist kühler geworden, und ich bin froh um den Pullover, den ich noch in letzter Minute in den Koffer gepackt habe. Von Zeit zu Zeit lege ich eine Pause ein, mache mir eine Tasse heiße Schokolade und trinke sie, während ich die durchweichte Landschaft betrachte. Es ist gemütlich, auf der Veranda im Trockenen zu sitzen und zu beobachten, wie der Regen von den Bäumen tropft und die Wolken über den grauen Himmel ziehen.

Diese Tagebücher und Journale sind seit langem das Erste, was ich – abgesehen von den wöchentlichen Frauenzeitschriften – richtig lese. Seit Kadies Unfall, um genau zu sein. Ich war immer ein Bücherwurm, sogar als Teenager, und ich habe meinen Job in der Bibliothek während des Studiums geliebt, doch nach Kadies Tod habe ich die Begeisterung verloren.

Bis jetzt.

Im Laufe der Jahre habe ich mich durch die Klassiker gearbeitet. Tolstoi, Steinbeck, Waugh und Dickens. Eine Zeit lang hatte ich eine Vorliebe für Schriftstellerinnen und verschlang die Romane der Brontë-Schwestern und Jane Austens. Dann war es Lyrik – Coleridge und Keats, Tennyson, Auden und Slessor.

Nach Kadies Tod ließ ich mich von seichten Fernsehprogrammen berieseln, statt zu lesen. Fernsehen ist ein Medium, das nicht viel Nachdenken und Analysieren erfordert. Man muss nicht sehr aufpassen und kann die Gedanken schweifen lassen. Demnach sind diese alten Bücher in gewisser Weise so etwas wie eine Rückkehr zu der früheren lebensfrohen Jess.

Die Seiten von Jennas Tagebüchern waren alt und brüchig. Einige waren an den Ecken angenagt – von Mäusen oder Kakerlaken? –, und die Tinte war mit den Jahren verblasst. Ich habe mir eines von Brads leeren Notizbüchern geborgt und übertrage den größten Teil des Textes, während ich Jennas zarte, manchmal kaum noch leserliche Handschrift entziffere. An manchen Stellen komme ich nur langsam voran. Gelegentlich bleibe ich an einem Satz hängen, oder ich versuche, einen Buchstaben oder ein Wort zu verifizieren. An den Rand der Abschrift kritzle ich eigene Notizen, wenn ich mir vornehme, etwas zu überprüfen oder später Nachforschungen über ein spezielles Thema anzustellen.

Ich versuche mir vorzustellen, wie es Jenna ergangen war, als sie vor mehr als hundert Jahren an den Diamantina kam. *Dies ist ein eigenartiger Ort,* schrieb sie in der ersten Woche. *Manchmal denke ich, Aleyne nimmt es mir übel, dass ich hier bin. Vielleicht wünscht sie sich, dass ich bald wieder abreise, damit sie nicht täglich die Spinnweben von den Wänden fegen und den Herd schwärzen muss ...* Dann: *Vielleicht bin ich zu streng mit ihnen.*

Jenna kam voller Hoffnungen für ihre Zukunft mit Conor und ihrem ungeborenen Kind an den Diamantina. Und Conors Tod hatte all ihre Pläne zunichte gemacht. Wie viele Tränen weinte sie nachts im Stillen in ihr Kopfkissen? Wie oft musste sie all ihren Mut zusammennehmen, um weiterzumachen, wenn sie niedergeschlagen war? Sie heiratete Adam, obwohl sie ihn, wie sie selbst in ihrem Tagebuch vermerkt hatte, nicht liebte. Allerdings bewunderte und respektierte sie ihn und war ihm dankbar, dass er ihrem Kind seinen Namen gab.

Kathryn O'Loughlin.

Katie.

Kadie ...

Die Namen verschmelzen in meinem Bewusstsein zu einem, und meine Gedanken wandern zu dem Tag von

Kadies Geburt. Er begann wie jeder andere. Brad und ich frühstückten im Bett. Brad hatte Speck und Eier gebraten und Toast gemacht. Ich erinnere mich, dass Krümel auf meinen Bauch fielen – dort, wo die Pyjamajacke aufklaffte. Brad beugte sich über mich und leckte die Brösel auf.

»Nicht! Das kitzelt!«

Lachend drehte ich mich auf die Seite und schubste ihn weg. Er fing meine Hände auf und knabberte spielerisch an meinen Fingern. »Mmm, Toastkrümel! Schmeckt gut.«

»Dummkopf!«

Dann küsste er mich lange – er schmeckte nach Kaffee. Seine Hände umkreisten meine Brüste, und ich spürte, wie sich seine Finger auf meiner Haut bewegten. Irgendetwas an dem Morgen – vielleicht der bleiche Himmel oder der Wind, der die Äste des Maulbeerbaums an das Fenster peitschte – ließ es richtig erscheinen, dass wir in dem zerwühlten Bett blieben und unsere Fantasien und Sehnsüchte auf die warme Haut des anderen zeichneten.

Später, als ich aus der Dusche kam, raste mein Herz. Brad stand vor dem Waschbecken und rasierte sich. Er sah mich im Spiegel und erkannte sofort an meinem Gesichtsausdruck, dass etwas nicht stimmte.

»Was ist?«

»Ich blute.«

Er starrte mich ein paar Sekunden ungläubig an. Unser Baby sollte erst in einem Monat kommen.

»Bist du dir sicher?«

Meine Stimme klang leicht hysterisch. »Um Gottes willen, Brad! Ich erkenne Blut, wenn ich es sehe.«

»Scheiße!«

An die rasante Fahrt zum Krankenhaus habe ich kaum noch Erinnerungen. Ich entsinne mich vage, dass mich jemand in einem Rollstuhl durch Korridore geschoben hat, dass Ärzte und Krankenschwestern um mich herumstanden, mich betasteten und untersuchten. Aufgeregtes Tuscheln, mit hellem Blut durchtränkte Wattebäusche. Jemand half mir in ein Krankenhaushemd. Ich lag auf einer Trage, und wieder rollte man mich hastig durch Flure, in denen es nach Desinfektionsmitteln roch, in den Operationssaal. Riesige runde Leuchtröhren. Gedämpfte Stimmen. Brads Gesicht spähte über meine Schulter, dann versank die Welt um mich herum wirbelnd in Finsternis.

Ich musste nicht stundenlange Wehen bei einer Hausgeburt erleiden wie Jenna, dafür aber die antiseptische Sterilität im Krankenhaus. Als ich aufwachte, hing ich am Tropf, war bandagiert, und etliche Geräte zeichneten jede meiner Bewegungen und Lebensfunktionen auf. »Sie haben Glück gehabt«, erklärte der Arzt später. »Die Nabelschnur hatte sich um den Hals des Babys gewickelt. Die Plazenta hat sich gelöst und dadurch die Blutung verursacht.«

Glück? Ich war nicht glücklich. Ich fühlte mich wund, schwach und wie eine Versagerin. Ich hatte mir so sehr eine natürliche Geburt gewünscht; ich wollte miterleben, wie meine Tochter auf die Welt kam. Jetzt kam ich mir betrogen vor – man hatte mich eines unwiederbringlichen Momentes beraubt.

Kadie lag eine Woche im Brutkasten, und Brad und ich mussten uns damit zufrieden geben, dass unsere Tochter unsere Finger mit ihren Händchen umschloss, wenn wir durch das Loch im Brutkasten fassten und wir ihre dünnen Beine streicheln konnten. An dem Tag, an dem ich Kadie endlich zum ersten Mal in den Armen hielt, weinte ich so sehr, dass ich befürchtete, meine Tränen würden uns alle wegspülen – mich, Brad und dieses winzig kleine Baby, das Teil von uns beiden gewesen und jetzt ein eigenständiges menschliches Wesen war.

Während ich jetzt die harsche, fast feindselige Landschaft am Diamantina überblicke, weiß ich, dass ich gestorben wäre, wenn ich mein Kind vor mehr als hundert Jahren hier auf die Welt hätte bringen müssen. Unbewusst zwänge ich einen Finger unter den Bund meiner Jeans und streiche über die Narbe. Verhärtetes Gewebe knapp über dem Schamhaar. Die Narbe ist noch zu sehen, wenn ich einen Bikini anhabe. Ich seufze und widme mich wieder Jennas Tagebuch, in dem sie beschreibt, wie sie ihr Töchterchen zum ersten Mal im Arm gehabt hat. *Ich hielt sie an meine Brust, und plötzlich verflüchtigte sich die Erinnerung an den Schmerz, die Angst und die Qualen des vergangenen Tages. Ich empfand Ehrfurcht vor dem winzigen, vollkommenen Baby. Meine Tochter. Kathryn. Katie.*

Ich weiß, wie sie sich gefühlt hat.

Sorgsam schreibe ich ihre Worte nieder.

Nach ein paar Tagen hört der Regen auf und die Sonne kommt heraus. Es ist schwülheiß. Tausende kleiner Buschfliegen kommen wie aus dem Nichts und kriechen überall herum, auch in die Nase und die Augen. Jedes Mal bevor Brad durch die Tür kommt, wischt er sich über den Rücken, und eine Wolke aus Fliegen steigt von ihm auf.

Jetzt sind wir schon drei Wochen hier und haben die Hälfte der Zeit hinter uns. Brad wartet voller Ungeduld darauf, dass die Feldwege wieder trocken werden. An einem Tag bleibt er ganz zu Hause, und wir spielen Karten und backen Pfannkuchen. Manchmal bin ich sehr angespannt und warte darauf, dass er von Kadie oder davon spricht, dass er bereit ist, wieder Vater zu werden, auch wenn ich noch nicht so weit bin. Doch er schneidet das Thema nicht an und ist liebenswürdig wie immer. Es ist fast wie in alten Zeiten.

In dieser Nacht habe ich seit langem wieder den Traum.

Ich sehe durch die Heckscheibe des Wagens, als er losfährt. Dort sitzt ein Kind, ein kleines Mädchen. Aber irgendwas stimmt nicht. Wie in dem Traum, den ich Wochen zuvor hatte, hat das Mädchen dunkles Haar, fast schwarzes, aber Kadie war blond. Und dieses Kind hat altmodische Korkenzieherlocken. Ein Spitzenkragen umschließt ihren Hals, und die Spitzenmanschetten an den langen Ärmeln fallen über ihre Handgelenke. Ich sehe ein von den Manschetten halb verdecktes, goldenes Armband. Ich blinzle und sehe genauer hin – ich muss mich irren. Mein Unterbewusstsein spielt mir einen Streich und versucht, mich zu verwirren. Das Kind ist Kadie. Es *muss* so sein.

Sie sitzt nicht in ihrem Kindersitz – das ist undenkbar. Stattdessen kniet sie auf der Rückbank und drückt die Stupsnase und die kleinen Hände an die Scheibe. Sie ist blass, ihre Augen sind aufgerissen und dunkel. Der Mund öffnet und schließt sich wie der eines Fisches unter Wasser. Wo ist meine Tochter?, frage ich mich voller Panik. Und wer ist dieses fremde Kind?

Mummy! Mummy!

Die jämmerlichen Schreie sind gedämpft. Die kleinen Hände sind zu Fäusten geballt und hämmern machtlos gegen die Scheibe.

Während das Auto Meter für Meter weiterrollt, überkommt mich das Gefühl, dass etwas Schreckliches passieren wird. Ich habe Angst und weiß, dass ich das Auto aufhalten, die Tür aufreißen und das Kind in die Arme nehmen müsste – dieses Kind, das nicht meine Tochter ist. Aber meine Beine fühlen sich wie Blei an, und meine Stimme versagt vor Aufregung. Der Wagen biegt um eine Ecke, und für einen Moment sehe ich das Profil des Mädchens. Langsam verschwindet das Auto außer Sicht. Erst dann spüre ich meine Kehle wieder. Der Schrei steigt auf, explodiert wie eine Luftblase.

Kadie!

Der Schrei vibriert durch mein Unterbewusstsein.

Jemand schüttelt mich, ruft meinen Namen, reißt mich in die Wirklichkeit. Mein Herz hämmert heftig, und eine Woge der Panik steigt in meiner Brust auf. Ein Schweißfilm bedeckt meine Stirn. Ich bin vollkommen durcheinander, schwinge die Beine über den Bettrand und spüre, wie die Zehen den Boden berühren, nach etwas Solidem, Festem tasten. Meine Augen gewöhnen sich mühsam an das fahle Licht vor der Morgendämmerung.

Brad steht vor mir und nimmt meine Hände in seine. Seine Finger kneten meine, fordern meine Aufmerksamkeit, und ich sehe zu ihm auf. »Jess, was ist?«, fragt er besorgt.

Wie soll ich ihm das erklären? Ich hole tief Luft. »Nichts«, sage ich tonlos.

»Es war etwas. Du hast geschrien.«

»Nur ein böser Traum. Jetzt ist es vorbei.«

Er streichelt meine Wange, wischt mir das feuchte Haar aus dem Gesicht. Dann beugt er sich vor und zieht mich auf die Füße. Wir stehen da, nur Zentimeter voneinander entfernt, aber es fühlt sich an, als würde uns ein Abgrund trennen. Behutsam schließt er mich in die Arme, ich lege die Wange an seine warme Brust.

»Jess, Liebling«, sagt er leise und tief bewegt. »Schließ mich nicht aus! Erzähl mir von deinem Traum!«

Ich schüttle den Kopf. »Nein«, murmle ich. Ich will nicht.

Die Bilder verblassen bereits und verlieren sich in Zeit und Raum.

Nachdem Brad am nächsten Morgen weggefahren ist, denke ich an unser Zuhause, an das kleine Arbeitercottage mitten in der Stadt. Ich entsinne mich, wie ich es ein letztes Mal angesehen habe, als wir vor Wochen losfuhren. Die Jalousien und Vorhänge waren zugezogen, und ich fand schon damals, dass es verlassen aussah.

Jetzt, Wochen später, erscheint mir das Haus eine ganze Welt weit weg – es *ist* eine ganze Welt weit weg – von diesem Platz im Outback, und ich stelle erstaunt fest, dass es mindestens eine Woche her ist, seit ich das letzte Mal daran gedacht habe. Vielleicht, überlege ich, wächst mir dieser Ort, das Diamantina-Land, allmählich ans Herz und wird mir vertraut.

Ich denke an meine Freunde, Carys, meine Eltern und frage mich, was sie jetzt wohl machen. Ich zähle an meinen Fingern ab, welcher Wochentag heute ist.

Hier draußen verliert man rasch jegliches Zeitgefühl.

Die Wochentage haben keine Bedeutung, und unsere Zeit wird nur durch Brads Forschungen bestimmt. Werktag oder Wochenende – das spielt keine Rolle. Und es ist eigenartig, morgens aufzuwachen und nicht in Eile zu sein, zu wissen, dass ich nichts weiter zu tun habe, als die nächste Mahlzeit zuzubereiten.

Das muss aufhören, sage ich mir. Bald ist das alles hier vorbei, und wir müssen zurück zu unseren Pflichten und dem üblichen Tagesablauf. Und ich muss meinem Leben einen Sinn geben, meine Arbeit wieder aufnehmen oder ein Baby bekommen. So oder so, ich kann nicht bis in alle Ewigkeit meine Zeit ungenutzt verstreichen lassen …

Mit einem tiefen Seufzer nehme ich mir die Fotografie von Adam und Jenna vor und sehe mir auch die Rückseite an. *Adam und Jenna O'Loughlin,* steht dort in krakeliger Schrift mit ausgeblichener Tinte. Das Datum ist nicht mehr lesbar.

Ella hat mir erzählt, dass die Aufnahme am Hochzeitstag des Paares aufgenommen worden sei, demnach muss sie im Dezember 1873 entstanden sein. Adam war damals vierundzwanzig, Jenna zwanzig Jahre alt.

Fotografien können trügerisch sein, fällt mir ein. Sie sind flach und stellen nur das dar, was der Betrachter sehen soll. Die Wahrheit findet sich oft woanders. Würde man etwa den Winkel der Kamera nur ein wenig verändern, könnte man etwas ganz anderes sehen.

Auf diesem Foto sitzt Adam in seinem besten Sonntagsstaat auf einem hölzernen Stuhl. Und ihm muss, auch wenn es nicht so aussieht, in dem bis obenhin zugeknöpften Rock entsetzlich heiß gewesen sein an diesem längst vergangenen Sommertag. Jenna steht artig und halb verdeckt hinter ihm und hat eine Hand auf seine Schulter gelegt. Sie trägt ein dunkles Kleid. Ich halte das Foto ins Licht und versuche, die verräterische Wölbung des Bauches auszumachen. Aber ich sehe nichts, weil sie hinter ihrem Mann versteckt ist. Ich weiß jedoch aus den Tagebüchern, dass sie am Tag ihrer Heirat bereits im siebten Monat schwanger war.

Was ist ein Foto eigentlich?, überlege ich und schiebe es beiseite. Ein für die Ewigkeit festgehaltener Moment? Eine oberflächliche Täuschung, bestehend aus Umrissen und Konturen, Licht und Schatten? Auf einer Fotografie sehen wir nur das, was uns die Kamera zeigen will. Alles oder nichts. Oder etwas kaum Definierbares dazwischen.

Wie auch immer – die Körpersprache dieses frisch vermählten Paares ist jedenfalls sehr aussagekräftig. Beide starren direkt in die Kamera. Jenna ist leicht abgewandt von ihrem Mann, und Adams Schulter unter ihrer Hand wirkt steif, ganz und gar nicht entspannt. Und diese Berührung mit der Hand erscheint eher ehrerbietig als besitzergreifend. Wie würden Experten so etwas deuten?

Am Morgen unserer Hochzeit hat sich meine Schwiegermutter ein Foto angesehen, das ihr jüngerer Sohn, Brads Bruder, aus England geschickt hatte. Er saß auf der Motorhaube eines Autos und hatte den Arm um eine junge Engländerin gelegt. Das Mädchen war hübsch, hatte duftiges, blondes Haar und ein schüchternes Lächeln. »Diese Sache ist nicht von Dauer«, erklärte Brads Mutter. »Sie ist nicht die Richtige für ihn.«

»Wie kannst du das sagen?«, fragte ich verwundert. Versuchte sie, etwas in die Aufnahme hineinzudichten – Dinge, die gar nicht da waren?

»Nun, da ist ihr Mund zum Beispiel – er hat einen niederträchtigen Zug. Und sie ist zu dünn. Sieh nur, wie die Knochen herausstehen ...!«

Es war, als würde ein Esel den anderen Langohr schimpfen, wie es meine Mutter ausgedrückt hätte. Die Beschreibung hätte genau auf meine Schwiegermutter gepasst – die hatte nämlich auch einen gemeinen Zug um den Mund und war zaundürr. Ich wandte mich halb belustigt, halb verärgert ab. »Wie kann man jemanden nach einem Stück Papier derart verurteilen?«, fragte ich Brad später.

»Das kann man nicht. Beachte sie gar nicht!«

»Aber von Fotos kann man einen Menschen nicht kennen lernen«, beharrte ich. »Das ist ja das Wunderbare an den zwischenmenschlichen Kontakten – man wird mit den Stimmungen, Vorlieben und Abneigungen eines Menschen vertraut. Man erfährt, was sie zum Frühstück bevorzugen oder was für ein Sternzeichen sie sind, ob sie den Geruch von Regen mögen. Das alles erkennt man nicht auf einem Foto.«

»So ist sie eben«, erklärte Brad geduldig. »Meine Mutter will ihren Sohn nicht an eine Frau im Ausland verlieren. Sie erfindet Gründe, warum er nach Hause kommen und sich nicht auf etwas anderes einlassen sollte. Sie will, dass er ein Aussie-Mädchen, nicht eine Ausländerin heiratet.«

Und Brads Bruder ist tatsächlich nach Hause gekommen, hat ein Mädchen geheiratet und ist längst wieder geschieden. Nach der Scheidung ist er wieder ins Ausland gegangen. Wir haben zum letzten Mal von ihm gehört, als er uns eine hastig hingekritzelte Karte aus Mexiko geschickt hat, um uns zu Kadies Tod zu kondolieren.

Ich fragte mich, ob sich Brads Mutter geirrt hatte. Vielleicht wäre das Mädchen mit dem scheuen Lächeln und dem blonden Haar doch die Richtige gewesen? Und wenn ja, woran hätte Brads Bruder oder seine Mutter das erkannt? Wie kann man das überhaupt erkennen?

Eine meiner Freundinnen – zweimal verheiratet, zweimal geschieden – hält es für absolut unrealistisch, wenn man erwartet, mit ein und demselben Partner sein ganzes Leben zu verbringen. *Der Mann, der heute der Richtige für mich ist, passt vielleicht in zehn oder zwanzig Jahren überhaupt nicht mehr zu mir,* argumentiert sie. *Die Menschen verändern sich mit der Zeit, genau wie ihre Erwartungen.*

Heißt das, dass der Brad, dem ich in der Unibibliothek begegnet war, heute nicht mehr der perfekte Partner ist? Eine interessante Theorie. Ich schüttle den Kopf, weil ich die Antwort nicht weiß, und schiebe den Gedanken entschlossen beiseite.

Ich sehe mir noch einmal das Hochzeitsfoto von Adam und Jenna an. Ihre Gesichter drücken eine gewisse Strenge aus, die beiden blicken sehr starr in die Kamera. Im Laufe der Jahre habe ich genügend über das Fotografieren gelernt, um zu wissen, dass es damals unendlich langwierig war, eine Aufnahme zu machen, und dass es fast unmöglich war, so lange ein Lächeln beizubehalten. Trotzdem wirken ihre Mienen sehr angespannt, fast Angst einflößend. Was war passiert, dass sie so ernst dreinblicken? Die verspätete Ankunft des Pfarrers und Fotografen vielleicht? Hat ihnen irgendein Ereignis auf der Farm die Laune verdorben? Oder spürte Adam, dass Jenna seinen Bruder immer noch liebte?

Jedenfalls hat die Fotografie die Zeiten überdauert. Und dieser einzelne ernste Moment wurde für die Nachwelt festgehalten, auch wenn er nicht notwendigerweise etwas über den Zustand von Jennas und Adams Ehe aussagte. Nur die Tagebücher können mir darüber Auskunft geben, wenn Jenna dort wirklich ihre wahren Gefühle offenbart hat.

Ich werfe einen Blick auf die Wanduhr und bin überrascht, dass es erst zehn ist. Plötzlich habe ich das Bedürfnis, aus dem Haus an die frische Luft und in die Sonne zu gehen. Ich möchte Abstand zu den Tagebüchern und Journalen gewinnen, frische Eindrücke haben und andere Geräusche hören. Und die Wege scheinen trocken zu sein.

Spontan entscheide ich, mit dem Rad zum alten O'Loughlin-Haus zu fahren, um mir anzusehen, was Jenna und Adam geschaffen und wo sie gelebt haben.

TEIL V

ALTE GESPENSTER

KAPITEL 24

Jenna war der Ansicht, dass Katie das verwöhnteste Baby der Welt war, und darüber musste sie lachen. Die schwarzen Frauen machten immer viel Wirbel um die Kleine, nahmen sie in die Arme, sobald sie nur einen Mucks von sich gab, und schaukelten sie auf dem Schoß. Adam ging mit ihr nachts auf und ab, wenn sie irgendwelche Schmerzen plagten und sie weinte. Selbst Wongaree kam in die Hütte, betrachtete bewundernd »das neue weiße Baby« und brachte einen Topf Honig für sie mit. Doch in den Tagen und Wochen nach der Geburt suchte Katie hauptsächlich nach der Mutterbrust, und Jenna saß stundenlang an der Wiege, die Adam gezimmert hatte, und beobachtete, wie das Kind im Schlaf regelmäßig atmete.

Meine Tochter, dachte sie immer wieder ehrfürchtig. Ein kleines Wunder.

Am meisten genoss sie die nächtlichen Stunden, in denen nur sie und Katie wach waren und das Baby fest an ihrer Brust saugte. Die verträumten Stunden, in denen sie ihr Kind auf dem Arm spürte und den Lauten der Nacht lauschte, den frischen und gepflegten Babygeruch tief einsog und glücklich in der Gewissheit war, dass Katie ihr Kind war und dass es ihr niemand nehmen konnte.

Einen Monat nach Katies Geburt trafen etliche Fuhrwerke mit den Baumaterialien für das neue Haus ein. Balken und Holz, Eisenplatten fürs Dach, Glas für die Fenster. Und auf einem der Wagen stand eine weiße Badewanne mit Klauenfüßen.

Kurz darauf kam der Bauunternehmer mit seinen Arbeitern an. Es war ein korpulenter Mann mit rotem Gesicht, der, wie Jenna bald feststellte, dem Alkohol zusprach und jungen Mädchen nicht abgeneigt war. Sie behielt Ngayla wachsam im Auge; das Mädchen war mittlerweile vierzehn Jahre alt und leicht zu beeindrucken.

Einige Tage zuvor war Jenna mit ihr und Katie zum Wasserloch gegangen. Dort unten war es kühler, und ein frischer Wind bewegte das Laub der Bäume. Sie wateten knietief im Wasser, und einige der Männer schwammen im tieferen Wasser, lachten und spritzten sich gegenseitig nass. Plötzlich wurde Ngayla ganz still, und Jenna merkte, dass sie zu dem Gestrüpp am Ufer starrte.

Es war schon leicht dämmrig, das Licht schwand. Jenna sah eine dunkle Gestalt zwischen den Büschen. »Wer ist da?«, rief Jenna, und Ngayla sah sie scharf an.

Ein junger Mann mit einem Speer in der Hand trat vor. Es war Wandi.

Er sagte nichts, stand einfach nur da und bedachte Ngayla mit einem glühenden Blick. Jenna hob eilends Katie hoch, die auf einer Decke geschlafen hatte. »Komm!«, forderte sie Ngayla brüsk auf, packte sie am Arm und zog sie mit sich. »Zu Hause wartet Arbeit auf uns.«

Später fragte sie Aleyne aus. Was wollte Wandi? Welche Absichten hatte er?

»Wandi ist dabei, ein Mann zu werden«, erwiderte

Aleyne ruhig. »Er braucht eine Frau. Wandi will Ngayla zu seiner *gundi* machen.«

»Du meinst, er will sie heiraten? Dass sie Mann und Frau werden?«

»Ja. Und Babys bekommen wie Sie. Wandi ist reif.«

»Nun, Ngayla ist es noch nicht. Sie ist viel zu jung. Sag Wandi, dass er noch warten muss!«

»Wie lange?«

»Mindestens noch ein Jahr.«

Aleyne sah Jenna düster an und ging in Richtung Lager, um, wie Jenna vermutete, Wandi die schlechte Neuigkeit zu überbringen. Jenna sah sie fast vor sich – mit vor Aufregung bebenden Lippen. »Missy sagt nein«, würde sie sagen und einen finsteren Blick in Richtung Hütte schicken.

»Du bleibst Wandi fern«, sagte Jenna streng zu Ngayla, als sie allein waren.

Monate vergingen. Das Haus wuchs – Fundament und Boden, Wände und Dach –, und Jenna behielt Ngayla aufmerksam im Auge. Katie wurde größer. Sie lächelte und gluckste, lernte sich zu drehen und fing an zu krabbeln. An ihrem ersten Geburtstag tapste sie schon auf unsicheren Beinchen herum und lachte, wenn Jenna hinter ihr herging. Sie war ein echter Wonneproppen und das Band, das Jenna und Adam zusammenschweißte.

Jenna bemühte sich, keine Vergleiche zu ziehen und nicht nach Ähnlichkeiten zwischen diesem heiß geliebten Baby – Conors Tochter – und Michael, dem Bruder, den sie verloren hatte, zu suchen. Und sie strengte sich an – oh, und wie sehr! –, Adam als Katies Vater anzusehen und nicht als hingebungsvollen Onkel.

»Was hat mein kleiner Engel heute gemacht?«, fragte

Adam jeden Nachmittag. Es war zum Ritual geworden: Er kam heim, bevor es dunkel wurde, und brachte die Kleine ins Badezimmer.

»Dadda! Dadda!«, rief Katie und lief zu ihm. Adam fing sie auf und schwang sie hoch in die Luft, bevor er sie dann zu ihrem täglichen Bad mitnahm.

Jenna hörte das Krähen und Lachen ihrer Tochter, wenn sie im Wasser planschte, und musste jedes Mal lächeln.

Inzwischen hatten sie erleichtert dem Bauunternehmer und seinen Männern Lebewohl gesagt und eine Woche vor Katies erstem Geburtstag das neue Haus bezogen.

Es stand etwa zwei Meilen von der Hütte entfernt auf einer Anhöhe und erhob sich über den Busch wie eine Oase aus der Wüste. Dies sei der ideale Platz für ein Haus, wie Adam Jenna versicherte – erhöht genug, um nicht vom Hochwasser in Mitleidenschaft gezogen zu werden, und so positioniert, dass es die Winde auffing, die an heißen Sommertagen durch das Tal wehten. Und von der breiten Veranda aus, die das Haus an drei Seiten umgab und gegen die Sommersonne und den Regen geschützt war, hatte man Ausblick über den Fluss bis zu den fernen, blaugrauen Bergen.

Die Pfefferbäume, die Jenna an der Westseite gepflanzt hatte, wuchsen schnell und spendeten an den Sommernachmittagen Schatten. Wongaree und Pigeon hatten ein Hühnerhaus und Pferdeställe in der Nähe gebaut, und gewöhnlich scharrten ein halbes Dutzend Hennen unter den Bäumen in der Erde. Aleynes Aufgabe bestand darin, den Gemüsegarten zu pflegen. Erst säte sie Tomaten und Kohl an, dann Blumensamen, damit immer frische Schnittblumen fürs Haus verfügbar waren. Zurzeit blühten Levkojen und Sonnenblumen. An einer Pergola rankten Zuckererbsen, und Stiefmütterchen drehten ihre lustigen Gesichter der Sonne zu.

Im Haus gab es etliche Schlafzimmer, und eines davon hatte Jenna als Kinderzimmer für Katie eingerichtet. Es war groß und luftig, und Jenna stellte einen Schaukelstuhl ans Fenster, sodass sie die Aussicht genießen konnte, während sie ihre Tochter stillte. Sie saß viele Stunden in dem Schaukelstuhl, manchmal noch, wenn Katie längst in ihren Armen eingeschlafen war. Dann legte sie die Kleine in das Bettchen und betrachtete sie.

Für Jenna stellte das neue Haus den Luxus dar, den sie bisher nie kennen gelernt hatte. Die Möbel und Einbauten für die Schlafzimmer, das Ess- und Wohnzimmer, die Bibliothek, die Bäder, die Küche und das Arbeitszimmer hatte sie in einem Katalog ausgesucht und in der Stadt bestellt. Ihre Ankunft war Anlass für ein Fest gewesen. Da waren Sofas und Truhen, Betten und Kommoden. Spiegel und Gemälde für die Wände. Feines Geschirr von Doulton & Co., Sheffield-Besteck. Ein massiver Walnussholztisch mit passenden Stühlen und einer Anrichte. Ein richtiger »Dover«-Holzherd bekam einen Ehrenplatz in der Küche, und Ngayla bereitete unter Jennas Aufsicht Brötchen, Plätzchen und Kuchen zu.

Wenn Katie älter wäre, sollte sie auf dem Broadwood-Klavier spielen lernen, das Jenna fürs Musikzimmer geordert hatte. Sie konnte sich jetzt schon die Musikabende und Partys vorstellen, die sie auf Diamantina Downs für alle Nachbarn im Umkreis von Meilen geben würden. Ganze Familien würden anreisen, und das große Haus würde sich mit Gelächter und Musik füllen.

Anfänglich war Adam mit ihren Plänen nicht einverstanden gewesen. Er wollte derjenige sein, der die Möbel und Einrichtungsgegenstände für das neue Heim anschaffte. »Nach und nach«, sagte er und runzelte die Stirn, wenn sie in den Katalogen blätterte und dies und das orderte.

»Ich kann es mir leisten«, erwiderte sie eigensinnig. »Warum sollen wir wie arme Leute hausen, wenn wir wie Könige leben können?«

Adam zuckte mit den Schultern. »Wir sind keine Könige. Wir sind ganz normale Leute.«

Sie ging zu ihm, schmiegte sich an ihn. »Wir sind ganz und gar nicht normal!«, erwiderte sie hitzig. »Wir sind etwas Besonderes, vergiss das nie! Mein Leben lang musste ich mich von *normalen* Leuten verhöhnen lassen, und deine Familie hat von der Hand in den Mund gelebt. Wir haben uns nach oben gekämpft, du und ich. Und unsere Kinder verdienen nur das Beste.«

»Kinder?« Er hielt sie auf Armeslänge von sich und musterte sie amüsiert.

»Ja, Kinder.«

»Nun.« Er strich mit der Fingerspitze über ihre Wange, dann küsste er sie ausgiebig. »Dann sollten wir besser zusehen, dass diese *Kinder* entstehen, oder?«

Später lag sie in der Dunkelheit unter ihm und betete um ein zweites Kind, als sie eins wurden. »O Gott!«, stöhnte er heiser und vergrub das Gesicht in ihrem Haar.

Eine Zeit lang lag Jenna still in seinen Armen, die Laken zurückgeschlagen. Die Nacht war warm, und der Wind, der die dünnen Vorhänge aufbauschte, war willkommen. Helles Mondlicht schien ins Zimmer, beleuchtete das Bett und den dunklen Schrank. Nur die Zikaden waren zu hören.

»Danke!«, sagte Jenna schließlich und legte die Hand auf Adams Brust – an die Stelle, an der sie sein Herz vermutete.

»Wofür?«, fragte Adam verlegen.

»Dafür, dass du mich geheiratet und Katie deinen Namen gegeben hast. Dafür respektiere ich dich.«

Er schwieg, und Jenna fühlte, wie sich seine Brust auf und ab bewegte. So gingen sie miteinander um; es war eine freundliche, formale Beziehung, und beide wichen tieferen Empfindungen aus. Jenna behandelte Adam eher wie einen Vater als einen Liebhaber und Ehemann. Sie suchte nach Worten, um das Schweigen zu brechen, ihr fielen jedoch keine ein.

»Respekt?«, wiederholte Adam nach einer Weile in leicht zynischem Tonfall. »Ich habe dich geheiratet, weil ich dich liebe.«

Warum konnte sie ihm nicht dasselbe sagen?

Weil sie ihn *nicht* liebte.

Und Jenna erkannte an seinem verlegenen Lächeln und dem traurigen Blick, mit dem er sie manchmal ansah, dass er es spürte. Sein Gesicht drückte Bedauern und Trauer aus, die irgendwie mit Conor und ihrer Vergangenheit in Zusammenhang standen. Würde es immer so sein? Sie hoffte, dass sich mit der Zeit etwas verändern würde. Adam war ein umsichtiger, fürsorglicher Mann und ein wunderbarer Vater für Katie. Aber etwas fehlte. Der Funke. Der Rausch der Gefühle, den sie mit Conor erlebt hatte. Zwei Männer, gezeugt von denselben Eltern, und doch trennten sie Welten. Adam besaß nicht Conors Lebensfreude und Verwegenheit.

Manchmal dachte Jenna, dass sich ihre Gefühle für ihren Mann ändern würden, wenn sie ein gemeinsames Kind hätten. Doch die Monate verstrichen, und immer verrieten ihr Bauchkrämpfe, dass sie wieder nicht schwanger geworden war.

Obwohl schon fast zwei Jahre seit Conors Tod vergangen waren, kehrten Jennas Gedanken immer wieder zu ihm zurück. Manchmal stellte sie sich vor, dass er jetzt bei ihnen wäre, seine Tochter durch die Luft wirbelte und sie zum Lachen brachte. Sie konnte beinah seine Hände auf ihrem Körper und seine Lippen auf ihrem Gesicht spüren.

Sie träumte von ihm, rannte mit halsbrecherischer Geschwindigkeit auf ihn zu und rief seinen Namen. Aber gleichgültig, wie sehr sie sich beeilte, wie verzweifelt sie sich wünschte, ihn zu erreichen, sie schien ihm kein Stück näher zu kommen. Dann wachte sie auf und rechnete fast damit, ihn neben sich zu sehen wie in alten Zeiten, weil der Traum so real gewesen war. Doch Adam lag neben ihr, der ernste, zurückhaltende Adam, der sich nichts sehnlicher wünschte als ihre Liebe.

Es gab auch finstere Tage, an denen sie sich kaum an Conors Gesicht erinnern konnte. Wenn sie doch nur eine Fotografie von ihm hätte. Aber es gab keine Erinnerung an ihn. Keine, außer Katie.

Sie feierten Katies zweiten Geburtstag, und Lalla und Wongaree bekamen ihr erstes Kind. Schließlich gab Jenna dem Drängen der Stammesmitglieder nach und erlaubte Ngayla, sich mit Wandi zusammenzutun. Adam bestand darauf, eine improvisierte Trauung zu vollziehen, bei der er die Hände der beiden zusammenband und dann die Fesseln mit einem scharfen Messer aufschnitt.

Dies sei symbolisch, erklärte er, und hiermit würde er die Verantwortung für das Mädchen, die er auf sich genommen hatte, als er sie nach Diamantina Downs geholt hatte, an Wandi weitergeben.

Jenna sah Ngayla traurig und mit Bedauern nach, als diese zu Wandi ging. Das Mädchen war erst fünfzehn.

Ergiebige Regenfälle im Sommer garantierten üppige Weiden und genügend Futter für die Schafe und Kühe. Die letzten beiden Lammzeiten waren sehr erfolgreich, und die Schafherde hatte sich beinah verdreifacht. Adam ritt an den meisten Tagen mit den Aborigines auf die Weiden. Abends saß er über seinen Büchern und hielt die Ereignisse auf der Farm in den Journalen fest. »Unsere Finanzen verbessern sich stetig«, sagte er zu Jenna. »Vielleicht können wir uns in der nächsten Saison ein paar Wochen freimachen und nach Süden in die große Stadt fahren.« Er legte eine Hand unter ihr Kinn und hob ihren Kopf an. »Das wird Katie gefallen, und für uns wären es die Flitterwochen, die wir nie hatten.«

Jenna dachte an die Stadt, das hektische Treiben und die Geschäftigkeit, und ihr war klar, dass sie sich dort wie eine Fremde fühlen würde – genau wie sie sich auf Diamantina Downs manchmal fehl am Platze vorkam. Sie hatte versucht, sich dem Leben hier anzupassen, dieselben Dinge zu lieben wie Adam. Aber sie hatte eine Leere in sich, die die zerklüfteten Berge in weiten Ebenen nicht füllen konnten. Sie hatte ein gemütliches Haus gebaut und eingerichtet und gehofft, ihren Schmerz dadurch lindern zu können, wenn sie sich mit schönen Besitztümern umgäbe. Aber Pianos und Sofas, Gemälde und kostbare Teppiche waren kein Ersatz für das, was sie verloren hatte.

Manchmal dachte sie an den ersten Morgen auf Diamantina Downs zurück – an den Morgen, nachdem sie von Conors Tod erfahren hatte. Damals war sie hinunter zum Wasserloch gegangen und hatte mit Lalla über das Land gesprochen und sich den Himmel, die Berge und die Bäume angesehen. »Vielleicht lernen Sie, das Land zu mögen«, hatte Lalla damals hoffnungsvoll gesagt.

Aber das war Jenna nicht gelungen.

Warum bin ich dann geblieben?, fragte sie sich jetzt. Warum habe ich Adam geheiratet und mich selbst zu diesem einsamen Leben verdammt? Hatte sie etwa geglaubt, Conor näher zu sein, weil er zuletzt hier gelebt hatte? Aber Conor hatte sich diesem Land nie verbunden gefühlt. Er wollte von hier weggehen, sobald sich Adam eingelebt hätte.

Hin und wieder kam ihr der Gedanke, von hier wegzugehen, aber sie verwarf die Idee rasch wieder. Sie brachte es nicht übers Herz, Katie von Adam zu trennen; er liebte sie, als wäre sie sein eigenes Kind. Außerdem war Jenna ihrem Mann gegenüber Verpflichtungen eingegangen, als sie ihn geheiratet hatte, und ihr Gewissen würde ihr nie erlauben, ihn im Stich zu lassen. »Bitte, lieber Gott!«, betete sie. »Schenk mir noch ein Kind und lass mich diesen Mann lieben!«

An manchen Abenden stieg sie, wenn Katie schon schlief, mit Adam hinauf ins Turmzimmer. Sie stellten sich ans Fenster und betrachteten die karge Landschaft. In den Mondnächten sahen sie die Umrisse der Bäume und den glitzernden Fluss. Wenn sie ihre Augen anstrengte, entdeckte Jenna die Feuer des Lagers und deren sanftes Glühen.

Es war friedlich dort oben. Adam öffnete das Fenster,

und sie lehnten sich hinaus, atmeten tief durch und lauschten den nächtlichen Lauten. Manchmal flatterte eine Fledermaus vorbei, oder ein Moskito surrte um sie herum. In diesen Stunden fühlte sie sich Adam am nächsten. Er legte den Arm um sie und drückte sie fest an sich. »Sieh mal!«, sagte er fast immer und deutete in die Dunkelheit. »Da sind der Sirius und der Orion.«

Die Sterne blitzten wie Diamanten.

In einer Nacht sah Jenna ein schwankendes Licht, das sich über die Weiden auf das Haus zu bewegte. »Schnell!«, sagte sie aufgeregt. »Das sieht aus wie eine Kutschenlaterne. Wir bekommen Gäste.«

Adam ging hinunter, um die Besucher zu begrüßen, während Jenna ihnen vom Turmfenster aus entgegensah. Das Licht tanzte und taumelte von einer Seite zur anderen. Offenbar hatte die Kutsche Schwierigkeiten, die Löcher und Furchen zu passieren. Nach einer Weile kam Adam wieder in den Turm. »Es ist niemand angekommen. Wo sind sie?«, fragte er und spähte in die Nacht.

Jenna zuckte mit den Achseln. »Immer noch an derselben Stelle. Sie scheinen nicht näher gekommen zu sein. Vielleicht sind sie auch stecken geblieben«, fügte sie hinzu, obwohl das relativ unwahrscheinlich war. Seit Wochen hatte es nicht mehr geregnet.

Adam beschloss, ein Pferd zu satteln und loszureiten. Jenna zündete eine Laterne an und gab sie ihm mit. Von ihrem Aussichtspunkt aus verfolgte sie, wie er zu dem anderen Licht ritt. Er umkreiste die Stelle, doch der Abstand blieb immer gleich. Was hat das nur zu bedeuten?, fragte sich Jenna. Warum reitet er nicht näher heran?

Sie wartete und trommelte ungeduldig mit den Fingern

auf das Fenstersims. *Dort drüben,* wollte sie schreien, aber ihre Stimme trug nicht so weit.

Schließlich kehrte Adam nach Hause zurück. »Was ist passiert?«, wollte sie wissen »Warum hast du sie nicht mitgebracht?«

»Da war niemand«, antwortete er ruhig.

»Natürlich war da jemand!«, rief Jenna hitzig. »Du konntest sie gar nicht übersehen. Du bist rund um das Licht herumgeritten. Das hab ich genau beobachtet.«

»Jenna!« Er packte sie an den Schultern und sah sie eindringlich an. »Glaub mir! Als ich dort unten war, konnte ich kein Licht ausmachen. Und das Gelände ist an der Stelle so uneben, dass man es auf gar keinen Fall mit einer Kutsche befahren kann.«

»Dann komm doch noch mal mit ins Turmzimmer!«, forderte sie auf. »Sehen wir nach, ob das Licht noch da ist!«

Sie lief voraus und nahm immer zwei Stufen auf einmal. »Schau!«, rief sie aus und lehnte sich aus dem Fenster. »Wie konntest du das ...«

Sie verstummte abrupt. In der Ferne war nichts als Dunkelheit. Kein Licht. Nicht einmal ein schwacher Schimmer. Selbst die Feuer der Schwarzen waren zu dieser späten Stunde nicht mehr auszumachen.

Jenna drehte sich Adam zu, und sie tauschten einen ratlosen Blick aus. Adam schien der Vorfall ebenso zu verwirren wie sie, und ihr lief ein Angstschauer über den Rücken. »Also«, sagte sie schließlich, »wenn es keine Kutschenlampe war, was war es dann?«

Adam schüttelte den Kopf.

»Adam!«

Er schloss das Fenster. Die Scheibe reflektierte das Licht aus dem Zimmer, und Jenna konnte nur noch ihr eigenes Spiegelbild, ihr verstörtes Gesicht sehen. Sie wandte sich resolut ab. »Da *muss* etwas gewesen sein. Du hast es doch gesehen, ich hab's auch gesehen. Wir können uns das nicht beide eingebildet haben.« Sie überlegte kurz. »Oder doch?«

Adam zuckte mit den Schultern und nahm die Lampe. »Keine Ahnung. Ich weiß nur eines: Da war nichts, als ich dort unten war. *Niemand.*«

Jenna musste noch Tage an das taumelnde Licht denken. Immer wieder, am Tag oder in der Nacht, schlich sie die Treppe hinauf und schaute aus dem Fenster. Das Bild, das sich ihr bot, blieb immer gleich. Adam suchte die Stelle nach Spuren ab, fand aber keine. Es gab keinen Hinweis darauf, dass irgendetwas oder jemand dort unten umhergeirrt war.

Nach einigen Tagen erzählte Jenna Aleyne von dem Vorfall. Die schwarze Frau hörte schweigend zu, und ihre Augen wurden bei jedem Wort, das Jenna über die Lippen kam, immer größer. Als sie davon sprach, dass Adam ein Pferd gesattelt und sich auf die Suche nach dem Licht gemacht hatte, wich Aleyne entsetzt zurück. »Nein, Missy«, flüsterte sie verängstigt. »Davon will ich nichts hören.«

»Warum? Du weißt, was es war?«

Aleyne schüttelte so vehement den Kopf, dass die Haare um ihr Gesicht flogen. »Böse Geister. Sie müssen Mista Adam sagen, dass er dem Dämonenlicht fernbleiben soll.«

Stück für Stück bekam Jenna die ganze Geschichte aus der älteren Frau heraus. Die Aborigines fürchteten sich vor dem mysteriösen Licht, das in unregelmäßigen Abständen erschien, wankte und in die Dunkelheit lockte. Manchmal lagen Jahre zwischen den Erscheinungen.

Dann waren sie wieder häufig zu sehen, zu allen möglichen Zeiten oder besonders zu Mondphasen.

Und Aleyne behauptete steif und fest, dass jeder, der dem Licht folge und es einfange, nie wieder zurückkehre.

Jenna beschloss, den Zwischenfall auf sich beruhen zu lassen. Es musste eine logische Erklärung für diese Irrlichter geben, aber Aleyne glaubte felsenfest an die Legende der Aborigines, an die bösen Geister und Dämonen.

Jenna hatte nichts für einen solchen Glauben übrig.

»Vergiss es!«, sagte sie später zu Adam. »Es gibt Wichtigeres.«

Im Spätsommer blieb Adam ein paar Tage auf den Weiden, um die streunenden Schafe zusammenzutreiben. Als es Abend wurde, fütterte Jenna Katie und brachte sie ins Bett. Es war so heiß, dass sie selbst keinen Appetit hatte, und sie ließ sich stattdessen ein kühlendes Bad ein. Als sie in der Wanne lag, machte ihr wie so oft die Angst zu schaffen, dass sie keine Kinder mehr auf die Welt bringen könnte.

Die Geburt ihrer Tochter lag mehr als zwei Jahre zurück. Und jeden Monat wartete sie gespannt, nur um dann doch wieder enttäuscht zu werden. Adam wünschte sich genau wie sie eine große Familie – Kinder, die Leben in das große Haus brachten, Brüder und Schwestern für Katie. Adam liebte Katie von Herzen, dennoch wünschte er sich ein eigenes Kind, das wusste Jenna. Mit Conor war sie so schnell und leicht schwanger geworden – zu schnell und zu leicht –, und jetzt wartete sie schon zwei Jahre.

Unbewusst fuhr sie mit der Hand über ihren flachen Bauch und zwischen die Beine und empfand bebendes Verlangen. Wenn doch Adam jetzt nur hier wäre! Sie würde ihn zu ihrem Bett führen und …

Ein lautes Hämmern an die Badezimmertür riss sie aus ihren Träumereien. Gleichgültig, wie oft sie Ngayla anhielt, leise zu sein, diese machte immer einen Höllenradau. Seufzend stieg Jenna aus dem Wasser und zog einen Morgenrock über. »Schsch!«, machte sie, als sie die Tür öffnete. »Katie schläft. Weck sie nicht auf!«

Lalla, nicht Ngayla stand vor der Tür. Sie war atemlos, als wäre sie gerannt. »Sie müssen ins Lager kommen«, keuchte sie.

»Wer sagt das?«

»Aleyne. Sie sagt, Sie sollen sich beeilen.«

»Was will sie? Ist etwas passiert?«

Lalla zuckte mit den Achseln. »Weiß nicht, Missy. Sie hat nur gesagt, dass Sie sofort kommen müssen.«

»Und was ist mit Katie?«

»Lalla bleibt hier.«

»Und du lässt sie auch bestimmt nicht allein?«

Lalla schüttelte den Kopf. »Ich passe auf sie auf. Gehen Sie! Schnell!«

Jenna, die ernsthafte Probleme befürchtete, wünschte sich zum zweiten Mal an diesem Abend, dass Adam nicht unterwegs wäre. Sie zog ein Kleid an und strich ihr Haar glatt. Sie hatte vor dem Bad die Zöpfe gelöst, und jetzt fiel es ihr über den Rücken. Sollte sie es hochstecken? Aber sie hatte keine Zeit für solche Frivolitäten, wenn es wirklich so dringend war, wie Lalla sagte. Sie nahm eine Laterne mit und eilte zum Lager der Aborigines.

Drei von ihnen warteten unter einem Baum am Rand

des Lagers – Aleyne und zwei andere Frauen, die Jenna noch nie gesehen hatte. »Kommen Sie!«, sagte Aleyne und zog sie in den Kreis. »Wir gehen hier entlang.«

Sie entfernten sich vom Lager.

»Wohin gehen wir?«, fragte Jenna. Die Frauen benahmen sich nicht so, als würde ein Notfall vorliegen. Genau genommen machten sie einen ausgesprochen gefassten Eindruck.

»Sie sind zu neugierig, Missy. Warten Sie's ab!«

Sie gingen ewig lange, wie es ihr erschien, durch den Busch. Jenna, die keine Lust hatte, in der Finsternis allein zurück zum Haus zu stolpern, hatte keine andere Wahl, als den Frauen zu folgen. Sie dachte an Katie, die in ihrem Bettchen schlief, und hatte einen flüchtigen Augenblick lang ein ungutes Gefühl. Aber Katie war sicher in Lallas Obhut. Die junge Frau vergötterte ihre kleine Tochter.

Sie wanderten durch einen ausgetrockneten Seitenarm des Flusses und ein kleines Wäldchen. Die drei Frauen brachen im Vorbeigehen Äste ab. »Hier«, sagte Aleyne und reichte Jenna einen Ast. »Behalten Sie den! Er bringt Glück.«

Sie stiegen einen Hang hinauf und atmeten schwer, weil es steil bergauf ging. Jennas Laterne beleuchtete den Boden und die Felswand, die zu ihrer Linken emporragte. Sie stützte sich mit einer Hand an den Felsen ab, um das Gleichgewicht zu halten. Rechts von ihr fiel das Gelände gefährlich steil ab. Ein kleiner Fehltritt, und sie würde in die Tiefe stürzen.

Schließlich gelangten sie zu einer Öffnung in der Felswand. »Da hinein«, befahl Aleyne und führte sie in eine Art Arena, auf der zwei kleine Feuer brannten. Die Flammen warfen tanzende Schatten an die Felsen und schufen eine unheimliche Atmosphäre. Als ihre Augen sich an das Licht gewöhnt hatten, sah Jenna, dass etliche schwarze Frauen in einem Kreis saßen. Sie waren nackt, wiegten sich vor und zurück, klatschten sich mit den Händen auf die Innenseite ihrer Schenkel oder schlugen Stöcke aneinander. Ngayla hatte ihre Kleider an und saß im Schneidersitz in der Mitte des Kreises.

»Was geht hier vor?«, fragte Jenna verwundert.

Aleyne zeigte auf Ngayla. »Sie und Wandi leben schon eine Weile zusammen, aber sie haben noch kein Baby.«

»Sie ist sehr jung«, erwiderte Jenna. Sie hatte schon von vornherein Vorbehalte gegen diese »Hochzeit« gehabt.

»Nein«, gab Aleyne entschieden zurück. »Sie ist reif. Dies hier ist unsere Art. Wir kommen her und bitten die Geister, Ngayla viele Babys zu schenken. Und Ihnen auch, Missy.«

»O nein!«, wehrte Jenna lachend ab. Offenbar war dies eine Art Fruchtbarkeitsritual für Ngayla und auch für sie. Sie war dankbar, dass man bei dem trüben Feuerschein nicht sehen konnte, dass sie rot wurde. Wie konnte sie sich aus dieser Lage winden, ohne die Frauen vor den Kopf zu stoßen? Sie suchte fieberhaft nach einem Vorwand. »Dies ist Ngaylas Nacht. Vielleicht wirkt der Zauber nicht bei zwei Frauen.«

»Schon gut«, beteuerte eine andere Frau und winkte Jenna näher heran. »Manchmal sitzen fünf oder sechs Frauen im Kreis.«

Ngayla zog ihre Kleider aus und stand schließlich nackt im Feuerschein. Alle konnten ihre kleinen, spitzen Brüste und das dunkle Dreieck zwischen ihren Beinen sehen. Jenna schlang verlegen die Arme um sich, weil ihr plötzlich klar wurde, dass sie als Einzige noch bekleidet war. »Nein, ich glaube nicht, dass ich das mache. Ich schaue lieber nur zu.«

»Sie wollen keine Kinder mehr?«, fragte Aleyne und verschränkte die Arme.

»Natürlich will ich noch Kinder.«

Aleyne bedeutete Jenna, sich ebenfalls ihrer Kleider zu entledigen und sich mit Asche und ockergelbem Pulver einzureiben wie die anderen Frauen. »Sie müssen die Geister erfreuen, dann pflanzen sie die Saat in Ihren Bauch. Und der Keim wächst.« Sie deutete mit beiden Händen auf den Bauch einer Schwangeren. »Geister machen den Bauch dick.«

»Ja«, bestätigte Jenna vorsichtig.

»Kommen Sie! Hier sind nur Frauen. Wir haben nichts zu verbergen, sehen alle gleich aus.«

Jenna zögerte. Was könnte es schon schaden, wenn sie das Ritual mitmachte?

Aleyne schien ihre Unentschlossenheit zu spüren; sie nahm Jennas Arm und führte sie beiseite. Langsam knöpfte Jenna ihr Kleid auf und streifte es ab. Zwei der anderen Frauen kamen herbei, tauchten ihre Hände in rote und ockerbraune Farbe und verrieben sie mit vertikalen Strichen auf Jennas Stirn. Dann setzten sich alle in den Kreis und warteten.

Ein Brachvogel stieß einen gellenden Schrei aus, und die anderen Nachtvögel kreischten. Die Feuer sprühten Funken, knisterten und brannten nieder. Eine Brise kam auf, und Jenna schauderte – nicht weil ihr kalt war, sondern weil sie sich doch etwas fürchtete. Um sich abzulenken, versuchte sie, sich auf Aleynes Geister zu konzentrieren, um sie gnädig zu stimmen, und dachte an das Baby, das sie eines Tages von Adam empfangen sollte. Sie wusste, dass es ein Junge werden würde, der den Namen O'Loughlin weiter tragen konnte. Vielleicht nannte sie ihn zu Ehren ihres toten Bruders Michael.

Die Sterne verblassten und verlöschten schließlich am fahlen Morgenhimmel. Nach Stunden erhoben sich die Frauen und bedeuteten Jenna, es ihnen gleichzutun. Obwohl sie die ganze Nacht kein Auge zugetan hatte, fühlte sie sich eigenartig frisch und belebt. Und ihre Beine waren nicht einmal steif, nachdem sie die ganze Nacht auf der harten Erde gehockt hatte.

»Wir warten auf den Morgen«, sagte Aleyne, »und den Segen des Windes bei Sonnenaufgang. Sie sind jetzt eine von uns.«

Sie wischte Jenna mit einer Handvoll Gras die Farbe von der Stirn. Alles geschah ohne viel Aufhebens. Die anderen Frauen schürten die Feuer mit kleinen Ästen, und Aleyne reichte eine Schüssel mit Honig herum, und nacheinander tauchten sie einen Finger in die goldbraune Masse. »Sie gehen jetzt«, sagte Aleyne. »Gehen Sie heim zu Katie!«

Katie! Über all den seltsamen Eindrücken dieser Nacht hatte sie ihre Tochter ganz vergessen. Sie zog sich rasch an und lief nach Hause.

Katie schlief noch. Jenna weckte Lalla behutsam und schickte sie ins Lager zurück. Dann ging sie ins Bad und betrachtete sich im Spiegel. Ein bisschen von der Farbe war noch auf ihrer Stirn zu sehen, und sie berührte die Stellen mit den Fingerspitzen.

Sie ließ warmes Wasser in die Wanne laufen und schrubbte die Überbleibsel der letzten Nacht weg. Das Wasser kühlte ab, aber Jenna blieb inmitten der ockerfarbenen Partikel, die an der Oberfläche schwammen, sitzen. Bilder von Feuern und Dunkelheit zogen an ihrem geistigen Auge vorbei, und sie hatte noch das Schlagen der Stöcke im Ohr. Hatte sie das alles wirklich erlebt, oder war es nur ein Traum? Mit einem Mal wurde Jenna entsetzlich müde.

Sie trocknete sich ab, streifte ein Nachthemd über und schlüpfte erschöpft in ihr Bett. Die Bilder entglitten ihr, als würden sie vom Wasser eines leise dahinplätschernden Baches mitgenommen. Dann übermannte sie der Schlaf, und Jenna wachte erst eine Stunde später wieder auf, als Katie zu ihr ins Bett kletterte.

KAPITEL 25

Nach dem Unfall rieten mir alle, mir professionelle Hilfe bei der Trauerarbeit zu suchen. Meine Familie, die Freunde, selbst Menschen, die mich kaum kannten, sagten das. Man schien mir anzusehen, dass ich mit dem Tod meiner kleinen Tochter nur schlecht zurechtkam.

Und das stimmte.

Ich konnte nicht essen. Statt zu schlafen, durchlebte ich immer wieder die Abschiedsszene, als ich Brad und Kadie nachgewinkt hatte. Ich stellte mir bildlich vor, wie der Unfall passiert war und was ich gemacht hätte, wenn ich dabei gewesen wäre. An manchen Tagen war ich fest davon überzeugt, dass ich das Drama hätte verhindern können, und ich gab Brad die Schuld an allem.

Dann wieder machte ich mir selbst die schlimmsten Vorwürfe.

Eigentlich bezweifelte ich, dass mir jemand helfen konnte, das Schreckliche besser zu verarbeiten, aber was hatte ich schon zu verlieren? Ich war erschöpft, lethargisch und konnte keinen klaren Gedanken mehr fassen. Also ging ich hin.

Einmal.

Ich bestand darauf, dass Brad mich begleitete. Anfangs zögerte er.

»Hältst du das für eine gute Idee?«, fragte er. »Es macht mir nichts aus, mit dir dorthin zu gehen, aber vielleicht wäre es besser, wenn es jeder für sich täte.«

Aber ich bestand darauf. Ohne ihn würde ich nicht hingehen. Auf keinen Fall wollte ich diese Tortur allein durchstehen.

Es war so schlimm, wie ich es erwartet hatte. Die Therapeutin war jung, hübsch und auf eine so aufrichtige Weise tröstlich, dass ich am liebsten losgeheult hätte. Ich saß in ihrem voll gestopften Büro auf einem Stuhl und bemühte mich, ihre Worte zu verdauen. Ich versuchte, sie zu meinen zu machen. Aber im Grunde waren es nur Plattituden; sie änderten nichts.

Ich war nicht gleichgültig und stand einer Hilfe auch nicht ablehnend gegenüber. Ich zog lediglich das Ausmaß des Verständnisses in Zweifel.

»Hatten Sie jemals ein Kind?«, unterbrach ich die Therapeutin nach ein paar Minuten.

Sie schüttelte den Kopf. »Nein.«

»Kein Training und kein Lehrbuch kann Sie auf eine solche Situation vorbereiten.«

»Aber …«

»Sie können nicht annähernd verstehen, wie ich mich fühle«, fügte ich entschieden hinzu.

»*Wie* fühlen Sie sich denn, Jess?«, fragte sie sanft. »Sagen Sie's mir!«

Das war ein Trick und nicht einmal ein besonders subtiler, mich zum Reden zu bringen. Sie wollte, dass ich mich öffnete und meine intimsten Empfindungen offenbarte. Behandle die Patientin wie eine Vertraute, wie eine ganz besondere Freundin! Sie neigte sich sogar über den Tisch und nahm meine Hand. Ihr Griff war fest wie ein Schraubstock.

Ich erhob mich abrupt und entriss ihr meine Hand. »Wie ich mich fühle?«, wiederholte ich dumpf und schüttelte den Kopf, weil mir dir richtigen Worte fehlten. »Nehmen Sie den schlimmsten vorstellbaren Schmerz und verdreifachen Sie ihn!«

»Jess!« Brad stand auf und ging auf mich zu. »Bitte, du gibst dieser Sache keine Chance! Bleib fair, Jess!«

»Fair!«, brüllte ich und legte die Hand auf die Türklinke. Plötzlich war mir der Raum viel zu eng. »Ist es vielleicht fair, wenn man sein Kind verliert? Was ist mit dem Leben, das meine Tochter nie haben wird, dem Leben, das wir nie mit ihr teilen werden?«

Brad wirkte ungeheuer verletzlich und zeigte seine Emotionen. »Die Dinge sind, wie sie sind, Jess«, sagte er langsam und leise.

Ich starrte Brad an und hatte das Gefühl, überhaupt nichts mit ihm zu tun zu haben. Dann drehte ich mich so unvermittelt und abrupt herum, dass ich ins Taumeln geriet. In diesem Augenblick, der in hitzigen Worten und übermächtigen Empfindungen gefangen zu sein schien, spürte ich, dass Brad mir fremd geworden war.

Ich riss die Tür auf und stürmte hinaus. »Jess!«, riefen sie wie aus einem Munde – mein Mann und diese kinderlose, wohlmeinende Frau.

Ich konnte nicht zurückgehen.

Ich rannte durch den Flur auf den Ausgang zu. Meine eigenen klappernden Schritte auf dem polierten Steinboden und mein Keuchen dröhnten mir in den Ohren.

Wie könnte ich jemals ein solches Gerede akzeptieren, wenn es um mein Kind ging? Ich verabscheute es, dass die Dinge so waren, und ich hätte alles dafür gegeben, wenn ich mein früheres Leben zurückhaben könnte – ein Leben, wie es sein sollte.

Mit Ellas gezeichneter Karte in der Hand mache ich mich auf den Weg zum alten Diamantina-Haus, das angeblich in nur zwanzig Minuten mit dem Rad zu erreichen ist. Die Luft ist rein und frisch nach dem Regen, und die Farben der Landschaft erscheinen mir leuchtender, nachdem die Staubschichten weggewaschen worden sind. Die Blätter an den Bäumen sind grüner, die fernen Berge röter. Sogar der wolkenlose Himmel ist so blau und strahlend, dass ich blinzeln muss.

Ich biege, nach Ellas Instruktionen, bei der Lehmsenke von der Hauptstraße ab und folge dem zerfurchten Feldweg. Er ist so holprig, dass ich durchgeschüttelt werde. Also steige ich ab. Zu Fuß komme ich leichter und schneller voran.

Als Erstes kommt eine Ansammlung von Farmgebäuden in Sicht. Vorsichtig betrete ich den Schuppen, der offensichtlich einmal Pferdestall und Geräteschuppen gewesen ist. Es ist Schlangensaison, und Brad hat mich vor der Populationsexplosion der einheimischen langhaarigen Ratten nach den Regenfällen gewarnt und mir erklärt, dass sie den westlichen Taipan, eine der giftigsten Schlangen Australiens, anlockten. Aber in diesem verlassenen Gebäude scheint sich nichts zu bewegen. Ich höre kein Zischen und sehe kein Schuppentier, das sich über den Boden schlängelt, nur die Staubkörnchen, die in den Sonnenstrahlen tanzen, die durch ein Loch im Dach in den Schuppen fallen.

Es gibt einen langen Mittelgang mit Boxen rechts und links. Ich stelle mich auf die Zehenspitzen und spähe über eine der Boxentüren. Die Box ist leer, nur ein feiner Geruch nach Spreu und Melasse liegt in der Luft. Wann war hier wohl zum letzten Mal jemand durchgegangen? Ich werfe einen kurzen Blick in die angrenzende Schmiede und den Farmladen mit Ladentheke und Regalen an den Wänden. Dann wende ich mich dem Haupthaus zu.

Ein paar kleine Eidechsen sonnen sich auf den Verandastufen und huschen weg, sobald ich näher komme. Vorsichtig gehe ich die Veranda entlang. Einige der Bodenbretter sehen morsch und wacklig aus, und ich probiere vor jedem Schritt, ob sie mein Gewicht halten. Die Haustür ist nur angelehnt und hängt schief in den rostigen Angeln. Sie knarrt, als ich sie aufdrücke – das Geräusch scheint durch das ganze Haus zu hallen.

Ich stehe in einer hohen Eingangshalle mit Kuppel und erkenne auf den ersten Blick, dass dies das Haus ist, das das Architekturbüro Bignall & Sons entworfen hat und dessen Plan ich in der Holzkiste mit den Tagebüchern und Journalen gefunden habe. Flure gehen nach links und rechts ab. Ich entscheide mich für den rechten und komme an einer ganzen Reihe von Türen vorbei, die in Schlafzimmer führen. In manchen stehen noch Bettgestelle ohne Matratzen. Ich finde auch ein paar von Mäusen zerfressene Kleidungsstücke in Schränken. Da ist ein Badezimmer mit schimmeligen Wänden, dort ein Ankleidezimmer mit leeren Kleiderstangen. In einer Ecke ist ein Nest aus zerfetztem Papier, und es stinkt nach Mäuseurin.

Ich gehe zurück zur Halle und nehme den anderen Flur, schlendere durch die Küche und schaue in den rostigen Herd. Er ist kunstvoll verziert und steht auf schmiedeeisernen Füßen. Auf der Tür ist noch schwach der Name »Dover« zu erkennen. In den Schränken stehen noch ein paar angeschlagene Teller, in einer Schublade liegen einige Besteckteile, fleckig von Mäuse- oder Kakerlakenkot. Im Arbeitszimmer stehen an zwei Wänden leere Regale. Auf dem Teppich im Wohnzimmer sind dunkle, feuchte Flecken.

Das extravagant große Haus mit den einst kunstvollen Einbauten strahlt Vernachlässigung aus. In der stickigen Luft scheint Verzweiflung zu liegen, und etwas, was ich mir nicht genau erklären kann, bedrückt mich. Wenn die Wände weinen könnten, würden sie wahrscheinlich leise Tränen vergießen. Ich bin … nun ja, erschüttert und niedergeschlagen – das sind die Vokabeln, die mir als Erstes einfallen.

Was ist in diesem Haus geschehen?

Trotz der Hitze draußen ist es in den Räumen kalt, und ich schlinge die Arme um meinen Oberkörper. Dann schließe ich die Augen und atme tief durch. Ein abgestandener Geruch nach Moder und Verfall liegt in der Luft. Hier, in diesem Haus, in dem Jenna vor mehr als hundert Jahren ihre letzten Tagebücher geschrieben hat, empfinde ich tiefes Mitgefühl mit ihr. Ich denke an die Erwartungen, die sie nach ihrer unglücklichen Kindheit an dieses Haus geknüpft hatte, und stelle mir bildlich vor, wie sie am Herd gestanden oder ein Blech mit dampfenden Brötchen aus dem Ofen geholt und sie auf die Arbeitsfläche, die noch in der Mitte der Küche steht, geschoben hat. Ich sehe sie im Salon mit dem jetzt fleckigen Teppich oder im Musikzimmer, wo sie auf dem Klavier klimpert, das jetzt Ellas Wohnzimmer ziert.

Ich denke an die Ähnlichkeiten, die Parallelen, die mich mit Jenna verbinden. Wir beide waren bei der Hochzeit hochschwanger. Beide sind wir bei der Niederkunft dem Tod gerade noch von der Schippe gesprungen. Sie litt ebenso unter dem Tod eines Kindes wie ich – sie hat ihren Bruder Michael, ich habe meine Tochter verloren.

Aber damit enden auch schon die Ähnlichkeiten. Im Gegensatz zu mir hat Jenna nach vorn gesehen und selbst ein Kind zur Welt gebracht.

Ich wäge diesen Gedanken sorgfältig im Geiste ab. Warum reagieren zwei Menschen, die einen ähnlichen Schicksalsschlag erlitten haben, so unterschiedlich? Welche besonderen Eigenschaften befähigten Jenna dazu, ihr Leben wieder in die Hand zu nehmen? Vielleicht waren sie aus härterem Holz geschnitzt, diese Kolonialfrauen. Sie mussten nämlich ständig damit rechnen, nahe Verwandte wegen Krankheiten oder Unfällen zu verlieren. Ein frühzeitiger Tod war nichts Ungewöhnliches und gehörte so sehr zu ihrem Dasein, dass sie vielleicht mit einem Achselzucken darüber hinwegkamen und weitermachten. Allerdings erkenne ich in Jennas Tagebüchern eine fortdauernde Traurigkeit und den allgegenwärtigen Kummer, der sich hin und wieder mit meinem vermengt.

Ich habe genug gesehen und will zurück zur Haustür,

um zu gehen. Erst jetzt entdecke ich seitlich der Eingangshalle eine Treppe. Meine Neugier gewinnt die Oberhand. Was ist dort oben?

Ellas Warnung fällt mir wieder ein. *Sie sollten vorsichtig sein, wenn Sie sich dort umsehen,* sagte sie, als sie mir von diesem Haus erzählte. *Das Gebäude könnte ein bisschen baufällig sein, und Sie wollen sicher nicht durch den Bretterboden fallen, oder?* Ich prüfe, ob mich die erste Stufe trägt. Sie knarrt, bricht aber nicht durch. Langsam arbeite ich mich nach oben.

Ich befinde mich in einer Art Turm mit großen Fenstern. Ich kann die Landschaft in allen Himmelsrichtungen überblicken. Dort – ein winziger dunkler Punkt neben ein paar Bäumen – ist unser Cottage, und auf der Lichtung zur Linken steht Bettys und Jacks Haus. Ich sehe die große Maschinenhalle und die hohen Container mit dem Dieselbenzin.

Die Erkenntnis kommt unerwartet. Ich stehe in dem Zimmer, von dem aus Jenna und Adam das, was Aleyne Dämonenlicht nannte, gesehen haben. Ich schaue hinunter in den Garten. Unterhalb der Pfefferbäume und Dattelpalmen wuchern Unkraut und Gestrüpp. In einer Entfernung von etwa hundert Metern entdecke ich Reste eines alten Zauns.

»Mummy!«

Der Schrei gellt durch die Luft, mein Kopf zuckt in die Höhe. Kadie!, denke ich instinktiv. Mein Puls rast. Ich trete einen Schritt vor, dann drehe ich mich herum. Ich sehe mich nach etwas Ungewöhnlichem um. Der Schrei ist so real gewesen, so nahe.

»Wer ist da?«, rufe ich.

Meine Stimme hallt schwer und leblos von den Wänden wider. Alles ist still. Ich höre keine Kinderschritte, kein Lachen. Habe ich mir das alles nur eingebildet? Ich richte den Blick auf den Boden und den fleckigen, vermoderten Teppich. Er schwankt unter meinen Füßen, für den Bruchteil einer Sekunde verschwimmt das Muster vor meinen Augen, dann ist alles wieder normal. Ein Windstoß fegt durch die offene Haustür und die Treppe herauf; er hat Laub aufgewirbelt. Ich beobachte, wie die Blätter in der Luft umhertanzen. Sie sind dunkel wie die Blütenblätter blutroter Rosen.

Ein eisiger Schauer überläuft mich trotz der Hitze.

Panik keimt auf. Ich muss weg von diesem Haus und Jennas Dunstkreis. Am liebsten wäre ich gerannt, unterdrücke jedoch das Bedürfnis und zwinge mich, vorsichtig die Treppe hinunterzugehen, bis ich blinzelnd in der grellen Sonne vor der Haustür stehe.

Die Oktoberluft ist heiß und drückend. Mein Gesicht ist schweißbedeckt. Kleine Rinnsale laufen mir den Rücken hinunter und durchweichen mein T-Shirt. Nichts rührt sich, nicht einmal die Blätter an den Bäumen. Seltsam, denke ich. Hier draußen ist kein Wind. Sogar die Vögel sind verstummt. Ich atme ein paar Mal tief durch, beruhige mich und gehe um das Haus herum zur Rückseite.

Inmitten des Gestrüpps ist eine eingezäunte Stelle. Zwei windschiefe Holzkreuze stehen dort, aber sie sind so verwittert, dass man die Inschrift nicht mehr entziffern kann. Sand hat sich auf den Gräbern angehäuft, und überall wächst Unkraut. Ich bücke mich und ziehe an ein paar Halmen; die Wurzeln lösen sich ganz leicht aus der Erde. Ich scharre mit der Hand den Sand von einem der beiden Gräber. Darunter finde ich eine niedrige, schmiedeeiserne Einfassung.

Ich weiß es sofort.

Dies ist ein Kindergrab.

Ich knie mich hin, starre fassungslos die Einfassung an. Für einen Moment bleibt mir die Luft weg. Ich denke an Kadies Tod – Erinnerungsfetzen an die ersten schrecklichen Tage und Wochen danach werden wach. Ich mache die Augen zu und blinzle die allgegenwärtigen Tränen weg. Es war ein Fehler hierher zu kommen, das ist mir jetzt klar.

Ich komme auf die Füße, will zurück zu meinem Fahrrad, doch da fällt ein Schatten neben mir auf den Boden. Erschrocken schaue ich auf.

Es ist ein Mann. Stan – Ellas Ehemann –, stelle ich überrascht fest. Er trägt ein kariertes Hemd und einen Akubra, den er tief in die Stirn gezogen hat.

»Guten Morgen!«, begrüßt er mich, und seine Mundwinkel kräuseln sich zu einem Lächeln.

Verdammt! Ich befinde mich mitten im Busch, meilenweit weg von der nächsten Stadt, und selbst hier ist man nicht ungestört. Ich wische mir ärgerlich und ein wenig verlegen die Tränen vom Gesicht; es ist mir peinlich, dass Stan mich so sieht. »Hallo, Stan!«, murmle ich nicht gerade freundlich.

»Ich war auf dem Weg zu der hinteren Weide, als ich Ihr Fahrrad sah. Ich dachte mir, dass Sie hier irgendwo sein müssen.«

»Das Haus ist nicht leicht zu finden«, sage ich. »Ella hat mir eine Skizze mit Wegbeschreibung gezeichnet, so habe ich hergefunden. Ohne die Karte würde ich immer noch danach suchen. Die Landschaft sieht hier überall gleich aus.«

Stan gibt ein warmherziges Lachen von sich. »Ah, das

Land verändert sich!«, widerspricht er mir und vollzieht eine allumfassende Geste mit der Hand. »Alle paar Meilen sieht es anders aus, wenn man genau hinschaut.«

»Mit meinem schlechten Orientierungssinn würde ich mich heillos verirren.«

»Oh, Sie würden sich irgendwann daran gewöhnen und sich ganz gut zurechtfinden!« Er holt eine Zigarette aus der Hemdtasche und deutet mit dem Kinn auf die Gräber. »Es sieht ein bisschen verkommen aus. Ich habe mir schon oft vorgenommen, einmal herzukommen und Ordnung zu machen, aber mir hat immer die Zeit dazu gefehlt.«

»Es erscheint einem fast wie ein Sakrileg«, räume ich ein.

»Ich sag Ihnen was«, schlägt er vor, »ich kann eine halbe Stunde erübrigen und habe zwei Schaufeln auf der Ladefläche. Was halten Sie davon, wenn wir gleich einen Anfang machen?«

»Jetzt?«

»Warum nicht? Es geht doppelt so schnell, wenn wir zu zweit sind.«

Stan geht zu seinem Lieferwagen, kommt mit zwei Schaufeln zurück und drückt mir eine in die Hand. Ich stähle mich innerlich und stoße die Schaufel tief in den Sand.

»Wie ein Profi«, lobt Stan.

Die Sonne brennt. Schweiß läuft mir über den Rücken, während ich arbeite, aber ich achte nicht darauf. Für eine Weile sind Stan und ich ein Team, auf gleicher Augenhöhe, und die körperliche Arbeit lenkt mich von anderen Dingen ab. Wir arbeiten in einvernehmlichem Schweigen.

Nach einer halben Stunde hält Stan inne. »Nun«, sagt er, »ein bisschen haben wir zumindest bewirkt. Wie wär's mit einer Tasse Tee?«

»Warum nicht?«

Er holt eine Thermoskanne und zwei Plastikbecher aus dem Auto. Der Tee ist schwarz und noch heiß. Stan nimmt augenscheinlich keinen Zucker. Ich nippe versuchsweise. »Das ist an heißen Tagen das Beste, um den Durst zu löschen«, sagt Stan.

»Schwarzer Tee?«

»Ja. Die meisten glauben, Wasser wäre gut, aber Tee ist weitaus wirksamer. Und Sie wollen doch hier draußen nicht austrocknen, oder?«

»Lieber nicht.«

Stan wechselt das Thema. »Und wie kommt Ihr Mann mit seinen Forschungen voran? Hat er schon genug herausgefunden?«

»Ich glaube nicht, dass Wissenschaftler jemals fertig mit ihren Forschungen sind. Da führt immer eines zum anderen.«

»Im Ernst?«

»Nun, es ist wie ein Zwang, immer mehr herauszufinden. Jede neue Erkenntnis stachelt sie an.«

Stan denkt eine Weile über meine Worte nach. Er schiebt seinen Akubra nach hinten und streicht sich über die Stirn. »Und wann fahren Sie zurück?«

»Ehrlich gesagt, ich wollte gerade los, als Sie auftauchten.«

»Nein, ich meine – wann kehren Sie in die Stadt zurück?«

Im Geiste zähle ich die ganze Zeit schon die Tage ab. »In zwei Wochen.«

»Gut! Bis dahin können wir, Sie und ich, diesen Platz hier schön herrichten.«

Das ist die längste Unterhaltung, die ich je mit Stan hatte; normalerweise ist er ein schroffer alter Bursche, der nicht viele Worte macht. Er mustert mich lange über den Rand seines Bechers hinweg. »Ich hab von Ihrem kleinen Mädchen gehört«, sagt er schließlich mit leiser Stimme. »Ein schweres Schicksal.«

Ich starre auf meine Hand und bemerke, dass sie zittert. Ich weiß nicht, was ich darauf antworten soll. Ärger steigt in mir auf. Woher weiß Stan von Kadie? Brad muss darüber gesprochen haben.

Ich warte auf die üblichen Redensarten, auf die »Ich kann mir vorstellen, wie Ihnen zumute ist« oder »die Zeit heilt alle Wunden, Jess«-Bemerkungen, die unweigerlich folgen, sobald von Kadie die Rede ist. Ich kann die Leute nicht ausstehen, die das Bedürfnis haben, mir zu versichern, dass sie meinen Schmerz nachempfinden können. Wie kann irgendjemand, der nicht selbst ein Kind verloren hat, auch nur ahnen, wie das ist? Ich verbeiße mir eine entsprechende Erwiderung und führe den Becher an den Mund.

Doch Stan ist nicht wie die meisten anderen Menschen. »Ich kann mir nicht annähernd denken, wie Sie sich fühlen«, sagt er und wischt damit all meine Vermutungen beiseite. »Es muss richtig schlimm sein. So eine Sache bekommt man sicher nicht so schnell aus dem Kopf.«

Ich spüre, wie ich in das schwarze Loch in meiner Vergangenheit abgleite. Fast höre ich Kadies Lachen und fühle, wie sie ihre warmen Arme um meinen Hals schlingt. Ich habe ihren frischen Geruch nach dem Bad in der Nase und bekomme kaum noch Luft. Erinnerungen – stark und real. Und jede einzelne fühlt sich an wie ein körperlicher Schlag. *Blas Mummy ein Küsschen zu!* Regentropfen. Oder sind es Tränen?

»Jess!« Stans Stimme klingt scharf und eindringlich und zerrt mich in die Wirklichkeit zurück. Ich hebe den Kopf und sehe in sein verwittertes, runzliges Gesicht. Es wirkt sanfter als sonst, und der Blick aus seinen wachsamen Augen ist fragend. Ich erkenne kein Mitleid in seinem Ausdruck, eher so etwas wie Verständnis. Und plötzlich habe ich das Bedürfnis zu reden.

»Es ist sonderbar«, beginne ich stockend und suche nach Worten. Ich habe das noch nie jemandem gesagt, nicht einmal Brad, deshalb ist es schwer zu erklären. »Mein Kopf sagt mir, dass sie nicht mehr da ist, aber in meinem Herzen fühle ich ihre Nähe, als wäre sie noch bei mir. Manchmal spüre ich eine Anwesenheit, eine leichte Berührung an meinem Hals, am Arm, und ich drehe mich um, erwarte, sie zu sehen, aber …«

Ich halte inne, kann nicht weiterreden.

»Aber sie ist nicht da?«, ergänzt Stan den Satz.

Wie betäubt schüttle ich den Kopf. »Nein, sie ist nicht da.«

»Und es tut immer noch weh.« Das ist eine Feststellung, keine Frage.

»Ja.« Ich schlucke heftig und kämpfe mit den Tränen. »Sie halten mich vielleicht für verrückt«, sage ich leise.

»Nein.« Er lächelt verlegen und deutet mit dem Kopf auf das alte Haus. »Ich habe dasselbe Gefühl, wenn ich da hineingehe. Es ist, als wären die O'Loughlins noch hier, oder zumindest ihr Geist.« Er beugt sich vor und flüstert verschwörerisch: »Vor Jahren dachte ich, ich hätte etwas da drin gesehen.«

Der Schrei, den ich vorhin gehört habe, fällt mir wieder ein; ich hatte auch das Gefühl, als wäre jemand bei mir. »Was haben Sie gesehen?«

»Keine Ahnung. Es muss wohl ein Schatten oder so was gewesen sein. Aber damals dachte ich, es wäre ein Kind. Ein kleines Mädchen. Natürlich konnte das gar nicht sein. Hier hat seit vielen Jahren niemand mehr gelebt.«

Eine Erinnerung erwacht. »Hatte das Mädchen dunkles Haar?«

Stan neigt nachdenklich den Kopf zur Seite. »Kann sein.«

»Und sie trägt ein altmodisches Kleid mit hohem Spitzenkragen? Schnürstiefel?«

»Warum? Haben Sie sie auch gesehen?«

»Möglicherweise. In einem Traum.«

»Menschenskind!« Er hebt beide Hände. »Erzählen Sie besser Ella nichts davon! Wissen Sie, was sie denkt?«

»Was?«

»Sie sagt, ich würde allmählich weich in der Birne werden.«

Der alte Mann schweigt und denkt über unser Gespräch nach, während er seinen Tee austrinkt. Als er schließlich wieder das Wort ergreift, rieselt seine Stimme sanft wie Schnee auf mich nieder. »Wie war ihr Name?«

Ich hole tief Luft. Ich fühle mich wie gelähmt, und ich weiß, dass der Name, falls ich ihn auszusprechen versuchte, falsch herauskommen würde. Mein Herz rast.

»Jess?«, drängt mich Stan.

Ich schließe die Augen und versuche, mich zusammenzunehmen.

»Kadie. Sie hieß Kadie.«

So, ich hab's getan. Ich habe es gesagt.

»Wie lange ist es her?«

»Ein Jahr.«

Trotz bester Absichten kann ich die Tränen nicht mehr zurückhalten. Stan kramt in seiner Tasche und reicht mir ein Taschentuch. Es ist weiß und ordentlich gebügelt. »Nur zu!«, sagt er sanft. »Nehmen Sie's!«

Dankbar tupfe ich meine Augen und wende mich ab, um meine Fassung wiederzuerlangen. Ich hasse es, wenn mich jemand so sieht – die ewig Trauernde.

»Manchmal habe ich Angst einzuschlafen«, erkläre ich, nachdem sich mein Herzschlag beruhigt hat.

Er nickt verständnisvoll. »Wegen dieser Träume«, stellt er fest.

Erst als wir über den Weg zurückgehen – Stan zu seinem Lieferwagen, ich zu meinem verrosteten Fahrrad –, stelle ich die Frage, die mich quält, die ich mich bisher aber nicht zu stellen getraut habe. »Stan, Sie haben mir nicht gesagt, wer in diesen Gräbern bestattet ist.«

»Ich dachte, das wüssten Sie.«

»Nein.«

»Jenna liegt dort«, antwortet er und wirft die Schaufeln auf die Ladefläche. Dann öffnet er die Wagentür und setzt sich hinters Steuer. »Jenna und ihre Tochter Kathryn.«

KAPITEL 26

Ngaylas Baby kam im Frühjahr auf die Welt, ein Junge, braun und kräftig wie sein Vater. Sie gaben ihm den Namen Jinbi, was so viel wie »Stern« heißt. In den ersten Monaten trug Ngayla ihn in einer Schlinge, die sie über die Brust gelegt hatte, immer mit sich herum, oder er schlief in einem Korb in der Küche.

In unbeobachteten Momenten strich ihm Jenna über die weiche Wange oder beobachtete das stete Heben und Senken seiner kleinen Brust. Sie selbst hatte nicht so viel Glück wie Ngayla. Die Monate vergingen, und ihr Bauch war immer noch flach. Der Wunsch, Adam ein Kind zu schenken, war mittlerweile so stark, dass er zu einem innerlichen Schmerz geworden war. Katie sollte Geschwister haben, viele; die meisten Schlafzimmer im Haus standen leer und waren wie eine Mahnung. Das Haus war so groß und musste mit Leben gefüllt werden.

In letzter Zeit herrschte eine behagliche Vertraulichkeit zwischen ihr und Adam. Sie liebte ihn nicht und wusste, dass es nie so weit kommen würde, aber sie respektierte und bewunderte ihn, und er vergötterte Katie. Sie kannte seine Vorlieben und Abneigungen, erahnte seine Stimmungen und bereitete ihm seine Lieblingsspeisen zu. Abends, wenn Katie im Bett lag und die Küche aufgeräumt war, spielten sie Karten oder lasen, manchmal suchte Jenna auch Noten heraus und setzte sich ans Klavier. Selbst das Schweigen zwischen ihnen war entspannt; Jenna fühlte sich nicht unbehaglich dabei und hatte auch nicht das Bedürfnis, die stillen Phasen mit Worten zu füllen.

Viele neue Familien hatten sich in der Gegend angesiedelt, Land erworben und sozusagen Wurzeln geschlagen. Mittlerweile kam die Postkutsche jede Woche, nicht mehr nur einmal im Monat, nach Diamantina Downs. Händler und Hausierer zogen regelmäßig mit ihren voll beladenen Wagen von einer Farm zur anderen. Das Leben veränderte sich rund um Jenna, entwickelte sich weiter, dennoch hatte sie an manchen Tagen das Gefühl, dass sie selbst stehen blieb.

Anfang des Jahres hatte Adam den Bau einer Pferderennbahn in der Nähe des Wohnhauses in Auftrag gegeben, und mehr als zweihundert Nachbarn waren zu den Rennen am St. Patrick's Day gekommen. Aleyne und Lalla, beide mit weißen Schürzen, hatten alle Hände voll zu tun, um die Gäste mit Speisen und Getränken zu versorgen.

Adam genoss diesen Tag sehr. Jenna stand abseits und beobachtete, wie er die Gäste begrüßte und ihnen das Gefühl gab, willkommen zu sein. Er jubelte, wenn eines seiner Pferde ein Rennen gewann, und freute sich mit anderen Pferdebesitzern. Und er lud alle Anwesenden ein, im nächsten Jahr wieder zu den Rennen zu kommen. Er zog Jenna an seine Seite und machte sie mit den neu gewonnenen Freunden bekannt. Jenna empfand sich als Teil des Ganzen und amüsierte sich, dennoch hatte sie sich niemals so allein gefühlt.

»Diese Rennen werden zum alljährlichen Ereignis«, erklärte Adam stolz, als die Kutschen mit den müden, aber zufriedenen Gästen gegen Abend nach und nach abfuhren. »St. Patrick's Day bei den O'Loughlins.«

An diesem Tag war er stolz auf seine irische Herkunft. Zudem war er Herrscher über seine eigene Domäne Diamantina Downs.

Später, als er sich im Schlafzimmer das Hemd auszog,

erschrak Jenna, weil sie das eigenartige Gefühl hatte, dieselbe Szene schon einmal erlebt zu haben, und zwar in Marys Haus, in den ersten Tagen ihrer Beziehung zu Conor. Sie musste daran denken, dass Conor sich damals ein ähnliches Hemd über den Kopf gezogen hatte und wie sie zum ersten Mal die hellen Haare auf seiner Brust und seinen gebräunten, muskulösen Armen gesehen hatte.

Sonne und Mond, hell und dunkel – wie immer konnte sie nicht anders, als Vergleiche zwischen den beiden Brüdern zu ziehen.

Die Zeit hatte die Trauer um Conor gelindert, und die Erinnerung an ihn war nicht mehr so deutlich, hatte weniger Konturen. Manchmal verschmolzen die beiden Brüder in ihrem Bewusstsein zu einem Menschen. Für einen Augenblick konnte sie sich vorstellen, dass es Conor war, der ihre Brust liebkoste oder mit den Fingern leicht, aber aufreizend über die Innenseite ihrer Schenkel strich.

Jenna spreizte die Beine bei der Berührung und zog ihn in sich. Sie fühlte seine Kraft, seine Emotionen. Sie hob ihm ihren Mund und ihre Hüften entgegen. Ihre Sinne waren wie betäubt.

»Jenna!«, schrie er, als er zum Höhepunkt kam, und sie war überrascht, sogar geschockt, dass es nicht Conors Stimme war.

Der jährliche Regen hatte in diesem Jahr nicht eingesetzt. Das Land verdorrte unter der gnadenlosen Sonne, und ein Wasserloch nach dem anderen trocknete aus. Die Pelikan-Population schrumpfte stetig. Jenna beobachtete bei Sonnenuntergang, wie große Schwärme von ihnen aufbrachen, um andere Flüsse aufzusuchen. Es war, als würden sie desertieren. Kommt zurück!, hätte Jenna ihnen am liebsten zugerufen. Fliegt nicht weg!

Rudel von Dingos kamen aus dem Westen. Jenna hörte in den Nächten ihr klägliches Heulen. Und meistens stellte Adam am Morgen fest, dass sie einige Lämmer gerissen hatten. Er verbrachte Stunden auf den Weiden und legte vergiftete Köder für diese Eindringlinge aus.

Als der Sommer voranschritt, tobte beinah jede Woche ein Sandsturm über das Land. Jenna lernte, die Vorzeichen zu erkennen – die Bäume wurden von plötzlichen Windstößen gepeitscht, und eine rötliche Linie jagte vom westlichen Horizont heran. Dann schloss sie im ganzen Haus die Fenster und Türen, obwohl sich dann die Hitze in den Räumen wie in einem Glutofen staute.

Sobald der Sturm nachließ, sah sie sich um und begutachtete die Schäden, die er angerichtet hatte: Überall lagen abgebrochene Äste, und auf der Veranda hatten sich Sandhaufen aufgetürmt. Sie stellte sich vor, dass die rote Erde hunderte von Meilen weit weg aufgewirbelt und bis hierher getrieben wurde, dass das Land immer weiter abgetragen wurde, bis nichts mehr übrig war.

Katie war ein steter Quell der Freude. Mittlerweile war sie fast drei Jahre alt und ein lebhaftes Kleinkind mit sonnigem Gemüt und strahlendem Gesicht. Ihr langes Haar, das Aleyne jeden Morgen liebevoll zu Locken drehte, war dunkel wie Jennas. Ihr Lieblingsspiel war Verstecken, und sobald sie am Nachmittag die Hufschläge von Adams Pferd näher kommen hörte, rannte sie los und versteckte sich irgendwo im Haus.

Es wurde zu einem Ritual. Adam zog seine Stiefel an der Haustür aus und rief laut: »Schön! Wo ist mein Mädchen?«

Er erhielt keine Antwort.

»Katie?«, schrie er lauter, wenn er in den Flur kam und seine Frau mit einem Kuss auf den Mund begrüßte.

»Die kleine Miss Katie ist in die Stadt gegangen«, erklärte Jenna mit gespieltem Ernst. »Sie hat sich ganz allein ein Pferd gesattelt und ist davongeritten.«

»Ach, wirklich?«, fragte Adam und ging von Zimmer zu Zimmer und öffnete Schränke. »Den weiten Weg ist sie mutterseelenallein geritten? Sie muss ein sehr gescheites Mädchen sein.«

»Oh, unsere Katie *ist* ausgesprochen klug!«, bestätigte Jenna, die Adam folgte, und unterdrückte ein Lächeln. »Sie hat sich heute Morgen die Schnürsenkel selbst zugebunden.«

Irgendwann fand Adam sie hinter einem Vorhang oder unter einem Bett und spielte den Überraschten. Einmal hatte sich Katie zwischen Schrank und Wand in Adams und Jennas Schlafzimmer gequetscht und sich nur durch ein Niesen verraten. Lachend warf sie sich Adam in die Arme und rief: »Daddy, dummer Daddy! Natürlich bin ich nicht in die Stadt geritten. Ich kenne ja nicht mal den Weg.«

»Das weiß ich doch, Schätzchen.« Er drückte sie fest an seine Brust. »Und ich würde dich auch nicht allein von hier weglassen.«

Dann trug er sie ins Bad und wusch ihr den Schmutz des Tages ab.

Dieses Spiel kennzeichnete die gelöste Stimmung, die in dieser Zeit zwischen ihnen herrschte. Katie schweißte Adam und Jenna zusammen und brachte sie zum Lachen. Adam bestellte für Katie ein Armband zu ihrem dritten Geburtstag. Es war rotgold mit einem Namensschild auf einer Seite. Adam hatte ihre Initialen »K O'L« in Kursivbuchstaben eingravieren lassen. Das kleine Mädchen trug das Armband ständig und weigerte sich sogar, es zum Baden abzunehmen, auch wenn Jenna sie mit Engelszungen dazu zu überreden versuchte.

»Lass sie doch!«, meinte Adam. »Das ist nicht so wichtig.«

Die Monate schleppten sich heiß und trocken dahin. Der Sommer ging in den Herbst über, und plötzlich lag jeden Morgen Reif auf dem Boden. Von Adams Turmzimmer aus war weit und breit kein grünes Wintergras zu sehen. Jenna hörte täglich Gewehrschüsse über die Ebenen hallen, wenn Adam an den ausgetrockneten Flussbetten die hungernden Schafe aus ihrem Elend erlöste. Nachts war der Himmel sternenklar.

Vom ersten Tag an ahnte Jenna, dass sie schwanger war. Sie unterdrückte den Drang, Adam sofort davon zu erzählen, und wartete einige Wochen ab, um ganz sicherzugehen. Die Dürre verschlimmerte sich noch, und Adam war in diesen Zeiten sehr ernst und sorgenvoll. Jenna wusste, dass ihn die gute Neuigkeit aufheitern würde.

Jenna lag im Bett und ruhte sich aus, als Adam einmal früher als sonst nach Hause kam und sich den Staub aus den Kleidern schüttelte. »Gott, es ist eiskalt da draußen! Der schneidende Wind dringt einem bis ins Mark.«

»Nimm ein Bad und wärm dich auf!«, schlug Jenna vor und kuschelte sich unter die Decke.

»Wo ist Katie?«, fragte er, als sie träge ein Auge öffnete. In letzter Zeit war sie ständig müde.

»Sie macht einen Mittagsschlaf. Ich hab gerade nach ihr gesehen.«

Die Frauen waren für den Nachmittag in ihr Lager gegangen und kamen erst wieder, wenn es Zeit wurde, das Abendessen zuzubereiten. Das Haus war still, nur das Ticken der Uhren war zu hören. »Ein heißes Bad ist eine blendende Idee«, meinte Adam. »Und anschließend krieche ich vielleicht zu dir ins Bett.«

Später, als er bei ihr lag, erzählte ihm Jenna die Neuigkeit, auf die er schon lange wartete. »Wir bekommen noch ein Baby.«

Er wich zurück, sah sie an, und sein Mund verzog sich zu einem breiten Lächeln. »Bist du dir sicher?«

»Eine Frau weiß so etwas.«

»Und wann ist es so weit, was meinst du?«

»Wahrscheinlich in fünf Monaten. Vor Weihnachten.«

Er fuhr ganz leicht mit einem Finger über ihren Bauch, und Jenna malte sich aus, wie es sein würde, wenn er sich richtig rundete. »Ich möchte viele Kinder haben«, sagte Adam unvermittelt.

»Wie viele?« Sie leckte spielerisch an seinem Ohrläppchen.

»Mindestens ein halbes Dutzend.«

»Nur sechs? Ich dachte an acht.«

»Gut, meinetwegen auch acht! Ist mir recht. Das Haus ist so groß und leer. Manchmal glaube ich schon, ein Echo zu hören, wenn wir uns unterhalten.«

Jenna dachte an die hellen Kinderstimmen und das Getrappel, das eines Tages auf den Fluren und in den Zimmern zu hören sein würde, und lächelte.

Wenn ihn jemand gefragt hätte, wäre es Adam schwer gefallen zu beschreiben, welche Gefühle über ihn hereingebrochen waren, als Jenna ihm von ihrer Schwangerschaft erzählt hatte. Er war überrascht – natürlich –, denn er hatte fast schon die Hoffnung aufgegeben, jemals selbst Vater zu werden. Erfreut. Nein, nicht *erfreut,* das war ein viel zu schwaches Wort. Überglücklich, überwältigt und voller Tatendrang.

Diese Worte kamen ihm später in den Sinn, und jedes trug seine eigene Bedeutung. Er fühlte sich, als würde etwas seinen Körper verjüngen. Das letzte Jahr war seelisch und körperlich anstrengend gewesen.

Es hatte noch immer keinen Regen gegeben, und das Land von Diamantina Downs war braun und kahl. Verzweifelt suchte Adam jeden Tag den Himmel nach Anzeichen auf Regen ab, aber das Einzige, was sich am Horizont zeigte, waren hin und wieder die roten Streifen, die einen neuerlichen Sturm anzeigten, der neue Staubwolken mit sich bringen würde.

Trotz seiner Absichten konnte Adam in diesem Jahr am St. Patrick's Day keine Pferderennen ausrichten. Die Farmer in der Gegend waren zu sehr damit beschäftigt, sich um ihre Schafherden zu kümmern, die Tag für Tag kleiner wurden. Adam trieb mit Wongarees und Pigeons Hilfe seine stark dezimierte Herde von einem fauligen Wasserloch zum nächsten und versuchte, die verbliebenen Tiere am Leben zu erhalten. Sie waren klapperdürr, die Wolle zerzaust und verfilzt. Wenn Adam zusah, wie sie taumelten und sich nicht mehr auf den Beinen halten konnten, hätte er am liebsten laut losgeheult. In seinen wildesten Träumen hätte er sich dieses Elend nicht vorstellen können.

Jenna war in den mittleren Monaten ihrer Schwangerschaft oft so erschöpft, dass sie im Bett liegen musste. Aleyne braute Kräutertees für sie, die die Übelkeit lindern sollten, während Lalla die kleine Katie aus dem Schlafzimmer scheuchte. »Schsch!«, flüsterte sie und zog die Vorhänge zu. »Mummy ist krank. Du musst ganz leise sein.«

Manchmal nahm Adam Katie mit auf die Weiden, damit sich Jenna richtig ausruhen konnte, oder sie durfte mit ihm in die Ställe oder hinunter zum größten Wasserloch gehen, wenn er nach den Tieren sah. Sie folgte ihm wie ein Hündchen und stellte unaufhörlich Fragen. Wenn er ein verendendes Tier erschießen musste, blieb sie auf dem Kutschbock sitzen und hielt sich die Ohren zu. Jenna fragte ihn einmal, ob er es für richtig halte, Katie mit solchen Szenen zu konfrontieren, und er antwortete: »Warum nicht? Sie ist ein Mädchen vom Land.«

»Warum hast du das Schaf getötet?«, fragte Katie.

»Weil es ohnehin gestorben wäre.«

»Warum?«

»Weil es kein Wasser und kein Futter gibt.«

»Warum gibt es das alles nicht?«

»Weil wir eine Dürreperiode haben.«

»Was ist das?«

»Wenn kein Regen kommt, herrscht Dürre.«

Katie gingen die Fragen nie aus, und Adam liebte es, sie zu beantworten.

Und er liebte es, wenn sie auf seinem Schoß saß, sich an ihn schmiegte und den Kopf an seine Brust legte. Und er kostete die Momente aus, wenn sie seine Wange mit Küssen übersäte oder ernst nickte, wenn er ihr etwas erklärte. Hin und wieder versuchte er, sich ein Leben ohne sie, die Tochter seines Bruders, die er wie sein eigenes Kind liebte, vorzustellen, aber es gelang ihm nicht. Sie gehörte zu ihm, ergänzte ihn.

Er machte sich unaufhörlich Sorgen um Jenna. Hatte sie es warm genug in diesen kalten Wintertagen? Aß sie ordentlich? Vielleicht sollte sie sich von einem Arzt untersuchen und sich bestätigen lassen, dass alles in Ordnung sei.

Er beobachtete sie wachsam und bemühte sich, nicht zu ängstlich zu erscheinen, weil sie es hasste, wenn er sich um sie sorgte. »Ich bin nicht krank«, sagte sie mit einem müden Lächeln. »Ich erwarte nur ein Baby. Das ist die natürlichste Sache der Welt.«

Eines wusste Adam ganz sicher: Dieses Kind würde nicht im Busch auf die Welt kommen. Er würde Jenna rechtzeitig in die Stadt bringen. Auf keinen Fall wollte er das Leben seiner Frau oder das des ungeborenen Kindes gefährden.

Als der Frühling kam, trug Jenna nur noch weite Kittel, um ihren Bauch zu verbergen. Schon jetzt waren die Tage heiß und windstill. Gegen Mittag ballten sich oft trügerisch dunkle Wolken am Horizont zusammen, kamen jedoch nicht näher. Donnergrollen war zu hören, und ein paar Tropfen fielen vom Himmel und bildeten kleine Krater im Staub. Doch so schnell, wie der Regen oder zumindest das Versprechen auf Regen gekommen war, verschwand er wieder und hinterließ lediglich den Geruch von Gidgee. Unten im Lager sangen Yapunya und Pigeon Lieder und schlugen Stöcke aneinander, um die Dürre-Geister zu vertreiben. Adam hörte in den meisten Nächten die klagenden Stimmen und das Schlagen.

Er wusste nicht mehr weiter. Seine Geldmittel wurden knapp – mit den Profiten der letzten guten Jahre hatte er die fälligen Rechnungen bezahlt –, und Jennas Kapital hatten der Hausbau und die Einrichtung schon vor Jahren aufgebraucht. Adam ging mit den letzten kostbaren Geldstücken, die ihm noch geblieben waren, äußerst sparsam um. Nachts arbeitete er an seinem Schreibtisch, addierte und rechnete. Bei einem Blick in den Spiegel stellte er fest, dass sich dauerhafte Furchen in seine Stirn gegraben hatten.

Eines Nachts zog Jenna ihn an sich und legte seine Hand auf ihren Bauch. Adam spürte ein leichtes, wellenartiges Zittern und musste an einen Teich denken, in den jemand einen Stein geworfen hatte.

»Fühlst du, wie es sich bewegt?«, fragte sie heiser.

Und er nickte, er war so überwältigt, dass er kein Wort herausbrachte.

Es dauerte sehr lange, Katie ins Bett zu bringen. Zuerst musste Jenna ihr eine Geschichte vorlesen, dann wurde gebetet. »Ich habe die Lampe nicht gelöscht«, sagte Jenna, als sie nach dem Gutenachtkuss auf die Veranda kam. »Sie hasst die Dunkelheit.«

Adam hatte sich auf das Verandageländer gestützt. Er hatte die Hemdsärmel hochgekrempelt, sodass seine gebräunten Arme zu sehen waren. Er starrte in die dunkle Nacht.

In diesem Augenblick ging Jenna plötzlich durch den Kopf, dass in ihrer beider Leben, wenn man von dem fehlenden Regen absah, endlich alles so war, wie es sein sollte. Katie. Ein zweites Baby. Der Kummer der Vergangenheit – Conor, Mary, Michael – war verblasst. Jenna hatte weitergemacht und sich in das Unvermeidliche gefügt. Die Zukunft versprach Glück und Zufriedenheit, wenn es nur endlich regnete.

Die Sterne funkelten am wolkenlosen Himmel. Eine leichte Brise rauschte in den Pfefferbäumen, und mit einem Mal hatte Jenna den scharfen Geruch des Laubes in der Nase. Aus dem Lager tönten die endlosen Regengesänge zu ihnen herüber. Jenna liebte diese Tageszeit, wenn die Frauen nach Hause gegangen und sie nur noch zu dritt im Haus waren.

»Wenn nicht bald Regen kommt, weiß ich nicht mehr, wie es weitergehen soll«, riss sie Adams Stimme aus ihren Gedanken.

Sie starrte auf seinen Nacken, auf die Stelle, wo sein Haar auf die gebräunte Haut traf. Ein Hauch von Verlangen durchfuhr sie. Morgen muss ich ihm die Haare schneiden, nahm sie sich vor und dachte daran, die Lippen auf seine warme Haut zu drücken. Sie stellte sich vor, wie er sich zu ihr drehte und sie küsste.

»Das Geld ist fast aufgebraucht. Wir haben kein Futter für die Tiere mehr. Und wenn es so weitergeht, sind in einem Monat alle Wasserlöcher ganz ausgetrocknet.«

Jenna deutete mit dem Kinn in die Richtung des Lagers. »Vielleicht haben sie die Lösung des Problems.«

Adam lachte barsch. »Manchmal erscheint es sonderbar, wenn Heiden beten.«

»Sie haben ihre eigenen Götter«, erwiderte sie sanft.

»Götter, ja. Aber bestimmt keinen christlichen.«

»Ihre Götter sind so real für sie wie der deine für dich.«

»Vielleicht.«

»Manchmal«, meinte Jenna nachdenklich, »erstaunt mich dein Gott. *Unser* Gott. Meinst du nicht, es wäre besser, sich nach der Moral und den Werten zu richten und Sinn für das Gute und Böse zu entwickeln, statt nach göttlichen Idealen zu leben?«

»Vielleicht ist es das Gleiche.«

Jenna stellte sich hinter Adam, schlang die Arme um seinen Nacken und legte den Kopf an seinen Rücken. Durch den Stoff des Hemdes hindurch spürte sie die starken Muskeln. »Warum kann ich nie ein Streitgespräch mit dir gewinnen?«

»Wir streiten?«, fragte er überrascht.

»Vielleicht.« Sie lachte und ließ ihre Arme sinken.

»Niemals. Wir sind nur unterschiedlicher Meinung, und das gehört zu den Dingen, die ich an dir liebe. Du bist keine oberflächliche Frau, die ihre eigenen Ansichten nicht vertreten kann, und fürchtest dich nie davor, das auszusprechen, was du denkst. Außerdem liebe ich dich viel zu sehr, um mit dir zu streiten. Und weißt du, was sie sagen?«

»Sie?«

»Aus einem Streit mit einer Frau kann man gar nicht als Sieger hervorgehen.«

Er lächelte sie an. Sie sah im Schein der Lampe, wie sich sein Mund kräuselte und pure Liebe aus seinen Augen sprach. Er zog sie an seine Brust. Das Ungeborene bildete eine Barriere zwischen ihnen, aber beide störten sich nicht daran. Er drückte die Lippen in ihr Haar und legte die Hand unter die Wölbung ihres Bauches. Das Baby zappelte, und Adam musste lachen. »Jenna?«

»Ja«, gab sie zurück, wich ein wenig zur Seite aus und nahm seine Hand.

»Ich denke, es ist Zeit fürs Bett, meinst du nicht auch?«

Wortlos führte sie ihn ins Haus und durch den Flur zu ihrem gemeinsamen Zimmer.

KAPITEL 27

Ich sitze in der Küche, starre gedankenverloren die Tagebücher und Journale an, die ausgebreitet vor mir liegen. Ich bin vollkommen durcheinander. Ich denke an das alte Haus – die Kälte in den Räumen und das Gefühl, dass ich nicht allein war, und den Schrei, den ich eindeutig gehört habe.

Aber dort war niemand. Oder?

Bin ich vielleicht dabei, den Verstand zu verlieren?

Ich suche Trost in dem, was Stan gesagt hat.

Es ist, als wären die O'Loughlins noch hier …

Stan scheint kein Mensch zu sein, der zu Übertreibungen neigt oder irgendwelche Dinge erfindet. Er ist ein Mann, der nur Schwarz und Weiß kennt und die verschiedenen Grautöne dazwischen nicht zulässt – zumindest schätze ich ihn so ein. Ein Mann mit klaren Gedanken. Hat er wirklich den Geist eines kleinen Mädchens im Haus gesehen, oder haben ihn die alten Augen getäuscht? War dieser Geist Katie, Jennas Tochter, dasselbe kleine Mädchen mit dem altmodischen Kleid und den Schnürstiefeln wie in meinen Träumen? Mittlerweile bin ich mir da ganz sicher.

Ich muss wieder an den Schrei denken, und mir läuft

ein Schauer über den Rücken. Es war der Schrei eines Kindes. Schrill. Entsetzt. Er erschien mir real, drängend und ängstlich. Was, wenn ich mir das nicht eingebildet habe? Vorhin hat mein erster Gedanke Kadie gegolten, aber seit der Unterhaltung mit Stan ziehe ich noch andere Möglichkeiten in Betracht.

Es ist, als wären die O'Loughlins noch hier …

Ich lasse diese Worte wirken, untersuche sie und überlege, welche Möglichkeiten sie in sich bergen. Ist es denkbar, dass etwas von uns nach dem Tod an einem bestimmten Ort zurückbleibt? Wird in künftigen Jahren etwas von Brad und mir in diesem Haus am Diamantina, das wir in den letzten vier Wochen als unser Heim betrachtet haben, fortbestehen? Ist es möglich, dass der Geist von Kathryn, von Jennas und Conors Tochter, in dem alten Haus weiterlebt?

Stan scheint daran zu glauben.

Ich schüttle ratlos den Kopf. So viele Fragen und nur wenige Antworten, denke ich und nehme mir wieder die Tagebücher und Journale vor.

Ich habe festgestellt, dass Adams Journale aufschlussreich, wenn auch ein wenig trocken sind. Die Einträge beinhalten sachliche Informationen über den Farmbetrieb auf Diamantina Downs, das Wetter, die Niederschlagsmengen und die Kosten der Vorräte. *Temperatur 118° F,* schrieb er an einem heißen Sommertag. *Kein Regen, zumindest keinen Hinweis darauf. Habe begonnen, die Schafe zusammenzutreiben. Mehl und Zucker gehen zur Neige. Die Preise für Lebensmittel sind gestiegen. Sie machen die Dürre dafür verantwortlich.*

Diese Berichte bieten mir ein gewisses Hintergrundwissen, einen Rahmen für das, was Jenna mir erzählt.

Leider geben sie keine Einblicke in die Seele des Mannes an sich.

Durch die Tagebücher lerne ich Jenna und Adam besser kennen. Trotz meiner anfänglichen Bedenken kommt es mir jetzt richtig und gut vor, sie zu lesen. Es macht mir Spaß, sie abzuschreiben, die Worte zu entziffern und mir über ihre Bedeutung klar zu werden. Manchmal vergehen die Stunden bei dieser Arbeit wie im Fluge.

Die Worte sind ein Verbindungsglied zwischen ihrer Zeit und meiner, sie lösen die Jahre, die dazwischenliegen, sozusagen auf. Und sie machen mich zu einem Teil dieses Ortes. Ich entwickle Verständnis für das Leben, das Adam und Jenna geführt haben, und dafür, wie es in den frühen Pioniertagen war. Manchmal sind die beiden so existent für mich wie Brad, Ella oder Stan. Sie sind nicht mehr nur Namen in einem historischen Buch oder ernste Gesichter auf einer Fotografie. Sie sind reale Menschen mit Vorlieben und Abneigungen, Ängsten und der Fähigkeit zu lieben. Ich erkenne ihre Schwächen und Stärken. Fast könnte ich glauben, nur die Hand ausstrecken zu müssen, um sie zu berühren.

Aber diese Beschäftigung ist nicht nur angenehm. Es gibt Tage, an denen mich die Tagebücher regelrecht zwingen, einen Blick auf mich selbst, auf das, was aus mir geworden ist, zu werfen. Zwei Welten prallen aufeinander, mehr als ein Jahrhundert liegt dazwischen, und all meine Wunden reißen wieder auf. Das bringt mich dazu, meine Gefühle Brad gegenüber zu analysieren.

Wie sehr habe ich mich von der glücklichen, unbekümmerten Person entfernt, die ich in den ersten Tagen der Romanze, Liebe und Lust gewesen bin, und wann wurde ich zu dieser jämmerlich unentschlossenen Frau? Es muss nach und nach so gekommen sein, aber ich war wohl so mit mir selbst beschäftigt, dass ich diesen Prozess nicht wahrgenommen habe.

Brad und ich scheinen in letzter Zeit kaum miteinander zu reden. Wir streiten uns ständig. In nichts sind wir uns einig. Jeden Morgen gehen wir getrennte Wege – ich beschäftige mich mit den Tagebüchern, und Brad steigt in den Wagen und fährt zu den Wassertümpeln. Das Frühstück findet praktisch im Vorbeigehen statt, beim Abendessen schweigen wir uns an, und mein Mann steht auf, sobald er den letzten Bissen gegessen hat. Er räumt den Tisch ab und macht den Abwasch – das ist unser stillschweigendes Abkommen. Außerdem ist es schon Wochen her, seit wir uns zum letzten Mal geliebt haben. Sex ist offenbar das Letzte, woran wir in diesen Tagen denken.

Seltsam, denke ich und klappe das Tagebuch zu, weil ich nicht weiterlesen will. Eine beharrliche Frage nagt schon seit Tagen an mir, und ich muss mich endlich damit befassen.

Warum ist Jenna gerade jetzt in mein Leben getreten? Oder ich in ihres?

Wenn man Brad fragen würde, bekäme man zur Antwort: Das ist Karma oder Schicksal oder wie immer du es nennen willst. Er glaubt fest daran, dass nichts durch Zufall und alles zur vorgegebenen Zeit geschieht. *Die Dinge sind, wie sie sind.* Davon ist er fest überzeugt.

»Du solltest diese Tagebücher in die Hände bekommen«, erklärte er Tage zuvor.

»Wie kommst du darauf?«

»Nun, wir hätten auch einen Monat später herkommen können, dann hätte Betty sie vielleicht schon der historischen Gesellschaft der Stadt übergeben. Und du hättest nie von ihrer Existenz erfahren. Oder jemand hätte sie vor Jahren wegwerfen können. Es ist, als ob sie dagelegen und die ganze Zeit geduldig auf dich gewartet hätten.«

Ich bin mir da nicht so sicher. Das alles könnte reiner Zufall sein. Möglicherweise wären die Bücher in anderen Händen sogar besser aufgehoben. Vielleicht werde ich ihnen nicht gerecht. Die vertrauten Selbstzweifel melden sich wieder zu Wort.

Eines weiß ich allerdings mit absoluter Gewissheit: Ich kann mich nur schwer von diesen alten Büchern losreißen. Die Arbeit wird beinah zum Zwang, und ich sitze von morgens bis abends da, kopiere und schreibe um, bis die Buchstaben vor meinen Augen verschwimmen.

»Komm ins Bett!«, fordert mich Brad jeden Abend auf. Wir verbringen keine Zeit mehr zusammen, und ich merke, dass er immer unmutiger wird und wünscht, ich hätte diese Bücher nie in die Hände bekommen.

»Nur noch ein paar Minuten«, murmle ich. Ich bin hundemüde, und trotzdem kann und will ich nicht aufhören.

Ich spüle gerade das Mittagsgeschirr, als Brad am späten Nachmittag heimkommt. Ich höre, wie die Fliegengittertür zuschlägt und er mit seinen Stiefeln durchs Haus stapft. Er pfeift vor sich hin, und augenblicklich lodert Ärger in mir auf.

»Hi!«, sagt er und stellt etliche Gläser mit Proben und Aufzeichnungen auf die Arbeitsfläche. »Hattest du einen guten Tag?«

»Ich hab gerade hier sauber gemacht«, protestiere ich und wedle mit dem Küchentuch über seine Sachen. »Kannst du das da wegnehmen?«

»Oh, ich freue mich auch, dich zu sehen!«, sagt er lässig und in einem Ton, der mich aufheitern soll.

Ich tauche die Hände ins Spülwasser und taste nach dem Teller und dem Messer, die noch in der Spüle liegen müssen. »Behandle mich bitte nicht so von oben herab!«

»Okay, okay!« Er weicht zurück und hebt ergeben beide Hände. »Ich geb's auf. Erzähl mir lieber, was los ist, damit ich nicht raten muss!«

Ich knalle den Teller und das Messer geräuschvoll auf das Abtropfbrett und zerre den Stöpsel aus dem Abfluss. Das Wasser läuft gurgelnd ab. »Wie kannst du es wagen, mit Stan darüber zu sprechen?«

»Stan?« Brad wirkt erstaunt. »Wovon redest du?«

»Ich war heute in dem alten O'Loughlin-Haus, Stan war dort. Du hast ihm von Kadie erzählt.«

»Hab ich das?« Er zuckt mit den Achseln. »Vielleicht. Ich erinnere mich nicht mehr. Ich rede oft von Kadie.«

»Dann breitest du also unser Privatleben vor Menschen aus, die wir kaum kennen?«

»Das ist kaum so privat. Viele Menschen wissen von unserer Tochter. Sie ist kein Geheimnis. Wir können das Andenken an sie nicht verschließen. Sie hat existiert, sie war real. Du möchtest vielleicht nicht über sie reden, aber das heißt nicht, dass ich es nicht darf.«

»Du hättest mich warnen können – das wäre das Mindeste gewesen.«

»Warum? Damit du Stan aus dem Weg gehen kannst, um ja nicht mit ihm ins Gespräch zu kommen? Du kannst die anderen Leute nicht bis in alle Ewigkeit meiden, nur weil sie irgendetwas zu dir sagen könnten.«

»Vielleicht nicht. Aber zumindest wäre es meine Entscheidung, ob ich es überhaupt zulasse.«

»Manchmal hat man keine Wahl, Jess. Um uns herum findet das Leben statt, und wir haben nicht die Macht, es anzuhalten.« Er sieht mich nachdenklich und eindringlich an. »Warum können wir die Dinge sehen, die anderen passieren, und sind trotzdem blind gegen das, was mit uns geschieht?«

»Was meinst du? Welche Dinge?«

»Ich rede von uns«, sagt Brad entschieden. »Das, was mit uns geschieht: mit Jess und Brad. Mit zwei Menschen, die sich früher so sehr geliebt haben, dass sie kaum den Blick voneinander losreißen und die Finger bei sich behalten konnten.« Er verschränkt die Arme vor der Brust. Runzelt die Stirn. »Es ist Wochen her, seit wir uns überhaupt geküsst haben, von Sex ganz zu schweigen.«

»Ich dachte, das fällt dir gar nicht auf.«

Er ignoriert meine Bemerkung. »Manchmal denke ich, du meidest mich.«

»Lass uns das nicht gerade jetzt erörtern!«, sage ich eine Spur zu schnell. »In einer guten Woche fahren wir wieder nach Hause. Dann ist sowieso alles anders, und die Situation normalisiert sich wieder.«

»Tatsächlich?«

Ich halte die Luft an und wage nicht, mich zu bewegen. Worauf will er hinaus? Ich schüttle den Kopf, traue mich nicht, etwas zu sagen.

»Ich kann so nicht mehr leben. Das Zusammensein mit dir ist so, als würde man auf rohen Eiern gehen«, fährt er fort. »Ich muss erst jedes Wort analysieren, bevor ich es ausspreche, nur um dich nicht aufzuregen.«

Die Vergangenheit war nicht nur schrecklich, und die guten Zeiten überwiegen die schlechten bei weitem. Aber warum kann ich mich bloß nicht an die guten erinnern? Brad weicht einen Schritt von mir zurück, dann noch einen. Es ist fast eine physische Sache, dieses Abstandnehmen, und ich habe plötzlich ein flaues Gefühl im Magen. Ist das alles zu weit gegangen?

Er sammelt die Probengläser und seine Notizen zusammen. »Ich bringe das hier weg«, erklärt er und geht hinaus.

In der Nacht wache ich irgendwann auf, liege da und lausche den tiefen, regelmäßigen Atemzügen meines Mannes. Er liegt ganz auf der anderen Seite des Bettes. So weit weg von mir wie möglich?

Es gab Zeiten, in denen wir nie getrennt waren, nicht einmal im Schlaf. Die Beine ineinander verschlungen, die Finger verschränkt. Ein Arm über der Brust des anderen. Aber jetzt ist das anders. Heute herrscht angespanntes Schweigen zwischen uns, und wir vermeiden körperlichen Kontakt. Lassen viel Platz zwischen uns auf der Matratze. Gehen zu unterschiedlichen Zeiten zu Bett. Schlüpfen vorsichtig unter die Decke, um den anderen nicht zu wecken.

Das Nicht-Berühren wird zu einer Anstrengung an sich. Es ist in diesen beengten Verhältnissen schwierig, an diesem Ort namens Diamantina, an dem nur wir beide sind. Hier gibt es keine Freunde, keine Verwandten, zu denen man flüchten kann, obwohl ich jetzt weiß, dass sich Brad Stan anvertraut hat. Wir umkreisen uns wachsam – im Bett und außerhalb. Ich bin nervös und auf der Hut, warte darauf, dass einer von uns explodiert. Obschon Brad Konfrontationen genauso hasst wie ich.

Ich denke über den Streit vom Abend nach; es ging wie gewöhnlich um Kadie. Kadie. Immer Kadie. Wir sind offenbar zu gereizt, zu erschöpft, um uns mit etwas anderem auseinander zu setzen.

Manchmal denke ich, dass ich das Ganze nicht mehr verkraften kann. Ich möchte mich nur noch in einen Winkel verkriechen, zusammenrollen und schlafen, bis der Schmerz vergangen ist und ich wieder normal leben kann. Oft wünschte ich, alle würden mich in Ruhe lassen und aufhören, ständig den Fortschritt meiner so genannten Rekonvaleszenz zu beurteilen und mir ihre eigenen Ansichten aufzudrängen.

Doch jetzt baut sich eine Angst in mir auf, und ich muss mich der grausamen Wahrheit stellen. Hier, an diesem fremden Ort verblassen die Erinnerungen an Kadie. An manchen Tagen vergehen ganze Zeitspannen, in denen ich nicht ein einziges Mal an meine Tochter denke. Und wenn ich es dann doch tue, fühle ich mich schuldig. Es ist mindestens eine Woche her, seit ich den Traum hatte. Als ich dann aufwachte, wusste ich nicht, ob meine eigene Tochter oder Katie O'Loughlin durch mein Unterbewusstsein gehuscht war. Woher kommt das?, überlege ich. Ergreifen die O'Loughlins Besitz über meine Träume und mein Denken am Tage, weil ich mich so intensiv mit den Tagebüchern und Journalen befasse?

Ich versuche, das Bild von Kadie heraufzubeschwören, wie sie an diesem letzten Tag ausgesehen hat. Brad schnallt sie in dem Kindersitz an. Die ersten Regentropfen fallen auf die Einfahrt. Kadie lächelt; ich winke. *Blas Mummy ein Küsschen zu!*

Ein Hauch von Panik regt sich. Ich versuche, mich an Kadies Gesicht zu erinnern, an ihre Züge, aber da ist nichts. Sie ist wie eine leere Leinwand, hat weder Mund noch Augen oder Nase. Da ist nur blasse Haut.

Verzweifelt schlage ich die Decke zurück und stehe auf. Brad stöhnt und dreht sich um, wacht aber nicht auf. Ich laufe in die Küche, stoße mir die Zehen an einem Stuhlbein an. *Scheiße! Scheiße! Scheiße!* Ich hüpfe auf einem Bein, krümme mich fast vor Schmerz. Doch der Schmerz scheint dem Entsetzen und der Angst, die in mir wachsen, angemessen zu sein.

Wo ist meine Brieftasche?

Ich knipse das Licht an. Momentan geblendet krame ich in meiner Handtasche, die auf der Arbeitsfläche liegt. Schlüssel. Sonnenbrillenetui. Ein halb leeres Päckchen Pfefferminzdrops. Meine Hände zittern. Ich atme schwer wie nach einem Dauerlauf. Ich schließe die Augen und versuche, die Fassung zurückzugewinnen. Beruhige dich, Jess! Nimm dich zusammen!

Wo ist meine verdammte Brieftasche?

Endlich schließen sich meine Finger darum. Ich zerre sie aus der Handtasche und schlage sie auf. Erleichterung durchflutet mich, als ich mit dem Finger über das Foto streiche, über das pausbäckige Gesicht, die strahlend blauen Augen und das Kinn mit dem Grübchen. Kadies vertrautes, heiß geliebtes Gesicht sieht mich an.

»Oh, mein Gott!«

Ich spreche das laut aus, unbeabsichtigt. Meine Stimme hallt durch die Küche und wird aus allen Richtungen auf mich zurückgeworfen. Um mich herum ist Nacht. Ich sehe, wie sich die heiße, schwüle Finsternis hinter dem Fenster verdichtet. Ich spiegle mich in der Scheibe. Wirres Haar, bleiche Haut. Die Brust, die heftig auf- und abwogt.

Ich nehme das Foto aus der Brieftasche, drücke es an meine heiße Wange. Wenn ich die Augen schließe, kann ich mir vorstellen, dass Kadie hier ist. Ich rieche die Babyseife, ihr kleiner Körper kuschelt sich an mich. Fast spüre ich ihr Gewicht auf meinem Arm.

»Jess?«

Schuldbewusst wie ein Schulmädchen, das bei etwas Verbotenem erwischt wird, schiebe ich die Fotografie zurück in die Brieftasche. Brad steht in der Tür und blinzelt wegen des hellen Lichts. Sein Haar ist zerzaust, er reibt sich die Augen. »Ich dachte, ich hätte etwas gehört. Was machst du?«

Ich kann nicht sprechen. Die Worte bleiben mir im Hals stecken, kratzen wie zerbrochenes Glas. Ich gehe zu Brad, lege meinen Kopf an seine Brust, als die Tränen heiß und unvermittelt kommen. »Lass nicht zu, dass ich vergesse!«, schluchze ich.

»Ich habe beschlossen, in die Stadt zu fahren«, verkündet Brad am nächsten Morgen. »Ich würde gern mit einem der Jungs vom EPA-Büro sprechen. Er hat ähnliche Forschungen wie ich angestellt, und wir wollen die Ergebnisse vergleichen. Willst du mitkommen?«

»Um dir zu helfen, die Ergebnisse zu vergleichen? Du brauchst mich nicht als Babysitter.«

Der Streit vom Abend zuvor macht mir noch zu schaffen, und ich kann den Sarkasmus nicht unterdrücken.

»Komm schon, Jess! Kopf hoch! Es tut uns sicher gut, einmal von hier wegzukommen.«

»Und was soll ich tun, während du dich mit deinem Kollegen besprichst?«

»Du kannst irgendwas unternehmen«, erwidert er geduldig – er will sich nicht auf die Palme bringen lassen. »Betty sagt, es gebe ein einigermaßen anständiges Museum in der Stadt. Das ist sicher interessant für dich.«

Ich denke an die Tagebücher. Gerade in diesem Augenblick bin ich vollkommen vertieft in die Texte und möchte mich nicht davon losreißen, insbesondere da mir nur noch eine Woche Zeit bleibt. Möchte ich wirklich einen Tag weg von hier? Oder vielmehr: Will ich einen ganzen Tag mit meinem Mann verbringen?

Er sieht mich flehend wie ein bettelndes Hündchen an.

»Oh, was soll's! Okay, ich komme mit!«

Die Fahrt in die Stadt dauert zwei Stunden, und es ist später Vormittag, als wir ankommen. Betty hat Brad gebeten, ein paar Vorräte vom Futtermittelhändler abzuholen; also gehen wir als Erstes dorthin und laden die Säcke in den Wagen. Zu Hause in der Großstadt würden wir nicht einmal im Traum daran denken, einen beladenen Wagen irgendwo stehen zu lassen – die Sachen würden in null Komma nichts gestohlen. Aber hier muss man sich deswegen offenbar keine Sorgen machen. Ich kaufe in einem Gemischtwarenladen Schreibpapier, Brot und ein paar andere Lebensmittel. Dann machen wir uns auf den Weg zum EPA-Büro.

Aiden, der Mann, mit dem Brad sprechen möchte, lädt uns zum Lunch in den Pub ein. »Nicht für mich«, wehre ich lachend ab. »Ich will mich ein bisschen im Museum umsehen. Ich lasse euch beide lieber allein.«

Die Stadt ist ziemlich alt mit einer Mischung aus alten und modernen Gebäuden an der Hauptstraße. Sie ist ein beliebtes Touristenziel für all jene, die das »Waltzing

Matilda«-Land kennen lernen wollen. Ein paar hundert Meilen weiter liegt Dagworth Station, wo Banjo Paterson sein berühmtes Gedicht verfasst hat.

Die Stadt ist mitten in dem so genannten »Channel Country« oder dem Mitchell-Gras-Land, und die meisten Durchreisenden machen auf dem Weg nach Norden hier Halt. Eine ganze Reihe von verstaubten Geländewagen, die meisten mit Wohnanhängern, stehen vor dem Touristenzentrum, wo ein Plakat auf die Light-and-Sound-Show hinweist, die zu jeder vollen Stunde neu beginnt. Es gibt ein paar Pubs, eine Apotheke und ein Geschäft für Herrenbekleidung, eine Bank, einen chinesischen Schnellimbiss und einen Souvenirladen, in dessen Schaufenster neben dem üblichen Kram auch Opale liegen.

Ich gehe hinein und stöbere herum, weil ich ein Andenken an unseren Aufenthalt hier haben möchte. Dann kaufe ich mir ein Sandwich in dem Café und setze mich in unser Auto. Aiden hat mir den Weg zu dem Museum am Stadtrand beschrieben.

Wie in vielen Städten in der Provinz sind die Straßen breit und rechtwinklig und tragen die Namen der frühen Forschungsreisenden und Landbesitzer. Die Fußwege sind von Coolibah-Bäumen gesäumt. Die Häuser sind alt, und den meisten würde ein frischer Farbanstrich nicht schaden, aber alles wirkt ordentlich und sauber. Die Vorgärten sind grün.

Ich stelle den Wagen im Schatten eines Baumes ab. An der Museumstür hängt ein Schild »Geschlossen« – es hat nur wenige Stunden täglich geöffnet. Verdammt! Ich muss eine halbe Stunde warten. Ich vertrete mir ein wenig die Beine und sehe mir die Häuser und Gärten an.

Die Historikerin, die das Museum verwaltet, ist Mitte

sechzig, hat schütteres, graues Haar und eine dröhnende Stimme. Ich bin die Einzige, die vor der Tür wartet, als die Frau das Museum eine Viertelstunde später als angekündigt öffnet. »Oh, entschuldigen Sie!«, sagt sie und fächelt sich mit der Hand Luft zu. »Ich war zum Mittagessen zu Hause und bin im Sessel eingeschlafen. Ein schrecklich heißer Tag, nicht? Gott sei Dank haben wir da drin eine Klimaanlage!«

Sie zeigt sich interessiert, als ich ihr sage, wo Brad und ich derzeit wohnen. »Diamantina Downs! Die alte O'Loughlin-Farm!«, ruft sie mit donnernder Stimme.

Ich nicke und erzähle ihr von den Tagebüchern, Farmjournalen und meinen Abschriften. »Betty möchte sie Ihnen bringen, sobald ich fertig bin. Die Handschriften sind nicht ganz leicht zu lesen, deshalb habe ich eine ganze Weile daran gesessen. Ich kann Ihnen auch eine Kopie meiner Notizen zukommen lassen, wenn Sie mögen.«

»Das wäre wunderbar. Adam O'Loughlin und sein Bruder Conor waren unter den ersten Weißen, die hier in der Gegend Land kauften. Conor wurde von Aborigines getötet. Allerdings von einem Stamm, der nicht hier ansässig war. Das war im Jahr …« Sie hält kurz inne und tippt sich an die Stirn. »Oh, so um 1873, glaube ich, aber es gibt keine offiziellen Berichte über seinen Tod! Aber sein Grab scheint erhalten geblieben zu sein.«

Ich habe nur zwei Gräber auf Diamantina Downs gesehen. Laut Stan seien Jenna und Katie dort begraben. »Das wusste ich nicht.«

»Es ist irgendwo im Busch. Man findet es nicht, wenn einen niemand hinführt. Stan – Sie haben bestimmt Stan kennen gelernt? Er weiß, wo es ist, da bin ich mir sicher.«

»Ich habe mich gefragt, ob Sie mehr Informationen über die O'Loughlins haben.«

Die Frau – sie hat sich mir als Doris vorgestellt – schüttelt den Kopf. »Hier werden Sie nicht viel finden. Ein paar alte Zeitungsausschnitte, Kopien von dem Originalkaufvertrag, solche Sachen. Die O'Loughlins sind nicht lange in der Gegend geblieben. Irgendeine Tragödie muss sich da draußen ereignet haben, glaube ich. Sie sind in die Stadt gezogen, und das Land lag lange Zeit brach. Soweit ich gehört habe, gibt es das alte Wohnhaus sogar noch. Ich muss vor dem Herbst mal hinfahren und einige Fotos machen.«

In den nächsten Stunden blättere ich in den Geschichtsbüchern der Region und sehe mir eine erstaunlich umfangreiche Fotosammlung an. Es gibt keine Aufnahme von Adam im Museum, deshalb nehme ich mir vor, eine Kopie des Hochzeitsfotos von Adam und Jenna herzuschicken.

Es ist schon relativ spät, als ich das Museum verlasse und mich ein heißer Windstoß im Freien empfängt. Brad sitzt im Auto und liest Zeitung. Er erzählt, dass er vom Pub bis hierher zu Fuß gegangen sei. Er deutet mit einer Kopfbewegung auf das Gebäude, in dem das Museum untergebracht ist. »Was Interessantes gefunden?«

»Eigentlich nicht. Dank der Tagebücher und Journale bin ich weit besser im Bilde als Doris.«

»Doris?«

Ich lache. »Frag nicht! Ehrlich gesagt, ich habe nur meine Zeit totgeschlagen. Du hättest reinkommen und mir sagen sollen, dass du mit deinen Sachen fertig bist.«

»Ich bin noch nicht lange hier. Höchstens zehn Minuten.

»Wie war das Mittagessen?«

»Großartig. Aiden hat mir die Unterlagen seiner umfangreichen Forschungsarbeiten gezeigt.«

Es ist fast wie in alten Zeiten. Brad und ich plaudern über den Tag und das, was wir getan haben. Ich lasse ihn reden, höre nur halb zu. Das, was die Historikerin gesagt hat, lässt mich nicht los. »Irgendeine Tragödie muss sich da draußen ereignet haben, glaube ich. Sie sind in die Stadt gezogen, und das Land lag lange Zeit brach.«

Welche Tragödie hat sich auf Diamantina Downs ereignet?

Offensichtlich bezog sich Doris damit nicht auf Conors Tod – den hatte sie vorher erwähnt. Stan sagte mir, dass die Gräber hinter dem Wohnhaus die von Jenna und ihrer Tochter seien. Hat es einen Unfall gegeben? Sind sie zusammen oder jede für sich gestorben? Ich bin fast am Ende des letzten Tagebuches angelangt, daher bin ich überzeugt, dass ich bald die Antworten auf meine Fragen finde. Und obwohl ich neugierig bin und unbedingt wissen will, was sich auf Diamantina Downs abgespielt hat, sträube ich mich innerlich auch gegen das, was ich erfahren könnte.

Nach ein paar Minuten sehe ich auf die Uhr. »Ich denke, wir sollten langsam nach Hause fahren.«

»Na ja, ich habe da eine Idee! Wie wär's mit Kino?«

»Es gibt hier ein Kino?«

»Keines, wie wir es kennen.« Brad lacht. »Es ist ein Freiluft-Kino, und die Lady, die es führt, stellt den Besuchern Insektenabwehrmittel zur Verfügung. In der Woche zeigen sie nostalgische Filme. Heute ist Cary Grant dran. Ich dachte, wir essen vorher etwas im Pub.«

Erst jetzt merke ich, dass ich richtig Hunger habe – ich

habe den ganzen Tag nichts außer diesem einen Sandwich gegessen. »Klingt gut.«

Beim Dinner – einem erstaunlich guten Rumpsteak – erzählt mir Brad mehr von seiner Unterredung mit Aiden. Später, im Kino, legt er den Arm um mich und drückt mich an sich. Wir könnten fast ein frisch verliebtes Paar sein, das sich in dem dunklen Freiluft-Kino versteckt.

Sie zeigen einen Film, den ich noch nie gesehen habe, und ich lache und weine an den richtigen Stellen. Hinterher trinken wir noch einen Cappuccino im Café, und es ist schon ziemlich spät, als wir nach Diamantina Downs aufbrechen.

Am westlichen Horizont zucken Blitze über den Himmel, und gelegentlich ist ein Donner zu hören. Brad fürchtet, dass es regnen könnte, und ich sehe in der Beleuchtung des Armaturenbretts, wie konzentriert er die Stirn runzelt, während er den Wagen über die Straße mit den vielen Schlaglöchern manövriert. Wir haben eine zweistündige Fahrt vor uns, und die schwarzen Feldwege sind bei Regen tückisch, auch mit einem Allradantrieb.

Nach einer Weile bemerke ich Licht hinter uns. »Folgt uns jemand?«, frage ich.

Brad richtet den Rückspiegel so, dass er nicht geblendet werden kann. »Der ist schon eine ganze Weile hinter uns. Ich wünschte, er würde überholen. Das Licht ist richtig lästig.«

Es ist still im Auto. Das Radio ist aus und das Motorengeräusch gedämpft. Ich halte nach Kängurus Ausschau. Die Lichter – jetzt scheinen es zwei Fahrzeuge zu sein – bleiben hinter uns. Brad beschleunigt, in der Hoffnung, etwas Abstand zu gewinnen, aber unsere Verfolger werden auch schneller.

»Komisch«, sagt er. »Ich versuch's mal mit langsam fahren, vielleicht überholen sie uns dann.«

Er bremst ab, und ich warte, dass die anderen Wagen an uns vorbeifahren, aber im Seitenspiegel sehe ich, dass die Lichter nicht näher kommen. Vor uns ist jetzt eine Senke. Als wir sie dann durchquert haben und das Gelände wieder flach ist, sind nur noch ein Paar Scheinwerfer hinter uns.

Allmählich wird mir das Ganze unheimlich. Ich verschränke die Arme vor der Brust und unterdrücke ein Schaudern. »Glaubst du, das ist ein Spinner, der sein Spielchen mit uns treibt?«, will ich wissen. »Ich möchte hier draußen keinen Ärger haben.«

»Es ist okay«, sagt Brad und klopft nervös aufs Steuerrad. »Wir haben das Funktelefon.«

Ich nehme den Hörer ab und teste den Empfang. Es rauscht und knistert furchtbar in der Leitung. Wir durchfahren wieder eine Senke, und sobald wir sie hinter uns haben, hält Brad am Straßenrand an.

Ich habe Angst, mein Herz klopft heftig. Als ich dann spreche, klingt meine Stimme schrill und krächzend. »Was hast du vor?«

»Irgendwas Eigenartiges geht da hinten vor. Ich möchte herausfinden, was es ist.«

Er wirkt fest entschlossen, und ich bin klug genug, um ihm nicht zu widersprechen. Stattdessen atme ich tief ein und lasse die Luft langsam wieder entweichen, um meinen Herzschlag zu beruhigen. Wir warten. Ich beuge mich vor und rechne damit, die Scheinwerfer im Seitenspiegel zu sehen.

»Kommt er näher?!«

Aber da ist nichts, nur stockfinstere Nacht.

Brad schaltet den Motor aus und das Standlicht ein. Minuten vergehen. Oder sind es nur Sekunden? Die Zeit scheint still zu stehen und gleichzeitig wie verrückt zu rasen. Wir sehen uns ratlos an; unsere Gesichter schimmern grün in der Beleuchtung des Armaturenbretts. Noch immer keine Spur von einem anderen Fahrzeug.

»Verdammte Hölle!«, schreit Brad schließlich und stößt die Tür auf.

Die helle Innenleuchte geht an, und ich blinzle geblendet. Brad steigt aus und geht zum Heck des Wagens.

»Wohin willst du?«

Er antwortet nicht, also steige ich auch aus. Kein Laut ist zu hören, nur das Ticken des abkühlenden Motors. Der Wind fühlt sich richtig warm an nach der klimatisierten Luft im Auto. Ich strenge meine Augen an, um das Dunkel zu durchdringen, und schaue in die Richtung, aus der wir gekommen sind. Suche nach etwas, irgendetwas.

Plötzlich höre ich ein Trampeln. Ich schreie. Eine Gestalt rennt auf uns zu, Augen blitzen im Parklicht auf. Die Gestalt kommt uns so nahe, dass ich den Atem hören kann. Und so plötzlich, wie sie aufgetaucht ist, verschwindet sie in der Dunkelheit. Mein Herz fühlt sich an, als wolle es mir aus der Brust springen.

»Was war das?«

»Ist schon gut. Es war nur ein Känguru.«

Brad atmet tief durch, und ich erkenne einen kurzen Moment lang, dass auch er Angst ausgestanden hat. »Komm!«, dränge ich. »Lass uns einsteigen!«

»Schsch! Warte!«

Er legt den Kopf zur Seite, als würde er horchen. Weder der Mond noch Sterne sind zu sehen. Ein leises Donnergrollen rollt über uns hinweg, und ein Blitz erhellt kurz die Landschaft.

»Meinst du, wir haben uns die Lichter nur eingebildet?«, flüstere ich heiser.

»Nein!«

»Was …?«

Die Worte ersterben unausgesprochen in meiner Kehle. Ein lautes Rauschen, und zwei Lichtkegel stechen in die Dunkelheit. Automatisch fasse ich nach dem Türgriff. Doch ehe ich mich in die relative Sicherheit des Autos bringen kann, schwenken die Lichter über die Weide neben der Straße und die Baumwipfel. Dann verschwinden sie ganz in der Finsternis, und wir sehen ihnen nach.

Ich bekomme keine Luft. Ich spüre einen Kloß im Hals. Mein Herz rast. Brad öffnet meine Tür und schubst mich in den Wagen. Dann rennt er auf die andere Seite und steigt hastig ein. »Verriegle deine Tür!«, schreit er.

Mit zitternden Händen schlage ich auf den Verriegelungsknopf. Dann drehe ich mich Brad zu. Er sieht mich aus großen Augen an, ohne zu blinzeln. »Zum Teufel!«, keuche ich. »Was war das?«

Er schweigt. Sein Adamsapfel bewegt sich, und die Knöchel an seinen Händen sind weiß, als er das Steuerrad umklammert. »Ich denke«, sagt er schließlich, und jedes Wort kommt ihm nur schwer über die Lippen. »Ich denke, Stan würde das Min-min-Lichter nennen. Dämonenlichter.«

KAPITEL 28

Es ist sechs Uhr am Abend vor der Beerdigung. Wir versammeln uns vor dem Raum, in dem Kadies Leichnam liegt. Brad und ich. Meine Eltern. Meine Schwester Carys.

Wir sitzen im Warteraum auf Stühlen. Brad reibt sich den gebrochenen Arm. Er massiert die Stelle über dem Gipsrand. Niemand spricht. Wir wissen nicht, was wir sagen sollen; es gibt keine Worte mehr. Carys wendet das Gesicht ab und wischt sich über die Augen. Glaubt sie, dass wir ihre Tränen nicht sehen, auch wenn sie sich wegdreht?

Die Abmachungen sind alle getroffen. Die Musik ist ausgesucht, und es ist entschieden, wer etwas sagen wird. Für unsere Tochter soll es keinen fremden Redner geben. Wir – Brad und ich, unsere Familie und Freunde – werden die Abschiedsworte für Kadie sprechen: Die Menschen, die sie am besten gekannt haben.

Ich bin wie betäubt, und es ist, als würde das alles mit einer anderen Person geschehen, nicht mit mir. Meine Augen sind wund vom Weinen. Meine Stimme ist heiser. Die Tage seit dem Unfall sind dank der Tabletten, die Brad mir gegeben hat, verschwommen. Ich weiß nicht mehr, was für ein Wochentag heute ist oder wie viele Tage seit der Schreckensnachricht vergangen sind. Ich weiß nur, dass ich morgen die Tortur des Begräbnisses durchstehen muss.

Trotz Brads Bedenken musste ich herkommen. Ich habe meine Tochter seit dem Tag des Unfalls, als ich zum Abschied winkte, nicht mehr gesehen. Brad hält es für besser, dass ich sie so, wie sie in diesem Augenblick ausgesehen hat, in Erinnerung behalte. Meine Eltern sind seiner Meinung. Sie haben versucht, mir auszureden, dass ich heute Abend herkomme. Aber ich muss mich überzeugen, mit eigenen Augen sehen, dass sie wirklich tot ist.

Ich erinnere mich an einen Dokumentarfilm, den ich im Fernsehen gesehen habe – über eine Frau, die eine Totgeburt hatte. Sie nahm das Baby für ein paar Tage mit nach Hause, legte es in ihr Bett, wenn sie schlief, badete es, und ihre anderen Kinder durften es in den Armen halten. Damals fand ich die Vorstellung grauenvoll, makaber und morbid. Warum das Elend verlängern?, dachte ich und war fest davon überzeugt, dass ich so was nie tun könnte.

Aber seit ich selbst Mutter geworden bin, habe ich Verständnis für diese Frau. Es ist das Widerstreben, sofort loszulassen, das Bedürfnis, den geliebten Menschen als Familienmitglied zu behalten, wenn auch nur für kurze Zeit. Jetzt erscheint mir das natürlich und gar nicht mehr eigenartig.

Der Bestattungsunternehmer kommt zur Tür und räuspert sich: »Sie können jetzt reinkommen«, sagt er, ohne irgendjemanden direkt anzusehen.

Brad nimmt meinen Arm, als wolle er mich beschützen. »Du musst das nicht tun«, flüstert er. Er ist so erschüttert, dass er kaum ein Wort herausbringt.

Ich winde mich aus seinem Griff. Schon jetzt sind wir uns nicht mehr einig. Kadies Tod ist eine Barriere zwischen uns, ein zu hohes Hindernis, um es zu überspringen. »Ich muss«, entgegne ich ärgerlich. »Klar?«

Carys sieht mich scharf an, dann schaut sie weg. Es

scheint, als könnten wir den Blicken des anderen nicht mehr standhalten. Die übrigen Teilnehmer an der Zeremonie gehen auf die Tür zu.

Kadie liegt auf einer Bahre. Sie ist hoch, und mein erster Gedanke ist, dass meine Kleine nicht so hoch liegen sollte, für den Fall, dass sie herunterfällt. Aber dann sehe ich, wie sie daliegt, schlaff und bleich, und weiß – sie wird nicht herunterfallen.

Sie sieht so klein und verletzlich aus; ihr winziger Körper verschwindet förmlich auf der großen Bahre. Jemand hat ihr das Haar aus dem Gesicht gekämmt; es fällt nicht wie sonst in die Stirn. Es liegt blond und glanzlos auf dem weißen Laken. Sie hat ihr Lieblingskleid an. Ich habe es ausgesucht, und Brad hat es am Tag zuvor hergebracht. Es ist blassblau – ich sehe es an, und der Schmerz überkommt mich so plötzlich, so stark, dass ich beinah laut geschrien hätte.

Carys und meine Mutter weinen und machen sich nicht mehr die Mühe, ihre Tränen zu verbergen. Carys streichelt Kadies schlaffe Hand. Ich sehe, wie sich ihre rosigen Finger auf Kadies weißen bewegen. Sie streichen auf und ab, auf und ab, und ich bin wie hypnotisiert von dem Anblick.

»Ich denke, es ist Zeit zum Gehen«, sagt Brad.

Meine Eltern und Carys gehen zur Tür. Carys öffnet sie, und sie treten über die Schwelle. Jetzt sind nur noch Brad und ich in dem Raum. Ich frage mich, wie ich es jemals ertragen kann, Kadie hier allein zu lassen. Ich muss mehr Zeit mit ihr verbringen, Erinnerungen schaffen, die mich ein Leben lang begleiten.

Ich wende mich an Brad. »Ich möchte noch ein bisschen bleiben«, sage ich mit stockender Stimme.

Er mustert mich besorgt. »Okay!«, erwidert er und macht die Tür hinter den anderen zu.

»Allein«, erkläre ich entschieden. »Ich möchte allein bei meinem Baby bleiben.«

»Jess, nein!«

Ich schüttle resolut den Kopf. »Bitte geh, Brad! Ich möchte mit Kadie allein sein.«

Er zögert. Er öffnet den Mund, als wolle er noch etwas sagen.

»Geh einfach!«, wehre ich ab und nehme ihm die Möglichkeit zu widersprechen.

Es ist ganz still in dem Raum, nachdem er gegangen ist. Ich gehe zu der Bahre und stehe lange davor. Dann beuge ich mich vor und nehme meine Tochter in die Arme. Sie ist so leicht wie ein Vögelchen. Ich setze mich auf einen der Stühle, die an der Wand stehen, und weiß, dass nur mein Herz schwer ist. Kadie ist so kalt. Mein erster Gedanke ist, dass ich sie wärmen muss, und ich zupfe unbeholfen an meinem Mantel, um sie damit zuzudecken. Sie liegt reglos in meinen Armen, und tausend Gedanken und Erinnerungen wirbeln mir durch den Kopf.

Kadie, wie sie das erste Mal gierig an meiner Brust saugt.

Kadie geht mit unsicheren Schritten durch den Garten, zupft die Blüten der Blumen ab und legt sie in meine Hand.

Kadie klettert auf meinen Schoß und legt die Arme um meinen Hals. »Ich hab dich lieb, Mummy.«

»Wie sehr hast du mich lieb, Schätzchen?« Warum habe ich das Bedürfnis, diese Worte zu hören?

Sie breitet die Arme weit aus. »So sehr, Mummy.«

Jetzt streiche ich ihr übers Haar, dann über die Wangen. Ich zeichne die Form ihrer Augen, die Nase und den Mund nach. Mein Finger folgt der Linie des Halses und hält in der kleinen Kuhle unter der Kehle inne. Ein seltsamer, verrückter Gedanke schießt mir durch den Kopf: Wenn ich sie kitzle, wacht sie auf.

Diesen Moment habe ich gefürchtet. Kadie in den Armen zu halten bereitet mir unerträglichen Schmerz. Ich wiege sie. Es ist natürlich, eine Gewohnheit. Ich summe ein Lied, das wir abends beim Zubettgehen oft zusammen gesungen haben. Aber jetzt klingt es traurig wie ein Klagelied. Dies ist die letzte Gelegenheit für mich, meine Tochter in den Armen zu halten und für sie zu singen. Die Trauer ist allumfassend.

Die Zeit verstreicht, aber ich habe jegliches Gefühl dafür verloren. So wie ich dasitze, kann ich meine Uhr nicht sehen. Ich denke an Mam und Dad, Carys und Brad, die alle draußen auf mich warten. Aber ich kann meine Tochter nicht allein lassen.

Jemand klopft behutsam an die Tür. »Jess?«

Ich ignoriere es, bilde mir ein, dass derjenige, der da draußen steht, weggeht, wenn ich mich nicht rühre.

Nach einer Weile geht die Tür auf. Es ist mein Vater. Er steht da und sieht mich an. Selbst von weitem sehe ich, dass seine Augen in Tränen schwimmen.

»Jess, Liebes«, sagt er, »wir müssen gehen.«

Ich schüttle den Kopf. »Ich kann nicht. Ich bin noch nicht bereit.«

»Du wirst nie bereit sein. Der Tod trifft einen immer unvorbereitet.«

Er hat Recht, das weiß ich. Er kommt zu mir. Nimmt mir Kadie behutsam ab und legt sie zurück auf die Bahre.

Plötzlich ist mir kalt, und ich umschlinge meinen Oberkörper. Ich gehe ohne einen Blick zurück hinaus.

Meine Familie empfängt mich liebevoll. »Jess«, sagen sie, halten meine Hände fest umschlossen, umarmen mich. Aber ich bin wie erstarrt. In mir toben widerstreitende Gefühle. Ich möchte in Ruhe gelassen werden – alle sollen gehen. Andererseits verzehre ich mich nach menschlicher Wärme, nach Mitgefühl.

Jetzt wird mir klar, dass der Tod immer schlimm ist. Der Verlust eines kleinen Kindes ist ungeheuer, noch viel schmerzhafter als alles, was ich bis dahin erlebt habe. Und schon nach nur wenigen Tagen bin ich nicht mehr dieselbe wie vor dem tragischen Ereignis. Der Verlust hat mich kleiner gemacht, einsamer, in mich gekehrter. Und mir ist bewusst, dass ich das, was vor mir liegt, wie schmerzlich es auch sein mag, ganz allein bewältigen muss.

Es ist erst sechs Uhr am Diamantina, und der Morgen ist bereits drückend heiß. Ich sitze auf der Veranda und hoffe auf ein Lüftchen. Jennas Tagebücher, die Journale und mein Notizblock sind vor mir auf dem Tisch ausgebreitet.

Ich habe mir bei der Abschrift der Bücher gewisse Freiheiten erlaubt. Jennas Stil ist präzise und akribisch. Manchmal schreibt sie sehr persönlich. Dann wieder umgeht sie bestimmte Themen und nimmt einen neutralen Standpunkt ein. Deshalb erzähle ich sinngemäß die Ereignisse und fülle die Lücken mit meinem intuitiven Verständnis für ihre Situation, um der Geschichte ein bisschen mehr Substanz zu geben. Ich stelle mir Unterhaltungen, Handlungen und Reaktionen vor. Ich sehe Jenna vor mir, wie sie damals war: dunkelhaarig und temperamentvoll, furchtlos, wenn es galt, für sich selbst und ihre Ansichten einzustehen. Adam sehe ich als soliden zuverlässigen Mann, den »Fels in der Brandung«, auf den Jenna immer bauen kann, und ich male mir aus, wie er die kleine Katie, seine Nichte, liebt, als wäre er ihr wirklicher Vater. Und in gewisser Weise war er das ja auch beinahe.

Manchmal ist es, als würden sie alle neben mir sitzen, wenn ich schreibe, mich unterbrechen, einige Szenen und Dialoge hinzufügen. *Nein, so war es nicht,* höre ich Adam fast sagen. *Das haben wir so gemacht.*

Heute bin ich in aller Herrgottsfrühe mit einer Idee aufgewacht. »Ich werde Jennas Geschichte schreiben. Was hältst du davon?«, frage ich Brad bei einer Tasse Kaffee.

»Ich finde die Idee gar nicht gut.« Er schüttelt den Kopf und sieht mich beunruhigt an.

»Warum?«

»Nun«, beginnt er unsicher, »im Nachhinein denke ich, dass diese Tagebücher alte Wunden aufreißen. Du hast ein schlimmes Jahr hinter dir, Jess, und dich von einer über ein Jahrhundert alten, traurigen Geschichte vereinnahmen zu lassen, wäre …«

Ich hasse das. Ich hasse es, wenn er voreilige Schlüsse zieht und sich eine Meinung bildet, bevor er alle Details kennt. »Woher willst du wissen, dass es eine traurige Geschichte ist? Vielleicht ist sie aufbauend und inspirierend.«

»Stan hat mir von den Gräbern erzählt. Man muss kein Genie sein, um sich auszumalen, dass die Geschichte nicht gut endet. Inzwischen wünschte ich, du hättest diese Tagebücher nie zu Gesicht bekommen.«

»Aha!«

»Du weißt also nicht, wie die Geschichte endet? Stan hat es dir nicht gesagt?«

»Ich hab ihn nicht danach gefragt.«

Brad bedenkt mich mit einem kritischen Blick. Warum habe ich nur das Gefühl, eine Erklärung abgeben zu müssen?

»Ich möchte das selbst herausfinden, wenn du es wirklich wissen willst. Diese ganze Sache ist wie eine Reise, und wenn ich wüsste, was passiert, wäre es so, als würde ich an einem Ziel ankommen, ohne die letzte Etappe bewusst mitbekommen zu haben. Wenn ich zum Ende von Adams und Jennas Geschichte komme, möchte ich auch die Gründe für die Geschehnisse erfahren.«

»Das sagt die Richtige. Du bist doch diejenige, die einen Roman immer zur Hälfte und dann das Ende vorweg liest, weil du wissen möchtest, wie die Geschichte endet.«

»Das ist was anderes.«

»Wieso?«

Warum versteht er das nicht? »Um Himmels willen, Brad! Romane sind Fiktionen, Fantasien. Aber das hier ist real. Es ist tatsächlich passiert!«

»Sag nur nicht, ich hätte dich nicht gewarnt!«

Ich starre ihn lange an. Ich bin noch ein bisschen angeschlagen von der Fahrt am Abend zuvor. Nach unserer Begegnung der dritten Art auf der Straße fuhren wir schweigend heim – keiner von uns hatte das Bedürfnis, etwas zu sagen. Danach quälten mich seltsame Träume von Irrlichtern und Kängurus, die mich aus dem Dunklen ansprangen. Einige Male bin ich mit klopfendem Herzen und trockenem Mund aus dem Schlaf geschreckt.

Jetzt, am Morgen, rührt sich nichts im Raum. Ein Sonnenstrahl scheint durchs Fenster auf den Boden. Die Luft ist stickig. Ich blinzle und schließe die Augen, um Brads ernstes, bekümmertes Gesicht nicht mehr sehen zu müssen. Immerzu macht er sich Sorgen, verdammt noch mal!

Wir scheinen uns in verschiedene Richtungen zu bewegen, mein Mann und ich. Er versucht, mich zu beschützen, dessen bin ich mir bewusst, und will mich von Unerfreulichem, Beunruhigendem fern halten. Aber ich muss meinen Weg machen, die Geschichte beenden. Ich muss wissen, wie es mit diesen beiden Menschen, die lange vorsichtig miteinander umgegangen sind und letzten Endes doch gemerkt haben, dass sie gemeinsam stark waren, weitergeht – ich möchte erfahren, was aus diesem Mann und dieser Frau geworden ist. Jenna hat sich nicht unterkriegen lassen und die Schicksalsschläge akzeptiert. Vielleicht kann ich das auch – mit der Zeit.

Würde Brad mich verstehen, wenn ich versuchte, ihm zu erklären, dass mir Jennas Geschichte helfe, mein eigenes Leben aus einem anderen Blickwinkel zu sehen? Den Grund dafür kann ich nicht benennen. Es ist eher eine Intuition, eine Ahnung als etwas Greifbares. Jennas Verluste rücken meinen in die richtige Perspektive. Und diese Frau hat mehr Verluste erlitten als ich, was die Anzahl betrifft. Aber sie hat unermüdlich weitergekämpft und ist gestärkt aus ihrem Unglück hervorgegangen. Erwartete sie nicht Adams Kind?

»Ich bin zu involviert, um jetzt aufzuhören«, mache ich Brad klar.

»Wie du willst«, sagt er. »Und ich bin hier, um dann die Scherben aufzukehren.«

Ich drehe ihm den Rücken zu und mache mich an die Arbeit.

Eine halbe Stunde später hält ein Kombi in einer Staubwolke vor dem Gatter. Betty und Ella steigen aus und kommen auf das Haus zu. Resigniert schlage ich das Tagebuch, an dem ich arbeite, zu.

»Wir sind gekommen, um Sie auf eine Sightseeing-Tour mitzunehmen«, verkündet Betty.

Ich schaue Hilfe suchend zu Brad, der sich gerade die Stiefel zubindet und auf einen weiteren Tag am Flussufer vorbereitet. In seiner Kiste, die neben der Haustür steht, liegen Wassertest-Geräte und Petrischalen.

»Geh nur!«, sagt er, als er sich aufrichtet, dann schiebt er mich in die Richtung der beiden Frauen. »Es wird dir gut tun, einen Tag draußen zu verbringen.« Er wendet sich an Betty und Ella. »Seit Tagen sitzt sie hier und schmökert in diesen Tagebüchern. Ich glaube, sie würde nie eine Pause machen, wenn sie nicht ab und zu Schlaf bräuchte.«

Ich grinse matt. Brad und mir bleibt nicht einmal mehr eine Woche am Diamantina. Obwohl ich gute Fortschritte bei meiner Arbeit mache, fürchte ich, dass ich nicht rechtzeitig fertig werde. Doch die beiden wartenden Frauen und Brads Einverständnis lassen mir keine andere Wahl – ich muss alles stehen und liegen lassen und an dem Ausflug teilnehmen. Offenbar haben sie eine spezielle Exkursion nur für mich geplant, und ich erkenne an ihren erwartungsvollen Gesichtern, dass sie glauben, mir eine ganz besondere Freude damit zu machen.

»Wohin fahren wir?«

»Zu Conor O'Loughlins Grab. Es ist etwa zwei Stunden von hier. Und auf dem Weg gibt es jede Menge Landschaft zu sehen.«

»Was soll ich mitnehmen?«, frage ich, um Zeit zu gewinnen. Weshalb, weiß ich selbst nicht so genau. Diese Frauen lassen sich ohnehin nicht von ihrem Vorhaben abbringen.

»Nichts«, ruft Betty über die Schulter – sie ist schon wieder auf dem Weg zu ihrem Auto. »Ich habe einen Picknickkorb zusammengepackt und genügend Getränke dabei. Wir werden fast den ganzen Tag unterwegs sein.«

Ich schnappe mir meine Kamera. Betty scheucht mich auf den Beifahrersitz, Ella klettert auf den Rücksitz.

Wie es scheint, ist Ella die Navigatorin und gibt die Richtung an. Sie beugt sich zwischen Betty und mir nach vorn und deutet auf die verschiedenen Sehenswürdigkeiten. »Der alte Instinkt der Aborigines«, erklärt sie mit einem Lächeln, als ich sie frage, woher sie den Weg so genau kennt. »Ein Aborigine verirrt sich nicht im Busch.«

»Niemals?«

Sie überlegt einen Moment. »Na ja, höchst selten! Stan traut mir in diesem Punkt nicht allzu viel zu.«

»Wir werden das beurteilen, wenn wir an unserem Ziel angekommen sind«, meint Betty, als wir an eine Weggabelung kommen. »Rechts oder links?«

»Links«, sagt Ella, ohne zu zögern.

»Das ist wirklich ein Zufall«, erzähle ich. »Erst gestern hat Doris, die Mitarbeiterin des Museums, Conors Grab erwähnt, und jetzt sind wir auf dem Weg dorthin.«

»Ja, Doris hat mich daran erinnert«, erwidert Betty mit einem triumphierenden Lächeln, während der Wagen über das tausendste Schlagloch rumpelt. »Sie hat mich gestern Abend angerufen, um mir zu sagen, dass sie bald herauskommen und das alte Wohnhaus fotografieren möchte. Wir sind auch auf die Tagebücher und Journale zu sprechen gekommen und auf Conors Grab. Die historische Gesellschaft ist der Ansicht, dass dort etwas geschehen sollte. Vielleicht errichten sie irgendetwas, was an Conor O'Loughlin erinnert. Jedenfalls hab ich danach Ella angerufen und – na ja, und jetzt sind wir auf dem Weg.«

Wir fahren eine gute Stunde durch trockene Wasserrinnen, ausgewaschene Senken und auf überwucherten Feldwegen. Betty umfasst das Lenkrad mit festem Griff und wirkt sehr konzentriert. Sie ist so mit Fahren beschäftigt, dass sie nur wenig redet, also bestreiten Ella und ich die Konversation, während sich das alte, blecherne Ungeheuer ächzend und knarrend durch das unwegsame Gelände kämpft. Hin und wieder habe ich Angst, dass das Vehikel auseinander bricht.

Schließlich kommen wir auf eine weite Ebene. Gelbe Wildblumen zwischen Büscheln von Mitchell-Gras bilden einen leuchtenden Teppich, der sich erstreckt, so weit das Auge reicht.

»Jetzt sind wir gleich da«, behauptet Ella und deutet auf eine ferne Baumgruppe, die offenbar ein Flussbett säumt.

Ich atme tief durch. Ich bin neugierig, auch ein wenig ängstlich, weil ich bald vor Conors Grab stehen werde. Und ich frage mich flüchtig, warum ich überhaupt solche Anstrengungen auf mich nehme, nur um mir die Grabstätte eines Mannes anzuschauen, der vor mehr als hundert Jahren gestorben ist, wenn ich doch das Grab meiner Tochter noch nie besucht habe.

Ich fasse einen Vorsatz. Sobald ich nach Hause komme, werde ich auf den Friedhof gehen und mir Zeit nehmen, um an Kadies Grab zu sitzen. Ich werde mit ihr sprechen, ihr vom vergangenen Jahr erzählen und davon, wie schwierig und traurig es für mich war. Vielleicht bringe ich ihr auch einen Teddy oder eine Puppe aus ihrem Zimmer mit, das jetzt fast so etwas wie ein Schrein ist, und lege ihr Lieblingsspielzeug auf das Grab. Ich werde ihr auch von den Träumen erzählen und von dem kleinen Mädchen namens Kathryn O'Loughlin, das auf Diamantina Downs begraben ist.

»Gleich da unten«, sagt Ella und reißt mich aus meinen Gedanken.

Wir steigen aus und klettern einen felsigen Hang zum erhöhten Flussufer hinunter. Das Grab, das mit festem Maschendraht eingezäunt ist, befindet sich unter den belaubten Ästen eines Flusseukalyptusbaumes. Da ist ein weißes Kreuz mit der Inschrift: *Conor O'Loughlin 1851–1873.* Der Grabhügel ist mit Gras bewachsen.

»Jack und Stan haben vor ein paar Jahren diesen Zaun aufgestellt«, sagt Betty. »Früher waren da ein paar Holzpfosten, die fast verrottet waren, und Draht.«

Es ist heiß hier. Kein Lüftchen regt sich, und mir läuft ein Schweißtropfen den Rücken hinunter. Betty fächelt sich mit einer zusammengefalteten Zeitung, die sie aus dem Auto mitgenommen hat, Luft zu. Ella hat den Rock gerafft und watet durch das knöcheltiefe Wasser im Flusslauf. »Sie sollten das auch versuchen, Jess«, meint sie.

»Sieht verlockend aus.«

»Sie nennen diese Stelle Murdering Creek«, erklärt Ella – ich erinnere mich, diesen Namen vor Wochen auf der Karte gelesen zu haben. »Und das da drüben –«, sie zeigt auf einen zerklüfteten Berg, »ist der Mount Misery. Am Fluss gleich am Fuße des Berges wurden Ngaylas Stammesgenossen ermordet. Es gibt keine offiziellen Berichte oder Aufzeichnungen über das Massaker. Laut den Bürokraten der Regierung hat es niemals stattgefunden.«

»Aber das stimmt doch gar nicht – es hat sich tatsächlich ereignet!«, protestiere ich. »Es steht in Adam O'Loughlins Journalen. Ich kann Ihnen sogar das genaue Datum nennen.«

Ella lächelt betrübt. »Das ist nicht mehr wichtig«, sagt sie. »Wenn wir das Datum auch kennen, so ändert das nichts an den Tatsachen. Tot ist tot. Es kommt nur darauf an, dass wir alle davon wissen. In Stans Familie wurde die Geschichte von Ngayla, vom Mord an ihrer Mutter und Schwester, davon, wie Adam sie gefunden und mit nach Diamantina Downs genommen hat, von einem zum anderen weitererzählt.«

Wir schweigen eine ganze Zeit und denken über diese Geschichte nach. Dann mache ich ein paar Fotos aus unterschiedlichen Blickwinkeln – eines von der Grabstelle und andere mit Ella und Betty neben der Umzäunung. Es ist ein stiller, ein feierlicher Ort. Ein Ort des Friedens. Und aus unerfindlichen Gründen unterhalten wir uns im Flüsterton.

Wir essen unseren Lunch am Flussufer. Betty hat ein Festmahl zubereitet, aber wir alle haben keinen großen Appetit bei der Hitze. Ich nehme mir ein Sandwich und knabbere daran. Als Betty wegsieht, werfe ich es in die Büsche. Die Ameisen werden dankbar sein, denke ich.

Ich liege auf dem Rücken im Gras und betrachte die felsige Erhebung, die neben uns aufragt. Dort haben sich die verwundeten, verzweifelten Männer aus Ngaylas Stamm in der Nacht vor so vielen Jahren versteckt, bevor sie Conor überfallen haben. Ich versuche, die Szene im Geiste durchzuspielen, aber meine Fantasie versagt an der Stelle, an der die Männer sich an Conor und das Feuer anschleichen. Irgendwie bringe ich es nicht fertig, an den Speer und Conors überraschten Gesichtsausdruck zu denken – oder daran, wie die Speerspitze sein Fleisch durchbohrt.

Nach dem Essen bewölkt sich der Himmel, und die Sonne verschwindet, aber es wird nicht kühler. Wir steigen den Hang hinauf zum Auto. Auf dem Heimweg halten wir bei den Ruinen eines alten Farmhauses.

Das Gebäude bestand, anders als Adams und Jennas Haus, aus Stein. Es ist verfallen. Das Dach ist eingebrochen, und die Balken, die noch erhalten sind, erinnern an ein Skelett. Die Wind und Wetter ausgesetzten Steinmauern zerbröckeln langsam. Jemand hat Wellblech vor die Fenster genagelt.

Wir steigen aus dem Wagen und gehen herum. Betty und Ella unterhalten sich über die Familie, die hier gelebt hat, aber ich interessiere mich nicht für sie. In meinem Bewusstsein scheint kein Platz für jemand anderen als die O'Loughlins zu sein. Ich schlendere umher und kicke Steine weg. Brad sagt, man finde manchmal interessante Dinge rund um diese alten Behausungen, Flaschen zum Beispiel oder alte Münzen.

Kleine Staubwölkchen steigen auf, als ich mit der Schuhspitze in der Erde scharre. Da ist etwas Rostiges. Ich bücke mich und hebe es auf. Es ist ein Hufeisen.

»Das ist ein guter Fund«, sagt Ella und kommt zu mir.

»Ja?«

»Na ja, Hufeisen werden allgemein als Glücksbringer angesehen. Aber es ist ein noch besseres Omen, wenn man sie selbst findet.« Sie nimmt es mir aus der Hand und hält es mit der Öffnung nach oben. »Sie müssen es so herum aufhängen, damit das Glück nicht herausfallen kann.«

Ich schaue zurück zum Wagen. Betty schenkt Tee aus der Thermoskanne in einen Becher. Die Heckklappe nutzt sie als Tisch. Selbst aus dieser Entfernung sehe ich den Dampf, der aus dem Becher steigt.

»Hören Sie, Jess!«, sagt Ella bedächtig. »Ich will nicht neugierig sein, und Sie können mir frank und frei sagen, dass es mich nichts angeht. Aber manchmal ist es hilfreich, wenn man über die Probleme redet.«

Erinnerungen kommen ungebeten. Kadie auf der Schaukel, ihr fröhliches Lachen. Ich lese ihr eine Gutenachtgeschichte vor und sehe, wie ihre Augenlider flattern. Rosige Wangen. Der pudrige Geruch nach Babyseife. Blondes Haar.

Ich schließe die Augen und verdränge die Bilder. Kadie ist nicht mehr Teil meines Lebens, und die Leere, die sie hinterlassen hat, ist zu groß, um jemals ausgefüllt zu werden.

»Probleme? Wer sagt, dass ich welche habe?« Ich zucke lässig mit den Achseln, doch meine Stimme verrät mich. Sie ist um eine Oktave zu hoch und bebt.

Ella zuckt mit den Schultern. »Wie gesagt, es geht mich eigentlich nichts an. Ich hatte nur so ein Gefühl, aber vielleicht hab ich mich geirrt.«

Sie dreht sich um und geht weg. Plötzlich trifft mich die

Erkenntnis, wie sehr ich mir wünsche – nein, wie sehr es mich *drängt* –, mit dieser Frau zu sprechen. »Nein, Sie haben sich nicht geirrt«, sage ich unvermittelt. »Ganz und gar nicht.«

Ella kommt zurück und legt eine Hand auf meinen Arm. Ich fühle ihre Wärme, ihre Großherzigkeit, und Tränen treten mir in die Augen. Ärgerlich wische ich sie weg. »Ich fühle mich, als hätte ich die Kontrolle verloren.«

»Das haben Sie gar nicht.«

Ich schaue sie ungläubig an. »Sehen Sie mich an! Es ist ein Jahr her, und nichts hat sich geändert. Ich bin am Boden zerstört. Meine Tochter ist tot, und ich würde alles geben, um sie zurückzubekommen. Sie glauben doch nicht, dass ich mir je gewünscht habe, dass all das geschieht. Natürlich habe ich mich nicht in der Gewalt.«

»Es liegt an Ihnen, wie Sie mit dem umgehen, was Ihnen das Leben in den Weg wirft, wie Sie darauf reagieren. Das ist die höchste Form von Kontrolle.«

Ich sehe sie resigniert durch den Tränenschleier an. »Ich gehe nicht besonders gut damit um, stimmt's?«

»Ich bin keine Kritikerin, Jess. Und es ist leicht, sich eine Meinung über Dinge zu bilden, die man selbst nie erlebt hat. Ich kann mir beim besten Willen nicht vorstellen, welchen Schmerz Sie erlitten haben. Ich will nur sagen, dass Sie die Wahl haben. Sie können sich aufgeben, weil Ihnen so Schreckliches widerfahren ist, verbittert werden. Vielleicht zerstören Sie dadurch sogar Ihre Ehe und sind schließlich ganz allein. Sie können den Schicksalsschlag aber auch akzeptieren und Ihr Leben in die Hand nehmen.«

»Sie raten mir, meine Tochter zu vergessen?«

Ella seufzt und legt die Hände auf meine Schultern.

»Das würde ich nie tun! Niemals! Was Sie durchmachen, ist der ganz normale Prozess der Trauer. Erst ist man geschockt, dann wütend. Und schließlich akzeptiert man es. Das ist die natürliche Reihenfolge.«

»Das weiß ich alles. Ich habe alle möglichen Bücher darüber geschenkt bekommen.«

»Und haben Sie sie auch gelesen?«

»Nicht richtig.« Ich schüttle den Kopf. Damals konnte ich immer nur wenige Seiten am Stück lesen, und so habe ich mir einen allgemeinen Überblick verschafft, mehr nicht. Ich hatte das Gefühl, dass meine Trauer anders war als die anderer Leute. Intensiver, persönlicher. Wie können Worte in einem Buch erklären, was ich fühle?

»Ah, Jess, die alles besser weiß!« Sie ist schonungslos und direkt, aber sie lächelt dazu. »Sie können nicht für den Rest Ihres Lebens im Stadium der Wut stecken bleiben. An einem gewissen Punkt müssen Sie damit aufhören und in die nächste Phase treten, sonst lassen Sie zu, dass der Tod Ihrer Tochter all das Gute, das Ihnen das Leben sonst noch beschert hat, zerstört.«

»Das Gute? Ich glaube kaum, dass es sehr viel Gutes in meinem Leben gibt.«

»Es ist nicht schwer, das Positive schlecht zu machen, wenn man durcheinander ist. Was ist mit Brad? Mit Ihrer Ehe? Und den Menschen, die Sie lieben? Meinen Sie, dass sie nicht auch wütend sind? Aber sie lassen sich nicht von dieser Wut vereinnahmen.«

Ich gebe ein bitteres Lachen von mir. »Das klingt so einfach, ganz simpel.«

Ella schließt mich in die Arme und hält mich. Ich brauche diese Nähe eines anderen Menschen, den Trost. Ich sinke gegen sie. Die Kraft und der Kampfgeist haben mich verlassen. Ich fühle nichts, will mich nur fallen lassen.

»Sie schaffen das, Jess«, flüstert mir Ella voller Überzeugung zu. »Ich behaupte nicht, dass es leicht ist – das ist es sicher nicht, wie Sie wissen. Aber wenn Sie akzeptieren, dass Sie in vielerlei Hinsicht die Kontrolle *immer noch haben,* dann gelingt es Ihnen.«

Auf der restlichen Fahrt sind wir alle drei ziemlich wortkarg. Diesmal sitze ich hinten, und mir ist nicht nach reden zumute. Mir brennen die Augen. Mir tut jeder Muskel weh, und ich will nur noch schlafen und den Tag vergessen. Aber ich werde noch fast zwei Stunden durchgeschüttelt, ehe ich zu Hause bin.

Ich bitte Betty, mich am Gatter abzusetzen. Ich möchte zu Fuß über die Weide zum Cottage gehen, meine Rückkehr hinauszögern. Brads Auto steht nicht vor dem Haus, demnach weiß ich, dass niemand da ist. Der Gedanke, in ein leeres Haus zu kommen, bereitet mir mit einem Mal Unbehagen.

Bettys Auto rumpelt davon und fährt über den Weg zu Ellas Haus. Auf halbem Weg bleibe ich stehen und lehne mich an einen Baum. Erst jetzt, da ich allein bin, gestatte ich mir, über Ellas Rat nachzudenken.

Einige ihrer Sätze lassen mich nicht mehr los und fordern meine Aufmerksamkeit. Ich sehe Ellas entschlossenes Gesicht vor mir. Und habe ihre Stimme im Ohr. Sie hat weder versucht, mir gut zuzureden oder mich von etwas zu überzeugen, noch hat sie mich wie ein eigensinniges Kind behandelt. Sie hat Ruhe ausgestrahlt und mir ihre Überzeugung gezeigt, dass ich die Kraft in mir habe, um mit all dem Kummer in meinem Leben fertig zu werden.

Sie können nicht für den Rest Ihres Lebens im Stadium der Wut stecken bleiben.

Es liegt an Ihnen, wie Sie mit dem umgehen, was Ihnen das Leben in den Weg wirft, wie Sie darauf reagieren.

Sie schaffen das, Jess!

In diesem Augenblick sehe ich einen Hoffnungsschimmer. Ella hat mir meine Zuversicht zurückgegeben, das Gefühl, dass ich eines Tages in der Lage sein werde, die Trauer loszulassen. Es wird nicht heute geschehen, auch nicht morgen. Aber in den nächsten Monaten werde ich spüren, dass sich die Wut in Luft auflöst und verschwindet.

Typisch Ella, geht es mir durch den Kopf, als ich die Haustür öffne und hineingehe, dass sie mich direkt anspricht und sagt, was sie denkt. Ella schleicht nicht wie andere wie die Katze um den heißen Brei.

Nein, denke ich mit einem Lächeln, Ella ist nicht wie die anderen.

TEIL VI

ENTGLEITEN

KAPITEL 29

Die Schur der wenigen Schafe, die Adam noch geblieben waren, dauerte nur drei Tage. Zwei Jahre zuvor waren die Scherer einige Wochen auf Diamantina Downs geblieben, bis sie fertig waren. Jenna war mit Katie jeden Tag in die Schurhalle gegangen und hatte den Männern Brötchen und Plätzchen gebracht. Sie sah zu, wie sich die Männer über die Tiere beugten und sie Vliese mit scharfen Klingen abschoren. Der Geruch von Schweiß und Lanolin lag in der Luft. Dieser Geruch stieg einem noch in die Nase, wenn die Männer und Tiere längst weg waren.

Nach der Schur rannten die jämmerlich aussehenden Tiere, deren Knochen ohne die Wolle deutlich zu sehen waren, auf spindeldürren Beinen die Rampe hinunter in den Sonnenschein. Die Wollballen – dieses Jahr gab es nicht viele – wurden gepresst, verpackt und mit Eisenbändern zusammengebunden. Jenna wusste, dass sie nach England zu den Spinnereien verschifft wurden, was Adam nicht recht zu sein schien.

»Verdammte Engländer«, brummte er und betrachtete wehmütig das dürftige Resultat von einem Jahr harter Arbeit. »Der Erlös für diese Wolle reicht gerade mal für die Löhne der Scherer. Uns wird nichts davon bleiben.«

»Bestimmt regnet es bald«, gab Jenna zurück.

»Und wenn nicht? Ich weiß nicht, was wir dann machen sollen.«

Seit ein paar Tagen veranstalteten die Schwarzen im Lager ein Corroboree, ein Ritual, bei dem sie um Regen flehten. Adam und Jenna waren in einer Nacht dazu eingeladen. Es sei eine Ehre, wie Wongaree ihnen erklärte, denn normalerweise dürften Weiße nicht an diesen Zeremonien teilnehmen. Jenna hatte fasziniert verfolgt, wie Wongaree, geschmückt mit Federn und Känguruschwänzen, die Männer im Schein der Holzfeuer anführte. Sie bewegten sich langsam, dann schnell, stampften mit den Füßen und kauerten sich auf den Boden, wobei sie aussahen wie ein Vogelschwarm. Die Frauen umkreisten die Männer und schlugen Stöcke aneinander.

Jenna seufzte bei der Erinnerung daran, kehrte aber rasch wieder in die Wirklichkeit zurück. An diesem letzten Morgen saßen viele Menschen beim Frühstück am Esstisch: ihre eigene kleine Familie, die Scherer, Tagelöhner und Farmarbeiter. Jenna hörte das Stimmengewirr wie aus weiter Ferne. Sie presste die Hand auf ihren Bauch – das Kind bewegte sich. Die Schurzeit war zu Ende; jetzt dachte sie an die Zukunft. An Katie. An das neue Baby.

Später stand sie mit ihrer Tochter auf der Veranda und winkte, als die letzten Wagen mit den Männern vorbeifuhren. Sie zogen weiter nach Süden zur nächsten Schaffarm.

Jenna kam an diesem Morgen nicht zur Ruhe. Das Haus erschien ihr außergewöhnlich still nach dem Aufbruch der Männer. Katie half Aleyne beim Aufhängen der Wäsche hinter dem Haus. Adam war mit seiner Büchse unter dem Arm auf die Weide gegangen. Ngayla sang in der Küche Jinbi etwas vor und knetete dabei Brotteig.

Jinbi war inzwischen ein Jahr alt und lief seiner Mutter auf unsicheren Beinchen auf Schritt und Tritt nach. Sie trug ihn auch noch oft in der Schlinge herum, und er nuckelte an ihrer Brust. Jenna hatte Ngayla zu überreden versucht, ihn zu entwöhnen, aber die weigerte sich. »Nein, Missy«, sagte sie und schüttelte energisch den Kopf. »Jinbi ist ein guter Junge. Sogar Mista Adam sagt das. Er soll groß und stark werden, damit er den anderen Männern bei der Arbeit helfen kann. Er braucht viel gute Milch, die macht ihn stark.«

Jenna lächelte matt, als sie die Stimme der jungen Frau hörte. Ihr schmerzte der Rücken. Sie ging zum Fenster im Esszimmer und lehnte sich an das Sims, um den Druck von ihrem Rückgrat zu nehmen.

Die Hitze flimmerte über der Landschaft. Jenna entdeckte Emus, dunkle Gestalten vor dem dunstigen Horizont. Grau-grüne Coolibahs bewegten sich im heißen Wind wie bei einem langsamen Tanz. Der Himmel war so strahlend, dass es in den Augen schmerzte.

Erwartung lag in der Luft, eine Rastlosigkeit, die auch ihr ungeborenes Kind zu spüren schien. Er – Jenna war überzeugt, dass es diesmal ein Junge wurde – drehte sich und strampelte. »Autsch!«, murmelte sie und massierte die Stelle mit der flachen Hand. Corellas erhoben sich in die Lüfte und flogen kreischend zum Fluss. Dies ist einer dieser Tage, an denen man nicht weiß, was geschieht, und ein plötzlicher Wetterumschwung kommen kann, dachte sie betrübt. Schon jetzt zeigte sich ein verräterischer rötlicher Dunst am westlichen Horizont.

Ein Sandsturm. Der erste in diesem Jahr.

Jenna seufzte, drückte die Stirn an die kühle Fensterscheibe und dachte an den letzten Sommer. Sie und

Aleyne hatten nach einem besonders schlimmen Sturm fast einen ganzen Tag gebraucht, um die großen Sandhaufen von der Veranda und aus dem Gemüsegarten zu schaufeln. Heute wäre sie nicht dazu imstande. Sie hatte keine Kraft für diese schwere Arbeit. In wenigen Wochen sollte ihr Kind auf die Welt kommen, und es fiel ihr schon schwer, im Haus umherzugehen. Gott allein wusste, wie sie die Fahrt in die Stadt, auf der Adam nach wie vor bestand, durchstehen sollte.

Nach dem Mittagessen brachte sie Katie für ihr Mittagsschläfchen ins Bett und sah nach ein paar Minuten noch einmal nach ihr. Katie schlief bereits tief und fest, das dunkle Haar klebte feucht an ihrer Haut. Wie die Kleine in dieser stickigen Hitze überhaupt schlafen konnte, war Jenna ein Rätsel.

Erschöpft zog sich Jenna ins Schlafzimmer zurück. Adam beharrte, seit er von der Schwangerschaft erfahren hatte, energisch darauf, dass Jenna jeden Nachmittag, wenn Katie schlief, sich ebenfalls hinlegte und ausruhte.

»Ich bin nicht krank!«, hatte sie lachend protestiert.

»Nein, aber du wirst all deine Kraft bei der Geburt brauchen.«

Heute war sie sich ganz sicher, dass sie keinen Schlaf finden würde. In ihrem Zimmer war es kein bisschen kühler als in dem ihrer kleinen Tochter, und eine Fliege summte nervenzermürbend an der Fensterscheibe. Das Baby strampelte gnadenlos. Ein kurzer, schmerzloser Krampf verhärtete ihre Bauchdecke.

Sie zog ihr Kleid aus, legte sich aufs Bett und starrte an die Decke. Aus der Küche drangen Aleynes und Ngaylas gedämpfte Stimmen. Sobald sie mit dem Abwasch fertig wären, würden sie ins Lager gehen und den Rest des Nachmittags dort verbringen. Erst wenn es galt, das Abendessen zuzubereiten, kamen sie wieder ins Haus. Die Luft war drückend, still, als würden sich Urgewalten für einen Angriff zusammenrotten.

Jenna atmete tief durch und schloss die Augen, um den Schlaf zu erzwingen.

Adam legte das Gewehr an und schoss – ein weiteres Schaf sank leblos zusammen. Er zwinkerte in der grellen Sonne; vorhin hatte er ein paar andere Tiere im Schatten eines Coolibah-Baumes gesehen. Als der Schuss durch die Luft peitschte, versuchten einige, auf die Füße zu kommen – vergeblich. Resigniert schwang sich Adam in den Sattel und ritt auf die Tiere zu.

So hatte er sich das Leben am Diamantina nicht ausgemalt. Die ganzen Jahre hatte er eine feste Vorstellung davon gehabt, wie es sein sollte. Er wollte seinen Besitz langsam vergrößern, wenn er es sich leisten konnte, und Verbesserungen einführen. Er hatte gut gewirtschaftet, gewartet und sein Geld, anders als Jenna, für Notzeiten gespart. Doch diese lange Dürreperiode machte seine wohl durchdachten Pläne zunichte.

Jenna hatte ihr Kapital für den Hausbau und die Einrichtung ausgegeben. Es war ihr Geld gewesen, Adam wollte nichts davon haben. Außerdem hatte er angenommen, dass es sie glücklich machte, wenn sie sich ein eigenes Heim schaffen konnte, und das Leben in dem großen Haus war tatsächlich sehr behaglich. Gott war sein Zeuge, er nahm es seiner Frau nicht übel, dass sie das Geld mit vollen Händen ausgegeben hatte. Das Leben im Busch war ohnehin hart genug. Was aber, wenn seine Frau und sein Kind – und zwangsläufig auch er – vergleichsweise luxuriös lebten, während die Farm langsam, aber sicher Bankrott ging? Die Dürre war ein Naturereignis, und man konnte den Regen nicht mit Geld kaufen.

Er schirmte die Augen mit einer Hand ab und schaute in die Ferne. Dort am Horizont sah er ein rosa Band am Himmel, das mit den roten Bergen verschmolz, die hier und da aus dem flachen Land hervorragten.

Ein Sandsturm. Adam nahm an, dass es in diesem Sommer noch öfter als sonst Sandstürme geben würde. Das Gras war verdorrt, und es gab nichts, was die Erde zusammenhielt. Der Sturm wirbelte die losen Schichten auf, trug sie fort, und sie setzten sich manchmal hunderte von Meilen entfernt wieder ab.

Ein heißer Wind fegte über die Ebene und riss die dürren Grasbüschel mit. Adam schätzte, dass ihm noch eine Stunde Zeit blieb, bis der Sturm hier war.

Entschlossen erlöste er die Schafe von ihrem Elend und ritt in Richtung Haus. Er hatte keine Lust, sich hier draußen von dem Sturm und den Staubmassen überraschen zu lassen.

Es war dunkel im Zimmer, als Jenna aufwachte. Der Sturm war da, und sie hörte, wie Sand und Erdklumpen gegen die Fenster geschleudert wurden. Schweißtropfen standen auf ihrer Oberlippe, und ihre Haut fühlte sich klamm an. Das Haar war ein wenig feucht. Die Vorhänge hingen schlaff herunter, also musste jemand – Ngayla vielleicht? – ins Zimmer gekommen sein und das Fenster zugemacht haben.

Sie streckte sich wie eine Katze und rollte auf die Seite,

um auf die Uhr auf ihrem Nachtkästchen zu sehen. Wie spät war es? Kurz nach vier, obwohl es schon so düster war wie am Abend. Sie hatte gute zwei Stunden geschlafen. Langsam hievte sie sich vom Bett und hob das Kleid auf, das sie vorhin auf den Boden hatte fallen lassen.

Barfuß tapste sie durch den Flur zum Zimmer ihrer Tochter und öffnete die Tür. »Katie? Katie, Liebling?«

Das Bett war leer.

Das Fenster stand offen, und der Wind peitschte die Vorhänge hin und her. Jenna lehnte sich hinaus. Sand kam ihr in die Augen. Sie konnte kaum vier Meter weit sehen, fasste nach dem Griff am Fenster und schob es zu.

Sie betrachtete einen Moment das zerwühlte Bett. Wahrscheinlich war Katie in der Küche. Aleyne müsste mittlerweile wieder im Haus sein, und bestimmt bereiteten sie Biskuits oder Blätterteigpasteten fürs Abendessen vor.

Doch auch in der Küche war niemand, das Feuer war fast ganz heruntergebrannt.

Jenna legte ein Holzscheit auf die Glut. Sie ging durchs Esszimmer und durch den Salon, ins Musik- und Arbeitszimmer. Von Katie keine Spur. Jenna lief durch den Flur, riss alle Türen der ungenutzten Schlafzimmer auf und rief den Namen ihrer Tochter.

»Katie? Wo bist du? Komm raus!«

Katie liebte es, sich zu verstecken, und es war ein tägliches Spiel: Sie kroch in einen Schrank oder unter ein Bett, wenn sie hörte, dass Adam von den Weiden nach Hause kam. Aber heute war es anders. Es war noch zu früh. Adam war nicht im Haus. *Niemand* schien hier zu sein.

Allmählich war Jenna ernsthaft beunruhigt, aber sie

versuchte, ihre Befürchtungen zu zerstreuen. Adam würde sie ausschelten und ihr sagen, dass sie sich unnötig Sorgen mache. Aber ihre Erfahrungen von Kindesbeinen an hatten sie so gemacht. Das Leben und der Tod waren unberechenbar. Das hatte ihr Michaels Unfall gezeigt. Und der Tod ihrer Mutter. Conors tragisches Schicksal. Aber Katie ist anders, redete sie sich ein. Jeden Moment würde sie ihre Tochter finden. Sie musste ein ernstes Wörtchen mit ihr reden, bevor sie dann zusammen in die Küche gingen und mit den Vorbereitungen fürs Dinner anfingen.

Das Haus war still, unheimlich still; nur ihre eigenen Schritte waren zu hören. Sie öffnete die Tür des letzten Zimmers. »Wo bist du, Katie?«, schrie sie und war überrascht, dass ihre Stimme, schrill und verängstigt, von den Wänden widerhallte.

Sie ließ sich umständlich wegen ihres Babybauchs auf alle viere nieder und spähte unter das Bett. Aber da war kein ersticktes Kichern, niemand, der an ihr vorbeihuschte und zu entkommen versuchte.

Die Haustür schlug zu. *Katie!,* dachte sie, zog sich auf die Füße und rannte in die Halle.

Aber da war nur Adam, der sich die Stiefel auszog. »Gott sei Dank, endlich bin ich zu Hause! Der Wind ist so stark ...«

»Hast du Katie gesehen?«, schnitt sie ihm das Wort ab.

Er sah sie verwirrt an. »Nein. Sollte ich?«

»Ich kann sie nicht finden. Sie war nicht da, als ich aufwachte.«

»Bestimmt versteckt sie sich irgendwo.« Adam ging zum nächsten Schrank und öffnete ihn. »Katie! Komm raus – sofort! Deine Mutter macht sich Sorgen um dich.«

Keine Antwort.

»Katie!« Er marschierte durchs Haus und riss die Türen auf wie Jenna kurz zuvor. »Sie muss hier sein. Wohin sollte sie gehen?«

Jenna blieb hinter ihm stehen und musste plötzlich an das Spiel denken.

Die kleine Miss Katie ist in die Stadt gegangen. Sie hat sich ganz allein ein Pferd gesattelt und ist davongeritten.

Erschrocken schlug sie die Hände vor den Mund, als wolle sie einen Schrei unterdrücken. Ihre Stimme war kaum mehr als ein Flüstern. »Du glaubst doch nicht … Sie würde nicht versuchen, allein in die Stadt zu kommen, oder?«

Gemeinsam liefen sie hinaus auf die Veranda. Der Platz, an dem Katies Stiefel normalerweise standen, war leer. Nur Sand hatte sich dort angesammelt.

»Sie ist weggegangen«, kreischte Jenna verzweifelt und sah sich hektisch um. Überall wirbelte der Staub herum, so dick, dass man außer den nächsten Pfefferbäumen und deren vom Sturm gepeitschten Ästen nichts erkennen konnte.

»Sehen wir in den Ställen nach!«

Warum hatte sie selbst noch nicht daran gedacht? Ein Hoffnungsfunke glomm auf. »Die Ställe, natürlich«, wiederholte Jenna benommen. »Bestimmt ist sie dort.«

Sie liefen zu dem Gebäude, kämpften gegen den Sturm an, Sand schlug ihnen in die Gesichter und die Augen. Adam zog das Tor auf, und beide taumelten in den Stall. »Katie!«, überbrüllte Adam das Tosen des Sturms.

Sie liefen durch den Mittelgang und schauten in die Boxen. Die Pferde waren unruhig, schnaubten und stampften mit den Hufen. Jenna roch das Stroh und die Melasse und bemerkte, dass ihr übel wurde, als sie zu der letzten

Box kamen. Alle Pferde standen im Stall, aber von Katie war nichts zu sehen.

Alles drehte sich um Jenna, Adams Gesicht verschwamm vor ihren Augen. Sie fürchtete, in Ohnmacht zu fallen. Adam streckte die Arme aus, als spürte er, wie ihr zumute war, und hielt sie an den Schultern fest. »Denk nach!«, forderte er. »Wo könnte sie noch sein? Vielleicht hat Aleyne die ersten Anzeichen des Sturms gesehen und Katie mit ins Lager genommen, weil sie wusste, dass sich die Kleine fürchten würde, wenn sie aufwacht und du noch schläfst.«

Jenna schüttelte den Kopf. Warum standen sie hier herum und verschwendeten Zeit mit einer Diskussion über Möglichkeiten? »Das hat Aleyne noch nie gemacht. Warum jetzt?«

Adam führte sie zurück zur Veranda und zwang sie, sich auf die Bank zu setzen. »Ich gehe hinunter zum Lager«, sagte er, »und sehe nach, ob sie dort ist. Wenn nicht, bringe ich ein paar der Männer mit her, damit sie bei der Suche helfen.« Er trat einen Schritt zurück und deutete mit einer Kopfbewegung zu den schwankenden Bäumen. »Versprich mir, dass du nichts Unüberlegtes tust! Ich will nicht nach euch beiden suchen müssen.«

Er weigerte sich zu gehen, bis sie ihm ihr Wort gegeben hatte. Kostbare Minuten verrannen, und Gott allein wusste, wie lange Katie schon weg war. »Ich gebe dir zehn Minuten«, sagte Jenna widerwillig. »Wenn du bis dahin nicht zurück bist, mache ich mich selbst auf die Suche.«

Die Zeit verging quälend langsam, während Jenna auf der Veranda wartete. Ihr brannten die Augen. Sie drückte sich ein Taschentuch auf die Nase, um nicht zu viel von dem Staub einzuatmen, und strengte sich an, etwas durch den wirbelnden roten Schleier zu erkennen. Doch da war nichts.

Adam kam mit Aleyne und den Männern zurück, sah Jenna an und schüttelte wortlos den Kopf. Sein Gesicht war aschfahl vor Sorge.

Er zeigte Wongaree den Platz, an dem Katies Stiefel immer standen. Wongaree ging mit tief gesenktem Kopf die Stufen hinunter in den Garten und inspizierte den Boden. »Der Wind hat die Spuren weggewischt. Da ist nichts mehr«, brummte er und wedelte hilflos mit dem Arm. »Die Fußspuren von Missy Katie sind längst verdeckt.«

Jenna schluchzte erstickt. »Bitte, Wongaree! Wir müssen sie finden.« Die Übelkeit ballte sich in ihrem Magen zusammen. Jenna konnte sie nicht mehr unterdrücken und lief zum anderen Ende der Veranda, um sich in die Büsche zu übergeben.

»Bist du in Ordnung?«, fragte Adam und eilte zu ihr.

»Es ist nichts«, behauptete sie. »Es geht schon wieder. Wir müssen Katie suchen.«

Sie wollte zu den Stufen, die in den Garten führten, aber Adam packte sie am Arm und hielt sie zurück. »Wohin willst du?«

Sie riss sich los. »Guter Gott, Adam! Ich muss sie finden.«

»Du bist nicht in der Verfassung, hier draußen umherzulaufen. Denk an das Baby!«

»Ich denke an meine Tochter. Sie ängstigt sich da draußen zu Tode. Und in wenigen Stunden bricht die Nacht herein. Du weißt, wie sehr sie sich bei Dunkelheit fürchtet.«

»Jenna«, sagte er geduldig, legte die Hände an ihre

Wangen und zwang sie, ihm in die Augen zu sehen, »du bleibst hier. Keine Widerrede. Was, wenn Katie von allein nach Hause findet, und niemand ist da?«

Ja, das stimmte. Daran hatte Jenna noch gar nicht gedacht – ihre Tochter könnte tatsächlich einfach heil und gesund und ohne irgendwelche Hilfe wieder auftauchen.

Adam schob sie sanft zu Aleyne. Die schwarze Frau nahm ihren Arm. »Kommen Sie ins Haus, Missy! Aleyne macht einen Tee. Dann fühlen Sie sich gleich besser.«

»Glaubst du, sie könnte ...?«, begann Jenna hoffnungsvoll. Doch Adam lief bereits die Stufen hinunter, die Männer folgten ihm auf dem Fuße. Sekunden später waren sie im Sandschleier verschwunden.

Jenna ging auf der Veranda auf und ab; ihr brannten die Augen. Von Zeit zu Zeit bot ihr Aleyne an, eine Kanne Tee aufzubrühen, und versuchte, sie ins Haus zu bringen, aber Jenna schüttelte ihre Hand jedes Mal ab.

Bei Einbruch der Nacht kam Adam heim. Noch immer tobte draußen der Sturm; er schien sich jedoch nur noch ein letztes Mal aufzubäumen, ehe er endlich nachließ.

»Nirgendwo eine Spur von ihr«, sagte Adam, als Jenna gegen seine Brust sank. »Es tut mir Leid, Jenna, aber wir können da draußen kaum die Hand vor Augen sehen. Katie könnte nur wenige Meter vom Haus entfernt sein, oder wir sind schon mehrmals an ihr vorbeigelaufen. Wir müssen warten, bis sich der Sturm gelegt hat.«

Jenna konnte sich kaum noch auf den Beinen halten und fürchtete bei jedem Schritt umzukippen. Adam stützte sie und führte sie zum Esstisch, wo Aleyne, als sie Adams Stimme gehört hatte, eine hastig zubereitete Mahlzeit aufgetragen hatte.

»Essen Sie auf, Missy!«, forderte die schwarze Frau, aber Jenna stocherte nur im Essen und schob es auf dem Teller herum. Wenn sie auch nur einen Bissen in den Mund steckte, würde ihr wieder übel, dessen war sie sich bewusst. Sie versuchte, sich zu beschäftigen, räumte den Tisch ab und half Aleyne beim Abspülen. Die Panik baute sich jedoch immer weiter auf. Jenna musste unaufhörlich daran denken, dass ihre kleine Katie hungrig, durstig und voller Angst im Busch umherirrte.

Gegen neun Uhr verebbte der Sturm. Die Wolken verzogen sich, und der silberne Mond stand hoch am Himmel. In seinem Licht sah Jenna die Sandwehen, die sich am Zaun aufgehäuft hatten.

Adam nahm eine Laterne, und Jenna beobachtete das Licht, das über die Weide tanzte, als er sich zusammen mit den Männern erneut auf die Suche machte. Dämonenlicht, dachte sie und erinnerte sich an Aleynes Prophezeiung: Jeder, der dem Licht folgt und versucht, es einzufangen, kehrt nie wieder zurück.

Hatte Katie, als der Sturm den Himmel verdüstert hatte, dieses mysteriöse, wankende, lockende Licht auf der Weide gesehen? War sie ihm durch das Unwetter gefolgt, weil sie dachte, es würde sie nach Hause führen? Was, wenn sie das Licht gefunden und es sich aus der Nähe angesehen hatte? Diese Fragen nagten an ihr und forderten Antworten. Verzweifelt verdrängte sie sie und dachte: *Jede Minute kommt Adam mit meiner Tochter im Arm ins Haus zurück. Dann ist der Albtraum vorbei.*

Sie schickte Aleyne nach Hause ins Lager. »Ich komme zurecht, ganz bestimmt«, versicherte sie der älteren Frau.

»Außerdem kannst du hier nichts tun. Geh heim und ruh dich aus!«

Jenna setzte sich auf die Veranda. Sie war so erschöpft, dass sie kaum noch einen klaren Gedanken fassen konnte. Von Zeit zu Zeit hörte sie Adams Stimme in der Ferne: »Katie!« Der Name hallte vage und verstümmelt über das Land.

Eine Antwort hörte sie nie.

Aus dem Lager der Aborigines drangen die Rasseln und das Stöckeschlagen herüber. Der gleichmäßige, immer wiederkehrende Rhythmus entführte Jenna in die Vergangenheit und beschwor Bilder herauf. Von Michaels Tod. Dem ihrer Mutter. Von ihrer Ankunft auf Diamantina Downs und von Adam, der ihr sagte, dass Conor ums Leben gekommen sei.

Plötzlich fing ihr Herz an zu rasen. *O Gott!*, schoss es ihr durch den Kopf. Sie vergrub das Gesicht in den Händen und schnappte nach Luft. *Katie darf nichts passiert sein. Ich kann das nicht noch einmal ertragen. Ich kann nicht.*

Schließlich hob sie den Kopf und glaubte, eine Bewegung in der Dunkelheit gesehen zu haben. Hoffnung loderte auf. »Katie«, flüsterte sie und sprang auf. Sie legte die Hände auf das Verandageländer und starrte in die Nacht. Aber es war nur ein Känguru, das am Zaun entlanghüpfte und versuchte, an das grünere Gras im Garten zu gelangen.

Jenna ging zurück zu der Bank und rollte sich dort zusammen. Sie war müde, entsetzlich müde. Ihr fielen die Augen zu. Sie träumte von ihrer Tochter – scharfe, zusammenhanglose Bilder, die ineinander verschmolzen: Katie mit ihren Schnürstiefeln, wie sie durch den Busch läuft, auf Steinen ausrutscht und über Äste stolpert. Katie, die weinend und schluchzend die Hände ausstreckt, während ihr der Sandsturm ins Gesicht fegt.

Jenna schreckte mit wild klopfendem Herzen aus dem Schlaf und sah sich orientierungslos um. Wo war sie? Warum lag sie hier? Dann kam die Erinnerung und traf sie wie ein Hammerschlag auf die Brust.

Katie, dachte sie. *Katie ist weg.*

Sie schauderte und strich mit der Hand über ihren Körper. Arm, Brüste und den gewölbten Bauch. Adams Baby. Ihre Hand verweilte dort, und wie aufs Stichwort bewegte sich das Ungeborene. Sie spähte mit neuer Hoffnung in die Dunkelheit. Von den Männern war nichts mehr zu hören. *Ich darf nicht wieder einschlafen,* nahm sie sich vor. *Ich muss wach bleiben, aufmerksam sein. Nach Katie Ausschau halten.*

Es war sehr spät, als Adam zurückkam. Ihm war die Erschöpfung anzusehen, er hatte dunkle Ringe unter den Augen, und sein Gesicht wirkte wie eingefallen. Jenna ging zu ihm und schlang die Arme um seine Schultern. »Wie spät ist es?«

»Mitternacht.«

»Habt ihr …?« Sie brachte die Worte nicht über die Lippen.

Hoffnung keimte auf und erstarb, als Adam den Kopf schüttelte. »Es tut mir Leid, Jenna. Wieder keine Spur von ihr. Vielleicht morgen bei Tageslicht …«

Sie brach weinend in seinen Armen zusammen.

KAPITEL 30

In dieser Nacht machte Jenna kaum ein Auge zu. Adam wollte nur noch ins Bett und ein paar Stunden schlafen, bevor er sich erneut auf die Suche machte. »Komm, leg dich zu mir!«, sagte er und drückte Jenna kurz an sich. »Du tust dem Baby nichts Gutes. Du brauchst Ruhe.«

Aber sie schüttelte den Kopf und setzte sich wieder auf die Veranda, wartete, sah zu, wie der Mond über den Himmel wanderte. Vielleicht döste sie manchmal ein wenig ein – sie war sich dessen nicht sicher. Sie war innerlich taub, erstarrt, und versuchte, nicht an das Unaussprechliche zu denken. Sie würden Katie finden. Sie *mussten*. Sie hatten alle Öllampen und Laternen angezündet und auf die Veranda gestellt. Falls Katie in der Nähe wäre, würde sie die Lichter sehen und den Weg nach Hause finden.

Die Männer brachen vor Sonnenaufgang wieder auf. Jenna sah ihnen nach, als sie mit ihren Laternen ausschwärmten. Sie hatte Adam angefleht, sie mitzunehmen, aber er verbot ihr strikt, das Haus zu verlassen. »Denk nicht mal daran! Weißt du, wie heiß es heute da draußen wird?«

Natürlich wusste sie das! Aber Katie war auch im Freien.

Sie versuchte, sich zu beschäftigen. Doch die alltäglichen Arbeiten wurden zu einer unerträglichen Qual. Das Warten war nicht auszuhalten. Sekunden, Minuten, dann Stunden vergingen – die Zeiger der Uhren in der Küche, im Salon, im Schlafzimmer wanderten langsam weiter. Wo immer sie Zuflucht suchte, war eine Uhr, die gnadenlos tickte und die Minuten seit Katies Verschwinden zählte. Bei der Hitze und ohne Wasser würde das kleine Mädchen niemals überleben. Wenn sie sie nicht bald fänden …

Die Schwüle überkam Jenna wie in Wellen und bereitete ihr Übelkeit. Immer wieder lief sie zur Haustür und schaute hinaus. Am Horizont flimmerte die Hitze, als wäre dort glitzerndes Wasser, und die Eukalyptusbäume schienen in den Wellen zu schwanken.

Ab und an stieg Jenna die Treppe zu Adams Turmzimmer hinauf und ließ den Blick über die Landschaft schweifen, um nach Anzeichen von Leben zu suchen. Aber da war nichts, nur hin und wieder ein Emu oder Känguru, die Schatten suchten. Selbst von Adam und den Männern war nichts zu sehen.

Nach und nach kamen die Frauen vom Lager herauf und versuchten, Jenna Mut zu machen.

»Der Boss kommt bald heim und bringt Missy Katie mit.«

»Vielleicht sitzt sie am großen Wasserloch und wartet, dass sie gefunden wird.«

»Sorgen Sie sich nicht wegen der Dämonenlichter! Missy ist nicht so dumm, ihnen nachzugehen.«

Dämonenlichter – wie sollte sie sich keine Sorgen machen?

Die Schatten auf dem Gras wurden länger. Der Himmel verfärbte sich tiefblau. Und die rote Sonne, die am westlichen Horizont versank, verhieß für morgen einen weiteren sengend heißen Tag. Kein Wölkchen deutete auf erlösenden Regen hin. Eine leichte Brise raschelte im dürren Gras. Die Vögel suchten ihre Nachtplätze auf. Im Osten leuchtete der Abendstern auf. Jenna starrte ihn unendlich lange an und erinnerte sich. Was hatte Mary in einem ihrer lichteren Momente gesagt?

Betrachte den Abendstern und wünsch dir etwas, dann wird der Wunsch wahr!

Jenna blinzelte und schaute weg.

Unsinn, dachte sie. Adam würde derjenige sein, der ihre Tochter fand und nach Hause brachte. Jede Minute konnte er durch die Tür kommen.

Adam hatte eine schlaflose Nacht verbracht und sich das Gehirn zermartert, in welche Richtung Katie gegangen sein mochte. Das Land da draußen war öde, und das Glück schien die O'Loughlins verlassen zu haben. Der Sandsturm hatte alle Spuren verwischt und mögliche Fußabdrücke mitgenommen. Am Tag war es brütend heiß. Das Wasser in den Flussläufen war abgestanden und faulig.

Die Männer ritten los, als es noch dunkel war. Sobald es hell wurde, scheuchten sie Schwärme von kreischenden Corellas auf. Regenpfeifer ergriffen die Flucht, Kängurus blieben stehen und sahen sie an, während eine Herde Emus davonlief.

»Katie!«, schrie Adam von Zeit zu Zeit und wartete auf eine Antwort.

Aber da war nie eine.

Nach Sonnenaufgang stiegen sie ab und schwärmten aus, um die Erde nach Hinweisen abzusuchen. Ständig riefen sie Katies Namen. Die Aborigines inspizierten Büsche und Sträucher, um zu sehen, ob kürzlich Zweige abgebrochen oder Fetzen von Kadies Kleid hängen geblieben waren. Adam hoffte von ganzem Herzen, heute eine

Spur zu finden. Katie war doch noch so klein und konnte nicht weit gegangen sein. Sie hatten Pferde, aber Katie war zu Fuß. Sie mussten sie bald einholen.

Doch dann gewannen Zweifel die Oberhand. Norden, Süden, Osten, Westen – sie konnte in jede Richtung gegangen sein. Was, wenn sie an den falschen Stellen suchten?

Nach einigen Stunden teilten sich die Männer in zwei Gruppen auf. Adam und Wongaree wollten an den Flussufern weitersuchen, Pigeon und Wandi wandten sich nach Westen.

Adam und Wongaree ritten durch die Büsche, durch trockene Flussbetten. Die Hufe wirbelten Staubwolken auf. Sie suchten Senken und Kanäle, die schlammigen Ufer und Wasserlöcher ab. Der schwarze Mann führte Adam in einige Höhlen an den Ufern, in denen die Luft kühl und modrig war. Die Felswände waren mit Bildern von Emus und Schlangen bemalt. Tiefe Nischen befanden sich in den Felsen, und Wongaree erzählte Adam, dass die Aborigine-Frauen früher dort ihre Babys schlafen gelegt hätten.

Aber Katie war nirgendwo.

Als sie die letzte Höhle verließen, schloss Adam die Augen und lauschte. Da waren die üblichen Geräusche des Busches – Grillen, Krähen. Sogar noch unter den überhängenden Zweigen brannte die Sonne heiß auf sein Gesicht. Er öffnete den Mund und brüllte aus Leibeskräften: *»KATIE!«*, und der Laut wurde von den Felswänden dutzendfach zurückgeworfen.

Adams Angst wuchs im Laufe des Tages immer mehr. Sie quälte ihn und fraß ihn innerlich auf. Er musste Katie finden. Sie war jetzt schon fast einen ganzen Tag verschwunden, und die Zeit lief ihnen davon. Wie sollte er Jennas enttäuschten, niedergeschlagenen Blick ertragen, wenn er wieder mit leeren Händen heimkäme?

Aber was, wenn das Kind längst tot war?

Seit Stunden hatte er diesen Gedanken verdrängt, aber jetzt war er müde, hungrig und hatte kaum noch die Kraft, die Schreckensbilder zu vertreiben.

Nein! Er blockte die Vorstellung ab, ließ ihr keine Gelegenheit, sich in seinem Bewusstsein festzusetzen. Er durfte nicht aufgeben, noch nicht. Er würde zumindest noch ein paar Stunden weitersuchen. Bis es dunkel wurde. Erst dann konnte er es sich erlauben, die Situation neu einzuschätzen.

»Komm, Wongaree!«, sagte er und deutete auf eine Erhebung in der Nähe. »Lass es uns dort versuchen!«

Bei Sonnenuntergang war ihm klar, dass kaum noch Hoffnung bestand. Ohne Trinkwasser konnte Katie unmöglich so lange überlebt haben. Im Winter hätte sie vielleicht eine Chance gehabt, aber nicht bei dieser gnadenlosen Hitze. Adam zügelte sein Pferd, wischte sich mit dem Handrücken über die Stirn und sah Wongaree mit einem Kopfschütteln an. Ihr eigener Wasservorrat ging zur Neige, und sie sollten nach Hause reiten.

Ein weiterer Tag war vergangen, und der Dämmerung folgte die Nacht. Der Lärm vom Lager der Aborigines war noch im Wohnhaus zu hören. Es ging nun schon seit Tagen so, aber heute erschienen Jenna die Geräusche noch lauter. Sie hörte das Aneinanderschlagen von Steinen, das Klopfen der Stöcke, die Rasseln.

Die Schwingungen der Töne vibrierten in der reglosen

Luft und bestürmten Jennas empfindsame Sinne. Es gab kein Entrinnen, nicht einmal im Haus.

Sie stellte sich die unheimlichen, nicht enden wollenden Laute als lebendige, atmende Wesen vor. Sie existierten, waren real. Wenn sie die Hand ausstreckte, könnte sie sie vielleicht berühren wie den Tisch oder den Stuhl. Manchmal hielt sich Jenna die Ohren zu, aber der unbarmherzige Rhythmus hatte sich in ihrem Kopf festgesetzt.

Ob die Schwarzen um Regen baten oder um Katies Rückkehr – oder beides –, konnte Jenna nicht sagen.

Etwas raschelte hinter ihr; sie drehte sich um und wollte schon rufen: Katie! Aber nicht ihre Tochter stand hinter ihr, sondern Adam. Sein Gesicht war mit rotem Staub verschmiert. Die Frage erstarb Jenna auf den Lippen. Sie erkannte die Antwort an seinem zusammengepressten Mund. Und er schüttelte den Kopf.

»Morgen«, sagte sie und versuchte, Optimismus aufzubringen. »Morgen findest du sie. Ich weiß es.«

Er nahm ihre Hand in seine. Dann sprach er die verhassten Worte aus. »Wir müssen der Wahrheit ins Auge sehen. Katie kann da draußen nicht überlebt haben.«

Jenna brachte nur noch ein Flüstern heraus: »Sie muss es geschafft haben. Sie ist meine Tochter.«

»Es ist schon zu viel Zeit vergangen. Mehr als zwei Tage …«

»Adam!« Der Ausruf brachte ihn zum Verstummen.

Wie konnte er es wagen, derartige Zweifel zu äußern, während ihr eigenes Herz voller Hoffnung war? Jeden Augenblick würde einer der Männer mit Katie im Arm ins Haus kommen. Sie wäre verängstigt, erhitzt und durstig, aber ansonsten unverletzt und gesund. Sie, Jenna, würde – *konnte* – keine Zweifel zulassen, sonst setzte sie die Chance, dass Katie gefunden wurde, aufs Spiel. Sie musste positiv denken, dann kehrte ihre Tochter sicher nach Hause zurück.

»Jenna, sei vernünftig!«

»Katie ist nichts passiert! Ich bin ihre Mutter. Ich würde spüren, wenn sie nicht mehr am Leben wäre.«

Sie hob die Hände und trommelte auf Adams Brust ein. Er stand nur da, fing den Zorn ihrer Attacken ab und versuchte zunächst nicht, die Schläge abzuwehren. Erst nach einer Weile umfasste er ihre Handgelenke und hielt sie fest. Sie starrte ihn an, ohne seine Erschöpfung und Trauer zur Kenntnis zu nehmen. »Geh!«, schrie sie. »Geh raus und such meine Tochter!«

Er ließ sie los, und Jenna ging auf die Veranda. Hier draußen war die Luft kein bisschen kühler, aber die Geräusche vom Lager waren deutlicher zu hören. Ihre Hände zitterten, und sie klemmte sie unter die Achselhöhlen. Widerstreitende Gedanken bestürmten sie. *Katie ist tot! Nein, sie lebt! Adam irrt sich. Er muss sich irren.*

Aufgeregt lief sie hin und her, hin und her, und jedes Mal stieg sie sorgsam über das lose Brett, das so laut knarrte. Durch das offene Fenster hörte sie, dass Adam mit Aleyne sprach, die im Haus geblieben war, um Jenna Gesellschaft zu leisten. Hin und wieder schnappte Jenna ein paar Wortfetzen auf.

»Baby.«

»Große Sorgen.«

»Kein Zweck.«

Redeten sie über sie?

Aleyne kam an die Tür und fragte, ob sie etwas essen wolle. Jenna winkte ab. Sie wollte nicht gestört werden.

Wenn sie mit den Gedanken bei Katie bliebe, wenn sie sich darauf konzentrierte, dass ihre Tochter lebend und gesund gefunden wurde, dann wäre dieser fürchterliche Albtraum bald vorbei, und sie könnten wieder als Familie zusammen sein. Eine andere Möglichkeit war undenkbar.

»Sie müssen essen, Missy«, schalt Aleyne. »Denken Sie an das Baby!«

»Ich denke an Katie!«, gab Jenna ungehalten zurück. »Jetzt ist nur sie wichtig.«

Später, als es still im Haus war, stand Jenna in der Tür zu Katies Zimmer. Es war trüb beleuchtet. Der leichte Wind bauschte den dünnen Vorhang auf, und die Flamme der Lampe flackerte, sodass die Schatten anfingen zu tanzen.

Auch das Zimmer schien den Atem anzuhalten und zu warten. Alles sah genauso aus wie an dem Tag, an dem Katie aus dem Bett geschlüpft und hinaus in den Sandsturm gegangen war. Die Überwurfdecke war zurückgeschlagen, das Laken leicht knittrig. Auf einem Bord über dem Bett saßen Katies Puppen und glotzten Jenna mit starren Gesichtern an. Durch einen Tränenschleier sah sie das grell aufgemalte Lächeln der einen – dort, wo der Mund sein sollte, befand sich ein pinkfarben eingefasster Schlitz.

Jenna stellte die Lampe auf die Kommode und ging zum Bett. Auf dem Kissen war noch Katies Kopfabdruck. Jenna nahm es an sich und drückte es an ihr Gesicht, um den letzten Dufthauch, den ihre Tochter hinterlassen hatte, in sich einzusaugen. Als sie das Kissen wieder weglegte, war der Bezug nass von ihren Tränen.

Sie stellte sich ans Fenster und schaute hinaus. Nichts

regte sich im Mondschein. Sie sah die Umrisse der Pfefferbäume, die neben dem Tor Wache standen. Vehement zog sie die Vorhänge zu und wich zurück, bis sie gegen die Wand stieß.

Ihre Beine wurden schwach und zitterten so heftig, dass sie ihr Gewicht nicht mehr tragen konnten. Langsam rutschte sie an der Wand zu Boden. Das Ungeborene drückte an ihren Rippenbogen. Jetzt flossen die Tränen ungehemmt.

Sie schluchzte, bis sie nicht mehr weinen konnte.

KAPITEL 31

In den folgenden Tagen zerfleischte sich Jenna mit Selbstvorwürfen. Alle Gedanken führten nur in eine Richtung: Sie hatte sich unverantwortlich verhalten. Sie hätte an dem bestimmten Nachmittag nicht schlafen dürfen. Sie hätte früher merken müssen, dass Katie nicht mehr in ihrem Zimmer war. Wenn sie nicht schwanger wäre, dann wäre sie vielleicht nicht so müde gewesen.

Wenn …

Ihr ging auch durch den Kopf, dass dies ihre Strafe war. Dafür, dass sie mit Conor geschlafen hatte, obwohl sie nicht verheiratet waren. Dafür, dass sie Adam nicht liebte, wie es eine Ehefrau tun sollte. Dafür, dass sie es zugelassen hatte, dass Katie das Haus verlassen und sich in dieser öden Landschaft mit den vielen ausgetrockneten Flussbetten und Kanälen verirrt hatte.

Ihr war ständig übel, und sie kam sich vor, als würde sie sich innerlich auflösen. Bald war nichts mehr von ihr übrig.

»Ich kann nicht glauben, dass sie nicht mehr am Leben ist«, sagte sie zu Adam. »Ich *will* es nicht glauben, weil dann das Leben für mich sinnlos wäre und …«

Adam nahm ihre Hände zwischen seine. »Jenna, *bitte!*«, sagte er so niedergeschlagen, dass ihr wieder die Tränen in die Augen schossen, obwohl sie geglaubt hatte, nicht mehr weinen zu können.

»Katie war doch noch so klein. Sie hat niemandem etwas getan.«

»Du darfst dir keine Vorwürfe machen. Es war nicht deine Schuld.«

»Doch! Ich weiß, dass es so ist. Erst Michael und jetzt Katie. Wenn ich nicht geschlafen und besser auf sie aufgepasst hätte …«

»Vielleicht war ihr dieses Schicksal vorherbestimmt – hast du daran schon mal gedacht? Gott …«

Jenna hob beide Hände. »Was für ein *Gott* lässt so etwas zu?«

Aleyne, Lalla und Ngayla kamen mit einer Art Gips- und Schlammpaste im Gesicht ins Haus. So war es bei den Aborigines der Brauch, wenn sie um einen geliebten Menschen trauerten. Jenna befahl ihnen, sich augenblicklich das Zeug von den Gesichtern zu waschen.

»Aber das ist *unsere* Tradition!«, protestierte Aleyne.

»Meine Tochter ist nicht gestorben. Wie könnt ihr es wagen, eure Gesichter so einzuschmieren?«

»Jenna, du bist müde und durcheinander«, sagte Adam und versuchte, sie zu beruhigen, während er sie aus der Küche führte. »Sie meinen es nur gut. Lass sie!«

Adam suchte weiter, auch noch, als ihm längst klar war, dass Katie unmöglich noch am Leben sein konnte. Er versuchte zu erahnen, in welche Richtung sie gegangen sein mochte, aber immer wenn er an den Sandsturm dachte … Sie hatte sich verirrt, gleichgültig, welchen Weg sie eingeschlagen hatte. Außerdem wusste niemand, wann sie das Haus verlassen hatte und wie weit sie schon gekommen war, als Jenna wach geworden war und festgestellt hatte, dass sich ihre Tochter nicht mehr in ihrem Zimmer aufhielt. Sie könnte Meilen gelaufen sein.

Die Verzweiflung trieb ihn voran, auch wenn keine Hoffnung mehr bestand. Das Mindeste, was er jetzt noch tun konnte, war die Leiche des kleinen Mädchens nach Hause zu bringen und sie anständig zu bestatten. Wie konnte er Jenna gegenübertreten, wenn er wieder unverrichteter Dinge heimkam? Jeden Tag empfing sie ihn mit einem Hoffnungsschimmer in den Augen an der Haustür. Und jedes Mal musste er sie auffangen und halten, während sie schluchzte.

Er ritt kreuz und quer übers Land, suchte Stunde um Stunde nach Stofffetzen von Katies Kleid oder einem kleinen Stiefel. Aber da war nichts.

Die Tage verstrichen, und Adam machte sich Sorgen um Jennas Gesundheit und um die des ungeborenen Kindes. Sie konnte nichts essen und schlief nur selten. Ihr Verhalten wurde schwierig und irrational. Sie zermarterte sich mit Selbstvorwürfen. Tagsüber saß sie meistens im Turmzimmer, hielt Wache, suchte die Umgegend ab und betete, dass ihre Tochter plötzlich aus dem Busch kommen möge.

Manchmal kam Adam zu ihr herauf; sie starrte nur in die Ferne und gab ihm keine Antwort, wenn er mit ihr zu reden versuchte. Er wusste nicht einmal, ob sie ihn hörte oder seine Anwesenheit überhaupt wahrnahm. Sie war mit den Gedanken ganz woanders. Er berührte sie sanft an der Schulter, um sie auf sich aufmerksam zu machen. Aber sie zuckte unweigerlich zurück, mied seine Berührung.

»Komm ins Bett!«

»Ich bin nicht müde.«

»Jenna, du bist vollkommen erschöpft.«

Eine Woche danach lief Aleyne zur Haustür, als Adam am Abend von der Weide heimkam. »Missy hat sich hingelegt«, berichtete die schwarze Frau. »Das Baby kommt.«

»Das kann nicht sein. Es ist zu früh.«

Aleyne zuckte mit den Achseln. »Die Babys kommen, wann *sie* wollen; sie halten sich nicht an das, was die Weißen sagen.«

»Wir müssen sie in die Stadt bringen, zu einem Doktor.«

Er lief durch den Flur in das gemeinsame Schlafzimmer. Jenna lag nicht auf dem Bett, wie Aleyne gedacht hatte, sondern ging auf und ab. Sie hatte die Arme um den Bauch gelegt, und ihr Gesicht war schmerzverzerrt.

»Ich gehe nicht aus dem Haus, Adam«, erklärte sie entschieden, noch ehe er Gelegenheit hatte, überhaupt etwas zu sagen, »du brauchst mir das also gar nicht erst vorzuschlagen. Was, wenn Katie zurückkommt, und wir sind nicht hier? Sie wird vollkommen verängstigt sein nach allem, was sie durchgemacht hat.«

Behutsam führte er sie zum Bett und überredete sie, sich hinzulegen.

Er trug Aleyne auf, alles Nötige vorzubereiten, dann setzte er sich auf einen Stuhl neben das Bett und wartete, während die Wehen stärker wurden. Jenna lag ganz ruhig da und gab keinen Laut von sich. Er nahm ihre Hand und spürte, wie sie eine Faust machte. Was ein erfreuliches Ereignis sein sollte – die Geburt ihres ersten gemeinsamen Kindes –, war zu einem Albtraum geworden, zu einem dichten Nebel, in dem sie sich beide nicht zurechtfanden.

Letzten Endes waren alle Befürchtungen unbegründet. Es war eine leichte Geburt, verglichen mit der von Katie. Eine Stunde später erblickte das winzige Baby das Licht der Welt.

Aleyne säuberte das Kind und hielt es Jenna hin, damit sie es an die Brust legen konnte.

»Nein, ich kann nicht. Ich bin zu müde«, flüsterte Jenna.

Wortlos reichte Aleyne das Neugeborene an Adam weiter. Er betrachtete das rote, verschrumpelte Gesichtchen. Die klugen, wie es ihm schien, fast weisen Augen des Kindes erwiderten seinen Blick. Freude, vermischt mit Schmerz, wallte in Adams Brust auf. Sein Sohn. Ein Junge, der den Namen O'Loughlin weitertragen würde. So klein, so …

Am liebsten hätte er den Jungen bis in alle Ewigkeiten im Arm gehalten, an seine Brust gedrückt und vor allen Widrigkeiten des Lebens beschützt – besser, als es ihm bei Katie gelungen war. Das Baby blinzelte und streckte einen Arm aus. Die winzigen Fingerchen schlossen sich um Adams Daumen.

»Conor«, sagte er tief bewegt. »Wir geben ihm den Namen Conor.«

Er wandte sich an Jenna, aber sie hatte sich der Wand zugedreht, als könne sie den Anblick von Vater und Sohn nicht ertragen. »Nenn ihn, wie du willst!«, flüsterte sie heiser.

Ein Gedanke schoss Adam durch den Kopf: Mussten sie Katie erst verlieren, um dieses Kind zu bekommen?

»Ich hasse mich selbst«, gestand ihm Jenna später. »Ich bin genau wie meine Mutter nach Michaels Geburt.«

»Das muss nicht so sein.«

Sie schüttelte den Kopf, Tränen traten ihr in die Augen und rollten über ihre Wangen. »Ich weiß nicht, wie ich das verhindern kann.«

Er übergab ihr das Baby. »Er hat Hunger. Du musst ihn stillen.«

Sie versuchte es einige Tage, hielt ihn unwillig an ihre Brust. Er nuckelte gierig, aber sie hatte keine Milch für ihn. Er schrie, ballte die kleinen Hände zu Fäusten, während sein Gesicht rot anlief.

Schließlich rief Adam in seiner Verzweiflung Ngayla ins Haus und erklärte ihr, dass Jinbi mittlerweile schon ein großer Junge sei und die Milch seiner Mutter nicht mehr brauche. Und er bat Ngayla, Jennas Kind zu stillen.

Tage später hörte Adam ein Donnergrollen in der Ferne. Dunkle Gewitterwolken ballten sich am südlichen Horizont zusammen. Die Luft roch nach dem süßen Duft des Regens –, und der beißende Gestank von Gidgee wurde immer stärker.

In dieser Nacht weckte ihn der Regen, der aufs Dach prasselte. Es schüttete tagelang wie aus Eimern. Wasser sammelte sich in den Flussläufen und trat über die Ufer. Die Landschaft war in Dunst gehüllt, die Luft kühlte ab und wurde endlich erträglicher.

Adam stapfte über die aufgeweichte Erde, stieg auf eine Anhöhe und überblickte sein Outback-Land. Der weit verästelte Diamantina breitete sich wie eine Spitzendecke unter ihm aus. Graues Wasser sprudelte unter ähnlich grauem Himmel. Trümmer und Schutt wurden angespült, manches blieb in den tief hängenden Ästen der Bäume und Büsche hängen. Hier und da erhob sich eine Insel aus dem Wasser, auf der ein paar Schafe mit triefendem Fell verloren standen.

Der Regen kam zu spät, um Adams große Herde zu retten, aber ein paar hundert Tiere waren ihm noch geblieben. Ihm blieb nichts anderes übrig, als noch einmal von vorn anzufangen, nach und nach alles wieder aufzubauen und der Natur ihren Lauf zu lassen. Bald, wenn sich das Wasser zurückzöge, würde das Sommergras wieder sprießen. Und wenigstens hatte er noch Jenna und den Jungen.

Er schloss die Augen und verdrängte die Erinnerungen, obwohl sie ihn auf Schritt und Tritt verfolgten. Es war wie eine tiefe Wunde, die nicht heilen wollte. Katie war irgendwo da draußen, und er konnte sie nicht finden. Er hatte das Gefühl, Jenna und das kleine Mädchen, das er wie sein eigen Fleisch und Blut geliebt hatte, im Stich gelassen, ungeheuerlich an ihnen gefehlt zu haben.

Jenna fühlte sich orientierungslos. Ihr brannten die Augen vor Schlafmangel. Allein beim Anblick von Essen wurde ihr schlecht, obwohl sie jeden Abend ein paar Bissen hinunterzwang, um Adam bei Laune zu halten.

Am Tag wanderte sie lustlos durchs Haus und schreckte jedes Mal auf, wenn sie Hufschläge draußen hörte. Nachts schlich sie durch die Räume, blieb vor den Fenstern stehen und schaute in die Nacht. Immer wieder hörte sie ein Baby wimmern und lauschte. *Katie!*, dachte sie unweigerlich und wollte zu ihr gehen, doch dann fiel ihr wieder ein, dass Katie weg war. Conor – Adams Sohn – hatte geschrien.

Und dann hörte sie, wie Ngayla, die mittlerweile mit Jinbi eines der Gästezimmer bewohnte, aufstand und zu dem Baby ging. Wenn Jenna ins Kinderzimmer kam, fand sie Ngayla mit Baby Conor im Arm auf dem Schaukelstuhl vor. Und das weiße Kind saugte hungrig an der braunen Brust. Daran musste Jenna jetzt auch denken, und sie verschränkte die Arme vor der schmerzenden Brust. Oder war es das Herz, das so wehtat?

Jenna hatte sich immer für stark gehalten. Wie sonst hätte sie die Schicksalsschläge in ihrem Leben verkraften können? Aber jetzt spürte sie, wie die Energie sie verließ. An manchen Tagen konnte sie sich kaum aufraffen und musste sich regelrecht zwingen, sich anzuziehen und ihr Haar zu bürsten. Sie vergaß, Aleyne und Lalla aufzutragen, dass sie die Betten frisch beziehen und die Möbel abstauben sollten. Das Feuer im Küchenherd ging ständig aus, weil sie nicht mehr daran dachte, Holz nachzulegen.

Wenn sie einschlief, quälten sie Träume von Katie.

Katie, die durch den Busch lief und mit ihren festen Schnürstiefeln über die fest gebackene Erde rannte.

Katie, die, über und über mit rotem Staub bedeckt, rief: »Mummy! Mummy!«

Katie, die wie ein Häuflein Elend im Busch kauerte.

Es war schrecklich für Jenna, dass es kein Grab gab, zu dem sie gehen konnte. Wenn sie doch wenigstens den Leichnam ihrer Tochter gefunden und nach Hause gebracht hätten! Dann hätte sie Katie zur letzten Ruhe betten können. Sie mutterseelenallein irgendwo da draußen zu wissen, war kaum zu ertragen.

Das Haus und die unmittelbare Umgebung kamen ihr vor wie ein Gefängnis. Sie fühlte sich durch die Wände und Zäune im Garten und Geflügelhof eingeengt. Das unendlich weite Land jenseits dieser Grenzen wurde zu einem Abgrund für sie, in den sie stürzen und für immer verloren gehen könnte. Sie war ständig in Sorge, wenn Adam das Haus verließ. Würde auch er einfach verschwinden? Und was war mit dem kleinen Conor? Wenn er zu laufen anfinge, müsste sie ihn dann Tag und Nacht bewachen?

Die Verantwortung lastete schwer auf ihrem Herzen.

Trotz der täglichen Anwesenheit der schwarzen Frauen fühlte sie sich isoliert und einsam. Wussten diese Frauen *wirklich,* wie es ist, ein Kind zu verlieren? Sie hatten Katie auch geliebt, gewiss, aber sie hatten sie nicht auf die Welt gebracht. Conors Tochter – das letzte Verbindungsglied zu dem einzigen Mann, den Jenna je geliebt hatte; und jetzt war auch diese letzte Erinnerung verschwunden. Jenna war nicht einmal eine Fotografie von Katie geblieben, und manchmal verschmolz die Erinnerung an ihr Gesicht mit der an Michael.

Zwei Kinder in ihrer Obhut, und beide tot. War sie zu nachlässig? Konnte man ihr keine Kinder anvertrauen?

Die einzige Konstante in ihrem Leben war das Tagebuch. Irgendwie schaffte sie es, sich jeden Tag hinzusetzen und ihre Empfindungen und Gedanken niederzuschreiben. *Der heutige Tag war schwer,* schrieb sie zwei Wochen nach Conors Geburt. *Adam kam spät nach Hause. Ohne Neuigkeiten. Werden wir sie jemals finden?* Und später: *Werde ich jemals wieder Glück erfahren?*

Manchmal schrieb sie so hastig, so fieberhaft, dass sie ihre Schrift selbst nicht wiedererkannte. Und wenn sie die Einträge noch einmal durchlas, konnte Jenna manche Worte sogar nicht mehr entziffern.

Aus den Tagen nach Katies Verschwinden wurden Wochen, dann Monate. Der Sommer wurde vom Herbst abgelöst, dann kam der Winter, und immer war jeder Tag gleich. Im Nachhinein kam es Adam so vor, als müssten sie sich in dieser Zeitspanne nach und nach bewusst werden, dass etwas anders geworden war, dass sich etwas verschoben hatte. Mittlerweile kroch Conor schon im Haus herum und krähte fröhlich.

Adams Beziehung zu Jenna zerbrach immer ein Stückchen mehr. Jenna erschien ihm so fern, so empfindlich wie eine zarte Blume, an die er nicht heranreichen konnte. Sie ertrug seine Berührungen nicht mehr und scheute seine Nähe. Oft zog sie sich ins Turmzimmer zurück und schaute unverwandt aus dem Fenster. Wenn er dann zu ihr kam und tröstend die Arme um sie legte, entwand sie sich ihm unter einem fadenscheinigen Vorwand.

Warum machst du das?, wollte er fragen. *Ich versuche nur, dir zu helfen.* Aber diese Worte blieben unausgesprochen.

Ein kalter Wind fegte ums Haus. Adam zäunte eine Ecke im Garten hinter den Pfefferbäumen mit einem niedrigen Geländer ein. Dann stellte er ein schweres Kreuz auf und malte die Inschrift *Kathryn O'Loughlin 1874–1877* auf die Querleiste.

An einem ihrer besseren Tage führte er Jenna zu der Gedenkstätte und hielt den Atem an, weil er nicht wusste, wie sie reagieren würde. Sie starrte blicklos auf das Grab, dann sagte sie: »Ich weiß zu schätzen, dass du dir diese Mühe gemacht hast, Adam, aber dies hat überhaupt keine Bedeutung. Katie ist nicht hier.«

Vorsichtig entgegnete er: »Nein, aber ich dachte, es würde dir zum inneren Frieden verhelfen, wenn es einen Platz gäbe, an dem du an sie denken könntest …«

»Ich höre nie auf, an sie zu denken«, fuhr sie ihn an; ihre Augen blitzten dabei zornig.

Die Nächte verbrachte sie jetzt in Katies Zimmer und erklärte Adam, dass sie keine Ruhe finde, oft aufwache und ihn nicht in seinem Schlaf stören wolle. Und Adam sah nachts oft einen Lichtstreifen unter der geschlossenen Tür. Was machte sie da drin? Eines Morgens kurz vor Sonnenaufgang ging Adam auf der Veranda bis vor das Fenster von Katies altem Zimmer. Jenna saß auf dem Fenstersims und starrte hinaus. »Kannst du nicht schlafen?«, fragte er leichthin und setzte sich neben sie.

»Nein.«

»Sie kommt nicht zurück«, sagte er sanft, weil er sie nicht aufregen wollte. »Es ist zu viel Zeit vergangen.«

»Ich weiß.«

»Dann komm ins Bett!«

»Ich bin nicht müde.«

Wut loderte in ihm auf. Seine Ehe, die Familie, alles zerbröckelte – er musste Jenna irgendwie zur Vernunft bringen.

»Warum hast du mich geheiratet, Jenna?«

Sie sah ihn an und drehte unaufhörlich an ihrem Ehering. Ihr Gesicht war entsetzlich blass. »Es schien mir das Richtige zu sein.«

»Das Richtige?«

»Nun, ich war schwanger mit Katie, und Conor war …«

Ihre Stimme erstarb.

»Tot!«, ergänzte Adam barsch. »Conor war tot«, wiederholte er.

»Ich brauchte einen Vater für mein Kind. Du hast dich angeboten. Ich habe dich zu nichts gezwungen.«

»Nein, das hast du nicht. Weißt du, warum ich dich gefragt habe, ob du mich heiraten willst?«

»Wegen Conor. Du hattest Mitleid mit mir, denke ich.«

»Nein!« Trotz seiner Absicht, ruhig zu bleiben, schlug er mit der Faust in seine Handfläche. »Ich habe dich gebeten, meine Frau zu werden, weil ich dich liebe.«

»Das tut mir Leid, Adam.«

»Was?«, hakte er nach. »Dass du meine Liebe nicht erwidern kannst?«

Sie hob die Hand und bedeckte den Mund damit. Zwischen ihren zittrigen Fingern sah Adam, dass ihre Lippen bebten und sich verzogen. Schließlich flüsterte sie ganz leise: »Ja.«

»Ich habe dich damals geliebt, Jenna, und ich liebe dich heute noch. Ich leide, wenn ich dich so sehe. Was kann ich bloß tun, um dir zu helfen?«

»Du könntest Katie finden.«

Er sah sie lange an, während er diese Antwort verdaute. »Das kann ich nicht – du weißt das. Ich habe überall nach ihr gesucht, es gibt keine Stelle mehr, an der ich nicht nachgesehen habe. Es ist, als wäre sie vom Erdboden verschluckt.«

Sie hob ruckartig den Kopf. »Adam, du weißt, was Aleyne sagt. Diese Dämonenlichter … Meinst du, Katie ist ihnen gefolgt?«

Adam wurde ärgerlich. »Hat dir Aleyne das eingeredet?«

»Nein. Mir ist nur wieder eingefallen, dass sie vor langer Zeit davon gesprochen hat.«

»Vergiss es, Jenna! Das ist reiner Unsinn – etwas, woran die Aborigines glauben. Magie der Schwarzen.«

»Bitte mich nie, Katie zu vergessen! Das *kann ich nicht*.«

»Und ich würde es nie wollen.«

»Sie war meine Tochter.«

»Du hast auch einen Sohn«, rief er ihr behutsam ins Gedächtnis.

Sie schien geschrumpft zu sein – der Kummer hatte sie kleiner gemacht. Ihre Augen waren wund, weil sie nicht schlief, die bleiche Haut würde sich, wie Adam ahnte, kalt anfühlen. Er widerstand der Versuchung, seine Hand an ihre Wange zu legen.

Einerseits flog ihr sein Herz zu, auf der anderen Seite hätte er sie am liebsten gepackt und so lange geschüttelt, bis sie zur Vernunft kam. Menschen starben. Das Leben ging weiter. Es *musste* weitergehen. Nach allem, was geschehen war, nach all den Tragödien, die Jenna erlebt hatte, durfte sie jetzt nicht aufgeben. Sie hatte immer noch ihren Mann, einen Sohn und ein schönes Zuhause. Und mit der Zeit würden sie noch mehr Kinder bekommen. Es hatte ausgiebig geregnet, und bald würde das Land wieder fruchtbar und grün sein.

»Meine Mutter«, sagte er so ruhig, wie es ihm möglich war, »hat sechs Kinder verloren. Nach der Geburt des letzten ist sie selbst gestorben. Conor war mein Bruder, und ich habe ihn geliebt. Und obwohl Katie nicht mein leibliches Kind war, habe ich sie als meine Tochter angesehen. Du hast kein Monopol auf Trauer, Jenna. Der Tod ist Teil des Lebens. Einige von uns sterben einfach vor der Zeit – so ist das nun mal. Und diejenigen, die zurückbleiben, *müssen* weitermachen. Wir haben keine andere Wahl.«

Es war ganz still. Die Vögel hatten ihr Morgenkonzert noch nicht begonnen, und ausnahmsweise schwiegen auch die Zikaden in den Pfefferbäumen. Die Welt war ruhig und wartete wie vor einem Gewitter, das in Kürze losbrechen würde. Adam fühlte den Schmerz, der sich im Laufe der Jahre in ihm angestaut hatte. Dieser Schmerz erhob sein Haupt wie ein Dämon, der um sich schlug und so laut heulte, dass Adam fürchtete, sein Kopf könnte platzen. Es hatte so viele unnötige Todesfälle gegeben, so viele zerstörte Leben und Träume. Zu viele Enden ohne richtige Anfänge.

Das Baby wachte auf und schrie. Jenna vergrub das Gesicht in den Händen. Adam seufzte, stand auf und ging.

Er lief in die strahlende Morgendämmerung dem Vogelgezwitscher entgegen. Die Sonne ging auf, kroch verstohlen über den östlichen Horizont und brachte die schwache Wärme eines Wintertages mit sich. Adam fühlte sich wie ausgehöhlt und taub.

Er ging immer weiter, bis ihm die Beine wehtaten. Vorbei an Sträuchern und hohem Gras. In dem spärlichen Schatten der Coolibahs und Flusseukalypten. Felsige Hänge hinunter und Uferböschungen hinauf, bis er an ein Wasserloch kam. Dort sank er nieder und beobachtete die Vögel, die durchs Wasser wateten und halbherzig nach den wenig verbliebenen Fischen pickten.

Adams Traum war eine eigene Farm und Land gewesen, aber vielleicht war er in die Irre gegangen. Diese

Farm hatte ihm nichts als Herzeleid gebracht. Er hatte sein Paradies nicht geschaffen, nur noch mehr Unglücksfälle erlebt – wie überall, wo er sich aufgehalten hatte.

Vielleicht sollten sie von hier weggehen, sich irgendwo anders niederlassen, wo es keine Erinnerungen gab. Aber im tiefsten Inneren wusste er, dass Jenna Diamantina Downs niemals verlassen würde. Sie hoffte immer noch, dass Katie eines Tages gefunden und zur letzten Ruhe gebettet werden könnte.

Etwa eine Woche später wachte Adam nachts mit wild klopfendem Herzen auf. Etwas stimmte nicht.

Er stand auf, ging in den Flur und sah sich um. Der Boden fühlte sich eisig unter seinen bloßen Füßen an, und Adam wünschte, er hätte sich die Pantoffeln angezogen.

Er sah einen Lichtstreifen unter der Tür zu Katies Zimmer und klopfte an. »Jenna«, rief er leise.

Keine Antwort.

Vorsichtig öffnete er die Tür. Das Bett war gemacht. Das Fenster stand offen. Doch Jenna war nicht da.

Er tapste in die Küche; dort saß Ngayla am Feuer und stillte Conor.

»Hast du Jenna gesehen?«, fragte Adam.

Ngayla nickte. »Missy macht einen Spaziergang«, antwortete sie schlicht.

Er sah sie fassungslos an. »Sie ist da draußen, in der Kälte?«

»Das hat sie gesagt.«

»Wie lange ist sie schon weg?«

Ngayla zuckte mit den Achseln. »Ich weiß nicht genau. Ungefähr eine halbe Stunde.«

Adam zog sich hastig die Stiefel an, schnappte sich eine Lampe und stürmte aus dem Haus. Warum wanderte Jenna mitten in der Nacht da draußen herum? Wohin wollte sie?

Er lief in den Garten zu dem Kreuz. Weiße Atemwölkchen stiegen von seinem Mund auf. Er hielt die Lampe in die Höhe und suchte die Umgegend ab – nichts. Als Nächstes suchte er in den Ställen, auch vergeblich. Wo kann sie nur sein?, überlegte er fieberhaft.

Ein Gedanke kam ihm noch: das große Wasserloch. Er und Wongaree hatten den Bereich rund um das Wasserloch vor Monaten auf der Suche nach Katie durchkämmt. Damals war der Wasserspiegel ganz niedrig und das Ufer schlammig gewesen. Sie hatten weder Spuren der kleinen Stiefel noch sonst irgendetwas gefunden, und Adam hatte Jenna am Abend davon erzählt. Doch danach hatte sie ihn immer wieder nach dem großen Wasserloch gefragt, wollte wissen, ob er oder Wongaree auch im Wasser gewesen seien und den verschlammten Boden mit den Füßen abgetastet hätten.

»Vielleicht ist Katie dort, und ihr habt sie nur nicht gesehen«, beharrte sie und forderte ihn ein ums andere Mal auf, noch einmal ganz genau nachzusehen. Offenbar war sie trotz seiner Beteuerungen davon überzeugt, dass Katie dort war.

Adam rannte. Im Schein der Lampe sah es fast so aus, als würde sich der Erdboden unter seinen Füßen bewegen, die Schatten der Bäume und Büsche schwankten. Der schneidende Wind machte ihm so sehr zu schaffen, dass er unwillkürlich schauderte. Alles war feucht. Tau hatte sich auf den Blättern und Halmen abgesetzt. Adams Hosenbeine waren schon ganz nass. Kein Laut außer seinen eigenen Schritten auf dem feuchten Boden war zu hören.

Er scheuchte ein Känguru auf. Es hob den Kopf und sah Adam mit vor Angst weit aufgerissenen Augen an, dann sprang es durch das Gestrüpp davon. Adam hatte noch lange das Rascheln im Ohr, bis das Geräusch schließlich schwächer wurde und ganz verstummte.

Er erreichte das Wasserloch und hielt die Lampe hoch. Seit den letzten Regenfällen war das Loch gut gefüllt, und Jenna stand bis zur Hüfte im Wasser. Sie watete auf die Mitte zu.

»Jenna!«, schrie Adam atemlos vom Laufen.

Sie hielt inne, drehte sich aber nicht zu ihm um. Das wirbelnde Wasser glitzerte silbern im Licht. Jennas Morgenrock schwamm hinter ihr auf dem Wasser.

Adam stand einen Augenblick lang da und überlegte, wie er zu Jenna durchdringen könnte. Am besten wäre es, ihr gut zuzureden und sie irgendwie zu sich zu locken. Ein Handgemenge im Wasser wollte er vermeiden. Genau an der Stelle, an der Jenna jetzt stand, fiel der Grund steil ab, und das Wasser war dort so tief, dass sie nicht mehr darin stehen könnte. Er musste sie daran hindern, weiterzugehen.

»Jenna?«, rief er wieder.

Diesmal drehte sie sich zu ihm um. »Ja?«

»Was machst du?«

Sie zuckte matt mit den Achseln. »Ich suche nach Katie. Ich habe sie weinen gehört.«

Schlafwandelte sie, oder war sie wach? Adam konnte das nicht erkennen. »Das war nur ein Traum«, sagte er sanft und hielt ihr die Hand hin. »Komm nach Hause!«

»Aber sie ist hier irgendwo. Ich muss sie finden.«

Sie ging einen Schritt weiter, und plötzlich reichte ihr das Wasser fast bis zu den Schultern. »Oh!«

»Jenna! Komm zurück! Das Wasser dort ist tief, du kannst nicht mehr darin stehen.«

Er stellte die Lampe ab und watete, ohne auf den Schlamm unter den Füßen und das Wasser, das seine Kleider durchweichte, zu achten, mit ausgestreckter Hand auf Jenna zu.

»Komm! Nimm meine Hand!«

Jenna zögerte. Sie starrte ihn verständnislos an. Ihre Augen wirkten wie zwei große dunkle Kreise in dem bleichen Gesicht. »Aber Katie …«

»Katie ist nicht hier«, unterbrach er sie eindringlich und legte so viel Autorität in seine Stimme, wie er nur aufbringen konnte. »Du musst aus dem Wasser kommen, Jenna. Ich bringe dich zurück zum Haus, damit du dir trockene Kleidung anziehen kannst.«

Sie kam einen Schritt auf ihn zu.

»So ist es gut«, lobte er. »Komm nur noch ein kleines Stückchen näher, dann kann ich dich festhalten!«

Schritt für Schritt führte er sie zum Rand des Wasserlochs und umklammerte ihre Hand dabei.

Als sie endlich an Land waren, drückte er sie fest an seine Brust. »Gott sei Dank!«, flüsterte er. »Ich könnte es nicht ertragen, dich auch noch zu verlieren.«

Erschrocken stellte er fest, dass Jenna nur noch Haut und Knochen war. Der kleine Conor gedieh unter Ngaylas Fürsorge, aber Jenna wurde immer weniger. Wann hat das angefangen?, fragte sich Adam. Wieso ist mir nichts aufgefallen?

Plötzlich riss sie sich von ihm los, als könne sie seine Besorgnis fühlen. Sie schlang die Arme um sich und ging mit steifen Schritten neben ihm her. Adam war klar, dass sie erbärmlich fror. Ihr Morgenrock klatschte bei jedem Schritt um ihre Beine.

Zu Hause sorgte er dafür, dass Jenna ein heißes Bad nahm. Anschließend half er ihr in ein frisches Nachthemd, kochte ihr eine heiße Schokolade und steckte sie ins Bett. Ngayla war noch in der Küche. »Du musst auf Missy aufpassen«, sagte er ernst zu ihr. »Wenn sie wieder das Haus verlässt, will ich sofort davon erfahren. Hast du das verstanden?«

Ngayla nickte. »Ja, Boss! Ich sag's Ihnen.«

»Und dasselbe gilt für Aleyne und Lalla. Richte es ihnen aus, ja?«

»In Ordnung, Boss.«

Adam hatte ein schlechtes Gewissen, weil er darum bat, dass die schwarzen Frauen seine Frau nicht aus den Augen ließen, aber allein konnte er nicht Tag und Nacht auf sie aufpassen. Irgendwann musste auch er schlafen, und dann war da noch seine Arbeit. Wenn alle mithalfen, dann …

Er lag in seinem Bett. Die Laken waren kalt, und er hätte alles darum gegeben, Jenna bei sich zu haben. Aber sie hatte es abgelehnt, und er konnte sie nicht zwingen, die Nacht bei ihm zu verbringen. Offenbar fühlte sie sich besser, wenn sie in Katies Bett schlief, und das wollte er ihr nicht abschlagen.

Mit einem tiefen Seufzer schloss er die Augen, doch die Ereignisse der Nacht ließen ihn nicht schlafen. Die Entdeckung, dass Jenna weg war. Sein rasender Lauf durch den Busch. Die Angst, dass sie ins tiefe Wasser waten könnte, bis sie den Boden unter den Füßen verlor und vor seinen Augen ertrank.

Ihm war klar, dass er dabei war, sie zu verlieren. Sie entglitt ihm, und trotz seiner besten Absichten und liebevollen Fürsorge konnte er nur wenig tun, um Jenna festzuhalten.

Am folgenden Tag lag ihr Tagebuch aufgeschlagen auf dem Tisch. Adam konnte nicht widerstehen und schob es ins Licht, um den letzten Eintrag zu lesen. *Adam hat die Aborigine-Frauen angewiesen, auf mich aufzupassen,* hatte Jenna geschrieben. *Ich fühle mich, als würden sie hinter mir herspionieren.*

Zwei Tage später schlief Adam morgens länger. Es war schon hell, als er aufwachte, und die Sonne schien durch die Fenster. Jemand stand neben dem Bett und rüttelte ihn wach. Ngayla, dachte er benommen, während er versuchte, richtig wach zu werden.

»Sie ist wieder verschwunden, Mista Adam«, sagte die schwarze Frau.

Adam wusste instinktiv, wohin Jenna gegangen war, und er hatte die böse Vorahnung, dass er dieses Mal zu spät kommen würde.

Jenna lag mit dem Gesicht nach unten im Wasserloch. Ihr Nachthemd bauschte sich um sie herum im Wasser. Wie in Trance watete Adam ins Wasser und hob sie hoch. Er war erstaunt, wie leicht sie war. Behutsam drückte er den schlaffen, kalten Körper an seine Brust, dann trat er den langen, beschwerlichen Heimweg an.

Wongaree und Pigeon, die Ngayla vermutlich alarmiert hatte, kamen ihm auf halbem Weg entgegen. »Lassen Sie uns helfen, Boss!«, sagte Wongaree und streckte die Arme aus. Aber Adam wehrte ab.

Sie gingen hinauf zum Haus – eine traurige Prozession. Ngayla wartete mit Baby Conor in den Armen auf der Veranda und sah ihnen mit angstgeweiteten Augen entgegen.

»Ich hab dir gesagt, du sollst sie nicht aus den Augen lassen«, schrie Adam wie von Sinnen vor Schmerz. »Warum hast du nicht aufgepasst?«

Ngayla wandte den Blick ab. »Ich hab mich ja bemüht, Boss.«

»Nicht genug.«

Ngayla verdeckte ihr Gesicht mit einer Hand. Ihre Schultern bebten. Und Conor fing an zu weinen.

»Es war nicht ihre Schuld, Boss«, vermittelte Wongaree.

Adam war klar, dass Ngayla nichts für diese Tragödie konnte, doch in seiner Trauer brauchte er jemanden, den er dafür verantwortlich machen konnte.

Er lehnte jedes Hilfsangebot ab, holte eine Schaufel aus dem Geräteschuppen und ging zu dem eingezäunten Flecken hinter dem Haus. Dort hob er neben dem Kreuz für Katie ein Grab aus. In einer der Scheunen wurde gehämmert – Wongaree und Pigeon zimmerten einen Sarg für Jenna.

Die drei Frauen – Aleyne, Lalla und Ngayla – wuschen Jenna, zogen sie an und legten sie ein letztes Mal auf Katies Bett. Der Anblick weckte schmerzhafte Erinnerungen in Adam, Erinnerungen an den Tod seiner Mutter in Irland, an die Nachbarn, die mit ihren kleinen Tonpfeifen den Berg herauf in das elende Cottage gekommen waren. Hier gab es keine Pfeifen, und auch der Brauch, Becher mit Wasser neben einem aufgebahrten Toten aufzustellen, war in Australien unbekannt.

Adam nahm Conor auf den Arm und zeigte ihm den Leichnam seiner Mutter, obwohl das Kind, wie sich Adam klar machte, seine Mutter kaum kannte. Er hatte in seinem kurzen Leben viel mehr Zeit mit Ngayla als mit Jenna verbracht. »Behalt sie im Gedächtnis!«, sagte er und drehte sich so, dass Conor seine Mutter sehen konnte. Doch er machte sich keine Illusionen – Conor würde sich nie an Jenna erinnern.

Die Trauerzeremonie war kurz. Alle standen stumm um das Grab, als Wongaree und Pigeon den Sarg mit Hilfe von Seilen in die feuchte Erde senkten. Adam stand einen Moment still da und schaute noch einmal in das Grab, dann nahm er einen Erdklumpen und warf ihn auf den Sarg. Er machte die Augen zu und warf noch einen Klumpen. Das Poltern auf dem Holz dröhnte in seinem Kopf wie ein Trommelwirbel.

Plötzlich taumelte er und glitt langsam zu Boden. Er konnte nicht mehr. Tränen verschleierten seinen Blick, und alles schien von einer Seite zur anderen zu wanken. Pigeon half ihm auf die Füße, und Wongaree hob die Schaufel auf. »Schon gut, Boss! Wir machen den Rest.«

Adam nickte und ging zurück zum Haus; er wusste, was er tun musste. Er holte Jennas alte Koffer hervor und warf Kleider hinein. Seine Kleider und die von Conor. Er machte sich nicht die Mühe, die Sachen zusammenzufalten, wie es Jenna getan hätte. Aber diese war nicht mehr da.

Es spielte keine Rolle mehr. *Nichts* war jetzt noch wichtig.

Das Land – seine großen Pläne –, nichts war so gekommen, wie er es sich gewünscht hatte.

Morgen würde er mit Conor Diamantina Downs verlassen und nach Süden fahren, zurück in die große Stadt. Vielleicht fand er dort eine Arbeit und jemanden, der ihm half, den Jungen großzuziehen. Hier konnte er nicht bleiben. Nicht ohne Jenna.

Am folgenden Morgen rief Adam die Leute aus dem Lager ins Haus. Er sah ihnen an den Gesichtern an, dass sie es bereits wussten.

»Conor und ich gehen weg von hier«, sagte er. »Es tut mir Leid, wir können nicht bleiben. Aber ich habe ein schlechtes Gewissen euch allen gegenüber. Was werdet ihr tun?«

Wongaree trat einen Schritt vor. »Wir kommen schon zurecht, Boss«, erklärte er. »Wie leben wieder nach unseren alten Traditionen, denke ich.«

Adam drückte Wongaree die Hand. »Du warst ein guter Freund, Wongaree. Das werde ich nie vergessen.«

»Ja, Boss. Sie auch.«

Er verabschiedete sich von einem nach dem anderen. Die Frauen stimmten ein stetiges Heulen an; Conor sah Ngayla an und begann auch zu weinen. Er streckte die Ärmchen nach ihr aus, doch Adam trug ihn zur Kutsche.

Er schaute nicht zurück, anfangs nicht. Erst nachdem er durch das Tor gefahren war, blieb Adam stehen und sprang vom Kutschbock. Er machte das Tor zu und sah zurück zum Haus.

Das Dach war durch die Bäume zu sehen, der Turm überragte die Wipfel, und die Fensterscheiben blitzten in der Sonne. Die Spiegelung war so grell, dass er geblendet den Blick abwenden musste.

Er kauerte sich hin, nahm eine Hand voll Erde und

ließ sie durch die Finger gleiten. Sie war körnig und hart und hinterließ einen fettigen Film in seiner Hand. Das ist symbolisch, dachte er. Die Erde – mein Leben – ist Körnchen für Körnchen zwischen meinen Fingern zerronnen, als hätte ich vergessen, die Hände zu schließen, um meine Welt ganz festzuhalten.

Was hätte er anders machen müssen? Wie hätte er das, was geschehen war, verhindern können? Nach allem, was er heute wusste, würde er jetzt vielleicht umsichtiger sein und in diesem unwirtlichen Landstrich mehr Wachsamkeit walten lassen. Er würde seinem Bruder niemals mehr erlauben, die Schafe ohne Begleitung so weit weg zu treiben. Ganz bestimmt würde er Katie besser im Auge behalten. Und Jenna …?

Ein lauter Schrei kam aus der Kutsche. Conor! Sein Sohn!

Adam stand auf und wischte sich die Hände an der Hose ab. Dieser Staub war nicht wichtig. Er würde noch jede Menge davon sehen, bis sie ihr Ziel erreicht hätten.

»Nun, dieses Kapitel ist beendet«, sagte er und schenkte seinem Sohn ein Lächeln, als er auf den Kutschbock stieg und mit den Zügeln leicht auf die Pferderücken schlug. »Besser, wir machen uns auf den Weg. Wir haben noch ein gutes Stück vor uns.«

KAPITEL 32

Ich habe es die ganze Zeit gewusst; seit mir Stan von den Gräbern erzählt hat, ahnte ich, dass etwas Schlimmes passiert sein musste. Aber auf *dieses* Ende war ich nicht vorbereitet. Zwei sinnlose Todesfälle, Adams zerplatzte Träume, ein kleiner Junge, der seine Mutter verlor. Was für eine herzzerreißende Tragödie!

Stan hat von Katies Grab gesprochen, jedoch nie erwähnt, dass sie dort gar nicht bestattet worden sei, dass es sich nur um eine Gedenkstätte handle, die Adam für Jenna errichtet habe, um einen Platz zu schaffen, an dem sie um ihre Tochter trauern könne. Kennt Stan die ganze Geschichte? Bestimmt, denke ich, aber er hat mir nichts davon erzählen wollen, um mich nicht noch trauriger zu machen.

Ich denke wieder an die Zeit, die Stan und ich an den Gräbern verbracht haben. Wir haben es nie geschafft, noch einmal hinzugehen und unsere Arbeit zu Ende zu führen. Katies Grab – ein schlichtes Kreuz und ein niedriges Eisengeländer um ein Fleckchen Sand. Es ist Ironie des Schicksals, dass nur Jenna dort begraben ist.

Ich denke an Jennas Gemütszustand nach Katies Verschwinden. Sie hat ihre Trauer ganz in sich verschlossen, bis sie allumfassend wurde. Mir ergeht es genauso, vermute ich. Und obwohl sie einst so stark und tatkräftig war, verlor sie allmählich ihren Lebenswillen. Ohne Katie hatte das Leben keinen Sinn mehr für sie. Conor, der einzige Mann, den sie je geliebt hat, war umgekommen und ihre Ehe gescheitert. Ihre Tochter wurde vermisst – sie hatte sich in der schier endlosen Landschaft aus Busch und ausgetrockneten Flussläufen verirrt und wurde nie wieder gesehen. Meine Tochter war in einem ähnlichen Alter gestorben, und ich kenne die Trauer und den Schmerz nur zu gut. Aber nicht zu wissen, wo der Leichnam der Tochter ist, sie nicht zur letzten Ruhe betten zu können? Ich kann mir nicht einmal annähernd vorstellen, wie man sich dabei fühlt.

Die Einträge in Jennas Tagebuch enden ein paar Tage, bevor Adam ihren Tod in seinem Journal erwähnt, und werden nach Katies Verschwinden von Tag zu Tag verworrener. Die Schrift ist kaum noch lesbar. Seltsam unzusammenhängende Sätze und Worte springen mich aus den Seiten an, schocken mich, wecken meine eigenen Erinnerungen.

Heute Nacht habe ich Katie weinen hören, schreibt sie, *aber Adam sagt, es sei nur ein Traum gewesen.* Dann: *Ich habe sie gesehen; sie ist durch den Busch gelaufen. Ich habe die Arme nach ihr ausgestreckt, aber sie rannte an mir vorbei. Es war, als wäre ich unsichtbar.*

Der Traum! Haben Jenna und ich auch diesen Traum gemeinsam? Ich sitze am Tisch, habe den Kopf in die Hände gestützt und denke an Ellas Worte.

Sie können nicht für den Rest Ihres Lebens im Stadium der Wut stecken bleiben. An einem gewissen Punkt müssen Sie damit aufhören und in die nächste Phase treten, sonst lassen Sie zu, dass der Tod Ihrer Tochter all das Gute, das Ihnen das Leben sonst noch beschert hat, zerstört.

Wusste Ella über Jenna Bescheid, als sie das sagte? Dachte sie etwa, dass sich die Geschichte wiederholen könnte? Ich weiß keine Antwort auf diese Fragen und schüttle ratlos den Kopf.

Adam hat den letzten Eintrag in sein Journal am Tag

vor seiner Abreise gemacht. *Morgen früh gehen wir von hier weg,* schrieb er. *Nur Baby Conor und ich. Wir lassen Jenna und Katie hinter uns – und das Land. Ich kann nicht auf Diamantina Downs bleiben. Dieser Ort hat mir nichts als Kummer gebracht.*

Natürlich sind Adams Abschied und seine Abfahrt nicht dokumentiert, aber meine Fantasie füllt die Lücken. Ich sehe Adam vor mir, wie er am Tor steht und einen letzten Blick zurückwirft. Wie er sich hinkauert und eine Hand voll Erde aufnimmt. In diesem Augenblick war er sicher wehmütig und in sich gekehrt, und es ist durchaus denkbar, dass er die Parallele zwischen dem roten Staub und seinen zerronnenen Träumen gezogen hat. Und sicher hat er sich gefragt, was er anders hätte machen, womit er dieses Schicksal hätte abwenden können. So ein Mann war er, nachdenklich, überlegt. Ein Grübler, der die Ereignisse von allen Seiten betrachtet.

Brad ist unterwegs, um Wasserproben zu untersuchen. Und ich fahre am Vormittag mit dem Rad zu Ella, weil ich die Stille im Haus nicht mehr aushalte.

Sie ist im Garten und hängt gerade Wäsche auf. »Gut!«, ruft sie strahlend, als ich am Tor absteige. »Sie kommen gerade rechtzeitig für eine Teepause.«

Sie umarmt mich, und wir gehen ins Haus.

»Also, in zwei Tagen machen Sie sich wieder aus dem Staub und fahren in den großen Smog, wie?«, sagt sie, als sie den Wasserkessel auf den Herd stellt.

Der Gedanke daran, der mir einmal so verlockend erschienen war, macht mich jetzt traurig. Hier draußen auf Diamantina Downs konnte ich mein Leben anhalten, Entscheidungen hinauszögern. Ich habe mich treiben lassen und mich mit den Tagebüchern und Journalen abgelenkt.

Zu Hause muss ich mich wieder den Tatsachen stellen. Brad und ich: Was wird wohl aus uns? Soll ich ihn verlassen oder bei ihm bleiben? Ehe oder Scheidung?

Letzteres erscheint mir unausweichlich, aber die Vorstellung, das gemeinsame Leben auseinander zu bringen, ist schrecklich. Andererseits können wir so nicht weitermachen – das würde uns beide zugrunde richten. Und jetzt, da ich Katies Geschichte kenne und weiß, dass ihr Leichnam nie gefunden wurde, spüre ich eine traurige Leere in mir. Wie kann ich nach Hause fahren und unter diesen Umständen mein Leben wieder aufnehmen?

Ella brüht eine Kanne Tee auf und schneidet zwei Stücke von einem Früchtekuchen ab. Während wir am Tisch sitzen und den heißen Tee trinken, dreht sich unsere Unterhaltung um Jenna und Adam.

»Ich habe die Tagebücher und Journale zu Ende gelesen«, sage ich und überreiche ihr die Abschriften der Einträge, die sich mit Ngaylas Geschichte befassen. »Das hier ist zwar bruchstückhaft, aber es wird Sie und Stan interessieren. Wenn ich zu Hause bin, tippe ich alles ordentlich ab und schicke Ihnen eine Kopie.«

Ella nickt und überfliegt die Seiten. »Stan wird Ihnen sehr dankbar sein.«

»Sie wissen, was damals geschehen ist, oder?«, frage ich.

»Ja. Stan hat es mir vor Jahren erzählt – wenigstens das, was er weiß. Es ist eine traurige Geschichte. Damals wusste niemand genau, ob Jenna Selbstmord begangen hat oder ob es ein tragischer Unfall war. Augenscheinlich wurde sie …« Ella macht eine Pause und sucht nach einem passenden Wort, »… ziemlich wunderlich. Verrückt vor Kummer.«

»Und Katies Leiche wurde nie gefunden?«

Ella schüttelt den Kopf. »Ich glaube nicht. Zumindest hat niemand etwas gesagt. Natürlich können Dingos sie weggeschleppt haben, oder Vögel haben an ihr gepickt. Nach dieser langen Zeit ist eher unwahrscheinlich, dass noch sterbliche Überreste da sind, meinen Sie nicht auch?«

Ella erzählt den Rest der Geschichte – das, was sich nach Adams Weggang zugetragen hat.

»Der Stamm blieb in dem Lager am Fluss. Ngayla war mit Wandi verheiratet, wie Sie wissen, und sie haben drei Kinder bekommen. Jinbi, der älteste Sohn, war Stans Großvater. Die Behörden haben Ngayla und Wandi irgendwann die Kinder weggenommen und in ein Heim gesteckt. Erst als sie erwachsen waren, konnten sie zurückkommen und wieder mit ihren Eltern Verbindung aufnehmen.«

»Das ist ja furchtbar!«

Ich habe schon von der »gestohlenen Generation« gehört, war bis jetzt aber noch nie jemandem begegnet, dessen Familie davon betroffen war. Ngayla muss ebenso unter dem Verlust ihrer Kinder gelitten haben wie Jenna unter Katies Verschwinden.

Ella geht zur Kommode und holt einen alten Zeitungsausschnitt aus der Schublade, legt ihn vor mich auf den Tisch und streicht die Falten glatt. Obwohl er von mir aus gesehen verkehrt herum liegt, kann ich die Überschrift »Nachruf« lesen.

»Da steht alles drin – Adams Lebensgeschichte. Er ging nach Sydney und machte sich dort einen Namen. Er kaufte Land und gründete ein Unternehmen. Er war sogar Politiker und in den Vorständen verschiedener Gesellschaften. Er verdiente viel Geld, aber geheiratet hat er nie wieder. Und während der ganzen Zeit war Diamantina Downs in seinem Besitz, auch wenn weder das Haus noch das Land genutzt wurden.«

»Ich frage mich, warum er das Land behalten hat. Meinen Sie, er wollte eines Tages zurückkommen? Oder dachte er, sein Sohn Conor würde irgendwann herkommen wollen?«

Ella zuckt mit den Achseln. »Oh, das ist eine andere Geschichte! Adam hat seinen Sohn vergöttert. Er hat ihn mit der Hilfe eines Kindermädchens großgezogen und in die besten Schulen der Stadt geschickt. Conor war erst zweiundzwanzig, als er sich dem First Australian Regiment anschloss und in den Burenkrieg zog. Es heißt, er sei in Bulawayo – wo immer das auch sein mag – an Typhus gestorben.«

»Das ist sehr traurig«, sage ich und denke dabei an Jenna und Adam und daran, welche Auswirkung Katies Verschwinden auf die Familie hatte. »Demnach gibt es keine O'Loughlin-Nachkommen?«

»Nein. Nach Adams Tod wurde das Land verkauft. Keine Ahnung, wohin das Geld geflossen ist. Vielleicht kam der Erlös einer wohltätigen Einrichtung zugute, vielleicht auch dem Staat.«

Wir schweigen eine Weile, trinken Tee und denken nach.

»Ah, das Leben ist eine Last!«, sagt Ella schließlich. »Aber ich bin froh, dass wir heute leben. Ich glaube, in den alten Zeiten hätte es mir nicht gefallen.«

Ich denke an Adam, dem es verwehrt gewesen war, seine Kinder zu begraben – Conor, sein leiblicher Sohn, starb in einem fremden Land, und Katie, seine »Adoptivtochter«, wurde nie gefunden. Ohne Vorwarnung kommen meine eigenen Erinnerungen wieder hoch …

Die Kirche ist voll mit Freunden und Verwandten. Die Orgel spielt, als Brad mich durch den Mittelgang führt. Der kleine Sarg steht vor dem Altar. Er ist mit Blumen geschmückt, und ein Teddybär – Kadies Lieblingsstofftier – sitzt in der Mitte. Niemand spricht. Ich sehe rotgeränderte Augen. Brad und ich sitzen mit Mam, Dad und Carys in der ersten Bank, Brads Mutter hinter uns.

Die Trauerfeier zieht in einem Nebel aus Worten und Musik an mir vorbei. Ich versuche auszublenden, was um mich herum geschieht. Ich fühle mich, als hätte ich meinen Körper verlassen und würde die Szene aus großer Höhe verfolgen. Vielleicht träume ich nur und wache bald zu Hause auf, und Brad und Kadie sind bei mir. Dann ist dies alles nicht mehr als eine schwache Erinnerung.

Brad ergreift das Wort, erzählt der ergriffenen Trauergemeinde von seiner und meiner Liebe zu unserer Tochter. Seine Stimme ist brüchig, doch er redet weiter, macht nur eine kleine Pause, um die Fassung zurückzugewinnen. Carys liest ein Gedicht vor. Es ist lustig und zärtlich, und plötzlich schluchzt jemand laut. Ich hatte vor, auch etwas zu sagen, überlege es mir jedoch in letzter Minute anders. Ich bringe es nicht fertig, mich vor diese Leute zu stellen und über Kadie zu sprechen.

Brad und ich haben jede Hilfe abgelehnt und wollen den kleinen Sarg zu dem wartenden Katafalk tragen. Brad hat versucht, mich davon abzubringen, und mein Vater bot an, diese Aufgabe für mich zu übernehmen. Aber ich blieb eisern. Dies ist das Letzte, was ich noch für meine Tochter tun kann. Darauf zu verzichten käme mir respektlos vor.

Brad und ich treten gemeinsam vor den Altar. Der Sarg ist so klein, dass ich davon überzeugt bin, ihn leicht tragen zu können. Aber als ich ihn hochhebe, kommt er mir ungeheuer schwer vor, und der Weg zum Kirchenportal erscheint mir meilenlang. Brad hält die eine Seite des Sargs mit seinem gesunden Arm. Er sieht mich besorgt an. Für einen Moment begegnen sich unsere Blicke.

Mir wird übel. Die Wände, die Decke, alles dreht sich um mich. Meine Brust wird eng, und Panik steigt in mir auf. Ich mache die Augen zu und atme tief durch. Ich kann das, sage ich mir, als ich vorsichtig einen Schritt vorwärts mache.

Ich stolpere, halte aber das Gleichgewicht. Brad bleibt abrupt stehen. Plötzlich löst sich Carys aus der Menge. »Ist schon gut«, sagt sie und hilft, das Gewicht zu schultern. »Ich helfe dir, Jess.«

Zusammen gehen wir durch den Mittelgang und tragen Kadies Sarg. Der Weg scheint kilometerweit zu sein, und ich mache kleine Schritte, weil ich den Augenblick hinauszögern, Kadie nicht loslassen will.

Nach dem Begräbnis kommen alle für ein leichtes Mittagessen zu uns nach Hause. Nachbarn und Freunde drängeln sich in meiner Küche, bereiten Essen zu und servieren es. Ich bringe keinen Bissen herunter. Ich denke immerzu an meine Tochter. Meine Mutter bietet mir ein Sandwich an. »Du musst etwas essen, Jess. Du brauchst all deine Kräfte.«

Ich schüttle den Kopf und wende mich ab. Sie meint es gut, aber ich habe Kopfschmerzen und fühle mich, als würde ich mich in dichtem Nebel bewegen. Die Menschen berühren mich, wenn ich an ihnen vorbeigehe – ein Küsschen hier, eine Umarmung da – und sprechen mir ihr Beileid aus. Die Worte umwabern mich, aber keines macht Sinn. Ich möchte mich nur in mein Zimmer zurückziehen und mich hinlegen. Ich will den Rest des Tages verschlafen.

»Bist du okay?«, fragt Brad, als er sich hinter mich stellt und sein Gesicht an meinen Nacken schmiegt.

»Ich habe scheußliche Kopfschmerzen. Glaubst du, es macht den anderen etwas aus, wenn ich mich für eine Weile zurückziehe?«

»Du musst in Kadies Zimmer gehen.«

»Nein!«, rufe ich automatisch. Ich kann nicht ins Zimmer meiner Tochter gehen. Noch nicht. Ich kann mich nicht auf ihr Bett legen und ihren Geruch, der dem Kopfkissen noch anhaftet, einatmen. Ich kann mir nicht die Kleider, die in ihrem Schrank hängen, oder die Puppen auf dem Bord ansehen.

Brad sieht mich betreten an. »Meine Mutter hat sich nicht gut gefühlt und sich in unserem Zimmer hingelegt.«

»Vor fünf Minuten hat sie noch munter und gesund ausgesehen. Da hat sie noch über die Sandwiches die Nase gerümpft.«

Brad zuckt mit den Schultern. »Kein Mensch beachtet sie. Ich denke, sie hat sich in den Schmollwinkel verzogen.«

Ich sinke auf den nächsten freien Stuhl und vergrabe das Gesicht in den Händen. Brads Arme umschließen mich, aber das genügt mir nicht mehr. »Jess, es tut mir Leid«, sagt er ernst und eindringlich. »Ich weiß nicht, was ich tun soll. Sag es mir! Sag mir, was ich machen soll!«

Plötzlich zerrt mich Carys auf die Füße. »Komm!«, sagt sie. »Ich bringe dich weg von hier.«

Ich sitze auf dem Beifahrersitz ihres schicken gelben Sportwagens, während sie durch die Stadt flitzt. Ich weine die ganze Zeit, heftige Schluchzer durchzucken meinen ganzen Körper und rauben mir die letzte Kraft. Dann sind wir in der Tiefgarage von Carys' Apartmentblock. Meine Schwester hilft mir beim Aussteigen, als wäre ich invalid. Wir betreten den Lift. Erschöpft lehne ich mich an die Wand des Aufzugs und denke, dass ich jeden Augenblick zu Boden gleiten könnte. Meine Beine fühlen sich wie Gummi an – so, als würden sie mich nicht länger tragen.

In der Wohnung führt mich Carys direkt ins Schlafzimmer und fordert, dass ich mich aufs Bett setze. Sie zieht mir die Schuhe aus, gibt mir eine Schlaftablette und sieht zu, wie ich sie mit Wasser hinunterspüle. Dann bringt sie mich dazu, dass ich mich hinlege. Ich friere; meine Hände und Füße fühlen sich wie Eisblöcke an. Carys macht mir eine Wärmflasche und deckt mich zu.

»Was kann ich noch für dich tun?«, fragt sie liebevoll. »Wie kann ich dir helfen?«

Ich schüttle den Kopf. »Niemand kann etwas tun«, flüstere ich. »Wir alle müssen das nur irgendwie durchstehen.«

Mir ist so kalt, dass ich zittere. Carys legt sich neben mich und nimmt mich in die Arme. »Schlaf jetzt, Jess!«, sagt sie.

Ich wache erst am nächsten Morgen auf.

Ich bin allein im Schlafzimmer. Aus der Küche dringt das Klappern von Besteck und der Duft nach frisch gebrühtem Kaffee. Ich stehe auf, fühle mich zerschlagen und stelle mich ans Fenster, um auf den Fluss hinunterzuschauen. Es ist noch früh, und die Stadt zeigt gerade die ersten Regungen. Ein paar Autos stehen auf der Straße, Radfahrer strampeln sich auf den Radwegen am Ufer ab. Auch die Ruderer sind schon da, ihre Boote gleiten durch das braune, schäumende Wasser.

Es fühlt sich beinah unwirklich an, hier zu stehen und zuzusehen, wie die Stadt zum Leben erwacht. Kadie ist von mir gegangen, meine Welt ist auf den Kopf gestellt, aber da draußen beginnt ein ganz normaler Tag. Die Sonne ist aufgegangen wie immer. Menschen joggen und gehen zu Fuß, als hätte sich überhaupt nichts geändert. Und für sie ist ja auch alles wie sonst.

»Jess?«

Ich drehe mich um. Carys steht mit einem Kaffeebecher in der Hand in der Tür. »Gut geschlafen?«, erkundigt sie sich.

Ich nicke und fahre mir mit der Hand durchs Haar. »Weißt du, was heute für ein Tag ist?«, frage ich benommen.

Sie schüttelt den Kopf. »Nein. Sag es mir!«

»Der erste Tag vom Rest meines Lebens.«

KAPITEL 33

Es ist unser vorletzter Tag am Diamantina. Brad möchte noch ein letztes Mal am Wasser Proben nehmen, bevor wir morgen unsere Sachen zusammenpacken. Er bittet mich mitzukommen, und ich sage widerwillig zu.

Jetzt, da ich mit der Abschrift fertig bin, kann ich die Tagebücher und Journale nicht mehr als Vorwand nutzen.

Wir fahren etwa fünfzehn Minuten am Hauptarm des Flusses entlang in Richtung Norden. Dort ist ein tiefes Wasserloch, an dem wir unser Lager aufschlagen. Harry sitzt hechelnd im Schatten und behält Brad wachsam im Auge. Ich habe ein Buch mitgebracht, bin jedoch nicht bei der Sache, sondern denke immer wieder an Jennas Geschichte. Ich glaube, ich habe sie längst noch nicht richtig verarbeitet.

Brad hat heute seine Pflanzenpresse mitgenommen. Sie besteht aus einem Holzrahmen, in dem Karton und Zeitungspapier stecken. Fast den ganzen Vormittag sammelt er Pflanzen am Ufer, nummeriert und katalogisiert sie, ehe er sie zwischen das Zeitungspapier legt. Es ist ein mühsamer Job, und er arbeitet mit konzentrierter Miene. Irgendwann lässt sich mit lautem Gekrächze ein Schwarm schwarzschwänziger Kakadus am Fluss nieder, um zu trinken. Brad erklärt mir, dass diese Spezies vom Aussterben bedroht sei, und greift zur Kamera.

Ich liege im gesprenkelten Schatten eines Coolibah-Baumes und schaue in den Himmel. Er ist strahlend blau mit vereinzelten winzigen Wölkchen. Das Licht ist so hell, dass ich bald die Augen schließe und mich auf die Gerüche des Busches konzentriere.

»Wie wär's mit Lunch?«, ruft mir Brad nach einer Weile zu. Ich bin überrascht, als ich auf die Uhr sehe – es ist schon Mittag.

Ich richte das Picknick her. Es gibt kalten Braten und Käse, Brot – ich habe das Brotbacken zur Kunst entwickelt – und Tomaten aus Bettys Garten. Dazu Ellas selbst gemachtes Ingwerbier.

Ein Sandsturm zieht auf. Der Wind wird stärker und bläst mir die Haare um das Gesicht. Unwillkürlich muss ich an den Tag denken, an dem Katie verschwunden ist – damals muss das Wetter ganz ähnlich gewesen sein wie heute. Brad deutet auf den rötlichen Streifen am Horizont. »Sieht aus, als bliebe uns höchstens noch eine Stunde, bevor der Sturm hier ist«, sagt er. »Das sollte mir genügen, um meine Arbeit zu beenden.«

Wir essen schweigend; es scheint nichts zu geben, was wir uns sagen können. Erst als wir fertig sind und ich die Reste zusammenpacke, meint Brad: »Wir müssen reden.«

Er äußert das in einem eindringlichen, verzweifelten Tonfall, und ich sehe zu ihm auf.

»Worüber?«

»Über das, was geschehen soll, wenn wir zu Hause sind.«

»Möglicherweise nehme ich meine Arbeit wieder auf«, sage ich, ohne wirklich davon überzeugt zu sein.

Er schüttelt den Kopf. »Nein, ich meine mit uns. Mit dir und mir. Wir können so nicht weitermachen. Es zerstört all das Gute, was wir miteinander hatten.«

Ich gehöre zu den Menschen, die Schwierigkeiten am liebsten aus dem Weg gehen. Ich schiebe Konfrontationen hinaus und finde Möglichkeiten, um mich um ein heikles Gespräch herumzumogeln. Später, sage ich mir, später, wenn ich bereit bin und alles im Kopf sortiert habe, diskutieren wir über dieses Problem und treffen Entscheidungen. Alles zu seiner Zeit.

Aber wann ist dafür die richtige Zeit?, frage ich mich vorsichtig.

»Nicht hier«, erwidere ich lahm. »Ich will jetzt nicht

darüber sprechen. Dies ist weder der richtige Zeitpunkt noch der richtige Ort.«

Brad presst die Lippen zusammen. Sein Gesicht wirkt steinern, sein Blick stechend. »Verdammt, Jess! Wann ist dafür die richtige Zeit, wo ist der richtige Ort? Ich möchte jetzt darüber reden, nicht erst dann, wenn du es für angebracht hältst.«

Ich hasse es, in die Enge getrieben und festgenagelt zu werden. »Was du heute kannst besorgen, das verschiebe nicht auf morgen, wie? Ruinieren wir lieber den Rest unserer Zeit hier am Diamantina!« Ich lasse mich auf meinen Faltstuhl fallen, verschränke die Arme und bemühe mich, einen ärgerlichen Unterton zu unterdrücken. Der Versuch scheitert kläglich. »Also, was schlägst du vor – was sollen wir tun?«

»Wir könnten uns ernsthafte Gedanken um ein Baby machen. Ich möchte, dass wir wieder eine Familie werden. Erinnerst du dich noch, welche Pläne wir hatten, wie viele Kinder wir haben wollten?«

»Du meinst, wir sollen Kadie ersetzen? Mir scheint, das haben wir schon einmal besprochen.« Ich werfe die Hände in die Luft, um meinen Worten Nachdruck zu verleihen. »Das ist großartig! Wirklich toll!«

Brad seufzt resigniert. »Um Himmels willen! Niemand versucht, Kadie zu ersetzen. Aber sie ist nicht mehr da. Meinst du nicht, dass du das irgendwann akzeptieren und dein Leben wieder in die Hand nehmen musst?«

Ich werfe die Picknicksachen in den Korb – jetzt bin ich wütend, und es ist mir egal, ob etwas zerbricht oder ausläuft. Der Salzstreuer kippt um, der Deckel fällt ab, und das Salz ergießt sich auf die Tischdecke, die ich auf dem Boden ausgebreitet habe. Der Wind frischt noch mehr auf, und die Äste der Bäume werden lautstark hin und her gepeitscht. So viel zu Brads Voraussage, dass wir noch eine Stunde Zeit hätten.

Als ich den Korb im Wagen verstaue, klingen mir wieder Ellas Worte in den Ohren. *Sie können nicht für den Rest Ihres Lebens im Stadium der Wut stecken bleiben. An einem gewissen Punkt müssen Sie damit aufhören und in die nächste Phase treten, sonst lassen Sie zu, dass der Tod Ihrer Tochter all das Gute, das Ihnen das Leben sonst noch beschert hat, zerstört.*

Ich spüre, wie die Wut in mir brodelt. Und dieselbe alte Frage quält mich unaufhörlich: Warum musste das alles passieren? Welche höhere Macht hat vorgesehen, dass unsere kleine Familie vor einem Jahr zerstört werden sollte? Warum hat es ausgerechnet uns getroffen?

Ich weigere mich, Brads Frage zu beantworten. Aber ich sehe ihn herausfordernd an und hoffe, dass er einen Rückzieher macht. Es ist auch ein Test, ein Experiment, um seine Reaktion abzuschätzen. Vielleicht fühlt Brad im tiefsten Inneren dasselbe wie ich und stellt die Festigkeit unserer Ehe infrage.

»Wenn du dir so sehr eine Familie wünschst, solltest du vielleicht versuchen, sie mit einer anderen Frau zu gründen.«

Er steht mit den Händen in den Hüften da und funkelt mich an. Das blonde Haar fällt ihm in die Stirn, und ich bekämpfe den Drang, es ihm aus dem Gesicht zu streichen. Die alte Jess hätte es getan. Doch die neue Jess ist hin und her gerissen zwischen dem Wunsch, so etwas zu tun, und dem Bedürfnis, sich zurückzuziehen. Ich bin an einem düsteren Ort gefangen, an einem Ort zwischen der Vergangenheit, in der ich solche Dinge ohne nachzudenken getan hätte, und dem Jetzt, in dem alles analysiert und seziert, dann wieder zusammengesetzt werden muss. Wo jedes Wort und jede Handlung entweder beruhigend oder explosiv sein kann – das hängt von meiner Tagesform und der Art ab, wie man mir begegnet.

Brad macht für einen Moment die Augen zu. »Ich bin fast zweiunddreißig, und meine Zeit tickt allmählich dahin. Ich will bald Kinder haben und nicht noch länger warten.«

»Du sprichst von der biologischen Uhr? Ich dachte, die gäbe es nur bei Frauen.«

Er ignoriert meinen Scherz. »Es ist ja nicht so, dass wir es uns nicht leisten können. Wir stehen im Moment finanziell nicht schlecht da, und wir kommen auch, obwohl du nichts mehr verdienst, ganz gut zurecht.«

»Nein, darum geht es nicht – es liegt nur an mir, das gebe ich zu. Die gute alte Jess spielt das Spiel nicht mit.«

»Es ist kein Spiel«, entgegnet er ruhig.

»Bei dir klingt das so einfach«, gebe ich irritiert zurück.

Ich denke an unser Cottage in der Stadt und Kadies Zimmer, das zu einer Art Schrein geworden ist – seit dem Unfall wurde dort nichts verändert. Ich versuche, mir ein anderes Baby in dem Zimmer vorzustellen, ein anderes Kind, das die Sachen benutzt, die meiner Tochter gehören – gehört haben. Es gelingt mir aber nicht.

»Vielleicht«, schlägt Brad vor, »sollten wir eine gewisse Zeit getrennt voneinander verbringen, damit wir beide über unsere Prioritäten nachdenken können. Du könntest irgendwohin fahren, vielleicht mit Carys …«

»Eine Trennung? Meinst du das?«

»Ist das nicht das, was du im Sinn hast?«

Plötzlich fühle ich mich den Tränen lächerlich nahe. Warum konnte Brad mit diesem Gespräch nicht warten, bis wir zu Hause sind? Wieso müssen wir uns hier draußen damit auseinander setzen?

»Kann sein. Vielleicht gibt es auch keine andere Möglichkeit.«

Für einen flüchtigen Augenblick sieht er mich so erschrocken an, dass ich ihn am liebsten wie in alten Zeiten in die Arme geschlossen hätte. Ich möchte den Schmerz vertreiben und ihm sagen, dass alles gut wird, dass ich weiß, was er mir sagen will, und ihn verstehe. Ich möchte ihm sagen, dass ich ehrlich keine Ahnung habe, was ich will, und auch durcheinander und verletzt bin. Ich wünsche mir mein altes Leben zurück, das so einfach und unbeschwert war und in dem mich keine dunklen Gedanken quälten. Aber zwischen Brad und mir steht eine unüberwindliche Barriere.

Ich wende mich von ihm ab, ziehe die Schultern hoch wegen der Schmerzen, die sich in meinem Kopf aufbauen, und gehe weg – ohne einen Blick zurück den Weg entlang. Tränen nehmen mir die Sicht, und die Landschaft verschwimmt zu einer graugrünen Masse.

»Wohin gehst du?«, ruft Brad mir nach.

Ich antworte nicht.

»Bitte, Jess, komm zurück!«

Ich drehe mich um und gehe rückwärts. Er beobachtet mich. Harry sitzt neben ihm. Die Tränen strömen mir jetzt übers Gesicht. »Ich kann nicht mehr hier bleiben«, schreie ich.

»Komm her! Sei vernünftig! Dies ist die letzte Gelegenheit für mich, diese Pflanzen zu katalogisieren. Nur noch eine Stunde, länger brauche ich nicht. Komm her und rede mit mir! Wir werden nicht mehr streiten, das verspreche ich dir.«

»Ich kann nicht bleiben!«, schreie ich noch ein bisschen lauter. »Verstehst du das denn nicht?«

»Was? Um Himmels willen, sag es mir!«

»Ich habe Angst davor, zu sehr zu lieben.«

Der Sturm setzt ein. Sand fliegt mir in die Augen, und heißer Wind bläst mir ins Gesicht. Ich drehe mich wieder um und gehe rasch weiter. Das Echo meiner und seiner Worte hängt in der Luft, wirbelt herum wie der Staub.

Wie kann ich ihm sagen, was wirklich los ist? Etwas Altes, Geisterhaftes verfolgt mich hier, etwas Seltsames, was ich nicht benennen könnte. Ich sehe es in den Träumen. Ich fühle es in dem alten Haus. Jenna und ich – wir haben zu viele Gemeinsamkeiten und kennen denselben Schmerz. Kadie und Katie verschmelzen miteinander. Aber seltsamerweise gibt es keinen Schluss in der Geschichte, kein richtiges Ende. Irgendwo hier draußen liegen die sterblichen Überreste des kleinen Mädchens.

Wenn es stimmen sollte, dass die Dinge nicht grundlos geschehen, dann bin ich möglicherweise zu einem bestimmten Zweck in diese Gegend gekommen. Jennas Tagebücher, Adams Journale – ich kann das, was ich über die beiden weiß, zu einer Geschichte zusammensetzen. Aber ein Puzzleteil fehlt noch. Katie. Und ich weiß, dass ich hier etwas Unerledigtes zurücklasse, wenn wir nach Hause fahren. Aber ich kann nichts dagegen tun. Es liegt nicht in meiner Macht.

Über das Tosen des Sturms höre ich, wie ein Wagenmotor anspringt und das Getriebe knirscht. Scheinwerferlichter schwenken im rötlichen Dunst in meine Richtung. Brad bremst neben mir ab und lehnt sich aus dem Fenster. »Sei nicht albern! Steig ein!«

»Nein!« Ich verschränke die Arme vor der Brust und gehe weiter.

»Sei vernünftig! Du kannst nicht den ganzen Weg zu Fuß gehen.«

»Wart's nur ab!«

Brad steigt aus. Der Wind schlägt die Wagentür zu. Es ist schwierig, gegen die Wucht des Sturms anzukämpfen. Obwohl uns nur wenige Meter trennen, kann ich Brad durch den Staub und Sand kaum sehen. Er streckt mir die Hände entgegen. »Jess!«, fleht er. »Hör mir zu, um Himmels willen! Einen geliebten Menschen zu verlieren ist tragisch. Das wissen wir beide. Aber nicht zuzulassen, dass ein anderer den Platz des verlorenen Menschen einnimmt, ist noch trauriger.«

Ich schließe die Augen und lasse die Worte wie sprödes Laub auf mich rieseln. Was er sagt, stimmt, aber ich weigere mich, es mir anzuhören. Ich brauche keine Vorträge darüber, wie ich fühlen *sollte.*

Wieder treten mir Tränen in die Augen. Unvermittelt verlasse ich den Weg und renne durch den Busch. Ich habe keine Ahnung, in welche Richtung ich laufe oder welches Ziel ich anstrebe; ich weiß nur, dass ich weg von meinem Mann muss, von ihm und seinen Wahrheiten.

Harry ist mir gefolgt und trabt jetzt neben mir her. Er hält das Ganze für ein Spiel, springt an mir hoch und kläfft. Der Wind fegt uns beinah um. Brad stößt hinter uns einen heiseren Schrei aus, aber ich renne weiter, achte nicht auf ihn.

»Wen suchst du, Jess? Sag es mir! Dein eigenes Kind oder ein anderes?«

Mittlerweile ist er hinter mir und holt rasch auf. Ich weine so sehr, dass ich kaum sehen kann, wohin ich die Füße setze. Zweige schlagen mir ins Gesicht, und ich stolpere, fange mich aber noch rechtzeitig. Es geht bergab. Ich spüre, dass der Boden abschüssig ist. Ich trete auf lose Steine, es ist schlüpfrig hier. Brad packt mich am Arm, hält mich, aber ich reiße mich sofort los.

Ich höre einen Schrei und drehe mich halb um. Brad verliert das Gleichgewicht und greift nach irgendetwas, um sich daran festzuhalten. Er erwischt einen toten Ast, doch dieser löst sich aus der Erde und bricht eine kleine Lawine aus Steinen und Sand los. Brad stürzt den Abhang hinunter, noch immer den Ast in der Hand, rutscht über Steine und Grasbüschel. Er rudert mit Armen und Beinen.

Ich stolpere die Böschung hinunter. Brad liegt auf dem Boden und hält sich den Knöchel. Ich kauere mich neben ihn. »Brad, es tut mir Leid. Meinst du ...«

Er nimmt die Hand von seinem Bein. »Der Knöchel ist vielleicht nur verstaucht«, sagt er hoffnungsvoll. »Wenn du mir beim Aufstehen hilfst ...«

»Ich denke, es ist etwas Ernsteres als eine Verstauchung.«

Sein Bein ist unten am Knöchel eigenartig abgewinkelt, sein Gesicht schmerzverzerrt. Ich berühre leicht die verletzte Stelle, und Brad schneidet eine Grimasse. »Hilf mir auf, okay?«

Ich stehe auf und nehme seinen Arm. Langsam, Stück

für Stück richtet sich Brad auf. Als er jedoch versucht, mit dem verletzten Bein aufzutreten, fällt er schreiend wieder zu Boden.

»Das hat keinen Sinn«, sage ich bestürzt. »Du kannst nicht laufen.«

Er schwitzt heftig, und der Staub bleibt in seinem Gesicht, am Hals und an den Armen haften. Wir sitzen eine Weile mit gesenkten Köpfen, damit uns der Wind nicht so viel anhaben kann, da. Der Hund scharrt an der Stelle, an der Brad gestürzt ist und den Ast mitgerissen hat, in der Erde. Wir sehen seine Gestalt nur schemenhaft durch den Staub. Er bellt und hüpft aufgeregt herum.

»Harry, komm her!«, rufe ich, aber der Sturm trägt meine Stimme zu mir zurück.

Harry missachtet meinen Befehl. Wahrscheinlich hat er ihn gar nicht gehört.

»Tut mir Leid«, sage ich wieder zu Brad. »Das ist alles meine Schuld.«

Er geht nicht darauf ein. »Kannst du den Erste-Hilfe-Kasten aus dem Auto holen? Ich muss den Knöchel bandagieren.«

Ich klettere den Hang hinauf, rutsche auf den Steinen aus und kämpfe mich weiter. Mir brennen die Augen. Harrys aufgeregtes Kläffen lässt nicht nach.

Sandkörnchen prasseln auf die Windschutzscheibe unseres Autos, als ich kraftlos auf den Beifahrersitz sinke. Ich krame in dem geräumigen Handschuhfach und finde den weißen Kasten mit dem roten Kreuz. Dann wappne ich mich innerlich für den Abstieg im tobenden Sturm.

Als ich Brads Knöchel bandagiert habe, lässt der Wind ein wenig nach. »Der Sturm zieht weiter«, sagt Brad und schirmt seine Augen mit der Hand ab, um nach der Sonne zu sehen.

»Das sollte jemand Harry erzählen«, scherze ich. Der Hund bellt immer noch.

»Wahrscheinlich hat er einen Kaninchenbau gefunden. Du weißt, wie verrückt er sich dann aufführt.«

Mühsam kämpfen Brad und ich uns den Hang hinauf. Ich habe eine lange, starke Latte aus dem Auto mitgebracht, und er benutzt sie als Krücke.

Es ist ein langsamer, beschwerlicher Aufstieg. Wir brauchen mindestens eine Viertelstunde für die Strecke, die wir bergab in zwei Minuten hinter uns gebracht haben. Brads Gesicht ist aschfahl, und er bleibt immer wieder stehen und stützt sich schwer auf mich. Ich fürchte, dass ihm der Schmerz das Bewusstsein rauben könne, aber er hält tapfer durch, bis wir den Wagen erreichen.

Er klettert unbeholfen auf den Beifahrersitz und streckt den Kopf aus dem Fenster. »Harry!«, brüllt er. Mir ist klar, dass Brad so schnell wie möglich zum Haus will.

Der Hund jault. Jetzt, da sich der Sturm fast gelegt hat, sehe ich ihn deutlich an der Böschung. Er reckt die Nase in die Luft und heult. »Ich hole ihn«, sage ich und nehme die Leine vom Rücksitz.

Ich gehe zurück und rufe den Hund. Als ich mich ihm nähere, kläfft er noch ein paar Mal, weigert sich jedoch, zu mir zu kommen.

»Böser Hund!«, schimpfe ich.

Ich will Brad unbedingt schnell nach Hause bringen. Ärgerlich hake ich die Leine an Harrys Halsband und ziehe daran. Der Hund stemmt sich dagegen und rührt sich nicht von der Stelle.

»Ich lasse dich hier«, drohe ich. »Dann musst du dich

für den Rest deines Lebens von Kaninchen ernähren. Das gefällt dir bestimmt nicht.«

Harry zerrt an der Leine und schnüffelt auf der Erde herum. Da ist etwas, dessen bin ich mir jetzt sicher. Ich bücke mich und untersuche die Stelle, an der Harry eifrig gräbt.

»Was ist, mein Junge?«

Etwas liegt dort – etwas aus Metall. Ich hebe es auf. Es ist ein angelaufenes, goldenes Armband, sehr alt. Auf einer Seite ist ein Namensschild. Ich weiß, noch ehe ich die Inschrift entziffere, wem dieses Armband gehört hat. Kathryn O'Loughlin.

»Komm, Jess!«, ruft Brad aus dem Auto. »Lass uns losfahren!«

Für einen Moment bringe ich kein Wort heraus, kann nicht einmal denken. Ich schließe kurz die Augen. Das Unmögliche ist wahr geworden. Wir sind ausgerechnet über die Stelle gestolpert, an der Katie gelegen haben muss. Wie oft mochte Adam vor mehr als hundert Jahren nur wenige Meter an der Stelle vorbeigelaufen sein und Katies Namen gerufen haben?

Ich trete den Rückweg an und zeige Brad das Armband. »Nach so langer Zeit haben wir sie gefunden«, sage ich aufgeregt und breche prompt in Tränen aus. An die Fahrt zum Farmhaus erinnere ich mich kaum noch. Betty ruft die Polizeistation in der Stadt an, und eine Stunde später landet ein Flugzeug auf der Weide. Der Pilot, ein Arzt, ein Polizist und ein Zeitungsreporter steigen aus. Betty ist voll in ihrem Element und versorgt alle mit Tee, während der Arzt Brads Verletzung untersucht.

Brad verzieht das Gesicht, und ich weiß, dass er Schmerzen hat. »Es ist ein böser Bruch«, sagt der Arzt schließlich. »Ich vermute, dass das operiert werden muss. Sicher werden die Röntgenaufnahmen das bestätigen. In der Klinik hier können wir nicht viel für Sie tun. Sie brauchen einen guten Orthopäden. Woher kommen Sie?«

»Aus Brisbane.«

»Dann sollten Sie so schnell wie möglich dorthin zurück, mein Freund. Wir organisieren ein anderes Flugzeug, das Sie hinbringt.«

Brad sieht mich hilflos an. »Wir wollten ohnehin in zwei Tagen abreisen. Wir müssen unsere Sachen in den Wagen laden....«

»Das schaffe ich schon«, versichere ich ihm. »Ich organisiere hier alles und fahre das Auto nach Hause. Ich komme zurecht. Und Harry leistet mir Gesellschaft.«

Brad lächelt mich matt an. Es bleibt uns keine andere Möglichkeit, darüber ist er sich im Klaren.

Mittlerweile sind Stan und Ella eingetroffen, um nachzusehen, weshalb das Flugzeug gekommen ist. Der Arzt gibt Brad eine Spritze gegen die Schmerzen und legt eine feste Bandage an, und ich fahre mit dem Polizisten und dem Reporter zu der Stelle, an der wir Katies Armband gefunden haben.

Stan begleitet uns. »Stan ist ein Verbindungsglied zu den O'Loughlins«, erkläre ich. »Seine Urgroßmutter hat für die Familie gearbeitet, als das kleine Mädchen verschwand.«

Stan fährt, dafür bin ich ihm dankbar. Meine Hände zittern so sehr, dass ich das Lenkrad nicht festhalten könnte. Auf der Fahrt erzähle ich, dass Katie bei einem Sandsturm aus dem Haus gelaufen ist und dass sie trotz wochenlanger Suche nie gefunden werden konnte.

Auf Brads Rat hin habe ich die Stelle auf dem Weg markiert – ich habe unsere Thermoskanne an einen Baum gestellt. Vorsichtig klettern wir ein Stück die Böschung hinunter. Ich stecke die Hände in die Taschen, um das Zittern zu unterdrücken. Der Polizist wischt behutsam die Erde von dem Fleck, auf dem das Armband gelegen hat. Ich sehe einen Knochen und ein Haarbüschel, ein paar Stofffetzen – mehr scheint von der Kleidung nicht übrig zu sein.

»Was ist Ihrer Meinung nach passiert?«, frage ich. »Warum liegt sie hier unter der Erde?«

Der Polizist betrachtet nachdenklich den Boden. »Nach all den Jahren kann das wohl niemand mehr rekonstruieren. Vielleicht hat sie unter dem Baum Schutz gesucht, ist eingeschlafen und nicht mehr aufgewacht. Vielleicht hat sie ein Schlangenbiss getötet, oder sie ist an Austrocknung gestorben. Sie könnte sogar erstickt sein. Das Land am Diamantina kann bei einem Sandsturm ausgesprochen unwirtlich sein. All der Sand und die Erde, die angeweht werden, müssen sich irgendwo absetzen. Es dauert nicht lange, bis etwas vollkommen verdeckt ist, und im Laufe der Jahre versinkt es immer tiefer in der Erde.«

»Wenn wir heute nicht hergekommen wären und sich Brad nicht an dem Ast festgehalten hätte, dann wäre sie wahrscheinlich nie gefunden worden.«

Der Polizist richtet sich auf und fährt sich mit der Hand durchs Haar. »Ich möchte nicht noch mehr hier herumstochern«, erklärt er. »Ich mache Meldung in der Stadt; es gibt einen Archäologen im EPA-Büro. Wir schicken ihn morgen her. Außerdem möchten meine Vorgesetzen sicher auch jemanden von der Spurensicherung hier haben.« Er deutet auf Katies sterbliche Überreste. »Ich schätze, man wird das alles mitnehmen, um es zu untersuchen.«

Daran habe ich nicht gedacht. Plötzlich wird mir alles zu viel: Der Schreck wegen Brads Sturz, der Fund. Ich stehe da, sehe den Polizisten an, und Tränen laufen mir über die Wangen. Ich kann im Nachhinein noch etwas für Jenna tun: Ich muss dafür sorgen, dass Katie ihre letzte Ruhe im Grab neben ihrer Mutter findet. »Sie können sie nicht wegbringen. Sie hat hier eine Grabstelle neben ihrer Mutter. Sie sollte dort beigesetzt werden.«

Der Polizist tätschelt verlegen meine Schulter. »Hey, es ist ja gut! Sie wird zurückkommen. Aber erst werden die üblichen Untersuchungen gemacht, das Alter der Knochen bestimmt, wenn möglich, die Todesursache ermittelt und so weiter.«

»Wie lange wird das dauern?«

»Wahrscheinlich ein paar Wochen. Solche Dinge kann man nicht übereilen.«

Wir bedecken die Fundstelle mit einer großen Plane und beschweren sie mit Steinen. Der Reporter macht noch ein paar Aufnahmen, und auf der Rückfahrt berichte ich ihm, wie ich das Armband gefunden habe. Ich rede schnell – wahrscheinlich zu schnell –, und der Reporter hat Mühe, alles auf seinem Block mitzuschreiben, insbesondere auf diesem holprigen Weg. Ob er jemals wieder seine eigene Handschrift entziffern kann?

»Selbst als die Steine und die Erde losbrachen, ist uns nichts aufgefallen. Der Hund hat die Stelle entdeckt. Er hat unaufhörlich gekläfft und kam nicht, als wir ihn riefen. Er muss es gespürt haben.«

»Kluge Hunde, diese Kelpies.« Der Reporter grinst.

Der Arzt hat beschlossen, Brad gleich mit in die Stadt zu nehmen und für morgen den Weiterflug nach Brisbane zu organisieren. Der australische Notflugdienst, denke ich, als ich die Sachen, die Brad für den Flug und den Aufenthalt in der Klinik braucht, in eine Tasche packe.

»Ich komme schon zurecht«, versichert er mir, weil er merkt, dass ich mir Sorgen mache. Wundersamerweise haben wir inmitten all des Trubels ein paar Minuten für uns allein. »Ich bin mir sicher, deine Eltern und Carys sehen jeden Tag nach mir und bringen mir frische Schlafanzüge.«

»Aber das alles ist meine Schuld. Du weißt gar nicht, wie mies ich mich fühle. Wenn ich doch nur im Auto geblieben wäre!«

»Dann hätte Harry Katies sterbliche Überreste nicht gefunden«, entgegnet er ruhig.

Ich nicke und bringe momentan kein Wort mehr heraus.

»Ich denke, du solltest noch eine Weile hier bleiben«, schlägt Brad vor. »Ein paar Wochen oder Monate – wie lange es eben dauert, bis Katie richtig bestattet werden kann. Ich habe mit Betty und Jack gesprochen. Sie haben nichts dagegen.«

»Und was soll ich so lange hier machen?«

»Du könntest zum Beispiel deine Notizen in meinen Laptop tippen. Dann solltest du Fotos von all den Plätzen machen, die für die Geschichte von Bedeutung sind. Der Zeitungsreporter wird wieder herkommen. Bestimmt wird Harry als Held gefeiert, wenn die Öffentlichkeit von dieser Neuigkeit erfährt. Jemand muss auf ihn aufpassen und dafür sorgen, dass ihm der Ruhm nicht zu Kopf steigt.«

Mir ist klar, dass er höllische Schmerzen hat und sich wirklich anstrengt, um Scherze zu machen. Ich nehme seine Hand und lege sie auf meinen Schoß. »Dann meinst du also, ich soll mich hinsetzen und ein Buch schreiben?«

Er mustert mich einige Sekunden lang. »Unbedingt. Und jetzt hast du auch ein Ende für deine Geschichte. Außerdem solltest du hier sein, wenn sie Katies Leichnam zur Bestattung herbringen. Du bist zu einem Teil dieser Sache geworden, Jess.«

»Und was ist mit uns? Wie wird es mit uns enden?«, frage ich leise.

»Ich liebe dich«, sagt er und sieht mir tief in die Augen. »Ich liebe dich von ganzem Herzen. Aber alles, was in diesem letzten Jahr passiert ist, scheint uns auseinander zu treiben. Auch deshalb solltest du hier bleiben und Zeit ganz für dich haben, um gründlich über unsere Beziehung nachdenken zu können. Vielleicht hilft dir Jennas Geschichte, deine eigenen Gefühle einzuordnen. Falls du dich danach entscheidest, zu mir zurückzukommen, dann weiß ich, dass du es aus den richtigen Gründen tust.«

Sie tragen Brad zum Flugzeug. Ich stehe zusammen mit den anderen am Rand der Startpiste. Es wird schon dunkel, und die Sonne versinkt am westlichen Horizont. Ein Vogelschwarm fliegt laut kreischend zum Wasser. Im Süden sehe ich noch eine schwache Spur, die der Sandsturm vom Mittag gelegt hat. Ella kommt zu mir und legt den Arm um meine Schultern. »Ist alles in Ordnung mit Ihnen?«, erkundigt sie sich.

»Ja, natürlich«, antworte ich fast automatisch.

Die Tür des Flugzeugs wird geschlossen, und der Motor fängt an zu dröhnen. »Sicher?«, überschreit Ella voller Zweifel den Lärm.

Ich beobachte, wie sich die Propeller schneller drehen, als das Flugzeug anrollt. Ich winke, obwohl ich mir nicht sicher bin, dass Brad mich sehen kann. Die Fenster sind dunkel und reflektieren Bäume, die Erde, den Himmel. Plötzlich macht der Flieger einen Satz, entdeckt wie ein Vogelküken seine Flügel und nimmt auf der Piste Fahrt auf.

Er hebt ab, steigt elegant in die Lüfte und ist nur noch eine dunkle Silhouette vor dem Sonnenuntergang. Die Maschine steigt immer höher, und die Sonnenstrahlen tauchen die Flügel erst in Silber, dann in Gold. Jetzt ist sie nicht größer als ein Fleckchen. Das Motorengeräusch ist nur noch Erinnerung.

»Nun, das war das«, sagt Jack pragmatisch, nimmt den Hut ab und wischt sich mit dem Unterarm über die Stirn.

»Ja«, meint Stan. »Nichts ist besser als ein bisschen Aufregung, die uns aufrüttelt.«

»Das mit Brads Knöchel tut uns Leid, Jess«, setzt Betty hinzu. »Aber diese andere Geschichte ist wirklich ziemlich aufregend.«

Warum kann sie es nicht aussprechen: das Auffinden von Katie O'Loughlins Leichnam? Glaubt sie, dass sie mich damit aus der Fassung bringen würde?

»Die ganze Geschichte ist wirklich erstaunlich«, erkläre ich. »Brad hätte sich für seine letzten Untersuchungen am heutigen Tag sehr gut auch einen anderen Platz aussuchen können; wir hätten zu jeder anderen Stelle am Fluss in einer Reichweite von zehn, zwanzig Kilometern fahren können. Warum wollte er gerade zu diesem Wasserloch? Und was, wenn er nicht ausgerutscht wäre und den Ast aus der Erde gerissen hätte? Hätten wir Harry nicht dabei gehabt, wäre uns das Armband niemals aufgefallen. Der Sturm hat so viel Staub und Sand aufgewirbelt, dass wir kaum die Hand vor Augen sehen konnten.«

»Und in zwei Tagen wären Sie überhaupt nicht mehr hier gewesen«, fügt Jack hinzu.

»Also, wie standen die Chancen, dass Katie jemals gefunden wurde? Eine Million zu eins?«

»Im Lichte dessen sollten wie das Ereignis feiern«, verkündet Betty. »Alle sind herzlich eingeladen, ins Haus zu einem Barbecue zu kommen. Jack hat ein paar großartige Slim Dusty CDs.«

Wir machen uns auf den Weg. Betty und Jack gehen voran, Ella und Stan nehmen mich in die Mitte und führen mich zum Haus – sie sind wie ein schützender Kokon. Wir unterhalten uns über Country Music und ein Konzert, das in einer Woche in der Stadt gegeben werden soll. »Sie kommen auch mit, Jess«, sagen sie und schließen mich automatisch in ihre Pläne mit ein. Offenbar ist es beschlossene Sache, dass ich noch länger bleibe.

Ich denke an Brad, der jetzt hoch über den Wolken von mir wegfliegt. Und ich denke auch daran, was er vorhin gesagt hat: dass ich es aus den richtigen Gründen tun würde, wenn ich zu ihm zurückkehrte; nicht aus Bequemlichkeit oder Gewohnheit, sondern weil wir uns wirklich lieben. Unglück kann zwei Menschen entweder zusammenschweißen oder auseinander treiben. Es ist meine Entscheidung. In den nächsten Wochen und Monaten muss ich über vieles nachdenken – erst dann fahre ich zurück in die Stadt.

»Die Dinge sind, wie sie sind«, sage ich mehr zu mir selbst als zu den anderen.

»Wie war das?«, fragt Ella und sieht mich verwundert an.

Ich schüttle den Kopf und lächle. »Nichts«, erwidere ich und fühle mich zum ersten Mal seit einer Ewigkeit richtig gut. »Das ist nur so eine Redensart von Brad.«

ANMERKUNGEN DER AUTORIN

Wenn ich ein Buch wie dieses schreibe, ist es verlockend, die Pioniersfrauen zu romantisieren, sie mutiger, stärker und abenteuerlustiger darzustellen als andere Frauen ihrer Zeit. Man hat unwillkürlich das Bild von robusten Siedlerinnen, die den ganzen Tag wuschen und sauber machten, bügelten und kochten, vor Augen. Sie wurden klaglos mit Buschfeuern, Schlangen im Haus und dem Tod eines Kindes fertig. Im Outback lebten sie in windigen Hütten mit festgestampftem Erdboden. Sie brachten ihre Kinder in dieser primitiven Umgebung auf die Welt.

Doch nicht jede dieser Frauen war aus einem so harten Holz geschnitzt. Viele verabscheuten den Busch, die Einsamkeit und das beschwerliche Leben. Und sie lebten in ständiger Angst vor den unausweichlichen Kinderkrankheiten, vor Überfällen der Aborigines, vor dem eigenen Tod im Kindbett. Einige wurden sogar verrückt. Viele starben wie Jenna.

Die Charaktere in diesem Roman sind nicht an Persönlichkeiten, die ich kenne, angelehnt. Das Anwesen, das ich hier Diamantina Downs nenne, gibt es nicht. Es hat etliche Merkmale von ähnlichen Farmen, die ich im Laufe meiner Recherchen bei einer Fahrt am Fluss entlang besucht habe.

Viele Menschen haben mir mit Informationen weitergeholfen, als ich dieses Buch schrieb. Und ich möchte mich von ganzem Herzen bei folgenden Personen bedanken: Vanessa Bailey – Wasserbiologin, EPA, Longreach; Anthony Simmons – Archäologe, EPA, Toowoomba; Rebecca Brown – Anthonys Assistentin am Diamantina; den Mitarbeitern in der Stockman's Hall of Fame, Longreach.

Außerdem bin ich meiner Cousine Colleen McLaughlin (eine Busch-Poetin und außergewöhnliche Rinderzüchterin) zu Dank verpflichtet, weil sie das Gedicht »Song of the River« extra für dieses Buch verfasst hat. Ich danke auch meiner Agentin Selwa Anthony für ihre Unterstützung und ihre aufmunternden Worte sowie Vanessa Radnidge, meiner Lektorin bei HarperCollins für ihre humorvolle Art und ihr Vertrauen in meine Arbeit. Und wie immer verdienen mein Mann und meine Kinder großes Lob und Anerkennung für ihre Hilfe und ihr Verständnis, wenn sie sich abends mit Essen vom Schnellimbiss zufrieden geben mussten.